ハヤカワ文庫 SF
〈SF2103〉

氷と炎の歌⑤

竜との舞踏

〔下〕

ジョージ・R・R・マーティン
酒井昭伸訳

早川書房
7874

A DANCE WITH DRAGONS
by
George R. R. Martin
Copyright © 2011 by
George R. R. Martin
Translated by
Akinobu Sakai
Published 2016 in Japan by
HAYAKAWA PUBLISHING, INC.
This book is published in Japan by
arrangement with
THE LOTTS AGENCY, LTD.
through JAPAN UNI AGENCY, INC., TOKYO.

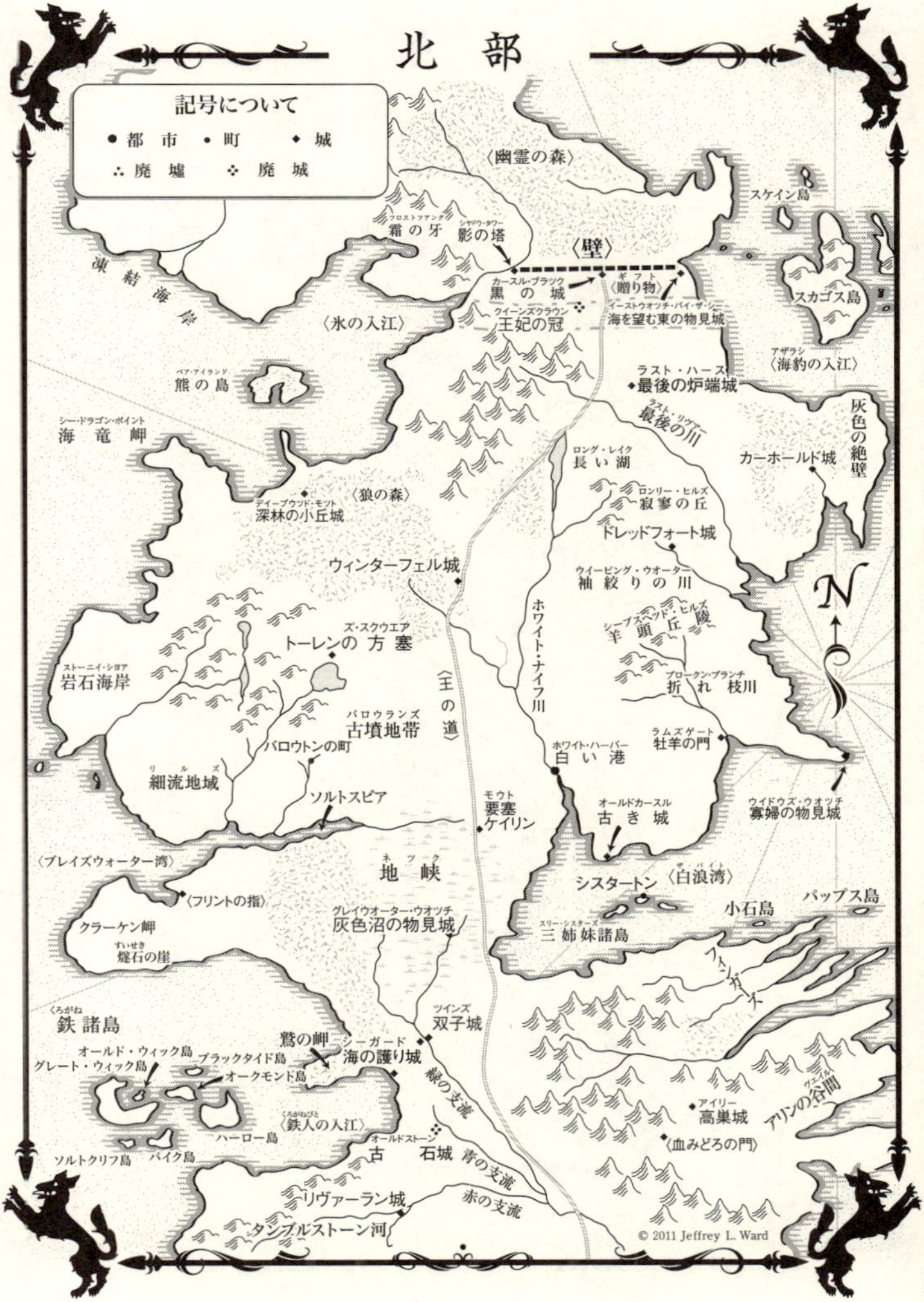

北部
記号について
● 都市 ● 町 ◆ 城
∴ 廃墟 ⁘ 廃城
〈幽霊の森〉
スケイン島
霜の牙《フロストファング》
影の塔《シャドウ・タワー》
〈壁〉
凍結海岸
黒の城《カースル・ブラック》
〈贈り物《ギフト》〉
王妃の冠《クイーンズクラウン》
海を望む東の物見城《イーストウオッチ・バイ・ザ・シー》
スカゴス島
〈氷の入江〉
〈海豹《アザラシ》の入江〉
熊の島《ベア・アイランド》
最後の炉端城《ラスト・ハース》
最後の川《ラスト・リヴァー》
海竜岬《シー・ドラゴン・ポイント》
灰色の絶壁
長い湖《ロング・レイク》
カーホールド城
寂寥の丘《ロンリー・ヒルズ》
深林の小丘城《ディープウッド・モット》
〈狼の森〉
ドレッドフォート城
ウィンターフェル城
袖絞りの川《ウイーピング・ウオーター》
ホワイト・ナイフ川
羊頭丘陵《シープスヘッド・ヒルズ》
トーレンの方塞《ズ・スクウエア》
岩石海岸《ストーニイ・ショア》
〈王の道〉
折れ枝川《ブロークン・ブランチ》
古墳地帯《バロウランズ》
バロウトンの町
牡羊の門《ラムズゲート》
白い港《ホワイト・ハーバー》
細流地域《リルルズ》
ソルトスピア
要塞《モウト》ケイリン
古き城《オールドカースル》
寡婦の物見城《ウイドウズ・ウオッチ》
〈ブレイズウォーター湾〉
地峡《ネック》
シスタートン
〈白浪湾《ザ・バイト》〉
〈フリントの指〉
パップス島
小石島
クラーケン岬
灰色沼の物見城《グレイウオーター・ウオッチ》
三姉妹諸島《スリー・シスターズ》
燧石《すいせき》の崖
フィンガーズ
鉄《くろがね》諸島
双子城《ツインズ》
鷲の岬
海の護り城《シーガード》
オールド・ウィック島
ブラックタイド島
グレート・ウィック島
オークモント島
緑の支流
高巣城《アイリー》
アリンの谷間《ヴェイル》
〈鉄人《くろがねびと》の入江〉
古石城《オールドストーン》
ハーロー島
〈血みどろの門〉
ソルトクリフ島
パイク島
青の支流
リヴァーラン城
赤の支流
タンブルストーン河
N
© 2011 Jeffrey L. Ward

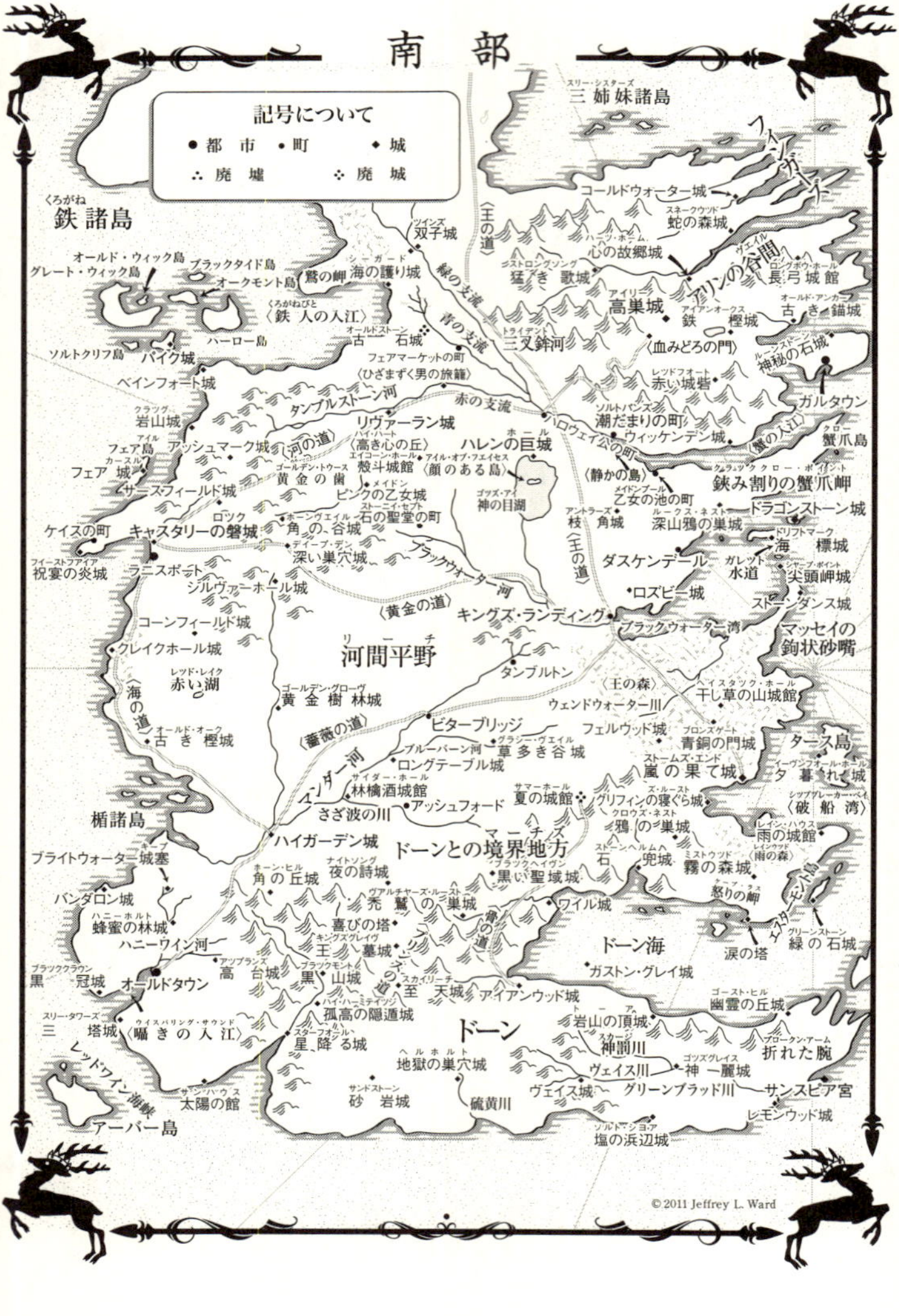
南部
記号について
● 都市 ● 町 ◆ 城
∴ 廃墟 ⁘ 廃城
鉄《くろがね》諸島
オールド・ウィック島
グレート・ウィック島
ブラックタイド島
オークモント島
鉄人《くろがねびと》の入江
ハーロー島
ソルトクリフ島
パイク城
ベインフォート城
岩山城《クラッグ》
フェア島《アイル》
フェア城《カースル》
アッシュマーク城
サースフィールド城
ケイスの町
キャスタリーの磐城《ロック》
ラニスポート
祝宴の炎城《フィーストファイア》
ジルヴァーホール城
コーンフィールド城
クレイクホール城
赤い湖《レッド・レイク》
〈海の道〉
古き樫城《オールド・オーク》
楯諸島
ブライトウォーター城塞《キープ》
バンダロン城
蜂蜜の林城《ハニーホルト》
ハニーワイン河
黒冠城《ブラッククラウン》
オールドタウン
三塔城《スリー・タワーズ》
囁きの入江《ウイスパリング・サウンド》
レッドワイン海峡
太陽の館《サンハウス》
アーバー島
双子城《ツインズ》
鷲の岬
海の護り城《シーガード》
緑の支流
青の支流
古石城《オールドストーン》
フェアマーケットの町
〈ひざまずく男の旅籠〉
タンブルストーン河
赤の支流
リヴァーラン城
高き心の丘《ハイ・ハート》
〈河の道〉
穀斗城館《エイコーン・ホール》
黄金の歯《ゴールデン・トゥース》
ピンクの乙女城《メイドン》
石の聖堂の町《ストーニイ・セプト》
角の谷城《ホーンヴェイル》
深い巣穴城《ディープ・デン》
ブラックウォーター河
〈黄金の道〉
河間平野《リーチ》
黄金樹林城《ゴールデン・グローヴ》
〈薔薇の道〉
マンダー河
ビターブリッジ
ブルーバーン河
草多き谷城《グラシー・ヴェイル》
ロングテーブル城
林檎酒城館《サイダー・ホール》
さざ波の川
アッシュフォード
ハイガーデン城
角の丘城《オーン・ヒル》
夜の詩城《ナイトソング》
禿鷲の巣城《ヴァルチャーズ・ルースト》
喜びの塔
王墓城《キングズグレイヴ》
黒山城《ブラックモント》
高台城《アップランズ》
至天城《スカイリーチ》
孤高の隠遁城《ハイ・ハーミテイジ》
星降る城《スターフォール》
ドーン
地獄の巣穴城《ヘルホルト》
砂岩城《サンドストーン》
硫黄川
〈王の道〉
三姉妹諸島《スリー・シスターズ》
フィンガーズ
コールドウォーター城
蛇の森城《スネークウッド》
心の故郷城《ハーツ・ホーム》
猛き歌城《ストロングソング》
アリンの谷間《ヴェイル》
長弓城館《ロングボウ・ホール》
高巣城《アイリー》
鉄樫城《アイアンオークス》
古き錨城《オールド・アンカー》
三叉鉾河《トライデント》
〈血みどろの門〉
神秘の石城《ルーンストーン》
ガルタウン
赤い城砦《レッドフォート》
潮だまりの町《ソルトパンズ》
ハロウェイ公の町
ウィッケンデン城
〈蟹の入江〉
蟹爪島《クロー》
ハレンの巨城《ホール》
〈顔のある島《アイル・オブ・フェイセス》〉
神の目湖《ゴッズ・アイ》
〈静かの島〉
乙女の池の町《メイドンプール》
鋏み割りの蟹爪岬《クラッブ クロー・ポイント》
ドラゴンストーン城
枝角城《アントラーズ》
深山鴉の巣城《ルークス・ネスト》
〈王の道〉
ダスケンデール
水道《ガレット》
海標城《ドリフトマーク》
尖頭岬城《シャープ・ポイント》
ロズビー城
ストーンダンス城
キングズ・ランディング
ブラックウォーター湾
マッセイの鉤状砂嘴
タンブルトン
〈王の森〉
干し草の山城館《ヘイスタック・ホール》
ウェンドウォーター川
フェルウッド城
青銅の門城《ブロンズゲート》
タース島
嵐の果て城《ストームズ・エンド》
夕暮れ城《イーヴンフォール・ホール》
夏の城館《サマーホール》
グリフィンの寝ぐら城《ズ・ルースト》
〈破船湾《シップブレーカー・ベイ》〉
ドーンとの境界地方《マーチズ》
鴉の巣城《クロウズ・ネスト》
雨の城館《レイン・ハウス》
〈雨の森《レインウッド》〉
黒い聖域城《ブラックヘイヴン》
石兜城《ストーンヘルム》
霧の森城《ミストウッド》
怒りの岬《ケープ・ラス》
エスターモント島
ワイル城
ドーン海
涙の塔
緑の石城《グリーンストーン》
〈骨の道〉
ガストン・グレイ城
アイアンウッド城
幽霊の丘城《ゴースト・ヒル》
岩山の頂城《トーア》
神罰川《スカージ》
ヴェイス川
神麗城《ゴッズグレイス》
折れた腕《ブロークン・アーム》
ヴェイス城
グリーンブラッド川
サンスピア宮
レモンウッド城
塩の浜辺城《ソルト・ショア》
© 2011 Jeffrey L. Ward

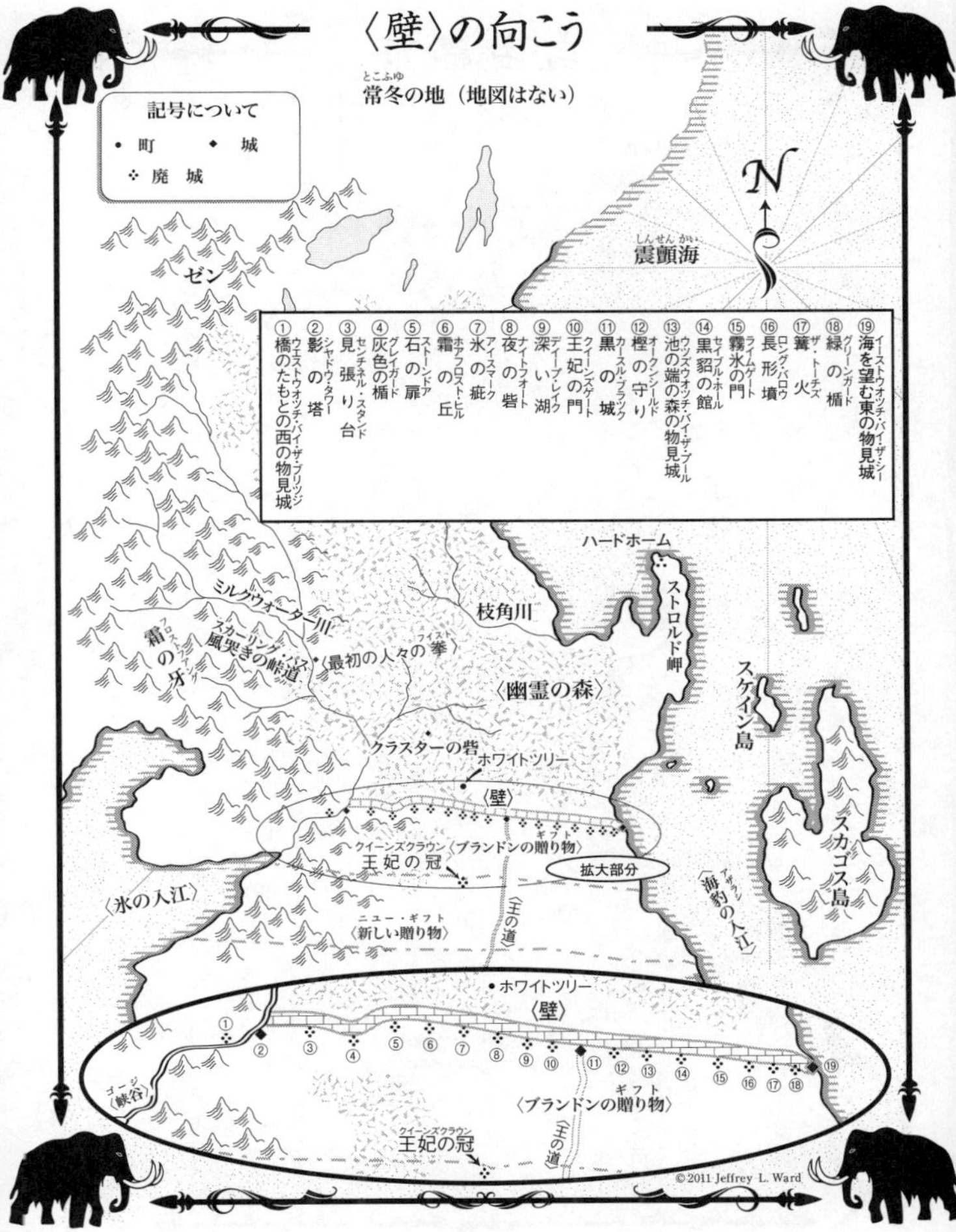
〈壁〉の向こう
常冬《とこふゆ》の地（地図はない）
記号について
• 町
◆ 城
⁘ 廃城
N
震顫海《しんせんかい》
ゼン
① 橋のたもとの西の物見城《ウエストウォッチ・バイ・ザ・ブリッジ》
② 影の塔《シャドウ・タワー》
③ 見張り台《センチネル・スタンド》
④ 灰色の楯《グレイガード》
⑤ 石の扉《ストーンドア》
⑥ 霜の丘《ホアフロスト・ヒル》
⑦ 氷の疵《アイスマーク》
⑧ 夜の砦《ナイトフォート》
⑨ 深い湖《ディープ・レイク》
⑩ 王妃の門《クイーンズゲート》
⑪ 黒の城《カースル・ブラック》
⑫ 樫の守り《オークンシールド》
⑬ 池の端の森の物見城《ウッズウォッチ・バイ・ザ・プール》
⑭ 黒貂の館《セイブル・ホール》
⑮ 霧氷の門《ライムゲート》
⑯ 長形墳《ロング・バロウ》
⑰ 篝火《ザ・トーチズ》
⑱ 緑の楯《グリーンガード》
⑲ 海を望む東の物見城《イーストウォッチ・バイ・ザ・シー》
ハードホーム
ストロルド岬
ミルクウォーター川
枝角川
霜の牙《フロストファング》
風哭きの峠道《スカーリング・パス》
最初の人々の拳《フィスト》
〈幽霊の森〉
スケイン島
クラスターの砦
ホワイトツリー
〈壁〉
〈ブランドンの贈り物《ギフト》〉
王妃の冠《クイーンズクラウン》
拡大部分
スカゴス島
〈海豹《アザラシ》の入江〉
〈氷の入江〉
〈王の道〉
〈新しい贈り物《ニュー・ギフト》〉
ホワイトツリー
〈壁〉
① ② ③ ④ ⑤ ⑥ ⑦ ⑧ ⑨ ⑩ ⑪ ⑫ ⑬ ⑭ ⑮ ⑯ ⑰ ⑱ ⑲
〈峡谷《ゴージ》〉
〈ブランドンの贈り物《ギフト》〉
〈王の道〉
王妃の冠《クイーンズクラウン》
© 2011 Jeffrey L. Ward

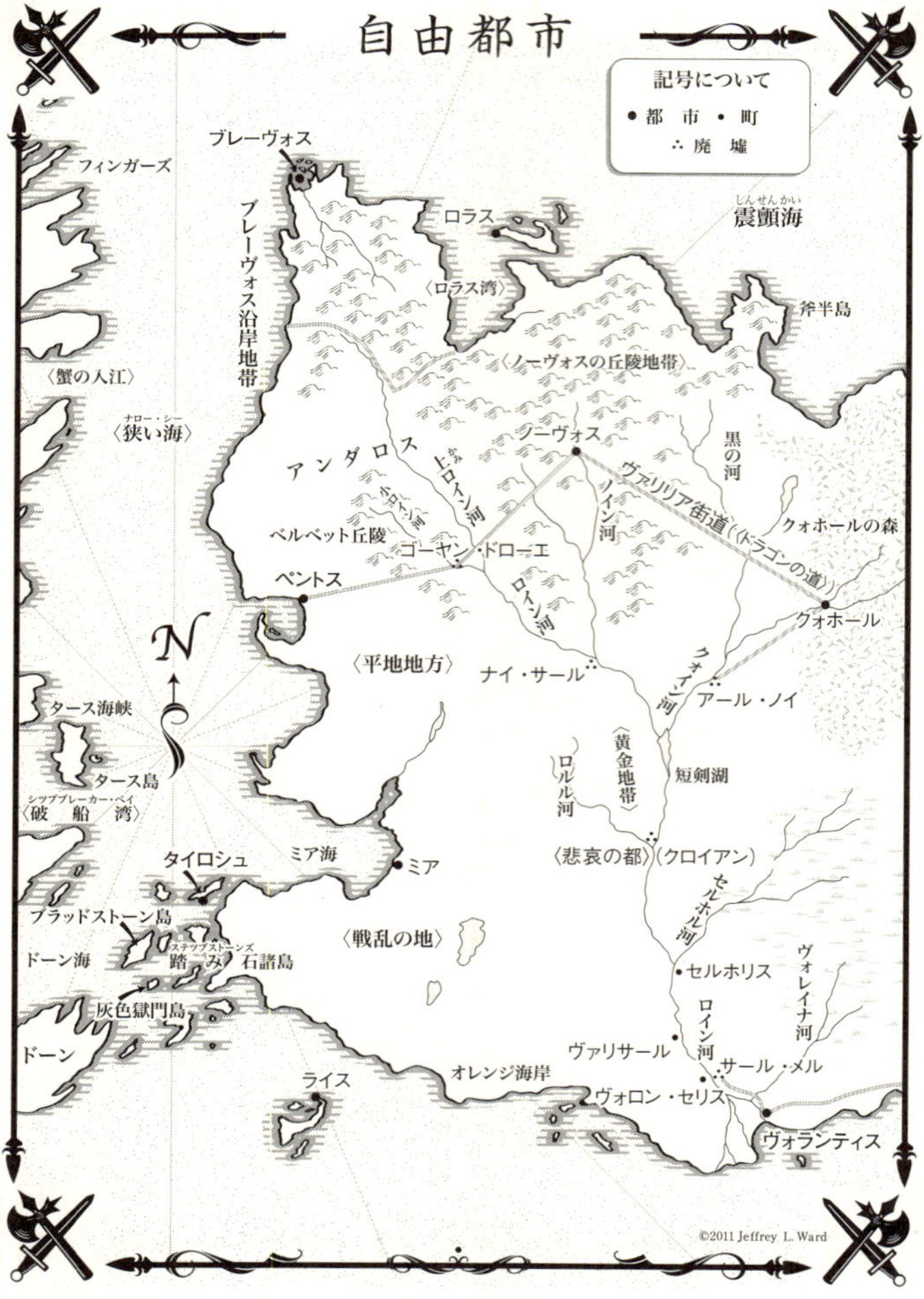
自由都市
記号について
● 都　市　• 町
∴ 廃　墟
ブレーヴォス
フィンガーズ
ブレーヴォス沿岸地帯
ロラス
〈ロラス湾〉
震顫海《しんせんかい》
斧半島
〈ノーヴォスの丘陵地帯〉
〈蟹の入江〉
〈狭い海《ナロー・シー》〉
アンダロス
上《かみ》ロイン河
小ロイン河
ノーヴォス
黒の河
ノイン河
ヴァリリア街道〈ドラゴンの道〉
クォホールの森
ベルベット丘陵
ゴーヤン・ドローエ
ペントス
ロイン河
クォホール
〈平地地方〉
ナイ・サール
クォイン河
アール・ノイ
タース海峡
タース島
〈黄金地帯〉
ロルル河
短剣湖
〈破船湾《シップブレーカー・ベイ》〉
ミア海
ミア
〈悲哀の都〉（クロイアン）
タイロシュ
セルホルル河
ブラッドストーン島
〈戦乱の地〉
ドーン海
踏み石諸島《ステップストーンズ》
セルホリス
ヴォレイナ河
灰色獄門島
ロイン河
ヴァリサール
ドーン
サール・メル
オレンジ海岸
ライス
ヴォロン・セリス
ヴォランティス
©2011 Jeffrey L. Ward

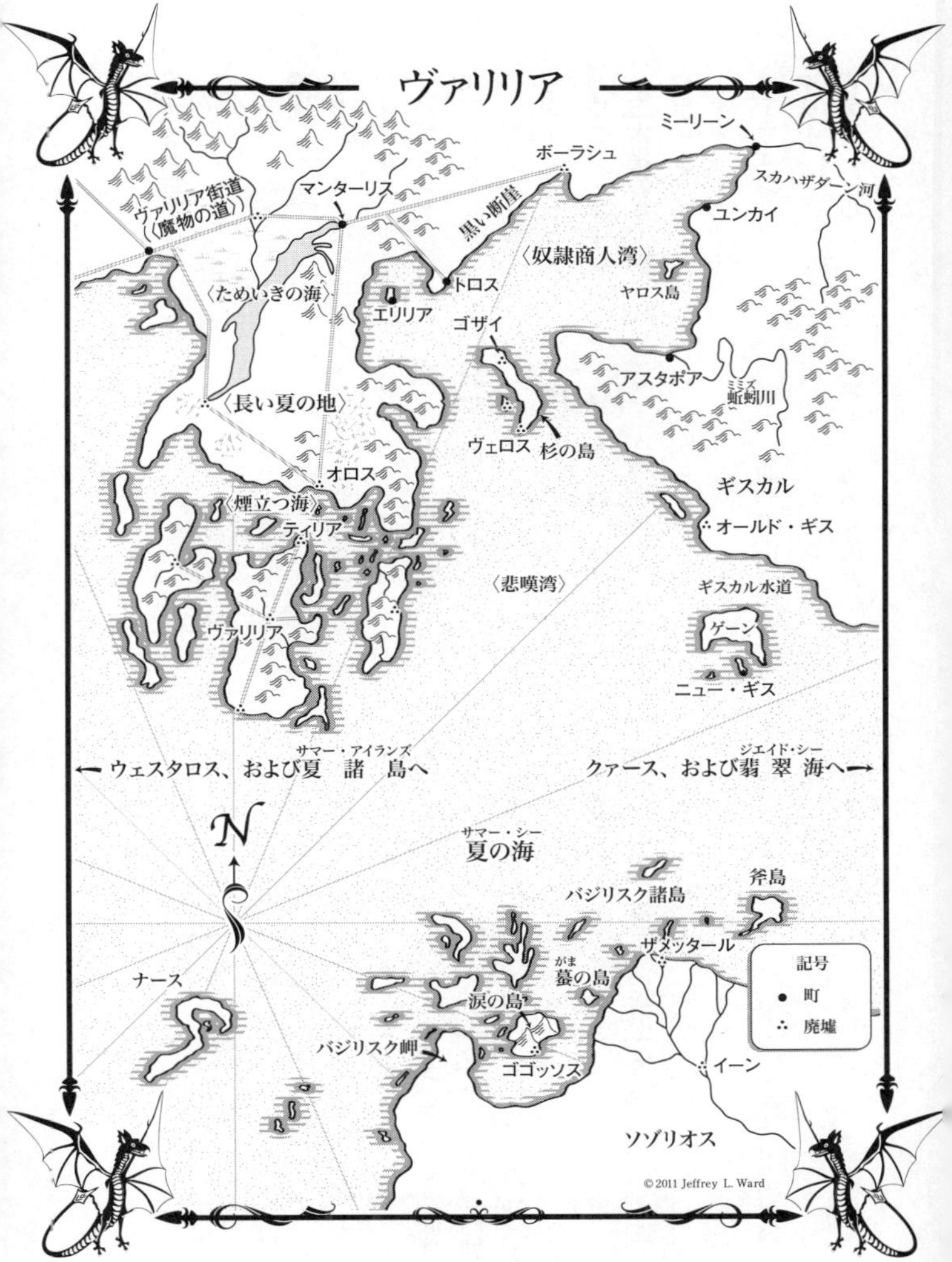
ヴァリリア
ミーリーン
ボーラシュ
スカハザダーン河
ヴァリリア街道
（〈魔物の道〉）
マンターリス
黒い断崖
ユンカイ
〈奴隷商人湾〉
トロス
ヤロス島
〈ためいきの海〉
エリリア
ゴザイ
アスタポア
蚯蚓《ミミズ》川
〈長い夏の地〉
ヴェロス
杉の島
オロス
ギスカル
〈煙立つ海〉
ティリア
オールド・ギス
〈悲嘆湾〉
ギスカル水道
ヴァリリア
ゲーン
ニュー・ギス
ウェスタロス、および夏諸島《サマー・アイランズ》へ
クァース、および翡翠海《ジエイド・シー》へ
N
夏の海《サマー・シー》
斧島
バジリスク諸島
ザメッタール
蟇《がま》の島
記号
町
廃墟
ナース
涙の島
バジリスク岬
ゴゴッソス
イーン
ソゾリオス
© 2011 Jeffrey L. Ward

主要登場人物

■黒の城《カースル・ブラック》

ジョン・スノウ　ウィンターフェル城の落とし子。第九百九十八代〈冥夜の守人《ナイツ・ウオッチ》〉総帥

ゴースト　ジョン・スノウの大狼《ダイアウルフ》。純白

エディソン・トレット　通称〈陰気な《ドロラス》エッド〉。元総帥つき雑士《スチュワード》

セプトン・セラダー　酔いどれ司祭《セプトン》

バウエン・マーシュ　雑士長《ロード・スチュワード》

〈三本指のホッブ〉　雑士《ぞうし》。料理長

クライダス　元学匠《メイスター》エイモンつき雑士

オーウェン　雑士。通称〈薄馬鹿〉

マリー　雑士

ドネル・ヒル　雑士。通称〈色男のドネル〉

〈左手のルー〉　雑士

タイ　雑士

〈枝削り《ウイトルスティック》のウィック〉　雑士

オセル・ヤーウィック　工士長《ファースト・ビルダー》

〈長靴あまり《スペア・ブート》〉　工士《ビルダー》

〈ビヤ樽《ケッグズ》〉　工士

〈ぬかるみのアルフ〉　工士

アルベット　工士。ジョンと同期

ホルダー　工士。ジョンと同期

ジャック・ブルワー　哨士長《ファースト・レンジャー》。通称〈ブラック・ジャック〉

〈灰色羽のガース〉　哨士《レンジャー》

〈白い目《ホワイトアイ》のケッジ〉　哨士

〈王の森のアルマー〉　哨士

〈鬚面《ひげづら》のベン〉　哨士

ベドウィック　哨士。通称〈でかぶつ〉。じつは小男

〈蚤《ノミ》のファルク〉　哨士

パイパー　　哨士。ジョンと同期。
通称ピップ
グレン　　哨士。ジョンと同期。
通称〈野牛《オーロクス》〉
〈鉄《アイアン》のエメット〉元東の物見城《イーストウォッチ》の哨士。元武
術指南役。長形墳《ロング・バロウ》の指揮官
ヘアス　　新兵。〈馬《ホース》〉と呼ばれる
アーロン　　新兵。エムリックと双子
エムリック　　新兵。アーロンと双子
〈繻子《サテン》〉　　新兵。総帥付雑士に
〈跳ね駒鳥《ホップ＝ロビン》〉　　新兵
〈アッシャイのレディ・メリサンドル〉
〈紅の女《レッド・ウーマン》〉と呼ばれる。〈光の王《ロード・オブ・ライト》〉
ル＝ロールの女祭司
デヴァン・シーワース　　スタニス王の従士
王妃《クイーン》セリース・バラシオン　　スタニス一世の妻。
フロレント家出身
王女《プリンセス》シリーン・バラシオン　　スタニス一世の娘。
十一歳
〈まだら顔《パッチフェイス》〉　シリーンの道化師。顔に赤緑市
松模様の刺青《いれずみ》
サー・アクセル・フロレント　　王妃の伯父、
王妃の臣下筆頭。〈王妃の手〉を自任
〈王の山のサー・パトレック〉　　王妃の騎士
サー・ブラス　　王妃の騎士
サー・マレゴーン　　王妃の騎士
サー・ナーバート　　王妃の騎士
サー・ベネソン　　王妃の騎士
サー・ドーダン　　王妃の騎士
マンス・レイダー　〈壁の向こうの王〉。スタ
ニス王の虜
レイダーの子　レイダーと妻［ダラ］の息子。
新生児で名前はまだない。〝野人のプリン
ス〟
ヴァル　［ダラ］の妹
シゴーン　ゼン族の族長《マグナー》

トアマンド　多くの異名を持つ戦頭《いくさがしら》のひとり

ボロク　皮装者。猪潜り

ヴァン・ウェグ・ヴァン・ダール・ヴァン　略称ヴァン・ヴァン。巨人

〈王の血を引くゲリック〉　〈赤鬚レイマン〉の弟の血を引く。自称〝野人の王〟

アリス・カースターク　カーホールド城の城主［リカード・カースターク］の娘。十五歳の乙女

クレガン・カースターク　カーホールド城の城代アーノルフの長男

■ミーリーン

デナーリス一世（ターガリエン）　初代デナーリス女王。ミーリーンの女王、アンダル人・ロイン人・〈最初の人々〉の女王、七王国の女王、〈大草海《グレート・グラス・シー》〉の女王《カリーシ》。またの名を〈嵐の申し子《ストームボーン》デナーリス〉、〈焼けずのデナーリス〉、〈ドラゴンの母〉

ドロゴン　黒竜。女王のドラゴン

ヴィセーリオン　白竜。女王のドラゴン

レイガル　緑竜。女王のドラゴン

サー・バリスタン・セルミー　〈女王の楯《クイーンズガード》〉総帥。通称〈豪胆バリスタン〉

タムコ・ロー　騎士修行中の従士。バジリスク諸島出身

ララク　騎士修行中の従士。通称〈鞭〉

〈赤い仔羊〉　騎士修行中の従士。解放奴隷

三兄弟　騎士修行中の従士。ギスカル人の少年たち

〈闘士《ストロング》〉ベルウァス　〈女王の楯《クイーンズガード》〉の戦士。去勢兵士。ミーリーンの闘技場で闘奴をさせられていた

ジョゴ　コーであり、血盟の騎手。〈鞭〉

アッゴ　コーであり、血盟の騎手。〈弓〉

ラカーロ　コーであり、血盟の騎手。〈刀《アラク》〉

イリ　デナーリスの侍女。ドスラク人の少女

ジクィ　デナーリスの侍女。ドスラク人の少女

ミッサンデイ　デナーリスの侍女。ナース人の秘書官、通訳。十一歳の少女

〈灰色の蛆虫《グレイ・ワーム》〉　奴隷から解放された去勢者の歩兵部隊〈穢れなき軍団《アンサリード》〉の長

ダーリオ・ナハリス　傭兵部隊〈襲鴉《ストームクロウズ》〉隊長。派手な装いのタイロシュ人

〈縞背のサイモン〉　解放奴隷の部隊〈自由な兄弟〉隊長

マーセレン　解放奴隷の部隊〈母の親兵〉隊長。去勢者。ミッサンデイの兄

ペントスのグロレオ　元大型交易船《コグ》《バレリオン》（旧名《サデュレオン》）の船長。いまは軍船なき提督

ヒズダール・ゾ・ロラク　デナーリスの夫。ミーリーンの王

〈巨漢ゴゴール〉　闘士。のちにヒズダール王の護衛

クラッズ　闘士。のちにヒズダール王の護衛

〈豹紋《ひょうもん》猫〉　闘士。のちにヒズダール王の護衛

〈骨砕きのベラークォ〉　闘士。のちにヒズダール王の護衛

レズナク・モ・レズナク　禿頭《とくとう》の家令

マルガーズ・ゾ・ロラク　ヒズダールの従弟

スカハズ・モ・カンダク　元祖〈剃髪頭〉。女王の側近

ガラッザ・ガラレ　〈緑の巫女《みこ》〉。〈巫女の神殿〉の巫女筆頭

クェンティン・マーテル　ドーンの公子《プリンス》

サー・アーチボルド・アイアンウッド　通称〈大兵肥満《だいひょうひまん》〉。クェンティンの護衛

サー・ジェアリス・ドリンクウォーター　クェンティンの護衛

ユルカズ・ゾ・ユンザク　ユンカイ軍事連合総

司令
〈襤褸《らんる》の貴公子《プリンス》〉　傭兵部隊〈風来《ふうらい》〉の隊長にして創立者。自由都市ペントスの元貴公子《プリンス》

ジャイロ・リーガン　傭兵部隊〈長騎槍《ちょうきそう》〉隊長

〈血染鬚《ちぞめひげ》〉　傭兵部隊〈軍猫《ぐんびょう》部隊〉隊長

ベン・プラム　傭兵部隊〈次子《セカンド・サンズ》〉隊長。通称〈褐色《ブラウン》のベン〉。混血の傭兵

■ウィンターフェル城

ルース・ボルトン公　ドレッドフォート城城主

ウォルトン　ルース公の衛兵隊長。異名は〈鉄の脛《スティールシャンクス》〉

ラムジー・ボルトン公　元の名をラムジー・スノウ。ルース公の非嫡出子。通称〈ボルトンの落とし子〉。ホーンウッド城の城主

レディ・〝アリア・スターク〟　ラムジー公の妻

ウォルダー・フレイ　ウォルダー老公の十三男サー・ジャモスの長男。通称、大ウォルダー。八歳。ラムジー公の従士

ウォルダー・フレイ　ウォルダー老公の九男［メレット］の長男。通称、小ウォルダー。八歳。ラムジー公の従士

〈骨のベン〉　ラムジー公の〈男衆《ボーイズ》〉。ドレッドフォート城の犬舎長

〈黄色いディック〉　ラムジー公の〈男衆〉

ルートン　ラムジー公の〈男衆〉

〈渋面《しぶつら》のアリン〉　ラムジー公の〈男衆〉

〈皮剝ぎ人〉　ラムジー公の〈男衆〉

〈呻き声《グラント》〉　ラムジー公の〈男衆〉

〈〝おれのために踊れ〟のデイモン〉　ラムジー公の〈男衆〉

〈リーク〉　ラムジー公の虜囚

ワイマン・マンダリー公　白い港《ホワイト・ハーバー》の領主。きわめて肥満

サー・エイニス・フレイ　ウォルダー公の三男。北部でフレイ勢を指揮

サー・ホスティーン・フレイ　ウォルダー公の六男。勇名高き騎士

ルーベ　吟遊詩人
ロウアン　ルーベの連れてきた女
〈栗鼠《リス》〉　ルーベの連れてきた女
〈魔眼の柳〉　ルーベの連れてきた女
フレニア　ルーベの連れてきた女
ホリー　ルーベの連れてきた女
マートル　ルーベの連れてきた女

■王都キングズ・ランディング

トメン一世（バラシオン）　八歳の少年王
王妃《クイーン》マージェリー・バラシオン　タイレル家出身。大逆罪で告発され、ベイラー大聖堂《グレート・セプト》に拘束
サーセイ・ラニスター　トメン一世の母、太后《たいこう》。大逆罪で告発され、ベイラー大聖堂に拘束
サー・ケヴァン・ラニスター　少年王の大叔父。摂政にして王土の守護者
サー・ランセル・ラニスター　ケヴァンの息子。太后の従弟。ロバート王の元従士。太后の元愛人。〈戦士の子ら《ウォーリアーズ・サンズ》〉の〈貴顕騎士団〉の騎士
メイス・タイレル公　〈王の手〉
パクスター・レッドワイン公　海軍大臣兼提督
クァイバーン　資格を剥奪された元メイスター。死霊魔術《ネクロマンシー》に長けると見られる。密告者らの長
総司祭《ハイ・セプトン》　〈七神正教〉の〈信徒の父〉、〈七神の地上の声〉。清貧を好み、〈戦士の子ら〉と〈窮民《プア・フェローズ》〉を復活させる
セプタ・ユネラ　サーセイの見張り
セプタ・モエル　サーセイの見張り
セプタ・スコレラ　サーセイの見張り

■鉄《くろがね》水軍

ヴィクタリオン・グレイジョイ　ユーロン三世の弟。鉄《くろがね》水軍の海将。《鉄の勝利《アイアン・ヴィクトリー》》の船長
ヴィクタリオンの情婦　肌の浅黒い女。舌を切られてしゃべれない。兄〈鴉の眼《クロウズ・アイ》〉ユーロン

からの贈り物

メイスター・カーウィン　ヴィクタリオンの治療師

〈片耳のウルフェ〉　ヴィクタリオンの船の乗組員

ラグナー・パイク　ヴィクタリオンの船の乗組員

ロングウォーター・パイク　ヴィクタリオンの船の乗組員

トム・タイドウッド　ヴィクタリオンの船の乗組員

バートン・ハンブル　ヴィクタリオンの船の乗組員

クエロン・ハンブル　ヴィクタリオンの船の乗組員

〈吃音のステファー〉　ヴィクタリオンの船の乗組員

ロドリック・スパー　通称〈畑鼠《ハタネズミ》〉。《悲嘆》の船長

ラルフ・ストーンハウス　通称〈赤のラルフ〉。《赤い道化》の船長

マンフリッド・マーリン　《凧》の船長

〈片脚のラルフ〉　《ロード・クェロン》の船長

トム・コッド　通称〈冷血トム〉。《哀歌》の船長

デイゴン・シェパード　通称〈黒のシェパード〉。《短剣》の船長

■ティリオンの旅

ティリオン・ラニスター　サーセイ太后の弟。通称〈小鬼《インプ》〉。こびと。父タイウィンを殺し、逃走中。変名ヨロ。自称ヒューガー・ヒル

〈一ペンス銅貨《ペニー》〉　こびとの娘、役者

〈可愛い豚《プリティー・ピッグ》〉　〈ペニー〉の飼い豚

〈バリバリ《クランチ》〉　〈ペニー〉の飼い犬

サー・ジョラー・モーモント　熊の島《ベア・アイランド》の元領主

イェッザン・ゾ・クァッガズ　ユンカイの大富

豪。蔑称〈黄色い鯨〉。極度に肥満し、病気持ち

〈保父〉　イェッザンの奴隷監督

〈スウィーツ〉　半陰陽《ふたなり》の奴隷。イェッザンの宝

〈傷〉　奴隷兵士。兵長

■グリフィンの寝ぐら城《ズ・ルースト》

王子《プリンス》エイゴン・ターガリエン　別名〈若きグリフ〉。［太子《プリンス》レイガー］の長男

ジョン・コニントン　別名グリフ。〈若きグリフ〉の養父。元〈黄金兵団〉の傭兵。かつてはグリフィンの寝ぐら城《ズ・ルースト》の城主であり、〈王の手〉だったが、狂王エイリス二世に追放され、酒に溺れて死んだと見られていた

サー・ローリー・ダックフィールド　通称〈鴨《ダック》〉。騎士。元〈黄金兵団〉の従士

ホールドン　通称〈半学匠〉。〈若きグリフ〉の教師

セプタ・リモア　〈正教〉の司祭女《セプタ》

〈故郷なきハリー・ストリクランド〉　傭兵部隊〈黄金兵団〉総隊長

〈黒のバラク〉　〈兵団〉弓兵隊長。白髪の夏諸島人

ゴリス・エドリアン　〈兵団〉主計長。ヴォランティス出身の傭兵

サー・フランクリン・フラワーズ　〈兵団〉幹部。林檎酒城館《サイダー・ホール》の落とし子。河間平野《リーチ》出身

サー・トリスタン・リヴァーズ　〈兵団〉幹部。庶子、逆徒、亡命者

■ウィンターフェル城近郊の村

スタニス一世（バラシオン）　ドラゴンストーン城の城主。ウェスタロス王を名乗る

サー・リチャード・ホープ　スタニス王の副将。〝王妃の兵〟

サー・ジャスティン・マッシー　〝王妃の兵〟

サー・ゴドリー・ファーリング　〝王妃の兵〟。

〈巨人退治〉の異名をとる

サー・クレイトン・サッグズ　〝王妃の兵〟。〈光の王〉の熱心な信者

サー・ハンフリー・クリフトン　〝王妃の兵〟。〈光の王〉の熱心な信者

アリサン・モーモント　熊の島《ベア・アイランド》の女公レディ・メイジの次女。若き〈熊御前〉

アートス・フリント　開祖フリント家の長〈フリントの主《ぬし》〉トージェンの次男

アーノルフ・カースターク　カーホールド城の城代

アーサー・カースターク　アーノルフの次男

アシャ・グレイジョイ　クラーケンの娘。《黒き風《ブラックウィンド》》の船長。スタニス王の虜囚

トリスティファー・ボトリー　アシャの元恋人。〈宗主の港《ローズポート》〉の跡継ぎだが、領地を奪われる

〈乙女のクァール〉　アシャの恋人。剣士

■ブレーヴォス

スターク家のアリア　〈黒と白の館〉の新たな修練者。別名、アリー、ナン、〈鼬《ウイーゼル》〉、〈雛《ヒヨコ》〉、〈ソルティー〉、〈運河の猫《キャット》〉等

〈親切な男〉　〈数多《あまた》の顔を持つ神〉に仕える司祭

〈浮浪児〉　同司祭

〈領主ふうの男〉　同司祭

〈太った男〉　同司祭

〈やぶにらみの男〉　同司祭

〈疫病顔の男〉　同司祭

ブルスコ　魚売り

タリアとブレア　ブルスコの娘たち

〈赤毛のロゴ〉　元掏摸《スリ》。娼館の常連

タガナーロ　ラグマンの港《ズ・ハーバー》の掏摸、盗っ人

〈海豹《アザラシ》の王キャッソ〉　芸を仕込まれたタガナーロの海豹

目次

『竜との舞踏〔上〕』目次

『竜との舞踏〔中〕』目次

竜との舞踏〔下〕

49 ジョン

「ル＝ロールよ」

雪が舞う中、両手を高くかかげてメリサンドルは詠誦した。

「汝はわれらが目に映る光なり、われらが心臓に燃ゆる炎なり、われらが腹に宿るぬくもりなり。汝はわれらが日を暖める太陽にして、夜の暗闇の中、われらを護る星々なり」

「みな讃えよ、ル＝ロールを、〈光の王《ロード・オブ・ライト》〉を」

結婚式の参列客たちがばらばらに唱和したとき、身を切るように冷たい突風が吹ききたり、一同のことばを吹き散らした。ジョン・スノウはマントのフードを引きかぶった。

きょうの雪は軽めで、降ってくる雪片が風に舞っている。が、〈壁〉ぞいに東から吹いてくる風はおそろしく冷たくて、ばあやの昔語りによく出てきた、氷竜《アイスドラゴン》の息吹《ブレス》のようだ。讃歌を唱えるメリサンドルの炎でさえ、寒さに震えて溝の底に縮こまり、小さく爆《は》ぜている。寒さをまったく感じていないのはゴーストだけらしい。

アリス・カースタークがジョンにもたれかかった。

「結婚式の最中に降る雪は愛のない結婚を暗示しているんですって。かあさまがよくいっていたわ」

ジョンはセリース王妃に目をやった。

（だとしたら、王妃とスタニスが結婚した日には雪嵐が吹き荒れていたにちがいないな）

山鼬《オコジョ》の毛皮にくるまって、側役《そばやく》の淑女たち、侍女たち、騎士たちに囲まれた南部の王妃は、かよわく、血の気が失せ、縮みあがっているように見える。その薄い唇には作り笑いを張りつかせたままだ。ただし、目には畏敬の念があふれていた。

（寒いのはきらいでも、炎のことは心から愛しているのか）見ただけで、それはわかった。

（メリサンドルにひとことといわれれば、喜んで火の中に踏みこんで、恋人のように炎を抱擁するんだろうな）

しかし、〝王妃の兵〟といえども、王妃の熱情を共有する者ばかりではないらしい。サー・ブラスはなかば酔っているようだし、サー・マレゴーンは手袋をはめた手でとなりにいる淑女の尻を触っており、サー・ナーバートはあくびをし、〈王の山のサー・パトレック〉は腹を立てているように見える。なぜスタニスがこの者たちを王妃のそばに残していったのか、ジョン・スノウにはわかりかけていた。

「夜は暗く、恐怖に満てり」メリサンドルは唱えた。「われら孤独のうちに生まれ、孤独のうちに死す、されどわれらは、この黒き谷を歩きながら、たがいからの、また汝からの——

われらが神からの力を得ん」突風が吹くたびに、女祭司の真紅のシルクとサテンが翻《ひるがえ》る。

「この日、ふたりの者ぞきたれり、両者の生を合一させ、この世界の暗黒に立ち向かわんがために。この者たちの心臓を炎で満たしたまえ、わが神よ、この者たちがともに手を携え、汝の輝かしき道を永遠《とわ》に歩めるように」

「〈光の王《ロード・オブ・ライト》〉よ、われらを護りたまえ」セリース王妃が声高に叫んだ。それに応えて、ほかの者たちが唱和した。みなメリサンドルの信奉者たちだ。すっかり蒼ざめた淑女たち、がたがた震える侍女たち、サー・アクセル、サー・ナーバート、サー・ランバート、鉄製の鎖帷子《チェーン・メイル》を着た兵士たち、青銅の鎧を着たゼン族。ジョンの黒衣の兄弟も何人かきていた。

「〈光の王《ロード・オブ・ライト》〉よ、汝の子らを祝福したまえ」

　メリサンドルは〈壁〉に背を向けて、炎が燃える深い溝の前に立っている。溝をはさんで対面に立つのは、結婚するふたりの男女だ。その背後には、王妃、王女、刺青《いれずみ》を施した王女付きの道化がならんでいた。シリーン王女は何枚もの毛皮にくるまれているため、丸っこく見える。顔の大半をおおうスカーフごしに吐く息が白い。サー・アクセル・フロレントと、〝王妃の兵〟たちは、王妃たち三人を取りかこむ格好だった。

　溝の炎のそばに集まった〈冥夜の守人《ナイツ・ウォッチ》〉の者は少数だったが、建物の上、いくつもの窓、〈壁〉を這う長大な折り返し階段から儀式を見まもっている者はおおぜいいた。儀式を見ている者、見ていない者を、ジョンは入念にチェックした。当直で儀式を見られない者もいる。当直をおえたばかりの者たちはぐっすり眠りこんでいる。しかし、この儀式を批判するため、あえて見にきていない兄弟もたくさんいた。オセル・ヤーウィックとバウエン・マーシュはその代表だ。司祭《セプトン》セラダーは聖堂《セプト》からすこしだけ顔を出し、首にかけた革ひもで吊っている七面水晶をまさぐっていたが、祈禱がはじまると、さっさとセプトにもどってしまった。

メリサンドルが高々と両手をかかげた。それに合わせて、女祭司の指をめがけ、溝の炎が勢いよく燃えあがった。まるで、餌や骨をもとめて飛びあがる巨大な真紅の犬のようだった。立ち昇る火の粉の渦が舞い落ちる風花《かざはな》と混じりあう。

「おお、〈光の王《ロード・オブ・ライト》〉よ、われら汝に感謝し奉る」飢えた炎に向かって、メリサンドルは詠誦した。「勇敢なるスタニス王になりかわり、われら感謝し奉る、われらが王に賜わりし恩寵に対して。なにとぞ王を導きたまえ、護りたまえ、ル＝ロールよ。王を邪悪な者どもの裏切りから防ぎたまい、王に力を、闇のしもべどもを打ち払う力を授けたまえ」

「王に力を授けたまえ」セリース王妃とその騎士たち、淑女たちが唱和した。「王に勇気を授けたまえ。王に叡知を授けたまえ」

アリス・カースタークはジョンの腕に自分の腕をからませた。

「いつまでこれがつづくの、スノウ総帥？　この雪の下に埋もれなくてはならないのなら、結婚した女として埋もれたいわ」

「もうじきだよ、マイ・レディ。もうじきだ」

「われら感謝し奉る、太陽をしてわれらにぬくもりを施したまいけることに」王妃が詠誦をはじめた。「われら感謝し奉る、星々をして夜の暗闇の中、われらを見まもらせたまいけることに。われら感謝し奉る、われらの心臓とわれらの松明《たいまつ》を燃やさせたまい、荒ぶる暗黒を退けたまいけることに。われら感謝し奉る、われらの魂を輝かしめ、われらの腹と心臓に、炎を燃やさせたまいけることに」

締めくくりに、メリサンドルはいった。

「さあ、ふたりを進み出させよ、まさに合一せんとする、そこのふたりを」

炎が女祭司の影を背後の〈壁〉に落とし、白い喉元に映える紅玉《ルビー》を赤々と輝かせている。

ジョンはアリス・カースタークに向きなおった。

「マイ・レディ。心の準備は？」

「できているわ。ええ、できていますとも」

「怖くはないね？」

娘のほほえみかたは妹のそれにあまりにもよく似ていたので、ジョンは胸がせつなくなるのをおぼえた。

「怖がるのは相手のほうよ」

舞い落ちる雪が、アリスの頬にあたっては解けていく。しかし、髪は〈繻子《サテン》〉がどこかで見つけてきたレースの飾りでおおっているため、その上に雪が積もりだし、白い冠を形作りつつあった。頬は上気して赤く染まり、目はきらきらと輝いている。

「冬の淑女だな」ジョンは娘の手をぎゅっと握った。

ゼン族の族長《マグナー》シゴーンは、すでに炎のそばで待っている。毛皮と革と青銅の小札鎧《こざねよろい》に身を包み、腰には青銅の剣を佩《は》いて、いまにも戦いに臨まんばかりの格好だ。後退しかけた髪のせいで、じっさいより年長に見えるが、こちらをふりかえり、近づいていく花嫁を見つめるその顔には、少年の本質がかいま見えた。胡桃《クルミ》のように大きな目には恐怖をたたえている。それが溝の炎に対する恐怖なのか、女祭司に対する恐怖なのか、花嫁に対する恐怖なのかは、ジョンにはわからない。

(自分でわかっている以上に、アリスは正しかったようだな)

「この女を結婚相手に送りだすのはだれか?」

メリサンドルが問いかけた。

「わたしです」ジョンは答えた。「成熟し、初花を咲かせた女性、高貴なる血筋に生まれしカースターク家のアリスを、いまそこへ」

ジョンは最後にもういちど、アリスの手をぎゅっと握りしめて、うしろへさがり、ほかの者たちのもとにならんだ。

「この女を結婚相手として迎えるのはだれか?」

「おれだ」シゴーンがどんと自分の胸をたたいた。「ゼン族の族長《マグナー》だ」

「シゴーンよ」メリサンドルは問いかけた。「汝は汝の炎をアリスと分かちあい、夜が暗く恐怖に満ちるとき、アリスをあたためることを誓うか?」

「誓う、おれ自身に」族長《マグナー》の誓言《せいげん》とともに、白い吐気《とき》が空気中に立ち昇った。雪がその肩にまだら模様をなしている。耳は両方とも真っ赤だ。「紅《あか》い神の炎で、この先ずっと、おれは妻をあたためる」

「アリスよ、汝は汝の炎をシゴーンと分かちあい、夜が暗く恐怖に満ちるとき、シゴーンをあたためることを誓うか？」

「誓います、夫の血が滾《たぎ》るまであたためることを」

乙女のマントは〈冥夜の守人《ナイツ・ウォッチ》〉の黒いウールだ。その背中に縫いつけられたカースターク家の〝日輪〟紋には、マントの裏につけたのと同じ白い毛皮が用いられている。

メリサンドルの双眸《そうぼう》が、喉の紅玉《ルビー》と同じほど明るく、爛《らん》と輝いた。

「では、わがもとへきたれ——ひとつに融合して」

女祭司が差し招くとともに、ゴウッと音をたてて炎の壁が燃えあがり、熱いオレンジ色の舌で雪片を舐めあげた。アリス・カースタークが族長《マグナー》の手を握る。

そして、ふたりならんだまま、炎の溝を飛び越えた。

「ふたりは炎の中に入り——」

突風が〈紅の女《レッド・ウーマン》〉の真紅のスカートをめくれあがらせた。一拍おいて、当人が裾を押しもどした。

「——ひとつに融合して現われた」

メリサンドルの赤銅色の髪が頭の周囲に躍っている。

「炎をもて融合されし者、何者も分かつこと能《あた》わず」

「炎をもて融合されし者、何者も分かつこと能わず」

唱和の声があがった。〝王妃の兵〟から、ゼン族から、そして少数の黒衣の兄弟からも。

(例外は王と〝叔父〟ばかりだな)

とジョン・スノウは思った。

その〝叔父〟ことクレガン・カースタークが現われたのは、姪が逃げこんできて一日後のことだった。随行してきたのは、騎馬の兵士が四名に、狩人一名、猟犬数頭だ。鹿でも追うようにして、犬を使い、レディ・アリスの臭跡をたどってきたのである。ジョン・スノウは〈王の道〉上、土竜の町《モウルズ・タウン》の南二キロ半の位置で一行を捕捉した。黒の城《カースル・ブラック》に乗りこまれて客の権利をふりかざされたり、娘の返還交渉に持ちこまれたりされては、面倒なことになるからだ。接触したさいには、カースターク兵のひとりがタイに向かって弩弓《クロスボウ》の太矢を放ち、その結果、逆に生命を断たれた。追手側の人数は、クレガンを除いて、これで四人に減ったことになる。

さいわい、氷穴房《アイス・セル》の数は十二房あった。

(全員を余裕で収容できる数だ)

ほかのことと同様、〈壁〉においては紋章の概念も意味を失う。七王国の貴族に見られる慣習を持たないゼン族には、一族の紋章などないので、ジョンは雑士《スチュワード》たちに適当なものをでっちあげるようたのんだ。こうして見ると、なかなかよくできている。シゴーンがレディ・アリスの肩にかけた花嫁のマントに描かれているのは、白いウールの下地に青銅の円盤の図案を配し、その円盤の縁を炎に見たてた真紅のシルクで取りまいたものだった。注意して見れば、カースタークの〝日輪〟を原型としたことがわかるが、それでいて、ゼン家にふさわしい紋章になるような改修も施されている。

族長《マグナー》は、アリスの肩から乙女のマントを剝ぐときこそ乱暴な動作になったものの、花嫁のマントを肩にかける所作は、むしろやさしいほどだった。シゴーンが身をかがめてアリスの頰にキスしたとき、ふたりの白い吐気が混じりあった。溝の炎がふたたび音高く燃えあがる。

〝王妃の兵〟が讃歌を唱えはじめた。

「終わりですか？」

ジョンの横で〈サテン〉がささやいた。

「終わりだ、終わり」マリーが小声でいった。「めでたいこった。おふたりさんは結婚して、おれは半分凍っちまった」

そういうマリーは、手持ちでいちばん上等の黒衣に身を包んでいるが――まだ新しくて、ウールがほとんど色褪せていない――頰が寒風で赤毛と同じくらい真っ赤になっている。

「ホップがワインに肉桂《シナモン》と丁子《クローブ》を混ぜて待ってくれてる。あったまるぜえ」

「丁子《クローブ》って？」〈薄馬鹿オーウェン〉がたずねた。

いつしか、降雪ははげしさを増し、溝の炎をかき消しつつあった。参列者が散りはじめ、〝王妃の兵〟も〝王の兵〟も自由の民も、みんな郭《くるわ》から引きあげていく。一刻も早く寒風と寒気から逃れたいのだ。

「総帥もおれたちと祝杯をあげますか？」

マリーがジョン・スノウにたずねた。

「すぐに顔を出す」

さもないと、シゴーンは侮辱されたと思うだろう。

(結局、この結婚はおれが仕組んだことだしな)

「そのまえに、片づけておかなくてはならないことがあるんだ」

ジョンはゴーストをともない、セリース王妃のもとへ歩いていった。長靴《ちょうか》の下で古い雪の層がばりばりと割れていく。建物と建物をつなぐ道から雪かきをするのは、ますます時間がかかる作業になっていた。そのため、〈蚯蚓《ミミズ》の道〉と呼ばれる地下隧道《トンネル》をみなが使う割合は圧倒的に増えている。

「……なんと美しい儀式だったことでしょう」王妃がしゃべっていた。「われらが紅《あか》い神が、燃える視線でもって、わたしたちを見そなわすのが感じられたのよ。ああ、いったい何度、スタニスにたのんだことでしょう――もういちど結婚の儀式を執り行なっていただきたい、〈光の王《ロード・オブ・ライト》〉の御前で肉体と魂の真の結合をはたしてほしいと。炎で結ばれさえしたら、陛下にもっと子供を産んでさしあげることができるのに」

(もっと子供を産むには、まず同衾することだな)

スタニス・バラシオンが王妃を何年も遠ざけている話は、〈壁〉でさえよく知られている。戦争のさなかに結婚式をあげなおすことに対して、王がどのような反応を示したかは想像に難くない。

ジョンは王妃に一礼し、声をかけた。

「失礼ながら、陛下、披露宴の用意ができています」

王妃はゴーストをうさんくさそうに一瞥してから、ジョンに顔を向けた。

「わかりました。道はレディ・メリサンドルがごぞんじのはずですね」

〈紅《あか》の女祭司〉が答えた。

「わたしは炎の中を見つめていなければなりません、陛下。あるいはル＝ロールがスタニス陛下のお姿をかいま見させてくださるかもしれませんので――おそらくは、大いなる勝利の光景を」

「まあ」セリース王妃は虚をつかれたような顔になった。「そう……では、祈りましょう、われらが神の幻視が……」

「〈サテン〉、陛下をお席に案内してさしあげろ」

ジョンはさえぎるようにいった。

サー・マレゴーンが進み出てきた。

「陛下ならおれが宴席までお送りする。おまえの……雑士《ぞうし》の助けはいらん」

一瞬、口ごもったのはなぜだろう？　別のことばを口にしようとしたのだろうか。それはなんだ？　〝小僧〟か？　〝ペット〟か？　〝男娼〟か？

ジョンはふたたび一礼した。

「ご随意に。わたしもすぐに参加します、陛下」

サー・マレゴーンがひじを差しだし、セリース王妃はその腕にぎくしゃくと手をかけた。反対の手は娘の肩にあてがったままだ。そのうしろから、王妃の取り巻きたちがぞろぞろと郭を横切っていった。道化の帽子についた牛用の鈴《カウベル》の音にリズムを合わせているかのような歩きぶりだった。

「海の底では宴《うたげ》のさなか、男の人魚ら大はしゃぎ、食する料理は海星《ヒトデ》のスープ、給仕をするのはみんな蟹」道化の〈まだら顔《パッチフェイス》〉が歌った。「知ってる、知ってる、おう、おう、おう」

メリサンドルの顔が陰った。

「あの道化、危険だわ。炎の中に何度あの道化の姿を見たことかしら。ときどき、炎に見るあの男は髑髏《どくろ》をいくつもまとっていて、唇が血で真っ赤に濡れているのよ」

（不思議なくらいだよ、あなたがまだ、あのあわれな男を焚刑《ふんけい》に処していないのがね）

王妃にひとこと、耳打ちしさえすれば、〈パッチフェイス〉はメリサンドルの炎の餌食となるだろうに。

「道化は炎の中に現われるのに、スタニス王は影も形も見えないんですか？」

「王をお探ししても、見えるのは雪ばかり」

（またいつもの無益な答えだ）

クライダスは深林の小丘城《ディープウッド・モット》へと使い鴉を飛ばした。アーノルフ・カースタークの裏切りを王に報告するためだったが、使い鴉が王のもとまでたどりつけたのかどうか、その知らせが間にあったのかどうか、ジョンにはわからない。ブレーヴォスの銀行家も、ジョンがつけた案内人たちに導かれてスタニスの捜索に向かったものの、なにしろこの戦争と天候だから、首尾よくスタニスを見つけられたら驚異というべきだろう。

ジョンは〈紅の女祭司〉にたずねた。

「王が亡くなった場合、それとわかりますか？」

「亡くなってなどいません。スタニス王は神に選ばれしお方。暗黒に対する戦いを導くよう運命づけられているのよ。炎の中にもそのお姿を見たし、古き予言にもその旨が記載されていたわ。赤き星が血を流し、闇が集うとき、アゾル・アハイは煙と塩のただなかで再誕され、石からドラゴンを目覚めさせるであろうと。そして煙と塩の地とは、ドラゴンストーン島のことにほかならないの」

どれもこれも、以前に聞かされた話ばかりだった。

「スタニス・バラシオンはドラゴンストーン城の城主ではありましたが、あそこで生まれたわけではありません。生まれは嵐の果て城《ストームズ・エンド》です――兄弟たちと同様に」ジョンはここで眉をひそめた。「すると、マンスは？　マンスの消息も知れないんですか？　炎の中にはなにが見えました？」

「同じよ、残念ながら。ただ雪だけ」

（雪か）

雪はいま、南のほうが激しく降っていることをジョンは知っている。ここから馬でわずか二日のところで、〈王の道〉は通行不能になっていた。

（メリサンドルもそれは知っている）

東のほうでは、〈海豹の入江《アザラシ》〉で激烈な嵐が荒れ狂っているそうだ。最後に受けた報告によれば、堅牢な家《ハードホーム》に集《つど》う自由の民を助ける目的で、急遽仕立てたみすぼらしい船団は、海が荒れて湾から出るに出られず、いまだ東の物見城《イーストウォッチ》にへばりついたままだという。

「見えているのは、雪ではなくて、炎の上昇気流に舞う灰じゃないんですか」

「髑髏は見えているのよ。そして、あなたもね。炎を覗きこむたびに、あなたの顔が見える。以前に警告した危険は、もう間近に迫っています」

「例の〝闇にきらめく短剣〟、ですか。わかっていますよ。ただ、わたしが疑念を持つのもむりはないでしょう、マイ・レディ？　〝死にかけの馬に乗り、灰色の服に身を包む娘が、仕組まれた結婚から逃げだしてくる〟とあなたはおっしゃった」

「まちがってはいなかったでしょう」

「しかし、正しくもありませんでした。アリスはアリアではありません」

「幻視自体はまちがっていなかったわ。まちがっていたのは、わたしの解釈。わたしとて、あなたと同じ定命《じょうみょう》の人間なのよ、ジョン・スノウ。定命の者はみな、あやまちを犯すものなの」

「総帥でさえも――ですか」

マンス・レイダーと槍の妻《スピアワイフ》たちは、いまだにもどってくる気配がない。ジョンとしては、〈紅の女〉が意図的にうそをついたのではないかと疑わずにはいられなかった。

(この女、自分自身のゲームを楽しんでいるのか?)

「いずれにしても、その狼、いつもそばに侍らせておいたほうがいいわね、総帥」

「ゴーストが遠くまで離れることはめったにありません」自分の名前を呼ばれて、大狼《ダイアウルフ》がずっと顔をあげた。ジョンは狼の耳のうしろを掻いてやった。「では、これで失礼します。ゴースト、いくぞ」


〈壁〉の基部にうがたれ、部厚い木の扉でふたをされた氷穴房《アイス・セル》は、大きい順にならんでいた。なかには人が歩きまわれるほど大きな房もあるし、入れられた者がすわりこまざるをえないほど小さな房もある。いちばん小さいものになると、せますぎてすわることすらできない。

捕虜の中心人物は、いちばん大きな独房に閉じこめてあった。いちおう、用便用の桶と、凍えずにすむ程度の毛皮、それにワインの革袋は与えてある。鍵穴の中には氷が張っていたため、見張りたちが独房の扉をあけるのにすこし時間がかかった。錆びた蝶番《ちょうつがい》が呪われた魂のようにギーッと不気味な悲鳴をあげるなかで、〈枝削り《ウィトルスティック》のウィック〉が扉を手前に引っぱり、ジョンがすべりこめるだけの隙間をあけた。かすかな糞尿臭の出迎えを受けたが、覚悟していたほどひどくはなかった。これほどきびしい寒さの中では、糞尿でさえ凍りつくからだ。氷の壁に映りこんだ自分の鏡像がかすかに見えた。

独房の片隅には毛皮の山があった。ほぼ人間の背丈くらいの高さまで積みあげられている。

「カースターク」とジョン・スノウはいった。「起きろ」

毛皮の山がもぞもぞと動いた。何枚かが凍って張りついており、毛皮が動くのに合わせて、全体をおおう霜がきらめきを放った。まず最初に片腕が現われた。ついで、顔が。もつれてもじゃもじゃの茶色の髪には、灰色の筋が走っている。そして、猛々しい目、鼻、口、顎鬚《あごひげ》。口髭には氷が張っており、凍った鼻水がへばりついていた。

「スノウ」口からただよう白い吐息が、頭のうしろの氷をぼやけさせた。「おまえにおれを拘束する権利はない。歓待の決まりが――」

「おまえはおれの客ではない。おれの許可なく、武装して〈壁〉まで押しかけてきたうえ、本人の意志に反して自分の姪を連れ去ろうとした。レディ・アリスにはパンと塩を提供した。ゆえに、わが客だ。それに対し、おまえは囚人以外のなにものでもない」その意味を相手が理解するまで、ジョンは間を置いた。「ところで、おまえの姪だが、結婚したぞ」

クレガン・カースタークの唇がめくれあがり、歯がむきだしになった。

「アリスはおれと婚約していた」独房に押しこまれたときのクレガンは、五十を過ぎながら、なおも屈強といえる男だったが、この寒さの中ですっかり力を失い、衰弱していた。「城主たるわが父は――」

「おまえの父親は城代だ、城主ではない。城代には、結婚の取り決めをする権利はない」

「わが父アーノルフはカーホールド城の城主だぞ」

「おれが知っているすべての法によれば、叔父よりも息子のほうが継承権は上だ」

クレガンは苦労して立ちあがり、足首にまとわりついている毛皮を蹴り飛ばした。

「ハリオンは死んだ」

（あるいは、もうじき死ぬかだな）

「そして、叔父よりも娘のほうが継承権は上だ。兄が死んだなら、カーホールド城はレディ・アリスに属する。そのアリスは、いましがた、ゼン族の族長《マグナー》シゴーンと成婚した」

「野人とか。薄汚れた殺戮鬼の野人とか」

クレガンの両手がぎゅっとこぶしを作った。手をおおう手袋は革製で、毛皮の裏がついている。広い肩からたれる、毛足がもつれてごわごわになったマントも、手袋と同様、毛皮の裏打ちがあった。黒いウールの長い外衣《サーコート》には、カースターク家の紋章である〝白い日輪〟の刺繡が施されている。

「おまえが何者なのかは知っているぞ、スノウ。半分は狼、半分は野人だ。反逆者と娼婦の卑しい庶子だ。そんなおまえが、高貴な生まれの乙女を悪臭ただよう蛮族に床入りさせたというのか。おおかた、娘の味見もしたんだな？」クレガンは笑った。「おれを殺したければ殺せ。そして親族殺しとなれ。スタークとカースタークは同じ血族だ」

「おれの名はスノウだ。スタークではない」

「私生児が」

「有罪だな。すくなくとも、その呼びかたひとつで」

「その族長《マグナー》とやらをカーホールド城までこさせてみろ。そいつの首を刎《は》ねて厠《かわや》につっこみ、みなで口の中に小便をしてやる」

「シゴーンはゼン族二百名を率いていく」ジョンは指摘した。「それに、レディ・アリスは、自分が出向けばカーホールド城は門戸を開くと見ている。おまえが連れてきた部下のうち、すでにふたりはレディに忠誠を誓い、おまえの父親がラムジー・スノウと立てた企みに関し、レディが行なった証言はすべて事実と認めた。おまえにはカーホールド城に親族がおおぜいいると聞いている。おまえがひとこと開城を申し添えれば、その者たちは死なずにすむぞ。城を明けわたせ。レディ・アリスは自分を裏切った女たちを赦《ゆる》し、男たちには黒衣をまとうことを許可するだろう」

クレガンはかぶりをふった。もつれた頭髪には氷の粒が生じており、頭を動かすたびに、氷同士がぶつかって小さく音をたてた。

「断じておまえのいいなりにはならん」とクレガンはいった。「永遠《ネヴァー》に、永遠《ネヴァー》に、永遠《ネヴァー》に」

（こいつの首をレディ・アリスと族長《マグナー》の結婚の引出物にしてやるべきか）

ジョンはそう思ったものの、そんな危険は冒さないことにした。〈冥夜の守人《ナイツ・ウォッチ》〉は他事にいっさい関与しない。領土紛争にもだ。すでにスタニスに対する肩入れが過ぎる、と問題視する者たちもいることだし。

（この馬鹿の首を刎ねれば、北部人を殺してその土地を野人に与えたといわれるだろうな。といって、こいつを解放すればしたで、レディ・アリスと族長《マグナー》に対しておれがしたことを、ことごとくつぶしにかかるはずだ）

父ならどうしただろう。叔父ならどう対処しただろう。だが、エダード・スタークは死に、ベンジェン・スタークは〈壁〉の向こうの凍土で行方不明となった。

〝あんたはなにも知らないんだね、ジョン・スノウ〟

「永遠《ネヴァー》とは長い時だ」とジョンはいった。「あすになれば考えも変わっているかもしれん。あるいは、一年もすればな。しかし、早晩、スタニス王は〈壁〉にもどってくる。もどってきたら、おまえを死刑に処すだろう……その時点で、おまえが黒衣をまとっていないかぎり。黒衣をまとった者は、それまでの罪を赦《ゆる》される」

（おまえみたいな外道でもだ）

「では、これで失礼するぞ。宴に出なければならないのでな」


氷穴房《アイス・セル》の凍てつく寒さのあとだけに、人で混みあう地下食堂はむわっと暑く感じられた。階段を降りはじめた段階で、早くも息苦しくなったほどだった。空気は煙とローストした肉、香料入りホットワインのにおいであふれていた。サー・アクセル・フロレントは、ジョンが公壇の席につくと、酒杯をかかげた。

「スタニス王とそのお妃、北部の光たるセリーースさまに、乾杯！」サー・アクセルが大声で乾杯の音頭をとった。「そして、ル＝ロールに。〈光の王《ロード・オブ・ライト》〉がわれらを護りたまいますように！

王土はひとつ、神は一柱《ひとはしら》、王もひとり！」

「王土はひとつ、神は一柱、王もひとり！」

〃王妃の兵〃が唱和した。

ジョンはみんなとともに酒杯をかたむけた。アリス・カースタークがこの結婚をどれだけ歓迎しているかはわからないが、すくなくとも今夜は祝賀の対象だ。

雑士《ぞうし》たちが一品めの皿を配りだした。山羊の肉と人参《ニンジン》を具に加えたオニオン・スープだ。晩餐のごちそうとまではいかないが、栄養価は高いし味もなかなかで、腹の底から温まる。〈薄馬鹿オーウェン〉が提琴《フィドル》を弾きはじめると、自由の民の何人かが笛と太鼓を持ち出し、演奏に加わった。

（あれはマンス・レイダーが〈壁〉を襲撃した日に使われていたのと同じ笛と太鼓だな）

だが、状況がちがえば、同じ楽器でも美しい音色に聞こえる。

スープといっしょに配られたのは、きめの粗い焼きたての黒パン《ブラウン・ブレッド》だった。各テーブルには塩とバターが置いてある。それを見て、ジョンの気分は沈んだ。バウエン・マーシュの話では、塩の備蓄は充分にあるが、バターは月が変わる前に尽きてしまうという。

公壇のすぐ下にすわる栄誉は、フリント老と〈ノレイの主《ぬし》〉に与えられていた。両人とも齢をとりすぎていて、スタニスの進軍にはついていけず、かわりに息子と孫息子たちを送りだしたのだが、それでもまだ、結婚式に招かれるとさっそく下山して、黒の城《カースル・ブラック》を訪れる程度の機敏さは残っていたようだ。〈壁〉を訪問するさい、ふたりは乳母たちを連れてきていた。ノレイ側の乳母は四十歳で、ジョン・スノウが見たこともないほどばかでかい乳房の持ち主だった。フリント側の乳母は十四歳で、少年と見まがう平らな胸をしているが、乳はちゃんと出るという。このふたりにたっぷりと乳を含まされて、ヴァルが〈怪物〉と呼んだ赤子は幸せそうにしていた。

そこまではありがたいのだが……海千山千の老戦士両人が、それだけのために丘を降りてきたとは思えない。どちらも少数の戦士を引き連れてきていることでもある。フリント老は五人、〈ノレイの主〉は十二人だ。以上の全員が、ぼろぼろの毛皮と鋲を打った革鎧を着用しており、冬の顔のように恐ろしい外見の者ばかりだった。長い顎鬚をたくわえている者もいれば、顔に傷がある者もおり、その両方の者もいる。そして全員が、北の古い神々を信仰していた。この点は、〈壁〉の向こうからきた自由の民と変わらない。それなのに、いまは披露宴の席にすわって、祝いの酒を飲んでいる。この結婚を祝福したのが、海の向こうから渡来した、奇妙な紅い神だというのにだ。

（祝い酒を拒否されるよりましか）フリントもノレイも、カップをひっくり返し、ワインを床にぶちまけるようなまねはしていない。それはある程度まではこの結婚を許容するという意思表示なのかもしれない。（それとも、南部の上等なワインをむだにするに忍びなかっただけか。岩がちの丘の上では、こんなにいいワインはそうそう味わえないだろうからな）

つぎの料理が出てくるまでのあいだ、サー・アクセル・フロレントがセリース王妃を誘い、食堂の中央でダンスをはじめた。ほかの者たちもそれに倣《なら》い、王妃の騎士たちが王妃を取り巻く淑女たちを誘って踊りだした。サー・ブラスはまずシリーン王女と、つぎに王妃と踊り、サー・ナーバートは王妃の淑女たちと順番に踊っていった。

この地に残る〝王妃の兵〟は、淑女の三倍は人数がいるので、もっとも身分の低い侍女でさえ踊りに狩りだされた。何曲かおわるころには、黒衣の兄弟のなかにもダンスに参加する者が出はじめた。〈壁〉送りになる罪を犯す以前、若いころに宮廷や城で憶えたステップを思いだしたのだろう。元は無頼《ぶらい》の徒だった〈王の森のアルマー〉老人は、弓の腕前だけではなく、ダンスにも優れていることがわかった。お相手を務めた淑女や侍女は、そのダンスの華麗さとともに、〈王の森兄弟団〉での武勇伝に――サイモン・トインや〈太鼓腹のベン〉とともに馬を駆り、〈白き仔鹿《ホワイト・フォーン》のウェンダ〉が高貴な生まれの捕虜の尻に焼き印を押すのを手伝ったときの話に――すっかり魅了されたにちがいない。〈サテン〉もかなりの踊り手で、三人の侍女と交替で踊ったが、高貴な生まれの淑女にはけっして近づこうとはしなかった。賢明な判断だな、とジョンは思った。王妃の騎士の一部が〈サテン〉を見る視線には剣呑なものがある。とりわけ、〈王の山のサー・パトレック〉の視線が険しい。

（あの男、だれかの血を流したくてしかたがないらしい。因縁をふっかける相手をさがしているんだ）

〈薄馬鹿オーウェン〉が〈パッチフェイス〉とダンスをはじめると、半円筒形の天井に笑い声がこだました。その光景に、レディ・アリスもほほえみを浮かべた。

「黒の城《カースル・ブラック》ではよくダンスをするの？」

「結婚式があったときはかならずね、マイ・レディ」

「わたしと踊ってくださってもいいのよ。儀礼上のつきあいで。以前はすぐに踊ってくれたでしょう」

「すぐに？」ジョンはからかうようにいった。

「子供のころってことよ」アリスはパンをすこしちぎり、ジョンに投げつけた。「ちゃんとわかってるくせに」

「マイ・レディはご夫君とダンスするべきだろう」

「わたしの族長《マグナー》は、どうもダンス向きではなさそうなの。そんなにダンスするのがいやなら、せめて香料入りワインでもついでちょうだい」

「御意」

ジョンは雑士に合図し、細口瓶を持ってこさせた。

「ともあれ」ワインをつぐジョンに向かって、アリスはいった。「これでわたしも結婚した女性。夫は野人で、ささやかな野人の軍勢をしたがえているわ」

「自由の民というのが彼らの呼び名だ。すくなくとも、たいていの者はそう自称する。だが、ゼン族は毛色がちがっていてね。そうとう古い歴史を持っている」

これもイグリットから教わった話だった。

〝あんたはなにも知らないんだね、ジョン・スノウ〟

「ゼン族というのは、霜の牙《フロストファング》の北端にある高い峰に囲まれた隠れ谷の民族なんだ。何千年ものあいだ、人間よりも巨人族と交流するほうが多かった。それでなにかと異質なんだよ」

「異質、ねえ。でも、ずいぶん人間くさいわよ」

「そのとおりさ、マイ・レディ。ゼン族にも、支配する者と法が存在するんだ」（そして、ひざの屈しかたも知っている）「それに、錫《すず》と銅を採掘して青銅を作り、その青銅で自前の武器や鎧を鋳造してもいる。けっして盗みを働いたりはしない。誇り高くて勇敢な民族だ。マンス・レイダーは、自分を〈壁の向こうの王〉として認めさせるまで、前族長《マグナー》のスターを三回打ち負かさねばならなかったそうだよ」

「そしていまは〈壁〉のこっち側にきているわけね？　山塞《さんさい》から追いたてられて、わたしの寝室にやってきた、と」苦笑を浮かべた。「元はといえば、わたしの失敗だわ。父からは、あなたのにいさまのロブを籠絡《ろうらく》するようにいわれていたんだけれど。わたしはまだ六歳で、籠絡のしかたなんて知らなかったんだもの」

（だろうな。しかし、いまはもうじき十六歳の乙女だ。われわれとしては、新郎を魅了するすべを心得ていてくれるよう祈るしかない）

「ところで、マイ・レディ――カーホールド城の食料事情はどんなぐあいだい？」

「あまりよくはないわね」アリスはためいきをついた。「父は相当数の男たちを南へ連れていったので、収穫のための人手は女子供しかない状態だったの。女子供、それから、戦争にいくには齢をとりすぎているか、からだの自由がきかない者たち。だから、穀物は畑で立ち枯れて、秋の雨に打たれて泥にまみれてしまったわ。そこへこの雪でしょう。こんどの冬はひどいことになりそう。冬を越せる老人はすくないだろうし、子供もかなりの数が失われるでしょうね」

それは北部人ならみんな知っていることだった。

「父の母方の祖母は山岳系フリントの出でね」とジョンはいった。「当人たちの呼びかたを使えば、フリント本家だな。彼らにいわせると、ほかのフリント家はみな、嫡流ではなくて、食料や土地や妻をもとめて山を捨てていった者たちの子孫なんだそうだ。じっさい、山上の暮らしはきびしい。雪が降れば食料がとぼしくなり、年寄りでない者は、町に避難するか、どれかの城に出仕するかの、どちらかしかない。老人たちは、残っている力をふりしぼり、狩りへいくと宣言する。春の訪れとともに死体が見つかることもあるが、たいていはもう、二度と姿は見られない」

「カーホールド城でも似たようなものよ」

意外ではなかった。ジョンはつづけた。

「城の備蓄が心もとなくなってきたら、マイ・レディ、おれたちのことを思いだしてくれ。老人たちを〈壁〉に送りだして、〈守人《もりうど》〉の誓いを立てさせてくれ。ここでなら、すくなくとも、思い出だけをぬくもりとして、雪の中で孤独に死んでいくことはない。割ける余裕があるなら、少年も送ってくれ」

「そうするわ」アリスはジョンの手をぐっと握った。「この恩義、けっしてカーホールドは忘れません」

箆鹿《ヘラジカ》が切り分けられた。ジョンが期待していたよりも、数段いいにおいだった。切り分けられた肉の一部は〈ハーディンの塔〉にいる〈革〉たちのところへ持っていかせた。野菜のローストを盛った大皿三枚は、〈革〉といるウァン・ウァンのためのものだ。それがすむと、自分でも肉の大きなスライスを食べた。

(〈三本指のホッブ〉のやつ、いい仕事をしたな)

この点も心配の種だった。二晩前のこと、ホッブはジョンのところへやってきて、自分は野人を殺すために〈冥夜の守人《ナイツ・ウォッチ》〉に加わったのであって、野人に食わす料理を作るためではない、と文句をいったのだ。

「だいたい、結婚披露宴のごちそうなんて作ったことないんだぜ、ム＝ロード。黒の兄弟は女房なんかもらわないいんだからさ。あのいまいましい誓いに、ちゃんと謳ってるでしょうがよ」

ジョンが鹿のローストを香料ワインで流しこんだとき、クライダスが横に現われ、

「鳥がきた」

といって、ジョンの手に羊皮紙を握らせた。手紙は硬い円形の黒蠟で封印されていたため、中身を見る前から、どこからの手紙かはひと目でわかった。

(東の物見城《イーストウォッチ》か)

手紙は学匠《メイスター》ハーミューンの手になるものだった。〈小農《コター》のパイク〉は読み書きができないからだ。しかし、愛想なしで要点だけの内容からすると、パイクの口述を書き記したものにちがいない。

〝本日、波静か。十一隻、朝の引き潮に乗り、ハードホームへ出港。内訳は、ブレーヴォス船三隻、ライス船三隻、わが持ち船五隻。ライス船のうち二隻は耐航性に不安あり、ご命令なれど、救出せる野人の溺死に至る恐れなしとせず。積載の使い鴉は二十羽、メイスター・ハーミューンも同行。折々に報告を送る。船団長は《鉤爪《タロン》》の自分、副船団長は《黒い鳥《ブラックバード》》の〈潮馴《しおな》れ衣《ごろも》〉。東の物見城《イーストウォッチ》の留守居役はサー・グレンドンに〟

「黒き翼、黒きことば？」

アリス・カースタークがたずねた。

「いいや。待ち望んでいた知らせだ」

(ただし、最後の部分は気になるがな)

グレンドン・ヒューエットは歴戦の強者《つわもの》で、コター・パイクの留守居役として順当な選択ではある。しかし、アリザー・ソーンが恃《たの》みにする友人であり、短いあいだではあったが、ジャノス・スリントとも誼《よしみ》を通じていた。このヒューエットにベッドから引きずりだされ、長靴《ちょうか》であばらを蹴られたときの痛みはいまでも憶えている。

(おれだったら、絶対に留守居役には選ばない男だ)

羊皮紙を丸め、ベルトにつっこんだ。

つぎは魚料理が運ばれてきた。だが、川梭魚《カワカマス》の骨が取り除かれているあいだに、レディ・

アリスはゼン族長《マグナー》をダンスフロアに引っぱりだした。その動きぶりからすると、シゴーンはいちども踊ったことがないようだったが、香料ワインで酔っぱらっていて、そんなことには気がまわらなくなっているのだろう。

「北部の乙女と野人の戦士が、〈光の王《ロード・オブ・ライト》〉によって結ばれるとはな」サー・アクセル・フロレントが、レディ・アリスがそれまで座していた席にすべりこんできた。「王妃陛下もいたく喜んでおられる。おれは陛下に近しいゆえ、陛下のお考えがとてもよくわかるのだ。スタニス王もこの婚姻をおおいにお喜びになるだろう」

(ルース・ボルトンに首をさらされていなければな)

サー・アクセルは語をついだ。

「だが、全員が好意的にとらえているわけではない」サー・アクセルの顎鬚はたれたあごの下でぼうぼうに伸びているし、耳と鼻の孔からは強《こわ》い毛が何本も突きだしている。「サー・パトレックは、レディ・アリスにはもっといい縁組があっただろうと思っているぞ。北部へくるとき、サー・パトレックは土地をなくしてしまったんだ」

「この食堂にいる者のなかには、もっと大きなものを失った者がおおぜいいる」とジョンは答えた。「それに、人間の領土を護るうえで、いっそう大きな犠牲を払った者たちもいる。自分の命だ。サー・パトレックはむしろ、運がいいほうだと思うべきではないのかな」

アクセル・フロレントはにやりと笑った。

「王がここにおわさば、同じことをおっしゃったろう。しかし、スタニス陛下に忠実な騎士

には、それなりの配慮があってしかるべきではないか。そう思わぬか？　みんな、ここまで

多大な犠牲を払って陛下につきしたがってきたんだ。たしかにわれわれは、あの野人どもを

いいいい王の治世と王土に組みいれねばならん。こんどの結婚は、そのよき一歩となろう。しかし、

野人のプリンセスが結婚するところをごらんになれば、王妃陛下もおおいに喜ばれるのでは

ないか？」

ジョンはためいきをついた。いいかげん、げんなりする。ヴァルは本物のプリンセスでは
ないと何度説明しても、この連中は聞く耳を持たないらしい。

「あなたもしつこいな、サー・アクセル。それだけは認めよう」

「おれを責めるのか？　しかし、これほど条件のいい物件、そうそうめぐり会えるものでは
ないしな。齢ごろの娘で、見目《みめ》も悪くないと聞いているぞ。腰つきも上々、胸も上々、子を
ぽろぽろ産むのに適した体形だそうな」

「その子の父親となるのはだれだ？　サー・パトレックか？　あなたか？」

「おれよりふさわしい人物がいるか？　われわれフロレント家の者は、いにしえに君臨した
歴代園芸王の血を引いているのだ。結婚の儀式はレディ・メリサンドルが執り行なえばよい。
レディ・アリスと族長《マグナー》のときのように」

「式をあげようにも、花嫁がいないじゃないか」

「連れてくるのはたやすかろう」

フロレントの作り笑いには悪意がにじみ、見ていて気持ちが悪いほどだった。

「野人の姫はどこにいる、スノウ総帥？　ほかの城のどれかに移したのか？　灰色の楯《グレイガード》か、影の塔《シャドウ・タワー》か？　それとも〈娼婦の穴〉こと長形墳《ロング・バロウ》に、ほかの女らといっしょにいるのか？」

ぐっと顔を近づけてきた。「なかには、あんたが自分の慰みとするために隠しているという者もいるぞ。おれ自身は、そこのところはどうでもいい。姫が子供を孕《はら》んでいるのでもないかぎり、その点は問わん。おれの息子を産ませられれば、それでいい。かりにあんたが姫を手なずけていたとしても……おたがい世故に長けた人間だ。そうだろう？」

もううんざりだった。

「サー・アクセル、あんたがほんとうに〈王妃の手〉なのだとしたら、王妃陛下が気の毒でならない」

フロレントの顔に怒りで朱が差した。

「では、ほんとうなのだな？　おまえは姫をひとり占めするつもりなんだ。いまわかった。庶子の分際で、父親の居城がほしいんだ」

（父の居城に別れを告げてきた庶子に向かって、なにをいうのやら。だいたい、こ、この庶子がヴァルをほしいと思ったら、ひとこと本人にそういえばすむことだ）

「これで失礼する。外の空気を吸ってきたほうがよさそうだ」

（ここは臭くて、息がつまる。おまえのせいでな）

そのとき、ジョンははっと横を向き、耳をすました。

「角笛だ」

ほかの者たちも角笛の音を聞いた。音楽と笑い声がぴたりとやんだ。踊っていた者たちも凍りつき、耳をそばだてている。ゴーストでさえ耳をぴんと立てていた。

「いまの音、聞いた？」

セリース王妃が騎士たちに問いかけた。

「戦角笛《いくさつのぶえ》です、陛下」サー・ナーバートが答えた。

喉元にあてがわれた王妃の手は小刻みにわなないている。

「襲撃者が吹いているの？」

「ちがいます、陛下」〈王の森のアルマー〉が答えた。「あれは〈壁〉の上の歩哨が吹いているのです」

（戦角笛の長いひと吹きは――）とジョン・スノウは思った。（――〝哨士《レンジャー》還る〟の合図だ）

そのとたん、もういちど角笛の音が響きわたった。その音は地下の食堂内に、隠々と宿りつづけた。

「二回、吹いた」マリーがいった。

黒の兄弟、北部人、自由の民、ゼン族、〝王妃の兵〟――。だれもかれもが息をひそめ、耳をすましている。鼓動五回ぶんの時間が過ぎた。十回ぶん。二十回ぶん。ここにおいて、〈薄馬鹿オーウェン〉がくすくす笑い、それをきっかけに、ジョン・スノウはふたたび息ができるようになった。

「角笛の音、二回だ」

一同に向かって、ジョンはいった。

「野人がきた」

(だめだったか、ヴァル——)

〈巨人殺し《ジャイアンツベイン》のトアマンド〉が、ついに襲撃してきたのである。

50──デナーリス

大広間は、ユンカイの笑い声、ユンカイの歌、ユンカイの祈りであふれていた。ダンサーたちが踊っている。楽師たちが、鈴、金切り声、風船笛を使って、奇妙な音楽を奏で、歌手たちが〈ギス古帝国〉系の意味不明な言語で、いにしえの愛の歌を歌っている。あちこちでワインがつがれた。〈奴隷商人湾〉の薄くて色の淡いワインではない。はるばるアーバー島から運んできた濃厚で甘いヴィンテージや、馴じみのない香料で香りをつけたクァース産の夢見ワイン《ドリーム》だ。ユンカイ人たちは、ヒズダール王の招きに応じ、和平条約への調印と、再生なった世に名高いミーリーンの闘技場見物のためにやってきた。デナーリス女王の高貴なる夫は、ユンカイ人を饗応するため、大ピラミッドを開放したのである。

（こんなのはいや）とデナーリス・ターガリエンは思った。（どうしてこんなことになってしまったの。どうしてわたしは、皮を剝いでやりたい者たち相手に酒を飲んで、ほほえみを浮かべているの）

十種類以上もの肉や魚が供された。駱駝《ラクダ》、鰐《ワニ》、鳴烏賊《ナキイカ》、焼いて照りをつけた鴨、棘虫《トゲムシ》──あまりエキゾチックすぎない食材を好む者向けには、山羊、豚の塩漬け、馬。それと、犬だ。

いかなるギスカルの饗宴も、犬料理なくして完全とはいえない。ヒズダールの料理人たちは、四種の犬料理を用意していた。

「ギスカル人は、泳ぐもの、飛ぶもの、這うものなら、なんでも食べます。例外は、人間とドラゴンくらいですか」あらかじめダーリオから警告を受けてはいた。「それに、賭けてもいい、機会さえあれば、ドラゴンだって食おうとしますよ」

だが、肉だけでは食事が成立しないので、果物、穀物、野菜の料理も供された。室内には蕃紅花《サフラン》、肉桂《シナモン》、丁子《クローブ》、胡椒等の高価な香料の芳香がただよっている。

ダニーは料理にはほとんど手をつけなかった。

（これが平和なのよ）と自分に言い聞かせる。（これがわたしの望んだもの、勝ちとろうと努めてきたもの、わたしがヒズダールと結婚したのはこのため。それなのに、この敗残者の気分はなぜ？）

「もうすこしのしんぼうだからね、愛しい人よ」宴《うたげ》に先立って、ヒズダールは請けあった。「ユンカイ人はすぐに引きあげる。同盟者と傭兵たちもだ。今後、望むものはなんでも手に入る。平和、食料、通商――。ミーリーンの港はふたたび開かれて、各地との船の行き来も許可されよう」

「通行の許可を出しはするでしょうとも」そのとき、ダニーはそう答えた。「でも、軍船はあとに残していくはず。その気になれば、いつでもわたしたちの喉を絞めあげられるように。しかも、あの連中、わたしの囲壁《へき》の目と鼻の先で、奴隷市場を再開したのよ！」

「しかし、囲壁の外ではある、愛しい女王よ。それが和平条件のひとつであったはずだ——妨害を受けることなく、ユンカイが奴隷貿易を再開するというのが」

「それは自分たちの都での話でしょう？　わたしから見える場所でやることではないわね」

〈賢明なる主人《ワイズ・マスター》〉たちは、スカハザダーン河のすぐ南、広大な茶色の河が〈奴隷商人湾〉に流れこむあたりで、奴隷舎と競《せ》り市場を新設したのだ。「ユンカイはわたしを面と向かって嘲罵しているんだわ。わたしの無力さを——横暴をとめるだけの力がないことを見せつけているんだわ」

「そんなポーズをとってみせているだけのことだよ」と高貴なる夫はいった。「見せつける、ときみはいったね。いいじゃないか、せいぜい示威芝居をさせておこう。ユンカイ人が立ち去ったら、奴隷市場の跡地に果物市場を設ければいい」

「立ち去ったらというけれど、いつになれば立ち去るの？　スカハザダーン河の向こうには騎馬が目撃されているわ。ラカーロがいうには、それはドスラク人の尖兵で、後方に部隊《カラザール》が迫っている由。ドスラク人は虜を連れているはずよ。おおぜいの男、女、子供たちを、奴隷商人への贈り物として」ドスラク人は奴隷の売買はしないものの、贈り物の授受ならする。「だからこそ、ユンカイ人はあんな市場を設けたんだわ。あの市場で、新しい奴隷を何千と確保して連れ帰るつもりなのよ」

ヒズダール・ゾ・ロラクは肩をすくめた。

「しかし、それでも連中は去る。重要なのはその点じゃないか。ユンカイは奴隷を売買する。

ミーリーンはしない。それが条約で折りあった条件だ。あとすこしのがまんで、この状況も峠を越える」

ゆえにいま、饗宴のあいだ、デナーリスは黙念とすわっていた。朱色の寛衣《トカール》と黒い想念を身にまとい、話しかけられたときにだけ答え、都が祝宴に興じているさなかにも囲壁の外で売り買いされている男女のことを考えつづけた。スピーチを行ない、他愛のないユンカイの冗談で客たちを笑わせる仕事は、高貴なる夫にまかせた。それが王の権利であり、義務でもあるからだ。

テーブルでの話題の大半は、あす闘技場で行なわれる予定の、闘技のことだった。いつか陳情にきた女闘士〈黒髪のバルセナ〉は、猪と闘うという。短剣対牙の闘いである。それに、クラッズや〈豹紋猫《ひょうもん》〉も試合に出るらしい。最終試合では、〈巨漢ゴゴール〉と〈骨砕きのベラークォ〉が対戦する予定だと聞いた。陽が沈むまでに、どちらかが死ぬだろう。

（手を汚さない女王などいはしない）

ダニーは自分にそう言い聞かせた。死んでいった者たちのことが思いだされる。ドリアのこと。クァロのこと。エロエのこと。そして……会ったことさえない少女のことも。少女の名はハッゼアといった。

（大門をめぐる攻防戦で何千人もが死ぬよりも、闘技場で何人かが死ぬほうがまし。それが平和の代償。それで平和が得られるなら、進んで支払いましょう。うしろをふりかえったら、迷ってしまう）

ユンカイ軍の総司令、ユルカズ・ゾ・ユンザクは、その外見からして、エイゴンの征服のときから生きていたのではないかと思われるほどに高齢の人物だった。背中が曲がり、顔はしわだらけ、歯は一本もなく、テーブルにはふたりの大柄な奴隷にかつがれて運ばれてきた。ほかのユンカイの貴人たちも、みなぱっとしない外見の者たちだった。ひとりは小柄で発育不全のようだが、侍《はべ》っている奴隷兵士たちはみな、グロテスクなほど背が高くて痩せている。三人めは若くて体格がよく、威勢がよかったが、ひどく酔っていて、なにをいっているのかさっぱりわからない。

(こんなどうしようもない者たちに、どうしてわたしはここまで追いつめられてしまったのだろう)

傭兵はまた別の問題だった。ユンカイと契約した四つの自由傭兵部隊は、それぞれ隊長が出席していた。〈風来《ふうらい》〉を代表してきたのはペントスの元貴人で、〈襤褸《らんる》の貴公子《プリンス》〉として知られる人物だ。〈長騎槍《ちょうきそう》〉の隊長、ジャイロ・リーガンは、兵士というよりも靴直し屋のようで、ぼそぼそとしゃべる。〈軍猫部隊《ぐんびょう》〉の隊長〈血染鬚《ちぞめひげ》〉は声が大きく、ひとりなのに十人はいるのかと思うほど騒々しい。これは大きな顎鬚《あごひげ》をたくわえた大柄な男で、ワインと女に目がなく、すぐに大声を出し、げっぷを漏らし、雷鳴のような音をたてて盛大に放屁し、手のとどく範囲にきた給仕の娘にはかならずいやらしいことをする。ときどきは、ひとりを引きずり寄せて、ひざの上に載せ、胸を揉んだり股に手をつっこんだりもしている。〈次子《セカンド・サンズ》〉の代表もこの場にきていた。

（ダーリオがここにいたら、血の饗宴になっていたわね）

いくら平和と引き替えだからと説いても、ダーリオはけっして、このことミーリーンに舞いもどってきた〈褐色《ブラウン》のベン・プラム〉を生かして帰しはしなかっただろう。ユンカイに対し、ダニーは貴人と傭兵隊長、合わせて七人の客にはいっさい危害を加えないと誓ったが、女王の誓いだけでは心もとなかったと見えて、ユンカイ側は人質を要求してきた。来訪したユンカイの貴人三人と傭兵隊長四人との釣り合いをとるために、ミーリーン側が送りだしたのは、ヒズダールの妹と、ヒズダールの従弟妹二名、ダニーの血盟の騎手ジョゴ、ダニーの提督グロレオ、〈穢れなき軍団《アンサリード》〉で副将を務めている〈勇士〉、そしてダーリオ・ナハリスだった。

「わが娘たちを託していきます」立ち去るまぎわ、自分の剣帯とそこに吊った半月刀《アラク》および錐刀《すいとう》を差しだし——どちらの柄《つか》も金鍍金《きんときん》が施され、全裸の娘が象《かたど》られている——ダーリオはいった。「わたしのために預かっていてください、愛しい人。この娘たちを、ユンカイ軍のあいだで振りまわしたくなったらことだから」

〈剃髪頭〉もここにはいない。ヒズダールが戴冠して真っ先にしたことは、〈剃髪頭〉ことスカハズ・モ・カンダクを解任し、自分のぽちゃぽちゃして青白い従弟、マルガーズ・ゾ・ロラクを〈真鍮の獣〉の隊長にすえる人事だったのである。

（やむをえない措置ではあるわ。〈緑の巫女《みこ》〉は、ロラク家とカンダク家のあいだに確執があるといっていたし、〈剃髪頭〉のほうもわが夫に対する軽蔑を隠そうともしなかったもの。

それに、ダーリオは……)

結婚式以来、ダーリオは荒れるいっぽうだった。和平を結んだことがおもしろくないし、結婚はもっとおもしろくないところへ持ってきて、ドーン人にだまされたことが癪《しゃく》でたまらないのだろう。しかも、プリンス・クェンティンによれば、〝寝返った〟ウェスタロス人はみな、〈襤褸の貴公子〉の命《めい》を受けて〈襲《ストーム》　鴉《クロウズ》〉に加わったという。〈穢れなき軍団〉を率いる〈灰色の蛆虫《グレイ・ワーム》〉が懸命にとりなさなかったなら、ダーリオは新参のウェスタロス人を皆殺しにしていたにちがいない。偽りの寝返り組はピラミッドの地下に収監したものの……ダーリオの怒りはいっこうに収まる気配がなかった。

(ダーリオは人質でいるほうが安全だわ。わたしの傭兵隊長は平時には向いていないから)

ダニーとしても、立場上、ダーリオが〈褐色のベン・プラム〉を斬殺したあげく、宮廷でヒズダールを嘲弄して、ユンカイ勢を挑発するリスクを冒すわけにはいかなかった。そんな事態になれば、こんなにも耐えがたきを耐えて成立させた平和条約が白紙にもどってしまう。ダーリオは戦《いくさ》と災厄の申し子だ。これから先は、ベッドに近づけず、心からも閉めだして、いっさい考えないようにしなければならない。たとえ裏切りはしないとしても、ダーリオは自分を支配するだろう。どちらのほうを恐れているのか、ダニー自身、よくわからなかった。

饗宴がおわり、料理の食べ残しが片づけられ——これは女王の主張により、ピラミッドの外に集まったあわれな者たちに与えられることになっている——背の高いグラスに、琥珀《こはく》のように色の濃いクァース産の香料入りリカーが満たされた。ついで、余興がはじまった。

ユルカズ・ゾ・ユンザク老の所有になるユンカイの去勢歌手《カストラート》の一団が、〈古帝国〉の古い言語で歌を歌いだす。歌手たちの少年のような声はかんだかく、甘美で、信じられないほど純粋だった。

「こんな歌声を聞いたことがあるかい、愛しい人？」ヒズダールがたずねた。「あれこそは神々の歌声だ。そうは思わないか？」

「思うわ」と、ダニーは答えた。「けれど神々は、成熟したおとなの声がお好みではないのかしら」

芸人はみな奴隷だった。これも和平条件のひとつだ。奴隷の所有者はミーリーンに自分の奴隷を持ちこむ権利が認められているのである。持ちこんでも解放される恐れはない。そのかわりユンカイ側は、ダニーがすでに解放した奴隷たちの権利と自由を尊重することを約束していた。公正な交換条件だよ、とヒズダールはいったが、それが女王の口に残したのは、苦い味だけだった。その苦さを洗い流すため、ダニーはもう一カップ、ワインを飲み干した。

「気にいったなら、ユルカズは喜んであの歌手たちをプレゼントしてくれる。それはたしかだよ」と高貴なる夫はいった。「今回の平和をことほぐ贈り物として。それに、わが宮廷の飾り物としてね」

（あの去勢歌手たちを贈り物として受けとったとしても）とダニーは思った。（あの老人はユンカイにもどって、また新たな去勢歌手を作りだすだけ。この世界は少年だらけになってしまう）

つぎの余興で登場した曲芸師たちにはすこしも感動を覚えなかった。芸人らが高さ九層の人間ピラミッドを形成し、その頂点に全裸の娘が載ったときにもだ。（頂点にいる少女は、（あれはわたしのピラミッドを暗示しているの？）と女王は思った。わたしだという含み？）

曲芸がすむと、ダニーの夫である王は客たちを階下のテラスに案内した。〈黄の都《ユンカイ》〉からきた訪問者たちに、ミーリーンの夜景を見せるためだ。ワインのカップを手に、ユンカイ人一行は小人数のグループに分かれ、レモンの樹々のそばや、夜咲く花々の下に立ち、夜景を眺めた。気がつくと、ダニーの目の前には〈褐色のベン・プラム〉が立っていた。

ベンは深々と一礼した。

「陛下。今宵はお美しくてあらせられる。いや、陛下はいつでもお美しくあられましたか。ユンカイ人には陛下の半分の美しさをそなえた者もおりません。じつは、ご成婚の贈り物を持ってこようと思ったのですが、老いぼれた〈褐色のベン〉には手がとどかぬほど競り値があがってしまいましてな」

「あなたからの贈り物など、願いさげよ」

「しかし、この贈り物は喜ばれたのではありますまいか。なにしろ、仇敵の首です」

「あなた自身の首？」ダニーは喉を鳴らすような声でいった。「わたしを裏切った仇敵の」

「これは手厳しい。たしかに贈り物などといえる立場ではありませんが」〈褐色のベン〉はごま塩の頬髯《ほおひげ》の下を掻いた。「われわれは勝つ側に鞍替えをした——それだけのことです。

これまでにもやってきたことですよ。それに、今回は自分で主導したことではありません。部下たちの総意です」

「では、あなたの部下が勝手にわたしを裏切ったと——そういいたいの？　だったら、なぜ裏切ったの？　わたしが〈次子〉を不当にあつかったことがあって？　支払いをごまかしたことがあって？」

「それはありませんが」と〈褐色のベン〉は答えた。「しかし、金では人心を掌握できない場合もあるものでしてね、偉大なる女王陛下。わたしがそれを学んだのは、ずいぶんむかし、初陣にさいしてのことでした。合戦の翌朝、なにか掠奪できるものはないかと、戦場で死体あさりをしていたわたしは、ある死体に出くわしました。それは戦斧《せんぷ》で肩から腕を斬り落とされた死体で、乾いた血が大量にこびりつき、全身に蠅《ハエ》がびっしりとたかって、だれも手をつけないのもむりからぬ状態でしたが、蠅の層の下には鋲を打った袖なし胴着《ジャーキン》が見えていて、どうも上等の革らしい。見たところ、わたしの体格に合いそうです。そこでわたしは、蠅を追いはらい、革のジャーキンを剝ぎとりました。しかしそのジャーキンは、とうてい革とは思えないほど重いものでした。というのは、その男、胴着の裏に貨幣をたっぷり縫いつけていたのです。それも金貨をです、陛下、美しい黄金の貨幣をです。その額たるや、だれもが王侯貴族のような一生を過ごすに足るものでした。しかし、それほどの黄金をためこんで、その男になんの意味があったのか？　大量の金貨を身につけたまま、当人は血と泥にまみれ、片腕を斬り落とされて、地に横たわっている——。教訓はそこにあります。銀貨は麗しく、金貨はわれらの母ですが、死んでしまえば、倒れて死にゆくときに漏らした糞便と同じく、当人にとってはなんの価値もない。以前、〈灰色の蛆虫〉にこういいましたな、世の中には老獪な傭兵がいるし、勇猛な傭兵もいる、しかし、老獪であり、かつ勇猛な傭兵などは存在しないと。わたしの部下たちは死ぬのをいやがった。それだけのことです。そして、陛下がユンカイ軍にドラゴンをけしかけるおつもりがないと話したとき、みなは……」

（あなたはわたしが敗北すると踏んだのね）とダニーは思った。（そしてわたしには、その判断がまちがっていたという資格はない）

「そう。わかったわ」ここで話を打ち切ってもよかったが、好奇心から、ダニーはたずねた。

「だれもが王侯貴族のような一生を過ごせるだけの額、といったわね。それだけの金貨を、あなたはどう使ったの？」

〈褐色のベン〉は笑った。

「当時のわたしは愚かな青二才でしたからな。友人だと思っていた男に、くだんの話をしてしまったのです。するとその男、直属の兵長に事情を打ち明けてしまい――たちまち戦友が群がってきて、わたしを金貨の重荷から解放してくれたというわけです。そのときの兵長の言いぐさは、おまえは若すぎる、どうせ娼婦かなにかにつぎこんで使いはたしてしまうのがおちだ、というものでした。ま、ジャーキンだけは残してくれましたがね」ベンはぺっ、とつばを吐いた。「くれぐれも、傭兵は信用しないことです、ム＝レディ」

「それはもう、痛いほどわかったわ。いつの日にか、この教訓を与えてくれたお礼をしなくてはならないわね」

〈褐色のベン〉は目の端《はた》にしわを寄せ、にっと笑った。

「それにはおよびません。どのようなお礼を考えておられるのかは、よくわかっておりますから」

ふたたび一礼をして、ベンは歩み去っていった。

ダニーは視線を動かし、自分の都を眺めた。囲壁の外に目をやれば、海辺にユンカイ軍の黄色い天幕が整然とならんでいるのが見える。天幕を護る塹壕は奴隷たちが掘ったものだ。河向こうの北のほうには、ニュー・ギスの鉄の軍団が二個——いずれも〈穢れなき軍団〉と同じ武装を整え、同じ訓練を受けた部隊だ——野営していた。東のほうではさらにもう二個、ギスカルの軍団が野営して、キザイの峠道へといたる道を塞いでいる。南のほうに連なっているのは、自由傭兵の馬列と焚火だ。昼のうちは、あちこちで細い炊煙がふぞろいな灰色のリボンとなり、空に立ち昇っているだけだが、夜になると、遠い焚火の光までもが見える。湾岸には忌まわしいしろものができあがっていた。奴隷市場である。あんな忌むべきものをこの都の目と鼻の先に作るなんて——。太陽が沈んだいまは見えないが、市場がそこにあることはわかっている。それはますますダニーの怒りをかきたてた。

「サー・バリスタン？」

ダニーはおだやかに声をかけた。

白騎士はただちに現われた。

「陛下」

「どの程度まで聞こえていて？」

「おおむねのところは。たしかにあの者のいうとおりです。傭兵を信用してはなりません」

（そして、女王もね）とダニーは思った。

〈次子〉の内部に説得できそうな者たちはいる？　〈褐色のベン〉を……排除するように持ちかけた場合」

「かつてダーリオ・ナハリスが、〈襲鴉〉の他の幹部たちを排除したときのようにでございますか？」老騎士は居心地が悪そうな顔になった。「できるかもしれませんが。わたしにはわかりかねます、陛下」

（そうよね）とダニーは思った。（あなたは実直すぎるし、名誉を重んじすぎるものね）

「〈次子〉がむりでも、ユンカイ軍にはほかにもう三つ、傭兵部隊がいるわ」

「どれもこれも、戦場と見れば無節操に群がる、ならず者、凶漢、クズの集まりです」サー・バリスタンは警告した。「その隊長たちは、プラム同様、たやすく裏切るでしょう」

「わたしはほんの小娘で、こういうことには疎《うと》いけれど、傭兵の裏切りやすさは、つけ目のように思えるの。思いだして。以前、〈次子〉と〈襲鴉〉をこちらに寝返らせたでしょう」

「内々に話をされることをお望みでしたら、ジャイロ・リーガンか〈襤褸の貴公子〉に声をかけ、ひそかにお部屋まで連れてまいりますが」

「まだそのときではないわ。目が多すぎるし、耳も多すぎるもの。たとえユンカイ人たちに気づかれずに連れだせたとしても、隊長たちがいないことはすぐに知られてしまう。もっとひそかに接触する方法を見つけなければ……今夜ではないけれど、なるべく早急に」

「御意。しかしながら、わたしはこの手の仕事に適任ではないように思えます。キングズ・ランディングでは、こういった仕事は、〈小指《リトルフィンガー》〉公か〈蜘蛛《スパイダー》〉の領分でした。われわれ騎士は単純な人間であり、戦うしか能がありません」

そういって、自分の剣の柄《つか》をとん、とたたいてみせた。

「では、収監した者たちにまかせてみてはどう」ダニーは水を向けた。「三人のドーン人といっしょにきた〈風来〉のウェスタロス人たちよ。あの者たちはまだ、地下牢に閉じこめてあるのでしょう？　あれを利用なさいな」

「あの者たちを自由にしてやるということですか？　はたしてそれは賢明なことでしょうか。あれは陛下の信頼を得る目的で潜りこまされてきた者どもです――隙あらば陛下を裏切れるようにと」

「だったら、すでにもうその任務には失敗しているわね。わたしはあの者たちを信用しない。これからもけっして信用することはないわ」本音をいえば、ダニーはもう、人を信用するというのがどういうことかを忘れかけていた。「それでも、利用はできるでしょう。ひとりは女だったわね、メリスという名の。あの女を〈風来〉に送り返しなさい……わたしが先方の意図を気にかけていることの意思表示として。傭兵隊長が切れ者であれば、その意味を悟るでしょう」

「あの女はいちばん油断のならぬ尖兵ですが」

「なおさらけっこうじゃないの」ダニーはしばし考えた。「ほかに、〈長騎槍《ちょうきそう》〉にも探りを入れておくべきね。〈軍猫部隊《ぐんびょう》〉にも」

「〈血染鬚《ちぞめひげ》〉ですか？」サー・バリスタンの眉間の縦じわがいっそう深く刻まれた。「恐れながら、陛下、あの者は味方に取りこまぬのがよろしいのではないかと。陛下はお若いゆえ、〈九賤王《ナインペニー・キングズ》〉のことを憶えておられないでしょうが、〈血染鬚〉には同じにおいを強く感じます。あの男に名誉などはありません。あるのはただ餓《かつ》えのみ……黄金への、栄光への、血への渇望のみです」

「そうね、あなたはわたしより、そういった男たちのことをよく知っているのでしょうね」〈血染鬚〉が傭兵のなかでも格別に名誉を軽んじ、貪欲な男であるならば、ひときわ簡単に食いついてきそうなものだが、こういった方面に関して、サー・バリスタンの助言を無下に退けるのは賢明ではない。「それでは、あなたがいちばんいいと思うようになさい。ただし、早急に。ヒズダールの平和が破れるのなら、そのときに備えておきたいの。奴隷使いなどは信用できないわ」

（それに、夫も信用できない）

デナーリスはつづけた。

「あの連中、こちらが弱みを見せたとたん、たちまちつけこんでくるだろうから」

「ただし、ユンカイ側も弱体化しつつあります。赤痢はトロス勢の野営地でも蔓延しておりますし、河ぞいにニュー・ギスの第三軍団まで広まっているそうです」

（〝白《あお》き牝馬〟ね）デナーリスは嘆息した。（仮面の女影魔導師クェイスは白き牝馬がくることを警告した。そしてドーンの公子《プリンス》が——太陽の息子がくることも。クェイスはほかにもいろいろと予言したわ。どれもこれも謎かけの形だったけれど）

「疫病が敵から救ってくれる可能性をあてにしてはならないでしょう。とにかく、〈可憐なメリス〉を解放なさい。いますぐに」

「御意。ただ……陛下、恐れながら、意見を具申させていただけるなら、もうひとつの道も……」

「ドーン人の道？」

ダニーはためいきをついた。プリンス・クェンティンの地位に鑑《かんが》みて、ドーン人の一行を宴に出席させはしたが、レズナクは三人をヒズダールからできるだけ遠くの席にすわらせるよう配慮していた。ヒズダールは嫉妬深いたちではないようだが、新妻のそばにライバルの求婚者がすわっていて、心おだやかな人間などいはしない。

「あの若者は感じがいいし、話しかたも丁重だけれど、でも……」

「マーテル家は血筋古き高貴なる家柄。ターガリエン家とは一世紀以上も、誠実な友でありつづけました、陛下。

わたしはお父上の七騎士時代、プリンス・クェンティンの大叔父御にあたる、プリンス・ルーウィンのもとで戦う栄誉を得たことがあります。彼は剛勇の士にして、望みうる最高の戦友でありました。クェンティン・マーテルもその血を引く人物であることを申しあげれば、陛下も欣快《きんかい》となさるのではありますまいか」

「あの若者が五万の兵とやらを引き連れてきていれば、わたしも欣快としていたでしょうに。けれど、じっさいにともなってきたのは、ふたりの騎士と一枚の羊皮紙だけ。羊皮紙がわが臣民をユンカイから護る楯になって？　ああ、あの者が艦隊を連れてきてさえいれば……」

「サンスピア宮に海上戦力はありません」

「そうだったわね」

ダニーもその程度にはウェスタロス史を把握していた。ナイメリアは一万隻の船を率いてドーンの砂浜に上陸したが、ドーンの大公《プリンス》と結婚したさい、その船をすべて焼き払い、海と永遠に決別してしまったのだ。

「いずれにしても、ドーンは遠すぎるわ。この公子《プリンス》を喜ばせるためには、わが臣民をすべて見捨てていかねばならない。やはり、プリンスは国へ帰させるべきでしょう」

「ドーン人は頑固なことで知られます、陛下。プリンス・クェンティンの先祖たちは、過去二百年ちかくものあいだ、ターガリエン家に味方して戦ってきました。陛下がごいっしょでなければ、あの若者は帰りますまい」

（では、ここで死ぬことになるわ）とデナーリスは思った。（あの者がわたしに見えている以上の資質を持っているのでないかぎり）

「まだ大広間にいるの？」

「自分の騎士たちと酒を飲んでいます」

「連れてきて。そろそろわたしの子供たちに会わせておくべきころあいでしょう」

懸念がちらりと、バリスタン・セルミーの長く勤厳な顔をよぎった。

「御意」

デナーリスの王は、ユルカズ・ゾ・ユンザクほか、ユンカイの諸将と笑っている。自分がいなくなっても気にしないだろうとは思ったが、万一所在を問われた場合にそなえ、自然に呼ばれて席をはずしていると答えておくよう、侍女たちに命じた。

サー・バリスタンは階段の手前で、ドーンのプリンスを伴って待っていた。お付きの騎士ふたりはきていない。マーテルの四角い顔は真っ赤になっている。

（ワインを飲みすぎたんだわ）と女王は思った。

もっとも、酔っていることを隠すために、できるだけの努力を払ってはいた。服装はごく質素だ。質素でないのは、ベルトに連なる銅の日輪飾りくらいのものだった。

（みんなからは〈蛙〉と呼ばれていたわね）

その理由がダニーにはわかった。けっしてハンサムな男ではない。

ダニーはほほえみかけた。

「わがプリンス。下まではかなり下《くだ》ることになりますよ。ほんとうにつきあう気がありますか？」

「陛下さえよろしければ」

「では、ついていらっしゃい」

一行の先頭には〈穢れなき軍団〉の兵士二名が立ち、松明《たいまつ》を手に降りていく。デナーリスたちのうしろを護るのは、ひとりは魚の、ひとりは鷹の仮面をかぶった〈真鍮《しんちゅう》の獣〉二名だ。女王自身のピラミッドの中でさえ――この平和と祝賀のおだやかな夜にさえ――どこへいくにもかならず護衛をつけるようにといって、サー・バリスタンはゆずらなかったのである。

七人は無言のまま延々と階段を降りていき、途中で三回、休憩を入れた。

「ドラゴンは三つの頭を持っているの」最後の休憩をおえて、ふたたび階段を降りはじめたとき、ダニーはクェンティンにいった。「わたしが結婚したからといって、絶望することはありませんよ。あなたがなぜここにいるのかはわかっているのだから」

「陛下のためです」とクェンティンはいった。板についてはいないが、雄々しい口調だった。

「ちがうわね――炎と血のためでしょう」

ようやく一階に降りきったとき、象舎で象の一頭が鳴いた。それに呼応するかのように、地の底から咆哮が轟いた。突然の熱を感じて、ダニーのからだは急にほてった。プリンス・クェンティンが警戒して顔をあげる。

「陛下が近づかれると、ドラゴンにはわかるのだ」

サー・バリスタンがクェンティンに説明した。

（どんな子供も、母親はわかるものよ）とダニーは思った。（〝海が干あがり、山々が木の葉のごとく烈風に舞うときに"……)

「あの子たちがわたしを呼んでいる。いらっしゃい」

ダニーはプリンス・クェンティンの手をとって、ドラゴンたちを閉じこめてある、地下の窖《あなぐら》に導いていった。

「あなたは外にいて」〈穢れなき軍団〉のふたりが巨大な鉄扉《てっぴ》をあけようとしているそばで、ダニーはサー・バリスタンにいった。「わたしのことは、プリンス・クェンティンが護ってくれるから」

ダニーはドーンのプリンスの手を引いて中に入り、窖の縁に立った。

二頭のドラゴンが頸《くび》を振り動かし、燃える眼でダニーたちを見つめた。ヴィセーリオンは鎖の一本を引きちぎり、もう一本は炎で融かして、すでに自由に動けるようになっていた。いまは白い蝙蝠《コウモリ》のごとく、窖の天井からさかさまにぶらさがり、焼け焦げて劣化した煉瓦《れんが》に鉤爪《かぎづめ》を深く食いこませている。レイガルのほうはまだ鎖につながれたままで、牡牛の死体を貪《むさぼ》り食っていた。床に積もる骨の山は、前に見たときよりも高くなっており、壁も床も黒と灰色に変色している。煉瓦というよりは灰の壁に近い。これでは長くもたないだろうが……煉瓦の裏と下にあるのは土と岩だけだ。

(ドラゴンは岩の中に隧道《トンネル》を掘れるのかしら。ヴァリリアの火吹き地竜《ファイアーワイアーム》のように)

そうではないことを祈るほかなかった。

ドーンのプリンスは乳のように蒼白になっている。

「ドラゴンは……ドラゴンは、三頭いると聞いていたのですが」

「ドロゴンは狩りに出かけているのよ」それ以上のことを話す必要はなかった。「白いのはヴィセーリオンで、緑のがレイガル。兄たちにちなんで名づけたの」

ダニーの声は焼け焦げた石壁にこだました。その音はひどく矮小に響いた。小娘の声だ。女王であり、かつ征服者たる者の声ではないし、結婚したての新妻の、喜びあふれる声でもない。

ダニーのことばに応えてレイガルが吼《ほ》え、いきなり火を吐いた。赤に黄色の条《すじ》が混じった火炎の槍が窖の空間を貫く。それに呼応して、ヴィセーリオンも火を吐いた。こちらの炎の色は金色とオレンジ色だ。ヴィセーリオンが飛膜を羽ばたかせるとともに、灰が鼠色の雲となって舞いあがり、窖の中に充満した。白竜の足首では、ちぎれた鎖がジャランジャランと鳴っている。

クェンティン・マーテルは、あわててうしろに飛びずさった。

もっと性格の悪い女なら、クェンティンを嘲笑していたかもしれない。が、ダニーはその手をぎゅっと握りしめ、力づけた。

「わたしでさえ恐怖をおぼえるんだもの。なにも恥ずかしがることはないわ。わたしの子供たちはね、暗闇の中だと兇暴で怒りっぽくなるのよ」

「あれに……あれに乗るおつもりなんですか？」

「ええ、どれか一頭にね。ドラゴンについてわたしが知っているのは、子供のころ、兄から聞かされた話と、本で読んだことだけなの。けれど、征服王エイゴンでさえ、ヴァーガーとメラクセスには乗ろうとしなかったそうだし、その姉妹たちも〈黒い恐怖〉バレリオンには乗ろうとしなかったそうよ。ドラゴンは人間よりも長生きでね。なかには、何百年も生きる個体もいるわ。だからバレリオンは、エイゴンの死後も、何人もの人間を乗せたけれど……二頭以上のドラゴンに乗ったことのある騎竜者はひとりもいないの」

ふたたび、ヴィセーリオンが吼えた。白竜の口から黒煙が立ち昇り、喉の奥で黄金の炎が渦巻くのが見えた。

「これは……これは恐るべき生きものです」

「ドラゴンだもの、クェンティン」ダニーは爪先立ちになり、若者の左右の頬に軽くキスをした。「そして、わたしもまたドラゴンなのよ」

若きプリンスはごくりとつばを呑みこんだ。

「わたしにも……わたしにもドラゴンの血は流れています、陛下。系図をたどれば、初代のデナーリスに――ディロン有徳王の妹であり、ドーンの大公《プリンス》の妃となったターガリエン家の姫にまでいきつきます。そもそも、夫となった大公《プリンス》がウォーター・ガーデンズを作ったのは、初代デナーリスのためでした」

「ウォーター・ガーデンズ？」

正直にいえば、ドーンのことも、その歴史のことも、ダニーはほとんど知らない。

「父が愛してやまない離宮です。いつの日か、ぜひお目にかけたいと思っています。そこは海を一望する立地で、すべてが薄紅色の大理石で造られ、いくつものプールと噴水が陽光にきらめいています」

「とてもすてきなところのようね」

ダニーはプリンスの手を引き、窖の縁から離れた。

（この者は、ここが似合う人物ではない。ここにくるべきではなかったんだわ）

「あなたはそこへ帰ったほうがいいでしょう。わたしの宮廷は、気の毒だけれど、あなたにとって安全な場所ではないの。あなたには、自分で気づいている以上にたくさんの敵がいるのよ。なにより、ダーリオの面目をつぶしたわ。あれは自分を軽んじる仕打ちを忘れる人物ではないと思って」

「わたしには警護の騎士がいます。誓約の楯たちが」

「騎士といっても、たったふたりじゃないの。ダーリオには五百人からの〈襲鴉〉がついているのよ。それに、わたしの夫にも気をつけねばならないわ。あれは一見、温和で好人物に見えるけれど、外見にだまされてはだめ。ヒズダールはわたしに由来する王権を持っていて、世界でもっとも恐るべき戦士団のひとつを動かせる立場にあるの。その戦士のうちのひとりでも、恋敵を始末してやることで、ヒズダールの歓心を買おうと思ったなら……」

「わたしはドーンの公子《プリンス》です、陛下。奴隷や傭兵から逃げることはしません」

（だったら、あなたは掛け値なしの阿呆よ、蛙公子）

ダニーは最後にもういちど、荒ぶる子供たちに長々と視線を送った。クェンティンの手を引いて鉄扉へともどるさい、ふたたびドラゴンたちの鳴き声が轟きわたった。煉瓦壁に光が乱舞するのが見える。ドラゴンたちが吐いた炎の反射だった。

(うしろをふりかえったら、迷ってしまう)

「サー・バリスタンが椅子つきの駕籠《かご》を二台、呼んでくれるわ。それに乗って、祝宴の席にもどりましょう。昇るあいだは退屈でしょうけれどね」

背後でゴーンという金属音が響いた。巨大な鉄扉が閉じられた音だ。

「もうひとりのデナーリスのこと、教えてくれる？　父の王国のことについて、わたしには最低限知っておくべき知識がないの。成長期に教育してくれる学匠《メイスター》がいなかったものでね」

(いたのはあの兄だけだったのよ)

「喜んでお話しします、陛下」


最後の客が引きとるころには真夜中をまわっていた。ダニーは自分の居室がある最上階にもどった。夫であり、王である男は、すでに帰ってきて、待っていた。ヒズダールはだいぶきこしめしていたものの、すくなくとも上機嫌ではあった。

「わたしは約束をまもる」イリとジクィに命じて、寝間着に着替える手伝いをさせながら、ヒズダールはいった。「きみは平和を望んだ。その平和はいま、きみのものだ」

(そういうあなたは流血を望んだのでしょう。だったら、じきに流血を与えてあげなくては。闘技場の流血とは別種の流血を)

ダニーはそう思ったものの、口に出してはこういった。

「感謝しているわ」

きょう一日の興奮が、どうやら夫の情熱に火をつけたらしい。侍女ふたりが夜のいとまを告げて下がると、ヒズダールはさっそくダニーのローブをひっぺがし、ベッドへあおむけに押し倒した。ダニーは夫の背中に手をまわして、好きなようにさせることにした。これだけ酔っていれば、そう長くは抱いていられないだろう。

事実、そのとおりになった。事後、ヒズダールはダニーの耳に鼻をすりよせて、ささやきかけてきた。

「神々の恩寵により、今宵、息子ができているといいな」

ミリ・マズ・ドゥールのことばが頭の中でこだました。

（〝陽が西から昇り、東に沈むときに。海が干あがり、山々が木の葉のごとく、烈風に舞うときに。あなたの子宮がふたたび胎動を感じ、あなたが命ある子供を産むときに。そのときこそ、彼はもどるでしょう。その前にはもどりません〟）

このことばの意味は明白だ。族長《カール》ドロゴが死から復活することはないし——命ある赤子をダニーが産むことはない。それはだれにもいえない秘密、夫にさえもいえない秘密だった。ヒズダール・ゾ・ロラクにはせいぜい期待させておこう。

高貴なる夫はたちまち眠りに落ちた。デナーリスはそのとなりで、輾転反側《てんてんはんそく》していることしかできなかった。揺り起こしたかった。目覚めさせたかった。自分を抱かせ、キスをさせ、また抱かせたかった。だが、たとえそうしてくれたとしても、ヒズダールはそのあとでまた眠りこんでしまうだろう——暗闇の中にひとりダニーを残して。ダーリオはいま、どうしているだろう。やはり眠れずに悶々としているだろうか。わたしのことを考えているだろうか。あのひとはわたしのことをほんとうに愛しているのだろうか。それとも、ヒズダールと結婚したことで、わたしを憎んでいるのだろうか。

（ダーリオと寝たりするのではなかったわ）

ダーリオは一介の傭兵にすぎない。女王の慰め役にはふさわしくない。それでも……。

（そんなのは、はじめからわかっていたことじゃないの。そうとわかっていて、あのひとと寝たのよ）

「陛下？」

ふいに、暗闇の中で、おだやかな声がいった。

ダニーはぎょっとした。

「だれ？」

「ミッサンデイでございます」ナース人の秘書官がベッドの横に躙《にじ》り寄ってきた。「陛下が泣いていらっしゃったものですから」

「泣いていた？　わたしは泣いてなんかいないわ。どうしてわたしが泣くはずがあるの？　わたしはね、平和を手に入れたのよ。王も手に入れたのよ。女王に望めるものはみんな手に入れたわ。あなたは悪い夢を見たの。それだけ」

「御意、陛下」ミッサンデイは一礼し、去りかけた。

「待って」ダニーは呼びとめた。「ひとりになりたくない」

「王陛下がごいっしょにおられます」

「王陛下は夢を見ておいでだわ。でも、わたしは眠れないの。あしたになったら、わたしは流血の惨劇を観戦しなくてはならない。それが平和の代償だから」力ない笑みを浮かべて、ぽんぽんとベッドをたたく。「いらっしゃい。すわって。話をしましょう」

「陛下がお望みでしたら」ミッサンデイはとなりに腰をおろした。「どのような話をいたしましょう?」

「故郷の話をして」ダニーはいった。「ナースの話を。無数の蝶々とおにいさんたちの話をして。聞いたら幸せになる話、くすくす笑える話をして。心があたたまる思い出のすべてを。世界にはまだよいものがあることを思いださせて」

ミッサンデイはできるかぎり要望に応えた。まだ秘書官が話をしているうちに、ダニーはとうとう眠りに落ちた。そして、奇妙で混沌とした煙と炎の夢を見た。

朝はあっというまに訪れた。

51——シオン

朝陽はそっと忍びよってきた。スタニスと同じように、気配を殺して。

ウィンターフェル城は何時間も目覚めたままだ。胸壁と塔には、ウール、鎖帷子、革鎧に身を包んだ兵たちが詰め、敵襲にそなえているが、攻撃がなされる気配はいっこうにない。空が白々と明るむころには、戦鼓《せんこ》の轟きこそ消えていたものの、それまでに三度も戦角笛《いくさつのぶえ》が吹き鳴らされており、そのたびに近づいてきていた。雪はいまも降りつづけている。

「雪嵐はきょうじゅうにおわる」生き残った厩番《うまやばん》のひとりが大声でいっていた。「なにしろ、まだ冬じゃないんだからな」

立場がゆるせば、シオンは大声で笑っていただろう。スターク家のばあやから聞いた話を思いだす。雪嵐のなかには、四十昼夜も、丸一年も、十年間もつづいたものもあるそうだ。その間に城と都市は雪で埋まり、いくつもの王国が三十メートルもの積雪に埋没したという。

シオンは大広間のうしろのほうの、馬たちからさほど遠くないところにすわり、ルーベ、ロウアン、〈栗鼠《リス》〉という茶色い髪のさえない洗濯女、以上三人が、ベーコンの脂で焼いた古い黒パン《ブラウン・ブレッド》をがつがつと食べているのを眺めていた。自分の朝食としては、ひとまず、タンカード一杯のダークエールを飲んだ。酵母の澱《おり》がたっぷりで、噛めるほど濃厚なエールだった。これをあと二、三杯も飲んで酔っぱらえば、ルーベの計画もそれほどいかれたものには思えなくなっているだろう。

　目の色が淡いルース・ボルトンが、あくびをしながら大広間に入ってきた。すぐそばには小太りの妊娠した妻、〈太めのウォルダ〉をともなっている。諸将のうちの何人かは、先にきていた。〈淫売殺し《フォアズベイン》〉のアンバー、エイニス・フレイ、ロジャー・ライズウェルなどだ。公壇のテーブルの反対端にはワイマン・マンダリーがすわり、ソーセージと茹で卵を貪っている。ロックの老公はそのとなりでスプーンを使って、歯のない口にオートミール《グルーエル》のかゆを運んでいた。

　まもなく、ラムジー公も現われた。剣帯を締めながら、大広間の前のほうへ歩いていく。（けさはご機嫌ななめだな）シオンにはひと目でわかった。（あの戦鼓の音でひと晩じゅう起きていたんだろう。でなければ、なにか不愉快なことがあったのか）

　不適切なひとこと、不用意な視線、タイミングの悪い笑い声――このどれかひとつでも、確実にラムジー公は逆上し、その人間の皮を剝いでしまう。

（お願いです、ム＝ロード、どうかこちらを見ないでください）すこしでも視線をすえられたら、ラムジーにはすべてを見すかされてしまう。（顔にはっきりと書いてあるかのように考えを読まれてしまう。かならず読まれる。いつもそうだ）

　シオンはルーベに顔を向け、

「こんなこと、絶対にうまくいかないぞ」といった。ごく低い声なので、馬たちでさえ聞きとれなかっただろう。「城を脱け出す前につかまってしまう。たとえ脱出できたとしても、ラムジー公に狩りたてられる。ラムジー公と〈骨のベン〉と、その〈女衆《ガールズ》〉に」

「スタニス公は城壁の外にいるんだ。あの音からすれば、そう遠くない。おれたちは連中が着くまで待っていりゃあいいのさ」ルーベの指がリュートの弦に踊った。吟遊詩人の顎鬚《あごひげ》は茶色だが、長髪はおおむね白くなりかけている。「追いかけてきたところで、〈落とし子〉のやつめ、そんなまねをしたことを悔やむくらいの時間しか生きていられまい」

（よく考えろ）とシオンは思った。（この計画を信じろ。これが真実だと自分に納得させるんだ）

シオンはルーベにいった。

「ラムジーはあんたの洗濯女を餌食にしてしまうぞ。狩りたてて犯したあげく、その死体を犬の餌にしてしまう。追跡を充分に楽しませたら、つぎに生まれる仔犬たちには、洗濯女の名前をつけるだろう。あんたについては、生きたままで皮を剥ぐ。ラムジーと〈皮剝ぎ人〉、〈〝おれのために踊れ〟のデイモン〉が、おおいに楽しみながら。あんたは頼むから殺してくれ、とラムジーたちにすがることになる」

シオンは指の欠けた手で吟遊詩人の腕をつかんだ。

「あんたは誓ったな——おれはもう、二度とラムジーの手に落ちることはないと。あんたの約束を、この耳ではっきりと聞いた」

もういちど、あの約束を聞いておかなくては。

〈栗鼠《リス》〉がいった。

「ルーベの約束はオークの樹みたいに堅いんだよ」ルーベ自身は肩をすくめただけだった。

「心配いらないさ、プリンスさま」

公壇の上では、ラムジーが父親と口論をしていた。遠すぎてなんといっているのかまではわからないが、〈太めのウォルダ〉のぽちゃぽちゃしたピンクの顔に浮かぶ恐怖からすると、どんな内容かは想像がつく。ワイマン・マンダリーが大声でソーセージのおかわりをたのみ、ロジャー・ライズウェルが大声で笑った。隻腕《せきわん》のハーウッド・スタウトがなにかおもしろいことをいったようだ。

自分は〈溺神《できしん》〉の海中神殿を見ることができるのだろうか。それとも、亡霊となったままウィンターフェル城をさまようことになるのだろうか。

（どちらにしても、死は死だ。〈リーク〉でいるより、死んだほうがよほどいい）

ルーベの計画が失敗におわれば、関与した者全員に、ラムジーは長く苦しい死をもたらすだろう。

（おれについては、今回ばかりは、頭からかかとまで皮を剥がれるだろうな。どれだけ懇願しても、その苦しみが尽きることはない）

〈皮剝ぎ人〉が小さな皮剝ぎナイフでもたらす激烈な痛み以上の苦しみを、シオンにはいまだかつて味わったことがない。ルーベは遠からず、身をもってその苦しみを知ることになる。

しかし、苦しみを賭してまで得ようとするものはなんだ？

（ジェイン、彼女の名はジェイン、その目の色は、本物とはちがう）あれは役割を演じさせられている役者だ。（ボルトン公は真実を知っている。ラムジーも知っている。だが、そのほかの連中はみな気づいていない。この薄笑いを浮かべた得体の知れない吟遊詩人さえも。茶番を演じているのはあんただ、ルーベ、あんたと人殺しの娼婦たちだ。本物ではない娘のために死んでいくんだから）

ロウアンに連れられて、〈焼けた塔〉の廃墟にいるルーベのもとを訪ねたとき、シオンはもうすこしで真実をいいそうになった。ぐっとそれを呑みこんだのは、土壇場でのことだ。吟遊詩人はエダード・スタークの娘を連れて逃げることが目的らしい。もしもラムジー公の花嫁がたんなる家令の娘だと知ってしまったら……。

だしぬけに、大広間の扉が勢いよく開いた。

強烈な寒風が吹きこんできて、青白色の氷粒の雲が空中にきらめいた。その雲を通して、足どりも荒く、サー・ホスティーン・フレイがずかずかと屋内に入ってきた。腰までも雪にまみれており、両腕にはひとつの死体をかかえている。大広間のベンチじゅうで、兵たちはカップやスプーンを置き、その無惨な姿に息を呑んだ。大広間は静まり返っている。

（またひとり、殺されたのか）

床に音高く足音を響かせて、公壇へ向かっていくサー・ホスティーンのマントから、雪がどさりと落ちた。サー・ホスティーンのあとからは、十余人のフレイの騎士と兵士が入ってきた。そのなかにひとり、少年も混じっていることにシオンは気づいた。大ウォルダー——小柄なほうのウォルダー、狐顔で木の枝のように痩せた少年のほうだ。その胸、腕、マントには点々と血が飛び散っている。

血のにおいに馬たちは怯え、いなないた。犬たちはにおいを嗅ぎながら、テーブルの下を飛びだしていく。ベンチにすわっていた兵たちは立ちあがった。サー・ホスティーンの腕に抱かれた死体は、松明《たいまつ》の光を浴びてきらきらと光っている。全身がピンクの霜におおわれているためだ。外気の寒さが血を凍らせたのである。

「おれの弟、メレットの息子だ」ホスティーン・フレイは亡骸《なきがら》を公壇の前の床におろした。「豚のように惨殺されて、吹きだまりにつっこまれていた。こんな子供がだ」

(小ウォルダーか——大きいほうだ)シオンはロウアンに目をやった。(洗濯女はぜんぶで六人。そのうちのだれのしわざであってもおかしくはない)

だが、ロウアンはシオンの視線に気づき、いった。

「あれはあたしらの仕事じゃないよ」

「だまれ」ルーベが釘を刺した。

ラムジー公が公壇から下の床まで降りてきて、少年の死体を検分した。ラムジーの父親はゆっくりと立ちあがった。例によってその目の色は淡く、顔は無表情で、厳粛そのものだ。しかし、いつも低いルース・ボルトンの声も、こんどばかりは大広間の隅々にまで聞こえるほど大きなものだった。

「なんという酷《むご》いまねを——死体が見つかった場所はどこだ？」

大ウォルダーが答えた。

「廃墟と化した天守の下です、閣下。古い怪物像《ガーゴイル》がある天守です」少年の手袋には従兄弟の血がこびりつき、固まっていた。「単独で外に出るなといったんですが、銀貨一枚の貸しがある、その男を見つけにいかなきゃならないといって」

「それはだれだ？」ラムジーがきいた。「そいつの名前を教えろ。おれに指さしてみせろ。そうしたら、そいつの皮膚でマントを作ってやる」

「いわなかったんです、閣下。賽子《サイコロ》で稼いだといっただけで」フレイ家の少年はためらった。「賽子は白い港《ホワイト・ハーバー》の人たちから教わっていました。だれかはわかりませんが、ホワイト・ハーバーの人たちであったことはたしかです」

「ラムジー公」ホスティーン・フレイが吠えた。「犯人はもうわかっている。この子だけにあらず、ほかの者たちも殺した犯人だ。そいつは自分の手を汚していない。太りすぎていて動けないうえ、自分では殺しができぬ腰抜けだからな。しかし、殺害の命令をくだしたのはそいつにまちがいない」

ホスティーンはワイマン・マンダリーに顔を向けた。

「どうだ、否定できるか？」

ホワイト・ハーバーの領主は、ソーセージを半分かじると、

「正直にいえば……」といいながら、唇の脂を袖口でぬぐった。「……正直にいえば、その

哀れな子のことはなにも知らん。ラムジー公の従士、だったか？　何歳だった？」

「九歳だ、前の命名日で」

「まだまだ若い」とワイマン・マンダリーはいった。「しかしこれは、当人にとっては福音かもしれんな。生きていれば、長じてフレイになったのだから」

サー・ホスティーンがテーブルを蹴りつけ、架台をへし折るや、ワイマン公の膨れた腹に板材をたたきつけた。カップや皿が吹っとんで、そこらじゅうにソーセージが散らばった。即座に、マンダリーの兵十余名が怒声をあげて立ちあがった。だれも武器は帯びていないが、ナイフ、皿、細口瓶など、武器になりそうなものを手にしている者もいる。

サー・ホスティーンは腰に吊った長剣の鞘を払い、ワイマン・マンダリーに飛びかかった。ホワイト・ハーバーの領主は逃げようとしたものの、たたきつけられた架台テーブルの板がじゃまで、椅子から動くに動けない。剣先は四重あごの三重部分までを切り裂き、真っ赤な血が飛沫《しぶ》いた。レディ・ウォルダが悲鳴をあげ、夫の腕にしがみつく。

「とめろっ」ルース・ボルトンが叫んだ。「とめろっ、この狂気の沙汰を！」

割ってはいろうとするボルトン公の部下たちをよそに、マンダリー家の兵たちがベンチをまたぎ越え、フレイの兵たちに飛びかかっていった。ひとりがサー・ホスティーンに短剣で突きかかったが、大柄な騎士は片足を軸に旋回し、短剣を持つ手を腕ごと、肩の付け根からすっぱりと斬り落とした。ワイマン公は立ちあがった。が、そのまま床の上にへたりこみ、広がりゆく血の海の中、膨れた海象《セイウチ》のように横たわってのたうちまわった。ロックの老公が大声で学匠《メイスター》を呼んでいる。その周囲では犬たちがソーセージを取りあっていがみあっている。揉《も》み合う双方を押しわけ、斬り合いをおわらすには、ドレッドフォート城の槍兵四十名を必要とした。終息した時点で、ホワイト・ハーバーの兵六名と、フレイの兵二名が絶命して床に横たわり、そのほか十余名が怪我をしていた。〈落とし子の男衆《ボーイズ》〉ルートンは重傷者のひとりで、母親の名を叫びながら、腹の切創にぬるぬるのはらわたを押しこもうとしていた。ラムジー公は〈鉄の脛《スティールシャンクス》〉の兵のひとりから槍を奪い、ルートンの胸に突き刺して、楽にしてやった。この段階にいたっても、大広間にはなお、叫び声、祈る声、怒声、怯えた馬のいななき、ラムジーの牝犬たちの唸り声があふれかえっており、場内がルース・ボルトンの声を聞きとれるだけの静寂を取りもどすまで、〈鉄の脛〉ことウォルトンは、十数回も槍の石突きを床にたたきつけねばならなかった。

「一同、よほど血に飢えていると見える」

とドレッドフォート城の城主はいった。その横にはメイスター・ロドリーが立ち、片腕に一羽の使い鴉を止まらせている。鴉の黒い羽毛は松明《たいまつ》の光を受け、石油のようにつやつやと光沢を放っていた。

(いや、あれは濡れてるんだ)とシオンは気づいた。(そしてボルトン公の手には羊皮紙が握られている。あれもまた濡れているんだろう。黒き翼、黒きことばか)

「味方同士で斬り合うくらいなら、その力をスタニス公迎撃に使えばよかろうが」ボルトン公は手にした羊皮紙を広げてみせた。「スタニス勢はここから馬で三日足らずの距離にいる。

雪に埋もれ、なにも食っていない状態でだ。わしとしても、スタニスの襲来を漫然と待っているのには飽いた。サー・ホスティーン、騎士と兵士を大手門の前に集合させよ。そんなに戦いがしたいのなら、先鋒を受け持たせてやる。ワイマン公、貴公はホワイト・ハーバーの兵を東門の前に集合させろ。ホワイト・ハーバー勢にも出陣してもらうぞ」

ホスティーン・フレイの剣は柄《つか》付近まで血に濡れていた。頬にはそばかすのように点々と返り血が散っている。剣を下に降ろして、ホスティーンはいった。

「ご命令のままに。だが、スタニス・バラシオンの首をお届けしたあとは、そこの脂身《ラード》公の首をたたっ斬らせていただきたい」

この時点でワイマン公は、メイスター・メドリックの手で血止めの手当てを受けていた。その周囲に円陣を組んで立ち、公を警護しているのは、ホワイト・ハーバーの騎士四名だ。

「そのまえに、まずわれらを突破してみることだな」

ホスティーンに向かって、四人のうち最年長の騎士がいった。ごま塩の顎鬚をたくわえ、険しい顔つきをした、初老の男だった。朱《あけ》に染まった外衣《サーコート》には、菫《スミレ》色の地に銀の人魚三体が描かれている。

「喜んでそうさせてもらおう。ひとりずつ殺すも一気に皆殺しにするも同じことだ」

「もういい！」血にまみれた槍をビュンッとひとふりして、ラムジー公が怒鳴った。「あとひとことでも威嚇のことばを吐いてみろ、おれみずからきさまのはらわたを抉《えぐ》りだしてやる。北部総督たるわが父のことばは聞いたはずだ！　怒りは僭王スタニスのためにとっておけ」

ルース・ボルトンは、よくいったといわんばかりにうなずいた。

「息子のいうとおりだ。仲間うちで争う時間はたっぷりと持てる――スタニスさえ始末してしまえばな」

ボルトン公はそこで首を動かし、色の薄い、冷たい目で大広間内を見まわした。だれかをさがしているようだ。やがてシオンのそばにいる吟遊詩人ルーベに目をとめ、命じた。

「詩人。なにか心のなごむ歌を歌え」

ルーベは一礼した。

「ご命令のままに」

リュートを手に、ルーベは公壇へと歩きだし、ひとつふたつの死体をすばやく飛び越え、公壇のテーブルの上に脚を組んですわった。演奏がはじまると――シオン・グレイジョイの知らない、悲しげで静かな感じの歌だった――サー・ホスティーン、サー・エイニス以下、フレイ家の者たちは公壇に背を向け、大広間のうしろに移動し、馬を引いて屋外に出ていきはじめた。

ロウアンがシオンの腕をつかんだ。

「沐浴《もくよく》だよ。いまやらなきゃ」

シオンは手をふりほどいた。

「昼日中にか？　見られてしまうぞ」

「雪が隠してくれるさ。あんた、耳が聞こえないのかい？　ボルトンは王に軍勢を差し向けようとしてるんだよ。連中より先にスタニス王のもとへたどりつかなきゃ」

「だけど……ルーベが……」

「ルーベなら自分の身は護れるって」〈栗鼠《リス》〉がいった。

(正気の沙汰じゃない。絶望的で愚かで破滅的だ)

シオンは残っていたエールを澱《おり》ごと飲み干すと、しぶしぶながら立ちあがり、いった。

「姉妹たちを見つけてくれ。マイ・レディの浴槽を満たすには大量の水がいる」

〈栗鼠《リス》〉はいつものように足音を忍ばせ、大広間をすべり出ていった。ロウアンはシオンとともに大広間を出た。ロウアンと姉妹たちに〈神々の森〉にいるところを見つかって以来、洗濯女のだれかひとりがぴたりとシオンについてまわっており、かたときも目を離さない。シオンのことを信用していないのだ。

(信用する理由がどこにある？　おれは〈リーク〉であったし、また〈リーク〉になるかもしれないんだから。〈リーク〉、〈リーク〉、発音は密告者《スニーク》のように)


外ではいまも雪が降りつづいていた。従士たちが作った雪だるまたちは怪物的な大きさに膨れあがり、身の丈三メートルを超えて、ひどくいびつな巨人のようだ。左右にそそりたつ純白の高い壁のあいだをぬいながら、シオンとロウアンは〈神々の森〉へ向かった。天守、塔、大広間を結ぶ氷の塹壕の迷宮は、降雪で埋もれてしまわないように、たびたび雪かきがなされている。凍てついた迷宮の中では迷いやすいが、シオン・グレイジョイはどの屈曲も曲がり角も把握していた。

〈神々の森〉でさえ、いまや白一色に埋もれつつある。〈心の木〉の下の池にはうっすらと氷が張り、白い幹に彫られた顔は小さな氷柱《つらら》の髭を生やした状態だ。この時間だと、古《いにしえ》の神々を自分たちだけで独占するのはむずかしい。ウィアウッドの前で祈る北部人たちを避け、ロウアンはシオンを別の場所へ、兵舎の壁裏の人気《ひとけ》がない場所へと連れていった。そばにはあたたかい泥の池があり、腐った卵のようなにおいを放っている。が、このあたたかい泥池でさえ、辺縁に氷が張りはじめていることにシオンは気づいた。

「〈冬来たる〉、か……」

ロウアンに険しい目でにらまれた。

「あんたにエダード公の標語《モットー》を口にする権利なんてないよ。あんただけはだめだ。絶対にね。あんなまねをしたやつが――」

「きみらだって子供を殺したじゃないか」

「あれはあたしらの仕事じゃない。いったろ」

「ことばは風のごとしだ」（この連中だって、おれよりもましなわけじゃない。おれたちは同類だ）「ほかの連中は殺したんだから、あの子を殺してたっておかしくはない。〈黄色いディック〉は――」

「――臭かったよ、あんたと同じくらいにね。あれは人の格好をした豚だ」

「小ウォルダーだって仔豚だったしな。あの子を殺したことで、フレイ家とマンダリー家はついに一線を越えた。なかなか狡猾なやりくち——」

「あたしらじゃないっつってんだろ！」ロウアンはシオンに喉輪をかけ、兵舎の壁にぐっと押しつけると、目の前に顔を近づけてきた。「あと一回でもそれをいってみな。うそばかりついてるその舌を引っこぬいてやるからね、この身内殺し」

へし折られた歯を覗かせて、シオンは薄笑いを浮かべてみせた。

「むりだな。門衛に断わりを入れて厨房内に入るには、おれの舌がいるんだ。おれのうそがいるんだ」

ロウアンはシオンの顔にぺっとつばを吐きかけた。それから、喉輪をはずし、汚いものにでもさわったかのように、手袋をはめた手を脚にすりつけてぬぐった。

シオンとて、あまりロウアンを刺激しないほうがいいことは承知している。この女もまた、方向性こそちがえ、〈皮剝ぎ人〉や〈〝おれのために踊れ〟のデイモン〉と同じほど危険な人間なのだから。しかし、シオンも寒くて疲れていたし、何日もろくに眠っていないため、頭がうずいていた。

「おれはたしかに、恐ろしいことをしでかしたさ……自分の同族を裏切って、返り忠を働き、自分を信じた男たちを死に追いやった……それでも、身内殺しなんかじゃない」

「スタークの息子たちは、たしかにあんたの兄弟じゃなかったからね。ようくわかってるさ、ようくね」

それは事実だが、シオンはそういう意味でいったのではなかった。

（たしかに、スターク家の息子たちはおれの身内ではなかった。しかし、そもそも、危害を加えてなどいない。おれたちが殺したふたりは、粉屋の息子だったんだから）あの子たちの母親のことは考えたくなかった。粉屋の女房とは何年も前から知り合いで、いっしょに寝たこともある。（大きくてずっしりとした乳房、大きくて黒い乳首、やさしいキスに、陽気な笑い声。あの女房と過ごしたときのような喜びは、もう二度と味わえまい）

だが、ロウアンにそんなことをいったところで意味がない。たとえ細部を話したところで、どうせ信じはしないだろう。こちらが向こうの話を信じないのと同じように。

「おれの手は血にまみれてる。しかしそれは、兄弟たちの血じゃない」シオンは力ない声でいった。「それに、罰はもう受けた」

「ぜんぜん足りないよ」

ロウアンはそういって、シオンに背を向けた。

（馬鹿な女だ、無防備に背を向けるとは）

いくら廃人同然とはいえ、シオンは短剣を帯びている。鞘を払い、肩胛骨のあいだをひと突きするのはたやすい。歯が抜けていても、歯が折れていても、からだをボロボロにされていても、その程度ならまだできる。それはむしろ、慈悲深い行為かもしれない。ラムジーにつかまったときに、この女と姉妹たちが受けるであろう仕打ちにくらべれば、苦しみは一瞬だけですむ。すこしも惨《むご》たらしくない死だ。

〈リーク〉なら刺したかもしれない。きっと刺しただろう、ラムジー公の歓心を買うために。

この娼婦たちはラムジーの花嫁を盗もうとしているのだから。〈リーク〉にはそんなことがゆるせるはずもない。だが、古の神々は自分がだれかを知っており、シオンと呼んだ。

（おれは鉄《くろがね》の者だ、ベイロン・グレイジョイの息子であり、パイク島の正統継承者だ）

指の切断面がひくひく痙攣している。いまにも短剣を抜こうとするかのように。しかし、シオンは結局、短剣を抜かないままだった。

やがて〈栗鼠〉がもどってきた。ほかの女四人もいっしょだった。がりがりに痩せて髪が半白のマートル、長い黒髪を三つ編みにした〈魔眼の柳〉、腰が太くて胸の大きなフレニア、短剣を持ったホリーだ。四人とも、侍女のお仕着せであるくすんだ灰色の粗織り《ラフスパン》を重ね着し、その上から白い兎の毛皮を裏打ちした茶色いウールのマントをはおっている。

（剣は持っていないな）とシオンは気づいた。（斧もない。戦斧《せんぷ》もない。ナイフのほかには武器を帯びていない）

ホリーはマントを銀の留め具で留めていた。フレニアは腰から乳房のすぐ下にかけて長い麻縄を巻きつけており、そのせいで、いつにも増して胴体がごつく見える。

マートルはロウアン用に侍女のお仕着せを持ってきていた。

「郭《くるわ》はアホどもでいっぱいだよ。出撃するつもりなんだ」

「隷従の徒《ニーラー》ってのはこれだからね」〈柳〉が嘲るように鼻を鳴らした。「親分にこうしろといわれたら、なんでもいうことをきかなきゃならない」

「みんな死んじゃうんだ」ホリーが愉快そうにいった。

「死ぬのは出撃する者だけじゃないぞ、おれたちもだ」とシオンはいった。「たとえ門衛に通してもらえたとしても、どうやってレディ・アリアを連れだすつもりだ？」

ホリーがにやりと笑った。

「女が六人、入ってって、女が六人出てくるんだよ。侍女の顔なんて、だれも見ちゃいない。スタークの娘には〈栗鼠〉の格好をさせて出てくるんだ」

シオンは〈栗鼠〉に目をやった。

（たしかに、背格好は同じくらいか。うまくいくかもしれない）

「〈栗鼠〉はどうやって出てくるんだ？」

〈栗鼠〉が自分で答えた。

「窓からさ。まっすぐ〈神々の森〉に降りてくる。兄貴に連れられて、はじめてあんたらの〈壁〉の南へ掠奪しにいったのは、十二のときだったっけ。〈栗鼠〉って名前も、そんときついたものでね。兄貴がいうには、栗鼠が樹を登るみたいに〈壁〉を登るからなんだって。それから六回、〈壁〉を乗り越えて南へきて、そのたびにまた北へ帰ってる。あれにくらべたら、石の塔を降りるのなんて、わけないよ」

「これで納得したかい、〈返り忠〉？」ロウアンがいった。「納得したら、さっさといくよ」

ウィンターフェル城の洞窟のような厨房《ちゅうぼう》は、万が一火事になった場合にそなえて独立した建物になっており、城の大広間からも二棟ある天守からも充分に離れている。厨房の中ではにおいの変化がめまぐるしい。ローストした肉、炒めた葱《ネギ》や玉葱《タマネギ》、焼きたてのパンと、そのときどきに調理している料理しだいで、しじゅうにおいが移り変わる。ルース・ボルトンは厨房の扉の前にも衛兵を配していた。食べさせる口がこうも多いと、食材はひとかけらでも貴重なので、料理人や下働きでさえ、日ごろから監視されているのだ。しかし、衛兵たちは〈リーク〉のことを見知っていた。レディ・アリアの湯浴みのさいに、湯を取りにくるのは〈リーク〉の役目で、そのつどからかって楽しんでいるからである。もっとも、〈リーク〉がラムジー公のペットであることはよく知られているため、からかう以上のことをしようとする者はいなかった。

「おっ、悪臭のプリンスさまがお湯を取りにおいでなすったぞ」シオンが侍女たちを連れて厨房に姿を見せると、衛兵のひとりがそういって、扉を内側へ押しあけた。「手早くやれよ、せっかくのあったかい空気が逃げちまう」

屋内に入ってすぐ、通りかかった下働きの少年の腕をつかんで、シオンは命じた。

「ム＝レディのために湯を用意しろ。手桶六杯ぶん、沸きたての湯をたのむ。ラムジー公が奥さまを清潔にしてさしあげろとのことだ」

「アイ、ム＝ロード」と下働きの少年はうなずいた。「すぐに用意します、ム＝ロード」

〝すぐに〟は、シオンにとってはじれったいほど長い時間であることがわかった。きれいな大鍋がひとつもないので、下働きの少年は、湯を沸かす前にひとつを徹底的に洗わなくてはならなかったのだ。それから湯が沸くまで永遠とも思える時間がかかり、沸いた湯を六杯の木桶に移すさいには、その永遠の倍もの時間がかかった。作業のあいだ、ルーベの女たちは、フードで顔を隠したまま、ずっと待っていた。

(対応がまるっきりまちがっている)

本物の侍女たちなら、こんなときは下働きの少年たちにちょっかいを出し、料理人たちといちゃつき、あれやこれやをつまみ食いする場面だ。ロウアンと陰謀をたくらむ姉妹たちとしては、無用の注意を引きたくないのだろうが、あまりじっと黙りこんでいるものだから、衛兵たちがけげんな視線を送りはじめた。

「メイジーとかジェズとかよ、ほかの侍女たちはどうした?」ひとりがシオンにたずねた。

「ほれ、いつもくる連中だよ」

「レディ・アリアは、あの侍女たちがお気に召さないんだ」シオンはうそをついた。「このまえ、湯船に運んだ湯が水みたいだったそうで」


湯桶の熱湯から立ち昇る湯気が、降ってくる雪を解かしている。氷壁ではさまれた塹壕の迷宮にもどった一行は、大天守へと急いだ。一歩ごとに湯がはねて、温度が下がっていく。通路内には兵隊がうようよしていた。鎖帷子の上からウールのサーコートと毛皮のマントを着た騎士たち、肩に槍をかつぐ兵士たち、弓弦《ゆづる》を張っていない弓と矢の束を運んでいく弓兵たち、自由騎兵たち、軍馬を引いていく厩番《うまやばん》たち。フレイ家の兵は〝双塔〟の徽章《きしょう》をつけており、ホワイト・ハーバーの兵たちは〝男の人魚と三叉鉾《さんさほこ》〟の徽章をつけている。雪嵐の中、縦列をなしてすれちがう双方の兵たちは、肩で押しのけあいながら、たがいに用心深い目を向けているが、剣を抜こうとはしていなかった。ここでは、それはできない。

（しかし、森に入ってしまったら、そうはいくまい）

大天守の扉の前には、ドレッドフォート城の古参兵六名が見張りに立っていた。

「また風呂か？」湯気の立つ手桶を見て、見張りの長がいった。寒さをしのぐため、両手を腋の下につっこんでいる。「ゆうべも風呂に入ったばかりじゃないか。ベッドにいるだけの女が、どれだけ汚れるっていうんだよ？」

（おまえが思っているより、ずっと穢れるのさ。ラムジーと床入りしたらな）

結婚初夜、自分とジェインがさせられたことがよみがえってきて、シオンはそう思った。

「ラムジー公のご命令だ」

「だったら、入れ。湯が凍っちまう」

ふたりの衛兵が両開きの扉を内側へ押しあけた。

屋内の通路は屋外と変わらないほど寒かった。ホリーが床を踏みつけて長靴《ちょうか》の雪を落とし、マントのフードをはずす。

「もっと手間どると思ってたんだけどね」

吐く息が白い。

「ム＝ロードの寝室は上だ。あそこにはもっとおおぜいの見張りがいる。ラムジー子飼いの者たちが」〈落とし子の男衆《ボーイズ》〉という呼びかたはしたくなかった。すくなくとも、この場所ではやめておいたほうがいい。だれが聞いているか、わかったものではないからだ。「頭を低くして、フードはかぶっておくことだ」

「いうとおりにしときな、ホリー」ロウアンがいった。「なかにはあんたの顔を見知ってるやつもいるだろう。ごたごたを起こすことはない」

シオンは先頭に立ち、螺旋階段を昇っていった。

（おれはこの階段を、これまでに千回は昇った）

子供のころはよく駆け昇ったし、降りるときは三段ずつ駆け降りたものだった。あるとき、飛びおりた先にばあやがいて、床に突き倒してしまったことがある。あのときは罰を受け、ウィンターフェル城にいた時期を通して、いちばん手ひどい鞭打ちを食らった。もっとも、パイク島で兄たちに受けた打擲《ちょうちゃく》とくらべれば、なでられたようなものでしかなかったが。ロブとはこの階段で何度も英雄的な戦いをし、木剣で斬り結んだ。あれはいい訓練になった。腹をくくった敵が上にいるとき、螺旋階段を攻め昇っていくのがどんなにたいへんなことか、とくと思い知ったのもあのときだった。優秀な兵がひとり、階段の上に立てば、百人の敵を退けることができる——サー・ロドリックはよくそういっていたものである。

しかし、あれはもうはるかむかしのこと。いまはみんな死んでしまった。ジョリー、サー・ロドリック老、エダード公、ハーウィンにハレン、ケインにデズモンドに〈でぶのトム〉、騎士になる夢を持っていたアリン、最初の実剣をくれたミッケン……それに、ばあやさえも。

そして、ロブ。ロブはシオンにとって、ベイロン・グレイジョイの子種から生まれたどの息子よりも兄貴らしい男だった。

（ロブは〈嬲《ちぬ》られた婚儀〉で殺された。フレイどもに虐殺された。おれはロブといっしょにいるべきだったのに……そのとき、どこにいた？　おれはロブといっしょに死ぬべきだったんだ）

シオンが急に立ちどまったため、〈柳〉が背中にぶつかりそうになった。いつのまにか、目の前にはラムジーの寝室があった。そして扉の前には、〈落とし子の男衆〉のうちふたり、〈渋面《しぶつら》のアリン〉と〈呻き声《グラント》〉が立っていた。

（古の神々よ、われらを護りたまえ）

〈呻き声〉は舌がなく、〈渋面のアリン〉は理性がない。ラムジー公が好んで使う表現だ。かたや粗暴で、かたや品性下劣なふたりは、どちらも人生の大半を、ドレッドフォート城に仕えて過ごしてきた。そしてどちらも、あるじに命じられたとおりのことをする。

シオンはいった。

「レディ・アリアに湯を運んできた」

「自分のからだを洗ったほうがいいんじゃないか、〈リーク〉」〈渋面のアリン〉がいった。「馬の小便みたいなにおいがするぞ」

〈呻き声〉が同意の呻き声を出した。あるいは、笑ったのかもしれない。ともあれアリンはドアの鍵をはずし、寝室に通した。シオンは女たちに中へ入るようにとうながした。

室内は真っ暗だった。部屋じゅうが影におおわれている。火の消えかけた暖炉では、一本だけ燃えている薪が弱々しく爆《は》ぜており、敷布がしわくちゃになったベッドの横のテーブル上では、一本の蠟燭がちらついていた。ベッドの上にはだれもいない。

（逝ってしまったのか）とシオンは思った。（絶望のあまり、窓から身を投げたのか）

だが、雪嵐にそなえて、ここの窓は鎧戸を閉められているし、吹きだまった雪と霜とで、とても開けられる状態にはない。

「どこにいるのさ？」ホリーがきいた。

ホリーの姉妹たちは、手桶の湯を大きな丸い木製の浴槽にあけている。フレニアが寝室のドアを閉め、外からあけられないよう、内側からもたれかかった。

「どこにいるのさ？」ふたたび、ホリーがきいた。

外では角笛が吹き鳴らされている。

（いや、ちがう、喇叭《ラッパ》だ。フレイたちが戦《いくさ》にそなえて集合してるんだ）

失った指がかゆくてたまらない。

そのとき、やっと花嫁を見つけた。寝室のいちばん暗い片隅で床の上にすわりこみ、狼の毛皮を何枚もかぶって身をまるめていたのだ。がたがた震えていなかったら気づかなかったかもしれない。ジェインが毛皮をかぶっているのは、隠れるためのようだった。

（おれたちからか？　それとも、夫だと思ったのか？）

ラムジーがくると思っただけで、悲鳴をあげたくなった。

「マイ・レディ」と声をかける。アリアと呼ぶのはどうしてもためらわれたし、といって、ジェインと呼ぶわけにもいかなかったからである。「隠れる必要はない。これはみんな友人だから」

毛皮の山がもぞもぞと動いた。その奥から、涙で光る片目だけが覗いた。

(濃い。色が濃すぎる。茶色の目だ)

「シオン？」

「レディ・アリア」ロウアンが娘のそばに歩みよった。「いっしょにきてもらうよ。それも、大至急。あたしらはね、レディをあんたの兄貴のところへ連れていくためにきたんだ」

「兄？」娘の顔が狼の毛皮の下から現われた。「わたしには……兄なんていないわ」

(自分がだれかを忘れてるんだ。自分の名前を忘れてるんだ)

「いまはね」とシオンはいった。「けれど、以前にはおにいさんがいただろう。弟たちも。ロブ、ブラン、リコンだ」

「みんな死んだもの。わたしにはもう、兄弟はいない」

「でも、異母兄ならいる」ロウアンがいった。「鴉の大将だよ」

「ジョン・スノウ？」

「あんたを兄貴のところへ連れていく。だけど、いますぐ出発してもらわなきゃならない」

ジェインはあごの下まで狼の毛皮を引きあげた。

「いやよ。これは罠なんでしょう。あなたたちはあいつが……いえ、わたしの……わたしの夫、わたしのやさしいご主人さまが、あのひとが送りこんできたのよ、わたしがあのひとを愛しているかを試すために。愛しています、愛しています、なによりも愛しています」頰を涙が流れ落ちた。「あのひとに伝えてちょうだい、ちゃんと伝えて。しろといわれることはなんでもします……どんなことでもします……あのひとでも……あのひとの犬とでも……おねがい……わたしの足を斬り落とす必要なんてないの、もう逃げようとしたりしないから、もう二度と。あのひとの息子たちを産みます、誓います、誓ってほんとうです……」

ロウアンが小さく口笛を吹いた。

「どうしようもない人でなしだね、あの男は」

「いい子にしてます」ジェインは嗚咽を漏らしていた。「もうちゃんとしつけられました」

〈柳〉が眉根を寄せた。

「だれか泣きやませとくれ。外の見張り、片方は口がきけなかったが、どっちも耳は聞こえてる。このままじゃ聞かれちまうよ」

「この子を立たせて、〈返り忠〉」ホリーの手にナイフが出現した。「あんたがやらないんなら、あたしが立たせる。もういかなきゃ。さっさとこの子に活を入れて、早いとこ勇気を吹きこんで」

「悲鳴をあげたらどうする？」これはロウアンだ。

（みんな死ぬだけさ）とシオンは思った。（最初からいっておいたじゃないか、こんなのは愚かなことだと。なのに、だれも耳を貸そうとしなかった）

自分たちを破滅に追いこんだ張本人はルーベだ。吟遊詩人というやつは、みんな半分がたいかれている。歌の中では、英雄はいつも怪物の城から乙女を助けだすが、現実は歌なんかじゃない。ジェインがアリアではないのと同じように。(ジェインとアリア)は目の色がちがう。そしてここには、英雄なんていない。いるのは娼婦だけだ)

それでもシオンは、ジェインのそばにひざをつき、毛皮の山を引きはがすと、頬をそっとなでた。

「おれのことは知っているね。おれはシオンだ、憶えているだろう？　おれもきみを知っている。きみの名前も知っている」

「わたしの名前？」ジェインはかぶりをふった。「わたしの……名前は……」

その唇に、そっと指を押しあてた。

「その件はあとで話そう。いまは静かにしていてもらわないといけない。いっしょにおいで。おれもいっしょにいくから。きみをここから連れだしてあげる。あの男のもとから逃がしてあげる」

ジェインは大きく目を見開いた。

「おねがい」とつぶやいた。「どうか、逃がして」

シオンはジェインの手に自分の手をすべりこませた。欠けた指の付け根が疼《うず》くのをおぼえながら、ジェインの手を引き、立ちあがらせる。狼の毛皮が床に落ちた。その下は全裸で、小さくて白い乳房には歯形がたくさんついていた。女のひとりが鋭く息を呑む音が聞こえた。

ロウアンがシオンの手に服一式を突きだした。

「着せてやりな。外は寒い」

〈栗鼠《リス》〉はすでに服を脱ぎ、下着姿になって、彫刻を施された杉材の衣装箱の中をあさり、もっとあたたかい衣服を探していた。最終的に選んだのは、ラムジー公のキルトの胴衣《ダブレット》と、穿《は》き古したズボンだった。ズボンはだぶだぶで、嵐に翻弄される帆のように、脚のまわりではたはたと躍っている。

ロウアンの助けを借りて、シオンはジェイン・プールに〈栗鼠〉の服を着せた。

(神々が恩寵を施され、見張りたちの目が節穴なら、これで通用するだろう)

「さあ、部屋の外に出よう。階段を降りなくては」シオンはジェインにうながした。「頭を低くして、フードを引きかぶって。ホリーのあとについていくんだ。走ってはいけないし、泣いてもいけない、しゃべってもいけない。だれとも目を合わせないようにすること」

「わたしのそばにいて」とジェインはいった。「そばから離れないで」

「ぴったりくっついているよ」シオンは約束した。

そのあいだに、〈栗鼠〉はレディ・アリアのベッドにすべりこみ、毛布を引きかぶった。

フレニアが寝室のドアをあける。

「しっかり洗ってさしあげたか、〈リーク〉よ?」一同が外に出ると、〈渋面のアリン〉にきかれた。そばを通るとき、〈呻き声〉が〈柳〉の胸を揉んだ。〈柳〉を選んでくれたのは幸いだった。揉まれたのがジェインなら、きっと悲鳴をあげていただろう。そうなったら、ホリーが袖の中に隠してあるナイフを一閃させて、〈呻き声〉の喉をかっ捌《さば》いていたはずだ。

〈柳〉は身をひねり、そのまま歩み去った。

つかのま、シオンは笑いそうになった。

（見られなかったぞ。気づかれなかったぞ。ジェインに見張りの前をぶじ通過させることができた！）

だが、階段を降りる段階で、恐怖がもどってきた。この先で、〈皮剝ぎ人〉や〈〝おれのために踊れ〟のデイモン〉や〈鉄の脛〉ウォルトンに鉢合わせしたらどうする？　あるいは、ラムジーそのひとに？

（神々よ、われを救いたまえ、ラムジーにだけは、ラムジーにだけは会いませんように）

しかし、花嫁を寝室からこっそり連れだしただけではなんの意味もない。自分たちはまだ城の中にいるんだ。すべての門は閉じられて閂《かんぬき》をかけられているし、胸墻《きょうしょう》には見張りがひしめいている。それ以前に、天守の外にいる衛兵たちには、かならず制止されるだろう。ホリーとそのナイフ程度では、剣と槍で武装した六人の衛兵に抗すべくもない。

だが、屋外の衛兵はみな、寒風と吹きつけてくる雪に背を向け、扉のそばにへばりついており、衛兵長でさえ、ちらとこちらに目を向けただけだった。シオンは衛兵長と衛兵たちにあわれみをおぼえた。花嫁が連れ去られたことを知ったなら、ラムジーはこの者たち全員の皮を剝いでしまうだろうし、〈呻き声〉と〈渋面のアリン〉にどんな仕打ちをするかは想像だにできない。

扉から十メートルもいかないところで、ロウアンがからの手桶を放りだした。姉妹たちも同じようにした。後方の大天守は早くも降る雪にまぎれて見えなくなっている。郭は純白の曠野《あらの》と化していた。城内は出撃準備の音であふれているが、雪嵐の中ではそれがくぐもって奇妙に反響している。左右に連なる氷雪の塹壕の壁は、ひざまでの高さのところもあれば、腰までの高さのところもあり、頭より高くそびえているところもあった。シオンたちはいま、ウィンターフェル城のただなかにいる。それなのに、四方に広がっているはずの郭も建物もまったく見えない。城内でさえこれなのだから、城壁の外に一千キロも広がる常冬《とこふゆ》の地ではたちまち迷ってしまうだろう。

「寒い」

シオンのとなりをよろめき歩きながら、ジェイン・プールが泣きごとをいった。

(じきに、もっと寒くなる) 城壁の外では、冬は氷の牙をむきだして待ちかまえているのだ。

(もっとも、城壁の外まで出られたらだが)

「こっちだ」

三本の道が交差する場所に差しかかったとき、シオンはいった。

「フレニア、ホリー、このふたりとおいき」ロウアンが指示した。「あたしらは、ルーベといっしょにいく。待ってなくていいからね」

それだけいうと、ロウアンは身を翻《ひるがえ》し、雪の中へ、大広間の方向へと向かっていった。

〈柳〉とマートルもマントを風にはためかせ、急いでそのあとを追った。

(どんどん異様な状況になっていくな)

とシオン・グレイジョイは思った。ルーベの女が六人そろっていても城を脱出することは不可能に思えた。それがふたりしかいなくては、話にならない。だが、いまさらジェインを寝室に連れもどし、なにごともなかったふりを装うには、もう遅すぎる。かわりにシオンはジェインの腕をとり、内《うち》城壁の門へと導いていった。

(門といっても、通用門だ。かりに門衛たちが通してくれたとしても、その先は濠を渡って外《そと》城壁にあがれるだけで、外城壁の外に出る門には通じていない)

それに、これまでの晩は門衛たちも通してくれたが、それはシオンひとりだったからだ。三人もの侍女を連れていては、そううまいぐあいにはいかないだろうし、門衛がジェインのフードの下を覗いて、ラムジー公の花嫁だと気づいたら……。

道は左へ曲がっていた。つぎの瞬間、降りしきる雪のベールにかすみながらも、目の前に通用門が出現した。門の前に立っているのはふたりの衛兵だ。ウールと毛皮と革に身を包むふたりは、熊のように大きく見える。ふたりが手にした槍は、長さ二メートル半はあった。

「何者か!」ひとりが誰何《すいか》した。だれの声かはわからない。男の顔は、おおむねスカーフでおおわれており、目だけしか見えていないからだ。「〈リーク〉、おまえか?」

そうだ、といいそうになった。かわりに口が勝手に動き、こう答えていた。

「シオン・グレイジョイだ。じつは……女たちを連れてきてやった」

「あんたたち、かわいそうにさ、凍えてるだろうと思ってね」ホリーがいった。「ほうら、あったためたげる」

突きつけられた槍の先をすりぬけて、ホリーが衛兵の顔に手を伸ばし、なかば凍てついたスカーフをはがすと、男の口にキスをした。だが、唇と唇が触れあったときには、ホリーのナイフが男の首、耳のすぐ下に深々と突き刺さっていた。男の目が、かっと見開かれるのが見えた。顔を離すホリーの唇には血がついており、前に倒れる男の口からは血がしたたっていた。

もうひとりの衛兵が混乱している隙に、フレニアが槍の柄をぐっとつかんだ。つかのま、揉み合いにはなったものの、フレニアが男の手から槍をもぎとり、石突きで男のこめかみを強打した。男がうしろによろめく。フレニアは槍を鮮やかに回転させ、刃先を男の腹に突きたてた。男がぐっとうめいた。

そのとたん、ジェイン・プールが悲鳴を張りあげた。かんだかい悲鳴だった。

「あ、この馬鹿」ホリーが毒づいた。「これで隷従屋《ニーラー》どもが駆けつけてくる。まちがいない。走って!」

シオンはジェインの口を塞ぎ、反対の手で腰をつかむと、強引に先へ引きずって、死んだ門衛と死にゆく門衛の横をすりぬけ、通用門を通過し、凍てついた濠を渡った。古の神々が見まもってくださっているのか、ウィンターフェル城の守兵がいつでも外城壁へ移動できるようにと、跳ね橋は降ろされたままになっていた。背後からは警戒の声と駆けまわる足音が近づいてくる。ついで、内城壁の上から喇叭の音が鳴り響いた。

跳ね橋を渡っている最中、フレニアが立ちどまり、うしろに向きなおった。

「いきな。あたしはここで隷従屋《ニーラー》どもを食いとめる」

その大きな手には、いまも血まみれの槍が握られていた。ホリーは無言で先へ進んでいく。外城壁へあがる階段にたどりついたときには脚がふらついていたが、それでもシオンは、ジェインを肩にかつぎ、階段を昇りはじめた。このころにはジェインも抵抗するのをやめていたし、小柄なので、運びあげること自体はそうたいへんではなかったが……階段に積もるやわらかな粉雪の下で、古い雪が凍ってすべりやすくなっており、半分ほど昇ったところで、シオンはとうとう足をすべらせ、したたかに片ひざを打った。強烈な激痛が走り、あやうくジェインを取り落としそうになった。鼓動半分のあいだ、もうだめだ、ここが限界なんだと思ったものの――つぎの瞬間、ホリーの手に助け起こされた。そこから先は、ホリーと左右からジェインをかかえて階段を昇り、ようやく外城壁の上へあがることができた。

荒い息をしながら、胸壁にもたれかかる。下の跳ね橋から叫び声が聞こえたのはそのときだった。ふりかえると、フレニアが雪の中で、衛兵五、六人を相手に戦っているのが見えた。

「どっちにいく？」シオンはホリーに叫んだ。「ここからどこへいく？　どうやって城外に出る？」

険しい表情を浮かべていたホリーが、一転して愕然とした顔になり、

「ちくしょう、しくった、縄が」と毒づいて、ヒステリックな笑い声をあげた。「縄はね、フレニアが持ってるんだよ」

そういったとたん、ぐっとうめき、腹を押さえた。見ると腹部に太矢が突き刺さっている。

太矢をつかんだ手のあいだから鮮血があふれてきた。

「内城壁の隷従屋《ニーラー》ども……」

苦しげにことばを絞りだしたとき、第二の太矢が乳房のあいだに突き刺さった。ホリーは手近の凸壁に手をつき、ついで城壁上の床石に倒れこんだ。引きずり落とした雪が、小さくどさどさっという音を立ててホリーのからだの上に落ちていく。

そのとき、左のどこかで叫び声があがった。ジェイン・プールはホリーを凝視している。ホリーのからだをおおう雪の毛布が白から赤へ変わっていくようすをじっと見つめている。内城壁の上では弩弓兵《クロスボウ》が太矢をつがえなおしているだろう。シオンはジェインの手を引き、右へいきかけた。が、右からは抜き身の剣を引っさげて、哨兵たちが殺到してきつつある。それと同時に、ずっと北のほうから、戦角笛の響きが聞こえてきた。

（スタニスだ）もの狂おしい気持ちでシオンは思った。（助かる希望は、スタニスのもとへ逃げこむことにしかない。スタニスのところにたどりつきさえすれば）

しかし、寒風吹き荒れる中、自分とジェインは退路を断たれた状態にある。

クロスボウの発射音が響いた。一本の太矢がほんの三十センチのところをかすめ、手近の矢狭間《やざま》を塞ぐ凍った雪の塊を打ち砕いた。ルーベ、ロウアン、〈栗鼠〉、その他の女たちの姿はどこにも見えず、もはや自分とジェインだけでこの場を切りぬけるほかに道はない。

（生きたままつかまったら、ラムジーのところへ連れていかれてしまう）

シオンはジェインの腰を抱き——ともに胸壁の外へ飛びおりた。

52　――デナーリス

　空は無慈悲なほど青く、目のおよぶかぎり雲ひとつない。

(都の煉瓦はじきに太陽で焦がされることになるわ) とダニーは思った。(闘技窖《あな》の砂底で闘う闘士たちは、サンダルごしに、焼けた砂の熱さを感じることになるのね)

　ジクィがダニーの肩からシルクのローブを落とした。全裸になったダニーは、イリの手を借りて、沐浴場の水につかった。地平線の上に顔を出したばかりの朝陽が、柿の樹の枝葉にさえぎられつつ、水面をきらめかせている。

「闘技は再開しなければならないとしても、陛下みずから闘技場を訪ねられる必要があるのでしょうか?」

　女王の髪を洗いながら、ミッサンデイがたずねた。

「ミーリーンの人口の半数は、あそこへわたしを見にくるのよ、愛しい子」

「ですが、陛下」ミッサンデイはつづけた。「この者に意見を申し述べさせていただけますなら、そのミーリーンの人口の半数は、あそこで闘士たちが血を流し、死んでいくところを見にいくのです」

（まちがってはいないわね）と女王は思った。（けれど、だからといって、なんのちがいもない）

　まもなくダニーは、これ以上はないほどきれいに身体を浄《きよ》められ、小さく水しぶきをあげながら、沐浴場の中で立ちあがった。脚を水流が流れ落ち、乳房にびっしりと水滴がついている。朝陽は東の空を昇りつづけた。じきに家臣たちが集まってくるだろう。本音をいえば、芳香豊かなこの沐浴場に一日じゅうでも浮かび、銀の皿で供される冷やした果物を食べつつ、赤い扉がある家の夢を見て過ごしていたいところだったが、女王というのは臣民のものだ。自分自身のものではない。

　ジクィが軟らかな布を使い、そっとたたくようにしてからだの水気を拭きとった。イリがたずねた。

「女王《カリーシ》さま、本日はどの寛衣《トカール》をお召しに？」

「黄色いシルクのトカールを」

〝兎の女王〟は、長い耳をつけていないと、兎とはわからないからだ。ユンカイを象徴する黄色のシルクは軽くてひんやりした肌ざわりだった。闘技場は暑いだろうから、この装いは助かる。

（灼《や》けた赤い砂は、死にゆく者たちのサンダルの裏を焼くことでしょうね）

「トカールの上には、長い赤のベールを」

　ベールは風に舞う砂が口に入るのを防いでくれる。

（そして赤は、もし返り血がかかっても目だたない）

ジクィはダニーの髪にブラシをかけながら、イリはダニーの爪にマニキュアを塗りながら、楽しそうに本日の試合のことを話していた。ほどなく、ミッサンデイがふたたびやってきた。

「陛下。王陛下より、お召物の準備がすみしだい、おいでくださるようにとの仰せでございます。それから、プリンス・クェンティンが二名のドーン人を連れて訪ねてまいりまして、陛下のご機嫌がうるわしければ、ごあいさつをさせていただきたいと申しております」

（こんな日にご機嫌うるわしいわけがないでしょう）

「日を改めてと伝えて」


大ピラミッドの一階では、サー・バリスタンが〈真鍮の獣《しんちゅう》〉たちに囲まれて、装飾的だが屋根のない輿《こし》のそばに控えていた。

（〝爺様騎士〟……）とダニーは思った。

高齢であるにもかかわらず、ダニーが与えた鎧に身を包むサー・バリスタンは、背が高く美丈夫に見える。

「本日、身辺を警護させていただくのが〈穢れなき軍団《アンサリード》〉であれば、わたしももうすこしは安心できるのですが、陛下」と老騎士はいった。ヒズダールは〈真鍮の獣〉の新隊長である従弟にあいさつしにいっていて、そばにはいない。「〈真鍮の獣〉の半数は経験にとぼしい解放奴隷ですので」

〝もう半分は、忠誠心に疑いのあるミーリーン人ですし〟――ほんとうは、そうつづけたいところだろうが、それは口に出さなかった。セルミーはいっさいのミーリーン人を信用していない。それが〝剃髪頭《ていはつあたま》〟たちであってもだ。

「経験にとぼしい者は、こうして身辺警護をさせないと、いつまでたっても経験にとぼしいままよ」

「とはいえ、仮面はいろいろなものを隠せますので、陛下。あの梟《フクロウ》の仮面の男は、昨日、陛下を警護した梟の仮面の男と同じ人物なのか？　一昨日とくらべたときはどうなのか？どうすればわかりましょう？」

「わたしが信用してあげなくて、どうしてミーリーン人が〈真鍮の獣〉を信用できるはずがあるの。仮面をかぶっているのは善良で勇敢な者ばかり。この者たちの手に命を委ねるのに、なんの異論もありませんよ」ダニーはサー・バリスタンにほほえみかけた。「あなたは心配しすぎなんだわ。そもそも、わたしのそばには、いつもあなたが控えているんだもの。これ以上に警護の必要があって？」

「わたしはもう老いました。しかも、ひとりしかおりません」

「〈闘士《ストロング》〉ベルウァスも同行するのよ。それならいいでしょう」

「御意」ここでサー・バリスタンは、すっと声をひそめた。「陛下、ご命令のとおり、例のメリスという女を解放したのですが、解放される前、ぜひ陛下にお目通りをと申しますので、わたしが代理で話を聞きましたところ、〈襤褸《らんる》の貴公子《プリンス》〉はそもそも、当初から〈風来《ふうらい》〉を率いて陛下に鞍替えする腹だったとのことです。メリスが送りこまれてきたのは、ひそかに協定を結ぶためだった由《よし》。それが、ドーン人が裏切り、先に身分を明かしてしまったため、出る幕がなかったのだと申しておりました」

(裏切り、また裏切り)女王はげんなりしながら思った。(いつになったら裏切りの連鎖は尽きるの?)

「あなたはどこまでその話を信じたのかしら?」

「すこしも信じてはおりません、陛下。ですが、とにもかくにも、本人の言い分はそういうものでした」

「メリスはそう申しております。ただし、それには代償が必要だとも」

「いざとなったら、〈風来〉はこちらにつくと?」

「払ってあげなさい」

ミーリーンが必要としているのは鉄だ。武力だ。黄金ではない。

「〈襤褸の貴公子〉は、金銭では買いえぬものがほしいとか。メリスによれば、そのほしいものとは、ペントスであるとのことです」

「ペントス?」ダニーはすっと目を細めた。「どうすればペントスを与えられるというの?世界の半分がた向こうだというのに」

「メリスが申しますには、〈貴公子〉は喜んで待つそうです——われわれがウェスタロスに向けて進軍するまで」

（わたしがウェスタロスに向かわなかったら？）

「ペントスはペントス人のものでしょう。それに、マジスター・イリリオだってペントスにいるのよ。族長《カール》ドロゴとの結婚を手配して、わたしにドラゴンの卵をくれたあの人物がよ。あなたを、ベルウァスを、グロレオを、わたしのもとへ送ってよこした人物がよ。あのひとには多大な借りがあるわ。その借りを、素性も知れぬ傭兵ごときにペントスを与えて、仇で返せというの？」

サー・バリスタンは小さく頭を下げた。

「陛下は賢明であらせられます」

ヒズダール・ゾ・ロラクのそばにいくと、夫はいった。

「これほど幸先のよい日を経験したことがあるかね、愛しい人よ？」

夫の手を借り、輿《こし》にあがる。輿の上には、背もたれの高い椅子が二脚、となりあって設置されている。

「あなたにとっては、幸先のよい日かもしれないわ。けれど、陽が沈む前に死なねばならぬ者にとってはどうかしら」

「すべての者は、いつかは死なねばならぬ」とヒズダールは答えた。「だが、すべての者が都じゅうの観客の歓声を耳にこだまさせ、栄光に包まれて死ねるとはかぎらない」

ヒズダールは門の前に立つ兵士たちに合図した。

「門をあけよ」

大ピラミッドの門前に広がる広場には、多彩な色の煉瓦が敷きつめられており、立ち昇る熱波が陽炎《かげろう》となって揺らいでいた。広場にはおおぜいの人々が行きかっている。担《にな》い駕籠《かご》に乗っている者もいれば、椅子駕籠に乗っている者もおり、尻尾を二股に分けた驢馬《ロバ》に乗っている者もいるが、ほとんどの者は徒歩だった。歩行者のうち、十人中九人までは、幅の広い煉瓦敷きの大路を通って西へと向かっていく。〈ダズナクの大闘技場〉へいくつもりなのだ。ピラミッドから輿が出てきたことに気づいて、手前のほうの通行人たちが歓声をあげ、その歓声は広場じゅうに広がっていった。

(なんて奇妙なのだろう)と女王は思った。(この者たちは歓声をあげているわ——かつてわたしが、百六十三人の〈偉大なる主人《グレート・マスター》〉を串刺しの刑にしたのと同じその広場で)

大太鼓をかかえた先触れが刻むリズムに合わせ、女王の列は西に進んでいった。剃髪頭の先触れは、大太鼓をひと打ちするたびに、道をあけろ、と往来の者に怒鳴る。先触れが身につけている小札鎧《こざねよろい》は、磨きあげた銅の円板をつづったものだ。

ドン。「王家のお通りだ！」

ドン。「道をあけよ！」

ドン。「女王のお通りだ！」

ドン。「王のお通りだ！」

ドン。「道をあけよ！」

大太鼓のあとからは、四列縦隊を組んで、〈真鍮の獣〉の騎馬隊が行進していく。棍棒《カジエル》を持っている者もいれば、杖を持っている者もいる。全員に共通するのは、ひだつきスカート、革のサンダル、さまざまな色の四角い布を縫い合わせたパッチワークのマントを身につけていることだ。このマントは、ミーリーンの多彩な色の煉瓦に合わせたものだった。〈真鍮の獣〉たちがかぶっている仮面は、陽光を浴びてきらきらと輝いている。猪に牡牛、鷹に鷺《サギ》、獅子に虎に熊、二叉の舌を突きだした蛇に恐ろしげなバジリスク。

馬がきらいな〈闘士〉ベルウァスは鋲《びょう》を打った胴着を身につけ、徒歩で女王の側近たちの前を歩いていた。一歩ごとに、傷だらけの茶色い腹が揺れている。そのうしろには、イリとジクィに、アッゴとラカーロが騎馬でつづき、さらにそのうしろには、装飾的な椅子駕籠に乗ったレズナクがつづく。上に日よけをつけているのは、陽射しから頭を護るためだ。サー・バリスタン・セルミーは鎧を陽光に輝かせ、ダニーの乗った輿の真横で馬を進めていた。肩から背後へ流れるように垂れかかり、馬の尻にかぶさった長いマントは、骨のように白い。左腕には大きな白楯をはめている。女王の駕籠のやや後方には、ドーンの公子《プリンス》クェンティン・マーテルが、仲間の騎士二名をともなってついてきていた。

縦列は長い煉瓦道をゆっくりと進んでいく。

ドン。「王家のお通りだ！」

ドン。「女王のお通りだ！　王のお通りだ！」

ドン。「道をあけよ！」

ダニーの背後では、最終試合でどちらが勝つかで侍女たちが盛りあがっていた。ジクィは〈巨漢ゴゴール〉が贔屓《ひいき》らしい。ゴゴールは人間より牡牛に近く、青銅の鼻輪をつけた男だ。イリのほうは、〈骨砕きのベラークォ〉がふるう連接棍《れんせつこん》の前に、〈巨漢〉など敵ではないといっている。

（わたしの侍女たちはドスラク人ね）ダニーは心の中でそう思った。（死はあらゆる部族《カラザール》につきもの。ともに馬を駆る仲間）

族長《カール》ドロゴと結婚したあの日、披露宴では何振りもの半月刀《アラク》が閃き、男たちが死んでいくかたわらで、ほかのみんなは酒を飲み、交合していた。騎馬民族のあいだでは、生と死とはとなりあって存在し、飛沫《しぶ》く血は結婚をことほぐものと考えられている。この新たな結婚も、もうじき血で染まることになるのだろう。なんとめでたいことか。

ドン、ドン、ドン、ドン、ドン、ドン。

いきなり、太鼓が前よりも短い間隔で連打されだした。怒ったような、じれているようなリズムだ。縦列が急停止するにおよんで、サー・バリスタンがすらりと長剣を引き抜いた。道の左右には、いっぽうにパール家の薄紅と白のピラミッドが、いっぽうにナックァン家の緑と黒のピラミッドがそそりたっている。

ダニーは夫に顔を向けた。

「なぜ停まったの？」

ヒズダールは立ちあがって前を眺めやり、

「道が塞がれている」と答えた。

一台の輿が、一行の進路を塞ぐ形でひっくり返っていた。担いでいた者のひとりが熱暑にやられ、煉瓦道に倒れこんだらしい。

「助けておあげなさい」ダニーは命じた。「だれかに踏まれないうちに、道の脇に運んで、食べものと水を。二週間もなにも食べていないような顔をしているわ」

サー・バリスタンは、不安の面持ちで左右に目を配った。左右のピラミッドのテラスには、ギスカル人の顔がずらりとならび、冷静でまったく動じていない顔で下を見おろしている。

「陛下。突然の停止、気にいりません。なんらかの罠の恐れがあります。〈ハーピーの息子たち〉は——」

「——懐柔されたさ」ヒズダール・ゾ・ロラクがさえぎった。「わたしを配偶者として王に迎えた女王に、あの者たちが危害を加える意味がどこにある？　さあ、あの男を助けてやれ、わが心やさしい女王が命じたとおりに」

ヒズダールはダニーの手をとり、ほほえんだ。

〈真鍮の獣〉たちが命《めい》にしたがい、男を助けにかかるのを見ながら、ダニーはいった。

「輿を担いでいるのは、わたしがくるまで奴隷だった者たちよ。それはわたしが解放したわ。なのに、いまもああして輿を担がされている」

「いかにも」ヒズダールはうなずいた。「しかし、あの者たちは、いまでは給料をもらっているからね。きみがくるまで、あそこに倒れていた男には監督がついていて、粗相をすれば背中を鞭打たれていた。それが、いまはああして救助されている」

たしかに、そのとおりだった。猪の仮面をつけた〈真鍮の獣〉が、倒れていた駕籠担ぎを脇へ運び、水の革袋を与えるのを見ながら、ダニーはいった。

「このささやかな勝利だけでも、感謝しなくてはならないようね」

「一歩一歩、着実に進んでいけば、やがてみんな走りだす。いっしょに新しいミーリーンを築いていこうではないか」行く手の道から、ようやく障害物が取り除かれた。「では、先に進もうか」

うなずくほか、ダニーにどうすることができたろう。

（一歩一歩、着実に進んでいくのはけっこうだけれど……向かっていく先はどこ？）

〈ダズナクの大闘技場〉の門前には、二体の巨大な青銅造りの戦士像がそそりたっていた。彫刻家は殺し合いの場面を描こうとしたのだろう、一体は剣を、もう一体は戦斧《せんぷ》を持って、はげしく斬り結んでいる。その武器と肉体が、門に入っていく一行の頭上で、アーチを形成していた。

（死闘技《モータル・アーツ》の象徴なのね）とダニーは思った。

ダニーはこれまでに何度も、自分のテラスの上からあちこちの闘技場を眺めたことがある。小さな闘技場はミーリーンの各地にあばたのごとく散らばり、大きい闘技場は膿みただれた腫れ物のように赤くて毒々しい姿をさらしている。だが、この都じゅうを探しても、ここに比肩しうるほど壮大な闘技場はほかにない。

〈闘士〉ベルウァスとサー・バリスタンに左右をはさまれて、女王と夫は青銅戦士像の下をくぐりぬけ、門内に入った。目の前には、巨大な擂《す》り鉢状の観客席が広がっていた。一行が立っているのは、その擂り鉢の外縁だ。総煉瓦造りの擂り鉢には、幾重もの同心円を描いて階段状のベンチが連なっており、階層ごとにベンチの色が変えられている。

ヒズダール・ゾ・ロラクに導かれて、ダニーはベンチのあいだの通路を通り、中心部へ、擂り鉢の底へと降りていった。降りるにつれて、煉瓦造りのベンチの色は、黒、紫、青、緑、白、黄、橙、赤へと変化した。赤いベンチに使われている煉瓦の色は、中央にある闘技窖《あな》の底に敷きつめられた真紅の砂と同じ色だ。

そこらじゅうに売り子がいて、犬肉ソーセージ、ロースト・オニオン、犬の胎児の串焼きなどを呼び売りしていたが、ダニーはそんなものに手を出す必要はなかった。ヒズダールが行楽用の櫃《ひつ》に、冷やしたワインと甘露水の細口瓶や、無花果《イチジク》、棗椰子《デーツ》、甜瓜《メロン》、柘榴《ザクロ》のほか、砕いた胡桃《ペカン》と胡椒をまぶして蜂蜜漬けにした蝗《イナゴ》を、大鉢いっぱいに用意してきていたからである。

蜂蜜漬けを見るなり、〈闘士〉ベルウァスは、

「蝗だ！」

と叫び、大鉢ごとひったくって、さっそく手づかみで貪《むさぼ》りはじめた。

「あれはとても美味でね」ヒズダールが蝗を勧めた。「きみもすこし試してみるといいよ。

蜂蜜に漬けこむ前に香辛料をまぶしてあるから、甘いだけではなくて、ピリッと辛い」

「ベルウァスが汗をだらだら流しているのは、そういうわけなのね」とダニーはいった。

「わたしは無花果と棗椰子でけっこうよ」

中央の闘技窖《あな》をはさんで対面の赤いベンチ席には、色とりどりの優美なローブを着た巫女《みこ》たちがすわっていた。その中心にすわっているのは、謹厳な雰囲気をただよわせたガラッザ・ガラレだ。巫女の中で緑のローブをまとっているのは、ただひとり、彼女だけだった。

ミーリーンの〈偉大なる主人〉たちは、赤と橙のベンチについていた。女たちはベールをかぶり、男たちはブラシと鬢《びん》付け油で、髪を角や手や大棘の形に整えている。ヒズダールの親族で古い血統を継ぐロラク家の者たちは、紫、藍、紅藤色《ライラック》のトカールを好み、パール家の者たちは薄紅と白の縦縞のトカールを好む。

ユンカイからきた代表は、全員が黄色のトカールに身を包み、王のそばの区画に陣どって、ひとりひとりが何人もの奴隷と召使いにかしずかれていた。

身分の低いミーリーン人ほど、闘技窖から遠い席につくと決まっている。窖からもっとも高く遠い黒と紫のベンチを占めるのは解放奴隷や庶民たちだ。傭兵たちが着席しているのもそこだった。一般の兵士たちのあいだに混じって、傭兵隊長たちがすわっているのが見える。〈褐色《ブラウン》のベン〉の年季を感じさせる顔や、〈血染鬚《ちぞめひげ》〉の、火のように赤い口髭と長く編んだ顎鬚《あごひげ》も見えた。

おもむろに、ここで夫が立ちあがり、ダニーにも立つようにとうながすと、両手を高々とかかげた。

「〈偉大なる主人〉たちよ！　この日、わが女王は、貴兄らに、そして臣民に対する愛情を示さんがため、当施設を訪れた。その温情と許可によって、これより死闘技《モータル・アーツ》を公開する。ミーリーンの者たちよ！　デナーリス女王に汝らの敬愛の声をお聞かせせよ！」

一万の喉から感謝の声がほとばしった。ついで、二万の喉から。ついには、場内の全員の喉からも。デナーリスの名を叫ぶ者はいない。この名を発音できる者がいないからである。かわりに観衆は「ミサ！」と叫んだ。これはギスの、もはや使われていない古いことばで、〝母〟を意味するものだ。足を踏み鳴らし、腹をたたいて、「ミサ！　ミサ！　ミサ！」と観衆が叫ぶうちに、闘技場全体が揺れだした。ダニーは歓呼の洗礼を全身で受けた。（わたしはあなたがたの母ではないわ！）そう叫び返してやりたかった。（わたしはあなたがたの奴隷の母。あなたがたが蝗の蜂蜜漬けを堪能しているあいだに、ここの真っ赤な砂の上で死んでいく、すべての者たちの母なのよ）

うしろにすわったレズナクが身を乗りだしてきて、ダニーの耳もとにささやいた。

「主上《しゅじょう》、お聞きくださいませ、民の敬愛の声を！」

（ちがうわ）そうではないことがダニーにはわかっている。（この者たちは死闘技が好きなだけ）

大歓声が収まってくると、ダニーはみずからにすわることをゆるした。女王の観覧区画は日陰になっているが、それでも頭が痛い。

「ジクィ」と侍女に声をかけた。「すまないけれど、甘露水をおねがい。のどがもう、からから」

「本日、最初に殺戮を行なう栄誉をになう男は、あのクラッズだ」ヒズダールが説明した。

「かつて、これ以上の闘士が存在したことはない」

「〈闘士〉ベルウァスのほうが強かった」と〈闘士〉ベルウァスがいった。

クラッズは生まれの卑しいミーリーン人だった。背の高い男で、額の生え際から後頭部の付け根にかけ、赤黒い色の強《こわ》い髪をとさかのように伸ばしている。対戦相手は、夏諸島《サマー・アイランズ》からきた漆黒の槍使いだ。

闘いがはじまった。槍使いはしばし槍でクラッズを牽制していたが、ひとたびクラッズが槍先をすりぬけ、小剣の間合いに入るや、あとは殺戮ショーとなった。けりがついたのち、クラッズは漆黒の男の心臓を抉《えぐ》りとり、頭上に高々とかかげ、したたる血を顔に受けたのち、がぶりと食らいついた。

「クラッズはね、勇敢な男の心臓を食らうと、いっそう強くなれると信じているんだ」

ヒズダールの説明に、ジクィがわが意を得たりとつぶやいた。ダニーもかつて、腹の中の息子《レイゴ》に力を与えるため、牡馬の生き心臓を食べたことがある……だが、そんなことをしても、あの妖女《メイジャイ》の血魔法を受けたとき、子宮の中にいるレイゴを助けてやることはできなかった。

〈経験すると予言された、三つの裏切り。最初に裏切ったのは妖女ミリ・マズ・ドゥール。二番めに裏切ったのはジョラー。三番めに裏切ったのは〈褐色のベン・プラム〉老。これでもう、裏切りは最後？）

「おお」ヒズダールが破顔した。「つぎは〈豹紋猫《ひょうもん》〉か。見なさい、あの動きを、わが女王。あれはまさに、二本の脚で歩く詩だ」

ヒズダールが〝歩く詩〟と形容した闘士の対戦相手は、ゴゴールと同じほども背が高く、ベルウァスと同じほども横幅があったが、動きは鈍かった。〈豹紋猫〉が相手の膝腱《しっけん》を両脚ともに切断したのは、ダニーの席から二メートルと離れていない場所だった。敵ががくりとひざをつくと、〈猫〉はその背中を足で押さえつけ、頭に腕を巻きつけて、耳から耳にかけ、一気に喉を掻き斬った。窖底《あなぞこ》の真っ赤な砂が鮮血を吸いはじめる。裂けた喉から噴きだした空気が、最後のことばじみたものを形作った。観衆は大歓声を送った。

「悪い闘い、良い死にざま」〈闘士〉ベルウァスがいった。「〈闘士〉ベルウァス、観客が叫ぶ、きらう」

ベルウァスはすでに蝗の蜂蜜漬けを平らげており、大きくげっぷを漏らすと、ぐびぐびとワインを飲んだ。

順次、登場したのは、肌の青白いクァース人、漆黒の夏諸島人、赤銅色の肌のドスラク人、青い顎鬚のタイロシュ人、仔羊のごとき民族がひとりに、ジョゴス・ナーイからきた戦士、むすっとしたブレーヴォス人、ソゾリオスの密林からきたまだらの肌を持つ半人たちだった。どれもこれも、世界の果てから〈ダズナクの大闘技場〉へ死ににきた闘士たちだ。

「こんどの闘士、なかなか見こみがありそうだ」

長いブロンドの髪を風になびかせたライス人の若者を評して、ヒズダールはそういった。が、対戦相手はその長い髪をひっつかみ、バランスを崩させ、倒れたところで腹を抉《えぐ》った。剣を失い、死んで横たわる若者の顔は、生きていたときよりもいっそう若く見えた。

「子供だわ」とダニーはいった。「まだほんの子供じゃないの」

「いや、もう十六になる」とヒズダールは答えた。「成人した男として、黄金と栄誉のため、自分の意志で命を賭けていい年齢だ。この日、〈ダズナクの大闘技場〉で死ぬ子供はいない。それはわが心やさしく叡知深き女王が厳に命じたとおりだよ」

（これもまた、ささやかな勝利というわけね。わが臣民を善良に導くことはできないのかもしれない。でも、すくなくとも、邪悪さを弱める努力くらいはできるかもしれないわ）

デナーリスとしては女闘士同士の闘いも禁じたいところだったが、〈黒髪のバルセナ〉が〝自分にも男と同じく命を賭ける権利がある〟といいはったため、そこは折れた。道化試合も禁じたいところではあった。不具者、こびと、老婆が、大庖丁、松明《たいまつ》、金槌を使い、どたばたと殴り合う道化試合は、闘士がへボければへボいほど笑いがとれると考えられている。だが、〝滑稽な試合で女王がいっしょに笑う姿を見せれば、いっそう臣民に愛されるだろう。だいいち、こういった舞台で金を稼がなければ、不具者、こびと、老婆はみな飢え死にしてしまうぞ〟とヒズダールに説得されて、これについても折れた。

闘技窖には、刑を宣告された犯罪者を送りこむのが慣例になっている。ダニーはその点も踏襲することにしたが、犯罪の種類を絞りこんだ。

「闘技を強制されるのは、人殺し、強姦魔、それから、いまもなお奴隷を所有する者のみ。泥棒と借金を踏み倒した者は除きます」

もっとも、猛獣同士の闘いは今回も行なわれた。ある試合では、一頭の象が六頭の赤狼をまたたく間に倒してのけた。つぎの試合では、牡牛が熊にけしかけられ、壮絶な闘いとなり、両者とも血まみれになって、砂の上で息も絶えだえに横たわるはめになった。

「死んだ動物の肉はむだにならない」ヒズダールが説明した。「肉屋たちが死体を解体して、からだにいいシチューを作り、飢えた者にふるまう。〈運命の門〉の——この闘技場の門の——前にきた者には、だれであれ、鉢一杯のシチューが施されることになっている」

「それはいい決まりだわ」とダニーはいった。

(ここで死ぬ動物の数では、全員の飢えを満たせないけれどね)

「この伝統がつづくように心がけなくては」

猛獣同士の闘いがおわると、集団擬闘がはじまった。騎士に扮した者六名対、騎馬民族に扮した者六名だ。騎士側は徒立《かちだ》ちで楯と長剣を持ち、騎馬民族側は馬に乗ってドスラク人の半月刀《アラク》を手にしている。騎士が長い鎖帷子《ホーバーク》を着用しているのに対し、ドスラク側はいっさい鎧をつけていない。はじめのうちはドスラク側が優勢に思えた。騎士のうちのふたりを蹄《ひづめ》にかけ、半月刀《アラク》をふるってもうひとりの耳を斬り落としたのだ。が、残った三人の騎士が馬を狙いだすと、ドスラク側はひとり、またひとりと馬から落とされ、殺されていった。それを見て、ジクィがおおいに不興をかこった。

「あんなの、本物の部族の戦士《カラザール》じゃない」

斬殺された者たちが運びだされていくのを眺めながら、ダニーは夫にいった。

「あの者たちの死体、あなたのいう〝からだにいい〟シチューに放りこまれたりしなければいいわね」

「馬の死体はシチュー行きだが……」とヒズダールは答えた。「人間はそうはならないよ、もちろん」

「馬肉と玉葱《タマネギ》は人を強くする」ベルウァスがいった。

集団擬闘のあとには、本日一回めの道化試合が挿入された。こびと同士の馬上槍試合だ。このふたりは、ヒズダールが闘技場に招いたユンカイの貴人のうち、ひとりが提供したのだという。こびとたちは、ひとりが犬に、もうひとりが豚にまたがって、色を塗りたてであることがひと目でわかる木の鎧を身につけていた。いっぽうの鎧に描かれた紋章は王位簒奪者ロバート・バラシオンの牡鹿で、もういっぽうの鎧に描かれた紋章はラニスター家の黄金の獅子だ。これがダニーのために用意された余興であることはまちがいない。ふたりの滑稽なしぐさに、ベルウァスは大笑いしたが、ダニーとしては、むりやり笑みを浮かべるのがせいいっぱいだった。赤い鎧のこびとが鞍から砂上に転げ落ちて、馬がわりの牝豚を必死に追いかける。そのあとを犬に乗ったこびとが追いかけて、木剣の先で尻をつつく。それを見て、女王はいいかけた。

「とても滑稽で楽しいけれど、でも……」

「辛抱だよ、愛しい人」とヒズダールがいった。「もうじき獅子が放たれる」

デナーリスはけげんな顔で夫を見た。

「獅子？」

「三頭だ。こびとたちは知らされていない」

ダニーは眉をひそめた。

「こびとは木剣しか持っていないのよ。鎧だって木の板でしょう。どうやって獅子と闘うというの？」

「ぶざまにさ」とヒズダールは答えた。「意外に健闘を見せる可能性はあるがね。十中八九、悲鳴をあげて逃げまどい、闘技窖の壁を這い登ろうとするだろう。この滑稽芝居の見せ場はそこだ」

ダニーは険しい顔になった。

「そんなことは禁じます」

「心やさしき女王よ。臣民を失望させたくはないだろう」

「ここで闘うのは成人のみとし、黄金と名誉のために命を賭けようとみずからの自由意志で決めた者にかぎる。あなたはそう誓ったはずよ。あのこびとたち、木剣で獅子と闘うことは承知していないのでしょう。やめさせて。いますぐに」

王はぐっと口を引き結んだ。鼓動半分のあいだ、そのおだやかな目に怒りの色がよぎったように見えた。

「ご命令のままに」ヒズダールは闘技場の支配人を手招きした。そして、鞭を手に小走りにやってきた支配人に向かって、こう命じた。「獅子は中止だ」

「一頭も出しませんので？　それですと、せっかくの笑いどころがだいなしになってしまいます」

「わが女王がそうお望みなのだ。こびとに危害を加えてはならん」

「観衆の不興を買いますが」

「だったら、バルセナを出せ。観衆も沸くだろう」

「さすがに、おわかりでいらっしゃる」

支配人が鞭で床を打ち、命令を怒鳴った。豚や犬とともに、ふたりのこびとが窖から連れだされた。それを見た観客は口々に罵声を投げかけ、窖の中に石や腐った果物を放りこんだ。

ところが、赤い砂の上に〈黒髪のバルセナ〉が登場したとたん、罵声に代わって大歓声が湧き起こった。下帯とサンダル以外、女闘士はなにも身につけていない。長身で黒髪、肌の浅黒いの女は年齢三十前後、獰猛さを秘めたしなやかな動きぶりは豹を思わせる。

「バルセナは大の人気者なんだ」闘技場にあふれる大歓声の中で、ヒズダールは説明した。

「これまでに見た中で、もっとも勇敢な女性だな、あれは」

〈闘士〉ベルウァスがいった。

「女と戦う女、勇敢でない。〈闘士〉ベルウァスと戦えば、勇敢」

それにかまわず、ヒズダールはつづけた。

「本日、バルセナが闘う相手は猪だ」

（なるほど）とダニーは思った。（いくらお金を積んでも、バルセナと闘う女は見つけられなかったというわけ）

「得物も木剣ではないようね――こびととちがって」

猪はおそろしく巨大だった。牙は人間の前腕ほどもあるだろうか。猪は小さな目を怒らせ、あちこちに向けていた。ロバート・バラシオンを殺したという猪も、こんなに恐ろしい姿をしていたのかもしれない。

（恐ろしい生きもの、恐ろしい死）

鼓動ひとつぶんのあいだながら、ダニーは王位簒奪者にあわれをもよおした。

「バルセナというのは、すばやさが身上でございまして」うしろの席から、レズナクが説明した。「あの大猪相手に舞を舞って、そばを通過するたびに傷をつけてまいります。倒れるころには、あの猪め、血まみれになっていることでございましょう。まあ、ごらんになっていてくださいまし」

闘いはレズナクがいったとおりの展開ではじまった。猪が突進する。すかさずバルセナが旋回し、陽光の中でナイフを銀色にきらめかせる。

「槍がいるな」二度めに突進してきた猪をバルセナが飛び越えたとき、サー・バリスタンがいった。「あれは猪と闘うやりかたではない」

ダーリオがいつもいっていたように、まるで口うるさい〝爺様〟のような口ぶりだった。

バルセナのナイフが赤く染まりつつある。しかし、そこで猪は、ぴたりと突進をやめた。

(牡牛より賢いわね)とダニーは気づいた。(以後はもう、突進しないでしょう)

バルセナもそれに気づいたらしい。威嚇の声を発しながら、ナイフを左右の手でやったり取ったりしつつ、じりじりと猪に近づいていく。猪があとずさりだした。バルセナは毒づき、鼻づらに斬りつけた。猪を怒らせるためだろう。挑発は図に当たった……かに見えた。が、今回は飛びすさるのが一瞬遅れ——猪の牙がバルセナの太腿を切り裂いた。ひざから股間にかけて、ざっくりと傷口が開く。

三万の観衆の口から呻き声が漏れた。切り裂かれた片脚をかかえ、ナイフを取り落とし、バルセナは脚を引きずって逃げようとしたが、半メートルも離れないうちに、大猪はまたも襲いかかっていた。ダニーは顔をそむけた。

「あれが勇敢な行為?」

砂底から悲鳴がふりまかれるなかで、ダニーは〈闘士〉ベルウァスにたずねた。

「豚と闘う、勇敢。大声で悲鳴をあげる者、勇敢ではない。〈闘士〉ベルウァス、耳が痛くなる」

そのとき、去勢闘士が膨れた腹に手をあてがって、いくつも走る白い古傷の上からさすりはじめた。

「……おかしい。〈闘士〉ベルウァス、腹も痛くなってきた」

大猪は鼻づらをバルセナの腹にうずめたのち、ずるっとはらわたを引きずりだした。立ち昇った臭気は、もはやダニーに耐えられる限界を超えていた。この熱暑、大量の蝿、観衆の叫び声……。

（息もできない）

とうとうベールをめくりあげ、かなぐり捨てた。つづいて、トカールも脱ぎにかかった。シルクの寛衣《かんい》を脱ぐにつれて、真珠同士がぶつかってカチカチと鳴った。

「女王《カリーシ》さま？」イリがたずねた。「なにをなさいます？」

「〝兎の耳〟をはずしているのよ」

このころには、猪追いの槍を持った十人ほどの男が赤い砂の上に飛びだし、猪を死体から引き離して、畜舎へ追いたてようとしていた。長い棘つきの鞭を手に、支配人も窖に降りている。その鞭で猪を打つのを見るにおよび、女王はすっくと立ちあがった。

「サー・バリスタン。わたしを大ピラミッドの庭園まで送りとどけてちょうだい」

ヒズダールは途方にくれた顔になっていた。

「まだまだ試合はつづく。六人の老婆が闘う道化試合もあるし、本格的な闘いもあと三試合残っている。最終試合はベラークォ対ゴゴールだ」

「勝つのはベラークォよ」イリがきっぱりといった。「これはよく知られたことです」

「よく知られたことではないわ」ジクィが否定した。「ベラークォは死ぬほうよ」

「どちらかが死に、どちらかが生き残る」とダニーはいった。「そして、生き残ったほうも、いつかきっと命を落とす。ここにきたのはまちがいでした」

「〈闘士〉ベルウァス、蝗を食いすぎた」ベルウァスの膨れた茶色い顔には気分の悪そうな表情が浮かんでいた。「〈闘士〉ベルウァス、ミルクがいる」

ヒズダールは去勢闘士を無視し、ダニーをなだめた。

「わが女王よ、ミーリーンの臣民はわれわれの結婚を祝いにきているんだぞ。きみを讃える歓声を聞いただろう。みなの敬愛の情を無下に退けてはいけない」

「みなが讃えているのは〝兎の耳〟でしょう、わたしではないわ。こんな修羅の場からは、引きあげさせてもらいます」

猪が鼻を鳴らす音、槍を持った男たちの囃《はや》す声、支配人が鞭で打つ音は、いまも聞こえている。

「心やさしい女《ひと》よ、だめだ、もうしばしここにいてくれ。道化試合と、あと一試合のあいだだけでいい。最終試合を早めるから。目を閉じていればよかろう。だれもきみを見はしない。観客が注視するのはベラークォとゴゴールだけだ。いま短気を起こしては——」

そのときだった——ヒズダールの顔を、すっと黒い影がよぎったのは。

喧噪と叫び声がぴたりと収まった。

口を開いていた一万人がいっせいに押しだまる。

全員の目が空に振り向けられた。

生ぬるい風がダニーの頰をなでていく。自分の鼓動の響きを圧して聞こえているこの音は、翼がはばたく音にほかならない。

槍で大猪を追っていた男のうち、ふたりが避難所に駆けこんでいった。支配人はその場に凍りつき、呆然と立ちつくしている。猪が鼻を鳴らしながらバルセナのもとへもどってきた。〈闘士〉ベルウァスは呻き声を発し、ふらふらと立ちあがると、床にがくりとひざをついた。全員が頭上を見あげるなかで、ドラゴンは太陽を背にして黒いシルエットとなり、悠然と旋回していた。

全身の鱗は黒い。ただ眼と角と背甲《はいこう》だけが暗紅色をしている。ドロゴンだ。ダニーの三頭のうち、最大の体軀を持つドロゴンは、野生の暮らしを送るうちにいっそう大きくなっていた。黒玉《ジェット》のように黒い翼は、翼端から翼端までの全幅がゆうに六メートルはある。窖底の赤砂へと降下してくるさい、一度だけ、その巨大な翼をばさっとはばたかせた。一帯に雷鳴のような音が轟きわたった。

鼻を鳴らして、大猪が顔をあげ……つぎの瞬間、猛炎に包まれた。赤い条《すじ》の混じる黒炎だ。十メートル離れていても、ダニーはその熱波の洗礼を感じることができた。大猪の断末魔の悲鳴は、まるで人の悲鳴のようだった。

ドロゴンは大猪の上に舞いおりると、煙をあげる死体に、がっきと鉤爪を食いこませた。ついで、窖の底の肉を貪りはじめた——バルセナと猪の区別なく。

「おお、神々よ……」レズナクが呻くようにつぶやいた。「喰っている……バルセナを！」

家令が手で口をおおった。〈闘士〉ベルウァスはげえげえと吐いている。ヒズダール・ゾ・ロラクの長く青白い顔に奇妙な表情がよぎった。恐怖、情欲、恍惚の入りまじった表情だ。

唇を舐めた。パール家の者たちが階段を駆け昇っていくのが見える。トカールをつまみあげ、大あわてで逃げようとしている者もいれば、裾を踏んづけて、つんのめっている者もいる。あとにつづく者が続出した。走っている者、われ先に逃げようとして突き飛ばしあう者――。だが、大半の者は座席から動くこともできず、気死《きし》したようにじっとしている。

そんななかで、ただひとり、ある男が英雄になろうと思ったらしい。

男は大猪を畜舎に追いもどそうとしていた槍使いのひとりだった。酔っぱらっているのか、気がふれているのか――でなければ、ひそかに〈黒髪のバルセナ〉に恋焦がれていたのかもしれないし、ドロゴンの餌食になったあの娘、ハッゼアのひそかなうわさを耳にしていたのかもしれない。あるいは、ただのありふれた平凡な男でしかなくて、吟遊詩人たちに自分の勲《いさおし》を歌ってほしかっただけなのかもしれない。

いずれにせよ、英雄は猪追いの槍を両手に持ち、赤い砂を蹴たててドラゴンに突進した。観客席からどよめきがあがった。牙のあいだから血をしたたらせながら、ドロゴンがすっと頭をあげる。英雄は勢いをつけ、そのドロゴンの背中に飛び乗りざま、硬い鱗でおおわれたドラゴンの、長い頸の付け根めがけ、鉄の槍先を振りおろした。

ダニーが叫ぶのとドロゴンが叫ぶのと、同時だった。

英雄は槍にもたれかかり、体重を利用して穂先をぐりぐり押しこもうとした。ドロゴンが苦痛の怒声を発し、頸を弓なりにのけぞらせる。長い尾を左右に荒々しく振った。ダニーは見た――長い蛇のような頸の先につく頭が左右に振り動くのを。黒い翼がばっと広がった。

ドラゴン退治の英雄《スレイヤー》は足場を失い、赤い砂の上に転げ落ちた。よろよろと立ちあがりかけたときには、すでにドラゴンのあぎとが目の前に迫っており――一瞬ののち、男の前腕に牙が襲いかかった。

「やめろおっ！」

英雄が叫べたのはこのひとことだけだった。つぎの瞬間、ドロゴンは肩の付け根から男の腕をもぎとり、横に放りだしていた。まるで犬が、鼠穴で咥《くわ》えた鼠を放りだすようなしぐさだった。

「殺せっ！」ヒズダール・ゾ・ロラクがほかの槍使いたちに叫んだ。「ただちにその魔獣を殺せっ！」

ダニーはサー・バリスタンにぎゅっと抱きよせられた。

「見てはなりません、陛下」

「放して！」

老騎士の手をふりほどく。周囲の時間の流れが遅くなったかに感じられるなか、ダニーは闘技窖の縁を取りまく腰高の塀を乗り越えた。窖の底に飛びおりたとき、片方のサンダルが脱げた。素足の指に熱くあたる粗い砂を感じながら、ドロゴンに向かってひた走る。サー・バリスタンがうしろから呼びかけてきた。〈闘士〉ベルウァスはなおも吐いているようだ。脚を速めた。

槍使いたちも駆けていく。槍を手に、ドラゴンへ馳せ向かっていく者も何人かはいるが、ほかの者は槍を放りだし、一目散に逃げていくところだ。例の英雄は腕の付け根から鮮血をほとばしらせ、赤い砂の上で痙攣していた。英雄の槍はドロゴンの頸の付け根に突き立ち、黒竜が翼をはばたかせるたびに右へ左へと揺れ動いている。槍の刺さったところからは煙が立ち昇っていた。

槍使いたちが間近に迫った。と、ドラゴンが猛然と火を吐き、黒炎でふたりを包みこむと同時に、尻尾を鋭く横に薙《な》いだ。尻尾は背後から忍び寄っていた支配人の胴に当たり、上下まっぷたつに断ち切った。もうひとりの槍使いがドラゴンの目をめがけ、槍を突きだしたが、大きなあぎとに腹を咥えられ、たちまち内臓を引きずりだされた。

ミーリーン人たちは悲鳴をあげ、ののしり、わめきちらしている。だれかがダニーの後方から駆けてくる足音が聞こえた。

「ドロゴン」

ダニーは黒竜の名を叫んだ。

「ドロゴン！」

ドロゴンが頭をこちらにふりむけた。その鋭い歯列のあいだからは黒煙が立ち昇っている。頸の付け根から血がしたたり落ち、砂に触れると同時に、やはり煙が立ち昇った。

ふたたび、黒竜が翼をはばたかせた。砂塵が舞いあがり、真紅の砂嵐が巻き起こる。咳きこみながらも、ダニーは真っ赤な熱い砂嵐の中へよろよろと足を踏みいれた。そのダニーに向かって、ドロゴンが鋭くあぎとを突きだし——ばくっと閉じた。

「なぜ……」

　口にできたのは、このひとことだけだった。

（なぜ、なぜわたしに？　わたしがわからないの？）

　上下の黒い歯列がガチッと咬み合わされたのは、目の前わずか十センチのところだった。

（わたしの頭を咬みちぎる気だったんだわ）

　砂が目に入り、うしろへよろめいた拍子に、支配人の死体につまずき、あおむけに倒れた。

　いきなり、ドロゴンが吼《ほ》えた。すさまじい咆哮が窖を震撼させる。灼熱の烈風がダニーを包みこんだ。ドラゴンの鱗におおわれた長い頸がこちらに伸びてくる。あぎとが開かれた。ずらりとならぶ黒い歯列の隙間に、骨のかけらと黒焦げの肉片がはさまっているのが見えた。その眼は真っ赤に融けた鉄のようだ。

（わたしは地獄を覗きこんでいるんだわ。でも、けっして目をそらしはしない）

　これほど強く、ものごとを心に決めたのははじめてだった。

（ここで逃げたら、この子はわたしを焼き殺し、貪り食ってしまう）

　ウェスタロスでは、司祭《セプトン》が七つの地獄と七つの天国の説話をするという。だが、七王国とその神々は、ここからはるか遠い。もしもここで死んだなら、ドスラクの馬の神が草をかきわけて現われ、星の部族《カラザール》に連れていこうとするのだろうか。そして、〈太陽と星々の君〉とともに、わたしは〈夜の国〉を駆けめぐることになるのだろうか。それとも、ギスの怒れる神々がハーピーの群れを送ってよこし、わたしの魂をつかまえさせ、業苦を与えるために、いずこかへ連れ去るのだろうか。

眼前で、ドロゴンがすさまじい咆哮をひしりあげた。その息吹《ブレス》は肌に火脹《ひぶく》れを起こさせるほどの高熱をともなっていた。右のほうから、バリスタン・セルミーの叫び声が聞こえた。

「こっちだ！　襲うんなら、わしを！　こっちにこい。こっちだ！」

ドロゴンのくすぶる真っ赤な眼には、ダニー自身の鏡像が映りこんでいる。なんと矮小に見えるのだろう。なんと弱々しく、貧弱で、怯えているように見えるのだろう。

（この子にわたしの恐怖を見せるわけにはいかない）

付近の砂を手探りし、支配人の死体を押しのけ、支配人が持っていた鞭の柄を探りあてた。指先が鞭に触れただけで力がみなぎってくるのが感じられた。鞭の革はあたたかい。まるで生きているかのようだ。

またしても、ドロゴンが咆哮を放った。あまりにもすさまじい音の爆発に、もうすこしで鞭を取り落としそうになった。目の前でガチッと歯列が咬み合わされる。

その鼻づらを鞭で打ちすえ、大声で叫んだ。

「お下がり！」

渾身の力をこめて鞭をふるう。ドラゴンがびくっと頭をひっこめた。

「お下がり！」もういちど叫ぶ。「お下がり！」

鞭の棘が鼻づらをひっかいた。ドロゴンが立ちあがり、その翼が落とす影がダニーを包みこんだ。ダニーは怯《ひる》まず、鱗でおおわれた腹を打った。何度も何度も腕が痛くなるほど打ちすえた。ドロゴンの蛇のように長い頸が、長弓《ロングボウ》のように大きくうしろへたわみだす。つぎの瞬間、ゴオォッという音とともに、ダニーに向かって黒炎を吐きかけた。ダニーはすばやく炎をかいくぐり、またもや鞭をふるいつつ、叫んだ。

「おやめ！　おやめ！　おやめ！　**伏せっ！**」

叱咤の声を浴びて放ったドロゴンの咆哮は、いまでは恐怖と怒りだけでなく、深い苦痛に満ちていた。翼をはばたかせる。一度、二度……。

……そして、その翼を折りたたんだ。最後にもういちど、フーッと不満げに怒声を漏らし、ドロゴンは腹を赤い砂につけて寝そべった。槍を突きたてられた傷口から流れる黒い血が、ぽたりぽたりと焼け焦げた砂に落ち、そのつど煙をあげている。

（この子のからだは、肉でできた炎――）とダニーは思った。（それはわたしも同じだわ）

デナーリス・ターガリエンは、黒いドラゴンの背中に飛び乗り、刺さったままの槍の柄をつかんで、ぐいと引き抜いた。槍の穂先はなかば融けており、灼《や》き金《がね》のように赤々と輝いていた。その槍を脇へ放り投げる。足の下でドロゴンが身を動かした。早くも力を取りもどしつつあるのだろう、筋肉が波打ちだすのがわかった。

あたりにはもうもうたる砂塵が立ちこめている。視界がきかないし、息も満足にできず、ろくに考えることもできない。だしぬけに、一対の黒い翼が雷鳴のような轟きを発したかと思うと、一瞬ののち、あたりに立ちこめていた真紅の砂煙が消え失せた。下を見おろせば、赤い砂嵐は眼下に離れていきつつある。

朦朧《もうろう》としながら、ダニーはドロゴンの頸にまたがり、目をつむった。ふたたび目をあけたときには、視界をぼやけさせる涙と砂塵ごしに、ミーリーン人が闘技場の階段を駆け昇り、街路にまろび出ていく光景が見えた。

手にはまだ鞭を握っている。それでドロゴンの頸をピシリと打ちすえ、ダニーは叫んだ。

「もっと高く！」

鞭を持っていないほうの手でつかむ場所を探り、鱗をしっかりと握りしめる。ドロゴンの巨大な黒い翼が空気を打った。頸をはさんだ太腿を通じて、ドロゴンの体熱が感じられる。心臓はいまにも破裂しそうなほどに高鳴っている。

（そうよ）とデナーリスは思った。（そうよ、それでいいのよ、高く、もっと高く翔んで。連れていって、連れていって、大空へ、わたしを！）

53 ――ジョン

〈巨人殺し《ジャイアンツベイン》のトアマンド〉は背が高い男ではない。が、神々は彼に広い胸と太い腹を与えた。マンス・レイダーが〈角笛を吹き鳴らす者〉という二つ名をつけたのは、その強い肺の力を買ってのことで、〝トアマンドは笑い声で山頂の雪を吹きとばせる〟とよくいっていたのを思い出す。怒りにつき動かされた怒鳴り声からジョンが連想するのは、マンモスの鳴き声だ。

その日のトアマンドは、しじゅう吠えまくっていた。怒鳴り、わめき、こぶしを荒々しくテーブルにたたきつけたので、細口瓶がひっくりかえり、中身の水がこぼれてしまったほどだった。トアマンドが蜂蜜酒《ミード》の角杯《つのさかずき》を手から離すことはめったになく、威嚇の言辞を吐くときに撒き散らすつばは蜂蜜の味がした。トアマンドはジョン・スノウのことを、臆病者、うそつき、裏切り者呼ばわりし、見さげはてた隷従屋《ニーラー》、盗っ人、腐肉喰らいの鴉とののしり、きさまは自由の民のケツの穴を掘ろうとした、といって罵倒した。二度、角杯を投げつけてきたが、それは中身を飲み干してからのことだった。トアマンドはけっして上等な蜂蜜酒をむだにするような人間ではないのである。罵言がやむまで、ジョンはひたすら耐えた。声を荒《あら》らげることもなく、威嚇に威嚇で応えることもない。といって、あらかじめ許容できると決めておいた以上の譲歩をすることもしない。

最終的に、午後の影が天幕の外に長く伸びるころを迎え、〈巨人殺しのトアマンド〉――〈大言壮語〉、〈角笛を吹き鳴らす者〉、〈氷を砕く者〉、〈雷の拳〉、〈熊たちの夫〉、〈赤の砦の酒呑王《ミード・キング》〉、〈神々に語る者〉、〈千軍の父〉など、さまざまな呼び名を持った男は――手を差しだした。

「では、合意は成った。神々よ、われらを赦《ゆる》したまえ。けっして赦さん母親はおおぜいいるだろうがな」

ジョンは差しだされた手をぐっと握った。誓いのことばが頭の中でこだましていた。〝われは暗闇の中の剣なり。われは〈壁〉の上に立つ〈守人《もりうど》〉なり。われは寒さに抗して燃える炎なり、夜明けをもたらす光明なり、眠れる者を目覚めさせる角笛なり、人間の領土を護る楯なり〟そしてさらに、自分だけの追加のフレーズがつづく。〝われは門を開き、敵を通せし〈守人〉なり〟

自分がしていることが正しいという確証が得られるなら、どんな代償を払ってもいい気分だったが、もはや引き返すには遅すぎる。

「手打ちだな」とジョンはいった。

トアマンドの握手は骨が砕けそうなほど力強かった。その点はすこしも変わっていない。顎鬚《あごひげ》も前のままだ。だが、ふさふさの白鬚《はくしゅ》に埋もれた顔は著しく痩せているし、赤い頬には深いしわが刻まれている。

「マンスもおまえを殺しておくべきだったたな、まだ殺せるうちに」ジョンの手を骨ごと碾《ひ》きつぶそうとしながら、トアマンドはつづけた。「薄いかゆの《グルーエル》ために黄金を差しだささせられて、そのうえ若い衆もか……。ぼったくりもいいところだぞ。おれが知っていた、あの気のいい若い男はどうなっちまったんだ？」

（総帥さまにされたのさ）

「公正な取引は双方に禍根を残す。そんなことわざがあったっけか。三日でいいんだな？」

「それまでおれが生きていられたらな。この条件を聞かせたら、おれは身内からつばを吐きかけられる」トアマンドはジョンの手を放した。「おまえの鴉どもとて、文句たらたらだ。おれがあいつらをちゃんと理解しているならだがな。じっさい、理解しているつもりでいる。黒のクズどもを数えきれないほど殺してきたこのおれだ」

「〈壁〉の南にきたら、そういうことはあまり声高にいわないほうがいい」

「ははん！」トアマンドは笑った。この点も、ちっとも変わってはいない。あいかわらず、すぐ笑うし、よく笑う。「もっともだ。おれもおまえら鴉どもにつつき殺されたくはない」

トアマンドはジョンの背中をどやしつけた。

「おれの民が全員ぶじに、〈壁〉のおまえらの側に通過できた暁には、多少の肉と蜂蜜酒を分けてやろう。そのときまでは、とりあえず……」野人は左腕にはめていた腕環をはずすと、ジョンに放り投げ、右腕にはめているそっくり同じ腕環もはずして、これもまた放り投げた。「手つけとして取っておけ。おれは親父から、親父はその親父から譲り受けた。いまはもうおまえのものだ、この盗っ人の真っ黒い落とし子野郎」

腕環は古代金製で、密度が高く、ずっしりとしており、〈最初の人々〉の古代神秘文字《ルーン》が刻まれていた。ジョンが知り合った時点で、〈巨人殺しのトアマンド〉は、この腕環を肌身離さず身につけていた。まるで自分の顎鬚と同じように、からだの一部になっているような感じだった。

「例のブレーヴォス人にわたしたら、融かして金塊にしてしまう。そんな末路を迎えさせるには忍びない。これはあんたが持っていたほうがいいだろう」

「いいや。〝〈雷の拳のトアマンド〉は、自分の民には宝物を差しださせたくせに、自分の宝物だけは手元に残した〟といわれるのも業腹だ」にんまりと笑った。「ただし——ナニにはめたリングだけは残しておくぞ。そんな腕環よりずっとでかい。おまえなら首輪に使えるほどだ」

これにはジョンも笑わざるをえなかった。

「変わらないな、あんたは」

「いいや、変わったとも」その笑みが、夏の雪のように消え去った。「おれはもう、〈赤の砦〉にいたころのおれじゃない。人が死ぬのをいやというほど見てきた。もっと悪いものもたくさん見てきた。おれの息子たちは……」

悲しみで顔を歪めながら、トアマンドは語をついだ。

「……ドアマンドは〈壁〉の攻防で殺された。まだほんの小僧っ子だったというのにだぞ。

おまえの王の騎士のひとりに殺されたのさ——全身を灰色の鋼で包んで、楯に蛾のしるしをつけた外道にな。そいつに斬られるところをおれは見た。そして、おれが駆けつけたとき、息子はもはや息絶えていた。それに、トアウィンドは……寒さにやられて死んだ。もともと病弱なたちだったが、ある晩、いつのまにか死んでいたんだ。最悪なのは、だれも死んだと気がつかないうちに、あいつが青く目を光らせて起きあがったことでな。あいつの始末は、おれが自分でつけなくてはならなかった。あんなにつらいことはないぞ、ジョン」目に涙が光った。「あいつはたいした男ではなかったとも。それは認める。だが、それでもあいつはおれの息子で、おれはあいつを溺愛していたんだ」

ジョンはトアマンドの肩に手をかけた。

「気の毒に……。申しわけない気持ちさえおぼえる」

「なぜだ？　おまえがしたことじゃあるまいに。たしかに、おまえの手は血にまみれてる、おれの手と同じように。だが、息子の血で染まってはいない」トアマンドはかぶりをふった。

「それにまだ、おれには屈強の息子がふたりいる」

「娘さんは……？」

「マンダか」

トアマンドの顔に笑みがもどってきた。

「信じられんかもしれんが、あの〈長槍のリック〉を婿にもらったんだ。正直、考えなしの向こう見ずなやつではあるが、娘にはよくしてくれてる。あいつには、〝もしも娘が傷つくようなまねをしくさってみろ、きさまのチンポコをちょんぎって、そいつでいやというほどぶったたいてやるぞ〃といってやった」

そこでふたたび、トアマンドはジョンの背中を力づけるようにどやしつけた。

「さあ、そろそろ引きあげろ。あまり長く引きとめていると、おまえを食っちまったんじゃないかと怪しまれる」

「では、夜明けに。いまから三日後だ。一番手は子供たちを」

「そいつはもう、十回も聞いた、鴉。まるでおれたちのあいだに信頼関係がないみたいじゃないか」ぺっとつばを吐いた。「一番手は子供たちだな、わかってる。マンモスどもは迂回させていこう。東の物見城《イーストウォッチ》の鴉どもに、あらかじめマンモスがいくことを伝えておいてくれ。戦いは厳に避けるよう言い含めておく。おまえたちのろくでもない門も、けっして強行突破しようとはしない。行儀よくしていてやるよ、鴨の雛の行列みたいにな。おれさまは母鴨だ、ははん！」

トアマンドはそれだけいうと、ジョンを天幕から送りだした。


天幕の外は明るくて、雲ひとつない青空が広がっていた。二週間留守にしたのち、太陽が空にもどってきたのだ。すぐ南には青白色の〈壁〉がそそりたち、陽光にきらめいている。黒《カースル・ブラック》の城の古参組に聞いたところによると、〃壁はエイリス狂王よりも気分屋だ〃という金言があるそうだ。そのほかに、〃〈壁〉は女よりも気分屋だ〃という変化形もあるらしい。

それほどに、〈壁〉の表情はくるくる変わる。曇った日には、〈壁〉は白い岩壁のようだ。月のない晩には石炭のように真っ黒に見えるし、雪嵐のときには雪の彫刻のように見える。だが、こんなふうに晴れわたった日に見ると、氷以外のものには見えない。こんな日には、〈壁〉は司祭《セプトン》のクリスタルのように燦然と輝いて、ありとあらゆる割れ目と裂け目が陽光に光りさざめき、その透明なさざ波の背後で、凍てついた虹が躍っては死んでいく。こういう日の〈壁〉はじつに美しい。

馬のそばには、トアマンドの最年長の息子が立ち、〈革〉と話をしていた。この息子は、自由の民のあいだでは〈背高《せいたか》トレッグ〉と呼ばれている。〈革〉とくらべると一センチほど背が高いだけだが、父親よりは三十センチも高いからである。土竜の町《モウルズ・タウン》出身の大柄な若者で、みんなから〈馬《ホース》〉と呼ばれているヘアスは、トレッグと〈革〉に背を向けて、焚火のそばにうずくまっていた。今回の交渉に連れてきたのはこの〈ホース〉と〈革〉だけだ。これ以上連れてくれば脅威と見なされたろうし、トアマンドが流血を覚悟すれば、二十人もふたりもいっしょだろう。ジョンの護衛には、ゴーストがいさえすればいい。大狼《ダイアウルフ》はちゃんと敵を嗅ぎわける。相手が笑みを浮かべていても、その裏に敵意があれば、それとわかる。

しかし、会談をおえて出てくると、ゴーストはどこかにいっていた。ジョンは黒い手袋のかたほうをはずし、二本の指を口にあてて口笛を吹いた。

「ゴースト！　こい」

だしぬけに、頭上からばさばさと羽ばたきの音が近づいてきた。モーモントの使い鴉が、オークの古木の枝からジョンの馬の鞍に舞いおりてきたのだ。

「穀粒《コーン》」と鴉は叫んだ。「コーン、コーン、コーン」

「おまえもついてきたのか？」

ジョンは鴉を追いはらおうと手を伸ばしかけたものの、結局はその羽をなでた。使い鴉は片方の目をジョンに向け、「スノウ」とつぶやき、わけ知り顔で頭を上下させた。そのとき、ゴーストが二本の樹のあいだから現われた。ヴァルもいっしょだった。

（まるで好一対の飾り物のようだな）

ヴァルは全身を白一色の装いで包んでいる。白いウールのズボンの裾を膝上まである白い晒《さら》し革の長靴《ちょうか》にたくしこみ、白い熊皮のマントをはおり、それを肩で留めるブローチは顔を彫刻した白いウィアウッド製、上着の留め具に使っているのは、白い骨だ。吐く息までもが白かったが……ただし目は青く、三つ編みにした長髪は濃い蜂蜜色で、頬は寒さで紅潮していた。ジョン・スノウがこれほどの艶姿《あですがた》を見るのは、ずいぶんひさしぶりのことだった。

ジョンはたずねた。

「おれの狼を盗もうとしてたのかい？」

「いいでしょう？　すべての女が大狼《ダイアウルフ》を持てば、男たちはみんな、ずっとやさしくなるわ。鴉でさえもね」

「ははん！」笑ったのは〈巨人殺しのトアマンド〉だ。「この女とことばのやりあいはよせ、スノウ総帥。頭の出来がちがうからな、おまえやおれごとき、とうてい相手にならん。この女を盗むんなら、さっさとしたほうがいい。トレッグがその気になって、先に盗んでしまうそのまえに」

あの馬鹿のアクセル・フロレント、ヴァルのことをなんといっていた？

〝齢ごろの娘で、見目《みめ》も悪くないと聞いているぞ。腰つきも上々、胸も上々、子をぽろぽろ産むのに適した体形だそうな〟

すべてあたってはいる。しかし、この野人の女は、そんな形容に収まりきる人物ではない。トアマンドを探しあてたことでも、その有能さは証明された。年季を積んだ〈守人《もりうど》〉の哨士《レンジャー》たちがことごとく失敗したことを、みごとにひとりでやってのけたのだから。

（プリンセスではないかもしれない。だが、どんな貴族の妻になっても、ヴァルなら立派にやっていける）

しかし、ヴァルを自分のところへ迎える橋は、ずっとむかしに焼け落ちてしまった。火をつけたのは、ほかならぬ自分自身だ。

「トレッグなら申しぶんない相手だな」とジョンはいった。「おれのほうは、誓いを立てた身だから」

「ヴァルは気にすまい。そうだろう、ヴァル？」

ヴァルは腰に吊った長い骨のナイフを軽くたたいた。

「鴉の総帥どのなら、いつの夜でも、遠慮なくわたしのベッドに忍んできていいわよ。去勢されてしまえば、誓いを守るのがずっと楽になるでしょうからね」

「ははん！」トアマンドはふたたび、鼻を鳴らした。「聞いたか、トレッグ？　この女には近づかんことだ。おれにはもう、娘がひとりいる。これ以上はいらん」

トアマンドはそういって、かぶりをふりふり、野人の天幕の中へひっこんでいった。

ジョンがゴーストの耳のうしろを掻いてやっているあいだに、トレッグがヴァルの乗馬を引いてきた。ヴァルはいまも、〈壁〉を発った日にマリーが与えた、葦毛の小型馬《ガロン》を使っている。毛むくじゃらで、丈夫ではあるが、片目が見えないあの馬だ。その馬にまたがって、〈壁〉のほうへ馬首《ばしゅ》を向けながら、ヴァルはたずねた。

「あの小さな〈怪物〉、育ちぐあいはどう？」

「きみが出ていったときとくらべて、からだの大きさは倍、泣き声の大きさは三倍になった。おっぱいをほしがるときは、東の物見城《イーストウォッチ》にいても聞こえるくらいだ」

ジョンも自分の馬にまたがった。

ヴァルがジョンととなりあって馬を進めだす。

「さて……約束どおり、こうしてトアマンドを連れてきたわ。これからは？　わたしはまた、前にあてがわれていた部屋に住むことになるの？」

「以前の部屋には、もうほかの人間が住んでる。セリース王妃が〈王の塔〉を占有したいとおっしゃったんでね。〈ハーディンの塔〉は憶えてるかい？」

「あの、いまにも崩れそうな塔？」

「百年も前から、ずっとあんな状態さ。きみが住めるよう、最上階をきれいにしておいた、マイ・レディ。〈王の塔〉よりも広く使えるはずだ。ただ、あれほど快適じゃないと思う。あそこを〈ハーディンの宮殿〉と呼んだ者はいないからね」

「わたしはいつでも、快適さより自由を選ぶわ」

「黒の城《カースル・ブラック》の中でなら、自由にしてくれていい。あいもかわらず、捕虜の立場に甘んじてもらわなければならないのは申しわけないところだが。しかし、招かれざる客が押しいってこないことは保証する。〈ハーディンの塔〉を警備しているのは、〝王妃の兵〟ではなくて、おれの兄弟たちだから。入口の間ではウァン・ウァンが寝ているし」

「巨人の用心棒というわけ？　ダラでさえ味わえなかった贅沢ね」

トアマンドの野人たちが、天幕や葉の落ちた樹々に差し掛けた小屋の中から、馬を進めるジョン一行を眺めていた。戦える齢の男ひとりにつき、女三人、子供三人という割合だった。みな痩せ細り、頰がこけ、ぎらぎらと光る目でこちらを見つめている。マンス・レイダーが自由の民を率いて〈壁〉に攻めてきたときは、先におびただしい羊と山羊と豚の群れを押し立てていた。いまでは、目につく動物は、マンモスくらいのものだ。巨人たちに保護されていなければ、このマンモスも一頭残らず、殺されて食われていたにちがいない。マンモスの骨には肉がたっぷりとついているからである。

ジョンは病気の徴候にも気がついた。そのことは、いわくいいがたい不安をもたらした。トアマンドのグループでさえ飢えて病気の者がいるとしたら、〈母なる土竜《モグラ》〉にくっついて堅牢な家《ハードホーム》にいった数千人はどうなっただろう。

(コター・パイクには一刻も早く回収してきてもらわないと。風さえ順調なら、いまごろはもう、救出船団は東の物見城《イーストウォッチ》に到着しているかもしれない——できるだけおおぜいの自由の民を各船に詰めこんで)

ヴァルがたずねた。

「トアマンドとの交渉、どうだった?」

「一年たったら、またきいてみてくれ。難所はこれからなんだから。おれがこさえた料理を食ってくれるよう、みんなに納得させなきゃならない。味を気にいってくれる者はひとりもいないだろうがね」

「手伝わせてちょうだいよ」

「もう充分に手伝ってくれたさ。トアマンドを連れてきてくれた」

「もっと手伝えるわ」

(たのんでもいいかもしれないな)とジョンは思った。(どうせだれもが、ヴァルのことをプリンセスだと信じこんでいるんだし)

ヴァルは馬の背で生まれてきたかのように馬を乗りこなすし、いかにもプリンセスらしく見える。

(ただし、戦士のプリンセスだ。塔の中に幽閉されて、髪にブラシをかけながら、どこかの騎士が助けにきてくれるのを待っているだけの、なよなよしたお姫さまじゃない)

「合意の件は、王妃まで報告しにいく必要がある」とジョンはいった。「いっしょに王妃に会いにいくんなら大歓迎だが、王妃の前では片ひざをついてもらわないといけない。そんなこと、がまんできるかい？」

口を開く前から王妃を怒らせては、まとまる話もまとまらなくなる。

「片ひざをつくとき、笑ってもいい？」

「だめだめ。これはゲームじゃないんだからさ。自由の民とわれわれのあいだには、古くて深くて赤い血の川が流れている。スタニス・バラシオンは、野人を王土に迎えいれることに鷹揚な数少ない人間のひとりなんだ。だから、おれがとった行動については、王妃の支持を取りつけておかないとまずい」

おもしろがっているようなヴァルの笑みが消えた。

「信用してもいいわよ、スノウ総帥。あなたの王妃の前では、きちんと野人のプリンセスを演じてみせるわ」

（おれの王妃じゃないんだけどな）と、もうすこしでいいそうになった。（本音をいえば、あの女には、一刻も早く夜の砦《ナイトフォート》へ出発してほしいくらいだ。神々の恩寵があるなら、王妃はメリサンドルもいっしょに連れていってくれるだろうし）

そこから先は、無言で馬を進めた。すぐうしろから、ゴーストが軽やかな足どりでついてくる。モーモントの使い鴉は門のところまでついてきたが、ジョンたちが下馬すると同時に、〈壁〉の上へ羽ばたいていった。先頭に立って道を照らすため、〈ホース〉が松明《たいまつ》を持ち、氷の隧道《トンネル》へ入っていく。

ジョン一行が〈壁〉の南側から外に出ると、門のそばに小人数の黒衣の兄弟が待っていた。そのなかには、古参の弓兵、〈王の森のアルマー〉老もいた。一同を代表して進み出てきたのは、そのアルマーだった。

「さっそくで申しわけないが、ム＝ロード、若い者たちが気にしておりましてな。〝平和〟ですか？　それとも、〝血と鉄〟ですか？」

「平和だ」とジョン・スノウは答えた。「きょうから三日後、〈巨人殺しのトアマンド〉が自分の民をみな率いて〈壁〉を通りぬけてくる。友人としてだ、敵としてではない。一部はわれわれの兄弟となって、兵力を増強してくれる。歓迎するのはわれわれの務めだ。さあ、持ち場にもどれ」

ジョンは手綱を〈繻子《サテン》〉に預けた。

「おれはまず、セリース王妃に会わないといけない」

真っ先に報告しておかないと、王妃は軽んじられたと思うだろう。

「報告をすませたら、あちこちに宛てて手紙を書く。おれの部屋に、羊皮紙と、羽根ペン、学匠《メイスター》のインクを持ってきておいてくれ。それから、以下の四人――マーシュ、ヤーウィック、司祭《セプトン》セラダー、クライダスを呼び集めてほしい」

セラダーは半分酔っぱらっているだろうし、クライダスでは本物のメイスターの代わりにならないが、ここは手持ちの人材でがまんするしかない。

（サムがもどってきてくれるまではな）

「それと、北部人たちもだ。フリント家とノレイ家の者たちを。〈革〉、おまえも立ちあえ」

「ホッブが玉葱《オニオン》のパイを焼いてるんです」〈サテン〉がいった。「夕食も兼ねて、執務室に集まってもらいますか？」

ジョンはすこし考えた。

「いや。日没時、〈壁〉の上に集まれと伝えてくれ」ここでやっと、ヴァルに向きなおった。「さて、マイ・レディ。よろしければ、ご同行を」

「鴉の命令とあっては、捕虜たる者、したがわぬわけにはまいりますまい」ヴァルの口調は芝居がかっていた。「あなたの王妃、よっぽど恐ろしい人のようね、その前に出たら、大のおとなが怯えてひざをついてしまうんだから。こんなウールと毛皮ではなく、鎖帷子を身につけていったほうがいいのではないかしら。この服はダラにもらったものだから、血のしみだらけにしたくないのよ」

「ことばだけで血が流れるんなら、そういう心配ももっともだがね。心配は無用だと思うよ、マイ・レディ」

ジョンたちは〈王の塔〉へと向かった。道は新たに雪かきがすませてあり、道の両脇には汚れた雪が山をなしていた。

「小耳にはさんだ話だと、あなたの王妃さま、黒い顎鬚《あごひげ》をたっぷりたくわえているそうじゃないの」

笑ってはいけないことは承知していたが、思わず頬がゆるんでしまった。

「生えているのは口髭だけだよ。ごくまばらにね。数を数えられるくらいだ」

「それは残念」

早く自分の居城にいきたいとしきりに口にするにもかかわらず、セリース・バラシオンはいっこうに夜の砦《ナイトフォート》へ向けて出発するようすを見せない。黒の城《カースル・ブラック》の快適さが捨てがたいのだろう。当然ながら、〈王の塔〉には護衛が配置されていた。入口の前に四人、居室の外の階段にふたり、室内の火鉢のそばにふたりだ。入口の前で指揮をとっているのは〈王の山のサー・パトレック〉だった。白に青に銀という、自家の色をあしらった騎士装束に身を包み、マントには五芒星をちりばめてある。ヴァルの前に立つなり、騎士はすっと片ひざをつき、ヴァルの手袋にキスをした。

「話に聞いていたより数段お美しい。王妃さまから、あなたの美しさをさんざんうかがっていたのですが」

「それは変ですね、王妃さまには、いちどもお目にかかったことがないのに」ヴァルはサー・パトレックの頭をそっとたたいた。「立ちなさい、サー・ひざをつく者《ニーラー》。ほら、立って、立って」

まるで犬に話しかけるような口ぶりだったので、ジョンは吹きだしそうになるのを必死にこらえた。そうやって懸命に無表情をたもったまま、王妃さまにお目どおりしたいと騎士に申し出ると、サー・パトレックは兵士のひとりに指示し、会ってもらえるかどうかを階上へききにいかせたうえで、こういった。

「ただし、狼はここに残してもらうからな」

これはジョンも予期していたことだった。大狼《ダイアウルフ》を見ると、セリース王妃は動揺するのだ。それも、ヴァン・ウェグ・ヴァン・ダール・ヴァンを見たときと同じくらいはげしく。

「ゴースト、ここにいろ」


王妃は暖炉のそばで縫い物をしており、そのそばでは、自分だけしか聞こえない楽の音に合わせて、鹿の角につけた牛用の鈴《カウベル》をカランカランと鳴らしながら、道化の〈まだら顔《パッチフェイス》〉が踊っていた。

「鴉だ、鴉」ジョンを見たとたん、〈パッチフェイス〉は叫んだ。「海の底では鴉は白い、その白さたるや雪のよう、知ってる、知ってる、おう、おう、おう」

シリーン王女は窓辺の椅子の上でからだを丸めていた。フードを引きかぶっているのは、顔をむしばむ灰鱗病《グレイスケール》のいちばんひどい部分を隠すためだ。

レディ・メリサンドルの姿はどこにもなかった。それだけでもずいぶん気が楽になった。遅かれ早かれ〈紅《あか》の女祭司〉とは対面しなければならないが、それは王妃の前でないほうがいい。

「陛下」

そういって、ジョンは片ひざをついた。ヴァルもそれに倣う。

セリース王妃は縫い物を横に置いた。

「立ってよろしい」

「よろしければ、陛下、レディ・ヴァルをお引き合わせさせていただきたいとぞんじます。レディ・ヴァルの姉上はダラといいまして――」

「――毎晩毎晩、夜泣きしてわたしたちを眠らせてくれない、あの赤ん坊の母親ね。ダラがだれかは知っていますよ、スノウ総帥」王妃は鼻を鳴らした。「わが夫である王よりも先にもどってきたのは幸いでした。さもなければ、総帥にとって不都合な事態になっていたことでしょう。じっさい、はなはだ不都合な事態にね」

こんどはシリーンがヴァルにたずねた。

「あなたが野人のプリンセス？」

「そう呼ぶ者もいます」とヴァルは答えた。「わたしの姉は、〈壁の向こうの王〉マンス・レイダーの妻でしたから。〈王〉に息子を与えて死んでしまいましたけれど」

「わたしもプリンセスなのよ」とシリーンはいった。「でも姉妹はいないの。従兄がいつもいっしょにいたんだけど、船出しちゃったし。庶子でしかなかったとはいえ、わたし、好きだったわ」

「いいこと、シリーン」王妃がいった。「総帥どのはロバートのご落胤《らくいん》の話をしにきたわけではないのですよ。〈パッチフェイス〉、王女を自室へ連れていって」

帽子のカウベルをカランカランと鳴らして、

「いこうよ、いこう」と道化は歌った。「いっしょにいこうよ、海の底、いこう、いこう、いこう」

そして王女の手をとり、スキップをしながら部屋を出ていった。

ジョンは報告した。

「陛下。自由の民の指導者がわたしの条件を呑みました」

セリース王妃はごく小さくうなずいてみせた。

「あの野蛮な者らに避難所を与えることは、わが夫たる王がつねづね考えていたことでした。王の平和と王の法を受けいれるかぎり、あの者たちを王土に歓迎します」そこで王妃は唇を引き結んで、「ただし——巨人もおおぜい連れてくると聞いたけれど？」

これにはヴァルが答えた。

「二百名ほどがやってまいります、陛下。マンモスも八十頭以上います」

王妃は身ぶるいした。

「恐ろしい怪物たち」それがマンモスのことを指しているのか巨人のことを指しているのか、ジョンにはわからなかった。「もっとも、その怪物たちは、わが夫である王の戦いにおいて、役にたつかもしれないのね？」

「役にたつかもしれません、陛下」ジョンは答えた。「とはいえ、マンモスは大きすぎて、とうてい〈壁〉の門はくぐれません」

「門を広げることはできないの？」

「それは……賢明なことではないと考えます」

セリースは鼻を鳴らした。

「あなたがそういうなら、そうなのでしょう。その手のことをあなたがよく心得ているのはまちがいのないところだから。で、野人たちはどこに収容するの？　土竜の町の規模では、とても……そもそも、やってくる野人は何人いるの？」

「四千人です、陛下。収容先には放置されている城をあてがいます。そこに住んで〈壁〉の護りを強化する手伝いをしてもらうのです」

「放置された城はみな、廃墟も同然と聞かされているけれど。荒廃しきっていて寒い悲惨な場所で、瓦礫の山以上のしろものではない、と。東の物見城《イーストウォッチ》では、鼠や蜘蛛《クモ》の住み処《か》だとも聞いたわ」

（この寒さだ。蜘蛛は全滅しているだろう）とジョンは思った。（それに鼠は、きたるべき冬においては、貴重な蛋白源になる）

「そのとおりです、陛下……とはいえ、廃墟でも雪をしのぐことはできます。それに、〈壁〉が〈異形《ジ・アザー》〉の前に立ちはだかっていますし」

「あなたがこの件を入念に考えてきたことは承知していますよ、スノウ総帥。スタニス王が戦いから凱旋してこられたら、おおいに喜ばれることでしょう」

（そもそも、もどってこられたらの話だがな）

「もちろん」と、王妃は語をついで、「野人にはまず、スタニスを王と認めたうえで、ル＝ロールを神として崇めてもらわねばなりません」

（そうら、おいでなすった。ここからが綱渡りだ）

「陛下、どうぞおゆるしください。それは合意の条件には入っておりません」

王妃の顔がこわばった。

「それは深刻な手ぬかりね」

いままで王妃の声に聞きとれていたかすかな好意は、ここにおいて、完全に消え失せた。

「自由の民はひざを屈しないのです」ヴァルがいった。

王妃は切り返した。

「では、屈することを憶えてもらわなくては」

「それを強制されれば、陛下、わたしたちは機会を見つけしだい、また蜂起するでしょう」

ヴァルはきっぱりといった。「手に手に刃《やいば》を持って」

王妃の口もとがこわばった。あごが小さく震えている。

「傲慢な女。野人とは傲慢なものだろうと思ってはいたけれど。あなたに礼儀というものを教えこむ夫を見つけなくてはならないようね」王妃はジョンにきっと視線を向けた。「是認できません、総帥。わが夫である王も同様でしょう。おたがい、よくわかっているように、あなたが門をあけるのを阻止することはできないけれど、これだけはいっておきます。王が戦《いくさ》から帰ってみえたら、あなたはかならずこの報いを受けることになるはず。考えなおすのなら、いまのうちですよ」

「陛下」ジョンはふたたび片ひざをついた。が、今回、ヴァルはひざを折ろうとしなかった。

「わたしのしたことがご不興を買ったのでしたら、お詫びします。わたしとしては、できるだけのことをしたと申しあげるほかありません。では……これにて退出させていただいてもよろしいでしょうか」

「出ていきなさい。いますぐに」

塔をあとにし、声が〝王の兵〟たちに聞こえないところまでくると、ヴァルはいきまいた。

「うそをついたわね、顎鬚のこと。あの女のあごに生えている毛、わたしの股間のものより多いくらいじゃない。それに、あの娘……あの顔は……」

「灰鱗《かいりん》病だよ」

「わたしたちは灰死《かいし》病と呼んでいるわ」

「かかったのが子供のときであれば、かならず死ぬとはかぎらない」

「〈壁〉の北ではかならず死ぬの。特効薬は毒人参《ニンジン》。でなければ、枕で口を押さえて窒息死させるか、刃物で頸の血管を切るか。わたしがあの気の毒な子を産んだのであれば、とうのむかしに慈悲を与えているところよ」

こんなヴァルを見るのははじめてだった。

「シリーン王女は王妃のひとり子だ」

「気の毒に、ふたりとも。あの子は不浄だわ」

「スタニスが戦に勝てば、シリーンが〈鉄の玉座〉の後継者になる」

「だったら、あなたの七王国も気の毒」

「メイスターたちがいうには、灰鱗病は──」

「メイスターは信じたいことを信じていればいい。真相を知りたければ、森の魔女にきいてみることね。灰死病は休眠しているだけ。いつかまた目覚めるの。あの子は不浄なのよ！」

「見たところは、もう健康そうじゃないか。きみにはそんなことを断言──」

「できるの。あなたはなんにも知らないのよ、ジョン・スノウ」ジョンの片腕を、ヴァルはぐっとつかんだ。「〈怪物〉をあの塔から出してちょうだい。あの子と乳母たちを。死んだ娘と同じ塔にいさせることなんてできないわ」

ジョンは手をふりはらった。

「あの子は死んでなんかいない」

「もう死んでるのよ。母親にはそれがわからないだけで。あなたもそのようね。でも、死はたしかに、あの子の中にあるの」ヴァルはジョンに背を向けて離れかけ、そこで立ちどまり、ふりかえった。「わたしはあなたのもとへ〈巨人殺しのトアマンド〉を連れてきたでしょう。こんどはあなたがわたしの〈怪物〉を連れてきて」

「可能ならば連れてくる」

「きっとよ。あなたはわたしに借りがあるんだからね、ジョン・スノウ」

それだけいって歩み去るヴァルの後ろ姿を、ジョンは見送った。

（ヴァルはまちがっている。まちがっていなくてはこまる。灰鱗病は、ヴァルがいうような死病じゃないんだ──子供のうちは）

いつのまにか、ゴーストはいなくなっていた。太陽は西に低くかかっている。

（いまはカップ一杯、香料を効かせた熱いワインがほしいところだな。二杯だったらもっといい）

しかし、それはあとまわしにしなければならない。まだ対決しなければならない敵がいる。最悪の敵――つまり、自分の兄弟たちだ。

〈革〉は巻揚げ機の籠のそばで待っていた。ふたりはいっしょに籠の中へ乗りこんだ。上にあがるほど風が強くなっていき、十五メートルの高さに達するころには、突風が吹くたびに重い籠が揺れるようになった。ときおり、籠が〈壁〉をこする。そのたびに、小さな氷片のシャワーがきらめきながら降っていく。やがて、城でいちばん高い塔よりも上の位置にきた。高さ百二十メートルのあたりで、寒風が肌に咬みつき、黒いマントをはためかせ、鉄格子に音高く打ちつけだした。頂上の二百十メートルに達すると、服の中までも寒風が吹きぬけていくようになった。

（〈壁〉はおれのものだ）巻揚げ係が籠を手前に引きよせるようすを眺めながら、ジョンは自分に言い聞かせた。（すくなくとも、あと二日間は）

ジョンは氷の上に飛びおり、巻揚げ係たちに礼をいってから、歩哨に立つふたりの槍兵にうなずきかけた。槍兵はフードを引きかぶり、スカーフで鼻までおおっているため、目しか見えない状態だが、ひとりは脂じみた黒い長髪をたらしていることからタイだとわかるし、ひとりは腰の鞘にソーセージをつっこんでいることからオーウェンだとわかる。もっとも、そんな特徴がなくとも、立ち姿だけでふたりがだれだかわかっただろう。

（〝すぐれた将は、部下のことをよく知っていなければならない〟）

ウィンターフェル城で、父がよく自分とロブにいっていたことばだ。

ジョンは〈壁〉の縁まで歩いていくと、マンス・レイダーの軍勢が粉砕された殺戮現場を見おろした。マンスはいま、どこにいるのだろう。

（あいつは妹を見つけだしてくれたんだろうか。それとも、自分が自由になるための口実として妹を使っただけなんだろうか）

最後にアリアの顔を見てから、もうずいぶんたつ。いまはどんなふうに育っているだろう。ひさしぶりに会って、アリアだとわかるだろうか。

（〈足手まといのアリア〉か。あの子の顔は、いつも汚れていたな）

ジョンがミッケンに鍛えさせたあの小さな剣、まだ持ってくれているだろうか。

〝尖ったほうで刺せ〟と、あのときアリアにはいった。ラムジー・スノウについて耳にしたうわさの半分でもほんとうなら、それは有用な助言のはずだ。

（アリアを連れて帰ってきてくれ、マンス。おまえの息子はメリサンドルから救ってやった。おまえの自由の民だって、四千人も救ってやろうとしてるんだ。それだけのことの代償が、たったひとりの女の子を連れて帰るだけでいいんだぞ）

北に広がる〈幽霊の森〉では、樹々のあいだに夕べの影が忍び寄りだしていた。西の空は真っ赤に燃えているが、東の空には最初の星々がぽつりぽつりと顔を覗かせている。ジョン・スノウは自分が失ったすべてのものを思いだし、利き手の指を曲げ伸ばしした。

（サム――この太ったお人好しの馬鹿野郎。おれを総帥に仕立てあげたのは、とんでもなくたちの悪い冗談だったぞ。総帥という立場の者には、友だちがいないんだからな）

「スノウ総帥」〈革〉がいった。「籠が昇ってくる」

「聞こえてる」

ジョンは巻揚げ機のそばにもどった。

最初にあがってきたのは、フリント一族とノレイ一族の当主たちだった。どちらも毛皮と鉄に身を包んでいる。ノレイは一見、古狐のようで、顔じゅうがしわだらけ、からだつきも細いが、目は狡猾で抜けめなさそうだ。トージェン・フリント老は、ノレイ老よりも頭半分だけ背が低いが、体重は倍はあるにちがいない。これはがっしりとしたぶっきらぼうな男で、節くれだった関節の赤い手はハムのようにごつく、その手で堅桜《かたざくら》の杖をつき、氷の上に脚を引きずりながら歩いてきた。

つづいてあがってきたのは、熊の毛皮に身を包んだバウエン・マーシュだった。そのあとには、オセル・ヤーウィックとクライダスがやってきた。セプトン・セラダーは少々きこしめしていた。

「ちょっと歩こうか」ジョンはみなにいった。

おもむろに、砂利を撒いた通り道をたどり、沈みゆく太陽のほうへ〈壁〉の上を歩きだす。

暖取り小屋から西へ五十メートルほど離れたところで、ジョンは切りだした。

「わざわざきてもらったのはほかでもない。三日後の夜明け、門を開き、トアマンドとその一族に〈壁〉を通過させることになった。しなければならない準備は山ほどある」

ジョンの宣言を迎えたのは沈黙だった。ややあって、オセル・ヤーウィックがいった。

「総帥、連中は何千人も――」

「――みな住み処《か》を遠く離れ、骨と皮ばかりに痩せて腹をすかした野人だ」ジョンはいって、下に連なる焚火を指さした。「連中はあそこに集まっている。トアマンドによると、四千人だそうだ」

「三千――というところでしょうな、焚火の数からすれば」計数と計測に長けたバウエン・マーシュがいった。「森の魔女が連れていったという人数の倍以上もいる。サー・デニスが送ってきた手紙によれば、影の塔《シャドウ・タワー》の北に広がる山脈にも大人数の野営地ができているとか……」

ジョンは否定しなかった。

「トアマンドによると、〈泣き男《ウィーパー》〉はまた〈髑髏《どくろ》橋〉を突破しようとしているそうだ」

〈柘榴《ザクロ》じじい〉ことバウエン・マーシュが自分の傷に手をふれた。前の戦いで〈泣き男〉が〈髑髏橋〉を渡り、〈峡谷《ゴージ》〉を強行突破しようとしたさいに受けた傷だった。

「まさか総帥は……あの悪魔の通過まで許可するおつもりではないでしょうな？」

「気は進まないさ」

〈泣き男〉が残していった三つの首——目を抉《えぐ》りとられ、血の涙を流していた首のことを、ジョンはかたときも忘れたことがない。

（〈ブラック・ジャック・ブルワー〉、〈毛むくじゃらのハル〉、〈灰色羽のガース〉。復讐をしてやることはできない。しかし、三人の名はけっして忘れない）

「だが、そのとおりだ。〈泣き男〉も通す。自由の民を選別している余裕はない。こいつはいい、こいつはだめだと仕分けしている余裕はない。平和とは、全員そろっての平和を意味する」

〈ノレイの主《ぬし》〉が、かーっ、ぺっと痰を吐いた。

「そのくらいなら、けだものと——狼や腐肉喰らいの鴉と和平を結んだほうがましだ」

「わしの地下牢とて平和なところだぞ」フリント老がうなるようにいった。「〈泣き男〉はわしにくれ」

「〈泣き男〉が殺した哨士は何人です？」オセル・ヤーウィックが問いかけた。「あいつが犯した女、殺した女、攫《さら》った女は何人いると思うんです？」

「わが一族だけでも、三人の女が攫われた」フリント老がいった。「攫いそこねた女は目をつぶしていきおった」

「黒衣をまとうとき、その者の罪は赦《ゆる》される」ジョンはみなにいった。「自由の民を味方につけ、黒衣の者として戦わせようと思えば、その罪は赦さなければならない。同族に対するのと同じように」

「〈泣き男〉が誓いのことばなどいうもんですか」ヤーウィックがいいはった。「あいつが黒衣をまとうはずがない。ほかの襲撃者どもだって、あいつのことは信用してないんだ」

「人を使うのに、信用する必要はないさ」（さもなければ、どうやっておまえたちみんなを使えるというんだ？）「われわれには〈泣き男〉が必要だ。あいつに格で劣らぬ頭株《あたまかぶ》たちが必要だ。北の荒野のことを野人以上に知る者がどこにいる？　われらが共通の敵と戦った者以上にあの敵のことを知る者がどこにいる？」

「〈泣き男〉が知っているのは強姦と殺しだけです」

　ヤーウィックがいった。

「〈壁〉を通りぬけてきたなら、野人の数はこちらの三倍に増える」バウエン・マーシュがいった。「それも、トアマンドの一族だけでの話です。そこに、〈泣き男〉の勢力とハードホームの難民が加わったら、わずか一夜で〈冥夜の守人《ナイツ・ウォッチ》〉を滅ぼしてしまえるだけの戦力になる」

「人数だけで戦いに勝てるわけじゃない。おまえたちは連中の実態を見ていないからそんなことをいうんだ。連中の半数はいまにも死にそうなありさまなんだぞ」

「どうせなら、早々に死なせて埋めたいくらいです」ヤーウィックがいった。「総帥が了承すればですが」

「了承するはずがあるか」ジョンの声は、一同のマントをはためかせる風にも劣らず冷たいものだった。「野営地には子供もおおぜいいる。女たちもだ」

「槍の妻《スピアワイフ》でしょうが」

「槍の妻もいるとも。だが、力のない母親も祖母もいれば、後家も幼い娘もいる……そんな弱者ばかりを死なせて、おまえたち、平気なのか？」

「兄弟同士で言い争いをしてはいけません」セプトン・セラダーが口をはさんだ。「みなでひざまずき、〈老嫗《ろうう》〉に祈ろうではありませんか、叡知の光で道をお示しくださいますようにと」

「スノウ総帥」〈ノレイの主〉がいった。「それほどの野人をどこに寝泊まりさせる気だ？まさか、わしの土地ではないだろうな？」

「同感だ」フリント老がいった。「おおかた〈贈り物《ギフト》〉らへんに住まわすつもりなのだろう。愚かなことだが、それなら好きにするがいい。ただし、わしの土地には迷いこませぬように。さもなければ、首だけを送り返すことになるぞ。冬が目前に迫ったいま、食べさせる口数はこれ以上増やしたくない」

「野人たちは〈壁〉ぎわに残す」ジョンは請けあった。「ほとんどの者は、廃棄された城のどれかに住むことになる」

〈守人《もりうど》〉はすでに、氷の疵《アイスマーク》、長形墳《ロング・バロウ》、黒貂の館《セイブル・ホール》、灰色の楯《グレイガード》、深い湖《ディープ・レイク》に守備兵を駐留させているが、どこも圧倒的な人員不足だ。しかも、まだ十の城が無人のまま放置されている。

「いま無人の城に住まわせるのは、女房子供とその夫、孤児の女子全員、十歳未満の孤児の男子全員、老婆、夫をなくした母親、戦うつもりのない女全員だ。槍の妻たちについては、長形墳《ロング・バロウ》に送り、姉妹たちに合流させる。独身の男は、すでに守備兵のいる他の城に配分するつもりでいる。黒衣をまとう者は、ここか、東の物見城《イーストウォッチ》、影の塔《シャドウ・タワー》のいずれかに配置する。トアマンドは樫の守り《オークンシールド》を居城とさせるが、これはそば近くに置いてその動きに目を光らせるためだ」

バウエン・マーシュがためいきをついた。

「たとえ剣をふりまわして襲ってはこないとしても、口数が飛躍的に増えるという大問題があるでしょう。トアマンドと何千人もの野人のために、どこから食料を持ってくるというのです」

この質問はあらかじめ予期されたものだった。

「東の物見城《イーストウォッチ》からだ。食料は船で必要なだけ運びこむ。河川地帯《リヴァーランド》、嵐の地《ストームランド》、アリンの谷間《ヴェイル》、ドーン、河間平野《リーチ》、〈狭い海《ナロー・シー》〉の向こうの自由各都市からな」

「では、その食料の代金は……どうやって？　おたずねしてもよろしいか？」

（ブレーヴォスの〈鉄の銀行〉から借りた黄金でだ）

正解はそうだが、かわりにジョンはこう答えた。

「合意では、自由の民は毛皮のたぐいを所持していいことになった。冬がきたら、からだを保温するものが必要になるからだ。しかし、そのほかの財産はことごとく拠出してもらう。金、銀、琥珀《こはく》、宝石、彫刻のほか、価値あるものはすべてだ。それは残らず、〈狭い海〉の向こうに持っていき、自由都市で売りさばく」

「野人の財産のすべてだと？」〈ノレイの主〉がいった。「それでは、大麦一袋を買うのがせいぜいだろうが。よくて二袋だ」

「総帥、野人どもに武器も手放させたらどうだい？」クライダスがいった。

〈革〉が笑って、

「あんたら、共通の敵相手に自由の民を戦わせたいんだろう？　武器もなくて、どうやって戦えるというんだ。〈亡者《ワイト》〉どもに雪玉でも投げつけろというのか？　それとも、棒きれをやるから、ひっぱたいてこいってか？」

（もっとも、大半の野人が持っている武器は棒きれと大差ないがな）とジョンは思った。

野人の武器は棍棒、石斧、大木槌、火で尖端を焼き固めた槍、骨や石やドラゴングラスのナイフで、防具は小枝を編んだ楯、骨の鎧、煮て硬くした革《ボイルド・レザー》くらいのものだ。ゼン族の者は青銅の武具を鋳造できるし、〈泣き男〉のような掠奪者は、盗んだり死体から剝いだりした鋼や鉄の剣を持っている……が、ほとんどは骨董品も同然のしろもののうえ、長年の酷使で傷みがはげしく、あちこち錆も浮いている。

「〈巨人殺しのトアマンド〉が自分の一族の者に武器を捨てさせるようなことは絶対ありえない」とジョンはいった。「あれは〈泣き男〉のように血に飢えた男ではないが、といって、臆病者でもない。武器を捨てろなどといおうものなら、流血沙汰になる」

顎鬚をまさぐりながら、〈ノレイの主〉がいった。

「あの廃城のどれかに野人どもを収容するのはいいがな、スノウ総帥、やつらがよそへ移動しない保証はどこにある。南のもっと住みよい土地へ、もっとあたたかい土地へ移動したらどうするつもりだ」

「つまり、わしらの土地へだ」これはフリント老だ。

「トアマンドは誓った――春がくるまでは、われわれと行動をともにすると。〈泣き男〉と主だった仲間たちにも同じことを誓ってもらう。誓わなければ〈壁〉は通さない」

フリント老がかぶりをふった。

「やつらは平気で裏切る」

「〈泣き男〉の誓いになど、なんの価値があるんです」オセル・ヤーウィックも否定した。

「あの者たちは神を信じぬ蛮族ですからね」セプトン・セラダーがいった。「南部でさえ、野人の反逆は有名です」

〈革〉が腕組みをした。

「反逆って、そりゃあ〈壁〉の下の戦いのことかい？　おれは向こう側で戦ってたんだぜ、忘れたか？　いまじゃこうして、黒衣を着て、あんたらの若いのに人の殺しかたを教えてる。おれのことを裏切り者と呼ぶやつだっているだろう。じっさい、そうかもしれん……だがな、おれはあんたら鴉より野蛮なわけじゃない。それに、おれたちにも神々はいる。ウィンターフェル城に祀《まつ》られてるのと同じ神々がだ」

「それはすなわち、北の神々だ、この〈壁〉が建てられる前からの神々だ」ジョンはいった。「トアマンドはその神々の名にかけて誓いを立てた。だからかならず約束は守る。あの男のことならよく知ってるんだ――マンス・レイダーをよく知っていたのと同じように。おれはあの連中と行動をともにしていた時期もある。憶えているだろう」

「忘れませんとも。けっして」雑士長《ロード・スチュワード》がいった。

（ああ、そうだろうな。おまえが忘れると思ったことはない）

「マンス・レイダーも、かつては誓いを立てた人間です」バウエン・マーシュがつづけた。

「冠を戴かず、妻を娶《めと》らず、子を作らずと誓ったくせに、その誓いを破り、あれだけ不穏なふるまいをしたあげく、ついには大軍勢を率いて王土にまで攻め寄せてきた。いま〈壁〉の向こうで待機しているのは、その残存兵なのですぞ」

「みんな、もう心が折れている」

「折れた剣は鍛えなおすことができます。折れた剣でも人を殺すことはできます」

「自由の民には法も主従関係もない」ジョンはいった。「それでも自分の子供たちは慈しむ。そこまでは認めるだろう？」

「われわれが懸念しているのは、野人の子供ではありません。われわれは、その父親たちを恐れているのです、息子ではなく」

「おれもだ。だからこそ、人質を取ろうといってるんだ」（おれはおまえが思いこんでいるほどお人好しの阿呆じゃないし……半分野人でもない。おまえがどう信じていようともな）

「具体的には、八歳から十六歳の男子を人質に取る。戦頭《いくさがしら》や主だった者たちにひとりずつ息子を差しださせて、残りの者はくじ引きで選ばせればいい。人質を小姓や従士にあてれば、わが兄弟たちを雑務から解放できるだろう。なかには、いつの日にか、黒衣をまとうことを選ぶ者が出てくるかもしれない。これまでにも、もっと不思議なことは起こっているからな。黒衣を選ばない者も、父祖への敬意から、人質には甘んじるだろう」

北部人のふたりは顔を見交わした。

「人質か……」〈ノレイの主〉が考えこんだ顔でいった。「トアマンドはそれも了承したのか？」

（したとも。了承しなければ、自分の民が死んでいくのを眺めているしかないんだから）

「法外な対価だ、とトアマンドはいっていた」ジョン・スノウは答えた。「しかし、支払うそうだ」

「ふむ、それならいいかもしれん」フリント老が杖で足元の氷をつついた。「被後見人、とわしらはつねづね呼んできた。ウィンターフェル城から男子を差しだせといわれたときにな。実質は人質にほかならんわけだが……まあ、人質になったからといって、どうということはない」

「だが、その人質の親が〈冬の王〉の不興を買ったときは別だぞ」〈ノレイの主〉がいった。〈冬の王〉とは、ウィンターフェル城の歴代城主を指す。「人質はみな、頭ひとつぶん背が低くなって送り返されてきた。それゆえ、念を押そう、若いの……野人の友人どもが不実を働いたときに必要な処置を断行するだけの覚悟が、おまえにあるのか？」

（それはジャノス・スリントにきくがいい）

「〈巨人殺しのトアマンド〉はおれの覚悟を試したりしないほうがいいことを心得ている。あんたたちの目には若僧に見えるかもしれないが、ノレイ公よ、おれがエダード・スターク公の息子であることはまちがいない」

ここまでいっても、雑士長は納得できないようすだった。

「人質にとった男子を従士として使うとおっしゃるが。総師どのは、その従士たちに武器の訓練まで受けさせてやるつもりではないでしょうな」

ここにいたって、とうとうジョンも切れた。

「従士のすべきことはなんでもさせる。レースの小物を縫わせることも含めてだ。もちろん、武器の訓練も受けさせる。バターも攪拌《かくはん》させるし、薪も割らせるし、厩《うまや》の掃除もさせるし、室内便器もきれいにさせるし、伝言を持たせて使いにも出す……そのあいまには、槍や剣や長弓《ロングボウ》の練習もさせる」

赤かったマーシュの顔色が、ますます赤くなった。

「ぶしつけな物言いはお赦し願いたい。しかし、これ以上、やんわりと言うすべをわたしは持たない。あなたがやろうとしていることは、まごうかたなき反逆だ。八千年ものあいだ、〈冥夜の守人《ナイツ・ウォッチ》〉の者たちは〈壁〉の上に立ち、野人どもと戦ってきた。それなのに、いま、あの者どもを〈壁〉の内側に通し、〈壁〉ぞいの城に住まわせ、食料と衣類を与えてやり、あまつさえ戦いかたまで教えてやるという。スノウ総帥、思いださせてさしあげねばならんのか？　あなたは誓いを立てた身なのですぞ」

「誓いを立てたことくらい、ちゃんと心得ている」ジョンは誓いのことばを口にしてみせた。「〃われは暗闇の中の剣なり。われは〈壁〉の上に立つ〈守人《もりうど》〉なり。われは寒さに抗して燃える炎なり、夜明けをもたらす光明なり、眠れる者を目覚めさせる角笛なり、人間の領土を護る楯なり〃——どうだ、これはおまえが口にした誓いのことばと同じか？」

「同じです。それは総帥どのもごぞんじのはずだ」

「おれがある重要な文言を言い漏らしてはいないこともたしかだな？　王とその法の遵守にかかわる文言、廃城のすべてに人員を配置し、王の土地を寸土たりとも侵されずに護りぬくことを誓った文言を、いま、おれは口にした。それはどれだ？」

ジョンは返事を待った。だれも答えない。

「〃われは〃〃人間の領土を護る楯なり〃。これがそのことばだ。ならば、きこう、雑士長。あの野人は何者だ？　人間ではないのか？」

バウエン・マーシュは口を開いた。が、ことばが出てこなかった。その顔がますます赤く染まっていく。

ジョン・スノウはくるりと背を向けた。夕空に宿った残照が薄れはじめている。〈壁〉の表面に走る無数の亀裂が、赤から灰色へ、灰色から黒へと、色彩を変えていきつつあった。炎の条《すじ》が黒い氷の川に変化していく。はるか下方で、レディ・メリサンドルが篝火《かがりび》に点火し、詠誦をはじめた。

〃〈光《ロード・オブ・ライト》の王〉よ、われらを護りたまえ、夜は暗く、恐怖に満てり——〃

「〝冬来たる〟」やがて、気まずい沈黙を破り、ジョンはいった。「冬とともに白き魔物《ホワイト・ウォーカー》も襲来する。われわれはこの〈壁〉でやつらを食いとめなくてはならない。〈壁〉はやつらを食いとめるために造られたんだ。そのためにも……〈壁〉には守備兵を配置する必要がある。議論は以上で終了だ。門を開く前にしなければならないことは山ほどあるぞ。トアマンドとその民には、なによりもまず、食わせてやらねばならないし、衣類と寝床も与えてやらねばならない。なかには病気の者もいるから、看病してやらねばならないだろう。看護の差配はおまえにまかせる、クライダス。できるだけおおぜいを救ってやってくれ」

クライダスは暗いピンクの目をしばたたいた。

「できるだけのことはやってみるよ、ジョン。ああ、いや、総帥」

「自由の民を新しい家に運ぶにはありったけの荷車と馬車がいる。オセル、そっちの面倒はおまえが見てくれ」

オセル・ヤーウィックは渋面を作った。

「やりましょう、総帥」

「バウエン雑士長、おまえは財産の徴収を担当しろ。金、銀、琥珀、首環、腕環、首飾り。そのたぐいだ。集めたら仕分けして、数を数えてから、東の物見城《イーストウォッチ》へぶじにとどくよう手配してくれ」

「わかりました、スノウ総帥」とバウエン・マーシュはいった。

その表情を見て、ジョンは思いだした。

〝氷と〟と、あのとき、メリサンドルはいった。〝闇の中にきらめく、いくふりもの短剣が。固く凍てついた真っ赤な血が、そして、抜き身の鋼の刃が〟

利き手を曲げ伸ばしする。

風が吹きつのりだしていた。

54 サーセイ

日を追うごとに、夜は前日より寒くなっていく気がする。

独房には暖炉も火鉢もなかった。唯一の窓は高みにあって、外を覗けないし、小さすぎて抜け出ることもできないが、寒気が入ってくる程度の大きさはある。サーセイは最初に与えられたスリップを破り捨て、自分の服を返すようもとめたが、要求は容れられず、はだかでがたがた震えるはめになった。替えのスリップが持ってこられたときは、すぐに頭から引きかぶり、もごもごと礼をいったほどだった。

窓からは外の音も聞こえてきた。王都で起こっていることをうかがい知るには、その音に耳をすますほかない。食事を運んでくる司祭女《セプタ》たちは、なにも話してはくれなかった。状況不明なのが腹だたしい。ジェイミーはここへ駆けつけてくる最中だろうが、到着したとき、どうすればそれとわかるだろう。軍勢に先駆け、単騎で乗りこんでくるような愚行をしないでくれればいいのだが。大聖堂《グレート・セプト》を取りかこむ〈窮民《プア・フェローズ》〉の、ぼろ服を着た軍勢を相手にするには、ありったけの武力が必要になる。双子の弟はもうきたかと何度たずねても、番人たちは返事をしなかった。サー・ロラスについても安否をたずねてみた。最後に聞いたところでは、ドラゴンストーン城攻略のさいに、〈花の騎士〉は重傷を負って、死にかけているとのことだったが……。

（死んでしまえばいいんだわ）とサーセイは思った。（それも、できるだけ早く）

あの青二才が死ねば〈王の楯《キングズガード》〉には欠員ができる。それが救済になるかもしれない。だが、ジェイミーのことと同じく、セプタたちはロラス・タイレルについても、固く口を閉ざしたままだ。

訪ねてきたのはクァイバーン公ひとりで、それも一度きりだった。サーセイの世界は四人だけに縮まった。自分を除けば、敬虔で頑固な番人が三人だけだ。セプタ・ユネラは骨太で男っぽく、手には作業胼胝《だこ》があり、不器量で、いつもむすっとしている。セプタ・モエルは髪質が強《こわ》くて総白髪、斧の刃のように細く尖ってしわだらけの顔にはいつも渋面を浮かべ、小さくてさもしげな目で疑ぐり深い視線を送ってくる。セプタ・スコレラはずんどうで短軀、胸が大きく、肌の色は黄褐色《オリーブ》で、腐る寸前のミルクのようなすっぱいにおいをただよわせていた。独房に食事と水を運びこみ、寝室用便器の中身を捨て、二、三日おきに洗濯するためスリップを取りあげていくのは、この三セプタの仕事だ。替えのスリップはないので、洗いあがって返ってくるまで、サーセイは全裸で毛布の下に潜りこんでいるしかない。ときどき、スコレラが『七芒星典』や『聖祈禱書』の一節を読むことがあるが、それ以外にはいっさい口をきこうとはせず、なにをたずねても返事をしなかった。

この三人のことが腹だたしいし、蔑《さげす》む気持ちも強い。そしてそれは、自分を裏切った人間たちについても同様だった。

偽りの友人たち、裏切ってばかりいた侍女たち、変わることのない愛を告白した男たち、さらには自分の血族すらも……。だれもかれもが、ほんとうに必要としているときに自分を見捨てた。オズニー・ケトルブラック——鞭打たれたくらいで音をあげて、墓に持っていくべき秘密を総司祭〈雀聖下《ハイ・スパロー》〉の耳にぺらぺらと漏らした軟弱者。街のならず者も同然のその兄弟たちも、せっかく取り立ててやったというのに、働きらしい働きのない。オーレイン・ウォーターズ——わざわざ新造してやった大型高速帆走艦《ドロモンド》に乗りこみ、さっさと海に逃げてしまった、サーセイ指名の海軍大臣。オートン・メリーウェザー——この危難のときにあり、ただひとりサーセイの真の友だった女性、妻ティナを連れてそそくさとロングテーブル城へ逃げ帰ってしまった大司法官。ハリス・スウィフトと上級学匠《グランド・メイスター》パイセル——このふたりはサーセイを虜《とりこ》のまま放置し、サーセイを陥れた者らに王土を差しだした張本人だ。マーリン・トラントとボロス・ブラント——王の誓約の楯でありながら、いっこうに姿を見せない。従弟のランセル——かつては愛しているといったくせに、いまでは告発する側にまわった男。ケヴァン叔父にしても、〈王の手〉にしてやると持ちかけたのに、王国統治を手伝うことを拒否した。

そして、ジェイミーも……。

いいや、そんなことは信じられない、信じたくない。姉の窮状を知ったら、ジェイミーはきっと駆けつけてくるはずだ。

〝大至急、帰ってきて〟、と手紙には書いた。〝わたしを助けて。わたしを救って。いまのわたしは、かつてなく、あなたの力を必要としているの。愛してる。愛してる。愛してる。大至急、帰ってきて〟

クァイバーンは、かならずや双子の弟のところに——平定軍を率いて遠く河川地帯《リヴァーランド》にいるジェイミーのところに——手紙を送りとどけると誓った。だが、あれ以来、クァイバーンは二度と顔を出してはいない。もしかすると、もう死んでいるのかもしれない。断首されて、首を杭に刺され、大手門の上にさらされているのかもしれない。あるいは、赤の王城《レッド・キープ》地下の暗黒房《ブラック・セル》に閉じこめられて、やつれはて、手紙を送りだせぬままになっているのかもしれない。太后はクァイバーンのことを百回もたずねたが、番人たちはなにも話そうとはしなかった。サーセイにわかっているのは、ジェイミーがまだきていないということだけだ。

（まだきていないだけよ）サーセイは自分に言い聞かせた。（もうじきくるわ。ジェイミーさえきたら、〈雀聖下〉もあいつの牝犬どもも、さんざんな目に遭わせてやる）

自分の無力感が腹だたしかった。

番人たちを何度も脅しつけはした。だが、どれだけ脅しのことばを投げかけても、なにも聞こえていないかのように、石のような顔で淡々と受けとめられるだけだ。何度も命令した。その命令はすべて無視された。〈慈母〉の慈悲を訴え、女同士の自然な共感に訴えてもみた。だが、三人のしなびたセプタたちは、聖職の誓いを立てたさいに、女であることも捨てたにちがいない。懐柔してみようともした。不遜なまねをされても従容《しょうよう》と受けいれて、やさしく語りかけてみた。三セプタはゆるぎなかった。報酬をちらつかせてみた。今回の件は不問に付す、名誉、黄金、宮廷の地位、なんでも与えてやると持ちかけた。三人とも、脅しを突きつけられたときと同じく、報酬にもいっさい反応を示さなかった。

そして、サーセイは祈った。ああ、なんと必死に祈ったことだろう。〈正教〉がもとめているのは祈りなのだから、それを与えることにしたのだ。まるで街のありふれたあばずれであり、磐城《ロック》の娘ではないかのごとく、ひざまずいて必死に祈った。解放されることを祈った。救出されることを祈った。ジェイミーがきてくれることを祈った。神々に対し、自分は無実なのだから助けてくれるように大声で祈り、心の中では、自分を告発した者たちが苦しみに満ちた突然死を迎えるように祈った。ひざがすりむけ、血が出るほど長くひざまずいて祈りつづけ、とうとう舌が重くてうまく動かなくなり、自分の舌で窒息しそうになった。少女のころに教わった祈りのことばが、すべてこの独房の中でよみがえってきた。いくつか新しい祈禱の文句も創作して、〈慈母〉と〈乙女〉に呼びかけ、〈厳父《げんぷ》〉と〈戦士〉に呼びかけ、〈老嫗《ろうう》〉と〈鍛冶《かじ》〉に呼びかけ、〈異客《まれびと》〉にさえ呼びかけた。

（嵐の中では、どんな神にもすがるものよ）

しかし〈七神〉は、地上のしもべと同じく、耳を貸してくれなかった。サーセイは自分に考えつけるかぎりのことばをことごとく捧げ、自分の持つあらゆるものを捧げると祈った。ただし、涙だけは除く。

（涙だけは見せてやるもんですか）

自分の力の弱さが腹だたしかった。

神々がジェイミーやあの尊大な薄馬鹿の夫ロバートに与えた力を自分に与えてくれてさえいれば、ここから自力で脱出することもできただろうに。

(ああ、わたしに剣とそれをふるう技倆があれば)

心には戦士の猛々しさを宿している。だが、神々は意地悪にも、女の弱い肉体しか与えてくれなかった。つかまったときは太后も戦おうとしたが、あえなくセプタたちに取り押さえられた。相手の数が多すぎたし、みな見かけよりも力が強かったのだ。どれもこれも醜悪な老婆どもだが、祈りに床磨き、棒をふるっての修練女しごきなどを通じて、根っこのように丈夫になったのだろう。

しかも老婆たちは、サーセイを眠らせてくれない。夜も昼も、太后が目をつむるたびに、セプタのひとりがふいに現われて、罪を告白しろと迫る。サーセイは、不義、姦淫、大逆、さらに殺人で告発されている。太后の指示で前総司祭《ハイ・セプトン》を窒息死させた、とオズニー・ケトルブラックが告白したのだ。

「殺人と姦淫の告白をすべてお聞きするために、わたしはまいりました」

サーセイを揺り起こしながら、セプタ・ユネラはうなるような声でいう。いっぽうセプタ・モエルは、あなたが眠れずにいるのは犯した罪のゆえですという。

「妨げなく安眠できるのは無垢な者のみなのです。罪を告白なさい、そうすれば、産まれたばかりの赤子のように、すこやかに眠れます」

目覚めては眠り、眠っては目覚め、日々の夜は拷問者たちの手によってこまぎれにされてしまった。そして日を追うごとに、夜は前日よりも寒く、苛酷になっていった。梟《フクロウ》の刻《とき》、狼の刻、小夜啼鳥《さよなきどり》の刻、月の出と月の入り、黄昏《たそがれ》と夜明け。時は千鳥足で歩く酔っぱらいのように、たどたどしく通り過ぎていく。いま何時なのだろう。いま何日なのだろう。ここはどこ？　これは夢の中？　それともわたしは目覚めているの？　許容されるわずかな睡眠のかけらは、剃刀《かみそり》のように鋭くサーセイの意識を寸断していく。日を追うごとにだるさが増し、疲労のあまり、熱が出た。いったいどれだけのあいだ、この独房に——ベイラー大聖堂《グレート・セプト》にそそりたつ七つの塔の、その一棟の高みにある独房に幽閉されているのか、もはやまったくわからない。

（わたしはこのまま、ここで年老いて死んでいくんだわ）

絶望に取り憑かれ、サーセイはそう思った。

しかし、おめおめこんなところで死ぬわけにはいかない。息子は自分を必要としているのだから。王土は自分を必要としているのだから。どんなリスクをともなおうとも、なんとかしてここを脱出しなければ。サーセイの世界は、二メートル四方の独房と、そこに置かれた室内便器、粗末な藁ぶとん、茶色いウールの毛布に——いまの自分にいだける希望のごとく薄っぺらくて、くるまるとちくちくする毛布に——縮んでしまったけれど、それでも自分はタイウィン公の後継者であり、ロック城の娘だ。

だが、眠れないことで消耗し、毎晩、塔の独房に入りこんでくる寒気でがたがたと震え、熱と空腹で交互にさいなまれるうちに、とうとうサーセイは知った。告白しなければ、身も心も持たないことを。

その晩、眠りを妨げに入ってきたセプタ・ユネラは、ひざまずいて待っていた太后を目のあたりにした。

「わたしは罪を犯しました」とサーセイはいった。口の中で舌がもつれてうまく動かない。唇もひび割れ、荒れている。「わたしは深刻な罪を犯しました。いまならそれがわかります。どうしてこんなに長いあいだ気がつかなかったのかしら。〈老嫗〉がわたしのもとへきて、ランプを高々とかかげてみせたのです。その聖なる光で、自分が歩まねばならない道が見えました。わたしはもういちど、きれいな身になりたい。罪の赦《ゆる》しがほしい。おねがいです、良きセプタ、どうかわたしを総司祭《ハイ・セプトン》のところへ連れていってください、わたしの罪と姦淫を告白できるように」

「お伝えしてまいります、陛下」とセプタ・ユネラはいった。「聖下もたいそう、お喜びになられるでしょう。告解と痛悔《つうかい》を通じてのみ、わたしたちの不滅の魂は救われるのです」

その晩はひさびさに眠らせてもらえた。夜は長く、恵みの睡眠は何時間も何時間もつづき、今夜ばかりは梟も狼も小夜啼鳥も気づかれることなく通りすぎて、サーセイはジェイミーが自分の夫になり、死んだはずの息子がまだ生きているという、長く甘美な夢を見た。

朝がくると、太后はふたたび、かなり自分らしさを取りもどしていた。監禁者らが迎えにきたときは、あらためて敬虔なことばを口にし、自分の罪を告白する覚悟を固めていること、自分のしたさまざまなことについて赦しを得たい旨を伝えた。

「そういっていただいて、うれしく思います」とセプタ・モエルがいった。

「告解なさることで、魂の重荷を降ろせるでしょう」これはセプタ・スコレラだ。「以後はずっと、心すこやかに感じられるはずです、陛下」

（陛下）

このひとことに、サーセイは背筋がぞくりとした。長い監禁生活のあいだ、番人たちは、こんな基本的な礼儀さえ示そうとしなかったのだ。

「聖下がお待ちです」セプタ・ユネラがいった。

サーセイはこうべをたれ、うやうやしく、従順に答えた。

「お会いする前に湯浴みをさせてはいただけませんか？　とてもお会いできるありさまではありません」

「聖下のご許可が出れば、あとで湯浴みすることもできましょう」セプタ・ユネラがいった。「あなたさまがまず気にかけられるべきは不滅なる魂の浄化であって、肉体の浄化のような虚飾ではありません」

三人のセプタにはさまれて、サーセイは塔の階段を降りていった。セプタ・ユネラは前をゆき、セプタ・モエルとセプタ・スコレラはうしろにつづいている。まるでサーセイが逃げだすのではないかと警戒しているかのようだ。

「最後に訪問者がきてから、ずいぶんと長い時間がたっています」階段を降りていきながら、サーセイはごく低い声でささやきかけた。「王は健在ですか？　わが子を案じる母として、おたずねします」

「国王陛下はお元気であらせられます」セプタ・スコレラが答えた。「そして、昼も夜も、しっかりと護られておいでです。王妃《クイーン》さまがいつもおそばにおられることですし」

（太后《クィーン》はわたしよ！）

　そう叫びたい気持ちを抑え、サーセイはほほえみ、語をついだ。

「そうと聞いて安心しました。トメンはお妃を愛していますから。王妃について飛びかった恐ろしい話はひとつとして信じたことがありません」マージェリー・タイレルと従妹たちは、どうやって、姦淫、不義、大逆の告発から逃れたのだろう？　「審判はあったのですか？」

「もうじきです」セプタ・スコレラが答えた。「ですが、王妃さまの兄君は――」

「しっ」セプタ・ユネラが肩ごしにふりかえり、スコレラをにらんだ。「おしゃべりが過ぎますよ、愚かなまねはおやめなさい。わたしたちは、そのようなことをぺらぺらとしゃべる立場にはありません」

　スコレラはこうべをたれた。

「どうぞおゆるしを」

　それから先は、一同、無言で階段を降りた。

〈雀聖下〉は聖所で待っていた。例の飾り気のない、七面構造の部屋だ。石壁の各面には、それぞれに〈七神〉のいずれかの顔が粗削りに彫刻されており、総司祭聖下《ハイ・セプトン》のそれに劣らず、渋い表情や険しい表情を浮かべて部屋の中央を見つめていた。サーセイが入っていったとき、聖下は仕上げをしていない木のテーブルの向こう側にすわり、書きものをしていた。最後に会ったあの日とくらべて——サーセイをつかまえ、幽閉したあの日とくらべて——すこしも変わっていない。あいかわらず、痩せて骨ばっており、髪は半白で顔は細く、ろくにものを食べていないかのように頬がこけて、顔だちも鋭く、あちこちにしわが寄り、目は猜疑心に満ちている。前任者たちが好んだ豪華なローブのかわりに着ているのは、生成りのウールの、足首まである質素な上っ張りだ。

「陛下」迎えのことばを口にするかわりに、ハイ・セプトンはいった。「告解なさりたいと理解しています」

サーセイはテーブルの手前にひざまずいた。

「そのとおりです、聖下。眠っているとき〈老媼《ろうう》〉が訪ねてこられ、ランプを高くかかげて——」

「わかりました。ユネラ、あなたはここに残り、陛下のおことばを記録なさい。スコレラ、モエル、あなたがたは退出してけっこうです」

そういって両手の指先を触れ合わせた。このしぐさはこれまでに一千回も見たことがある。父親が好んでしていたしぐさだ。

セプタ・ユネラはサーセイのうしろで椅子にすわり、羊皮紙を広げ、学匠《メイスター》のインクに羽根ペンの先をつけた。サーセイはかすかに恐怖をおぼえた。

「罪を告白しさえすれば、わたしは解放——」

「陛下の処遇は、犯した罪の内容によって決まります」

(この男は情け容赦を知らない)

サーセイはあらためて実感し、答える気力をたくわえた。

「では、〈慈母〉が慈悲をたまわりますように。わたしは婚姻による絆を持たない男たちと寝ました。ここに告白します」

「だれとです?」

ハイ・セプトンは目をひたとサーセイに注いでいる。

背後ではユネラが筆記している音が聞こえた。羽根ペンがさらさらとかすかな音を立てている。

「従弟のランセル・ラニスター。それと、オズニー・ケトルブラックです」

どちらもサーセイと寝たことを告白しているから、それを否定するのは得策ではない。

「オズニーの兄弟とも寝ました。ふたりともです」

オスフリッドとオズマンドがなんといったか知るすべはない。だが、告白はすくなすぎるより多すぎるくらいのほうが安全だ。

「わが罪の弁解をするわけではありませんが、聖下、わたしはさびしかったのです。そして怖かったのです。神々はロバート王を——わが愛する夫である保護者を——わたしから奪い去っていきました。わたしは孤独だったのです。陰謀を企む者たち、偽りの友人たち、わが子供たちの死をたくらむ反逆者たちに囲まれて。だれを信じていいのかわかりませんでした。ですから、わたしは……わたしは、ケトルブラック兄弟をつなぎとめるため、唯一の道具を用いたのです」

「あなたが用いた唯一の道具とは？」

「わたしの肉体です」身をわななかせながら、片手を目の上にあてた。手を離したときには、目に涙がにじんでいた。「ええ、そのとおり。なにとぞ〈乙女〉が赦したまいますように。けれどそれは、わが愛し子たちのためでした。王土のためでした。けっして好き好んでしたことではありません。ケトルブラック兄弟は……みな容赦を知らない残酷な男で、わたしを乱暴にあつかいました。でも、わたしにどうすることができたでしょう。トメンはわたしが信用できる人間たちを必要としていたのです」

「国王陛下は〈王の楯《キングズガード》〉に護られていました」

「〈王の楯《キングズガード》〉など役にたちません。役にたつなら、トメンの兄のジョフリーが結婚の祝宴で殺されてしまうはずがないではありませんか。息子がもがき苦しんで死ぬところはこの目で見ました。もうひとりの息子までも失うことにはとても耐えられません。わたしはたしかに罪を犯しました。不義密通を働きました。でも、それはすべてトメンのため。こんなことをいって、どうかお赦しくださいさい、聖下、ですが、わが子たちの身を護るために必要であれば、わたしはキングズ・ランディングじゅうの男たちにも股を開いていたでしょう」

「赦しとは神々のみがお与えになれるものです。サー・ランセルについてはいかがです？

彼はあなたの従弟であり、かつ、あなたの夫であられた王の従士だったのでしょう？　彼を褥《しとね》に誘ったのも、忠誠を得るためだったのですか？」

「ランセルは……」サーセイはためらい、気をつけて、と自分に言い聞かせた。ランセルはすべてを打ち明けてしまったかもしれない。「ランセルはわたしを愛していました。当時はまだ子供も同然でしたが、わたしや息子への忠誠を欠いたことはありません」

「それなのに、彼を籠絡《ろうらく》したのですか」

「わたしは……さびしかったのです」嗚咽をこらえて、サーセイはいった。「夫と息子に、父まで失ったのですから。わたしは摂政でしたが、太后といえども女です。そして女とは、か弱い船。簡単に転覆してしまいます……聖下もそのあたりのところはごぞんじでしょう。聖なるセプタでさえ、罪を犯すことは知られています。わたしはランセルに慰めをもとめたのです。ランセルは親切でやさしかったし、わたしはぬくもりをもとめていました。あれが過ちであったことは承知していますが、わたしには、ほかにだれもいませんでした……女は愛されなくてはなりません――そばにいる男に支えてもらわなければなりません。女は……女は……」

さめざめと泣きだした。

ハイ・セプトンは慰めのしぐさをいっさい見せようとしない。席についたまま、きびしい目をサーセイにすえて、上の祭壇に立つ〈七神〉像のように、むせび泣く太后を石の表情で見つめている。長いひとときが経過するうちに、とうとうサーセイの涙も尽きた。そのころにはもう、真っ赤に泣き腫らした目がひりひりして、いまにも気を失いそうな状態になっていた。

しかし、そんなサーセイに対しても、〈雀聖下〉はいっさいの配慮を見せず、こういった。

「いまうかがったのは並の罪です。未亡人の不道徳はつとに知られるところ。すべての女はふしだらな本性を秘め、男をたぶらかす手管を持ち、みずからの美しさを利用して男を意のままにあやつろうとします。そこに反逆性はありません。あなたの夫ロバート王がご存命のうちに、あなたが結婚の契りを破ったのでないかぎり」

「破っていないわ」身をわななかせながら、サーセイは声を絞りだした。「していません、そんなこと。誓います」

ハイ・セプトンは一顧だにしなかった。

「陛下については、ほかにもいろいろと告発がなされているのですよ。単純な不義よりも、ずっと深刻な犯罪についてです。あなたはサー・オズニー・ケトルブラックが愛人であったことを認めました。そのサー・オズニーは、あなたの命令で、わが前任者を窒息死させたと主張しています。さらに、マージェリー王妃とその従妹たちの乱行についても虚偽の証言をしたこと、そして、不義、姦淫、大逆について作り話をしたことを告白したうえで、それもまたあなたの命令であったと主張しています」

「ちがいます」サーセイは否定した。「そんな事実はありません。わたしはマージェリーを愛しているんです、自分の娘も同然に。それに、もうひとつの件についても……たしかに、前ハイ・セプトンのことで不満を漏らしたことはありました、それは認めます。あの老人はティリオンの息のかかった人物で、虚弱なばかりか腐敗しており、われらが〈正教〉を汚す存在でしたから。それは聖下も承知しておられるはずです。あるいは、前ハイ・セプトンが亡くなればわたしが喜ぶ、とオズニーが気をまわしたのかもしれません。もしもそうなら、わたしにも多少の非はあるでしょう。でも……殺人？　まさか。それについては無実です。わたしを祭壇の前に連れていき、〈厳父〉の審判の席にすわらせたうえで、それが真実だと誓わせてみてください」

「それはのちほど」とハイ・セプトンは答えた。「あなたはほかに、ご自分のご夫君、親愛なる故ロバート一世王の殺害を企んだ件についても告発されています」

（ランセルね）とサーセイは思った。

「ロバートは狩りで猪の牙にかかって死んだんです。こんどはわたしが皮装者《スキンチエンジャー》だという告発でもなされているんですか？　わたしが人狼《ウォーグ》だとでも？　もしそうなら、ジョフリーを殺したともいわれているんですか？　わたしの愛し子を、わたしの第一子をも殺したとして告発されているんですか？」

「いいえ。ご夫君の殺害についてだけです。その件は否定なさるのですね？」

「否定しますとも、もちろん。神々と人々の面前で、きっぱりと否定します」

ハイ・セプトンはうなずいた。

「最後に、もっとも深刻な罪についてです。あなたのお子たちは、ロバート王とのあいだにできた子供ではない――そう告発する声があるのですよ。お子たちは近親相姦の不義密通による非嫡出子だとする声がね」

「スタニスね、そんなことをいうのは」サーセイは即座に答えた。「うそです、うそです、あからさまな言いがかりです。スタニスは自分が〈鉄の玉座〉につきたいのに、自分の兄の子がじゃまなものだから、兄の子ではないと強弁《きょうべん》する必要があるんだわ。あのけがらわしい手紙……あれには真実のかけらもありません。その告発は否定します」

ハイ・セプトンは両手をテーブルにつき、からだを押しあげるようにして立ちあがった。

「けっこう。スタニス公は〈七神〉の信仰を捨てて紅《あか》い魔神のもとへ走った人物です。彼の偽りの信仰など、この七王国のどこにも居場所はありません」

おおいに力づけられることばだった。サーセイはうなずいた。

「とはいえ」とハイ・セプトン聖下はつづけた。「これは深刻な告発であり、王国はことの真偽を知らねばなりません。陛下のおっしゃることが真実ならば、審判によって無実が証明されるでしょう」

（審判。やはり、あるのね）

「わたしは真実を告白しました――」

「――いくつかの罪について告白されましたが、その他の告発については否定なさいました。審判によって、なにが真実であり、なにが虚偽であるかがはっきりするでしょう。わたしは〈七神〉に、あなたが告解した罪を赦してくださるようおねがいし、ほかの告発についても

時間がたっています。どうか……」

老セプトンの目は火打ち石のように感情がなかった。

「あなたが犯した罪業がすべて浄化されるまで、王のおそばに近づくことを認めるわけにはいきません。しかしながら、あなたは正しい道への一歩を踏みだされました。その心がけに鑑みて、ご子息以外の方の訪問ならば認めましょう。ただし、一日にひとりまでとします」

太后はまた泣きだした。こんどはほんとうのうれし涙だった。

「聖下はなんとおやさしい。ありがとうございます」

「慈悲深いからこそ〈慈母〉なのです。陛下が礼をいわれるべきは〈慈母〉なのですよ」

扉の外にはモエルとスコレラが待っていた。塔の上の独房へ連れもどすためだ。ユネラもすぐあとからついてきた。

「わたしどもはみな、太后陛下のために祈っておりました」

階段を昇りながら、セプタ・モエルがいった。

「まことに」セプタ・スコレラがうなずいた。「告解することにより、ずいぶんお気が楽になられたでしょう。結婚式の朝を迎えた乙女のように心が浄められ、無垢になられたようにお感じなのではないでしょうか」

(ジェイミーと寝たのは、まさに結婚式の朝だったわね)

「そのとおりです」とサーセイは答えた。「なんだか生まれ変わったような気持ち。まるで、ただれた腫れ物が切除されて、ようやく治りはじめたような気分。いまにも空を飛べそうなほどに」

セプタ・スコレラの顔にひじをたたきつけ、螺旋階段を転がり落ちていくところを見たら、どんなにすっとするだろう。神々の恩寵あらば、このしわくちゃばばあはセプタ・ユネラにぶつかって、もろともに階段を落ちていくだろう。

そのスコレラがいった。

「笑顔がもどってこられて、ほっとしました」

「聖下は訪問者を認めるとおっしゃっておられましたが?」

「おっしゃいました」とセプタ・ユネラがいった。「お会いになりたい方のお名前をいってくだされば、さっそく手配します」

(ジェイミーよ。ジェイミーにきてもらわなくては)

だが、双子の弟がもう王都にもどってきているとしたら、さっそく訪ねてきているはずだ。ジェイミーを呼ぶのは、ベイラー大セプトの壁の外でなにが起こっているのか、もうすこし把握するまで待ってからのほうが賢明だろう。

「叔父をおねがいします」とサーセイはいった。「父の弟、サー・ケヴァン・ラニスターを。

いまは王都にいるのですね？」

「はい、いらっしゃいます」セプタ・ユネラが答えた。「摂政殿下は、赤の王城《レッド・キープ》にお住まいです。ただちに使いを出しましょう」

「ありがとう」とサーセイは答え、考えた。

(摂政殿下──ですって？)

驚いたようすを見せるわけにはいかなかった。

謙虚になり、痛悔をした者は、魂の罪を浄められたことで、なにかとあつかいがよくなるらしい。その晩、太后は二階下のもっと広い独房に移された。ここの窓からは外を見わたすことができたし、ベッドにはあたたかくて軟らかな毛布も用意されていた。夕食どきには、いつもの固くなったパンとオート麦のかゆ《ポリッジ》のかわりに、去勢鶏のローストや、砕いた胡桃《クルミ》をかけた新鮮な葉物、たっぷりの溶かしバターをかけた潰し蕪《カブ》が出た。その晩は、つかまってはじめて、満腹の状態でベッドに横たわり、いっさい起こされることなく、夜の暗闇の中を眠りとおすことができた。

あくる朝、夜が明けると同時に、叔父がやってきた。

サーセイがまだ朝食をとっていると、ドアが大きく開き、サー・ケヴァン・ラニスターが独房に入ってきたのだ。

「はずしてくれ」

サー・ケヴァンは番人たちにいった。

セプタ・ユネラは、スコレラとモエルをうながして退出し、背後でドアを閉めた。

太后は立ちあがった。

サー・ケヴァンは、前に見たときよりも老けているようだった。もともと大柄な人物で、肩幅が広く、腰まわりも太い。がっしりしたあごを縁どるのは短く刈りそろえたブロンドの顎鬚《あごひげ》だ。これも短く刈ったブロンドの髪は額からぐっと後退していた。真紅に染めた重量感あるウールのマントは、いっぽうの肩のところで、獅子の頭の形を模した黄金のブローチで留めてある。

「きてくださってありがとう」と太后はいった。

叔父は眉根を寄せた。

「すわったほうがよいぞ。いくつか、いっておかねばならぬことがある――」

サーセイはすわりたくなどなかった。

「まだ怒っていらっしゃるのね。お声を聞けばわかります。ゆるしてください、叔父さま。ワインをかけたのは過ちでした。でも――」

「わしがあんなワインのことを引きずっていると思っているのか？　ランセルはわが息子だ、サーセイ。おまえの従弟だ。わしがおまえに怒っているとすれば、原因はそこにこそある。おまえはあれの面倒を見てやるべきだったのだ。あれをよい方向へ導き、しかるべき良家の令嬢を見つけてやるべきだったのだ。それなのに、おまえは――」

「わかっています、ええ、わかっていますとも」

（ランセルはね、わたしがもとめる以上に、わたしをもとめていたのよ。賭けてもいいわ、いまでもそのはずだから）

「わたしはひとりぼっちで、心が弱っていたの。おねがいです、叔父さま、見捨てないで、叔父さま。またお顔を見られてうれしいわ。叔父さまのお顔が神々しく見えます。わたしはたしかに責められてもしかたがないことをしました。それはわかっています。けれど、叔父さまにきらわれたままでいるのは耐えられません」サーセイは叔父に抱きつき、頬にキスをした。「ゆるしてください。どうかゆるして」

サー・ケヴァンは鼓動いくつぶんか、姪の抱擁に応えあぐねていたが、そこでサーセイの背中に腕をまわし、抱擁を返した。短くぎごちない抱擁だった。

「もうよい」叔父の声は依然として冷たく、平板だった。「おまえは赦された。さ、すわれ。いくつか、つらい知らせを伝えねばならん、サーセイ」

叔父のことばに、サーセイは慄然とした。

「まさかトメンの身になにか？　そんな……冗談じゃないわ。あの子のことはずっと案じてきたのに。だれもなにひとつ教えてくれようとはしなくて。どうかトメンはぶじだといってください」

「陛下はごぶじだ。しじゅう、おまえの安否をたずねておられる」

サー・ケヴァンは両手を伸ばし、その手を正面からサーセイの両肩にかけた。

「では、ジェイミーの身になにか？」

「ちがう。ジェイミーはまだ河川地帯《リヴァーランド》のどこかにおる」

「どこか？」その響きが気にいらなかった。

〈使い鴉の木《レイヴンツリー》〉城館《ホール》を開城させ、ブラックウッド公を降伏させはしたのだがな」と叔父はいった。「その足でリヴァーラン城へもどる途中、女とどこかへ消えて、ふっつりと消息を絶った」

「女？」わけがわからず、サーセイはただ叔父を見つめることしかできなかった。「どこの女と？　なぜ？　どこへいったの？」

「だれにもわからん。以来、まったく音沙汰がない。その女は、〈夕星《ゆうずつ》〉の令嬢、レディ・ブライエニーだった可能性がある」

（あの女ね）〈タースの乙女〉なら憶えている。図体が大きくて、男の鎧を着てどたどたと歩く、醜悪な女だった。（ジェイミーがあんな女を優先してわたしを見捨てるわけがない。わたしの使い鴉がとどかなかったんだわ。とどいていたら、飛んできたはずだもの）

「南部各地に傭兵どもが上陸している――そういう報告が引きも切らん」サー・ケヴァンは話をつづけた。「タース島に、踏み石諸島《ステップストーンズ》、怒りの岬《ケープ・ラス》……スタニスがいったいどこから自由傭兵を傭う金をひねりだしたのか、ぜひとも知りたいところだが。わしには傭兵どもに対処するだけの力がない。ここにいるうちはなにもできん。メイス・タイレルにはあるが、娘《マージェリー》の――王妃の件が落着するまで、腰をあげる気はないと断わられた」

（首斬り役人がマージェリーの首さえ刎《は》ねてしまえば、たちまち落着よ）スタニスにもその傭兵にも、サーセイはまるで興味がなかった。〈異形《ジ・アザー》〉がスタニスもタイレル家も連れていけばいい。たがいに殺し合えばいいのよ。そうしたら、王土も住みやすくなるのに）

「おねがいよ、叔父さま、ここから連れだして」

「どうやってだ？　力ずくでか？」

サー・ケヴァンは窓ぎわに歩みより、眉をひそめて外を眺めやった。

「そうするためには、この聖なる場所を修羅の巷《ちまた》と化さねばならんぞ。そもそもわしには、そうするだけの兵力がない。わが軍勢の大半は、おまえの弟とともにリヴァーラン城へ遠征しているのだ。といって、新たな軍勢を仕立てるだけの時間はない」

叔父はふりかえり、サーセイに面と向かった。

「総司祭聖下《ハイ・セプトン》とは話をした。おまえが贖罪《しょくざい》するまで、解放する気はないそうだ」

「告解はしました」

「贖罪といったろうが。王都全域でだ。市中を――」

「いやよ」叔父がなにをいおうとしているかはわかっていた。そんなことは聞きたくもない。

「絶対に、いや。こんど会う機会があったら、ハイ・セプトンに伝えてください。わたしは太后であって、波止場の娼婦ではないのだと」

「おまえに危害がおよぶ恐れはない。何ぴとたりとも、おまえには手を――」

「いやです」サーセイはいっそうきっぱりと拒絶した。「そんなまねをするくらいだったら、死んだほうがまし」

サー・ケヴァンは動じなかった。

「それがおまえの望みなら、すぐに死をたまわることになろう。聖下はおまえを、国王殺し、神殺し、近親相姦、大逆の罪で裁くつもりでいるのだからな」

「神殺し？」サーセイは声をあげて笑ってしまいそうになった。「いつわたしが神を殺したというの？」

「ハイ・セプトンは地上における〈七神〉の代弁者だ。ハイ・セプトンを討つことは神々を討つにも等しい」反論しようとするサーセイに向かって、叔父は片手を突きだし、制した。「その先をいっても意味がない。ここではな。そういうことはみな、審判の席でいえ」

そういいながら、叔父は独房内のあちこちに視線を向けてみせた。その眼差しが、視線を動かした意味を雄弁に物語っていた。

（だれかが盗み聞きしているのね）

ここでさえ、いまでさえ、自由に話すことはできないのだ。

サーセイはためいきをついた。

「わたしを裁くのはだれです？」

「〈正教〉だ」と叔父は答えた。「おまえが決闘裁判を申し立てぬかぎりはな。申し立てるのであれば、〈王の楯《キングズガード》〉の騎士がおまえの代理闘士《チャンピオン》となる。ただし、その結果がどうあれ、おまえの統治はおわりだ。トメンがしかるべき年齢に達するまでは、わしが摂政を務める。

メイス・タイレルは新たな〈王の手〉に任命された。上級学匠《グランド・メイスター》パイセルとサー・ハリス・スウィフトは現任のままながら、海軍大臣にはパクスター・レッドワインが、大司法官にはランディル・ターリーが新規に就任した」

（ふたりとも、タイレルの旗主《きしゅ》じゃないの）

王土の統治は敵の手に――マージェリー王妃の縁者と関係者に委ねられてしまったのだ。

「マージェリーも告発されているはずよ。王妃の従妹たちも。雀たちはなぜマージェリーを解放して、わたしをそのままにしているの？」

「ランディル・ターリーの強硬な主張による。この嵐が勃発するや、軍勢を率いて真っ先にキングズ・ランディングへ駆けつけてきたのは、あの男だったのだ。タイレルの娘たちは、審判を受けることにはなろうが、あの者たちの罪状は重くない。聖下もそれは認めている。王妃の愛人として名の出た男たちは、告発を否定するか、告発を撤回されるか、どちらかとなった。例外はおまえが拷問させた吟遊詩人だけだが、あれはなかば気がふれているようだ。ゆえにハイ・セプトンは、娘たちをランディル・ターリーの預かりとした。ランディル公は、審判のときがくればかならず出廷させる、と聖なる誓いを立てている」

「だったら、王妃を告発した者たちは？」太后はたずねた。「あの者たちはどこへ？」

「オズニー・ケトルブラックと〈青き詩人《ブルー・バード》〉はここの地下にいる。この大セプトの地下にな。レッドワイン家の双子は無実である旨を宣誓し、〈ハープ弾きのヘイミッシュ〉は死んだ。ほかの者たちは赤の王城《レッド・キープ》の地下牢に閉じこめられて、おまえの手駒クァイバーンの管理下にある」

（クァイバーン）とサーセイは思った。それは朗報だ。すくなくとも、すがれる藁が一本は残っていたことになる。告発者たちがクァイバーン公のもとにいるのは喜ばしい。あの男はさまざまな驚異をもたらすことができる。（そして、恐怖をも。あの男は、恐怖をもたらすこともできるのよ）

「知らせはまだあるぞ。もっと悪い知らせだ。すわっていたほうがよくはないか？」

「すわる？」サーセイはかぶりをふった。これ以上悪い知らせが、どこにあるというの？ わたしは大逆の罪で審判を受けざるをえないというのに、若い王妃とその従妹たちは小鳥のように逃げてしまったのよ？ 「話してください。その悪い知らせとは？」

「ミアセラのことだ。ドーンから憂うべき知らせがとどいた」

「ティリオンね」即座に、サーセイはいった。

幼い愛娘をドーンへ追いやったのはティリオンだ。サーセイはそのミアセラを取りもどすため、サー・ベイロン・スワンをドーンに派遣した。ドーン人はみな蛇だし、そのなかでもマーテル家はとびきりたちが悪い。〈赤い毒蛇《レッド・ヴァイパー》〉は〈小鬼《インプ》〉を護ろうとさえして、あやうくそれに成功するところだった。へたをすれば、こびとはジョフリー殺しの咎《とが》から逃れていただろう。

「ティリオンなのね。あの男、ずっとドーンに潜伏していて、わたしの愛娘を人質にとっているのね」

サー・ケヴァンはふたたびサーセイに渋面を向け、いった。

「ミアセラはドーンのある騎士に襲われた。ジェラルド・デインという男だ。命には別状がなかったが、深傷《ふかで》を負った。頬をぱっくりと斬り裂かれたうえ……かわいそうに……片耳を失ったという」

「片耳――」サーセイは呆然として叔父を見つめた。

（あの子はまだ小さいのに……わたしのたいせつなプリンセスが……。あんなにも可愛い子なのに）

「片耳を失ったですって？　そのとき大公《プリンス》ドーランとドーンの騎士たちはどこにいたの？　ドーン人には小さな女の子ひとり護ることもできないの？　アリス・オークハートはどこにいたの？」

「殺された。ミアセラを護ろうとして。デインに斬殺されたそうだ」

〈暁の剣《つるぎ》〉もデイン家のひとりだったことを思いだした。しかし、あのアーサー・デインが亡くなってひさしい。このサー・ジェラルドという人物は何者なのだろう。なぜミアセラに危害を加えたのだろう。まったく見当もつかない。ただし……。

「ティリオンはブラックウォーターの戦いで鼻を半分失ったわ。暴漢がミアセラの顔を斬り、片耳を斬り落としたとすると……背後で〈小鬼《インプ》〉の汚らわしい小さな指が糸を引いているんでしょう」

「プリンス・ドーランは、おまえの弟についてはなにも触れていない。ベイロン・スワンの手紙によれば、ミアセラはすべて、ジェラルド・デインのしわざだと証言しているという。現地で〈暗黒星《ダークスター》〉と呼ばれる男のしわざだとな」

サーセイは辛辣な笑い声を漏らした。

「なんと呼ばれていようと、その者はわが弟の手先です。ドーン人のなかにはティリオンの息のかかった者がおおぜいいるはずだわ。〈小鬼《インプ》〉は当初から、こうすることをもくろんでいたのよ。ミアセラをプリンス・トリスタンと婚約させたのも、ティリオンの差し金。その意図が、いま、やっとわかりました」

「おまえはどんなものにも、いちいちティリオンの影を見るのだな」

「あれは影の世界に住む怪物だもの。あれはジョフリーを殺したのよ。父上を殺したのよ。さらに殺害を重ねないと考える理由があって？　〈小鬼《インプ》〉はまだキングズ・ランディングに潜んでいて、トメンに仇なす計略を練っているのではと恐れていたけれど、じつはドーンの地にいたのね、まずミアセラを殺すために」サーセイは独房の中をいったりきたりしだした。「わたしがトメンのそばについていてやらないと。〈王の楯《キングズガード》〉の騎士なんて、胸当ての乳首並みに役にたたないんだから」

くるりと叔父に向きなおった。

「サー・アリスは殺されたとおっしゃったわね」

「〈暗黒星〉なる男の手によってな、うむ」

「死んだの？　ほんとうに死んだの？　それはたしかなの？」

「死んだと聞かされている」

「だったら、〈王の楯《キングズガード》〉にひとつ空席ができたことになるわ。ただちにそれを埋めなくては。トメンを護ってやらなくては」

「ターリー公がいま、おまえの弟に相談するため、腕に覚えのある騎士の一覧を作成中だが、ジェイミーがもどってこぬうちは……」

「王は白いマントの者を選任できるのでしょう。トメンはいい子よ。この人を選びなさいといえば、その者の名を口にするわ」

「では、だれだ、おまえの意中の者は？」

即答はできなかった。

（わたしの代理闘士には、新しい名前と新しい顔がいる）

「クァイバーンが知っています。この件についてはあの者に一任してください。叔父さまとわたしのあいだに、いろいろ見解の相違があることは承知していますが、おたがいが分かち合う血のためにも、父上に対する愛情のためにも、トメンのためにも、哀れ傷を負わされたトメンの姉のためにも——どうかこのお願いを聞きいれてはいただけないかしら。わたしの代理でクァイバーン公のところへいって、白いマントを預けたうえで、伝えてください——いよいよそのときがきたのだと」

55 女王の楯《クイーンズガード》

「騎士どのは女王直属の兵ではありませんか」レズナク・モ・レズナクがいった。「宮廷を開かれるさいには、ご自身直属の兵《つわもの》で固めたい、というのが王のご意向なのです」

（いかにも、わしは女王の兵だ。きょうも、あすも、わが命が尽きるそのときまで、ずっと忠勤にはげむ。陛下が亡くなられたのでないかぎり）

だが、バリスタン・セルミーは断じて、デナーリス・ターガリエンが死んだとは思わない。

排除されようとしているのは、そのためだろう。

（ひとり、またひとりと、ヒズダールは女王の忠臣を取り除きつつある）

〈闘士《ストロング》〉ベルウァスは神殿に収容され、〈青の巫女《みこ》〉たちの看護を受けながら、生死の境をさまよっている。もっとも、蝗《イナゴ》の蜂蜜漬けを口に入れさせた時点で、ベルウァスを排除するもくろみはほぼ成功していたのではないか、とセルミーは見ていた。〈剃髪頭〉スカハズは指揮権を剥奪された。〈穢れなき軍団《アンサリード》〉は兵舎内に引きこもっている。ジョゴ、ダーリオ・ナハリス、グロレオ提督、〈穢れなき軍団〉の副将である〈勇士〉は、いまもユンカイ勢の人質にとられたままだ。アッゴ、ラカーロ以下、女王の部族《カラザール》は、行方不明の女王探索のため、スカハザーン河の向こうに派遣されてしまった。ミッサンデイでさえ任を解かれている。まだ子供でしかなく、かつて奴隷であったナース人の娘は、秘書官にふさわしくないと王は考えたのだ。

（そして、こんどはわしだ）

以前であれば、この解任は名誉を傷つけるものだと思ったかもしれない。しかしそれは、ウェスタロスでの話だ。ミーリーンは毒蛇の巣窟であり、名誉など道化のまだら服のように愚かなものでしかない。それに、この不信は相互にいだいているものでもある。ヒズダール・ゾ・ロラクは女王の配偶者かもしれないが、セルミーの王にはなりえない。

「王陛下がわしを宮廷から排除したいとおっしゃるのなら……」

「主上《しゅじょう》とお呼びいただきたい」家令は正した。「ちがう、ちがう、ちがうのですよ、貴兄はわたしを誤解しておられる。主上はユンカイの代表団を受けいれようとしておられるのです、ユンカイ軍の撤収を議論するために。そのさいには、ドラゴンの怒りによって出た犠牲者の……その、補償……についても話し合われることになるでしょう。それゆえ、細心の注意が必要となります。であるなら、玉座につくミーリーン人の王を警護するのは、ミーリーンの戦士のほうがよろしい、というのが主上のお考えでしてな。そこのところは、騎士どのにもおわかりいただけましょう？」

（わかるとも。おまえよりもな）

「王をお護りするべく選ばれたのがだれか、おたずねしてもよろしいか？」

レズナク・モ・レズナクは、例のさもしい笑みを浮かべた。

「恐るべき戦士たちですよ。しかもみな、主上を深く敬愛しています。〈巨漢ゴゴール〉。クラッズ。〈豹紋猫《ひょうもん》〉。〈骨砕きのベラークォ〉。いずれ劣らぬ勇者ぞろいです」

（みな闘技場の闘士ではないか）

意外なことではなかった。ヒズダール・ゾ・ロラクがつく新たなる玉座の基盤は脆弱《ぜいじゃく》だ。ミーリーンが最後に王を戴いてから、すでに一千年を閲《けみ》する。そのうえ、味方であるはずの〈旧《ふる》き血族〉の中にさえ、ヒズダールより適切な判断ができると考えているらしき者たちがいる。都の外にはユンカイ勢とその傭兵、同盟勢がいすわっているし、内には〈ハーピーの息子たち〉もいる。

それに対し、王の警護陣は日ごと手薄になっていくばかりだ。愚かにも〈灰色の蛆虫《グレイ・ワーム》〉を解任したために、ヒズダールは〈穢れなき軍団〉を失った。〈真鍮の獣〉の場合と同じく、〈穢れなき軍団〉を王の従弟の指揮下に収めようとしたところ、〈灰色の蛆虫〉は王に対し、自分たちは解放された自由民であって、〝母〟の命令にしかしたがわないと答えたという。〈真鍮の獣〉にしても、半数は解放奴隷であり、半数は〝剃髪頭〟で、その忠誠心はいまなお元祖〈剃髪頭〉ことスカハズ・モ・カンダクに捧げられている。したがって、数多くの敵に対し、ヒズダール王がたよれる存在は、もはや闘技場の闘士しかいないのである。

「あの者たちがすべての脅威から王陛下を護ってくれるよう、祈っている」

サー・バリスタンの口調からは本心がいっさいうかがえないはずだ。本心を隠すこの技は、何年もむかし、キングズ・ランディングで学んだものだった。

「だから、主上だというに」レズナク・モ・レズナクはふたたび訂正した。「警護以外に、貴兄の務めには変更がありません、騎士どの。今回の和平交渉が失敗した場合にそなえて、敵からわが都を護る戦力の指揮は貴兄がとってくれるよう、主上は願っておられます」

（すくなくとも、その程度の分別はあったか）

〈骨砕きのベラークォ〉や〈巨漢ゴゴール〉は、ヒズダール個人の楯にはなるかもしれない。が、あの連中が軍勢を率いて敵と戦うところを想像するだに、あまりにも滑稽で、老騎士はもうすこしで苦笑を浮かべそうになった。

「陛下のご下命にしたがおう」

「陛下ではないといっているでしょう」家令の声に険が宿った。「その敬称はウェスタロス流のもの。主上、聖上、わが君と呼びなさい」

（馬鹿殿と呼ぶほうが、もっと適切だがな）

「お望みのままに」

レズナクは唇をなめ、

「では、そういうことで」といった。

今回、家令の顔に浮かんださもしげな笑みは、もう下がってもよいとほのめかしていた。サー・バリスタンはさっさと部屋をあとにした。家令がぷんぷんさせている香水の香りから解放されるだけでもありがたい。

（男とは、汗のにおいを発散させているべきだ。花の香りなどではなく）

ミーリーンの大ピラミッドは、基部から頂上までの高さが二百四十メートルある。家令の執務室があるのはその二階だ。女王の居住区画とサー・バリスタンの部屋は最上階にあった。

（この齢の人間には長すぎる階段だな）

自室へあがる階段を昇りながら、老騎士はそう思った。サー・バリスタンは女王の仕事で、日に五、六回はこの階段を昇り降りしてきた。ひざや腰の痛みがその証拠だ。

（いずれ、もうこの階段を昇れなくなる日がくる。その日がくるのは、思いのほか早いかもしれん）

それまでに、若い連中をせめて何人かだけでも自分に代わって女王のおそばに控えさせ、警護役を務められるよう、しっかりと仕込んでおかなくてはならない。

（あの者たちが一人前になれば、わしみずから叙任して、各々《おのおの》に馬一頭と黄金の拍車一式を贈ってやろう）

最上階はひっそりと静かだった。ヒズダールは大ピラミッドなかほどの高さにある深奥の続き部屋を好み、上階に越してきてはいないのだ。四方を巨大な煉瓦壁に囲まれているのがお好みらしい。メッザラ、ミクラズ、クェッザほか、女王陛下お気にいりの酌人たちは――じっさいには人質だが、セルミーも女王も、あの子たちをすっかり気にいっていて、とても人質とは考えられなくなっている――王が自分の部屋へ連れていったため、ここにはいない。

イリとジクィも、ほかのドスラク人と捜索に出かけてしまった。いま残っているのは、唯一、ミッサンデイだけだ。大ピラミッドの頂点にある女王の部屋に取り憑いた、小さくて孤独な亡霊となって、ひとりミッサンデイだけが住んでいる。

サー・バリスタンは最上階のテラスに歩み出た。ミーリーンの上に広がっている空の色は、死体の肌の色だった。どんよりとくすんだ白い雲が、地平線から地平線まで、途切れることなく連なっている。太陽は雲の壁に隠れて見えない。けさの日の出と同じように、きょうの太陽は、このまま姿を見せることなく没していくのだろう。今夜はそよとも風の吹かない、蒸し暑くて息苦しい夜になりそうだ。この三日間は、いまにも雨が降りそうでありながら、いまだに一滴も降ってはいない。

（雨が降ってくれれば助かるのだがな。都を水で浄《きよ》めてくれる）

ここからはまわりの光景が一望できる。ここよりも規模の小さな四棟のピラミッド、都の西に連なる囲壁《いへき》、〈奴隷商人湾〉湾岸に広がるユンカイ勢の野営地。野営地では怪物じみた大蛇のように、太い油煙の柱がねじくれながら立ち昇っている。

（ユンカイ人が死者を焼いているのか）と老騎士は気づいた。（〝白《あお》き牝馬〟が攻囲陣地を駆けまわっているのだな）

女王がある程度は手を打ったにもかかわらず、囲壁の内にも外にも疫病は蔓延していた。ミーリーンの市場は閉鎖され、街路はがらんとして人気《ひとけ》がない。ヒズダール王は、闘技場を再開したままにしているが、見物客はまばらだった。聞くところによれば、ミーリーン人は

〈巫女の神殿〉さえ避けはじめているという。

（奴隷商人どもめ、疫病の蔓延もデナーリスさまのせいにする理由を見つけだすだろう）

サー・バリスタンは苦々しく思った。敵の囁きが聞こえるようだった。〈偉大なる主人《グレート・マスター》〉たち、〈ハーピーの息子たち〉、ユンカイ人――いずれの勢力も、老騎士のだいじな女王が死んだといいつのっている。都の民の半分はそれを信じているらしい。表立って女王の死を口にする者がいないのは、まだ認める勇気が出ないだけだ。

（しかし、じきに口にしだす）

ひどく疲れていた。ひどく老いた気がする。

（いつのまに、こんなにも年月がたってしまったのだろう）

近ごろでは、水を飲もうとして凪《な》いだ沐浴場にひざまずくたびに、水底から見知らぬ男が見返しているのに気づく。淡いブルーの目の端《はた》にできた何本もの烏の足跡は――これはいつできたものだ？　頭髪が陽光の色から白雪の色へと変わってしまったのは、いったいいつのことだ？

（何年も前だよ、ご老体。十年も前だ）

しかし、騎士に叙任されたのは、ついきのうのことのようにも思える。あれはキングズ・ランディングで催された馬上槍試合のあとのことだった。エイゴン王の剣が肩にあてられたときの、あの乙女のキスのように軽い感触は、いまもはっきりと憶えている。騎士の誓いのことばを口にしようとして、喉につかえてしまったこともだ。その晩の祝宴では猪の肋肉《リブ》を食べた。ドーン風にドラゴン・ペパーを効かせて調理した料理で、あまりの辛さに、しばし口の中がひりひりしていたものだった。あれから四十七年――。あのときの味は、いまなお記憶に焼きついている。そのくせ、十日前の夕食になにを食べたかは思いだせない。たとえそれに七王国の命運がかかっているといわれてもだ。

（犬肉の煮こみ――そんなところか。そうでなくとも、異臭ただよう別の料理で、犬肉よりましなものじゃない）

もう何度めになるだろう、サー・バリスタン・セルミーはまたもや、自分がここへくるにいたった数奇な運命を思い返した。自分はウェスタロスの騎士であり、嵐の地《ストームランド》とドーンとの境界地方《マーチズ》に生を受けた男だ。自分のいるべき場所は七王国にある。〈奴隷商人湾〉のこんな蒸し暑い海岸地方ではない。

（わしはデナーリスさまを故郷へお連れするためにきた）

それなのに、肝心のデナーリスを失ってしまった。デナーリスの父を、兄を失ったときと同じように。

（それに、ロバートもだ。あの男もまた護りきれなかった）

こんな事態になると読んでいたのだとしたら、ヒズダールは思っていたよりも目端のきく男らしい。

（十年前のわしならば、デナーリスさまの意図を察していたはずだ。十年前のわしならば、デナーリスさまをおとめできるほどすばやく動けたはずだ）

かわりに老騎士は、その場に立ちつくしたまま、女王の名を叫ぶばかりで、デナーリスが闘技窖《あな》に飛びこむのを許してしまい、真紅の砂の上を駆けていく女王をむなしく追いかけることしかできなかった。

(わしは老いた。動きが鈍くなった)

ナハリスに〝爺様騎士〟と揶揄《やゆ》されるのもむりはない。

(あの日、女王のそばにいたのがダーリオなら、もっと敏捷に動けただろうか)

その答えはわかっている。動けただろう。あまり気分のよくなる答えではなかった。

昨夜はまたあの現場の夢を見た。両ひざをついて胆汁と血を吐くベルウァス。槍使いらにドラゴンを殺せと命じるヒズダール。恐怖に駆られて逃げまどい、われ先に脱出せんものと階段で押しのけあい、踏みつけあい、悲鳴をあげ、わめきちらす、おおぜいの男と女たち。

そして、デナーリス……。

(デナーリスさまのおぐしは燃えていた。鞭を片手になにごとか叫ばれたのち、ドラゴンの背にまたがられ、飛んでいかれた)

ドロゴンが飛膜を広げたさいに巻きあげたもうもうたる真紅の砂塵で目をやられ、視界をにじませる涙を透かして、サー・バリスタンはたしかに見た。魔獣が闘技窖から舞いあがり、巨大な漆黒の翼をはばたかせ、門の前で組み討つ一対の巨大な青銅戦士像の肩を打ちすえて、大空に飛び去っていくのを。

その他の惨状はあとから聞いた話である。おりしも、門外は人出でごったがえしていた。

そこへドラゴンの体臭がただよってきたものだから、嗅ぎつけた馬たちは恐怖でいななき、棹立ちになり、鉄蹄で人々を踏みつけて逃げだした。料理の屋台がみなひっくり返り、輿《こし》もつぎつぎに転倒し、人々は押し倒され、踏みにじられた。まずいことに、ドラゴンめがけて多数の槍が投擲《とうてき》され、弩弓《クロスボウ》の太矢が放たれた。そのうちの何本かが命中したのが仇となった。怒ったドラゴンは傷口から煙を噴きつつ、女王を背中に乗せたまま、空中で荒々しく向きを変え——。

火を吐いたのである。

おびただしい死体を〈真鍮の獣〉が集めおえたときには、日はとうに暮れて真夜中近くになっていた。最終的な死者数は二百十四を数え、火傷と傷を負った者はその三倍に達した。そのころにはもう、ドロゴンはすでに都の外へと出ており、最後に目撃されたところでは、スカハザダーン河を高く越えて北へ飛んでいったとのことだった。それ以後、デナーリス・ターガリエンの消息はわかっていない。女王が落ちるところを見たと証言する者たちもいた。女王を丸呑みするためにドラゴンが運び去ったという者たちもいた。

(だが、その者らはまちがっている)

サー・バリスタンは、ドラゴンという生物については、どんな子供にもおなじみの物語の知識しか持たない。だが、ターガリエン家のことならいろいろと知っている。デナーリスはまさにドラゴンを駆っていたのだ——かつてエイゴン征服王が古竜バレリオンを駆ったのと同じように。

「故郷へ帰られたのかもしれんな……」

と、声に出してつぶやいた。

「いいえ」静かな声が答えた。「そんなことはなさいません、騎士さま。女王さまがわたしたちを置いて、ご自分だけ故郷に帰られるはずがありません」

サー・バリスタンはふりかえった。

「ミッサンデイ。愛し子よ。いつからそこに立っていたのだね？」

「それほど前からではありません。もしこの者がおじゃまをしたのでしたら、申しわけなく思います」そこで、ミッサンデイはためらった。「じつは、スカハズ・モ・カンダクより、騎士さまとお話ししたい旨、伝言を託されております」

「〈剃髪頭〉が？　あの男と話をしたのか？」

それは軽率だ。はなはだ軽率だ。スカハズと王との反目は尋常ではない。この賢い娘なら、そんなことは充分に承知しているはずなのに。スカハズは女王の結婚に公然と反対していた。その事実をヒズダールは忘れてはいない。

「ここにきているのか？　大ピラミッドの中に？」

「じかにお会いしたわけではありません。ですが、その気になれば、あの方はいつでもこのピラミッドに出入りできます」

（なるほど。そういうことか）

「あの男がわたしと話をしたい旨、伝えてきたのはだれだね？」

「〈真鍮の獣〉の一員です。梟《フクロウ》の仮面をつけていました」

（おまえと話をしたときは梟の仮面をつけていたのかもしれんが、いまは豺《ジャッカル》か、虎か、樹懶《ナマケモノ》か、どの仮面をつけているかわかったものではないぞ）

サー・バリスタンは当初から、仮面をつける制度に反対だった。それはいまも変わらない。誠実な男は顔を隠す必要などないのである。しかるに、〈剃髪頭〉は……。

（あの男、なにをもくろんでいる？）

ヒズダールに〈真鍮の獣〉の指揮官を解任されたスカハズは——後任には、ヒズダールの従弟のマルガーズ・ゾ・ロラクが当てられた——スカハザダーン河の河川総督に任命された。全長二百五十キロにおよぶ河の渡し船、浚渫《しゅんせつ》船、用水路を監督するのがその仕事だ。しかし〈剃髪頭〉は、ヒズダールがいうところの〝古くからの名誉ある職〟を辞退して、カンダク家のささやかなピラミッドに引きこもることを選んだ。

（かばってくれる女王がいなくなった以上、あの男はそうとう大きなリスクをかかえこんだことになる）

そして、そんな男と話している現場を見つかれば、サー・バリスタンもまた疑惑の対象となることはまちがいない。

この状況は気にいらなかった。闇の中で生まれた欺瞞、陰謀、虚偽、謀略などのにおいがぷんぷんする。いずれも〈蜘蛛《スパイダー》〉や〈小指《リトルフィンガー》〉公とその同類にまかせてきたことばかりだ。バリスタン・セルミーはあまり本を読むほうではないが、〈白の書〉にはたびたび目を通す。

そこに記録されているのは、前任者たちの行ないだった。前任者のなかには、英雄もいれば心の弱い者もおり、悪党もいれば、臆病者もいた。ほとんどはふつうの男で、一般人よりもすばやく、強く、剣と楯のあつかいにこそ長けていたが、自尊心、野望、情欲、愛情、怒り、妬心、金銭欲、権力への渇望、その他、寿命にかぎりのある凡民を堕落させがちな欠点を、けしてぬぐいきれてはいなかった。ひときわすぐれた傑物たちは、そういった欠点を克服し、務めをこなし、剣を手に死んでいる。しかし、最悪の者たちともなると……。

(最悪の者たちは、玉座取りのゲームにふけった)

サー・バリスタンはミッサンディにたずねた。

「その梟、また見つけられるか？」

「試みることはできます、騎士さま」

「見つけたら伝えてくれ。われわれの……友、と……暗くなったのち、厩《うまや》の裏で会おうと」

ピラミッドの大門は日没とともに閉じられ、閂《かんぬき》がかけられる。その時間、厩はひっそりと静かなはずだ。「同じ梟であることをたしかめてな」

声をかけてきたのとはちがう〈真鍮の獣〉の耳に入るのはうまくない。

「この者は心得ています」ミッサンディは立ち去ろうとして背を向けたが、そこで足をとめ、ふりかえった。「そういえば、都を包囲するユンカイ勢が、ドロゴンがもどってきた場合、小弩砲《スコーピオン》で鉄の大太矢を射かける準備をしていると聞きました」

サー・バリスタンもその話は耳にしていた。

「空を飛ぶドラゴンを撃ち落とすのは容易なことではない。ウェスタロスでは、おおぜいがエイゴンやその姉妹たちを射落とそうとした。成功した者はひとりもいなかった」

ミッサンデイはうなずいた。安心したのかどうか、その表情からはわからない。

「陛下が見つかると思われますか？〈大草海〉は広大そのものですし、空飛ぶドラゴンは足跡を残しません」

「アッゴとラカーロは陛下の血盟の騎馬戦士だ。それに……ドスラク人以上に〈ドスラクの海〉のことを知る者はおるまい？」ミッサンデイの肩を力づけるように、ぐっとつかんだ。「見つかるものなら、捜索隊がかならず見つけてくれる」

（まだ生きておられるのならばな）

なにしろ、〈大草海〉には何人もの族長《カール》がいて、各々の部族《カラザール》を率いて移動しているのだ。各カラザールは一万単位の騎馬兵を持つ。だが、この娘にそんなことをいって、心配させる必要はない。

「おまえは陛下を深く愛しているのだな。ちゃんとわかっているぞ。ここに誓う。かならず陛下の身はお護りする」

それでミッサンデイも、多少は安心したようだった。

（しかし、ことばは風のごとしだ）とサー・バリスタンは思った。（おそばにもおらずに、どうやって陛下をお護りできるというのか？）

バリスタン・セルミーは、何人もの王を知っている。この世に生を受けたのは、波乱こそ多くはあったものの、庶民には人気のあったエイゴン異例王の治世中だった。騎士の叙任も王の手から受けている。エイゴン五世の次男、ジェヘアリーズによって白いマントの着用を許されたのは、バリスタンが二十三歳のときのことだった。〈九《ナインペニー・》賤王《キングズ》〉戦争において、メイリス怪物王を斬り捨てた功績を高く評価されたのである。その同じ白のマントを着て、ジェヘアリーズ二世の息子エイリス二世のそばにも、サー・バリスタンはずっと立っていた――〈鉄の玉座〉についた同王が狂気に蝕《むしば》まれていくのを眺めながら。

(そばに立ち、眺め、やりとりを聞くだけで、わしはなにもしなかった)

いや、それはちがう。それは公正な評価ではない。自分は諸事に追われていたのだ。サー・バリスタンはこれまでに何夜も、おのれの務めをきちんとはたせなかったのではないかと悔やんだことがある。自分は神々と人々の前で誓いを立てた者だ。その誓いにそむくことはできない。しかしながら……その誓いを守ることは、エイリス王の治世最後の数年において、ますますむずかしくなっていった。思いだすだに胸が痛むことも目のあたりにしてきたし、自分の手は何人の血にまみれているのかと苦悩したことも一度ならずある。自分がダスケンデールの町に乗りこみ、ダークリン公の地下牢からエイリス王を救いだしたりしなければ、タイウィン・ラニスターの軍勢に町を攻囲されたまま、王は死んでいたかもしれない。その場合、太子《プリンス》レイガーが〈鉄の玉座〉につき、王土の傷を癒していただろう。ダスケンデールでの救出劇は、サー・バリスタンの全人生でもっとも輝かしい瞬間であると同時に、口中に苦い味をもたらさずにはおかない記憶でもあった。

夜になると取り憑き、懊悩させるのは、数々の失敗だ。

（ジェヘアリーズ、エイリス、ロバート。三人の死んだ王。レイガーはこの三人のだれより立派な王になれただろう。それに、太子妃プリンセス・エリアとその子供たち。エイゴンはまだ赤ん坊で、レイニスは幼女だった）

みんなみんな、死んでしまった。ひとり残らずだ。それなのに、自分はまだ生きている。お護りすると誓った相手は、みんな死んでしまったというのに。そしていま、デナーリスが——まだ子供だが聡明で輝かしい女王までもが……。

（いいや、陛下はまだ死んではおられぬ。そんなことは信じぬぞ）

サー・バリスタンにとって、午後は自分への疑念から解放されるひとときだ。この時間は、大ピラミッドの三階にある訓練の間で過ごし、騎士見習いたち相手に、剣技と楯の使いかた、馬術と騎槍《ランス》のふるいかたを教え、騎士道のなんたるかを——騎士を闘技場の闘士などよりも気高い存在にしている心得を——たたきこむ。自分が世を去ったあと、デナーリスには齢が近い警護の者が欠かせない。サー・バリスタンは、後事《こうじ》を託すに足る精鋭を育てあげようと心に決めていたのである。

いま訓練中の若者は、八歳から二十歳までと、年齢に幅がある。開始当初は六十人以上もいたのだが、訓練がきびしすぎたと見えて、いま残っているのは、その半分にも満たない。とはいえ、将来おおいに有望な者も何人かいた。

（警護すべき王がいないいま、訓練に割く時間が増えたのは皮肉だな）

ふたりひと組になり、刃を潰した剣や槍で打ち合う若者たちの横を歩き、その訓練ぶりをたしかめながら、サー・バリスタンは実感した。

（勇敢な若者たちだ。生まれた身分こそ低いが、何人かは優秀な騎士に育つだろう。それに、この者たちは女王を深く敬愛してもいる。女王がいなかったら、闘技窖の底で一生をおえていたかもしれないのだから。ヒズダール王には闘技窖の闘士がいるが、デナーリスさまは、やがて騎士を持つ）

「楯を高くかかげろ」と一同に呼びかけた。「さあ、みんなの楯使いをとくと見せてくれ。いっせいにやるぞ。下、上、下、下、上、下……」


その晩、夕陽が沈むころ、セルミーはひとり、質素な食事を女王のテラスでとった。紫の薄暮のもとで、眼下の巨大な階段ピラミッドに、ひとつ、またひとつと灯火が灯っていく。ミーリーンの多彩な煉瓦はしだいに色彩を失い、灰色へ、ついで黒へと移り変わった。下の街路や路地では影が深まって、黒い池や川へと変貌した。黄昏の中、都はひっそりと静謐《せいひつ》に沈み、美しくさえある。

（これは悪疫がもたらした静けさだ。平和の静けさではない）

老騎士は自分にそう言い聞かせ、ワインを飲み干した。

あまり目だちたくはなかったので、食事をおえると宮廷用の衣装を脱ぎ、〈女王の楯《クイーンズガード》〉の白いマントの替わりに、旅人がはおる、ありふれたフードつきの茶色いマントをまとった。ただし、剣と短剣は携えていく。

(これが罠の可能性もあるからな)

ヒズダールのことは信用していないし、レズナク・モ・レズナクのことはもっと信用していない。今回の件には、香水の香りをぷんぷんさせたあの家令が関与している恐れがある。秘密の会合におびきだし、スカハズもろともにその現場を押さえ、王への反逆をもくろんだとして、糾弾する気かもしれない。

(〈剃髪頭〉がもし反逆を口にしようものなら、いやでも捕縛せざるをえなくなる。いかに気にそわぬ相手とはいえ、ヒズダールはわが女王《きみ》の配偶者なのだから。いまのわしが忠誠を尽くすべき相手はヒズダールだ。スカハズではない)

いや、そうだろうか?

〈王の楯《キングズガード》〉の第一の役割は、王を危害や脅威から護ることにある。そして白の騎士は、王の命令にしたがい、王の秘密を守り、助言をもとめられたときには助言し、そうでないときは沈黙を貫き、王を喜ばせることを旨として、王の名と名誉を護ることを誓う。厳密にいえば、〈王の楯《キングズガード》〉が警護する対象を王以外の者に——場合によっては、王家以外の者にも広げるかどうかは、純粋に王の一存で決まる。王によっては、〈王の楯《キングズガード》〉を身のまわりから手放して、自分の妻子や、親族、親の兄弟姉妹、従兄弟姉妹《いとこ》、さらには愛人、情婦、落とし子の警護をさせるのが当然の権利と考える者がいる。いっぽう、そういった役目には、出身家の騎士や兵士を使い、七人の騎士は王個人の警護にのみ専念させ、身辺から離さないことを好む王もいる。

（女王陛下がヒズダールを護れと命じられたのであれば、もちろんのこと、一も二もなく、したがうほかない）

だが、デナーリス・ターガリエンは、自分の身辺を護る〈女王の楯《クイーンズガード》〉を正式に発足させていないし、配偶者の身辺警護については、いかなる命令も下したことがない。

（自分の上に総帥がいて、こういうことがらを決めてくれていたころは、世界はもっと単純だったのだがな）とセルミーは思った。（自分が総帥になったいまでは、正しい道の見当をつけるだけでもひと苦労だ）

やっとのことで長い階段を下りきった。大ピラミッドの部厚い煉瓦壁ぞいの通路は松明《たいまつ》で照らされており、ほかにだれも人がいなかった。通路をあとにし、門のある大広間に出る。思ったとおり大門は閉じられ、門がかけられていた。両開きの扉の前に立つ〈真鍮の獣〉の人数は、外に四人、内に四人。その四人のもとに、老騎士は歩いていった。いずれも巨漢で、それぞれが、猪、熊、畑鼠《ハタネズミ》、マンティコアの仮面をかぶっている。

「異状なしです」熊が報告した。

「気をぬかずにな」

サー・バリスタンが夜間に巡回し、大ピラミッドの安全をたしかめてまわることは、みなよく知っているところだ。

地下階に降りると、大きな鉄扉《てっぴ》の前で、もう四名の〈真鍮の獣〉が見張りについていた。鉄扉の奥の窖《あなぐら》には、白竜ヴィセーリオンと緑竜レイガルが鎖でつながれている。見張りの仮面には松明の光が反射していた。ここの者たちの仮面は、猿、牡羊、狼、鰐だ。

「餌は与えているか？」サー・バリスタンはたずねた。

「はい、騎士どの」猿が答えた。「羊を一頭ずつ」

（その程度で、いつまで通用するだろう？）

なにしろ、ドラゴンが大きくなるにつれて、食欲も増すのだから。

そろそろ〈剃髪頭〉を探さなくては。サー・バリスタンは、象舎の前を通りすぎ、女王が乗る銀鬣の牝馬の前を通って、厩舎の裏にまわりこんだ。そばを通ったとき、一頭の驢馬《ロバ》が静かに嗚き、二、三頭の馬がランタンの光に怯《おび》えて身じろぎしたが、それ以外はひっそりとしたものだ。あたりは暗い。

そのとき――馬のいない馬房の中から、ひとつの影がすっと歩み出てきた。これもまた、〈真鍮の獣〉だった。フードをかぶり、ひだつきの黒いスカートをはいて、脛《すね》当てと胸筋を象《かたど》った胸当てをつけている。

「――猫か？」

フードの下につけた真鍮の仮面を見て、バリスタンはたずねた。〈真鍮の獣〉を指揮していた〈剃髪頭〉は、見るからに恐ろしげな蛇頭の仮面を好んでつけていたものだが……。

「猫はどこにでもいる」聞き覚えのあるあの声――スカハズ・モ・カンダクの声が答えた。

「だれも猫には目を向けん」

「ここに侵入したことがヒズダールに知れたら……」

「だれがあいつに密告する？　現指揮官のマルガーズか？　マルガーズの耳にはな、おれが知っていてよいと判断することしか入らんよ。〈獣〉はいまでもおれのものだ。そのことを忘れるな」〈剃髪頭〉の声は仮面でくぐもっていたが、そこににじんだ怒りは聞きとれた。

「ときに、毒を盛った犯人をとらえたぞ」

「だれだった？」

「ヒズダールつきの菓子職人だ。名前はいってもしかたなかろう。しょせんはただの道具でしかない。〈ハーピーの息子たち〉がそいつの娘をとらえて、ぶじに返してほしくば女王を毒殺しろと脅してきたという。デナーリス自身はベルウァスとあのドラゴンに救われたが、娘はだれにも救ってもらえず、夜の闇にまぎれて父親のもとへ返されてきたそうだ——九つ裂きにされてな。九つというのは、その娘の齢の数だ」

「なんのために？」疑念がこみあげてきた。「〈ハーピーの息子たち〉はもう殺人をやめたのだろう。ヒズダールの平和は——」

「——まがいものにすぎん。最初はちがったとも。ユンカイ人はわれらが女王を——〈穢れなき軍団〉を——ドラゴンを恐れていた。この地はかつて、ドラゴンを知っていたからな。ユルカズ・ゾ・ユンザクは歴史を読んで、ドラゴンの猛威を知っていた。ヒズダールもだ。であれば、和平を結ばぬ手はあるまい？　デナーリスは平和を望んでいたし、ユンカイ人もそれはわかっていた。平和をもとめすぎたのは女王の失敗だったよ。女王はアスタポアへと軍を進めておくべきだったのだ」スカハズはそばに歩みよってきた。「しかし、それはもう過去の話だ。あの闘技場の惨劇がすべてを一変させてしまった。デナーリスはいなくなり、総司令のユルカズは死んだ。老いぼれ獅子のあとがまについた連中は、血に飢えた豺《ジャッカル》の群れだ。〈血染鬚《ちぞめひげ》〉は……あいつは平和など眼中にない。それに、もっと悪い知らせがある。ヴォランティスがミーリーンに向けて大艦隊を送りだしたという」

「ヴォランティスが……」セルミーの利き手が疼《うず》いた。

（ユンカイとは和平を結んだ。しかしヴォランティスとは結んでいない）

「たしかか？」

「たしかだ。〈賢明なる主人《ワイズ・マスター》〉たちは知っている。やつらの友人たちもな。〈ハーピー〉に、レズナク、ヒズダール。みんな知っている。ヴォランティス人がきたら、王は都の門を開くつもりだぞ。デナーリスが解放した者は、みんなまた奴隷に逆もどりだ。奴隷ではなかった者も、一部は鎖につながれる。あんたは闘技場で一生をおえることになるだろう、ご老体。クラッズがあんたの心臓を生きたまま抉《えぐ》りだして食らう日も近い」

頭まで疼きだした。

「デナーリスさまにお知らせせねば——」

「デナーリスが見つからなくては、知らせようがあるまい」スカハズはサー・バリスタンの前腕をぐっとつかんだ。鉄の指につかまれたようだった。「もはやデナーリスを待っているわけにはいかん。すでにもう、〈自由な兄弟〉、〈母の親兵〉、〈頑丈な楯〉には話をつけた。みんなロラクを信用していない。われらはユンカイ勢を打ち破らねばならん。しかし、そのためには〈穢れなき軍団〉がいる。〈灰色の蛆虫〉もあんたのいうことなら耳を貸すだろう。やつと話をしろ」

「なんのために？」

（この男が口にしているのは反逆だ。陰謀だ）

「生き残るためだ」〈剃髪頭〉の双眸《そうぼう》は、真鍮の猫の仮面の下で黒い影だまりとなっている。「ヴォランティス人が着く前に、こちらから先に攻めねばならん。攻囲を破り、奴隷使いの貴人どもを殺し、傭兵を寝返らせる。ユンカイ人はわれらの攻撃など予想だにしていない。やつらの野営地に何人もの間諜《かんちょう》を放ってあるが、その者らの報告によれば、疫病は日増しにひどくなり、軍規はゆるみきっている。貴人どもはしじゅう飲んだくれて、饗宴にふけり、ミーリーンが陥落したのち山分けする富のことを話して、だれがいちばん多くとるか、口論ばかりしているそうだ。〈血染鬚《ちぞめひげ》〉と〈襤褸《らんる》の貴公子〉は軽蔑しあっている。だれも戦いが起きるなどとは思っていない。いまのところはな。ヒズダールの平和によって、ミーリーン人は眠りについたと信じこんでいる」

「しかし、デナーリスさまは平和条約に調印されたのだ」とサー・バリスタンはいった。「デナーリスさまの許可なくして条約を破るわけにはいかん」

「それでは、もしもデナーリスが死んでいたら？」スカハズは語気を強めた。「そのときはどうする、騎士どのよ？　デナーリスがわれわれに望むのは、自分の都を護ることだろう。自分の子供たちを護ることだろう。そうではないのか」

子供たちとは、解放奴隷のことを指す。

（庶民たちは、鎖から解き放たれた者たちは、デナーリスさまを〝ミサ〟と呼ぶ。すなわち、〝母〟と）

〈剃髪頭〉はまちがっていない。デナーリスさまならば、子供の保護を最優先に願うだろう。

「ヒズダールはどうする？　あの男はまだデナーリスさまの配偶者だぞ。王だ。夫だ」

「女王を毒殺しようとしたのにか」

（ほんとうにヒズダールのしわざなのか？）

「証拠はどこにある」

「あの男がかぶっている王冠がなによりの証拠だろうが。あの男がすわっている玉座もな。刮目《かつもく》してとくと見ろ、ご老体。あの男がデナーリスから必要としていたものはそれだけだ。ほしがっていたものはそれだけだ。ひとたび手に入れてしまえば、なぜ統治権を分かちあう必要がある？」

（じっさい、あるのだろうか？）

あの闘技窖《あな》の底はおそろしく暑かった。いまでも真紅の砂の上で揺らぐ陽炎《かげろう》が目に見える。娯楽のために死んでいく者たちが流す血の刺激臭が鼻によみがえる。そしてヒズダールが、しきりに蝗の蜂蜜漬けを勧める声も。

〝あれはとても美味でね……甘いだけではなくて、ピリッと辛い〟

（しかし、そういう自分は、けっしてつまもうとはしなかった……）

セルミーはこめかみをさすった。

（ヒズダール・ゾ・ロラクに対しては、なんの誓いも立てていない。立てたとしても、もう自分は解任された身だ。ジョフリーに解任されたときのように）

「その……その菓子職人だが。わしみずから訊問したい。その男とふたりきりで」

「そんなことに意味があるのか？」〈剃髪頭〉は腕組みをした。「まあよかろう、承知した。好きに訊問しろ」

「もしも……もしも、その男が納得のいく証言をして……わしが、この、この……話……に加担する場合には……どうか誓ってほしい、ヒズダール・ゾ・ロラクにはいっさいの危害を加えぬと……ただし……ただし……デナーリスさま暗殺計画にあの男が関与していた証拠が出てくれれば、話は別だ」

「なぜヒズダールごときのためにそうも心を砕いてやらねばならんのだ、ご老体？　あれは〈ハーピー〉本体ではないにしても、〈ハーピー〉の第一子なのだぞ」

「わしにわかっているのは、あの男が女王陛下の配偶者ということだけだ。どうか、危害は加えぬと誓ってくれ。さもなくば、わしは敵にまわらざるをえん」

スカハズが仮面の下で獰猛な笑みを浮かべるのがわかった。

「よかろう、誓おう。ヒズダールには危害を加えん――やつの悪事の証拠が出てこぬかぎり。

だが、証拠さえ見つかれば、やつはこの手でおれが殺す。やつの腹を裂き、はらわたを引きずりだして、死ぬ前にじっくりとあいつに見せてやる」

（だめだ）と老騎士は思った。（もしもヒズダールがわが女王《きみ》の暗殺をもくろんでいたなら、あの男はわしが殺す。ただしそれは、すみやかで、惨たらしくない死でなくてはならない）

ウェスタロスの神々は遠くにある。しかし、サー・バリスタン・セルミーはしばし黙し、心の中で祈りを捧げ、叡知の光もて進むべき道を示したまえ、と〈老嫗《ろうう》〉に願った。（道を示したまえ、子供たちのために。この都のために。そして、わが女王《きみ》のために）

「わかった。〈灰色の蛆虫〉に話をしよう」

と、サー・バリスタンはいった。

56　鉄《くろがね》の求婚者

夜明けとともに、長船《ロングシップ》《悲嘆》が海上に孤影を現わした。その黒い帆が、淡い東雲色《しののめいろ》の朝空にくっきりと映えている。

（これで五十四隻だ）部下に起こされて、ヴィクタリオンは苦々しく思った。（けさは一隻だけか）

心の中で、〈嵐神《らんしん》〉の悪意に悪態をつく。怒りは腹の中に、どす黒い石となってしこっている。

（あれだけいたわしの水軍は、いったいどこでなにをしている？）

楯諸島を出帆したとき、船団の数は九十三隻だった。かつて鉄《くろがね》水軍を構成していた軍船百隻のうち、まだその大半が残っていたのである。水軍の船はどの領主にも属さない。唯一、〈海の石の御座《ぎよざ》〉にのみ属する。乗り組む船長や船乗りは、すべての島々から選抜された者たちだ。各軍船は、たしかに緑の地の大型高速帆走艦《ドロモンド》より小ぶりだが、並の長《ロングシップ》船のゆうに三倍は大きく、吃水は深く、強力な衝角をそなえ、王の艦隊とも渡りあえるだけの戦闘力を持つ。

水軍は、荒涼として不毛なドーンの沿岸ぞいに、浅瀬と渦を乗り越えながら延々と航海をつづけたのち、踏み石《ステップストーンズ》諸島に到達し、そこで穀物、猟鳥や猟獣の肉、真水を補給した。その途中、ヴィクタリオンの乗る《鉄の勝利《アイアン・ヴィクトリー》》は、格別に大きな大型交易船《コグ》《貴婦人》に遭遇し、これを捕獲。同船は、ガルタウン、ダスケンデール、キングズ・ランディングを経由してオールドタウンへ向かう途中で、塩漬けの鱈《タラ》、鯨油、鰊《ニシン》の酢漬けを満載しており、これはありがたく食料庫に収容した。そのほか、レッドワイン海峡とドーンの沿岸で五隻の船を捕獲したために――コグ船三隻、ガレアス船一隻、ガレー船一隻だ――これで水軍は、九十九隻にまで増えたことになる。

　九十九隻の船は、三つの誇り高き船団に分かれて、はるか東方、杉の島の南で再結集することを約し、踏み石諸島を出発した。そしていま、《悲嘆》を入れれば、世界のこちら側に到達した軍船はぜんぶで四十五隻になる。三隻ずつ、四隻ずつ、あるいは一隻だけになって、ふらふらとたどりついたヴィクタリオン船団の軍船は、現在、二十二隻。〈片脚のラルフ〉船団の軍船が十四隻。〈赤のラルフ〉船団にいたっては、たった九隻しか到着しておらず、率いるラルフ・ストーンハウスこと〈赤のラルフ〉自身の船にしても、いまだ姿を見せてはいない。これらの四十五隻に加えて、途上でぶんどった九隻を加えれば、総数は五十四隻になる……が、その九隻は、コグ船、釣り船、商船、奴隷運搬船などであり、軍船ではなく、いざ海戦になれば、失われた鉄《くろがね》水軍の軍船の代わりになろうはずもない。
《悲嘆》の前に到着したのは《乙女殺し》だった。三日前のことである。その前の日には、南から三隻が北上してきた。左右から《使い鴉の餌作り》と《鉄の接吻》にはさまれる形で、ドーン近海で捕えた《貴婦人》の巨体が現われたのだ。だが、その前日とそのまた前日には一隻も到着せず、その前日には《首なしジェイン》と《恐怖》の二隻だけ、その前二日間は船影のない海と雲ひとつない空が広がるばかりだった。その前日には、〈片脚のラルフ〉が残存船団を率いてやってきている。《ロード・クェロン》、《白き後家》、《哀歌》、《災禍》、《リヴァイアサン》、《鉄の淑女》、《死神の風》、《戦鎚》、以上のほかにもう六隻だ。うち二隻は嵐でひどく損壊し、曳航されているありさまだった。

「嵐だ」息も絶えだえのようすでヴィクタリオンの前に這いずってきた〈片脚のラルフ〉は、つぶやくように報告した。「大きな嵐が三度――嵐と嵐のあいだには汚染された風が吹いてきやがってな。ヴァリリアから吹いてくる赤い風は灰と硫黄《いおう》のにおいがしてた。黒い風は、荒廃した岸辺へ船を押しやるばかりだ。そもそも最初《はな》っから、この航海は呪われてたんだよ。大将、〈鴉の眼《クロウズ・アイ》〉はあんたを恐れてる。だからこんな遠方にまで追いやったんじゃねえか？　やつはおれたちに帰ってきてほしくねえんだ」

古都ヴォランティス沖で最初の嵐に遭遇したとき、ヴィクタリオンも同じことを思った。

〈神々は身内殺しをきらう。その禁忌さえなければ、わしはこの手で十回以上も〈鴉の眼〉ユーロンを殺していただろう〉

嵐の中、まわりから荒浪が押しよせて、足もとの甲板が突きあげられては大きく落ちこむ状況で、僚船《ダゴンの饗宴》と《赤い潮》が激突し、木端微塵に砕け散るのが見えた。

（これは兄のしわざだ）

そのとき、ヴィクタリオンはそう思ったものだ。

この二隻は、海将が受け持つ三分の一の船団のうち、最初に失った船だった。そしてそのあとも難破はつづいた。

〈片脚のラルフ〉の顔を二度ひっぱたき、ヴィクタリオンはいった。

「一発めはおまえが失った船の報い、二発めはいまおまえが口にした禍言《まがごと》の報いだ。二度と

そんなことをいってみろ。きさまの舌を釘でマストに打ちつけてやるぞ。〈鴉の眼〉が人の口を封じられるのなら、わしにもできる」

いまだ傷の残る左手で頬を張ったため、手のひらが疼《うず》き、必要以上に語調がきつくなって

しまったが、意図にちがいはない。

「これからも船はくる。嵐はもう通り過ぎた。やがて水軍が勢ぞろいする」

マストの高みで、ヴィクタリオンのいらだちをおもしろがっているかのように、猿どもの

一匹が嘲りの声をあげた。

（騒々しい不浄なけものめ）

上にだれかやって、とっつかまえさせたいところだったが、猿はこのゲームが好きらしく、

乗組員のだれよりもすばしこいことは証明ずみだ。だが、猿の叫びは耳の中でこだまして、

手の疼きをいっそうひどくさせた。

そして、いま――。

「五十四隻か」と、うめくようにつぶやいた。

これほどの長距離を航海してきたあとだ。鉄《くろがね》水軍の定数は望めないにせよ……七十隻、いや、八十隻くらいなら〈溺神《できしん》〉も残してくださってよかったのではないか。

（弟の〈濡れ髪〉なり、ほかの祭主なりを連れてきたほうがよかったのかもしれん）出帆に先立って、ヴィクタリオンは供犠《くぎ》を捧げてきたし、踏み石諸島で船団を三つに割るさいにも供犠を捧げた。しかし、祈りのことばがまちがっていたのかもしれない。（そうでなければ、ここでは〈溺神〉のお力がおよばぬかだ）

遠くまできすぎたのではないか、神々でさえ奇妙なものたちばかりの、見知らぬ海へきてしまったのではないかという不安はつのるいっぽうだったが……疑念を口にするのは、例の肌の浅黒い女——舌を切られ、だれにも海将のぐちを伝えられない女の面前だけにとどめておいた。

《悲嘆》が現われたとき、ヴィクタリオンは〈片耳のウルフェ〉をそばに呼びよせた。

「〈畑鼠《ハタネズミ》〉と話をしたい」〈畑鼠〉とは、到着した《悲嘆》の船長のことである。「〈片脚のラルフ〉、〈冷血トム〉、〈黒のシェパード〉に連絡しろ。狩りで上陸している者はみな呼びもどせ。明るくなったら浜辺の野営地を引きはらう。集められるかぎりの果実を運びこみ、豚を船に乗せろ。必要に応じて、殺して食う。《鮫》だけはここに残していけ。遅参の船がきたら、われわれが向かった先を教えさせろ」

《鮫》は修理に長い時間を要する。あの嵐により、残っているのは船体だけの状態になっているからだ。《鮫》を残すことで、船団は五十三隻になるが、そこはやむをえない。

「水軍は本日、夕べの引き潮に乗り、出航する」

「了解」とウルフェは答えた。「だけど、もう一日待ったら、もう一隻着くかもしれないぜ、海将」

「うむ。そして、十日待てば十隻が着くかもしれんし、一隻もつかんかもしれん。帆が見えないかと期待して、ここで無為に日を過ごしすぎた。すくない船数で目的を達せられれば、われらの勝利はいっそう甘美なものになる」

（なにより、ヴォランティス人よりも先に、ドラゴンの女王のもとへたどりつかねばならんからな）

ヴォランティスの港では、緑色に塗った多数のガレー艦に大量の補給物資が積みこまれているところを目《ま》のあたりにした。陸《おか》の上では、まるで都市じゅうが熱に浮かされているかのようだった。路上では、船乗り、兵士、鋳掛屋などが貴人や太った商人たちと踊りまわっているかと思えば、どの宿屋でも居酒屋でも盛んに酒杯がかかげられ、新しい三頭領《トライアーク》の誕生を祝っており、どこにいっても、ドラゴンの女王さえ死んでしまえば、莫大な黄金や、宝石、奴隷がヴォランティスに流れこむという話で持ちきりだった。そんな話を丸一日聞かされているうちに、ヴィクタリオン・グレイジョイは食傷してしまい、物資を掠奪せずに買うのははなはだ屈辱ながら、必要な食料と水を黄金で買い入れ、船団を引き連れてそそくさと海に出てきたのだった。

　それが、三度の嵐がくる前のことである。あの嵐により、水軍でさえもこれほどの被害をこうむったのだから、ヴォランティスの艦隊とて、散りぢりになるか、遅れるかしているにちがいない。運命の女神がこちらにほほえむなら、向こうの艦船の多くは、沈むか難破して浜に乗りあげているかのどちらかだ。だが、ぜんぶのはずはない。いかなる神も、そこまで気前がよくはないだろう。

（生き延びた緑色のガレー艦隊は、いまごろはヴァリリアを迂回して、北東へ、ユンカイへ、ミーリーンへ向かっていると見ていいだろう。ガレー艦隊には、奴隷兵士を満載した巨大な高速帆走輸送船《ドロモンド》が何隻も同行しているはずだ。〈嵐神〉が目こぼしをしたとしたら、艦隊はすでに〈悲嘆湾〉へ入っている。健在の艦船数は、すくなく見積もっても三百隻——へたをすると五百隻だ）

　すでにヴォランティスの同盟軍はミーリーン近辺に集結している。ユンカイにアスタポア、ニュー・ギス、クァース、トロス、そのほか、〈嵐神〉のみぞ知る都市からやってきた軍勢である。そこへさらに、ドラゴンの女王がミーリーンを陥落させる直前、あわてて海へ逃げだしたミーリーンの軍船団も加わっている。それほどの大戦力に対して、ヴィクタリオンの手もとにある船は五十四隻。《鮫》を除外すれば五十三隻しかない。

〈鴉の眼〉ユーロンは世界を半分がた航海し、クァースから高木の町《トール・ツリーズ・タウン》にかけて掠奪してまわり、狂人しかいかない不浄の港を訪ねてまわったという。ユーロンはさらに、〈煙立つ海〉に入りこみ、生きて通過してのけたそうだ。

(それも、たった一隻の船で。やつに神々を嘲弄できるなら、わしにできぬはずがない)

「了解、船長」〈片耳のウルフェ〉がいった。この男、右腕としては、〈髭剃《バーバー》りヌート〉の半分も有能ではないが、そのヌートは〈鴉の眼〉に盗られてしまった。樫《オーケンシールド》の楯島の領主にすえることで、兄はヴィクタリオンの懐刀を剝奪してしまったのだ。「やっぱり、行き先はミーリーンのままですかい?」

「ほかにどこへいく? ドラゴンの女王はミーリーンでわしを待っているのだぞ」

(兄のことばが信じられるなら、世界一の美女がな。その髪はシルバー・ゴールドで、目は紫水晶《アメジスト》だそうだ)

こんどこそ、ユーロンが真実をいったかもしれないと思うのは、過度な期待だろうか?

(おそらくな)

じっさいに会ってみれば、ドラゴンの娘はふた目と見られぬあばた面で、乳房はひざまでたれさがり、その〝ドラゴン〟とやらにしても、ソゾリオス大陸の湿原から持ってきた刺青《いれずみ》蜥蜴《トカゲ》が関の山ではないのか。

(しかし、女王がほんとうに、ユーロンがいうほどの、絶世の美女だとしたら……)

デナーリス・ターガリエンの美しさについては、踏み石諸島の海賊たちや、古都ヴォランティスの太った商人たちから、さんざんに話を聞かされている。もしかすると、ほんとうに美しいのかもしれない。それに〈鴉の眼〉ユーロンは、ドラゴンの女王をヴィクタリオンにくれるとはいわなかった。つまり、自分のものにするつもりなのだ。

（やつめ、このわしを使い走りにして、女王を連れてこいと命じおった。わしが女王をわがものにしたときの、やつの吠え面が見ものだわい）

部下たちは動揺しているが、これはほうっておいてもかまわない。みんなあまりにも遠くまで航海してきて、あまりにも多くを失った身だ。いまさら無手《むて》で西へ帰ろうと思う者などいはしない。

鉄《くろがね》の海将は、痛くないほうの手をぐっと握りしめ、ウルフェにいった。

「わしの命令がきちんと実行されているか、たしかめにいけ。それと、どこに隠れているか知らんが、あの学匠《メイスター》を探しだして、わしの船室まで連れてこい」

「了解」

ウルフェは足を引きずり、歩み去った。

ヴィクタリオン・グレイジョイは、船首の方向に顔をもどし、自分の船団を見まわした。島の岸辺を埋めつくす、何十隻ものロングシップ。いずれも帆を巻きあげ、櫂《かい》を引きこみ、投錨して浮かんでいるか、島の白い砂浜に船体を乗りあげさせている。

（杉の島、か）

だが、名前とは裏腹に、杉はいったいどこにあるのだろう？　どうやら、四百年前に島がいったん水没したさい、杉は全滅したらしい。ヴィクタリオンは十回以上もこの島に上陸し、けものを狩ってきたが、杉は一本も見かけたことがなかった。

ウェスタロスを発つまぎわ、ユーロンに押しつけられた女々しいメイスターは、この島がかつては〝百箇度合戦《ひゃくかど》の島〟と呼ばれていた場所だというが、ここでそれだけの戦いをくりひろげた住民たちは、もう何世紀も前に死んでしまっている。

（むしろ、猿の島と呼ぶべきだろうて）

島には豚もたくさん棲んでいた。どんな鉄《くろがね》の民も見たことがないほど大きくて黒い豚がうようよしており、茂みにはキーキーと鳴く仔豚がいくらでもいた。これが大胆な動物で、人間をまったく恐れない。

（さすがに学習しだしているがな）

鉄《くろがね》水軍の各食料貯蔵室は、燻製ハム、塩漬け豚肉、ベーコンであふれかえりつつあった。しかし、猿どもときたら……。猿はとびきり性悪の害獣だ。ヴィクタリオンは部下たちに、あの悪魔じみたけものどもを一匹たりとも船内に連れこんではならぬと厳命しておいたのに、どうしたものか、半数の船には猿が住みついている。この《鉄の勝利》にすらもだ。いまも何匹かが、帆桁から帆桁へ、船から船へと飛び移っているのが見える。

（ええい、弩弓《クロスボウ》さえあれば）

ヴィクタリオンはこの海がきらいだった。雲ひとつなく、はてしなく連なるこの空も不快なら、頭上から熱波をふりまき、素足の足の裏が焦げそうに甲板を熱くするまばゆい太陽もきらいだ。どこからともなくやってくる、この海の嵐も気にいらない。パイク島周辺の海もよく荒れるが、すくなくとも嵐がくる気配はにおいでわかる。南方の嵐は女のように予想がつかない。海水でさえ色がちがう。岸辺ちかくでは青緑色にきらめいているのに、沖合ではぐっと青味を増して、ほとんど黒に近くなる。故郷の灰緑色の海が恋しかった。白波の立つ波頭が恋しかった。

この杉の島がまた気にいらない。狩猟自体はいいが、森は緑が濃すぎるし、静かすぎる。ねじくれた樹々が多すぎるうえ、部下のだれひとりとして見たことのない派手な色の奇妙な花々であふれている。水軍が船を乗りあげさせた浜から北へ二キロ半ほどいったところには、水没した都、ヴェロスの廃墟があり、崩壊した宮殿や崩れた石像の残骸が散らばっていて、その遺構のあいだに潜んでいる恐怖の影も気にいらなかった。前回、ヴィクタリオンが都の岸辺で過ごしたときに見た悪夢は、暗くて禍々《まがまが》しくて、目が覚めたときには、口の中が血にあふれていたものだ。眠っているうちに舌を強く嚙んだのでしょうとメイスターはいったが、海将はこれを、〈溺神〉からのしるし——あまり長くここにとどまっていると、自分の血で溺れ死んでしまうぞという警告だと解釈した。

〈破滅〉がヴァリリアを襲ったその日、高さ百メートルもの水の壁がこの島を襲い、何十万もの男、女、子供を吞みこんで溺死させたといわれる。生き残ってその物語を伝えた者は、たまたま海上に出ていた漁民と、島でもっとも高い山の上の頑丈な石塔に配置されていた、ごくひとにぎりのヴェロス人槍兵だけだった。槍兵たちはその高みから、眼下に広がる山々や谷がみるみる蹂躙され、逆巻く海と化すのを目のあたりにしたという。美しきヴェロスの都は、杉材と薄紅色大理石の宮殿もろとも、鼓動ひとつぶんのうちに消滅した。島の北端にあった奴隷売買の港湾都市ゴザイの、煉瓦造りの古代囲壁《いへき》と階段ピラミッドも、やはり同じ運命をたどったと伝わっている。

(それだけの人間が溺死したからには、杉の島付近では、〈溺神〉のお力がさぞかし強いにちがいない)

三分割した船団の合流場所にこの杉の島を選んだとき、ヴィクタリオンはそう思ったものだった。だが、そのときはそばに祭主がいなかった。もし自分が読み誤っていたら? この島が、じつは〈溺神〉の怒りを買って滅ぼされたのだとしたらどうする? 弟の〈濡れ髪〉エイロンだったら予見できたかもしれない。しかし、〈濡れ髪〉は鉄《くろがね》諸島で〈鴉の眼〉とその統治を否定し、〝神なき者、〈海の石の御座《ぎよざ》〉につくこと能《あた》わず〟と説法してまわった。それに対して、船長にして王たちは選王民会でユーロンの名を叫び、ヴィクタリオンほかの信仰厚き者たちを退けてしまったのである。

さざ波立つ海面に強烈な朝陽が照り返し、まぶしすぎてとても正視できる状態ではない。ヴィクタリオンの頭は疼《うず》きだした。それが太陽のせいなのか、手の傷のせいなのか、自分を悩ます疑念のせいなのか、判然としなかった。とりあえず、甲板から船室へ降りた。ここのほうが空気がひんやりとしているし、まぶしくないからだ。肌の浅黒い女は、とくに指示を出さなくとも、ヴィクタリオンがしてほしいことを心得ている。いまも、海将がどっかりと椅子にすわると同時に、水盤につけておいた軟らかな布を絞り、額にあててくれた。

「うむ、気持ちがいい」とヴィクタリオンはいった。「いい気持ちだ。つぎは手をたのむ」

肌の浅黒い女は返事をしなかった。ヴィクタリオンに与えられるより前、ユーロンに舌を切られたため、返事をしたくてもできないのである。〈鴉の眼〉がこの女と寝ていたことにヴィクタリオンは疑いを持っていない。それが兄のやりかただからだ。

（ユーロンの贈り物には毒がある）女が《鉄の勝利》に乗ってきたとき、ヴィクタリオンは自分にそう言い聞かせた。（やつのおこぼれなどちょうだいしたくはない）

ゆえに、早々に女の喉を掻き切り、〈溺神〉への血の供犠として海に捨てようといちどは思った。なのに、なぜそうしなかったのかは、自分でもよくわからない。

以来、長いつきあいだ。ヴィクタリオンのほうからは、肌の浅黒い女に話しかけることができる。しかし、女のほうからことばを返そうとしたことはない。

「《悲嘆》が最後だろうな」左手の手袋をはずす女に向かって、ヴィクタリオンはいった。「ほかの船は、迷子になったか、もっと遅れてくるか、沈んだかだ」

楯を持つ手に巻いたリネンは汚れていた。リネンを切り開くため、女がその下にナイフの尖端を差しこむと、ヴィクタリオンはうっと顔をしかめた。

「船団を割るべきではなかった、などという者も今後は出てこよう。馬鹿者どもが。当初の総勢は九十九隻だぞ。世界の反対端までやってくるのに、それほどの数がいては、統制などとれたものではない。まとまって出航した場合、船足の遅いものは速いものの荷物になる。だいいち、九十九隻ぶんもの乗組員の食料をどうまかなう？　それだけの軍船を入港させてくれる港などありはせん。まとまっていたところで、夏の海《サマー・シー》を横切るあいだには、どのみち嵐で木の葉のごとく吹きちらされていただろう」

かわりにヴィクタリオンは、水軍を三つに分割し、それぞれを別航路で〈奴隷商人湾〉へ向かわせることにした。最速船の集団は〈赤のラルフ〉ことラルフ・ストーンハウスに預け、ソゾリオス大陸の北岸ぞいに海賊の航路を進ませた。うだるように暑い南の沿岸に連なった廃市は、いずれも朽ちていくばかりで、ほんとうは避けたほうがいい。それはどんな船乗りでも知っていることだ。だが、バジリスク諸島の泥と血の町には、脱走奴隷をはじめ、奴隷商人、皮剝ぎ人、娼婦、狩人、まだらの肌の半人、もっとたちの悪い者がひしめいており、鉄の代価を払うことさえいとわなければ、いつでも食料の供給を受けられる。

もっと大型で重く、足の遅い船は、いったんライスへ向かわせた。楯諸島で捕虜にとった人間たち――ヒューエット公の町《ロード・ヒューエッツ・タウン》その他の島でとらえた女子供や、戦場《いくさば》で死ぬより降伏する道を選んだ男を売りはらうためだ。ヴィクタリオンは降伏するような軟弱な男を見くだしていたが、それでも人身売買自体は口中に後味の悪さを残した。捕虜にした男を下人にしたり、捕虜にした女を塩の妻にするのは、適切な行為であり、正当な権利といえる。しかし人は、山羊や鶏とちがい、金銭で売り買いしていいものではない。そんな思いがあるので、売却を〈片脚のラルフ〉にまかせられたのは助かった。〈片脚のラルフ〉は奴隷を売って得た金で大型船に積む食料を買いこみ、長い時間のかかる中央航路を通って東へ向かう予定になっていた。

ヴィクタリオン自身が率いる船団は、〈戦乱の地〉の沿岸にそってゆっくりと東進しつつ、ヴォランティスで食料とワインと真水を補給したのち南へ向かって、ヴァリリアを迂回してきた。これは東方へと向かうもっとも一般的な航路であり、それだけに行きから船も多く、手ごろな獲物と見れば捕獲できたし、嵐がきたら避難し、修理を行ない、必要ならば物資を再補給できる小島もたくさんあった。

「五十四隻ではすくなすぎる」ヴィクタリオンは肌の浅黒い女にいった。「だが、これ以上ぐずぐずしてはいられん。唯一の成算は――」

リネンの繃帯を剝がされるさい、かさぶたもいっしょに剝がれ、低くうめいた。籠手《こて》ごしとはいえ剣の刃を受けとめたところが、緑色と黒に変色していた。

「――唯一の成算は、奴隷商人の不意をつくことにある。かつてラニスポートでしたように。海からいっせいに上陸して、敵を粉砕し、ドラゴンの娘を奪いとり、ヴォランティス艦隊が反撃してこないうちに、一目散に故郷を目差すのだ」

ヴィクタリオンは臆病者ではないが、愚か者でもない。たった五十四隻の軍船で三百隻を打ち負かせないことくらい、十二分に承知している。

「ドラゴンの小娘はおれの女房にする。そしておまえは小娘の侍女になるのだ」

舌のない侍女であれば、どんな秘密であれ、外には漏らしようがない。

もっとしゃべろうとしたとき、メイスターが訪ねてきて、船室のドアをノックした。鼠のようにおどおどしたたたきかただった。

「入れ」ヴィクタリオンは呼びかけた。「入ったらドアに閂《かんぬき》をかけろ。なぜ呼ばれたかは、

いる。

（こんな髭を生やしたくらいで、男らしく見えるとでも思っているのか、こいつ？）

メイスターの名前はカーウィンといった。かなり若い男だ。たしか二十二歳だったと思う。

カーウィンはつづけた。

「お手を拝見できますか？」

（馬鹿なことをきくやつだ）

メイスターにもそれなりの利用価値はある。しかし、このカーウィンという男に対しては、軽蔑の気持ちしか持てない。なめらかなピンクの頬に、やわらかな手、茶色の巻毛を持ったカーウィンは、たいていの女より女っぽく見える。はじめて《鉄の勝利》に乗りこんできたときは、とりすました薄笑いを浮かべていたものだったが、踏み石諸島を出発してまもないある晩に、その薄笑いをバートン・ハンブルに向けたところ、相手が相手なので、いきなりぶん殴られ、歯を四本へし折られてしまった。それから数日後、こんどはほうほうのていで船長のところへやってきて、四人の船乗りに甲板の下へ引きずりこまれ、女の代わりに陵辱されたと訴えた。

「そんな目に遭うのがいやなら、これを使え」

わかるな？」

「海将どの」

メイスターは外見も鼠に似ていた。灰色のローブをまとい、小さな茶色の口髭を生やして

ヴィクタリオンはそういって、たがいを隔てるテーブルにひとふりの短剣を放りだした。カーウィンは短剣を受けとったものの――あまり恐ろしくて、いらないとはいえなかったのだろう――以後もそれを使うことはなかった。

「わしの手はここにある」いま、ヴィクタリオンはメイスターにいった。「拝見したくば、とくと見ろ」

メイスター・カーウィンは床に片ひざをつき、傷口に顔を近づけた。さらに、犬のように傷口のにおいを嗅いだ。

「また膿を出さねばならないでしょう。色からしますと……海将どの、この傷はいっこうに治る気配がありません。もしかすると、この手を切断せねばならないかもしれませんよ」

この話は前にもしたことがある。

「わしの手を切り落とせば、おまえを殺す。だが、そのまえに、おまえを手すりに縛りつけ、おまえの尻を乗組員への贈り物とする。わかったら手当てしろ」

「かなりの苦痛をともないますが」

「いつものことだ」（生きること自体が苦痛なのだ、この愚か者。〈溺神〉の海中神殿以外、安息の場などないわ）「さっさとやれ」

小僧っ子は――こんなにやわらかくてピンクの生きものを見ていると、とても〝男〟とは考えにくい――短剣の尖端を船長の手のひらに押しあてると、傷口を切開した。あふれでた膿は饐《す》えたミルクのようにどろりとして、黄色だった。肌の浅黒い女は異臭に顔をしかめ、メイスターも咳きこんで、ヴィクタリオンでさえ吐き気をもよおしたほどだった。

「もっと深く切れ。膿をすっかり出してしまうんだ。血が出るところまでやれ」

メイスター・カーウィンは、短剣の刃先をさらに深く押しこんだ。今回は痛みがあったし、血もあふれ出たが、膿と混じり合ったその血は赤黒く、ランタンの光のもとでは黒く見えた。しかし、血が出るうちはまだいい。うめきながらも、ヴィクタリオンはすこし安心した。メイスターが切開部をつつき、膿を絞りだし、酢で煮沸したやわらかい布で傷口を洗浄するあいだ、海将は顔をしかめることなく、じっとその場にすわっていた。処置がおわったときには、透明だった水盤の水がどろどろしたスープのような状態になっていた。そのようすを見ただけで、たいていの人間は気分が悪くなるだろう。

「その汚水を持って去れ」とヴィクタリオンはメイスターに命じた。肌の浅黒い女にあごをしゃくって、「繃帯は女が巻く」

小僧っ子がそそくさと立ち去ったあとも、悪臭は残った。このごろではもう、この悪臭は船室に滲みついてしまったようだ。傷はなるべく甲板で新鮮な外気にさらし、日光にあてたほうがいいとメイスターはいうが、ヴィクタリオンはそれを一蹴《いっしゅう》した。この傷は、乗組員の目に触れさせていいものではない。故郷から世界を半分越えてここまでやってきたのである。こんなにも遠隔の海で、鉄《くろがね》の海将が錆びはじめていることを気づかせるわけにはいかない。

左手はずっと疼《うず》いている。鈍い痛みだが、絶えることはない。こぶしを握ると痛みは鋭くなる。まるでナイフで斬られたかのように。

(ナイフではない、長剣だ。亡霊の手がふるう長剣がこの痛みをもたらすのだ）亡霊の名はセリー。騎士であり、南の楯島《サウスシールド》の跡継ぎだった男である。（わしはあいつを殺した。だが、あいつは墓の底からわが手を苛《さいな》む。やつを送りこんだ地獄がどれかは知らんが、その灼熱の中心部から鋼の刃《やいば》を突きだし、おれの手に突きたて、ぐいぐいとねじりおる）

あの戦いはきのうのことのように憶えている。戦いの過程で、甲板に片ひざをつき、楯がずれたところへ、上から斬りつけてきたセリーの長剣。海将はすかさず左手を突きだして、剣の刃を受けとめた。だが、あの若僧め、見た目よりも強力な斬撃をふるえたらしい。剣は籠手の鋼の自在接合部を断ち切り、詰め物をした手袋をも斬り裂いて、手のひらの肉にまで食いこんでいた。

(仔猫にひっかかれたようなものだ）

戦いのあとで、ヴィクタリオンは自分にそう言い聞かせた。そして、肌の浅黒い女に傷の手当てをさせ、煮立てて冷ました酢で傷口を洗わせてから、繃帯を巻かせて、傷のことなど忘れてしまった。あのときは、じきに痛みも引いて、傷も治ると思ったのだが……。

その後も傷はいっこうに治る気配がなく、セリーの剣には毒が塗ってあったのではないか、とヴィクタリオンは思いはじめた。こんなにも治りが遅い理由がほかにあるだろうか。そう思うと、腹がたってきた。真の男は毒で敵を殺したりはしない。要塞《モウト》ケイリンでは、沼地の悪魔どもが毒矢を射かけてきたが、あんな卑しい民族を相手にする以上、それは予想されたことだった。しかし、セリーは騎士だ。高貴の生まれだ。毒など使うのは、臆病者か、女、ドーン人と相場が決まっている。

「セリーでないとしたら、だれだ？」ヴィクタリオンは肌の浅黒い女に問いかけた。「あの鼠みたいなメイスターめに、こんなだいそれたまねができるか？　だが、メイスターはいろいろと魔法や小細工を知っている。わしの手を斬り落としたくて、毒を塗ったということも考えられる」考えれば考えるほど、それらしい気がしてきた。「あの男を――あのみじめな女男をわしに与えたのは、〈鴉の眼〉だからな」

カーウィンはユーロンの指示によって、緑の楯島《グリーンシールド》から連れてこられた。もとはあの島でチェスター公に仕え、使い鴉の世話をし、子供たちに教育を施していた男だ。じっさいには、逆に子供たちから、ものを教わっていたのかもしれないが。ユーロンに頤使《いし》される舌なき者どもの手で首の学鎖を引っぱられ――指をかけるのに、学鎖がちょうど手ごろだったらしい――この《鉄の勝利》に連れてこられたときの、あの軟弱鼠の鳴きわめきっぷりは、いまもよく憶えている。

「これが復讐なのだとしたら、わしに復讐するのはおかどちがいもいいところだ。使い鴉をちゃんと使いこなせるよう、鼠めをこの遠征に連れていけといいはったのは、ユーロンなのだからな」

兄は大籠三つぶんの使い鴉をカーウィンに持たせた。航海の進捗状況を自分のもとへ報告させるためである。だが、ヴィクタリオンは使い鴉を飛ばすことを禁じた。

〈〈鴉の眼〉には、せいぜいやきもきさせておこう〉

肌の浅黒い女が新しいリネンを手のひらに六回巻きつけたところで、ロングウォーター・パイクが船室の扉をたたき、《悲嘆》の船長が捕虜を連れて乗船してきたと報告した。

「魔導師を連れてきたとかいってますぜ、船長。なんでも、海に浮かんでたのを拾ったんだそうで」

「魔導師？」

〈溺神〉がこんな世界の果てで贈り物を授けてくださったのか？　弟の〈濡れ髪〉エイロンならわかっただろう。なにしろエイロンは、蘇生に先立って、〈溺神〉の壮麗な海中神殿を目《ま》のあたりにしてきたほどの人物なのだから。対するにヴィクタリオンは、すべての人間がそうであるように、自分の神に対してしかるべき恐怖をいだいているが、信仰の対象は鋼だ。

顔をしかめつつ、負傷した左手の指を曲げ伸ばしして、海将は手袋をはめ、立ちあがった。

「その魔導師とやらを見てみるか」


《悲嘆》の船長は甲板でヴィクタリオンを待っていた。小柄な男で、毛深くてみすぼらしい。いかにもスパー家の生まれらしい男だった。部下たちはこの男を〈畑鼠《ハタネズミ》〉と呼んでいる。

「海将」姿を見せたヴィクタリオンに〈畑鼠〉が声をかけてきた。「こいつはモクォッロ。〈溺神〉からの贈り物でさ」

魔導師は怪物じみた男だった。ヴィクタリオンと同じくらい背が高く、横幅は倍もあり、腹は大きな丸岩のようだし、顔のまわりにたれた骨白のもつれ髪は、獅子の鬣《たてがみ》のようだ。

肌の色は黒い。白鳥船に乗る夏諸島《サマー・アイランズ》人の栗色とも、ドスラクの騎馬民族の赤銅色とも、肌の浅黒い女の濃い小麦色ともちがい、漆黒なのである。石炭よりも黒く、黒玉《ジェット》よりも黒く、使い鴉の羽の色よりも黒い。

（肉の焦げた色のようだな）とヴィクタリオンは思った。（火でこんがりと炙られて、肉が炭になり、煙をあげながら、かさかさになって骨から剥離したあとのようだ）

当人を焼き焦がした炎は刺青《いれずみ》となり、いまもなお両の頬と額に躍っていた。そして、凍てついた炎の刺青のあいだからは、一対の目がこちらを凝視していた。

（奴隷の刺青か。邪悪の刻印だ）

「折れた帆桁につかまって浮かんでるところを見つけたんでさ」と〈畑鼠〉は報告した。

「乗ってた船が沈んでから、十日も漂流してたそうで」

「十日も海につかっていたら、死んでいるか、海水を飲んで気がふれるかしているはずだぞ、ふつうは」

塩水は聖なる液体だ。〈濡れ髪〉エイロンや他の祭主たちは、信徒に祝福を与えるため、頭の上にたらし、みずからの信仰を強めるため、ときおりひとくちふたくち、塩水を飲む。だが、何日も海の水を飲みつづけて生きていることなど、いかなる人間にもできることではない。

ヴィクタリオンは捕虜にたずねた。

「きさま、妖術使いだといっているそうだな？」

「そうではない、船長」と漆黒の肌の男は共通語で答えた。その声は深く響き、海の底から湧きあがってくるかのようだった。「わたしは〈光の王《ロード・オブ・ライト》〉ル＝ロールの卑しきしもべにすぎない」

（ル＝ロール。では、紅《あか》の祭司か）

ヴィクタリオンは異国の都市で、紅い祭司たちを見たことがある。いずれも、聖なる炎をかいがいしく世話し、シルク、ベルベット、仔羊の毛織り《ラムズウール》などの、色鮮やかな紅いローブをまとっていた。この男の腿と腰にへばりついているのは、すっかり色褪せ、潮じみのできたぼろぼろの布だが……そのぼろ布をよく見てみると、たしかにもとは紅かったふしがある。

「薄紅色の祭司か」とヴィクタリオンはいった。

「悪魔の祭司だ」〈片耳のウルフェ〉がつばを吐いた。

「ローブに火がついて海に飛びこんだんじゃねえか、こいつ？」

ロングウォーター・パイクがいって、みなを笑わせた。猿たちでさえおもしろがっているようだ。頭上でギャーギャーと鳴き叫び、一匹が自分の糞を下に投げ、甲板に飛び散らせた。

ヴィクタリオン・グレイジョイは笑い声に敏感だ。笑い声はいつも、自分にはわからない冗談で自分が笑いものにされているのではないかという不安をいだかせる。子供のころは、よくそうやって〈鴉の眼〉ユーロンに馬鹿にされたものだった。〈濡れ髪〉になる以前は、エイロンからもだ。とくにユーロンの仕掛ける嘲弄は、一見、賞賛の形をとることが多く、馬鹿にされていると気がつかないこともある。まわりで笑い声があがってはじめて、馬鹿にされていたことがわかるのだ。そのあとはいつも、のどの奥に強烈な怒りがこみあげてきて、息が詰まりそうになった。ここの猿たちが腹だたしいことも、それと関係がある。猿たちが浮かれ騒げば、船乗りたちはそれに応え、吠えたり叫んだり口笛を吹いたりするが、海将はにこりともしない。

バートン・ハンブルがいった。

「こいつがおれたちを呪う前に、〈溺神〉のところへ沈めっちまえ」

「船一隻沈んだってのに、破片にしがみついてたのはこいつひとりだけなのかよ」〈片耳のウルフェ〉がいった。「乗組員はどうした？　悪魔でも呼びだして、みんな食わせちまったのか？　こいつの船はどうなったんだ？」

「嵐にやられた」

モクォッロと名乗った男は悠然と腕組みをしていた。まったく怯えているようすはない。まわりじゅうの男たちが死なせろといっているのにだ。猿たちでさえも、この魔導師が気にいらないようすだった。ギャーギャーと鳴き叫びながら、頭上の索《つな》から索へ飛び移っている。

ヴィクタリオンはとまどっていた。

（この男は海に浮かんでいたところを発見された。ということはつまり、〈溺神〉から遣わされてきたということではないのか？）

兄のユーロンは魔導師どもを飼っている。〈溺神〉は、ヴィクタリオンにもひとり授けるおつもりなのではないか。

「なぜこの男を魔導師だと思った？」海将は〈畑鼠〉にたずねた。「わしの目に見えるのは、ぼろをまとった紅の祭司だぞ」

「おれも最初はそう思いましたがね、海将……こいつ、いろんなことを知ってやがるもんで。だれも教えてないのに、おれらが〈奴隷商人湾〉へ向かってるって知ってやがりましたし、海将がここに——杉の島の南にもうきてることも知ってました」小男はそこでためらった。「それと、海将、こいつはこうもいったんで……こいつをあんたんところへ連れてかないと、あんたがかならず死ぬって」

「わしがかならず死ぬ？」

ヴィクタリオンは鼻を鳴らした。

（こいつの喉を切り裂き、海に放りこめ）

もうすこしでそう命じるところだった。が、そこでいきなり、左手に激痛が走り、ひじのあたりまで痛みが駆け昇った。あまりの痛さに、喉まで出かけていたことばを呑みこまねばならず、思わず足がぐらついたため、倒れないよう、手すりをつかまざるをえなくなった。

「この妖術師、船長を呪いやがった」だれかがいった。

ほかの者たちがヴィクタリオンの代わりに叫んだ。

「喉をかっ斬れ！　悪魔をけしかけられる前に、そいつを殺せ！」

真っ先に短剣を引き抜いたのは、ロングウォーター・パイクだった。

「よさんか！」ヴィクタリオンは一喝した。「下がれ、全員だ！　パイク、刃物をしまえ。

もどれ」

〈畑鼠〉、おまえは自分の船に帰れ。ハンブル、魔導師をわしの船室へ。残りの者は部署に

鼓動半分のあいだ、部下たちが命令にしたがうのかどうか、自信が持てなかった。全員、その場に立ってつぶやきつつ、どうしたものかとたがいの顔を見交わしあっている。半数は短剣の柄に手をかけた状態だ。おりしも、上から猿どもの糞が降ってきて、甲板に落ちた。ボタッ、ボタッ、ボタッ。それでも、だれも動かない。ヴィクタリオンはとうとう妖術師の腕をつかみ、自分で船室の前へ引きずっていった。

船長室の扉をあけると、肌の浅黒い女がこちらに向きなおり、無言のままほほえみかけた。が……となりに立っている紅の祭司を見るなり、いきなり歯をむきだし、まるで蛇のように、シャーッと威嚇の声を放った。ヴィクタリオンは右手の甲で女を殴りつけた。女が吹っとび、床に倒れ伏す。

「静まれ、女。ワインをふたりぶん用意しろ」漆黒の男に向きなおる。「〈畑鼠〉がいったことはほんとうか？　わしが死ぬところを見たのか？」

「いかにも。ほかにも見ておるよ」

「どこでだ？　いつだ？　わしは戦いのさなかに死ねるのか？」怪我をしていない利き手を曲げ伸ばしする。「うそをつけば、その頭を甜瓜《メロン》のようにたたき割って、猿どもに脳ミソを食らわせてやるぞ」

「貴兄の死は、いま、われらとともにある。その手を見せてみなさい」

「わしの手？　なぜ手のことを知っている」

「篝火《かがりび》の中に貴兄を見たのだ、ヴィクタリオン・グレイジョイ。貴兄は大きな戦斧《せんぷ》から血をしたたらせつつ、猛々しく燃える苛烈な炎の中を突っきってきた。自分の手首、首、足首にからみつく触手にも、貴兄を人形のように踊らせる黒い糸にも気づかずに」

「踊らせるだと？」ヴィクタリオンは声を荒らげた。「おまえの篝火はうそをついている。わしは踊りなどするようにはできておらんし、だれの操り人形にもならん」

左手の手袋をひっぺがし、祭司の顔の前に突きだした。

「これだ。これで満足か？」巻きなおしたばかりの新しいリネンは、早くも血と膿汁で変色していた。「この傷をつけたのは、楯に薔薇《バラ》の紋章をつけた男だった。どうやら薔薇の棘で手をひっかいてしまったようだ」

「ごく小さな傷であろうと、致命傷になることがあるものだ、海将。しかし、治療の許可をもらえれば、これは治してやれる。治療には刃物が必要だな。銀の刃《やいば》があれば申し分ないが、鉄製でもけっこう。それと、火鉢がいる。火を起こさねばならん。苦痛もともなう。かつて経験したことがない、すさまじい苦痛を覚悟していただきたい。しかし、その痛みさえ乗りきれば、左手はまた自由に使えるようになる」

（こやつらは——魔法を使うやからは——みんな同じだ。あの鼠メイスターめも苦痛を警告しおった）

「わしは鉄衆《くろがね》だ、祭司。苦痛など笑いとばしてくれる。必要なものは与えよう……しかし、処置に失敗すれば、そしてわしの手が治らなければ、手ずからその喉を切り裂き、海に放りこんでくれようぞ」

モクォッロは黒い目を輝かせ、一礼した。

「ご随意に」

その日は日没どきまで、鉄《くろがね》の海将が甲板に姿を現わすことはなかった。が、何時間もが経過したころ、《鉄の勝利》の乗組員たちは、船長室からすさまじい笑い声が響くのを耳にした。深く響く声——どす黒く狂気に満ちた笑い声だった。ロングウォーター・パイクと〈片耳のウルフェ〉が扉をあけてみようとしたが、中から閂がかかっていてあけられない。のちに、歌声が聞こえた。むせび泣くような、奇妙にかんだかい歌声だった。メイスターの説明によれば、これはハイ・ヴァリリア語の歌だという。その歌声を聞くや、船じゅうの猿たちが悲鳴をあげ、いっせいに海へ飛びこんでいった。

やがて夕陽が水平線に触れて、海がインクを流したような黒に沈み、膨れあがった夕陽が夕空を真っ赤な血の色に染めあげるころ、ヴィクタリオンは甲板にあがってきた。腰から上にはなにも身につけていない。左の腕はひじまで真っ赤に濡れそぼっている。乗組員たちがささやきあい、視線を交わし合いつつ集まってくると、海将は表面が黒く焼け焦げた左手をすっとかかげ、まだ黒煙の立つ指をメイスターに突きつけた。

「その男——喉を斬り裂き、海にたたきこめ。じきに風が吹く。その風に乗って、みなみな一気にミーリーンへ向かうぞ」

　風が吹くのは、モクォッロが炎の中に見たことだ。炎の中には、ドラゴンの娘が結婚する場面も見えたとのことだが、それがなんだというのか？　ヴィクタリオン・グレイジョイが後家にするのは、ドラゴンの女王がはじめてではないのである。

57 ——ティリオン

あいさつのことばをつぶやきながら、治療師は上機嫌で天幕に入ってきた。だが、内部にただよう悪臭を嗅ぎ、イェッザン・ゾ・クァッガズをひと目見たとたん、愛想笑いがすっと消えた。

「〝白《あお》き牝馬〟だ」

治療師が〈スウィーツ〉に病名を告げた。

（やあれやれ、なんと意外な診断だ）とティリオンは思った。（だれに予想できただろう、鼻のある人間と、おれみたいに半分しか鼻のない人間以外には）

　イェッザンは燃えるがごとき高熱に苛まれて、自分の排泄物の海にまみれていた。茶色い糊状の糞便には血の条《すじ》が混じっており……その黄色いでか尻をぬぐうのは、いまではヨロと〈一ペンス銅貨《ペニー》〉の役目だ。介助者の助けを借りても、両人の主人はすこしも巨体を起こすことができない。それどころか、寝返りを打つだけでも、わずかに残った力のありったけを必要とするほどだった。

治療師がいった。

「わたしの技術は、もはや彼の役にはたたん。高貴なるイェッザンの生命は神々の手の中にある。できることなら、なるべく冷やしてあげなさい。冷やせば効果があるという説もある。それから、水を与えるようにな」〝白《あお》き牝馬〟に罹患した者は、つねにのどの渇きを訴え、排便と排便のあいだに何リットルもの水を飲む。「汚染されていないきれいな水をほしがるだけ与えてやりなさい」

「河の水ではだめですか」〈スウィーツ〉がたずねた。

「絶対にいかん」それを最後に、治療師は逃げた。

（おれたちも逃げる算段をしなくてはな）とティリオンは思った。奴隷のしるしとして首につけられた黄金の首輪には、小さな鈴がふたつついていて、歩くたびにチリンチリンと鳴る。（いまのおれはイェッザンの特別な宝物のひとつだ。たいした名誉だぜ。死刑執行の礼状をぶらさげているのとなんら変わりはない）

イェッザン・ゾ・クァッガズは、気にいった者をそばにはべらせておく傾向が強い。そのため、当人が病気になると、ヨロ、〈ペニー〉、〈スウィーツ〉、その他の宝物が世話をすることになる。

（あわれな男だ、イェッザンも）

脂肪の大将も、奴隷の主人としてはさほど悪くない。それは〈スウィーツ〉が前にいったとおりだ。晩餐の席で給仕役をしていてすぐにわかったのは、ユンカイの貴人たちのうち、ミーリーンとの和平を尊重する急先鋒がイェッザンだということだった。ほとんどの者は、ヴォランティス軍が到着するまでの時間つぶしをしているにすぎない。何人かの者は、即刻ミーリーンを攻めたがっている。あとからきたヴォランティス人に、栄誉に加えて、掠奪のいちばん美味しいところを持っていかれてはたまらないというわけだ。イェッザンはそんな考えに与《くみ》していない。傭兵の〈血染鬚《ちぞめひげ》〉は、ミーリーン人の人質を平衡錘型投石機《トレビュシェット》で返そうと提案したが、それにも与していない。

とはいえ、この二日で事態は急変した。つい二日前まで、〈保父〉は健康でぴんぴんしていた。つい二日前まで、イェッザンは〝白き牝馬〟の不気味な蹄《ひづめ》の音を聞いてはいなかった。つい二日前まで、古都ヴォランティスの船団もあと二日の距離にまで近づいてはいなかった。しかし、いまは……。

「イェッザン、死んじゃうの？」

いつもの〝おねがい、ちがうといって〟といわんばかりの口調で、〈ペニー〉がたずねた。

「おれたちはみな死んじまうのさ、いつかはな」

「赤痢で、という意味よ」

〈スウィーツ〉がふたりにきっと鋭い視線を向けた。

「イェッザンを死なせてたまるもんですか」

両性具有者は巨大な主人の額をさすり、汗でべっとりの髪をなでつけてやった。ユンカイ人は呻き声を漏らして、股間から茶色の液体を漏らした。イェッザンのベッドは茶色い染みだらけで悪臭を放っているが、この巨体を動かすすべはない。

〈ペニー〉がいった。

「主人の中には、自分が死んだときに奴隷を解放する者がいるわ」

〈スウィーツ〉は忍び笑いを漏らした。不気味な音だった。

「とりわけ、贔屓《ひいき》の奴隷をね。ただし、解放されるといっても、この憂き世からよ。結局、愛する主人に墓場までついていって、死後の世界でも主人に仕えるの」

(〈スウィーツ〉は知ってるんだ。真っ先に掻き切られるのが自分の喉であることを)

山羊脚の少年がいいかけた。

「白銀の女王は――」

「――死んだわ」〈スウィーツ〉がいった。「女王のことは忘れなさい！　ドラゴンはね、女王を河の向こうに連れていったの。女王は〈ドスラクの海〉で溺れてしまったのよ」

「草の海じゃ溺れないよ」山羊脚の少年が答えた。

「自由の身になったら……」これは〈ペニー〉だ。「女王を見つけられるわ。すくなくとも、探しにいける」

(おまえは犬に乗って、おれは豚に乗って、〈ドスラクの海〉にドラゴンを追うわけか)

笑いそうになるのをこらえるため、ティリオンは傷痕を掻いた。

「くだんのドラゴンは、豚のローストが好きなことがわかってるからな。こびとのローストなら倍も好きかもしれん」

「ちょっといってみただけよ」〈ペニー〉は残念そうな声で答えた。「船で出ていくこともできるわ。また船が出るようになるでしょう？　戦争がおわったからには」

それについてはおおいに疑わしかった。和平条約の羊皮紙には署名がなされたが、戦争というものは、羊皮紙の縛りだけでどうこうなるものではない。

（そうかな？）

「船が出れば、クァースにもいけるわ」〈ペニー〉はつづけた。「あそこの街路には翡翠《ヒスイ》の敷石が敷きつめてあるってにいさんがいってた。クァースの囲壁《いへき》は世界屈指の壮観らしいし。クァースで芸をするときは金貨と銀貨の雨が降ってくるはずよ、きっとそうだわ」

「湾に停泊している船の中にはクァースの船もあるしな」とティリオンはいった。「しかし、クァースの囲壁は、〈周遊家ロマス〉が見て紀行文に書いている。あの描写だけで、おれは満足だ。もう充分に東まできた。もっと東にはいきたくない」

濡らした布を使い、〈スウィーツ〉がイェッザンの熱で腫れぼったい顔をそっとぬぐった。「イェッザンには生きぬいてもらわなきゃ。でないと、わたしたち、みんないっしょに死ぬことになるのよ。〝白き牝馬〟はすべての乗り手を連れ去るわけじゃない。ご主人さまは、きっと治るはずだわ」

それははなはだしい自己欺瞞もいいところだった。イェッザンがあと一日を生きのびれば、むしろ奇跡というものだ。ティリオンの見るところ、ソゾリオスから持ち帰ったなんらかの病により、脂肪の大将はすでに死にかけている。赤痢は死期を早めたにすぎない。

（むしろ、本人には救いかもしれん）

だが、ティリオンとしては、こんなところで死ぬのはごめんだった。

「さっきの治療師、きれいな水がいるといっていたな。それはおれたちがなんとかしよう」

「助かるわ」

そういった〈スウィーツ〉の声は憔悴していた。喉を切られるのが怖いばかりではない。イェッザンの宝物の中で、唯一〈スウィーツ〉だけは、巨大な主人のことをほんとうに好きらしいのだ。

「〈ペニー〉、いっしょにきてくれ」ティリオンは天幕の垂れ布をめくりあげ、〈ペニー〉をうながし、ミーリーンの朝の熱気のもとへ出た。外気はじめじめとしてうっとうしかったが、イェッザンの豪華な天幕に充満する悪気《あっき》――汗と糞尿と病が発する瘴気《しょうき》のあとでは、ほっとするほどさわやかに感じられた。

「水を飲ませるといいのね」と〈ペニー〉がいった。「治療師がいったんだから、まちがいないわ。汚染されていないきれいな水って」

「汚染されてないきれいな水を飲ませても、〈保父〉は助からなかったぞ」

（あわれな〈保父〉よ……）

昨日、黄昏どきを迎え、〝白き牝馬〟の新たな犠牲者として、イェッザンの兵士たちは〈保父〉を死体運搬車に放りこんだ。人がつぎつぎに死んでいく状況では、だれもひとりの死者など顧みない。とりわけ〈保父〉のようにきらわれている人間の場合には。〈保父〉が痙攣の発作を起こしたときも、イェッザンのほかの奴隷たちは近づこうとしなかったので、からだをあたたかくしてやり、水分を持っていくのは、ティリオンの役目となった。

（水で割ったワインに、甘いレモン水、滋養たっぷりで熱々の、犬の尾のスープ、刻み茸《キノコ》を煮こんだスープ。どんどん飲め、〈保父〉、下から垂れ流す水分を口から補給するんだ）

〈保父〉が最後に口にしたことばは、

「いらない」

そして、〈保父〉が最後に耳にしたことばは、

「ラニスターはかならず借りを返す」だった。

そんな経緯ややりとりを、ティリオンは〈ペニー〉に伏せておいたのだが、イェッザンの容態については、正確なところを教えておかないとまずい。

「イェッザンがあすの日の出まで生きていられたら、おれは驚くよ」

〈ペニー〉はティリオンの腕にしがみついた。

「そのあと、わたしたち、どうなるの？」

「イェッザンには跡継ぎがいる。甥たちがな」

ユンカイからは、奴隷兵士を指揮するため、四人の甥が同行してきていた。うちひとりは死んだ。出撃してきたターガリエンの傭兵に殺されたのだ。したがって、黄色い大肥満体の所有奴隷たちは、いやでも残る三人で分割されることになる。その甥の中に、イェッザンのフリークス趣味、グロテスク趣味を共有する者がいるかどうかはなんともいえない。

「その甥のだれかが、おれたちの所有権を引き継ぐんだろうな。もしかして、また競《せ》り台に

立たされるはめになるかもしれん」

「いやよ」〈ペニー〉が大きく目を見開いた。「そんなの、いや。おねがい」

「おれだって、そんな事態は願いさげさ」
二、三メートル離れたところでは、イェッザンの奴隷兵士たちがしゃがみこみ、ワインの革袋をまわし飲みしながら、骨の賽子《サイコロ》をころがしていた。兵士のうちのひとりは、〈傷〉と呼ばれる気の荒い兵長だった。頭は石のようにつるつるで、肩は牡牛のように盛りあがっている。
(頭の中身も牡牛なみだがな)とティリオンは思った。

ともあれ、ティリオンは兵士たちのもとへ歩みより、〈傷〉」と強い口調で命じた。「高貴なるイェッザンが、汚れていないきれいな水を必要としている。部下をふたり連れて、できるだけ大量の水を汲んでこい。大急ぎでだ」

兵士たちは賽子博打を中断した。〈傷〉が怖い顔で立ちあがった。

「いま、なんとぬかした、こびと野郎? きさま、なにさまのつもりだ?」

「おれがだれかは知ってるだろうが。ヨロだ。おまえのご主人さまが愛でる宝物のひとりだ。さっさといわれたとおりにしろ」

兵士たちは笑った。

「どうした、〈傷〉」ひとりがからかった。「さっさとやれよ。イェッザンのエテ公に命令されたんだぜ」

「おまえごときが、兵士に命令するな」〈傷〉がいった。

「兵士？」ティリオンはけげんな顔を作った。「はて、おれの目に見えるのは奴隷だけだが。おまえが首につけているのは、おれのと同じ首輪じゃないか」

いきなり、〈傷〉に手の甲で強打され、ティリオンは地面に倒れこんだ。唇が切れていた。

「これはイェッザンの首輪だ。おまえのじゃない」

ティリオンは手の甲を使って、切れた唇の血をぬぐった。立ちあがろうとしたが、片脚に力が入らない。がっくりとひざをついた。立ちあがるには、〈ペニー〉に支えてもらわねばならなかった。

「ご主人に水が必要だといったのは、〈スウィーツ〉だぞ」

できるだけ虚勢を張った声を出した。

「〈スウィーツ〉なんざ、てめえでてめえをヤッてりゃいいのさ。ありゃあ、そういう造りなんだからよ。あんなフリークの命令だって、もう受けやしねえ」

（やはり、そうきたか）とティリオンは思った。

これは奴隷の身になってすぐ学んだことだが、奴隷の中にさえ上下関係がある。半陰陽《ふたなり》の〈スウィーツ〉が主人の特別のペットになり、格別に目をかけられるようになってひさしく、高貴なるイェッザンのほかの奴隷たちは、それをおもしろく思っていないのだ。

兵士たちは、主人か奴隷監督から命令を受けるのに慣れている。だが、〈保父〉は死亡し、イェッザンも病が重くて、〈保父〉の後任を指名できる状態にはない。三人の甥は——あの勇敢で自由な男たち《ブレイブ・フリー・メン》は、〝白き牝馬〟の蹄の音が聞こえてきたとたん、よそで緊急の仕事を思いだしたらしく、さっさとどこかへいってしまった。

「とにかく、水だ」〈ペニー〉の肩を借りて、ティリオンはいった。「河の水じゃだめだと治療師はいっていた。汚染されていないきれいな水がいると」

〈傷〉はにやりと笑った。

「じゃあ、おまえが汲んでこい。大急ぎでな」

「おれたちが？」ティリオンは〈ペニー〉と目を見交わしあった。「水は重い。おれたちはおまえたちほど力が強くないんだ。だったら……だったら、騾馬《ラバ》車を使っていいか？」

「歩いていけ」

「十回以上も往復しなきゃならないんだぞ」

「百回でも往復しろよ。おれの知ったことか」

「おれたちふたりだけでは……ご主人が必要とするだけの水を運びきれない」

「だったら〈熊〉を使いな」〈傷〉がいった。「水を汲むような仕事にゃ、あいつがうってつけだ」

ティリオンはあとずさった。

「お心のままに、わがご主人さま」

〈傷〉が相好を崩した。

（ご主人さまか。そういわれて気をよくしてるのか）

「モーゴ、鍵を持ってこい。いいか、手桶に水を汲んだら、さっさともどってくるんだぞ、こびと。逃げようとした奴隷がどんな目に遭うかは、おまえもよく知ってるはずだな」

「手桶を持ってきてくれ」

ティリオンは〈ペニー〉にたのみ、自分はモーゴという男といっしょに、サー・ジョラー・モーモントを檻から出しにいった。


騎士は拘束された状態に、まったく順応していなかった。道化芝居で乙女を攫《さら》う熊の役を演じるようにといわれたときも、むすっとして応じようとはせず、足枷をはめられたまま、足を引きずってふらふら歩くだけだった。逃げようとしたことはないし、自分を束縛する者たちに暴力をふるったこともない。が、命令を無視し、したがわないことはめずらしくなく、命令しても、ぼそりと罵声を返すことが多い。〈保父〉はそれが気にいらず、不快感を示すため、モーモントを鉄の檻に閉じこめ、毎日、夕陽が〈奴隷商人湾〉に沈むころになると、棍棒で殴らせた。騎士は声をたてることなく、打擲《ちょうちゃく》に耐えた。殴打のさいに聞こえるのは、奴隷たちが棍棒をふるうたびに小さく毒づく声と、棍棒がサー・ジョラーの傷と痣だらけになった肉体を打ちすえる鈍い音だけだった。

（あの男、もはや貝だな）はじめて大柄な騎士が打擲される場面を見たとき、ティリオンはそう思った。（競りのとき、よけいな口をはさまず、ザーリナのばあさんに買わせておけばよかった。あっちにいったほうが、ここよりもましなあつかいをされただろうに）

狭苦しい檻の中から、モーモントは背中を曲げつつ、目を細めて外に出てきた。奥まった目のまわりは痣になっており、背中には乾いた血がこびりつき、顔も傷だらけで腫れていて、ほとんど人間には見えない。身につけているのは、薄汚れた黄色いぼろ布の下帯だけだ。

　モーゴがいった。

「こいつらが水を運ぶのを手伝ってやれ」

　サー・ジョラーは返事をせず、むすっとしてモーゴをにらんだだけだった。

（世の中には、奴隷として生き恥をさらすくらいなら、自由の身で死んだほうがいいという人間もいるらしい）

　さいわい、ティリオンはそんな迷妄にとらわれていないが、ここでモーモントがモーゴを殺してしまうと、こっちまでとばっちりを食う恐れがある。

「こい」

　騎士が勇敢ではあるが愚かしい行為をしでかす前に、ティリオンはそううながし、ひょこひょこと歩きだした。モーモントがいうことをきいてくれればいいのだが。

　今回ばかりは神々も配慮してくれた。モーモントはついてきたのだ。

　空の手桶は〈ペニー〉がふたつ、ティリオンがふたつを持ち、サー・ジョラーには四つを持たせた。片手に二桶ずつだ。最寄りの井戸は〈ハリダン〉と命名された平衡錘型投石機《トレビュシェット》の南西にあるので、三人でそちらへ歩きだす。

　一歩歩くごとに、首輪の鈴がチリンチリンと鳴った。が、だれも注意を払わない。主人のために水を汲みにいく一介の奴隷だからだ。奴隷の首輪をつけていることには、それなりの利点もあった。イェッザン・ゾ・クァッガズの名前が入った金鍍金《きんとき》首輪をつけている場合はとくに利点が大きい。この小さな鈴の音には、相手が耳のある者であれば、装着者の価値を知らしめる力があるからである。奴隷の価値は主人の格に応じて大きくなる。見た目は怪物じみた黄色い蛞蝓《ナメクジ》でしかなく、いつも尿の臭気をただよわせているとはいえ、イェッザンは〈黄の都〉でもっとも裕福な人物であり、この戦争には六百人もの奴隷兵士を連れてきた。それだけに、イェッザンの首輪をつけてさえいれば、野営地の中であるかぎり、どこへでも好きなところへいけるのだ。

（ただし、イェッザンが生きているうちはな）

おりしも、〈ジャラ公〉と陰口をたたかれる三兄弟が、手近の砂地で奴隷兵部隊の演習を行なっていた。長槍を構え、密集隊形を組み、砂地を行進する兵士たちを縛る鎖は、ジャラジャラと音高く鳴り響き、すさまじい金属の音楽を奏でている。

その他の場所では、奴隷の一団が弾力型投石機《マンゴネル》や小弩砲《スコーピオン》の下に石や砂を突っこみ、傾斜をつけ、空に向けて石や大太矢を発射できるように改修中だった。黒竜がまた襲ってきたとき、野営地を防衛できるようにするためだ。奴隷たちが汗を流し、毒づきながら、重い投石機に角度をつけようと悪戦苦闘しているのを見て、ティリオンはほくそえんだ。

やたらと目につくのは弩弓《クロスボウ》を持っている者たちだ。ふたりにひとりはクロスボウを携え、腰にぶらさげた矢籠《しこ》に太矢を詰めこんでいる。

だれかにきかれたら、そんなものを持っていてもむだだぞ、とティリオンは答えただろう。小弩砲《スコーピオン》の放つ長い鉄の太矢で目を射抜《いぬ》きでもしないかぎり、女王のペットの怪物を撃退することは不可能だ。クロスボウみたいな玩具ではとうてい歯が立たない。

(ドラゴンというのは、そう簡単に殺せるものじゃない。ちゃちな太矢でちくちく刺しても、かえって怒らせるだけにおわる)

ドラゴンでもっとも弱い部分は目だ。目と、目の奥にある脳だ。昔話に書いてあるような、腹を槍で突く攻撃は効き目がない。その腹部の鱗は、背中や脇腹の鱗と同じく、おそろしく硬いのである。さらに喉も、やはり硬い鱗で保護されている。そんな狂気の産物を槍で突き殺そうとするのは、火を槍でついて消そうとするようなものではないか。

〝死はドラゴンの口から吐きだされる〟——その著書、『超自然史』の中で、司祭《セプトン》バースはこう述べている。〝しかし、死をドラゴンに逆流させることはできない〟

もうすこし進むと、ニュー・ギスからやってきた二個軍団が、それぞれに密集陣形を組み、びっしり連ねた楯の塀をかかげ、演習を行なっていた。兵長たちは馬毛《ばもう》飾りの頭立《ずだて》をつけた鉄の半球形兜をかぶり、わけのわからない方言で命令を怒鳴っている。素人目にならこのギスカル勢も、ユンカイの奴隷兵士より手ごわそうに見えただろう。しかしティリオンは、それは怪しいと見ていた。ギスカルの軍団兵は、〈穢れなき軍団《アンサリード》〉と同じ武装、同じ編制を採用しているかもしれないが……去勢兵が戦い以外のことをいっさい知らないのに対して、ギスカル兵は自由市民であり、三年間の兵役がすめば除隊する者ばかりなのである。

井戸の行列は四百メートルにも達していた。

ミーリーンから一日でいける範囲にはひとにぎりの井戸しかないため、いきおい、ふだんから行列は長くなる。ユンカイ勢の大半は、飲み水をスカハザダーン河から取っているが、治療師に警告されるまでもなく、これがはなはだ衛生に悪いことはわかっていた。賢い者は便所溝の上流から取水するようにしているものの、それでも都の下流であることに変わりはない。

いっぽう、ミーリーンから一日でいける範囲に、まっとうな井戸がいくつかなりとあるという事実は、デナーリス・ターガリエンが籠城戦術に疎《うと》いことを物語っていた。

(井戸という井戸には毒を投げこんでおくべきだったんだ。そうすれば、ユンカイ人は河の水を飲むほかなくなる。あとは、攻囲がいつまでつづくのか、高みの見物をしているだけでいい)

父タイウィン公なら、確実にそうしていただろう。

行列にならんだティリオンたちがすこし進むたびに、首輪の鈴がすずやかに鳴る。

(まったくもう、クソいまいましい音だ。スプーンでだれかの目玉をすくいとってやりたくなる)

いまごろ、グリフ、〈ダック〉、〈半《ハーフ》メイスター〉ホールドンは、若き太子《プリンス》に随行して、ウェスタロスに渡っていることだろう。

（おれもついていくべきだったろうが……しかし、あのときはどうしても娼婦が必要だったからな。身内を殺すだけではとても足りない。心を徹底的に殺すためには、女陰とワインが必要だったんだ。その結果、おれはプリンスから遠く、世界の反対側にいて、奴隷の首輪をはめられたうえ、黄金の鈴で先触れの音を鳴らしているありさまときた。うまくステップを踏めば、この鈴で『キャスタミアの雨』を奏でることだってできるかもしれん）

ともあれ、井戸のそばほど、最新の情報やうわさを聞くのに適した場所はない。

「いや、わしゃあ、この目で見たぜ」ティリオンたちが列にならんでのそのそ進んでいると、錆びた鉄の首輪をつけた老奴隷がいった。「あのドラゴン、何人もの腕や脚を引きちぎるわ、人間のからだをまっぷたつにするわ、大暴れしたあげく、最後にゃ火を吐いて、おおぜいを骨と灰にしちまうわでよ。みんな、いっせいに逃げだした。闘技場から出ようと、われ先に出口へな。だけども、わしゃあ、あそこへショーを見にいったんだ。ギスのあらゆる神々にかけて、わしが見たのは、そりゃあもう、最高のショーだったとも。わしは上のほう、紫のベンチにいたんで、ドラゴンが暴れてもだいじょうぶそうだったしな」

「女王はドラゴンの頸に乗って飛んでっちまったよ」

背の高い、褐色の女がいった。

「それが、飛んでいこうとしたんだけどもよ」老人はいった。「しがみついてらんなくてよ。ドラゴンのやつ、クロスボウでさんざんに射られたろ。そんとき女王も、形のいいピンクのおっぱいのあいだに一本食らったって聞いたぞ。で、ドラゴンから落っこちたあと、馬車の車輪に轢《ひ》かれたあげく、側溝に落ちて死んじまったそうだ。わしの知ってる娘の知り合いの男が、女王が死ぬところをたしかに見たといってた」

こんなやりとりには鼻をつっこむべきではない。そうとわかってはいたものの、それでもティリオンは、口をはさまずにはいられなかった。

「しかし、死体は見つかってないぞ」

老人は顔をしかめた。

「おまえ、なんでそんなこと知っとるんだ？」

「現場にいたからさ」褐色の女がいった。「こいつらあれだよ、女王の御前で道化槍試合をした、あのこびとだよ」

老人は目をすがめ、はじめて見るような目で、ティリオンと〈ペニー〉をしげしげと観察した。

「ああ、豚どもに乗ってたあいつらか」

(思ったよりも有名らしいな)

ティリオンはうやうやしく一礼してみせた。〝豚ども〟の片方が犬であることについては、あえて指摘せずにおいた。

「おれが乗っていた豚はな、じつはおれの姉貴なんだ。鼻の形が似てるんで、それとわかるだろう？　じつは、悪い魔法使いに呪文をかけられててな。ぶちゅっと一発、濃厚なキスをしてやると、絶世の美女にもどるんだが、困ったことに、美女になったら、もういちどキスしたくなる。それでキスすると、また豚にもどっちまうんだな、これが」

まわりじゅうで笑いが湧き起こった。老人でさえ、いっしょになって笑っていた。

「あんた、見たんだろ」うしろにならんでいる赤毛の少年がいった。「女王を見たんだろ。うわさのとおり、絶世の美女だったかい？」

（おれが見たのは、寛衣《トカール》に身を包む、銀髪のすらりとした娘だ）そういってやりたいところではあった。（もっとも、顔はベールに隠れていたし、はっきり見えるほどそばに近づいたわけじゃない。なにしろおれは、豚に乗ってたんだから）

デナーリス・ターガリエンは、闘技場所有者用の特等席でギカスル人の王の横にすわっていた。しかし、ティリオンの目が吸いよせられたのは、女王自身よりも、その背後に立つ、白と金の鎧を着用した騎士のほうだった。顔こそ隠していたが、どこであれ、バリスタン・セルミーがいれば、かならずそれとわかる。

（すくなくともこの点は、イリリオのいったとおりだったな。しかし、セルミーにはおれがわかるだろうか？　わかったとしたら、やつはどうする？）

よほどその場で名乗りをあげようかとも思ったが、なにかがそれを押しとどめた。用心、臆病、本能――呼び名はなんだっていい。〈豪胆バリスタン〉が、敵意以外をもって自分を迎えるところなど想像できない。そもそもセルミーは、自分のかけがえのない〈王の楯《キングズガード》〉にジェイミーがいることを快く思ってはいなかった。王朝交替の前には、ジェイミーのことを経験不足の青二才と見ていたし、王朝交替後は、〝〈王殺し《キングスレイヤー》〉である以上、白いマントを捨てて黒いマントに着替えるべきだ〟といったことが知られている。まして、ティリオンの犯した罪はもっと重い。ジェイミーが殺したのは狂人だ。それに対し、ティリオンが下腹に太矢をたたきこんだのは、自分自身の父親であり、サー・バリスタンが何年も仕えていた、旧知の人物なのである。それでも、名乗りをあげようと思えば、あげる機会はあった。が、そこへ〈ペニー〉が突進してきて、楯に一撃を食らい、千載一遇の好機は、永遠に失われてしまったのだった。

「女王さまはあたしたちの槍試合をごらんになってたのよ」列にならぶほかの奴隷たちに、〈ペニー〉がいった。「でも、わたしたちが女王さまを見たのは、そのときだけ」

「あんたら、ドラゴンも間近に見たんだろう?」老人がいった。

(見ていたさ、見られる状況にあればな)

だが、神々もそこまで親切ではない。デナーリス・ターガリエンがドラゴンに乗って舞いあがったとき、ティリオンたちの足首には、〈保父〉によって鉄の枷がはめられ、控え室に閉じこめられていたのである。主人のもとへ帰る途中、逃げださせないためだ。じっさい、闘技窖《あな》にまでふたりを送りとどけたあと、あの奴隷監督がさっさと帰っていさえすれば――あるいは、ドラゴンが空から舞いおりてきたとき、ほかの奴隷使いたちと同じく逃げだしてさえいれば――どさくさにまぎれて、こびとはふたりとも逃げおおせていたかもしれない。

(じっさいには、首の鈴を鳴らしながら、逃げまどうことになっていただろうがな)

「え、ドラゴンなんていたのかい?」ティリオンは肩をすくめ、とぼけてみせた。「おれにわかっているのは、女王の死体は見つかってないってことだけさ」

老人は釈然としないようすだった。

「死体なら何百と見つかっとるぞ。窖の中に運んでいって、燃やしたんだとよ。もっとも、半分はもう黒焦げになっとったそうだがな。女王の死体もその中にあったんじゃないか？　黒焦げになっとったか、血まみれになっとったか、ぐちゃぐちゃになっとったか、どれかで見わけがつかなかっただけで。でなきゃ、見つけはしたものの、黙ってるだけかもしれん。奴隷どもが騒がないようにな」

「あたしら奴隷がかい？」褐色の女がいった。「だけど、そういうあんたも首輪をつけてるじゃないか」

「ガズドールの首輪だよ」老人は誇らしげにいった。「生まれたときから、ガズドールとは知り合いでな。わしはもうガズドールの兄弟も同然なんだ。おまえらみたく、アスタポアやユンカイの、十把《じっぱ》ひとからげの奴隷どもときた日にゃ、しじゅう自由になりたいとかぬかしやがるが、もしドラゴンの女王にナニをしゃぶってやるといわれても、この首輪を差しだす気はないな。人には仕えるべき主人がいる。相性がいいなら、それに越したことはない」

ティリオンは反論しなかった。奴隷になってとくに注意せねばならないのは、その立場に甘んじてしまうことだ。大半の奴隷の暮らしは、キャスタリーの磐城《ロック》の使用人たちのそれとくらべて、たいして変わらないように見える。たしかに、奴隷の所有者や監督のなかには、粗暴で残酷な者もいるが、それをいうなら、ウェスタロスの領主や家令、代官にも、同様の手合いは多い。ユンカイ人の大半は奴隷を正当に遇する。奴隷が与えられた仕事をきちんとこなし、問題を起こさないかぎりは。この錆びた首輪の老人にしても、自分の所有者である〈ぷるぷる頰の大将〉ことガズドールに対する熱心な忠誠ぶりを自慢しているが、こういう奴隷はけっしてめずらしくない。

「〈寛大なガズドール〉か？」ティリオンは持ちあげてみせた。「わが主人のイェッザンは、いつもガズドールの知恵のことを引きあいに出すぞ」

じっさいにイェッザンが口にしたことばはこうだった。

〝ガズドールとその兄弟たちにくらべたら、わしの左の尻たぶのほうがまだ知恵が詰まっておるわい〟

しかし、それは黙っていたほうが賢明というものだ。

真昼になり、さらに時間がたったころ、ようやくティリオンたち三人は井戸の前にたどりついた。井戸では痩せこけた片脚の奴隷が水を汲みあげており、三人にうろんな目を向けて、こういった。

「〈保父〉はいつも、イェッザン用の水を運ぶときは、兵士四人と騾馬《ラバ》車一台を送りつけてきたもんだぞ」

そういいながら、井戸の底に水汲み桶を落とした。小さくパシャッという音がした。桶にいっぱい水が入ると、片脚の奴隷は上へ引きあげはじめた。両腕は陽灼けして、皮がむけている。骨ばっているようだが、筋肉はしっかりとついていた。

「騾馬は死んだ」ティリオンは答えた。「〈保父〉もだ、気の毒に。いまではイェッザンも〝白い牝馬〟に乗ってる。兵士も六人やられた。手桶八つぶん、水をもらってもいいか？」

「好きにしろ」

他愛ない会話は、これで打ち切られた。

（こいつにも〝牝馬〟の蹄の音が聞こえだしたか？）

兵士の件はうそだが、片脚の奴隷は、いっそう急いで水を汲みにかかった。ふたりのこびとが持ってきた手桶が井戸水でいっぱいになると、三人は引き返しだした。運ぶうちに、どんどん気温があがってきた。空気は湿ったウールのようにじっとりと蒸し暑く、一歩ごとに、手桶は重くなっていく。

（脚は短いのに、先行きは長い）

歩くたびに手桶の水がはね、脚を濡らす。それに合わせて、首の鈴もいっしょに行進曲を歌っている。

（こんな目に遭うとわかっていたら、父上、あんたを生かしておいたほうがよかったな）

東へ五百メートルほどいったところには、ひとすじの黒煙が立ち昇っていた。天幕自体が燃やされているのだ。

（昨夜の死者を燃やしているのか）

「こっちだ」

ティリオンは右へあごをしゃくった。

〈ペニー〉がけげんな顔を向けてきた。

「そっちからきたんじゃないわよ」

「あの煙を吸いたくはないだろう。あれは汚染された排泄物の成分でいっぱいだ」

うそではない。

(全面的にはな)

〈ペニー〉はじきに、手桶の重みに耐えかね、肩で息をしだした。

「ちょっと休まないと」

「よかろう」

ティリオンは手桶を地面に置いた。そういう自分も休憩できるのはありがたい。脚が棒のようだったので、手ごろな岩を選んで腰をおろし、太腿をさすりだした。

「あたしがさすってあげようか」〈ペニー〉がいった。

「どこが張っているかは、自分がいちばんよくわかってるさ」

この娘には、すでにもうずいぶん好意を持っているが、からだにさわられるのは、やはり気まずい。ティリオンはサー・ジョラーに顔を向けた。

「もうすこしぶん殴られたら、おれよりも醜くなるな、モーモント。あんたの中には、まだ闘志が残っているか？」

大柄な騎士が、周囲に痣のできた一対の目を向けた。虫けらを見るような眼差しだった。

「おまえの首をへし折る程度の闘志はな、〈小鬼《インプ》〉」

「けっこう」ティリオンは手桶を持ちあげた。「それでは、いくとするか。こっちだ」

〈ペニー〉が眉間にしわを寄せた。

「ちがうわ。左よ」そういって、一方を指さす。「あそこに〈ハリダン〉があるもの」

「そして、あそこにあるのは〈邪悪な妹〉だ」ティリオンは別の方向にあごをしゃくった。

「信じろ。おれのルートのほうが早い」

鈴を鳴らしながら道を進みだす。〈ペニー〉がついてくることはわかっていた。

ときどき、この娘の抱いているささやかな夢をうらやましく思うことがある。夢見がちなところは、サンサ・スタークを——結婚はしたものの失ってしまった、まだ子供だったあの花嫁を思いださせた。これだけ怖い目に遭ってきたというのに、〈ペニー〉はいまでも夢を失っていない。

（もうすこし分別があってもよさそうなもんだがな。サンサよりも年上なんだし。それに、〈ペニー〉はこびとだ。当人はそれを忘れたかのようにふるまっているが——自分が高貴な生まれで、見目よき美人のようにふるまっているが——じっさいはグロテスク趣味の主人に買われた奴隷でしかない）

夜になると、〈ペニー〉はよく祈っている。

（ことばの無駄だ。祈りを聞いている神々がいるとしたら、それはおれたちの運命を徒《いたずら》にもてあそぶ怪物じみた神にちがいない。そうでもなかったら、どうして世界をこんなふうに創るはずがある？　ここは軛《くびき》と血と苦痛にあふれた世界だ。そうでもなかったら、どうしておれたちをこんなふうに創るはずがある？）

ときどき、〈ペニー〉をひっぱたき、がくがくと揺さぶって、なんでもいいから、夢から覚めるようなことばをわめいてやりたくなることがある。

〝だれもおれたちを救ってくれやしないんだ〟と叫んでやりたかった。〝最悪のときはな、これからなんだぞ〟

だが、どういうわけか、そんなことばを吐くことはできなかった。醜い顔にガツンと一発、きついことばをたたきつけ、目から鱗を落としてやるかわりに、ティリオンは〈ペニー〉の肩をぐっとつかみ、抱きしめてやった。

（こんなしぐさは、その場しのぎの欺きにすぎない。こうして贋金ばかりをつかませているうちに、この娘はすっかり自分が金持ちだと思いこんでしまった）

なにしろ、〈ダズナクの大闘技場〉であやうく自分たちを襲うはずだった運命のことも、この子には話していないのである。

（獅子——。やつらはおれたちに獅子をけしかけようとしていた。獅子のこのおれにもだ）

なんともきつい皮肉ではある。もしかすると、獅子たちにずたずたにされる前に、短いが辛辣な笑い声をあげるくらいのひまはあったかもしれない。

ティリオンたちに用意されていた見せ場のことは、だれも教えてくれたわけではなかった。

すくなくとも、くわしく教えてくれた者はいなかった。しかし、くわしく聞くまでもなく、煉瓦で築いた〈ダズナクの大闘技場〉の擂《す》り鉢状になった観客席の下で――つまり、人目に触れないように、あえて上からは隠された世界で、闘士とあわただしくその世話をする補助要員たち――すなわち、闘士たちに食事を出す料理人、武具を装着する鉄器職人、怪我人の血を抜き、体毛を剃り、傷を縫合する床屋外科医、闘技の前後に闘士への奉仕をする娼婦、鎖の先につけた鉄の鉤で闘技窖の砂から敗者を引きずってくる死体処理係などを見ていれば、自分たちの運命はうすうす察しがつく。

最初にぴんときたのは、〈保父〉の表情を目にしたときだった。ショーがおわったあと、ティリオンと〈ペニー〉は、試合の前後に出場者たちが待機する場所――松明《たいまつ》で照らされた地下控え室へと連れもどされた。すわって武器を研いでいる者もいる。奇妙な神々に生贄を捧げている者もいる。死に場に出る前に罌粟《ケシ》の乳液で神経を麻痺させ、痛みを感じぬようにしている者もいる。戦って勝った者は、隅で賽子を転がしながら、死に直面して生き延びた者に特有の顔で笑っていた。

〈保父〉が〈バリバリ〉を連れて引きあげてきた〈ペニー〉を見たのは、いずれかの賭け《クランチ》に負けたのか、窖の職員に銀貨を渡していたときのことだった。その目に混乱が浮かんだのは、鼓動半分のあいだだけのことでしかなかったが――その一瞬のうちに、ティリオンは混乱の意味を見ぬいた。

(〈保父〉のやつ、おれたちがもどってくると思ってなかったな)そのときティリオンは、周囲の者たちの顔を見まわした。(おれたちがもどってくると思っていた顔はひとつもない。おれたちは闘技窖の底で死ぬはずだったんだ)

パズルの最後のピースは、猛獣使いが大声で闘技場の支配人に文句をいうのを聞いたとき、ぴたりとはまった。

「獅子どもは腹をへらしてるんだぞ。もう丸二日、なにも食わしちゃいない。餌をやるなといわれてたから、食わせてないんだ。やつらの肉代、女王に払ってもらわにゃならん」

「こんど女王が陳情を受けつける日に訴えるんだな」

支配人は猛獣使いに、そう切り返したものだった。

そのあとも、〈ペニー〉はまったく疑っていない。闘技場の話をするとき、いちばん気にしているのは、観客があまり笑わなかったことのほうだ。

(客どもは小便をチビって笑いころげていたろうさ、もしも獅子どもが解き放たれていたらな)

その話になるたびに、ティリオンはもうすこしでそういいそうになるものの——かわりに〈ペニー〉の肩をぎゅっと握ってやるのがつねだった。

いま、〈ペニー〉が急に立ちどまった。

「やっぱり、道がちがうわ」

「まちがってないんだよ」ティリオンは桶を地面に置いた。指には桶の持ち手が食いこんだ跡が残っている。「おれたちがいこうとしてるのは、あそこの天幕なんだから」

「〈次子《セカンド・サンズ》〉か？」サー・ジョラーの顔に奇妙な笑みが浮かんだ。「あそこに逃げこめば助かると思っているんなら、おまえは〈褐色《ブラウン》のベン・プラム〉を知らないことになるぞ」

「いいや、知っているとも。サイヴァスの対局を五戦したからな。〈褐色のベン〉は狡猾でねばり強く、けっして頭が悪くはないが……用心深い。対戦相手にリスクを背負わせながら、自分はでんとかまえて戦局に柔軟に対応できる態勢を維持し、戦いの趨勢に応じて効果的な手を打つ」

「戦い？　なんの戦いよ？」〈ペニー〉があとずさった。「あたしたち、もどらなくちゃ。ご主人さまにはきれいな水が必要なんだし。ぐずぐずしていたら鞭打たれちゃう。〈可愛い豚《プリティー・ピッグ》〉と〈クランチ〉もあそこに残してきたし」

「あの子たちなら、〈スウィーツ〉がちゃんと面倒を見てくれるさ」これはうそだ。むしろ、〈傷〉とその仲間の兵士らが、ハムにベーコン、滋味豊かな犬のシチューにして舌つづみを打つであろう可能性が高いが、いまの〈ペニー〉には、そんなことをいう必要はなかった。「〈保父〉は死んだし、イェッザンは死にかけている。おれたちがいないとだれかが気づくころには、もはや暗くなっているだろう。いま以上の好機は、もう二度とないぞ」

「いやよ。逃げようとした奴隷がつかまったら、どんな目に遭わされるか知ってるでしょう。知らないはず、ないわよね。おねがいよ。そもそも、あたしたち、野営地の外には、出してもらえっこないわ」

「べつに、野営地の外になんか出てはいかないさ」

ティリオンは手桶を持ちあげた。両手に持って、さっさと歩きだす。背後をふりかえりもしない。モーモントもすぐうしろからついてくる。ややあって、〈ペニー〉が小走りに追いかけてくる足音が聞こえた。首輪の鈴の音もだ。

三人は砂地の斜面を降りていった。降りていく先に立っているものは、円陣を組むように配置された、ぼろい天幕群だった。

軍馬の列に近づいたとき、最初の見張りが現われた。ほっそりした槍兵で、栗色の顎鬚《あごひげ》をたくわえているところを見ると、タイロシュ人だろう。

「なんの用だ？　その桶でなにを運んでる？」

「あんたが嘉《よみ》したまうなら、お答えしよう」とティリオンは答えた。「水だよ」

「ビールのほうが嘉したまうがな」

いきなり、別の声にいわれ、背中を槍先でつつかれた。もうひとりの見張りが、背後からそっと忍びよってきていたのだ。男の声にはキングズ・ランディング訛《なま》りがあった。

（〈蚤の溜まり場〉か）

「なんの用だ、こびと？」背後の見張りがつづけた。

「あんたらの部隊に混ぜてもらいにきたのさ」

〈ペニー〉の手から片方の手桶がすべり落ち、横倒しになった。あわてて起こしたときには、水が半分がたこぼれてしまっていた。

「道化なら間にあってるぜ、うちは。もう三人も増やしてどうする」タイロシュ人が槍先でティリオンの首輪をつつき、小さな黄金の鈴を鳴らした。「おれの目に見えるのは逃亡奴隷だがな。三人の逃亡奴隷だ。だれの首輪だ、それは？」

「──〈黄色い鯨〉だよ」

第三の男が答えた。話し声を聞きつけてきたのだろう。無精髭を生やした痩せぎすの男で、歯がサワーリーフで真っ赤に染まっている。

（兵長か）ほかのふたりのややへりくだった態度を見て、ティリオンにはそれとわかった。右手があるべき場所に鉄鉤がついている。（ブロンを小粒にしたような小物だな。こいつが小物でないなら、おれはベイラー徳望王だ）

「こいつらはベンが買おうとしたこびとたちだ」兵長は目をすがめてこちらを眺めたまま、槍兵たちにいった。「しかし、この大きいのは……ベンのところへ連れていったほうがいい。三人ともだ」

タイロシュ人が槍を振り、進めと合図した。ティリオンは槍で示されたほうへ歩きだした。もうひとりの傭兵は──こっちは子供同然の青二才で、頬には産毛が残り、髪は汚れた藁の色をしている──〈ペニー〉をすくいあげた。

「おっ、こいつ、おっぱいがあるぞ」

青二才は笑いながら、しっかりたしかめようとして、〈ペニー〉の服の下に片手をすべりこませた。

「よけいなことをするな。さっさと連れていけ」

兵長がぴしりと命じた。

青二才は〈ペニー〉を肩にかつぎあげた。ティリオンは疲れきった両脚がゆるすかぎり、できるだけ急いで歩いた。行き先はわかっている。調理竈《かまど》の向こうにある大天幕だ。天幕の帆布に描かれた絵は、長年のあいだ陽の光と風雨にさらされつづけて、そうとうにひび割れ、色褪せていた。何人かの傭兵が、そばを通っていくティリオンたちに顔を向けた。〝非戦闘従軍者〟の女がくすくす笑ったが、行く手をはばもうとする者はだれもいない。

天幕の中には、折りたたみ椅子、架台テーブル、槍と鉾槍《ほこやり》の武器架が置いてあった。床に五、六枚、毛足の擦りきれた絨毯が敷きつめてある。各々の絨毯の色はばらばらで、まるで調和していない。テーブルには三人の幹部がついていた。ひとりは細身で優雅な感じの男だ。尖った顎鬚《あごひげ》をたくわえて、壮士《ブラーヴォ》の細い剣を持ち、切れこみのあるピンクの胴衣《ダブレット》を着ている。ひとりは小太りで、頭が禿げかけており、指はインクのしみだらけで、片手には羽根ペンを持っていた。

三人めは目的の男だった。ティリオンは一礼した。

「やあ、隊長」

「うちの幕営に忍びこもうとしていました」

青二才がそういって、〈ペニー〉を絨毯の上に放りだした。「手桶を持ってました」

「逃亡奴隷です」タイロシュ人が補足した。

「手桶?」〈褐色のベン・プラム〉はけげんな顔になった。が、だれも説明しようとしないので、傭兵隊長はつづけた。「ごくろう、ふたりとも、部署へもどれ。このことはだれにも口外するな」

ふたりの槍兵が出ていくと、〈褐色のベン〉はティリオンにほほえみかけた。

「もう一戦、サイヴァスの対局でもしにきたのかね、ヨロ？」

「そちらが対戦したいんならな。あんたを負かすのは楽しい。ときにプラム、あんたは二回、裏切ったそうじゃないか、まさにおれの心にかなう人物だ」

〈褐色のベン〉は笑みを浮かべたままでいる。だが、例によって、その目は笑っていない。ベンはしげしげとティリオンを観察した。しゃべる蛇でも見るような眼差しだった。

「なにしにきた？」

「あんたの夢を実現させてやるためにさ。あんた、競りでおれたちを買おうとしただろう。それに、サイヴァスで勝って、おれたちを手に入れようともしたな。鼻がちゃんとそろっているころでさえ、ああも熱烈に所望されたことはない。それでも所望する者がいるとしたら、たまたまおれの真価を知っている者だけだ。さて、おれはここにやってきた。好きに使ってもらおう。ただ、よき友人となって、専属の鍛冶を呼んで、おれたち三人の首輪をはずしてくれるとありがたい。歩くたびに鈴がチリンチリン鳴るのには、いいかげん、うんざりだ」

「おまえの高貴なるご主人どのと揉めごとを起こしたくはない」

「消えた三人の奴隷なんかより、もっと差し迫った問題をかかえてるよ、イェッザンは。〝白き牝馬〟に乗ってるんだ。それに、わざわざこの陣幕へおれたちを探しにくるやつなぞ、いるはずないだろう？　これだけの兵隊がそろってるんだ、ようすを嗅ぎまわりにくるやつなんかいやしない。あんたとしては、小さなリスクで大きな拾い物が手に入る」

切れこみのあるピンクのダブレットを着た洒落者がいきまいた。

「こいつら、病気を持ちこんできやがった。おれたちの天幕に」ベン・プラムに顔を向ける。「こいつの首を斬り落とそうか、隊長？　ほかのやつらは便所穴に放りこめばいい」

すらりと剣を引き抜いた。壮士《ブラーヴォ》が使う細い剣で、柄《つか》には宝石の飾りがついている。

「おれの首を刎《は》ねるときは気をつけろ」とティリオンはいった。「血がかからぬよう、注意することだ。病気は血が運ぶものだからな。おれたちの服は、煮沸するか、焼いてしまうかしたほうがいい」

〈褐色のベン〉がいった。

「焼くなら、中身ごと焼いてもいいんだぞ、ヨロ」

「そいつはおれの名前じゃない。しかしあんたは、ほんとうの名前を知っているはずだな。はじめておれに目をつけたときから知っていたはずだ」

「かもしれん」

「おれもあんたのことは知っているぞ」とティリオンはつづけた。「故郷の紫李《プラム》家の連中とくらべてみれば、紫の度合いは薄いし、茶色の度合いは濃いが、偽名を使っているのでないかぎり、あんたは西部人だろう。どこで生まれたかは知らんが、血筋はそうだ。プラム家はキャスタリー・ロック城に臣従《しんじゅう》する家系だったな。偶然、その歴史も知っている。あんたの分家が〈狭い海〉の向こうの岩場あたりで生まれたことはまちがいない。賭けてもいいが、分家の創始者はヴィセーリス・プラムの下の息子だ。女王のドラゴンたちは、さぞあんたに懐《なつ》いただろう？」

傭兵はおもしろがっているような顔になった。

「だれから聞いた？」

「だれからも。ここいらに流布しているドラゴンの話には、阿呆が喜ぶ寝言しかない。やれしゃべるドラゴンがどうの、黄金や宝石をためこんだドラゴンがどうの、脚が四本あって、象みたいに腹のでかいドラゴンがどうの、スフィンクスと謎かけをしあうドラゴンがどうの……どれもこれもたわごとばっかりさ。しかし、古文書の中には真実がある。おれが知っているのは、女王のドラゴンたちがあんたを気にいったことだけじゃない。その理由もだ」

「父にはドラゴンの血が一滴流れていた、と母はいっていた」

「二滴だよ。それに、長さが二メートルの一物もそなえていたそうだな。その物語を知っているか？　おれは知っているぞ。とまれ、あんたは賢い紫李《プラム》だから、おれのこの首の価値は知っているだろう。この首を差しだせばお貴族になれる……世界を半分越えたウェスタロスではな。しかし、遠路はるばる刎ねた首を運んでいったところで、到着するころには骨と蛆《ウジ》ばかりになっているはずだ。わが愛しの姉は、その首はおれのものではないと難癖をつけて、約束のほうびを与えようとはするまい。女の支配者というのはそういうものさ。気まぐれなクソ女が多い。なかでも最悪なのはサーセイだ」

〈褐色のペン〉は、ぽりぽりと顎鬚を掻いた。

「では、なんとか生かして連れていく、という線はどうだ？　あるいは、首を瓶に入れて、酢漬けにしていってもいいぞ」

「そのくらいなら、おれに首を投げ返せ。それがいちばん賢い使い道だ」にやり、と笑ってみせた。「おれも次子《じし》として生まれた。この部隊は、おれのために働く運命にある」

「〈次子〉はな、役者ふぜいのくるところじゃない」ピンクの壮士が蔑んだ口調でいった。

「おれたちに必要なのは戦士だ」

「戦士ならひとり連れてきたさ」

ティリオンはそういって、うしろのモーモントを親指で指し示した。

「その熊男か？」壮士が笑った。「醜悪な大男だが、傷だけでは〈次子〉の一員にはなれんぞ」

ティリオンはあきれはてたという顔で、左右で色のちがう目を上向けてみせた。

「プラム公、何者だ、あんたの友人ふたりは？　ピンクのほう、わずらわしくてかなわん」

壮士は目を吊りあげ、羽根ペンを持っている男はティリオンの尊大な物言いにくっくっと笑った。だが、ふたりの名前を告げたのはジョラー・モーモントだった。

「〈インク壺〉は部隊の主計長だ。ピンクの孔雀野郎は、〈狡猾なカスポリオ〉と名乗っている。もっとも、〈迂闊なカスポリオ〉のほうがぴったりだがな。どうしようもないろくでなしだ」

モーモントの顔は打ち身で見わけがつかないかもしれない。だが、声は変わっていない。カスポリオはぎょっとした表情になり、プラムの目尻のしわはいっそう深く刻みこまれた。おもしろがっているのだ。プラムはいった。

「ジョラー・モーモント？　あんたか？　しかし、出ていったときとくらべて、ずいぶんとみすぼらしくなったものだな。いまでもあんたをサーと呼ばねばならんのか？」

サー・ジョラーの腫れた唇が、グロテスクな笑みを形作った。

「剣さえ持たせてくれれば、なんと呼んでもかまわんぞ、ベン」

カスポリオがあとずさった。

「おまえは……追放されたはずじゃ……」

「また舞いもどってきたのさ。阿呆なやつと笑わば笑え」

(愛に殉じる阿呆だがな)

ティリオンは咳ばらいをした。

「昔話はあとにしてもらおう……あんたらにとって、おれの首は肩の上に乗ったままにしておいたほうが価値がある。その理由を説明してからにしろ。じきにわかるように、プラム公、友人に対しては、おれはこのうえなく気前よくなれる男だ。疑うなら、ブロンにきいてみろ。ドルフの息《そく》シャッガにきいてみろ。ティメットの息《そく》ティメットにきいてみろ」

「だれだね、それは？」〈インク壺〉と呼ばれた男がたずねた。

「おれに忠誠を誓って、かいがいしく働きを見せてくれた、善良な男たちさ」ティリオンは肩をすくめた。「いや、すまん、〝善良な〟というところはうそだ。あいつらは血に飢えた外道だよ。あんたらとおんなじだ」

「その連中は実在するかもしれんし」〈褐色のベン〉は疑念を呈した。「たったいま、この場ででっちあげた名前だけの存在かもしれん。シャッガといったか？　それは女の名か？」

「たしかにまあ、やつの胸はでかいからな。こんどやつに会ったら、ズボンの下を覗いて、女じゃないかどうかたしかめてやろう。ときに、サイヴァス台の用意はあるか？　あったら持ってきてくれ、一戦交えよう。ただし、そのまえに、カップ一杯、ワインがほしい。喉がもうからからで、干からびきった野ざらしの骨みたいだ。喉の渇きが癒えたら、話すことがたっぷりとある」

58 ジョン

その晩は、野人の集団が蛮声をあげて森から攻め寄せてくる夢を見た。野人の進軍を誘導しているのは、いくつもの戦角笛《いくさつのぶえ》がむせび泣く音と、ドロドロという太鼓の響きだ。

ドーン、**ドーン**、ドーン、**ドーン**、ドーン、**ドーン**。

一千もの心臓の音が同期して、ひとつと化したかに聞こえる。槍、弓、斧――野人たちはさまざまな武器で武装していた。小型の馬ほどある犬の一団が引く、骨で造った二輪戦車に乗っている者がいる。軍勢のあいだをのし歩く巨人たちは身の丈が十二メートル、オークの樹ほどもある大槌を手にしている。

「一歩も引くな」ジョン・スノウは叫んだ。「押し返せ！」

ジョンは〈壁〉の上にたったひとりで立ったまま、「火矢を放て！」と叫んだ。「火矢を浴びせろ！」

だが、指示にしたがう者はだれもいない。

(みんな、いってしまった。おれを置き去りにして)

火矢が炎の舌を引き、〈壁〉の上にまで飛んできた。案山子《カカシ》の兄弟たちに火がつき、黒いマントを燃えあがらせて倒れていく。

「スノウ」一羽の鷲が叫んだ。

敵は蜘蛛《クモ》のように氷壁を這い登ってくる。ジョンは黒い氷で身を鎧っているが、手にした剣は真っ赤に燃えていた。死んだ人間たちが続々と〈壁〉の頂《いただき》に到達する。ジョンは片端から敵を斬り伏せ、死の世界に追い返す。ごま塩鬚の老人を斬った。髭のない少年を斬った。巨人、歯を尖らせたひょろ長い男、ふさふさした赤毛の娘を斬った。それがイグリットだと気づいたときには、もう手遅れだった。現われたときと同じく、瞬時にイグリットは消えていた。

世界が真っ赤な霧に溶けこんでいく。その霧の中で、突き刺し、斬りつけ、薙《な》ぎ払った。ドナル・ノイを――そして、耳が聞こえないディック・フォラードを斬り倒す。〈二本指《ハーフハンド》のクォリン〉が膝立ちになり、首から流れる血をとめようとむなしくあがいている。

ジョンは叫んだ。

「おれはウィンターフェル城の城主だ！」

突然、目の前にロブが現われた。髪は融けゆく雪で濡れている。その首を〈長い鉤爪《ロングクロー》〉で刎《は》ねた。つぎの瞬間、ふしこぶだらけの手で荒々しく肩をつかまれた。くるりとふりむいたとたん……

……目が覚めた。胸の上に使い鴉が乗り、肩をつついている。

「スノウ」使い鴉が叫んだ。

ジョンは鳥を払いのけた。使い鴉はギャーッと不満の声をあげ、ベッドの支柱の上に飛びあがると、夜明け前の闇の中、怒りの目でジョンを見おろした。

いよいよこの日がやってきた。時は狼の刻《とき》。もうじき陽が昇り、それとともに、四千人の野人が〈壁〉を抜けてやってくる手はずだ。

（狂ってる）

ジョン・スノウは、火傷した手で頭髪をかきあげ、自分がしようとしていることを改めて見つめなおした。ひとたび門が開かれれば、引き返す道は断たれる。

（トアマンドと交渉するのは〈熊の御大《オールド・ベア》〉であるべきだったんだ。〈熊の御大〉でなくとも、ジェレミー・リッカー、〈二本指のクォリン〉、デニス・マリスター、そのほかの、年季を積んだ人物であるべきだったんだ。おれの叔父であるべきだったんだ）

だが、いまさらそんなことを嘆いたところでしかたがない。どんな選択にも、それなりの危険はともなう。あらゆる選択には結果が出る。あとは決着に向けてゲームを指しつづけるだけだ。

立ちあがり、黒い装いをまとった。部屋の向こうでモーモントの使い鴉がつぶやいた。

「穀粒《コーン》」

そして、

「王」

そして、

ないのに。

「スノウ、ジョン・スノウ、ジョン・スノウ」

奇妙な話だった。ジョンに思いだせるかぎりでは、この鳥にフルネームで呼ばれた例《ためし》などないのに。

朝食は地下食堂で、幹部たち全員とともにとった。焼いたパンに、目玉焼き、ブラッド・ソーセージ、大麦のかゆ《ポリッジ》を、薄い黄色のビールで流しこむ。食べながら、またもや受け入れ準備の確認を行なった。

「準備は万端ととのっています」とバウエン・マーシュが請けあった。「野人どもが協定の条件をまもるかぎり、すべてはご指示のとおりに運びます」

（うまくいかなければ、血と殺戮の巷《ちまた》と化すだけだがな）

「忘れないでほしい」ジョンはいった。「トアマンドの一行は腹をへらしているし、凍えていて、恐怖に取り憑かれている。一部、おれたちを憎んでいる者もいる。おれたちの一部が連中を憎んでいるように。われわれは——連中とおれたちは——薄氷の上で踊っているんだ。ひとすじでもひびが入れば、もろともに沈んで、溺れてしまう。もしもきょう、血が流れる事態になったとしても、最初に攻撃を加えるのがおれたちではないことを祈ろう。古《いにしえ》の神々と新しい神々にかけて、先に攻撃した者の首は、このおれがかならず刎ねる」

幹部たちは、あるいはアイと答え、あるいはうなずき、あるいはぼそぼそと、「ご命令のままに」「わかりました」「了解、マイ・ロード」とつぶやいた。

そして、ひとり、またひとりと立ちあがり、剣帯を締め、あたたかい黒のマントをはおり、外の寒気の中へ出ていった。

最後までテーブルに残っていたのは〈陰気なエッド《ドロラス》〉だった。昨夜のうちに、馬車六台をともなって、長形墳《ロング・バロウ》からやってきたのだ。もっともいままでは、兄弟たちはあの城を〈娼婦の穴〉と呼ぶようになっている。エッドが馬車をかき集めてきたのは、できるだけおおぜいの槍の妻《スピアワイフ》を乗せていき、姉妹たちに合流させるためだ。

ジョンが見まもる前で、エッドはパンをちぎり、半熟卵の黄身をぬぐった。ひさしぶりに見るエッドの陰気な顔には、奇妙に心をなごませるものがあった。

「復旧の度合いはどうだ?」と、元自分つきの雑士《ぞうし》にたずねる。

「あと十年かかるでしょうな」エッドはいつもの陰気な口調で答えた。「移り住んだ当初は、鼠がうようよしていてたいへんでしたよ。その鼠も、槍の妻どもがみんな殺しちまいまして。いまじゃあ槍の妻どもがうようよしてる。鼠だらけのころのほうが、まだましだったと思うきょうこのごろです」

「〈鉄《アイアン》のエメット〉の下で働くのはどんな感じだ?」

「たいていは〈黒のマリス〉がかしずいてますよ、ム=ロード。おれのほうは、騾馬《ラバ》どもの世話で手いっぱいでね。ネトルズの娘《あま》っこのやつ、おれと騾馬が親戚だなんてぬかしやがる。そりゃあね、おれの顔の長さは騾馬なみですよ。だけど、あんなに頑固じゃない。どっちにしろ、おれはやつらのおっかさんなんか知りませんや、名誉にかけてほんとです」エッドは卵をぬぐいおえると、ためいきをついた。「おれはこういう半熟の黄身が大好きでしてねえ。ム＝ロードにはぜひお願いしたいんだが、野人どもがおれたちの鶏をぜんぶ食っちまわないよう、手をまわしてもらえませんか」

郭《くるわ》に出ると、東の空が明るみだしたところだった。目に見えるかぎりの範囲では雲ひとつない。

「きょうのできごとにはぴったりの日和だな」と、ジョンはエッドにいった。「明るくて、晴れていて、さんさんと陽が射す一日になりそうだ」

「〈壁〉がさめざめと涙を流すことでしょうな。冬はもうそこまできてるってのに、こうもあったかい日は不自然だ。凶兆ですよ、おれにいわせれば」

ジョンはほほえんだ。

「じゃあ、雪だったら？」

「もっと悪い凶兆ですな」

「どっちの天気が好ましい？」

「屋内にいられる天気のほうかねえ」と〈陰気なエッド〉はいった。「いわせてもらやあ、すぐにでも騾馬どものところにもどりたいくらいだ。おれがいないとね、あいつら、さびしがるんですよ。槍の妻なんかより、よっぽど気心が知れてます」

それを最後に、ふたりは別れた。トレットは東の道をたどり、馬車が待っているところへ、ジョン・スノウは厩《うまや》へと向かっていく。〈繻子《サテン》〉がすでに、馬に鞍と頭絡《とうらく》をつけて待機していた。馬は癇《かん》の強い葦毛の軍馬で、学匠《メイスター》のインクのように黒くて艶のある鬣《たてがみ》を持っている。哨戒に出るときなら、この手の悍馬《かんば》は選ばないが、けさのような場合、重要なのは威風堂々として見えることだ。そういう目的のためには、この牡馬はうってつけだった。

随員たちの準備もととのっていた。ジョンは警備の者に取り囲まれるのが好きではないが、きょうばかりは、まわりを数名の手練《てだ》れで固めておいたほうがいいように思えたのである。環帷子《リングメイル》をつけ、鉄の半球形兜をかぶり、手には長槍を持ち、剣帯には剣と短剣を佩《は》いた護衛たちの姿は、見るからにものものしい。直属の部下のうち、子供と老人を除く八人の精鋭を選抜したのは、このものものしさを演出するためだった。タイ、マリー、〈左手のルー〉、〈大リドル〉、ローリー、〈蚤《ノミ》のファルク〉、〈緑の槍のギャレット〉。そして最後に、〈革〉。黒《カースル・ブラック》の城の新武術指南役に任命した〈革〉を護衛のひとりに加えた裏には、〈壁〉の下でマンスのために戦った者でさえ、〈冥夜の守人《ナイツ・ウォッチ》〉で名誉ある地位につけることを示す目的があった。

全員が門の手前に整列しおえるころ、東の空が濃い薔薇《バラ》色に染まった。

(星々が消えていく——)

つぎに顔を出すとき、星々は永遠に変わった世界を見おろすことになるだろう。レディ・メリサンドルの消えかけた篝火《かがりび》のそばから、数名の〝王妃の兵〟がじっとこちらを見ている。〈王の塔〉に目をやると、ある窓の内側にちらりと赤いものが見えた。セリース王妃の姿はどこにも見えない。

そろそろ時間だ。

「門をあけろ」ジョンは静かに命じた。

「門をあけろ！」

〈大リドル〉の雷声が轟きわたった。

二百メートル以上も上で、張り番の者らが命令を耳にし、各自、戦角笛《いくさつのぶえ》を口にあてがった。高らかに吹き鳴らされる角笛の音が〈壁〉に、そして〈壁〉の向こうの世界に響きわたっていく。

アフウウウウウウウウウウウウウウウウウウウウウウ。

ひとつながりの長い音——。それは、一千年以上の長きにわたり、哨士《レンジャー》の帰還を意味する合図として用いられてきた。しかし、本日、この音が意味するのは、自由の民が新たな家に移り住むことを告げる合図だ。

〈壁〉を貫く長い氷の隧道《トンネル》の両端で、鉄の閂《かんぬき》がはずされ、門扉が重々しく開かれた。上にそびえる氷壁に暁光があたり、薄紅色、金色、紫色に燃え立っている。〈陰気なエッド〉のいうとおりだった。〈壁〉はもうじき涙を流しだすだろう。

（神々よ、涙を流すのは、〈壁〉だけでありますように）

〈サテン〉が真っ先に門内へ入り、鉄のランタンをかかげて隧道内の闇を払いつつ、一行を先導しだした。そのすぐあとからジョンも馬を進める。八人の護衛につづいて隧道に入ったのは、バウエン・マーシュと雑士《ぞうし》たちだ。雑士は総勢二十名で、それぞれに事務上の役目をになっている。〈壁〉の上に立つ者の仕切りは、〈王の森のアルマー〉にまかせてあった。アルマーの横には、黒の城《カースル・ブラック》屈指の弓使い四十名がならび、予期せぬ事態に立ちいたった場合、矢の雨を降らせる準備をととのえている。

〈壁〉の北では、〈巨人殺し《ジャイアンツベイン》のトアマンド〉が待っていた。またがっているのは、とうていそのからだを支えられるようには見えない、ひときわ小さくてひょろひょろした小型馬《ガロン》だ。トアマンドの残るふたりの息子、〈背高《せいたか》トレッグ〉と若いドリンもそばにいる。うしろには六十人の戦士を引き連れていた。

「ははん！」トアマンドが叫んだ。「それは護衛か？　信頼とやらはどうした？」

「そっちこそ、おれよりおおぜい連れてきているじゃないか」

「おう、連れてきたさ。こっちにこい、小僧。おれの一族におまえがただの人間でしかないことを見せてやる。連れてきた何千もの同胞は、おまえたちの総帥というものを見たことがないからな。なにせ、いい子にしていないと哨士どもに食われてしまうぞといわれて育った者ばかりだ。ここはひとつ、素のおまえを——着古した黒いマントをまとう顔の長い若僧を見せておかねばなるまいて。〈冥夜の守人《ナイツ・ウォッチ》〉恐るるにたらず——それをわからせておかねばな」

（こちらとしては、そんなふうに思われては困る）

ジョンは火傷した手から手袋をとり、二本の指を口に入れ、鋭く口笛を吹いた。すぐさま、ゴーストが門の前から駆けてきた。トアマンドの乗馬がひどく怯え、あやうく乗り手を振り落としそうになった。

「恐るるにたらず？　そのざまでか？　ゴースト、そこにいろ」

「おまえときたら、ほんとうに性悪な落とし子だな、鴉の大将よ」

〈角笛を吹き鳴らす者〉トアマンドは、みずからの角笛を唇にあてがった。雷鳴を思わせる音が氷の壁に反響するとともに、自由の民の第一陣が門へ向かってぞろぞろと近づいてきた。以後、夜明けから日暮れまで、ジョンは通過していく野人たちを見まもりつづけることになる。

最初に通るのは人質だった。八歳から十六歳までの男子百人だ。

「これがおまえのもとめる血の代償だ、鴉の大将」とトアマンドがいった。「あわれな母親たちが泣き叫ぶ声が、夜ごと、おまえの夢に出てこなければいいがな」

少年のなかには、母親や父親、年上の兄弟に手を引かれて門まで歩いてくる者もいたが、単独でやってくる者が多かった。十四、五ともなると、男子はもうほぼおとなであり、女のスカートにしがみついているところを見られたくないのだろう。

ふたりの雑士《ぞうし》が、少年が通過するたびに数を数え、それぞれの名前を長い羊の皮の巻物に書きつけていく。三人めは、各々から通関料として貴重品を受けとり、それもまた記録する。少年たちは、いまだかつて同胞がだれもいったことのない場所へいき、何千年にもわたって親類縁者の敵であった組織に加わろうとしているのだ。それなのに、ジョンの見るところ、涙を流している者はいないし、母親が泣く光景も見られない。

(これは冬の民族なんだ)とジョンは自分に言い聞かせた。(この者たちが住んでいた場所では、流した涙が頬で凍ってしまうんだ)

暗い隧道の中に入る番がやってきても、入るのを拒否する者、しりごみする者はひとりもいなかった。

少年はほぼ全員がガリガリに痩せていて、なかには餓死寸前ではないかと思える者もおり、細った脛《すね》も腕も枯れ枝のようだった。しかし、これはジョンも充分に予期していたことだ。痩せているという共通点を除けば、少年たちの身体的な特徴はさまざまで、身長も髪の色も多様をきわめる。背の高い子もいれば低い子もいる。茶髪の子もいれば黒髪の子もいるし、ハニーブロンドの子、赤みがかったブロンドの子、炎にキスされたかのようなイグリットを思わす赤毛の子もいる。傷だらけの子もいれば、脚を引きずっている子も、あばただらけの子もいる。年長の子の多くは、綿毛のような頬髯や、貧弱な口髭を生やしていたが、なかにひとり、トアマンドのそれに匹敵するほど立派な顎鬚《あごひげ》を生やした者がいた。上等な軟らかい毛皮をまとっている者もいれば、硬革《ボイルド・レザー》や不ぞろいな鎧を着こんでいるだけの者もいるが、たいがいの者が着ているのはウールや海豹《アザラシ》の皮だ。ただし、何人かはぼろだけを身につけており、ひとりは全裸だった。多くの者は武器を持っている。棒の先を尖らせた槍、棒の先に石をつけた大槌、骨や石やドラゴングラスのナイフ、棘つき棍棒、投げ網――そここには、赤錆びた古い長剣を持つ者さえ見られた。硬足《ホーンフット》族の少年たちは、積もった雪の上も平然と素足で歩いている。長靴《ちょうか》の上から熊足をはいている者たちは、雪を踏んでも足が沈まない。六人は馬に乗り、ふたりは騾馬に乗っていた。山羊を一頭連れているふたりの兄弟もいた。いちばん大柄な人質は背丈が二メートルもあるのに、赤ん坊のように無邪気な顔をしていた。いちばん小柄な人質は発育不良の少年で、自分では九歳だといっていたが、どう見ても六歳より上には思えなかった。

有力な者の息子たちについては、特記が付された。門を通過するさい、トアマンドもすぐそばで見ていて、そういう子が通るたびに、その旨を教えた。

「あの子は〈楯破りのソーレン〉の倅《せがれ》だ」ある背の高い子を指さして、トアマンドはいった。「いっしょにいる赤毛は〈王の血を引くゲリック〉の子でな。やつらは〈赤鬚《あかひげ》レイマン〉の血を引いている、とゲリックがいうのを聞いたことがある。正確には〈赤鬚〉の弟の子孫だそうだが」

ふたりは双子といっても通用するほどそっくりだったが、じっさいは従兄弟同士で、齢も一歳は離れていた。

「あれの父親は〈狩人のハール〉。あっちの父親は、〈色男のハール〉だ。どっちも母親は同じでな。父親同士憎みあっている。おれがおまえだったら、片方は東の物見城《イーストウォッチ》へ、片方は影の塔《シャドウ・タワー》へやるぞ」

ほかにも大物の親の名があがった。〈さまよえるハウド〉、ブロッグ、〈海豹《アザラシ》の皮剝ぎのデヴィン〉、〈木の耳のカイレグ〉、〈白い仮面のモーナ〉、そして〈大海象《オオセイウチ》〉……。

「〈大海象〉？　ほんとうにそんな名前なのか？」

「凍結海岸の連中は、妙な名前ばっかりだ」

人質には、〈二本指のクォリン〉に討たれた悪名高い襲撃者〈鴉殺しのアルフィン〉の、三人の息子も含まれていた。すくなくとも、トアマンドはそうだという。

「ちっとも兄弟同士に見えないぞ」とジョンはいった。

「異母兄弟だからだよ。三人とも母親がちがう。アルフィンの一物はちっぽけで、おまえのモノより小さいくらいだが、やたらとつっこみたがるやつでな。どの村にもひとりはやつの息子がいる」

発育の悪い鼠顔の少年に対しては、トアマンドはこういった。

「あいつは〈六つの皮を持つ男《シックススキンズ》〉ヴァラミアの小倅だ。ヴァラミアのことは憶えているか、鴉の大将？」

憶えていた。

「皮装者《スキンチェンジャー》だな」

「そうだ。それに、残酷なチビ野郎でもあった。十中八九、もう生きてはおるまいよ。あの戦い以来、やつを見た者はいない」

少年のうちのふたりは、男装した女の子だった。ふたりを見るなり、ジョンはローリーと〈大リドル〉に命じて連れてこさせた。ひとりはおとなしく同行してきたが、もうひとりは蹴ったり噛みついたり、大暴れした。

（これはまずい事態になりかねないぞ）

「このふたり、有名な父親の子か？」

「ははん！　こんなガリガリのジャリがか？　そうは思えん。まずちがうだろう」

「どちらも女の子だ」

「これが？」トアマンドは目をすがめ、鞍の上からじっと見つめてから、ふたりにいった。

「おれと鴉の大将で賭けをした。おまえらふたり、どっちの摩羅《まら》がでかいかでな。ズボンを脱げ。見せてみろ」

娘のひとりは真っ赤になった。もうひとりのほう、背の低い娘は、トアマンドを挑戦的ににらみつけた。

「あたしらにかまうな、〈巨人殺しのトアマンド〉。あたしらを通せ」

「ははん！　おまえの勝ちだ、鴉。こいつらの股に摩羅はない。だが、チビのほうは度胸《キンタマ》がある。いい槍の妻に育つぞ」自分の部下に顔を向け、トアマンドは命じた。「女が着る服を持ってこい。スノウ総帥がチビる前に」

「替わりの男子を二名、出してもらわねばならない」

「なぜだ？」トアマンドは顎鬚を掻いた。「人質は人質だろう。おまえの大きくて切れ味のいい剣があれば、小娘の首を刎ねるくらい、わけはない。小僧どもの場合とおんなじだよ。父親というのは、娘も愛するものだからな。たいていの父親はそうだ」

（心配しているのは、この娘たちの父親のことじゃない）

「マンスから〈勇敢なダニー・フリント〉の歌を聞かされたことはないか？」

「憶えているかぎりでは、ないな。だれだ、それは？」

「男の格好をして黒衣をまとった娘のことさ。悲しくも美しい歌だよ。当人の身に起こったことは、美しいどころじゃないがね」

この歌にはさまざまな変化形があり、なかには、娘の亡霊が夜の砦《ナイトフオート》をさまよい歩くと歌うものもいくつかある。

「この娘たちは長形墳《ロング・バロウ》に送ろう」

あそこにいる男は〈鉄のエメット〉と〈陰気なエッド〉だけだ。どちらの人物に対しても、ジョンは万全の信頼を置いている。兄弟全員に信頼が置ければいいのだが、なかなかそうはいかない。

トアマンドはジョンの意図を察した。

「好色な鳥だな、おまえたち鴉は」ぺっとつばを吐く。「では、男子をもうふたり追加する。受けとれ」

九十九人の人質がぞろぞろとジョンたちの目の前を通り、〈壁〉の下をくぐる隧道の中に入ってしまうと、〈巨人殺しのトアマンド〉は最後のひとりを差しだした。

「おれの息子、ドリンだ。しっかりと面倒をみてやってくれよ、鴉。さもないと、きさまの真っ黒けの肝臓を料理して食ってやる」

ジョンは少年をしげしげと見た。

（ブランくらいの齢か。シオンに殺されていなかったなら、いまはこのくらいになっていたはずだ）

ただし、ドリンにはブランの可憐さはまったくなかった。ずんぐりとしていて、脚は短く、腕は太く、横に広い赤ら顔の持ち主で――父親を小ぶりにしたような子だった。髪はダークブラウンだ。

ジョンはトアマンドに約束した。

「おれの小姓として働いてもらおう」

「おい、聞いたな、ドリン？　くれぐれも、いい気になるんじゃないぞ」ジョンに向かって、トアマンドはいった。「こいつはときどき、ひっぱたいてしつけてやらないといかんのだ。ただし、歯には気をつけろ。嚙みつくからな」

それだけいうと、ふたたび角笛をかかげ、長々と吹き鳴らした。

今回、森から出てきたのは戦士たちだった。ただし、百名どころではない。

（五百はいるぞ）樹々のあいだからぞろぞろ出てくる戦士たちを見ながら、ジョンは見当をつけた。（いや、千はいるかもしれない）

馬に乗っているのは十人にひとりだが、全員、武器を携えている。背中にかけた円楯は、枝編み細工に獣皮や硬革をかぶせたもので、表面には蛇、蜘蛛、刎ねられた首、血まみれの大槌、割れた髑髏《どくろ》、魔物などの絵が描かれていた。なかには盗んだ鋼の鎧や、倒れた哨士の死体から剝いだ、くぼみだらけの鎧に身を包んでいる者もいた。〈がらがら帷子《ラトルシャツ》〉のように、骨の鎧で身を包んでいる者もおり、毛皮や革を身につけている点は全員に共通する。

戦士といっしょに、長い髪をなびかせて、槍の妻たちもやってきた。その姿に、ジョンはイグリットを思いださずにはいられなかった。炎のような赤毛の艶、あの岩屋で服を脱いでくれたときの表情、あの声の響き——。

〝あんたはなにも知らないんだね、ジョン・スノウ〟と、何度いわれたことだろう。

(なにも知らないのは、いまだに変わらないがな)

「先に女たちを通させてくれ」ジョンはトアマンドにうながした。「母親と娘からだ」

野人は油断のない視線を向けた。

「ふん、そうしてもいいが、女どもを通したあとで門を閉じられてはかなわん。先に戦士の一部を通させて、〈壁〉向こうの門外に待機させろ。そうすれば、門を閉じたくても閉じれなくなる」にやりと笑った。「おれもきさまの暴れ馬を買いはしたがな、ジョン・スノウ。おれたちが馬の歯に気をつけないとは思わんことだぞ。ただし、おれたちがきさまらを信用していないとも思うなよ。そっちがおれたちを信用しているくらいには、こっちも信用してやろう」

トアマンドはことばを切り、鼻を鳴らした。

「どのみち、戦力がほしいんだろうが? だったら、戦士たちを先に通せ。ひとりひとりがきさまら黒い鴉六人に匹敵する猛者だ」

これにはジョンも苦笑せざるをえなかった。

「戦士たちが武器をふるう相手が、双方にとって共通の敵であるかぎりは、こちらとしてもそれでいい」

「おれはたしかに約束したではないか。〈巨人殺しのトアマンド〉の口にした約束だ。鉄のように固い」

横を向き、つばを吐いた。

ぞくぞくと通り過ぎていく戦士たちのなかには、ジョンが人質にとった少年たちの父親もおおぜいいた。前を通りすぎていくさい、剣の柄《つか》をいじりながら、冷たく敵意に満ちた目を向けていく者もいたし、ひさしぶりの身内と会ったかのように、笑顔を向けていく者もいた。その笑顔のいくつかは、どんなに険悪な視線よりもジョンを当惑させた。ひざを屈する者はひとりもいないが、多くは誓いのことばを口にした。

「トアマンドが誓ったのなら、おれも誓う」

これは寡黙な黒髪の男、ブロッグのことばだ。〈楯破りのソーレン〉は、ごく小さく頭を下げ、うなるようにこういった。

「ソーレンの斧はおまえのものだ、ジョン・スノウ。もしおれの斧を必要とするときがあるならな」

赤い顎鬚《あごひげ》の男、〈王の血を引くゲリック〉は三人の娘を連れてきており、得意げに語った。

「三人ともみな、いい妻になるぞ。娘たちといっしょになった夫には、王の血を引く屈強な息子たちを与えてやれる。なにしろ、父親、つまりこのおれと同じように、この娘たちも、

〈壁の向こうの王〉であった〈赤鬚レイマン〉の子孫なんだからな」

自由の民のあいだでは、血筋などなんの意味もない。それをジョンは知っている。これもイグリットに教わったことだ。ゲリックの娘たちも、イグリットと同様、炎のような赤毛の持ち主ながら、イグリットの髪が強いくせっ毛だったのに対して、この娘たちの髪は長くて直毛だった。

(炎にキスされた髪、か)

「三人のプリンセスだな。みんな、いずれ劣らぬ器量良しだ」ジョンは父親にそういった。「王妃に引き合わせるよう手配しよう」

セリース・バラシオンは、ヴァルよりもこの三人を気にいるだろう。齢も若いし、ずっとおとなしそうだ。

(見た目は充分かわいい。父親は阿呆のようだが)

〈さまよえるハウド〉は、剣にかけて忠誠を誓うと言明した。その剣は、ジョンがいままで見たなかで、もっとも傷だらけで、もっとも小孔だらけの、悲惨な鉄の塊だった。〈海豹《アザラシ》の皮剝ぎのデヴィン〉は海豹の皮製の帽子を贈り物として差しだし、〈狩人のハール〉は熊の爪の首飾りを差しだした。戦魔女《いくさまじょ》のモーナは、つかのま、ウィアウッドの白い仮面を取って、ジョンの手袋をはめた手にキスをし、ジョンの男なりジョンの女なり、好きなほうになると誓った。そんなふうにして、誓いと受け入れはつづいた。

門を通過するさいに、各々の戦士は身につけていた宝をはずし、雑士《ぞうし》たちが門前に置いた台車のどれかに放りこんでいった。琥珀《こはく》のペンダント、黄金の首鎖、柄《つか》に宝石を埋めこんだ短剣、貴石を嵌《は》めた銀のブローチ、腕環、指輪、黒金《ニエロ》のカップ、黄金のゴブレット、戦角笛、角杯、緑色の翡翠《ヒスイ》の櫛、淡水真珠の首飾り……。どれもが手放され、バウエン・マーシュによって記録されていく。ひとりは銀造りの小札帷子《こざねかたびら》を脱いで放りこんだ。どこかの大貴族のために造られたものにちがいない。別のひとりは、柄《つか》に三つの青玉《サファイア》が埋めこまれた折れ剣を差しだした。

なかにはもっと奇妙な宝もあった。本物のマンモスの毛で作った玩具のマンモス、象牙の男根、一角獣の頭骨でこしらえた兜などだ。兜は一本角も完備していた。これを自由都市に持っていったらどれほどの食料を買えるものか、ジョン・スノウには見当すらつかなかった。

騎馬主体の戦士たちのあとには、凍結海岸からきた戦士たちがつづいた。十台強の大きな骨造りの二輪戦車が、一台、また一台と、〈がらがら帷子《ラトルシャツ》〉のようにカタカタと音をたてて目の前を進んでいく。半数は車輪のままだが、残りは車輪を橇《そり》へと交換してあった。雪原の上では、車輪式の戦車が埋もれ、立ち往生しやすいのにくらべて、橇式の戦車はすみやかに進むのだ。

戦車を引く犬は恐るべきけもので、大きさは大狼《ダイアウルフ》にさえ匹敵した。戦車のあとにつづく凍結海岸の女たちは、だれもが海豹の毛皮をまとっており、なかには歩きながら赤子に乳を含ませている者もいた。母親のあとを脚を引きずるようにしてついてくる年長の子供たちは、それぞれの手が握りしめている石と同じくらい暗くて硬い目をしている。成人した男たちのなかには、かぶった帽子に鹿角《ろっかく》をつけている者もいれば、海象《セイウチ》の牙をつけている者もいた。ジョンもすぐに気づいたことだが、鹿角帽子と牙の帽子の者たちは、相互に仲が悪いらしい。うしろのほうには何頭かの痩せた馴鹿《トナカイ》がつづいており、遅れた個体は、最後尾の大犬たちに追いたてられていた。

トアマンドが警告した。

「こいつらには気をつけろよ、ジョン・スノウ。野蛮なやつらだからな。男どもは性悪で、女どもはもっとたちが悪い」トアマンドは鞍から革袋をひとつ取り、ジョンに差しだした。「こいつを飲んでおけ。やつらのことがそうひどく危なくは思えなくなる。夜はあたたかく過ごせるしな。いいから、いいから、持っておけ、おまえにやろう。さあ、ぐっとひとくちやるがいい」

革袋に入っていたのは強烈な蜂蜜酒で、覗いただけで目に涙がにじみ、胸の中を炎が這い降りていった。それでもジョンは、ぐっと飲んだ。

「おまえはいいやつだな、〈巨人殺しのトアマンド〉。野人にしてはだが」

「たいていのやつよりいいやつかもしれん。何人か、もっといいやつもいるが」

太陽が澄みきった青空を這い進むあいだ、野人は連綿と氷壁の下に入っていきつづけた。正午すこし前になって、進みがいったんとまった。一台の牛車が隧道の曲がり角でつかえたのだ。ジョン・スノウがみずからようすを見にいってみると、牛車は完全にひっかかって、身動きがとれなくなっていた。後続の者たちは、この場で牛車を壊し、牛も殺してしまえと騒いでおり、馭者とその身内は、牛車に近づいてみろ、きさまらを殺してやると言い返していた。ジョンはトアマンドと息子トレッグの力を借り、流血沙汰になることは未然に防いだものの、道がふたたび通れるようになるまでには、小一時間を要した。

「もっとでかい門がいる」門の外にもどったあとで、トアマンドはジョンに不満を漏らし、渋い顔で空を見あげた。空にはいくつか、雲が流れこんできている。「こうものろのろしていては、埒があかん。まるでミルクウォーター川の水を葦の茎に通すようなもんだ、ははん。おれたちに〈ジョラマンの角笛〉があればなあ。盛んに吹き鳴らして、みなに氷の壁を乗り越えさせてやるものを」

「〈ジョラマンの角笛〉はメリサンドルが燃やしてしまった」

「燃やしただと？」トアマンドは自分の太腿をぴしゃりとたたき、いきまいた。「あの女、あの立派な大角笛を燃やしてしまったというのか。なんと罪深いことを。千年の歴史を持つ角笛だぞ。あれはとある巨人の墓で見つけたものだ。おれたちのなかには、あれほど巨大な角笛を見たことのある人間などひとりもいない。だからこそ、マンスはあれがジョラマンの使っていたものだとおまえに吹きこむことにしたんだ。おまえら鴉どもに、その気になればいつでもクソいまいましい〈壁〉を粉砕し、きさまらのひざの高さにまで縮める力があると思いこませるために。現実には、本物の〈ジョラマンの角笛〉はいまだに見つかっておらん。あちこち、さんざんに掘りまくったが、影も形もない。見つけていたら、いまごろおまえの七王国の隷従の民《ニーラー》は、ひと夏じゅうワインを冷やせるだけの氷のかけらを手にしていたぞ。それも、全員がだ」

ジョンは眉をひそめ、鞍にまたがったまま、トアマンドに顔を向けた。

(ジョラマンは〈冬の角笛〉を——〈ジョラマンの角笛〉を吹き鳴らして、大地に眠る巨人たちを目覚めさせたというが……)

メリサンドルが燃やした巨大な角笛は、いにしえの黄金の輪がはめられており、そこには古い神秘文字《ルーン》が刻まれていた。あれは本物ではなかったのか？　マンス・レイダーがいったことはうそだったのか？　それとも、トアマンドがいまうそをついているのか？

(マンスの角笛が偽物だとしたら……本物はどこにある？)

午後になるころ、太陽は姿を消し、日は灰色に陰って突風が吹きはじめた。

「雪催《もよ》いだな」トアマンドが陰鬱にいった。

ほかの者たちも、べったりした白い雲に同じ兆しを感じとったらしく、先を急ぎはじめた。みんな殺気だってきている。ある男は、何時間も列にならんでいた男たちの前に割りこもうとして、ナイフで刺された。トレッグは刺した男からナイフをもぎとり、割りこんだほうの男ともども列から引きずっていって、最初からならびなおさせるため、野人の野営地に放りこんだ。

「トアマンド」四人の老女が子供たちを満載した荷車を引いて門に向かうのを眺めながら、ジョンはうながした。「おれたちの敵のことを教えてくれ。〈異形《ジ・アザー》〉についてわかることは、すべて知っておきたい」

　野人は口のまわりをこすりながら、

「ここでは、どうもな」と、歯切れ悪く答えた。「おまえたちの〈壁〉のこちら側では気が進まん」

　老齢の野人は不安の面持ちで、白い外套をまとった樹々を眺めやった。

「あいつらはそれほど遠くないところにいる。おまえにもわかっているだろう。昼のうちは出てこない。偉大な太陽が輝いているあいだは出てこない。が、だからといって、やつらが遠ざかっているとは思うなよ。影はけっして離れることがない。目には見えていなくとも、やつらはつねに、足もとに張りついている」

「南へくる途中、わずらわされたか？」

「正面から襲ってきたことはない——そういう意味できいているのなら。しかし、やつらはいつでもおれたちのそばにいて、じわじわと戦力を削っていく。じっさいの話、考えるのもいやになるほどたくさんの見張りを失った。遅れたりはぐれたりした者は、確実に死んだ。毎日、日が沈むと、野営地の周囲を焚火で囲って防衛してはいたんだ。やつらがあまり火を好かないのはたしかなんでな。だが、雪が降ってくると……雪、霙《みぞれ》、氷みたいに冷たい雨が降ってくると、乾いた木を見つけるのも焚きつけに火をつけるのも、ひどくむずかしくなる。なにより、寒さがきびしいときは……ときどき、焚火さえも凍え死んでしまう晩があって、そんな夜が明けると、かならず死体が見つかる。へたをしたら、こっちが死体に見つかってしまうこともある。とくに、トアウィンドが死んだ晩……息子は……あいつは……」

トアマンドは顔をそむけた。

「わかるよ」とジョン・スノウはいった。

トアマンドは勢いよく顔をもどした。

「おまえになにがわかる。たしかにおまえは、死体をひとつ殺しただろうさ。それは聞いた。マンスも百は殺してる。死体が相手なら、人は殺すこともできる。だが、死体の主人たちがやってきて、白い霧が立ち昇るとき……どうやって霧と戦えるというんだ、鴉よ？　相手は歯を持った影だ……胸に冷たいナイフでも突きたてられたかのように、おそろしく冷たくて、呼吸することもできん空気だ……おまえにはわからん、わかるはずもない……おまえのその剣で寒さが殺せるか？」

（それはいずれわかる）サムが古文書で見つけてきた情報を思いだし、ジョンはそう思った。〈長い鉤爪《ロングクロー》〉は古きヴァリリアの炎で——ドラゴンの炎で鍛えられ、呪文で括《くく》られたものだ。（ドラゴン鋼、とサムはこの鋼のことを呼んでいた。一般に使われるどんな鋼よりも強く、軽く、強靭で、切れ味が鋭い……）

だが、書物の中の記述は記述でしかない。じっさいの効力は、戦いで実地に試してみないことにはわからない。

「まちがってはいない」とジョンはいった。「たしかに、おれにはわかっていないとも。神々がおやさしくあるならば、このままわからずにすむだろう」

「神々がやさしかった例《ためし》などないさ、ジョン・スノウ」トアマンドは天にあごをしゃくった。「雲が湧いてきている。すでに暗くなってきたし、寒くもなってきた。おまえの〈壁〉も、もう涙を流してはいない。見ろ」

トアマンドは横を向き、息子のトレッグに叫んだ。

「野営地にもどって、みんなをせきたててこい。病人と弱った者、なまけ者と臆病者、尻をたたいて急がせろ。必要とあらば連中の天幕に火をつけてやれ。日が暮れたら門は閉めねばならん。それまでに〈壁〉を通りぬけられん者は、〈異形〉の迎えより先に、おれが引導をわたしにいくことになる。そう伝えろ。わかったな」

「わかった」

トレッグは馬腹《ばふく》を蹴り、縦列の後方へ駆け去った。

野人たちは陸続とやってきた。トアマンドがいったように、日は徐々に昏《くら》くなっていく。地平線から地平線まで、雪雲は天をおおいつくし、気温はどんどん下がるいっぽうだ。門のところで、またもや押しあいが発生した。人間と山羊と若い牡牛が入口に殺到してつかえているのだ。

（殺到している理由は、じれているからじゃない）とジョンは気づいた。（恐れているんだ。戦士、槍の妻、襲撃者――みんな森を恐れているんだ。樹々のあいだを動く影を。〈壁〉の向こうに避難して、降りてくる夜のとばりから身を護ろうと、必死になっているんだ）

ふと、目の前にひとひらの雪片が舞った。

ついで、もうひとひら。（わたしと踊って、ジョン・スノウ）雪はそういっているようだった。（もうじきわたしと踊ることになるのよ）

野人はぞくぞくとやってくる。足を速め、〈壁〉の前の広い空閑地帯を急ぎ足で横切ってくる者もいる。そのいっぽうで、進むのに苦労している者たちもいた。老人、子供、弱者だ。朝のうちは古い雪の部厚い絨毯でおおわれて、凍った表面を朝陽に輝かせていた空閑地帯も、いまは茶色と黒の泥地と化している。おおぜいの自由の民に踏まれて、すっかりぬかるんでしまったのだ。木の車輪、馬の蹄《ひづめ》、骨や角や鉄の橇《そり》、豚の足、重い長靴《ちょうか》、牝牛や仔牛の双蹄《そうてい》、硬足族の黒い素足――あらゆるものが轍《わだち》や足跡を残していく。それで足場が悪くなるため、縦列の進みはいっそう遅くなっていた。

「もっと大きな門がいる」

ふたたび、トアマンドがこぼした。

午後遅くには、雪はこやみなく降りしきっていたが、野人の流れも小流にまで衰えていた。やがて野営地のあるあたりから、いくすじもの煙が立ち昇った。

「トレッグだ」トアマンドが説明した。「死者を焼く煙さ。どの野営でも、眠りこんだまま二度と目覚めないやつがいる。天幕の中を覗くと――天幕で寝られなかった者は屋外で――寒さに身を丸めて凍死してるんだ。始末のしかたはトレッグが心得ている」

トレッグが森から現われるころには、野人の流れはおおむね尽きかけていた。トレッグのまわりには、槍や剣で武装した戦士十二名が馬を駆っている。

「おれの後衛だ」欠けた歯を見せて、トアマンドがにっと笑った。「おまえたち鴉に哨士がいるように、おれのところにも精鋭がいる。全員が移動しおえないうちに、敵に攻撃された場合にそなえて、野営地に伏せておいたのさ」

「おまえの最高の兵か」

「最悪の兵だよ、おまえたちにとってはな。どの兵もひとりは鴉を殺している」

騎馬隊の後方には、ひとりだけ徒歩で駆けてくる男がいた。そのすぐうしろから、巨大なけものが駆けてくる。

(猪か)とジョンは気づいた。(怪物的な大猪だ)

大きさはゴーストの倍はあるだろう。全身、黒い剛毛におおわれており、その牙は人間の腕ほども長い。こんなに大きな猪を見るのははじめてだった。大きさだけでなく、醜悪さも飛びぬけている。いっしょに駆けている男も、けっして美形ではなかった。見あげるような巨体に、黒いげじげじ眉、平坦な鼻、黒い無精髭におおわれたごついあご、小さくて間隔のせまい左右の目——。

「ボロクだ」トアマンドが顔をそむけ、つばを吐いた。

「皮装者《スキンチエンジヤー》か」

これは問いではない。なんとなく、わかった。

ゴーストが大猪のほうに首を振り向けた。降りしきる雪で、猪の獣臭はかき消されているはずだが、それでも白狼は獣臭を嗅ぎつけたらしい。ジョンの前にすっと歩み出ると、声を出さずに牙をむいた。

「だめだ！」ジョンはぴしりと命じた。「ゴースト、伏せ。動くな。動くな！」

「猪と狼は相性が悪い」トアマンドがいった。「だが、今夜だけはおまえのけものを抑えておいてくれよ。おれもボロクに、やつの豚を抑えておけと厳命しておいた」

暗くなっていく空を見あげ、トアマンドはつづけた。

「やつで最後だ。だが、けっして時間の余裕があるとはいえん。今夜はひと晩じゅう、雪が降る。おれには感じられる。そろそろおれも氷の壁の向こうを見にいくとしよう」

「先にいってくれ」ジョンはうながした。「おれはいちばん最後に氷壁をくぐる。宴《うたげ》の席でまた会おう」

「宴？　ははん！　それはなんとも楽しみな」

野人は牝の小型馬《ガロン》の馬首《ばしゅ》を〈壁〉に向け、尻をたたいた。トレッグと騎兵の一団があとにつづき、門の前で下馬した。氷壁の中は手綱を引いて歩いていくのだ。そのあとから、雑士《ぞうし》隊がつぎつぎに台車を引いて隧道《トンネル》に入っていき、最後の一台が入るのを待って、バウエン・マーシュも隧道内に消えた。残っているのはもうジョン・スノウと護衛隊しかいない。

ようやく皮装者が〈壁〉のそばにたどりつき、十メートル手前で立ちどまった。怪物的な猪が泥を掻き、においを嗅ぎはじめた。巨大な猪の湾曲した黒い背中には、うっすらと雪が積もっている。と、猪が鼻を鳴らし、頭をぐっと低く下げた。鼓動半分のあいだ、ジョンは大猪が突進してくるにちがいないと思った。ジョンの左右で護衛たちが槍を水平にかまえる。

「――兄弟よ」ボロクがいった。

「早く隧道に入ったほうがいい。じきに門を閉じる」ジョンはうながした。

「そのほうがいいな」とボロクはいった。「隧道に入って、しっかりと門を閉じることだ。やつらはすぐそこまできているぞ、鴉」

それだけいうと、ボロクはジョンが見たこともないほど醜い笑みを浮かべ、門に向かっていった。大猪もそのあとにつづく。霏々《ひひ》として降る雪は、たちまち両者の足跡を消し去った。

「これで終わりですね」

ボロクと猪が門の中に入ると、ローリーがいった。

(ちがう)とジョンは思った。(まだ始まったばかりだ)

〈壁〉の南側では、数字のびっしり書きこまれた書字板を手にして、バウエン・マーシュが待っていた。

「本日、門を通過した野人は、三千百十九人です」と雑士《ロード・スチュワード》長は報告した。「人質のうち六十人は、食事を与えたのち、すでに東の物見城《イーストウォッチ》と影の塔《シャドウ・タワー》へと送りだしました。エッド・トレットは、女たちを六台の馬車に分乗させて、長形墳《ロング・バロウ》へ出発したところです。残りの者はここにとどまっています」

「そう長くは置いておかないさ」ジョンは雑士長に請けあった。「トアマンドは一両日中に、自分の一族を引き連れて樫の守り《オークンシールド》へいくつもりでいる。その他の者も、行き先の割り振りが決まったら、すぐに送りだす」

「ご命令のままに、スノウ総帥」

こわばった口調だった。その口調から察するに、バウエン・マーシュは、ジョンがどこへ割り振るつもりかを察しているにちがいない。

ジョンがもどってきた城は、けさ出発したときの城とはまったく異なる様相を呈していた。ジョンの知るかぎり、黒の城《カースル・ブラック》はひっそりと影に包まれた場所であり、そこでは黒一色に身を包む陰気な男の一団が、かつては現状の十倍の人数を擁していた廃城内を亡霊のごとくうろついていた。だが、それはみごとなまでに一変していた。かつて灯火がついているのを見たことがない窓々に、明かりが煌々《こうこう》とともっている。郭には奇妙な話し声が響き、長年のあいだ鴉の黒い長靴《ちょうか》しか踏んだことがない氷の道を、自由の民が行きかう姿が見えた。古い〈フリントの兵舎〉の外では、十余人が雪合戦をしている。

(遊んでいるんだ)とジョンは気づき、愕然とした。(大のおとなが子供みたいに、雪玉を投げあって遊んでいるんだ。ブランやアリアが、そのまえには、ロブとおれがしていたように)

さすがに、ドナル・ノイの古い武器庫だけはいまも暗くひっそりとしており、火の消えた鍛冶場の奥にあるジョンの部屋はいっそう暗かった。しかし、ジョンがマントを脱いでまもなく、ダネルがドアから顔をつっこんで、クライダスが伝書を持ってきた旨を告げた。

「通してくれ」

ジョンは火鉢の熾《おき》で小蠟燭を灯し、その小蠟燭を使って三本の大蠟燭に火をつけた。

例によってうっすらと顔を紅潮させたクライダスは、目をしばたたきながら部屋に入ってきた。やわらかい手には羊皮紙を握っている。

「悪いね、総帥。疲れているのはわかってるが、こいつはなるべく早く見ておきたかろうと思ってさ」

「すまない、助かる」

ジョンは手紙の内容に目を通した。


〝ハードホーム着。六隻のみ。時化《しけ》続きで、《黒い鳥《ブラックバード》》、全乗員とともに沈没。ライス船の二隻、スケイン島にて座礁。《鉤爪《タロン》》漏水。当地の状況ははなはだ悪し。野人、仲間の死体を食う。森に動く死体あり。ブレーヴォスの船長たち、女子供しか自船に乗せず。魔女たち、われわれを奴隷商人呼ばわりす。《　》を奪取せんとする試みあり、その戦いで乗員六名、野人多数が死亡。残る使い鴉は八羽。海に動く死体あり。陸路にて救援を送られたし。海は嵐はげしく、出航できず。《鉤爪》より、代筆メイスター・ハーミューン〟

文章の下には、〈小農《コター》のパイク〉が憤然と殴り書きした署名があった。

「よくない知らせかい、マイ・ロード？」クライダスがたずねた。

「はなはだよくない」

(森に動く死体あり。海に動く死体あり、か。出帆した十一隻のうち、残ったのが六隻だけとは……)

ジョン・スノウは眉根を寄せて羊皮紙を巻いた。

(夜来たる、だな。そして、おれの戦いははじまったばかりだ)

59——解任された騎士

「一同の者、ひざまずけ——高貴なる御名《みな》の十四世におわす、ミーリーンの王、ギスの末裔、〈古帝国〉の八執政《オクタータ》、スカハザダーン河の河川総督、ドラゴンの配偶者にして、ハーピーの血族、主上《しゅじょう》ヒズダール・ゾ・ロラクさまのお成りである」

男の秘書官が呼ばわった。その声は大理石の床に反響し、柱のあいだにこだました。

サー・バリスタン・セルミーは、マントのひだの下に手をすべりこませ、いつでも抜刀ができるよう、鞘に収めた剣をわずかに抜いた。王の御前には、その護衛を除いて、いかなる刃物も持ちこむことをゆるされない。それでも老騎士は帯剣を認められている。護衛を解任されたにもかかわらず、まるでサー・バリスタンが護衛の一員に数えられているかのように。すくなくとも、いまのところ、剣を取りあげようとした者はひとりもいない。

かつてデナーリス・ターガリエンは、磨きあげた黒檀のつややかで質素なベンチの上に、すわるのが楽なようにサー・バリスタンが贈ったクッションを載せ、そこにすわって宮廷に臨むことを好んだ。ヒズダール王はそのベンチに代わって、高い背もたれをドラゴンの形に象《かたど》らせ、金色に塗装した、一対の堂々たる木製の玉座を持ちこんでいた。いまは黄金の冠をかぶり、青白い片手には宝石をはめこんだ王錫《おうしゃく》を持って、向かって右の玉座についている。（ごたいそうな玉座だな）とサー・バリスタンは思った。（だが、いくら精巧に彫刻されていようと、ドラゴンを象った椅子ごときでは、ドラゴンの代わりにはならん）

一対の玉座の右に立つのは、傷だらけの猛々しい顔を持った大男、〈巨漢ゴゴール〉だ。左には、肩からななめに豹皮をかけた〈豹紋猫《ひょうもん》〉が立っている。玉座の背後には〈骨砕きのベラークォ〉と、冷酷な目をしたクラッズが立っていた。

（いずれも、おおぜいを血祭りにあげてきた名のある格闘家たちだ）とセルミーは思った。（しかし、闘技窖《あな》で角笛と太鼓が鳴り響くなか、派手派手しく登場して敵に立ち向かうのと、隠れている殺し屋を発見し、襲撃を未然に防ぐのとでは、まったくちがう）

まだ朝のうちだというのに、サー・バリスタンはひどく疲れていた。まるでひと晩じゅう戦っていたかのようだ。齢をとればとるほどに、眠らねばならない時間は短くなっていく。従士のころは夜間に十時間も眠って、それでも修練場に出るときはあくびをしていたものだ。六十三歳のいまは、五時間の睡眠でも十二分に足りる。とはいえ、昨夜は一睡もしていないのにちかい。寝室は女王の居住区にある小部屋で、もとは奴隷の起居に使われていたものを使っている。室内にある家具は、ベッド、ベッドサイド・テーブル、室内用便器、衣装簞笥《だんす》くらいのもので、椅子の一脚もない。テーブルの上には常時、蜜蠟の蠟燭一本と〈戦士〉の小像が置いてある。たいして敬虔なほうではないセルミーだが、こんなに奇妙な異郷の都市では、この小像があると孤独感がやわらぐのだ。そして、昨夜、ほとんど眠らなかったのは、夜が明けるまでずっと、暗闇の中でこの小像に祈りつづけていたからだった。

（わが胸の内に膨れあがる疑念を払いたまえ。そして、なすべきことをなす力をわれに与えたまえ）

だが、いくら祈っても、夜明けが訪れても、疑念を払うことはできなかった。

謁見《えっけん》の間《ま》はかつてなくおおぜいの陳情者であふれていたが、バリスタン・セルミーが気にしているのは、むしろ見えなくなっている顔ぶれのほうだった。ミッサンデイ、ベルウァス、〈灰色の蛆虫《グレイ・ワーム》〉、アッゴにジョゴにラカーロ、イリにジクィ、ダーリオ・ナハリス。かつて〈剃髪頭〉が立っていた場所は太った男が占めている。胸筋を象《かた》った胸当てをつけ、獅子の仮面をかぶり、革帯スカートの下から太い脚をつきださせたこの男は、名前をマルガーズ・ゾ・ロラクといい、王の従弟で、〈真鍮《しんちゅう》の獣〉の新指揮官である。セルミーはすでに、この男を軽蔑すべき下種《げす》と認定していた。キングズ・ランディングでは、この手の男をたくさん見てきた。上にはへつらい、下にはいばりちらし、先が見えもしないのに大言壮語をして、尊大なことこのうえないやからだ。

（だが〈剃髪頭〉は――スカハズは――この謁見の間にきているかもしれん）とセルミーは思いあたった。（あの醜悪な顔を仮面で隠して、出廷しているかもしれん）

柱のあいだには、磨きあげた真鍮の仮面を松明《たいまつ》の光に輝かせて、四十名の〈真鍮の獣〉が立っている。あのなかに〈剃髪頭〉がいるかもしれない。

謁見の間にはぼそぼそと低い話し声が充満し、それが柱と大理石に反響していた。なにか怒っているような、不吉な音だった。セルミーはその音から、雀蜂の巣を連想した。それも、いまにも雀蜂の群れが飛びだしてくる寸前の巣だ。じっさい、この場に集《つど》う者たちの顔には、怒り、悲しみ、疑念、恐怖がうかがえる。

王の新しい秘書官が静粛をもとめたばかりだというのに、さっそく愁嘆場がはじまった。ひとりの女が、〈ダズナクの大闘技場〉で死んだ兄弟のことを嘆き、泣きだすいっぽうで、別の女が輿《こし》に受けた損害を賠償しろと申し立てはじめる。ある太った男は繃帯をむしりとり、火傷した腕を見せた。肉が赤くただれて、じくじくと膿んでいた。青と金の寛衣《トカール》を着た男が〈英雄ハルガーズ〉の武勇伝を吹聴しだしたとたん、うしろの解放奴隷がその男を床に突き飛ばした。つかみあいになった両者を引き離し、広間から引きずりだすには、〈真鍮の獣〉六人を必要とした。

（狐、鷹、海豹《アザラシ》、蝗《イナゴ》、獅子、蟇《ヒキガエル》）

あの仮面は、装着者にとってなにか意味があるのだろうか。毎日、同じ人間が同じ仮面をつけているのか、それとも、毎朝、好きな仮面を選ぶのか？

「静粛に！」レズナク・モ・レズナクが呼びかけた。「どうか、静粛に！　陳情にはお答えするが、そのまえに、まず……」

「ほんとうなの？」解放奴隷の女が叫んだ。「われらが〈母〉が亡くなったというのは？」

「ちがうちがう、そんなことはない」レズナクはかんだかい声で叫び返した。「デナーリス女王は、時満つれば、かならずや大いなるお姿を現わされ、ミーリーンに帰ってこられる。

それまでは、われらが主上にあらせられるヒズダール王が——」

「そいつはおれの王じゃない」別の解放奴隷が叫んだ。

陳情者たちがつきとばしあいをはじめた。

「女王は亡くなってなどおられない」家令がきっぱりと宣言した。「女王の血盟の騎手らは、スカハザダーン河を越えて探しにいった。いずれ、愛する王と忠実な臣民のもとへ、女王をお連れするはずだ。各捜索隊は選び抜かれた十騎からなり、各人、それぞれが三頭の駿馬を乗り換えながら捜索しているゆえ、移動速度は速く、そうとう遠くまでいける。デナーリス女王はかならずや見つかるはずだ」

つぎに口を開いたのは、金襴のローブをまとった、背の高いギスカル人だった。よく通る声だが、冷たい声でもあった。ヒズダール王は、ドラゴンの玉座の上でからだを動かした。王の顔は石のようだ。できるだけ関心があるそぶりを見せようとしているが、あまりうまくいってはいない。ギスカル人の問いに答えたのは、こんども家令だった。

サー・バリスタンは、レズナクのねっとりした釈明を右から左へ聞き流した。〈王の楯《キングズガード》〉として過ごした長い年月のあいだに、内容を聞かず、ことばの上っ面を受け流す技術は身につけている。この技術がとくに役だつのは、ことばはまさに凪であることを、話し手が証明しようとしているときだった。

老騎士は広間のうしろのほうで、ドーンのプリンスとふたりの連れのようすをうかがった。

（ドーン人たち、ここへくるべきではなかったな。マーテルは息子におよぶ危険を認識して

いない。デナーリスさまはこの宮廷で息子どのの唯一の友人だった。そのデナーリスさまが、いまはご不在なのだ）

ドーン人たちには、ここでの会話の内容がどれだけ理解できるのだろうか。老騎士でさえ、奴隷使いたちが使う混成語的なギスカル語をすべて理解できているわけではない。とりわけ、早口でやりとりされるときは。

しかし、すくなくともプリンス・クェンティンは、懸命に耳をそばだてているようだった。

（いかにも、あの父親の息子だな）

背が低くてずんぐりとして、顔は十人並みだ。礼儀正しくて、生まじめで、分別もあり、忠順な若者のようではあるが……しかし、若い娘が胸をときめかせるたぐいの若者ではない。そしてデナーリス・ターガリエンは、いかに特別の存在であろうとも、まだまだ若い娘――無垢さを演出するとき当人が好んで口にするように、まだほんの小娘なのである。すべてのよき女王の例に漏れず、デナーリスは臣民を第一に考える。そうでなければ、ヒズダール・ゾ・ロラクなどと結婚するはずがないではないか。それでも、デナーリスはまだ、詩、情熱、笑いにあこがれる少女でしかない。

（デナーリスさまがもとめておられるのは、炎だ。それなのにドーンは、泥を送ってきた）

泥は熱を冷ます湿布に使える。泥に種を撒けば、子供たちに食べさせる作物を育てることができる。泥は人に栄養をもたらす。それに対して、炎は人を焼き焦がすことしかしない。それなのに、愚か者と子供と若い娘は、決まって炎を選ぶ。

プリンスのうしろで、サー・ジェアリス・ドリンクウォーターが、アイアンウッドになにごとかをささやいた。サー・ジェアリスはあらゆる面において、仕えるプリンスの正反対の存在といってよい。背が高く、ほっそりとして、顔だちがととのい、剣士の優美さと廷臣の機知を備えている。あの男のつややかな髪を指で梳《す》き、あのからかうような微笑を浮かべる口もとにキスをしたドーンの乙女は、すでに相当数にのぼることだろう。

（あれがプリンスであったなら、事態は変わっていたかもしれん）

ついつい、そんなことを考えてしまう。しかし……ドリンクウォーターという人間には、老騎士の好みからすると、どうにも出来すぎに感じられるなにかがあった。

（贋金のよう、といおうか）

あの男のたぐいは、これまでにも見てきている。

なにをささやいたのか知らないが、それはおもしろいことだったらしく、禿げ頭の大柄な騎士がだしぬけに爆笑した。大きな笑い声で、王もドーン人たちに顔を向けたほどだった。そのさい、プリンスに目をとめ、ヒズダール・ゾ・ロラクは眉をひそめた。

どうにもきなくさい表情だ。王が従弟のマルガーズをそばに招きよせ、その耳もとに顔を近づけてなにかをささやくにおよんで、老騎士はますますきなくさいものを感じた。

（わしはドーンに忠誠を誓った身ではないぞ）

サー・バリスタンはみずからに言い聞かせた。だが、ルーウィン・マーテルとは、誓約の兄弟同士の間柄だったこともある。〈王の楯《キングズガード》〉の絆がもっと深かったころの話だ。

やることはできなかった。しかしいま、その又甥《またおい》を助けてやることはできる）

マーテルの若きプリンスは、毒蛇の巣で踊っているというのに、そこらじゅうにひしめく毒蛇が見えてすらいない。本人にも問題がある。神々と人々の前でデナーリスがみずからをほかの男に捧げたあとになっても、ああしてぐずぐずと居残っていては、どんな夫であれ、いらだって当然だろう。女王の庇護を失ったいま、プリンスにヒズダールの怒りが下るのは避けられない。

（ただし……）

その可能性に気づいたとたん、頬を張られたようなショックをおぼえた。クェンティンはドーンの宮廷育ちだ。けして陰謀と毒に馴じみがないわけではない。また、クェンティンの親族は公弟《プリンス》ルーウィンだけではない。

（あれは〈赤い毒蛇《レッド・ヴァイパー》〉の甥でもあるのだ）

デナーリスは二度めの夫を迎えたわけだが、もしもヒズダールが死ねば、また自由に結婚できるようになる。

（もしや、〈剃髪頭〉はまちがっていたのか？　あの毒蝗が、デナーリスさまに食べさせるために用意されたものであると、だれにいいきれる？　あれは王自身の特等席だった。あの蝗が王に食べさせることを意図して用意されたものだったとしたら？）

あのときヒズダールが死んでいれば、脆弱な和平は破れていただろう。そうなったら、

〈ハーピーの息子たち〉は無差別暗殺を再開し、ユンカイ人も戦争を継続する。その場合、デナーリスにとれる最良の道は、クェンティンと結婚してドーンと条約を結ぶことではないのか。

サー・バリスタンがそんな疑念と格闘しているうちに、広間のうしろのほうにある険しい石の階段を、重々しく長靴《ちょうか》が昇ってくる音が聞こえた。ユンカイ人の代表がやってきたのだ。〈黄の都〉から軍勢を率いてきた三人の〈賢明なる主人《ワイズ・マスター》〉は、それぞれ武装した随員を引き連れていた。先頭の奴隷使いが着ているのは黄金の縁飾りをつけた栗色のシルクのトカール、別の奴隷使いが着ているのは濃い青緑《ティール》とオレンジ色の縦縞のトカール、もうひとりがつけているのは装飾的な胸当てだ。胸当てには黒玉《ジェット》と翡翠《ヒスイ》と真珠層を使って愛欲図が描かれている。ユンカイ人の一行には傭兵隊長の〈血染鬚《ちぞめひげ》〉も同行していた。ごつい肩には革袋をななめにかけており、顔に浮かべているのは殺戮の愉悦らしい。〈褐色《ブラウン》のベン・プラム〉もだ。〈襤褸《らんる》の貴公子《プリンス》〉はいない）とセルミーは気がついた。

サー・バリスタンはひややかな目を〈血染鬚〉にすえた。

（おまえと踊るわずかな理由でもあれば、最後に笑うのはだれかを思い知らせてやれるのだがな）

レズナク・モ・レズナクが、人ごみをかきわけて、うしろまでやってきた。

「〈賢明なる主人〉諸兄、ようこそおいでくださいました。わが主上たるヒズダール王も、ユンカイからのご友人がたのご来臨を歓迎しておられます。わたしどもが理解しておりますのは――」

「まず、これを理解しろ」

〈血染鬚〉はそういって、革袋からあるものを取りだし、家令に思いきり投げつけた。

生首だった。

レズナクはかんだかい悲鳴をあげて脇に飛びのいた。首は家令の横を飛んでいき、家令が通ってきた道に落下して、紫大理石の床に点々と血の痕を残しながら転がっていったのち、ヒズダール王がすわっているドラゴンの玉座の脚にあたって止まった。謁見の間《ま》じゅうで、〈真鍮の獣〉がすばやく槍をかまえる。〈巨漢ゴゴール〉がのそりと動いて玉座の前に立ちはだかり、〈豹紋猫〉とクラッズが玉座の左右にまわって王を護るように取り囲んだ。

〈血染鬚〉は笑った。

「そいつは死んでいる。嚙みついたりはせん」

家令はおそるおそる、こわごわと首に近づいていき、髪をつかんでそうっと持ちあげた。

「グロレオ提督――」

サー・バリスタンは玉座を見やった。あまりにもおおぜいの王に仕えてきたため、こんな挑発的行為に対し、各王であればどんな反応を示しただろうかと、ついつい想像してしまう。これがエイリスなら、恐怖にすくみあがり、〈鉄の玉座〉の鉄条棘《し》でからだを切ったあげく、そのユンカイ人どもをずたずたにしろと護衛の剣士団に命じただろう。これがロバートなら、おれの戦鎚《せんつい》を持て、と怒鳴り、みずから〈血染鬚〉に鉄鎚を下そうとしただろう。おおぜいから軟弱者と見られていたジェヘアリーズでさえ、〈血染鬚〉とユンカイの奴隷使いどもを逮捕しろと命じたはずだ。

だが、ヒズダール王はその場に凍りついていた。あまりのことに、反応できないらしい。レズナクは提督の首を王の足元のサテンのクッションに置き、いまにも吐きそうに口を歪めながら、そそくさと離れ去った。数メートル離れているサー・バリスタンのところでさえ、家令の放つ甘ったるい花の香水が嗅ぎとれた。

死者の首はなじるように上を見あげている。その顎鬚《あごひげ》には乾いた血がこびりつき、茶色に染まっているが、首の切断面からはいまも鮮血がしたたっていた。その切り口からすると、首と胴が完全に分かれるまで、一度ならず刃物をふるわれたようだ。広間のうしろのほうで、陳情者たちがあとずさりはじめた。〈真鍮の獣〉のひとりは真鍮の鷹の仮面を剝ぎとって、げえげえと朝飯をもどしている。

バリスタン・セルミーは刎《は》ねられた首を何度となく目にしてきた。しかし、この首は……。この老水夫とは、ペントスからクァースへ、そこから逆行してアスタポアへ、世界の半分をともに旅してきた間柄だったのである。

（グロレオは気のいい男だった。こんな末路を迎えるいわれはない。この男の望みは、家に帰ることだけだったのに）

老騎士は身がまえ、待った。

「なぜこんな……」ようやくのことで、ヒズダール王がことばを口にした。「こんなことは……われわれはけっして、こういう……いったいなんの意味があるんだ、こんな……こんな……」

栗色のトカールを着た奴隷使いが、すっと羊皮紙を突きだし、

「わたしは貴人評議会より、この口上を携える栄誉をになってきた」といいながら、丸めてあった羊皮紙を広げた。「ここにはこう書いてある。〝ミーリーンへは、和平条約を締結し、〈ダズナクの大闘技場〉で開かれる祝賀試合を見物する目的で、七人の貴人が入った。この七人の安全確保のために、わがほうは七人の人質を預かった。〈黄の都〉は、ミーリーンの賓客として滞在中に惨殺された都の高貴なる子、ユルカズ・ゾ・ユンザクを悼むものである。血は血でもって贖《あがな》われねばならない〟」

グロレオにはペントスに妻がいる。子供も孫たちもいる。

(よりによって、なぜグロレオなのだ)

ジョゴ、〈勇士〉、ダーリオ・ナハリス、それぞれに戦闘員を指揮する者たちだ。しかし、グロレオは軍船なき提督でしかない。

(くじ引きでもしたのか、それとも、グロレオがわれわれにとっていちばん価値のない人間、報復される恐れのない人間だとでも思ったのか)

老騎士は自問した……が、自分で答えを出すよりも、その問いを相手につきつけたほうが早い。

(このような結び目を解く能力は、わしにはないからな)

「陛下」サー・バリスタンは声高に呼びかけた。「陛下に奏上します。高貴なるユルカズの死は不慮の事故によるものでした。ドラゴンから逃げようとして階段で転び、自身の奴隷と随員に踏みつぶされたのです。あるいは、恐怖で心臓麻痺を起こされたのかもしれません。もともと高齢の方でしたし」

「王の許可なく口をきくのは何者か？」縦縞のトカールを着たユンカイ人がいった。小柄な男で、あごがなく、口が小さいわりに、歯だけはかなり大きい。セルミーは兎を連想した。

「なぜユンカイの貴人が、一介の護衛ごときの文句に耳を貸さねばならんのか？」

そういって、兎に似た男は、トカールの縁を飾る真珠を振り動かした。

ヒズダール・ゾ・ロラクはグロレオの生首から目を離せずにいたが、レズナクになにかを耳打ちされ、ようやく答える気力を奮い起こしたようだった。

「ユルカズ・ゾ・ユンザクは、ユンカイの総司令だった。いまユンカイを代表される貴人はどなたか？」

「全員だ」と〝兎〟が答えた。「貴人評議会だ」

ヒズダール王は、どうにかこうにか苦情をいう気概を取りもどしたと見えて、こういった。

「では、和平を踏みにじるこの行為について、貴兄ら全員に責があるわけだ」

胸当てをつけたユンカイ人が答えた。

「和平は踏みにじられてはいない。血には血を、命には命をもって贖ってもらっただけだ。当方の善意を示すために、人質を三人返す」

鉄で鎧った背後の護衛兵たちが左右に分かれ、三人のミーリーン人が進めとうながされて、トカールの裾をあげつつ前に出てきた。女がふたりに、男がひとりだ。「従弟妹たちよ」「妹よ」ヒズダール・ゾ・ロラクがこわばった口調で呼びかけた。

ヒズダールはそこで、血を流している首を指さして、

「この首を見えないところへ持っていけ」

「提督は海の男でした」サー・バリスタンは王に言上した。そして、あえて〝主上〟ということばを使った。「主上がよろしければ、ユンカイ人に対し、グロレオのからだを返すよう、要請していただけませんか。水葬してやりたいとぞんじます」

兎の歯を持つ貴人が片手をひとふりした。

「王がそう望まれるのなら、そのように取りはからおう。われらが敬意のしるしにな」

レズナク・モ・レズナクが、大きな音を立てて咳ばらいをした。

「ことを荒だてたくはないのですが、デナーリス女王さまは、貴兄らに……その……七人の人質を預けられたはずです。ほかの三人は……」

「引き続き、われらが客として預からせてもらう」胸当てをつけたユンカイの貴人がいった。

「ドラゴンたちが処分されるそのときまで」

謁見の間が水を打ったように静まり返った。一拍おいて、ざわめきが湧き起こった。押し殺した罵声、押し殺した祈り――雀蜂の群れが巣の中で翅《はね》を震わせている。

「ドラゴンは……」ヒズダール王がいいかけた。

「……怪物だ。〈ダズナクの大闘技場〉で、だれしもがその目で見たようにな。ドラゴンが生きているうちは、真の平和は成立しえない」

これに対しては、レズナクが答えた。

「わが主上デナーリス女王さまは、〈ドラゴンたちの母〉です。デナーリスさまでなければ――」

〈血染鬚〉が嘲るような声でさえぎった。

「女王はもうおらん。燃えつきたのか、ドラゴンに食われたか――おおかた、女王の割れたされこうべのあいだからは、すでに雑草が生えていることだろうさ」

広間は騒然となった。大声でののしりだした者たちがいる。賛同の意味で足を踏み鳴らし、口笛を吹きだした者たちもいる。ようやく静寂がもどってきたのは、〈真鍮の獣〉たちが、槍の石突きで音高く床を打ちつづけてからのことだった。

サー・バリスタンは一瞬たりとも〈血染鬚〉から目を離していない。

（こやつ、都の掠奪が目的だな。ヒズダールの平和のおかげで掠奪がはたせずにいる現状をなんとかしたいのだ。都を流血の巷《ちまた》とするためなら、この男、なんでもするだろう）

ヒズダール・ゾ・ロラクは、ドラゴンの玉座からゆっくりと立ちあがった。

「わが評議会で相談しなければならん。本日は以上で閉廷する」

「一同の者、ひざまずけ――高貴なる御名《みな》の十四世におわす、ミーリーンの王、ギスの末裔、〈古帝国〉の八執政《オクタークス》、スカハザダーン河の河川総督、ドラゴンの配偶者にして、ハーピーの血族、主上ヒズダール・ゾ・ロラクさまのご退出である」

秘書官が呼ばわった。〈真鍮の獣〉が柱のあいだから進み出てきて、密集した一列横隊をなし、玉座側からすこしずつ後方へ進んで、陳情者たちを謁見の間から追いだしにかかった。

引きあげていく陳情者たちとちがって、ドーン人たちは建物の外に出ていく必要がない。その地位と立場によって、クェンティン・マーテルは、この大ピラミッドの中の、ここから二階下に居室を与えられている。それも、専用の厠《かわや》とテラスをそなえた上等の続き部屋をだ。クェンティンとおつきの者たちがこの場にいすわっているのは、その居室が近いからだろう。じっさい、人が減ってきたころを見はからって、三人は下へ降りる階段へ歩みだした。

サー・バリスタンは考えこんだ顔で三人を観察し、自問した。

(デナーリスさまならどう望まれただろう?)

答えはわかっていた。老騎士は長い雪白のマントを翻し、広間を横切っていくと、階段の最上段付近でドーン人たちに追いついた。

「いやはや、こことくらべたら、お父上の宮廷、半分もにぎやかではありませんな」

ドリンクウォーターが冗談をいうのが聞こえた。

「プリンス・クェンティン」セルミーは一行の背後から声をかけた。「すこしお話ししてもよろしいか」

クェンティン・マーテルはふりかえった。

「サー・バリスタン。もちろんです。わたしの部屋は二階下ですので」

(そこが問題なのだ)

「助言などしてよい立場ではないのだが、プリンス・クェンティン……わたしが貴公ならば、自分の部屋にはあえてもどるまい。貴公と貴公のご友人たち二名は、このまま下まで階段を降りていき、外に出ていったほうがよいと考える」

プリンス・クェンティンは驚いた顔になった。

「ピラミッドを出ていくということですか?」

「都を出ていくということだ。ドーンに帰りたまえ」

ドーン人たちは顔を見交わしあった。

「われらの武器と鎧は、みな自室に置いてあるのです」ジェアリス・ドリンクウォーターがいった。「路銀もほとんど自室に残してきました」

「剣ならばいくらでも代わりがある。路銀なら、ドーンに帰るのに充分な額をわしが用立てよう。プリンス・クェンティンよ、王は本日、貴公に目を向けられた。そして、眉をひそめられた」

ジェアリス・ドリンクウォーターが笑った。

「ヒズダール・ゾ・ロラクごときを恐れねばならんのですか? あのご仁のうろたえぶりは、たったいま、ごらんになったでしょう。ユンカイ人どもを前にして、おじけづいていたではありませんか。人質の首を持ってこられたというのに、なにもしなかった」

クェンティン・マーテルも同感だという顔でうなずいた。

「プリンスたるもの、行動に出る前に、よく考えねばなりません。あの王は……どのような人物と見てよいかわからない。たしかに女王陛下は、王に気をつけるよう助言してくださいましたが、しかし……」

「陛下がそのようなことを？」セルミーは眉をひそめた。「それなのに、なぜいまだここにいる？」

プリンス・クェンティンは顔を赤らめた。

「婚姻の約定が――」

「――その約定は、いまは亡きふたりの人物によって結ばれたものであって、陛下のことも貴公のことも、なにひとつ触れられてはおらん。あれは貴公の姉君を陛下の兄君に嫁がせるという約定なのだ。その兄君もすでにこの世にはおられぬ。強制力はどこにもない。貴公がここに現われるまで、陛下は約定書の存在さえごぞんじなかったのだぞ。貴公の父上はこの秘密をみごとに隠し通してこられた。むしろ、みごとすぎた。それがかえって仇になったな。陛下がクァースでこの約定書のことを知っておられたなら、〈奴隷商人湾〉になど寄り道をなさらなかっただろう。しかし、貴公らがくるのは遅すぎた。貴公らの傷口に塩をすりこみたくはないが、陛下は新たにご夫君を得られ、情人《じょうじん》もお持ちだ。どちらに対しても、貴公に対するよりは好意を持っておられるように見える」

プリンスの黒い目に、一瞬、怒りが閃いた。

「ギスカルの小貴族など、七王国の女王のご夫君にはふさわしくありません」

「それを判断するのは貴公ではない」

そこでいったん、サー・バリスタンは語を切った。すこししゃべりすぎたのではないかと思ったのだ。

（いいや、そんなことはない。もうぜんぶぶちまけてしまえ）

「〈ダズナクの大闘技場〉であんなことがあった日、王家用の櫃《ひつ》に入っていた料理には毒が盛られていた。毒入りの蝗《イナゴ》を〈闘士《ストロング》〉ベルウァスがひとりで平らげてしまったのは、偶然にすぎん。〈青の巫女《みこ》〉たちによれば、ベルウァスが一命をとりとめたのは、あの巨軀となみはずれた体力のおかげだそうだが、しかし、あと一歩で死ぬところだった。まだまだ油断はできん」

プリンス・クェンティンの顔には、ありありと驚きの色が浮かんでいた。

「毒……それは、デナーリスさまを狙っての？」

「デナーリスさまを狙ったのか、ヒズダールを狙ったのかはわからん。おそらく両方だろう。しかし櫃は王のものだった。すべての手配をしたのも王だ。毒を仕込ませたのがもしも王であれば……その罪を着せる相手が必要となろう。遠方から訪ねてきて、この宮廷にひとりの友人とてもおらぬ恋敵《こいがたき》以上に、罪をなすりつけやすい相手がいるか？　女王陛下にはねつけられた求婚者以上に、手ごろな相手がいるか？」

クェンティン・マーテルは蒼白になった。

「わたしですか？　わたしはけっして……そんな悪行になど加担するはずが……」

（これは本心だな。でなければ、稀代の名役者ということになる）

「加担したと見る向きも出てこよう」とサー・バリスタンはいった。「毒使いとして驍名《ぎょうめい》を馳せる〈赤い毒蛇〉は、貴公の叔父上だ。そして貴公には、ヒズダール王に死んでほしいと願う充分な理由がある」

「動機のある者だったら、ほかにもいるでしょう」ジェアリス・ドリンクウォーターが口をはさんだ。「たとえばナハリスです。あれは女王陛下の……」

「……情人《じょうじん》ではある」サー・バリスタンは押しかぶせるようにいった。それ以上しゃべらせようものなら、女王の名誉を貶《おとし》めることばを吐きかねなかったからである。「ドーンでは、そう呼ぶのだろう？」

　返事をするひまを与えず、老騎士は語をついだ。

「プリンス・ルーウィンはわが誓約の兄弟だった。当時、〈王の楯《キングズガード》〉の者同士には秘密などなくてな。ルーウィンが情人を囲っていたことも知っている。それを恥ずかしいこととは、当人はまったく思っていなかった」

「たしかに、恥ずかしいこととはされません」クェンティンの顔は真っ赤になっていた。

「しかし……」

「ダーリオがその気になれば、鼓動ひとつぶんのうちにヒズダールを殺すだろう」とサー・バリスタンはつづけた。「しかし、あの男は毒は使わん。絶対にだ。どのみちダーリオは、あの場にはもとより、この都にすらいなかった。むろん、事情さえゆるせば、ヒズダールは喜んで毒蝗をダーリオのせいにしていただろうが……いまのところは、王は〈襲鴉《ストームクロウズ》〉を失うわけにはいかん。そして隊長を糾弾し、ユンカイ人に殺させようものなら、〈襲鴉〉はかならずや離反する。ゆえに、その線はないと思われよ、わがプリンス。王が毒殺者の責を着せるとしたら、それは貴公だ」

（身に危険がおよぶ恐れなく口にできることは、これですべて打ち明けた。あと二、三日もすれば、そして神々がわれらにほほえむならば、ヒズダール・ゾ・ロラクは、ミーリーンの支配者の座を追われよう……が、きたるべき流血にプリンス・クェンティンを巻きこんでも、よいことはなにひとつない）

「なおもミーリーンにとどまっているというなら、宮廷から遠く離れられよ。ヒズダールが貴公の存在を忘れてくれるように祈りながらな」サー・バリスタンはそういって、話を締めくくった。「しかし、賢明なのはヴォランティス行きの船に乗ることだろう、わがプリンス。どちらを選ぶにしても、わしは貴公の身の安全を祈念している」

それだけいうと、くるりと背を向け、歩きだした。が、三歩進んだところで、うしろからクェンティン・マーテルに呼びとめられた。

「〈豪胆バリスタン〉――人はあなたをそう呼ぶそうですね」

「そう呼ぶ者もいる」

セルミーがこの異名を得たのは、まだ十歳――従士になりたてのころだった。うぬぼれが強く、自尊心が高くて、愚かきわまりなかった当時のセルミーは、経験の豊富な騎士に馬上槍試合を挑むだけの実力があると思いこんでいた。そこで、軍馬を借り、ドンダリオン公の武器庫から板金鎧を勝手に拝借したうえ、〈謎の騎士〉を名乗って、黒い聖域城《ブラックヘイヴン》で開かれる槍試合の出場者に登録したのである。

（出場者の名を読みあげる者でさえ笑っていたな。わしの腕はかぼそくて、いったん騎槍《ランス》を下げようものなら、先端が地面に溝を抉《えぐ》らないようにするだけでせいいっぱいだった）

ほんとうなら、ドンダリオン公に馬から引きずりおろされ、打擲されても文句はいえないところだった。しかし、ぶかぶかの鎧を身につけた愚かな子供にあわれをもよおしたのだろう、畏れ多いことに、臨席されていた太子《プリンス》ダンカン・ターガリエン、のちに〈ドラゴンフライのプリンス〉と呼ばれることになるあの方は、小僧っ子の名誉を尊んで、あえて挑戦を受けてくださった。一回の懸け合いで決着はついた。すると、プリンス・ダンカンは、地にのびたセルミーが立ちあがるのに手を貸してくれたうえ、セルミーの兜をはずし、観衆に向かってこう叫んだ。

「子供ではないか──これはまた、豪胆な子供もいたものだ」

（以来、五十三年になる。あのとき黒い聖域城《ブラックヘイヴン》にいた者のうち、いったいどれほどがいまも生きていることか）

「では、もしもわたしがデナーリスさまをお連れせずにドーンへ帰れば、なんと呼ばれると思われます？」プリンス・クェンティンはたずねた。「〈慎重居士クェンティン〉ですか？

〈臆病者のクェンティン〉ですか？　〈腑抜けのクェンティン〉ですか？」

（〈来るのが遅すぎたプリンス〉だろうな）

老騎士はそう思ったものの……〈王の楯《キングズガード》〉の騎士がなににも増して学ぶことがあるならば、それは〝ことばに気をつける〟という一点に尽きる。

「〈賢明なるクェンティン〉だろう」とサー・バリスタンは答えた。

そのとおりであってくれればいいのだが、と心の中で願いながら。

60 ―― 拒絶された求婚者

そろそろ亡霊の刻《とき》を迎えようかというころに、サー・ジェアリス・ドリンクウォーターが大ピラミッドにもどってきて、〈豆〉、〈書物〉、〈老骨のビル〉を見つけた、と報告した。三人とも、ミーリーンでもとくにいかがわしい地下酒場にいて、素手や尖らせた歯で半裸の奴隷たちが殺し合うのを眺めながら、黄色いワインを飲んでいたそうだ。

「〈豆〉のやつ、おれを見るなりナイフを抜いて、ひとつ賭けをしようじゃないか、仲間を見捨てたやつの腹をかっさばいて、中に黄色い粘液でも詰まってないかどうか見てやろうといいだしましてね」とサー・ジェアリスはいった。「で、ドラゴン金貨を一枚投げてやって、黄色い粘液を調べるかわりに、黄色い貨幣を調べてはどうかといってみたところ、あいつめ、金貨を噛んで、この金でなにを買いたいかというので、これこれこういうわけだと説明した結果、あの男、ナイフを鞘に収めながら、おまえは酔っぱらってるのか、気が狂ってるのか、どっちだとぬかしました」

クェンティンは答えた。

「どう思われてもかまわないさ、あの男が伝言をとどけてくれるかぎりはな」

「伝言はとどけるでしょう。会談は持たれると見ていい。もっとも、〈艦褸《らんる》〉の手下どもと会ったら、〈可憐なメリス〉が若の肝臓を抉《えぐ》りだして、玉葱《タマネギ》と炒めちまうのは必定ですがね。セルミーのことばにも留意すべきでしょうな。〈豪胆バリスタン〉に逃げろといわれたら、賢い男はとっとと逃げだすもんだ。まだ港が開いているうちに、ヴォランティス行きの船を見つけるべきじゃないですか」

船ということばを聞くなり、サー・アーチボルドの血の気が失せた。

「船はもうかんべんしてくれ。ヴォランティスまで片脚でぴょんぴょん跳ねていったほうがましだ」

（ヴォランティスか……）とクェンティンは思った。（そこからライスにいき、故郷に帰る——きた経路を逆にたどって、なにも持たず。その場合、勇敢な三人の男は、なんのために死んだことになる？）

またグリーンブラッド川を見られることがうれしくはある。サンスピア宮とウォーター・ガーデンズ離宮を訪ね、〈奴隷商人湾〉の不潔で蒸し暑い空気ではなく、アイアンウッドの領地である山間部の、清浄で澄んだ空気を満喫したい思いも強い。父が叱責のことばを口にしないことはわかっていた。しかし、その目に浮かぶ失望の色が、いまから見えるようだ。姉には蔑みの目で見られ、〈砂蛇《サンド・スネーク》〉たちからは剣よりも鋭い嘲りの微笑でいたぶられるだろう。そのうえ、第二の父ともいうべきアイアンウッド公は、プリンス護衛の任を与えて、みずからの惣領を送りだしたのだ……。

「おまえたちをここに縛りつけてはおけん」クェンティンは友人たちにいった。「父がこの任務を託したのはおれだ、おまえたちではない。帰りたくば故郷へ帰れ。手段はどうとでも好きにすればいいだろう。おれは残る」

〈大兵肥満《だいひょうひまん》〉は肩をすくめた。

「だったら、ドリンクもおれも残りますよ」

つぎの晩、プリンス・クェンティンの部屋の戸口に、例の武闘詩人、デンゾー・ダーンが現われた。

「あす、お会いになるそうだ。香料市場のそばの酒場でな。紫の睡蓮がついたドアを探せ。見つけたら、ノックを二回。合言葉は〝自由〟」

「了解した」とクェンティンは答えた。「アーチとジェアリスがいっしょにくる。そちらもふたりまで連れてきていい。それ以上はだめだ」

「プリンスのお心のままに」言いまわしこそていねいだったが、武闘詩人の口調には悪意がにじんでいたし、目には嘲りの光も浮かんでいた。「落ちあうのは日没どきとする。あとをつけられぬよう、気をつけてくれよ」

ドーン人たちは日没の一時間前に大ピラミッドを出発した。道をまちがえたり紫の睡蓮を見つけるのに苦労した場合の用心だ。クェンティンとジェアリスは剣帯を身につけていた。〈大兵肥満〉は大きな背中に戦鎚《せんつい》をななめがけにしている。

「まだ手遅れじゃない。こんな馬鹿げたもくろみはやめましょうや」悪臭を放つ路地を通りぬけ、古くからの香料市場に向かいながら、ジェアリスがいった。あたりにただよっているのは小便のにおいだ。行く手からは、死体運搬車の鉄枠をはめた車輪がごとごとと動く音も聞こえている。

「〈老骨のビル〉がよくいってたっけ、〈可憐なメリス〉はひと月もかけて人をじわじわ殺すすべを知ってるって。おれたちは連中にうそをついたんですよ、クェント。連中を利用してミーリーンにきて、そのあと〈襲鴉《ストームクロウズ》〉に鞍替えしたんだ」

「鞍替えは命じられたとおりの行動じゃないか」

「〈襤褸《らんる》〉の大将は、〈襲鴉〉の仲間に加わるふりをしろといったんであって、ほんとうに〈襲鴉〉になれといったわけではないでしょう」

これは〈大兵肥満〉だ。

「いっしょにきたほかの連中——サー・オーソン、〈麦わらディック〉、ハンガーフォード、〈森のウィル〉、その他の連中は、いまでもまだどこかの地下牢に閉じこめられてるんです、おれたちのせいで。〈襤褸〉の大将が快く思っているはずがない」

「そうだろうな」とプリンス・クェンティンは答えた。「しかし、あの男は金が好きだ」

ジェアリスが笑った。

「残念ながら、いまはその金の手持ちがないわけで。だいたい、この和平、信用できますか、クェント？　おれはできないな。都の半分は〈ドラゴン退治《スレイヤー》〉の野郎を英雄と誉めたたえているし、もう半分はやつの名前を聞いただけで血混じりのつばを吐く始末だ」

「ハーズーとやらですな」〈大兵肥満〉がいった。

クェンティンは眉をひそめて、

「あの男の名前はハルガーズだ」

「ヒズダールでも、ハムザムでも、ハグナグでも、なんでもけっこう。どいつもこいつも、ハーズーでいいじゃありませんか」ジェアリスがいった。「あんなやつ、〈ドラゴン退治〉なんかじゃない。あいつがしたのは、おのれの尻を黒焦げにしたことだけだ」

「勇敢ではあったさ」

（槍一本であの怪物に立ち向かう勇気が、はたしておれにあっただろうか）

「勇敢ゆえに、死んじまいましたがね」

「悲鳴をあげながらな」これはアーチだ。

ジェアリスがクェンティンの肩に手をかけ、いった。

「女王がもどってきても、王と結婚したままであることに変わりはないんですよ」

するとアーチが、

「なあに、おれの戦鎚でちょいとハーズー王をなでてやれば、その状態もおわる」

「ヒズダールだ」クェンティンは訂正した。「王の名はヒズダールだ」

「おれの戦鎚でキスしてやれば、だれもやつの名前がなんだったかなんて気にしませんよ」

（この者たちにはわかっていない）わが友人たちは、ここへきた本来の目的を見失っている。

（道はデナーリスを経てつながっているんだ。デナーリスが目的地ではない。デナーリスは目的を得るための手段であって、目的そのものではないんだぞ）

〝ドラゴンは三つの頭を持っているの〟とデナーリスはいったろう。〝わたしが結婚したからといって、絶望することはありませんよ〟と。そして〝あなたがなぜここにいるのかはわかっているのだから。炎と血のためでしょう〟とも。おれのからだにターガリエンの血が流れていることは、おまえたちも知っているとおりだ。系図をたどれば——」

「若の系図はどうでもよろしい」ジェアリスがいった。「ドラゴンどもは、若の血筋なんて気にしやしません。気にするのは、せいぜい血の味くらいですよ。歴史の講義でドラゴンを飼い馴らすことなんかできやしませんて。あれは怪物なんです、学匠《メイスター》じゃない。クェント、ほんとうにこんなことをしたいんですか？」

「これはなさねばならないことなんだ。ドーンのために。父のために。クレタスとウィルとメイスター・ケドリーのためにも」

「三人は死んだんです」ジェアリスはいった。「死人はもう気にしません」

「ああ、三人とも死んだ」クェンティンはうなずいた。「死ぬはめになったのはなぜだ？おれを女王のもとに連れてくるためだろうが。ドラゴンの女王と結婚できるようにするためだろうが。大冒険、とクレタスは呼んでいた。〈魔物の道〉を通り、嵐に逆巻く海を越え、その果てに待つ世界一の美女のもとへ、孫子《まご》に語り継げる経験をしにいくんだと。しかし、そのクレタスはもう、子の父になることはない。あいつが好いていた酒場の娘が、あいつの私生児でも宿していないかぎり。ウィルももう、結婚することはできない。そんなふたりの死には、なにか意味を持たせてやるべきじゃないか」

ジェアリスは煉瓦塀にもたれかかった死体を指さした。その周囲には、てらてらと緑色に光る金蠅の雲がたかっていた。

「あんな死に、なにか意味があるんですかね？」

　クェンティンは距離をとり、その死体を見つめた。

「赤痢で死んだんだな。ふたりとも近づかないようにしろ」

　〝白《あお》き牝馬〟は都の囲壁《いへき》の中にまで入りこんでいた。人の往来がいつもよりすくないのも、うなずける話だった。「じきに〈穢れなき軍団《アンサリード》〉が死体運搬車を差し向けてくるだろう」

「でしょうな。しかし、おれがきいたのはそういうことじゃない。人が生きることに意味はあるが、死にはなんの意味もないんです。おれはウィルもクレタスも好きでしたよ。しかし、こんなことをしたからといって、ふたりが帰ってくるわけじゃなし。これはまちがってます、クェント。傭兵など信用しちゃいけません」

「傭兵も人間だ、ほかの人間と同じように。みな黄金と栄光と権力をほしがる。今回おれが信用するのは、そういう人としての性《さが》の部分なんだ」

（加えて、おれ自身が背負う定めもだな。おれはドーンのプリンスだ。そして、おれの血脈にはドラゴン一族の血が流れている）

　夕陽が囲壁の彼方に沈むころ、〝紫の睡蓮〟を見つけた。ラズダール家が持つ黄色と緑の大ピラミッドの陰には、煉瓦造りのよく似た低い小屋が横一列にならんでいる。そのうちの一軒の、陽光に照りつけられて傷んだ木のドアに、紫の睡蓮の絵が描かれていたのである。指示されたとおり、二度、ノックした。ドアの向こうから、低くうなるような声が応えた。古ギスカル語とハイ・ヴァリリア語が交雑した、〈奴隷商人湾〉に特有の醜悪な混成語で、なんといったのかは聞きとれなかった。ともあれ、同じ言語を使って、プリンスは合言葉をいった。

「″自由″」

ドアが開かれた。念のため、ジェアリスが先に入る。そのすぐあとから、クェンティンも入り、〈大兵肥満〉もうしろにくっついて入ってきた。香でも焚いているのだろうか、屋内には甘い香りのする青い煙がただよっているが、小便、饐《す》えたワイン、腐りかけた肉などの、施設に染みついたにおいはごまかしきれていない。屋内は外から見たときよりも広かった。左右に隣接する小屋同士は、すべて内部でつながっていたのだ。通りからはずらりとならぶ小屋の列と見えたものは、じつはひとつながりの長い酒場だったらしい。

まだ宵のうちとあって、客席は半分も埋まっていなかった。何人かの客がドーン人たちをじろじろと見た。その目に浮かんでいるのは、退屈、敵意、好奇心などだ。その他の客は、店の一端にある闘技場の周囲に群がっている。観客の声援が飛ぶなかで、半裸の男がふたり、ナイフで斬り合っているのが見えた。

会う手はずの者たちの姿はどこにも見えない。と、それまでは気づかなかった奥のドアが開いて、ひとりの老婆が店に出てきた。ひどくしなびた老婆で、暗紅色の寛衣《トカール》を着ており、裾には小さな黄金の髑髏《どくろ》をずらりとぶらさげている。肌は妙に白く、馬の乳のような色だ。髪は薄くて、下の頭皮が透けて見えていた。

「ドーン人」クェンティンたちを見て、老婆がいった。「あたしはザーリナ。〈紫の睡蓮〉だよ。地下においで。連中が待ってる」

老婆はそういうと、ドアを押さえたまま手招きした。

ドアの向こうは木の階段になっており、角度が急で、しかも途中で曲がっていた。今回は〈大兵肥満〉が先に降り、プリンスが真ん中で、ジェアリスがしんがりを務めた。

（地下室か）

長い階段のうえ、かなり暗いため、すべらないようにと、足先で一段ずつ探っていかねばならなかった。最下段付近まで降りたところで、サー・アーチボルドが短剣を抜いた。

出た先は煉瓦壁で囲われた地下室だった。上の酒場の三倍は広い。壁ぎわにはプリンスの目がおよぶかぎり、ずっと向こうまで、木の大樽がずらりとならんでいた。ワインの樽だ。ドアのすぐ内側の掛け鉤には赤いランタンがかけられており、テーブルがわりのさかさまにした樽の上では、黒い獣脂蠟燭が燃えて、ちらちらと揺れている。

ワインの樽のそばでは、腰に黒い半月刀《アラク》をぶらさげて、〈死体殺しのカッゴ〉がいったりきたりしていた。〈可憐なメリス〉は弩弓《クロスボウ》を抱いている。その眼差しは一対の灰色の石かと思うほど冷たく暗い。ドーン人たちが室内に入ると、武闘詩人のデンゾー・ダーンが閂《かんぬき》をかけ、立ちはだかるようにドアの前に立ち、腕組みをした。

（ひとり多いぞ）とクェンティンは思った。

〈襤褸《らんる》の貴公子《プリンス》〉自身はテーブル席につき、ワインのカップを手にしていた。蠟燭の黄色い灯のもとでは、その銀灰色の髪が黄金色に見える。ただし、目の下のたるみは鞍袋《くらぶくろ》のように大きく、そのぶん、くっきりと影がきわだった。はおっているのは旅人用の茶色いウールのマントで、その下に着こんだ銀色の鎖帷子が、灯火の光を浴びて輝いている。あんなものを着こんできたのは、立ちまわりを予想してのことか、それともたんに用心深いからか？

（齢をとった傭兵は、用心深い傭兵だ）

クェンティンはテーブルに歩みよった。

「隊長。いつものマントを着ていないと、別人のようですね」

「あの襤褸《ぼろ》のマントかね？」ペントス人は肩をすくめてみせた。「たいしたものではないが……あの襤褸をつけていると、敵が震えあがってくれるので助かる。戦場にあっては、わが襤褸が風に翻る姿は、いかなる旌旗《せいき》よりもわが兵を奮いたたせる効果があるしな。おまけに、人目につかないで移動しようと思えば、あの襤褸を脱ぐだけでいい。たちまち地味な老人に早変わり、まったく目だたなくなる」

〈襤褸の貴公子〉は、向かいのベンチに手をひとふりした。

「すわりたまえ。きみのことは公子《プリンス》と理解している。そうと知っていれば、別のやりようもあったのだがね。なにか飲むかな？　ザーリナは食事も出してくれるぞ。彼女の出すパンときたら黴《カビ》くさいし、シチューもひどいしろものだ。脂はぎとぎとで塩辛いうえ、肉はほんのわずかしか入っていない。犬の肉だとザーリナはいうが、十中八九、鼠の肉だとわしは思う。しかし、食っても死ぬ恐れはない。長らくこの稼業をしてきてわかったことだが、気をつけなければならんのは、食指をそそられる料理だよ。毒殺者は必然的に、だれもが手を伸ばす料理を選ぶものだからな」

「護衛を三人《スリー・メン》、連れてきたな」サー・ジェアリスが指摘した。険のある声だった。「双方、護衛はふたりずつで合意したはずだ」

「メリスは男《マン》ではないぞ。愛しのメリス、すまんが、シャツを脱いで、証拠を見せてやってくれんか」

「その必要はありません」とクェンティンはいった。うわさがほんとうなら、あのシャツに隠れている〈可憐なメリス〉の胸の肌には、男たちに乳房を切りとられた無惨な傷が残っているはずだ。「メリスが女性であることには同意します。しかし、合意を曲解したことにはちがいないでしょう」

「襤褸《ぼろ》は着るわ、曲解はするわ――わしはまた、なんというならず者であることか。三対二では、たいして有利ともいえんことは認めてもらわねばなるまいが、たしかに、合意の曲解ではある。しかし、この世界では、なんであれ、神々が与えようと決めた贈り物は受けとることを学ばなくてはならん。それが、いくばくかの犠牲を払ってわしが得た教訓だ。信用のあかしに、その教訓をきみにも与えてやろうと思ってな」ふたたび、ベンチを指し示した。「すわりなさい、そして用件をいうがいい。約束しよう、きみのいうべきことを聞きおえるまで殺しはせん。プリンス同士の、最低限のよしみだ。どうだね、クェンティン？」

「マーテル家のクェンティンです」

「呼び名としては〈蛙〉のほうが似合っているぞ。うそつきの脱走兵などと酒を飲む習慣はないが、きみには好奇心をそそられるものがある」

クェンティンは腰をおろした。

（ひとことでもまちがえれば、鼓動半分のうちに血の雨が降るだろう）

「われわれの欺瞞については、どうかご寛恕《かんじょ》くださるようお願いしたい。あの時点では、〈奴隷商人湾〉にいく船は、〈風来《ふうらい》〉に傭われて戦場へ向かうものしかなかったのです」

〈襤褸の貴公子〉は肩をすくめてみせた。

「あらゆる返り忠にはそれぞれの事情がある。わしに武技を提供すると誓って、わしの払う給与を受けとり、そのうえで逃亡した者は、なにもきみらが初めてではない。どんな者にも、なんらかの理由がある。いわく、幼い息子が病気なんです、女房が浮気したんです、ほかのやつらが一物をしゃぶらせるんです、とな。最後の理由をあげた者は、なかなかの美男ではあった。が、そんなことが脱走するに足る理由として認められようはずもない。別の男は、〈風来〉のメシがあまりひどくて、病気になる前に逃げたと言いおったので、片脚を切り、それを焼いて食わせてやった。そののち、そいつを陣幕の料理番にしてみたところ、食事の内容が劇的に改善されてな。契約期間満了のあとで、その男とは契約を更新したよ。しかし、きみの場合、話はまるでちがう……わが隊でもひときわ優秀な兵の何人かが、いまも女王の地下牢に閉じこめられているのだぞ。きみらの虚偽のおかげでだ。料理番にしてみようにも、きみに料理ができるとはとても思えん」

「わたしはドーンのプリンスです」とクェンティンは答えた。「ゆえに、父と臣民に対する義務があります。秘密の結婚協定もありました」

「だそうだな。で、きみの持参した羊皮紙を見るなり、白銀の女王はきみの腕に抱かれたのかね、うん？」

「いいえ」横から〈可憐なメリス〉が答えた。

「いいえ？　おお、そうそう。きみの花嫁は、ドラゴンに乗って飛び去ってしまったのだな。女王が帰ってきたら、結婚式にはぜひとも招待してくれたまえ。わが隊の兵には、きみらの幸せを願って、喜んで酒杯を捧げさせよう。それに、ウェスタロス式の結婚式はいたく気にいっている。とくに床入りの部分がいい。ただし……いや待てよ……」〈襤褸の貴公子〉は、デンゾー・ダーンに顔を向けた。「デンゾーよ、おまえはたしか、ドラゴンの女王は、さるギスカル人と結婚したといったのではなかったか？」

「ミーリーンの貴人とね。金持ちですよ」

〈襤褸の貴公子〉はクェンティンに顔をもどした。

「そんなことがありうるものかな？　いやいや、あるはずがない。くだんの結婚協定はどうなったのだね？」

「女王に笑われて終わりです」

〈可憐なメリス〉が答えた。

（デナーリスは笑いなどしなかった）

ミーリーンのほかの者たちは、クェンティンのことをおもしろがり、笑っていたかもしれない。ちょうど、ロバート王がキングズ・ランディングに住まわせていた、夏諸島人《サマー・アイランズ》の亡命プリンスのように。だが、女王自身はいつもやさしく接してくれた。

クェンティンは答えた。

「われわれはくるのが遅すぎたのです」

「もっと早くにわが隊を脱走しなかったのは、失敗だったな」〈襤褸の貴公子〉はワインをすすった。「かくて……〈蛙〉公子が女王と結婚できる脈はなくなった。わしのもとに舞いもどってきた理由はそれかね？　三人の勇敢なドーンの若者は、契約をまっとうすることにしたのかな？」

「ちがいます」

「それはまた小にくらしい」

「ユルカズ・ゾ・ユンザクが死にました」

「いまごろそれをいうのかね。あの男が死ぬところはわたしも目撃したとも。あわれにも、ドラゴンを見て逃げようとしたとき、転んでしまってな。逃げだした親しい友人たち千人に踏みつぶされたのだ。〈黄の都〉はさぞかし涙にくれていることだろうて。彼を偲《しの》んで献杯しろとでも？」

「いいえ。ユンカイ陣営は新しい総司令を選びましたか？」

「貴人評議会では、ついに結論が出なかったよ。いちばん支持を集めたのは、イェッザン・ゾ・クァッガズだが、そのイェッザンまでもが死んでしまった。ゆえに、〈賢明なる主人《ワイズ・マスター》〉たちは、輪番制で総司令を務めることに決めた。あすは〈ぷるぷる頬の大将〉が務めることになっている〈酔いどれ征服者〉と呼ぶ男だ。きょうの総司令どのは、きみの戦友たちが」

「〈兎〉です」メリスが訂正した。「〈ぷるぷる頬〉はきのうでした」

「これはしたり。礼をいうぞ、愛しのメリスや。われらがユンカイの友人たちが、せっかく輪番表を渡してくれたのだ。もっとこまめに見ておかなくてはいかんな」

「あなたがたを傭った人物はユルカズ・ゾ・ユンザクですね」

「うむ、〈黄の都〉を代表して契約書に署名したのはあの男だった。いかにも《ジャスト・ソー》」

「ミーリーンとユンカイは和平を結びました。攻囲はいずれ解かれて、攻囲軍は解散となります。戦いはない。虐殺はない。都の掠奪もない。そうですね？」

「人生とは失望の連続だよ」

「ユンカイ人は、いつまで四個の自由傭兵部隊に報酬を払うと思います？」

〈艦褸の貴公子〉はふたたびワインをすすり、いった。

「やれやれ、小にくらしいことをききおるわい。ま、われわれ自由傭兵の暮らしというのはそうしたものだ。ひとつの戦争がおわれば、また別の戦争がはじまる。さいわい、どこかでかならず、だれかがだれかと戦っているものでな。ここでもまた戦いは起こるかもしれん。

こうしてここにすわって酒を飲んでいるいまも、〈血染鬚《ちぞめひげ》〉のやつがユンカイの友人たちをそそのかし、ヒズダール王のもとへつぎの首を突きつけろ、とたきつけているだろう。解放奴隷と奴隷使いは、たがいの首を狙ってナイフを研いでいるし、〈ハーピーの息子たち〉は各々のピラミッドの中で悪だくみを練り、〝白《あお》き牝馬〟は奴隷も貴人もひとしなみに蹂躙し、〈黄の都〉からきた友人たちはなにかの到着を待ち望んで海の彼方を眺め、大草原のどこかではドラゴンがデナーリス・ターガリエンの柔肌をかじっている。今夜のミーリーンを支配するのはだれか？　あすのミーリーンを支配するのはだれか？」ペントス人は肩をすくめた。

「ただ、ひとつたしかなことがある。だれかがわれわれの剣を必要とするということだ」

「必要とするそのだれかは、このわたしです。ドーンがあなたがたを傭います」

〈襤褸の貴公子〉は〈可憐なメリス〉に目をやった。

「いやはや──あつかましいにもほどがあるな、この〈蛙〉どのは。思いださせてやらねばならんのかな？　親愛なるプリンス。前にわれらと交わした契約書を、きみはその愛らしいピンクの尻を拭くのに使ってしまったのだぞ」

「ユンカイ人が払う額の倍、払いましょう」

「契約書を交わした時点で、即金で払えるのかね？」

「分割払いで支払います。半金はヴォランティスに着いた時点で。残りの半金は、わたしがサンスピア宮に着いた時点で。故郷を出帆したとき、黄金を持って出てはきましたが、傭兵部隊に入ったあとは隠しておくのが困難なため、ヴォランティスの銀行に預けてきたのです。

なんなら預金証書をお見せしてもよろしい」

「ほほう。預金証書。しかし、ほんとうにユンカイの倍額を払ってもらえるものやら」

「それだけの金を預けてきたのかい？」これは〈可憐なメリス〉だ。

「不足分はドーンで払います。父は誠実な人間ですから、わたしが契約書に署名捺印すれば、かならずその条件を履行します。誓ってもいい」

〈襤褸の貴公子〉はワインを飲み干し、カップをさかさまにして、彼我を隔てるテーブルの上に置いた。

「なるほどな。それでは、わしがちゃんと理解しているかどうか、確認させてもらおうか。法螺吹きであり、誓約破りでもあることがわかっている男が、われらと契約したい、後払いながら報酬は保証するといっている——そういうことだな？　だが、われらを傭ってなにをする？　読めないのはそれだ。わが〈風来〉にユンカイ勢を撃破させて、〈黄の都〉を掠奪させるのかね？　大草原でドスラクの一部族《カラザール》でも打ち破らせるのかね？　あるいは、きみを護送して父上のもとまで連れ帰らせるのか？　それとも、デナーリス女王をその気にさせて、ベッドに連れていけば満足なのか？　掛け値ないところを教えてくれ、〈蛙〉殿下。わしとわしの部隊になにをさせたい？」

「ドラゴンを一頭、盗みたい。ほしいのはそのための支援です」

〈死体殺しのカッゴ〉がくっくっと笑った。〈可憐なメリス〉は唇を歪め、薄く笑っている。

デンゾー・ダーンは口笛を吹いた。

〈襤褸の貴公子〉は椅子の背もたれに背中をあずけ、こういった。

「ドラゴンがらみの仕事ともなると、倍額程度では引きあわんぞ、プリンスどのよ。いかに〝蛙〟とて、そのくらいのことは承知していてもよさそうなものだが。ドラゴンとはまた、じつにだいそれた望みではないか。それほどの大仕事を請け負わせようともくろむからには、約する報酬も危険に見合ったものでなくてはならぬ。そのくらい、承知していてしかるべきだろう」

「三倍ほしいというのなら――」

「わしがほしいものは――」と、〈襤褸の貴公子〉はいった。「――ペントスだ」

61――グリフィン再興

真っ先に弓兵を進軍させた。

弓兵一千を率いるのは〈黒のバラク〉だ。若い時分のジョン・コニントンは、たいていの騎士と同じく、弓兵を見くだしていたが、国外流浪のあいだに、そのあたりは賢明になっている。用兵しだいで、弓は剣に匹敵する威力を持つ。ゆえに、長い航海に先駆けて、海難で失う弓兵の数を抑えるため、コニントンは〈故郷なきハリー・ストリクランド〉に強く進言して、バラク麾下《きか》の弓兵隊を百人ずつ十隊に分け、各隊ごと別々の船に分乗させたのである。その十隻のうちの六隻は、はぐれることなく、まとまって目的地に到着し（残りの四隻は遅れているだけで、最終的にはやってくる、とヴォランティス人の船長たちは請けあったが、沈没したか、よそに漂着した可能性もあるとグリフは見ていた）、怒りの岬《ケープ・ラス》の海岸に兵員を上陸させた。これで〈兵団〉は、弓兵を六百人、確保できたことになる。もっとも、今回の城攻めにあてた弓兵は二百。それで充分であったことは、やがて証明されるにいたる。

「城の者は使い鴉を送りだそうとするだろう」グリフは〈黒のバラク〉にいった。「学匠《メイスター》の塔に気をつけていてくれ。ここだ」

そういって、野営地の地面に棒で描いた地図の一カ所を指し示す。

「城を飛びたつ鳥は、一羽残らず射落としてくれ」

「心得た」と、夏諸島人《サマー・アイランズ》、〈黒のバラク〉は答えた。

バラクの弓兵のうち、三分の一は弩弓《クロスボウ》を、もう三分の一は骨と腱とで作った東方の彎弓《わんきゅう》を装備している。いっそう強力なのは、ウェスタロス系の弓兵が作りだした水松材《イチイ》の長弓《ロングボウ》だ。さらにその上をいくものとしては、〈黒のバラク〉をはじめ五十名の夏諸島人が愛用する、金心木《ゴールデンハート》材の強弓《つよゆみ》がある。飛距離で金心木の弓を超えるものといえば、竜骨の弓しかない。もっとも、携えている弓がどれであれ、バラクの弓兵はみな目が鋭く、歴戦の兵《つわもの》ぞろいで、百度の合戦、襲撃、小競り合いにおいて、精強さを実証してきた。グリフィンの寝ぐら城《ズ・ルースト》の攻略においても、その実力は遺憾なく発揮されることになる。

城が建っているところは、怒りの岬の海岸にそびえる、暗紅色をした高い岩山の頂上だ。岩山は三方を海に囲まれていて、その根元には絶えず〈破船湾〉の荒浪が押しよせている。山上の城に到達するためには、まず麓の櫓門《やぐらもん》を突破せねばならない。これを突破できても、その向こうには、岩肌がむきだしの岩尾根——コニントン家が〈グリフィンの喉〉と呼ぶ、長い尾根が連なっている。この尾根を渡りきるのは、たやすいことではない。城の大手門の両脇にそびえる円筒形の門楼から、投げ槍、投石、矢が、雨あられと降ってくるからである。なんとか門にたどりつけたとしても、城兵が頭上から煮え油を撒《ま》いてくる。ゆえにグリフは、ここでの戦死者は百、もしかすると、もっと多いだろうと踏んでいた。

ところが、いざ攻めてみると、わずか四人ですんだ。

櫓門の外には緩衝帯として草地が設けられているが、その奥行きは浅く、門側から見ると、二十メートルもいけば早くも森が広がっている。サー・フランクリン・フラワーズはまず、樹々に身を隠して林縁《りんえん》まで忍び寄ったのち、野営地で造ってきた破城槌《はじようつい》を部下たちに持たせ、いっせいに森を飛びだし、門へ突撃をかけた。先を尖らせた丸太が木の扉に激突する衝撃に驚き、ふたりの門衛が胸墻《きようしよう》に現われた。眠っていたのか、動きが鈍い。〈黒のバラク〉の弓兵隊は、相手が眠けをふりはらうひまも与えず、そのふたりを射殺《いころ》した。門は閉じられていたものの、閂《かんぬき》はかけられていなかったことがわかった。破城槌の二撃めで、門は内側にはじけ飛び、サー・フランクリンの率いる先鋒隊は一気に門の中へなだれこんだ。城壁内で敵襲を告げる戦角笛《いくさつのぶえ》が吹き鳴らされたのは、先鋒隊が〈喉〉を半分ほども駆け登ったときのことである。

引っかけ鉤が弧を描き、城の幕壁にとりついたとき、最初の使い鴉が飛びたった。すこし間を置いて、こんどは二羽めが。しかし、どちらの使い鴉も、百メートルといかないうちに射落とされた。ひとりの城兵が大手門に取りついた尖兵たちに桶いっぱいの油をぶちまけたものの、煮立てるひまがなかったのだろう、常温の油だった。熱くもない油がかかったとて、降ってきた空桶ほどの威力もない。たちまち、胸墻上の五、六カ所で剣戟の響きがあがった。〈黄金兵団〉の兵たちは、凸壁のあいだからぞくぞくと乗りこみ、城壁の上を駆けながら、「グリフィン！　グリフィン！」と叫んでいる。これはコニントン家に古くから伝わる鬨《とき》の声だ。それを聞いた城兵たちは、いっそう混乱したにちがいない。

決着はものの数分でついた。グリフは白馬に打ちまたがり、〈故郷なきハリー・ストリックランド〉と轡《くつわ》をならべて〈喉〉を駆け登った。大手門に近づいたとき、メイスターの塔から三羽めの使い鴉が放たれるのが見えたが、これは〈黒のバラク〉自身によって射落とされた。

「もう使い鴉は飛ばさせるな」

郭《くるわ》に乗りこむや、グリフはサー・フランクリン・フラワーズに命じた。つぎにメイスターの塔から飛んだのは、メイスター自身だった。その手のばたつかせかたからすると、まるで本人が使い鴉になったかのようだった。

それを最後に、すべての抵抗がおわった。生き残りの城兵は全員、武器を捨てて投降した。グリフィンの寝ぐら城《ズ・ルースト》はまたたく間にグリフのものとなり、ジョン・コニントンはふたたび城主に返り咲いたのだ。

「サー・フランクリン」グリフは命じた。「天守と厨房を虱つぶしに捜索し、見つけた者をことごとく引きずりだせ。メイロー、おまえはメイスターの塔と武器庫に同じことをせよ。サー・ブレンデル、おまえは厩《うまや》、聖堂《セプト》、兵舎だ。全員、郭に集め、死にたいと望む者以外は殺さぬよう心がけろ。われらの望みは嵐の地《ストームランド》掌握にある。虐殺をすれば民心は離れるからな。〈慈母〉の祭壇下は念入りに調べるのだぞ。隠し階段があって、秘密の抜け穴に通じているはずだ。北西の塔にも隠し階段があって、これはまっすぐ海につづいている。ひとりとして逃がすな」

「逃がさんとも、ム＝ロード」

フランクリン・フラワーズは請けあった。

部下たちが走り去るのを見送ってから、コニントンは〈半メイスター〉を招き寄せた。

「ホールドン、使い鴉舎を管理下におけ。今夜のうちにも各方面に伝書を送りたい」

「メイスターの塔を襲った者たち、多少は使い鴉を残してくれていればいいのですがな」

〈故郷なきハリー・ストリクランド〉でさえ、勝利の迅速さに感銘を受けているようだった。

「こうも簡単に陥《お》とせるとは思わなんだぞ」と総隊長はいった。

ふたりはいま、となりあって大広間へ向かっているところだ。彫刻と金箔で装飾された、〈グリフィンの御座《ぎょざ》〉を見にいくためだった。コニントン家は五十世代にわたってその上に座し、領地を支配してきたのである。コニントンはいった。

「今後はもっと手こずるだろう。今回は不意をつけただけだ。こんな僥倖《ぎょうこう》はそういつまでもつづくものではない。〈黒のバラク〉が王土じゅうの使い鴉をすべて射落とせたとしても、いずれかならず、うわさは広まる」

大広間に入ったストリクランドは、壁にかかっている何枚もの色褪せたタペストリーや、斜め格子状の窓枠に紅白のガラスをはめたアーチ窓の数々、槍や剣や戦鎚《せんつい》がずらりとならぶ武器架をしげしげと眺め、いった。

「本隊を呼びいれよう。この城ならば、二十倍の敵が攻め寄せてきても持ちこたえられる。

兵糧《ひょうろう》さえ充分にあればだが。それに、海へ出る抜け道があるといっていたな？」

「下だ。岩山の下に隠れ入江がある。干潮のときしか姿を現わさない」

だが、コニントンとしては〝本隊を呼びいれる〟つもりなど毛頭なかった。グリフィンの寝ぐら《ズ・ルースト》城は堅城だが小さい。ここを根城にしているかぎり、はたからは小物に見えてしまう。しかし、付近にはもうひとつ城がある。ずっと大きな難攻不落の城が。

（あれを奪取すれば、王土は震撼する）

「すこし失礼するが、よいか、総隊長。わが父が聖堂《セプト》の下に埋葬されていてな。最後に父のために祈ってから、もう何年もたつ」

「おお、もちろん、かまわんよ」

だが、総隊長と別れたジョン・コニントンは、城のセプトへはいかなかった。かわりに、グリフィンの寝ぐら《ズ・ルースト》城でもっとも高い東塔の階段を昇り、塔の屋上に向かった。昇っていくうちに、かつて何度もここを昇ったときのことを思いだした。この城の城主であった父とは百回も昇った。父は屋上の高みに立って森や岩山や海を一望し、目のおよぶかぎりの土地がコニントン領であることをたしかめるのが好きだった。そのうえ、ジョンは一度、（たった一度だけだが！）レイガー・ターガリエンとも昇ったことがある。太子《プリンス》レイガーは、ドーンから帰る途中にこの城へ立ちより、二週間ほど滞在していったのだ。

（あのときのプリンスは若かったな。おれはいっそう、若かった。どちらも、青二才もいいところだった）

歓迎の宴《うたげ》で、プリンスはみずから銀弦の竪琴を手にとり、一同に演奏を披露した。

（あれは愛と破滅の歌だった）と、ジョン・コニントンは思いだした。（プリンスが竪琴を置いたときには、大広間じゅうの女性が涙していたものだ）

もちろん、泣いていた男はいない。とりわけ父はそうだった。父が愛する対象は土地だけだったからである。そして、その饗宴の晩、モリゲン公との領地問題で支持してもらうべく、父アーモンド・コニントンは、ずっとプリンスに働きかけていた。

塔の屋上に出る扉は固く閉まっており、長年、だれもあけていないことは明らかだった。押しあけるには、肩をあてがい、思いきり押しつけねばならなかった。しかし、屋上に出てみると、景観は記憶にあるとおりの、うっとりさせられるものだった。この岩山をおおう、風蝕された岩や鋸歯《きょし》状の岩の尖塔――落ちつきのないけもののごとく岩山のふもとを洗い、潮騒と波濤のうなりをあげている眼下の海――はてしなく連なる空と雲――秋色に染まった森林。

「父君の領地は美しいな」

いまジョンが立っている、まさにこの場所に立って、プリンス・レイガーはそういった。そのとき、まだ子供同然だったジョンはこう答えたものだ。

「いつの日か、この土地がみな、わたしのものになります」

（ああ答えることによって、プリンスに対し――アーバー島から〈壁〉にいたる王土全体の跡継ぎに対し――感銘を与えられると思っていたのだな）

最終的に、グリフィンの寝《ズ・ルースト》ぐら城はジョンのものとなった。しかしそれは短期におわった。ジョン・コニントンは、この城より、西、北、南へ何十キロも広がる広大な土地を統治していた――先代の父や父の父がそうしていたように。だが、父も父の父も土地を失ったことはないのに対して、ジョンは失った。

（おれは高く飛びすぎた。はげしく愛しすぎた。多くを望みすぎた。おれは星をつかもうとして、分を越え、墜落した）

〈鐘の戦い〉ののちに、忘恩と疑念の異常な発作に憑かれた狂王エイリス・ターガリエンによって、ジョンは地位と称号を剝奪されたうえ、追放された。領地と公位はコニントン家に残されたものの、それが与えられたのは従兄弟のサー・ロナルドだった。サー・ロナルドは、ジョンがプリンス・レイガーの側近たるべくキングズ・ランディングに出かけているあいだ、城代に任じておいた人物だ。戦争がおわったあと、グリフィンの一族に引導を渡したのは、ロバート・バラシオンだった。従兄弟のロナルドは、自分の城と自分の首は保持することをゆるされたが、公位は剝奪され、その後はたんなる〈グリフィンの寝《ズ・ルースト》ぐら城の騎士〉となり、土地も十分の九を取りあげられて、ロバートの王位奪取を支持した近隣の諸公に分割されてしまった。

ロナルド・コニントンが死んで、もう何年にもなる。現〈グリフィンの寝《ズ・ルースト》ぐら城の騎士〉、ロナルドの息子である通称〈赤毛のロネット〉は、いまは河川地帯《リヴァーランド》に出征しているという。ロネットが留守にしていたのは幸いだった。経験からいえば、人は自分のものと思っている財産を護るとき、もっとも激烈に戦う。たとえその財産が盗んだものであってもだ。親族を殺して帰還を祝うというのも、あまりぞっとするものではない。〈赤毛のロネット〉の父が、従兄弟である領主の没落にここぞとばかりつけこんだのは、たしかに事実ではある。しかし、〈赤毛のロネット〉は、当時はまだほんの子供だったのだ。そもそもジョン・コニントンは、本来ならば故サー・ロナルドを恨んでいてもおかしくはないところなのに、そんな気持ちはあまりない。過失はむしろ、自分自身にある。

すべては石の聖堂《ストーニイ・セプト》の町で失われてしまったのだ——おのれの傲慢さのゆえに。

ロバート・バラシオンはあの町のどこかに隠れていた。傷を負い、たったひとりで隠れていた。ジョン・コニントンはそれを知っていたし、ロバートの首級《しゅきゅう》を槍に刺してかかげれば、その場で反乱を鎮圧できることもわかっていた。しかし、当時のジョンは若くて、自信過剰だった。そうならないはずがない。なにしろ、エイリス王から若くして〈手〉に任命され、一軍の指揮をまかされていたのだから。レイガーへの深い友情も手伝い、王の信頼に応えるだけの有能さがあることを証明すべく、張りきりすぎていた点も否めない。反逆の首謀者をみずから討ちとれば、七王国の長い歴史に自分の名を刻むことにもなる。

ゆえにジョンは、石の聖堂《ストーニイ・セプト》の町を包囲し、出入りを封じたうえで、町の捜索に着手した。配下の騎士たちには一軒一軒をくまなく調べさせ、ありとあらゆるドアを押し破らせたうえ、すべての地下室の中を覗かせた。さらには、排水溝の中まで這いずりまわらせたというのに、どういうわけか、ロバートはまったく見つからなかった。あとになって、ロバートは町の者たちにかくまわれており、秘密の抜け穴を使って、つねに一歩、王兵に先んじながら、隠れ場所から隠れ場所へ移動していたと知った。町全体が反逆者の巣窟だったのだ。最終的に、王位簒奪者は娼館内に潜んでいることがつきとめられた。女のスカートの陰に隠れるとは、なんと情けない王であることか。失敗だったのは、捜索が長びいて、エダード・スタークとホスター・タリー率いる反乱軍の到着をゆるしてしまったことである。町じゅうの鐘という鐘が鳴り響くなか、市街戦がはじまるや、ロバートは剣を手にして娼館の中から姿を現わし、戦いを挑んできた。一歩まちがえていたら、町の名の由来となったあの古い聖堂《セプト》の階段で、ジョンは斬り殺されていたかもしれない。

以来、何年ものあいだ、ジョン・コニントンは、あれはわが落ち度ではない、だれであれ、あれ以上のことができたはずはない、と自分に言い聞かせてきた。兵士たちはどんな穴蔵も小屋も見落とさず、徹底的に家捜しをした。町民たちに赦免と報賞を約し、町民から人質を取って使い鴉舎の中に閉じこめ、高みに吊るし、ロバートを連れてくるまでは、食料も水も与えないと脅しをかけもした。だが、すべての努力はむだにおわった。

「タイウィン・ラニスターだって、もっとうまくやれたはずはない」

〈黒き心臓〉ことマイルズ・トインにそうこぼしたのは、東の大陸へ逃亡した最初の年に、酒を酌み交わしたある晩のことである。

それに対して、マイルズ・トインはこう答えた。

「おまえがまちがっているのはそこだな。タイウィン公なら、わざわざ捜索したりなどせん。

住んでいる住民ごめに、まるごと町を焼きはらっただろうさ。男も小僧っ子も乳飲み児も、気高い貴族も聖なる司祭《セプトン》も、豚も娼婦も鼠も反乱軍も、いっさい残すことなく焼きつくしたはずだ。そして、ようやく火が消え、灰と炭だけが残ったところではじめて部下を派遣して、ロバート・バラシオンの遺骨を捜索させたにちがいない。のちにスタークとタリーが軍勢を率いて駆けつけてきたら、実情を思い知らせたうえで、両者に恩赦を与えようと申し出る。ふたりは恩赦にあずかり、尻尾を巻いてそそくさと故郷へ帰ったことだろう」

（〈黒き心臓〉はまちがっていなかった）先祖たちが受け継いできた胸墻にもたれかかり、いま、ジョン・コニントンはそう思った。（おれは一騎討ちでロバートを殺す栄誉を求めていた。虐殺者の汚名を着たくなかった。その結果、ロバートはおれの手の内から逃げおおせ、ついには三叉鉾河《トライデント》でレイガーを打ち倒した）

「父親《レイガー》ではしくじったが」と、声に出していった。「息子《エイゴン》ではしくじらんぞ」

塔を降りるころには、部下たちが生き残った城兵や使用人を郭に集めおえていた。サー・ロネットはジェイミー・ラニスターに随行して北の戦地へ出かけていたが、グリフィンの《ズ》寝ぐら《ルースト》城内にまったくグリフィンがいないわけではなかった。捕虜の中には、ロネットの弟のレイマンド、妹のアリーン、ロネットの庶子がいたのである。庶子は気性の荒い男子で、名をロナルド・ストームというそうだ。いつになるか知らないが、〈赤毛のロネット〉がもどってきて、自分の父親が盗んだ城を取りもどそうとしたとき、この三人は有用な人質になる。コニントンは三人を西の塔に閉じこめておけ、厳重な見張りをつけろと命じた。妹のアリーンは泣きだし、庶子のロナルドは手近の槍兵に嚙みついた。

「いいかげんにしろ、ふたりとも」コニントンはぴしりと命じた。「だれにも危害を加えるつもりはない。〈赤毛のロネット〉みずから、度しがたい愚か者であると証明せぬかぎりはな」

ジョン・コニントンがこの城の城主であったときの兵や使用人も、ほんの数人ながらいた。半白の兵長がひとり——これは片目が見えない。洗濯女がふたりに、ロバートの反乱のときには厩番《うまやばん》だった馬丁がひとり。以前とは見わけがつかないほど太った料理人がひとり。城の武具師がひとり。航海のあいだに、グリフは顎鬚《あごひげ》を伸ばしていた。顎鬚を伸ばすのは十数年ぶりだが、驚いたことに、鬚はおおむね赤いままだった。ところどころ、炎の中に灰の条《すじ》が混じってはいるが、基本的には赤いままだ。この外見で長い紅白の上着を着ると——胸にはコニントン家の紋章である、向かいあって争いあう二頭のグリフィンが刺繡されている——プリンス・レイガーの友人であり、忠臣でもあった若き領主が、それなりに齢をとり、厳格そうになっただけに見えた。だが、グリフィンの寝《ズ・ルースト》ぐら城の男女たちは、まったく知らない者を見る目でジョンを見た。

「何人かは、おれを見知っている者もいるな」ジョンは兵と使用人たちにいった。「知らぬ者も知るようになる。おれはおまえたちの正当な領主だ。追放の地から帰ってきた。おれの敵どもからは、おれが死んだと聞かされていようが、見てのとおり、それは作り話にすぎん。おれの従兄弟に仕えたように、おれにも忠実に仕えろ。そうすれば、だれにも危害がおよぶことはない」

その後、ひとりずつ別室に呼びいれ、ひとりひとりの名前をたずね、ひざまずいて服従を誓えと命じた。手続きはすみやかに運んだ。守備隊の兵士たちは――襲撃を生き延びたのは四人だけで、老兵長がひとり、若者が三人だった――全員、ジョンの足もとに剣を置いた。ためらった者はおらず、ひとりも死なずにすんだ。

その晩、大広間で戦勝の宴が開かれた。ローストした肉と獲れたての魚を、城の地下蔵で見つけた芳醇な赤ワインで流しこむ。祝宴の主人役を務めるのは、〈グリフィンの御座《ぎよざ》〉にすわるジョン・コニントンで、公壇上にはほかに、〈故郷なきハリー・ストリクランド〉、〈黒のバラク〉、フランクリン・フラワーズ、捕虜に取ったグリフィン家の子供たち三人がついている。同じ血族のこととて、ジョンも子供たちとすこしは知りあっておこうと思ったのだが、庶子の息子ロナルドが、「父上がきっとおまえたちを殺す」と宣言するにおよんで、もう知り合うのは充分だと判断し、各自の軟禁部屋へもどすように命じて、自分は大広間をあとにした。

〈半メイスター〉ホールドンは、祝宴に参加していなかった。ジョン公がメイスターの塔にいってみると、ホールドンは羊皮紙の山にかがみこんでいた。周囲には地図も散乱している。

ジョン公はたずねた。

「〈兵団〉の残りの者らを収容できる場所を選んでいるのか？」

「見つかるといいのですがな」

ヴォロン・セリスの町を発った兵は一万を数える。加えて、兵団の全武器、軍馬、軍象も収容しなくてはならない。所定の上陸地は、〈雨の森《レインウッド》〉のはずれから連なる無人の海岸だが――かつてはジョン・コニントンの土地であり、土地鑑のある一帯だ――いまのところは、ウェスタロスのここまで深く予定地やその付近に到達し、上陸できた者は、総数の半分にも満たなかった。

これが二、三年前なら、怒りの岬《ケープ・ラス》に上陸しようなどとはしなかっただろう。嵐の諸公《ストーム・ローズ》は、バラシオン家とロバート王に絶対的な忠誠を誓っていたからである。しかし、ロバート王と弟のレンリーがあいついで斃れたいま、事情は一変した。極端に厳格で冷徹なスタニスは、人から慕われにくいし――たとえ世界の半分がた向こうにいっていなかったとしてもだ――嵐の地《ストームランド》にはラニスター家を敬愛する理由などまったくない。それにジョン・コニントンには、この地に友人がいないわけではなかった。

〈年配の諸公はまだおれを憶えている。その息子たちも、おれが追放されるにいたる物語は聞いているだろう。レイガーのことを知らぬ者はひとりもいない。その乳飲み児の息子が、冷たい石壁に頭をたたきつけられた話もだ〉

幸い、ジョン・コニントンの乗った船は、最初に到着したうちの一隻だった。そこからは、兵を上陸させ、宿営地を設営し、地元の小貴族らが危機に気づかないうちに、迅速に兵員を移動させるだけでことたりた。〈黄金兵団〉の実力は、ここでも発揮された。土地の騎士や徴募兵を集めた俄仕立《にわか》ての軍勢に進軍させたなら、ふつうは遅滞が避けられないものだが、混乱は微塵《みじん》も見られなかったのだ。さすがは〈鋼の剣《ビタースティール》〉の裔《すえ》であり、規律を母乳がわりに育った者たちだけのことはある。

「あすのいまごろまでには、ここも含めて三つの城を掌握しておきたいところだな」

グリフィンの寝ぐら城《ズ・ルースト》の急襲に割りあてたのは、現有戦力の四分の一にすぎない。サー・トリスタン・リヴァーズ率いる一隊は、モリゲン家の居城である鴉の巣城《クロウズ・ネスト》へ、ラズウェル・ピーク率いる一隊は、ワイルド家の居城である雨の城館《レイン・ハウス》へ、それぞれほぼこちらと同数の戦力で向かっている。残りの者は野営地にとどまって、ヴォランティス人の主計長ゴリス・エドリアンの指揮のもと、橋頭堡とプリンスの護りにあたっていた。順調にいけば、戦力は今後も増えていくはずだ。日々、新たな船がたどりつきつつある。

「まだまだ馬がすくないな」

「象もですよ」と〈半メイスター〉がいった。軍象を載せた大型交易船《コグ》は、まだ一隻も到着していない。最後に姿を見たのはライスでのことで、嵐に襲われ、船団の半数がちりぢりになる前のことだった。「馬はウェスタロスでも代わりが見つかりますが、象となると——」

「——問題ない」あの大きなけものが真価を発揮するのは、大規模な会戦においてだ。敵の軍勢と正面切って戦えるだけの戦力が必要となるまで、もうすこし時間があると見ていい。

「その羊皮紙、なにか役に立ちそうなことは書いてあるか？」

「ええ、いろいろと、マイ・ロード」ホールドンは薄く笑った。「ラニスター家は敵を順次増やすいっぽうで、どんどん味方の離反を招いているようですな。ここの文書から判断するかぎり、タイレル家との同盟は崩れつつあるようです。太后《クイーン》サーセイと王妃《クイーン》マージェリーは、鶏の骨をめぐっていがみあう二頭の牝犬のように、幼王をめぐって暗闘したあげく、反逆と放蕩の罪で告発されているそうで。メイス・タイレルは、娘を救出するため、嵐の果て城《ストームズ・エンド》の攻囲を解き、キングズ・ランディングへ引き返していきました。あとに残していったのは、スタニスの守備隊を籠城させせつづけるのに必要な、申しわけ程度の兵力だけです」

コニントンは腰をおろした。

「くわしく聞かせてくれ」

「ラニスター家は、北部ではボルトン家に、河川地帯《リヴァーランド》ではフレイ家にたよりきっています。裏切りと残虐さで悪名を馳せる、あの両家にです。スタニス・バラシオン公は公然と反旗を翻しており、鉄《くろがね》諸島の連中も新王を擁立しました。谷間《ヴェイル》についてはだれも言及していないところを見ると、アリン家はどこにも加担していないもようです」

「ドーンは？」

谷間《ヴェイル》は遠く、ドーンは近い。

「大公《プリンス》ドーランの次男が、ミアセラ・バラシオンを婚約者として迎えています。となれば、ドーン人はラニスター家に肩入れしそうなものですが、なぜか〈骨の道〉と〈プリンスの道〉にそれぞれ軍勢を配するだけで、じっと待っているらしく……」

「待っている？」コニントンは眉をひそめた。「なにをだ？」

デナーリスとそのドラゴンがこちらにいない以上、ドーンはコニントンたちの希望の要《かなめ》にほかならない。

「サンスピア宮に手紙を送れ。ドーラン・マーテルには、妹御の息子がまだ生きていること、父親が継ぐべきだった玉座を奪還するために帰国したことを知らせておかねばならん」

「お心のままに、閣下」〈半メイスター〉はつぎの羊皮紙に目をやった。「それにしても、これ以上は考えられないほど有利な時期にきたものですな。潜在的な友と同盟者は、すべてわがほうにつきそうです」

「ただし――ドラゴンがいない」とジョン・コニントンはいった。「したがって、潜在的な味方をわれらの大義に同調させるためには、褒美を用意してやらねばならん」

「伝統的に、報賞は黄金や土地と相場が決まっていますが」

「その用意はある。土地や黄金を約束するだけでも、味方する者は出てくるだろう。だが、ストリクランドとその部下は、なによりも価値ある資産を――祖先が逃げだしたときに剝奪された領地や城を――優先的に返してもらえると期待しているんだ。与える土地には限界がある」

「閣下には、とびきりの報賞があるではありませんか」〈半メイスター〉ホールドンは指摘した。「太子《プリンス》エイゴンです。プリンスと結婚による同盟を結べるとあらば、大身《たいしん》の大貴族もわれらの側につきましょう」

（わが聡明なプリンスにふさわしい花嫁か）ジョン・コニントンは、プリンス・レイガーの結婚のことをまざまざと憶えている。(エリアはおよそ太子《プリンス》にふさわしい花嫁ではなかった。当初から虚弱で病気がちだったし、子供たちを産んだことでいっそう病弱になってしまったからな)

プリンセス・レイニス出産後、エリアは半年も寝ついていたうえ、プリンス・エイゴンを産んだときは、もうすこしで命を落とすところだった。その後メイスターたちは、もうこれ以上はお子を産むことができませんとプリンス・レイガーに告げている。

「いずれデナーリス・ターガリエンが帰国する目も考慮しておかねばならん」コニントンは〈半メイスター〉にいった。「デナーリスと結婚するためには、エイゴンは独り身のままでいる必要がある」

「さすがにご思慮が深い。ですが、その場合、潜在的な友人たちに対して、少々格の落ちる報賞を考えてやらねばなりません」

「なにか候補はあるか?」

「閣下です。閣下は結婚しておられない。名の通った大物の貴族で、いまなお男盛り、今回権利を剝奪した従兄弟たちのほかに跡継ぎとてなく、立派な堅城と物成《ものな》り豊かな領地を持つ伝統ある旧家の裔《すえ》であられる。われらが勝利すれば、寛大な王によって城も領地も安堵され、いっそう広大な領地が与えられることは確実です。戦士としても勇名を馳せ、やがては若きエイゴン王の〈手〉となり、王の声を代弁し、王の名において王土全体を統治される方でもあられます。野心ある貴族たちは、そのような人物に競って娘を嫁がせようとするでしょう。

おそらくは、ドーンの大公《プリンス》さえも」

ジョン・コニントンは返事をするかわりに、長々と冷たい視線を返した。〈半メイスター〉には、ときどき無性に腹がたつことがある。その腹だたしさたるや、あのこびとに匹敵するほどだ。

「そうは思わん」

（おれの腕には死が忍びこんでいる。そのことはだれにも知られてはならん。結婚して妻に知られるわけにもいかん）

ジョン・コニントンは立ちあがった。

「プリンス・ドーランあての手紙を用意せよ」

「ご命令のままに」


その晩、ジョン・コニントンは城主区画に収まり、かつては父親のものであったベッドで眠った。ベッドの上にかぶさる紅白のベルベットの天蓋はほこりっぽかった。

夜明けどき、雨が降る音で目を覚ました。起きだした音を聞きつけたのだろう、使用人がおそるおそるドアをノックし、ご朝食にはなにを召しあがりますかとたずねた。

「茹で卵、トースト、豆。ワインを水差《ジャグ》しに一本。貯蔵庫でいちばんの安ワインをたのむ」

「や……安ワイン、でございますか？」

「聞こえたろう」

料理とワインが運んでこられると、ドアの内側に閂をかけ、ワインを鉢にあけて、片手をワインにひたした。酢にひたし、酢の風呂につかる――。こびとが灰鱗《かいりん》病の疑いを持たれたとき、レディ・リモアが処方した療法だ。だが、毎朝、ジャグ一本の酢を持ってこさせたら、病気の疑いを持たれ、ゲームは終わってしまう。ワインでも効いてくれることを祈るほかはないが、といって、上等なヴィンテージをこんなことに使うには忍びない。

親指を除いて、右手はすでに四本の指の爪が黒く変色していた。とくに中指では、灰色が第二関節を越えて広がりつつある。

（いっそ、中指と薬指を切り落としてしまおうか。だが、指が二本欠けていることをなんと説明する？）

灰鱗病のことは断じて知られるわけにはいかない。奇妙なことだが、戦《いくさ》には雄々しく臨み、戦友を救うためには死をもいとわぬ男たちが、戦友が灰鱗病にかかっていると知ったとたん、鼓動ひとつぶんのうちに、その者を見捨てて逃げ去ってしまうのだ。

（あんなろくでもないこびとなど、助けるのではなかった）

後刻、ふたたび服を身につけ、手袋をはめたコニントンは、城内をひととおり調べたのち、〈故郷なきハリー・ストリクランド〉と各隊長たちに軍議を開く旨を伝えさせた。執務室に集まったのは九人だった。コニントン、ストリクランド、〈半メイスター〉ことホールドンのほか、〈黒のバラク〉、サー・フランクリン・フラワーズ、メイロー・ジェイン、サー・ブレンデル・バーン、ディック・コール、ライモンド・ピーズの九人だ。

〈半メイスター〉は朗報をもたらした。

「マーク・マンドレイクから野営地に連絡がきました。ヴォランティス人がマンドレイクを上陸させた先はエスターモント島であったとのことです。ともに上陸した兵員は、約五百。すでに同島の緑《グリーンストーン》の石城を占領しています」

エスターモント島は怒りの岬《ケープ・ラス》からやや東に位置する島で、上陸目標のひとつではない。

「ろくでなしのヴォランティス人め、さっさと引きあげたいものだから、目についた最初の陸地に放りだしていきおったか」フランクリン・フラワーズがいった。「賭けてもいいぞ、踏み石諸島《ステップストーンズ》の半分に、うちの若いやつらがばらまかれていることはな」

「わしの象部隊もだ」

ハリー・ストリクランドが悲しげな口調でいった。〈故郷なきハリー〉は象がいないのが残念でならないのだ。

「マンドレイク隊には弓兵がいなかった」ライモンド・ピーズがいった。「陥落する前に、緑《グリーンストーン》の石城は一羽でも使い鴉を放てたろうか。それを知るすべはあるか？」

「放っただろうな」とジョン・コニントンは答えた。「だが、添えた伝書の内容は、どんなものだ？　海から襲撃者が襲ってきた、とあわてて記すのがせいぜいだろう」

ヴォロン・セリスを出帆する前から、コニントンは各隊長に対し、当初の襲撃においてはけして旗標《はたじるし》をかかげるなと厳命しておいた。プリンス・エイゴンの〝三つ頸《くび》ドラゴン〟旗も、コニントン家の〝グリフィン〟旗も、〈兵団〉の〝黄金の髑髏《どくろ》〟旗もだ。ラニスター家には、襲ってきたのがスタニス・バラシオンか、踏み石諸島の海賊連か、〈雨の森《レインウッド》〉の悪党どもか、だれでもいいから連中が非難したい相手と思わせておけばいい。キングズ・ランディングにとどく報告という報告が混乱に満ち、相矛盾する内容であれば、いっそうのこと都合がいい。〈鉄の玉座〉が対策を打つのに手間どれば手間どるほど、討伐隊を編制し、味方勢力に兵を提供させるのに時間を食う。

「エスターモント島には船があるはずだ――島であるからにはな」とジョン・コニントンはいった。「ホールドン――マンドレイクに伝書を送り、城には守備隊だけを残して、残りの兵とともに怒りの岬へ渡るよう伝えろ。身分の高い捕虜がいたら、その者たちも連れてくるよう書き送れ」

「御意に、閣下。エスターモント家はたまたま、どちらの王とも姻戚関係にありますから、よい人質になりましょう」

「身代金がたっぷりとれるな」〈故郷なきハリー〉がうれしそうにいった。

「そろそろプリンス・エイゴンをお呼びするころあいだ」ジョン・コニントン公はいった。

「野営地にいるより、このグリフィンの寝ぐら城《ズ・ルースト》の城壁内にいたほうが安全をたもてる」

「早馬を走らせよう」フランクリン・フラワーズがいった。「しかし、あの若いの、安全な場所にじっとしてろといわれて、おとなしくしているタマではないぞ。最前線に飛びこんでいきたがるはずだ」

（プリンスの齢ごろには、おれたちもみんなそうだった）

むかしを思いだして、ジョン公はそう思った。

「そろそろ、プリンスの旗標《はたじるし》を？」ピーズがたずねた。

「まだ早い。キングズ・ランディングには、流浪の貴族が傭兵を傭って故郷にもどってきて、生得《しょうとく》の権利を主張しているだけだと思わせておこう。それなら、むかしからよくある話だ。さらに、トメン王に対しては、その旨をしたためたうえで、赦免を乞い、わが領地と称号の再興を願い出る。王都がそれを検討するあいだ時間が稼げるだろう。連中がうろたえている うちに、われらはひそかに使者を送りだし、与力《よりき》しそうな諸公と気脈を通じておく。地域は嵐の地《ストームランド》と谷間《ヴェイル》。それと、ドーンだ」肝心なのはそこだった。並の諸公であれば、恐怖なり、報賞ほしさなりで味方にもつこう。だが、ラニスター家とその同盟諸公を脅かすだけの力を持っているのは、ドーンの大公《プリンス》しかいない。「ほかはともかく、ドーラン・マーテルだけは、なんとしても抱きこんでおかねばならん」

「そいつは望み薄だぞ」とストリクランドがいった。「あのドーン人は自分の影にも怯えるようなやつだ。およそ大胆と呼べるような人物ではない」

（おまえにはおよばんさ）

「プリンス・ドーランはたしかに慎重な人物だ。そこはまちがいない。われわれが勝つとの確信を持つにいたるまで、けっして手を組もうとはすまい。ゆえに、プリンス・ドーランを納得させるためには、われわれの実力を誇示しておく必要がある」

「ピークとリヴァーズが首尾よく目標を陥とせば、怒りの岬の大半を制圧したことになる」

ストリクランドがいった。「上陸してたった四日で城四つとは、じつに幸先のよい戦果だ。しかし、わが戦力はまだ半分しかそろっていない。残り半分がそろうのを待たねばなるまい。馬も不足しているし、象もいない。待つべし、というのがわしの意見だ。戦力がそろうのを待つあいだ、周辺の小貴族どもをわれらの大義になびかせつつ、ライソノ・マールに細作《さいさく》を放たせて、敵の動静を探る」

コニントンは小太りの総隊長に冷たい視線を向けた。

（こいつは〈黒き心臓〉ではない、〈鋼の剣《ビタースティール》〉でもない、メイリスでもない。足の血豆がもうひとつつぶれるのを避けるためなら、七つの地獄がすべて凍てつくまででも平気で待つだろう）

「われわれは待つために世界を半分越えてきたのではない。われらの勝機は、迅速に動き、痛撃を加えることにある。キングズ・ランディングがわれらの正体に気づく前にだ。おれとしては、嵐の果て城《ストームズ・エンド》を奪取するつもりでいる。あそこは難攻不落を謳われる大要塞であり、スタニス・バラシオンの南部における最後の足がかりでもある。あれを陥としてしまえば、いざとなれば立てこもれる金城湯池《きんじょうとうち》となるし、あれを陥とすことによって、われらの実力を満天下に誇示できる」

〈黄金兵団〉の者たちは顔を見交わしあった。

「嵐の果て城《ストームズ・エンド》にまだスタニスに忠誠を尽くす兵が立てこもっているのだとしたら、われらはあの城をスタニスから奪うことになる――ラニスターからではなく」ブレンデル・バーンが異論を唱えた。「スタニスと手を組んでラニスター家と共闘する芽を、なぜつぶす？」

「スタニスはロバートの弟であり、ターガリエン家を滅亡せしめた一族の一員だぞ」ジョン・コニントンは指摘した。「しかもスタニスは、率いる軍勢も貧弱なうえ、一千リーグもの彼方にいる。彼我をはばむのは広大な王土だ。スタニスがここに到着するだけでも、半年を要するだろう。たとえきたとしても、やつの現有戦力では屁のつっぱりにもならん」

メイローがたずねた。

「嵐の果て城《ストームズ・エンド》がそれほど難攻不落なら、どうやって陥とせるというのだ？」

「調略を用いるのさ」

〈故郷なきハリー・ストリクランド〉が異論を唱えた。

「待つべきだ」

「待つとも」そういって、ジョン・コニントンは立ちあがった。「十日間はな。それ以上は待たん。作戦準備にはそれだけかかる。だが、十一日めの朝、われらは嵐の果て城《ストームズ・エンド》に向けて進軍する」

プリンスが合流したのは四日後のことだった。騎馬隊百騎の先頭に立ち、最後尾には象を三頭引き連れた、堂々の入城だった。プリンスの横には、ふたたび司祭女《セプタ》の純白のローブをまとったレディ・リモアの姿もある。先触れを務めるのは、雪白のマントを肩になびかせたサー・ローリー・ダックフィールドだ。

（たくましい男ではある）〈ダック〉が下馬するのを眺めながら、コニントンは思った。（しかし、〈王の楯《キングズガード》〉が務まるほどの男ではない）

ダックフィールドには白いマントを与えぬよう、コニントンは情理を尽くしてプリンスに説き、〈王の楯《キングズガード》〉の騎士のような名誉ある地位は、その忠誠を得ることでプリンスの大義に輝きを添えるほどの高名な戦士や、きたるべき戦いにおいて支持が必要となる大貴族たちの、次男以下の息子たちのためにあけておくべきだと指摘した。だが、若者は頑として聞きいれなかった。

「必要とあらば、〈ダック〉はおれのために死ねる」とプリンスはいった。「おれが自分の〈王の楯《キングズガード》〉にもとめる要素はそれだけだ。〈王殺し《キングスレイヤー》〉は雷名の轟く戦士であり、大貴族を父に持つ男だが、あのざまじゃないか」

（すくなくとも、ほかの六つの席はあけておくよう納得させられたのは幸いだった。へたをすると、〈鴨《ダック》〉のあとに六羽の仔鴨が列をなしてついていくことになりかねなかったからな。しかも、列のうしろにいくほど、仔鴨の実力は貧弱になっていく）

「殿下に執務室までおいで願え」とコニントンは命じた。「ただちにだ」

だが、プリンス・エイゴン・ターガリエンは、〈若きグリフ〉であったときほど従順ではなくなっていた。となりに〈ダック〉をしたがえ、ようやく執務室に顔を見せたときには、じつに一時間ちかくが経過していた。

「コニントン公」とプリンスはいった。「いい城だな。気にいったぞ」

（「父君の領地は美しいな」とプリンス・レイガーはいった――白銀の髪を風になびかせて。その目は深い紫色で、この若者の目の色よりも暗い色だった）

「わたしも気にいっています、殿下。どうぞおすわりを。サー・ローリー、当面、おまえはいなくともよい。席をはずしてくれ」

「いや、〈ダック〉にも同席させたい」プリンスは腰をおろした。「さっきまで、ストリクランドやフラワーズと話をしていたんだ。嵐の果て城《ストームズ・エンド》への攻撃を計画していると聞いた」

ジョン・コニントンは、怒りを表に出さぬよう、懸命に抑えこんだ。

「〈故郷なきハリー・ストリクランド〉のやつ、攻撃を遅らせろと説いたのですな？」

「そのとおりだよ」とプリンスは答えた。「しかし、遅らせるつもりなどはない。ハリーは腰抜けだ、そうだろう？　攻撃の時期は適切だと思う。そのまま計画を進めてくれ。ただし……ひとつ、変更をたのみたい。城攻めの先頭には、このおれが立つ」

62

供《く》犠《ぎ》

村に接する草原に〝王妃の兵〟は穴を掘り、そこに薪を運びこんだ。

(あるいは、村に接する雪原に、というべきか)

どちらを見ても、雪はひざまでの深さがあった。例外は兵たちが雪かきした道筋だけだ。道の先の地面に掘られた黒い穴は、兵たちが斧、鋤、鶴嘴《つるはし》をふるい、硬く凍りついた地面にうがったものだった。渦を巻いて吹いてくる西風は、湖の表層の氷に、いっそう多量の雪を運んできつつある。

「こんなもの、見たくないんじゃないのかい」

〈熊御前〉こと、アリー・モーモントがいった。

「ああ、でも、見ておかなくてはな」

アシャ・グレイジョイはクラーケンの娘だ。醜悪なものから目をそむける甘ったれた小娘ではない。

暗く寒く、ひもじい一日だった。きのうもそうだったし、おとといもそうだった。アシャたちは一日のほとんどを、氷の上で震えながら過ごしてきた。凍てついた湖の小さいほうの、表面に張った部厚い氷に孔をふたつあけ、手に二股手袋をはめて、苦労して作った釣り糸をその孔にたらし、魚を釣ろうとしていたのである。ついこのあいだまで、ひとり一、二匹は釣りあげることができた。〈狼の森〉の住民たちは氷上釣りに慣れているので、四、五匹は釣れていたという。だが、きょうのアシャは一匹の釣果《ちょうか》もなく、得たものは骨まで染み透る寒さだけだった。アリーことアリサンも結果は変わらない。どちらも最後に魚を釣ってから三日がたっている。

〈熊御前〉が改めて再考をうながした。

「あたしなら、こんなものは見ない」

(〝王妃の兵〟が燃やしたいのは、あんたじゃないからね)

「だったら、よそへいけば？　誓ってもいいよ、逃げたりはしないから。だいたい、逃げてどこへいけと？　ウィンターフェル城？」アシャは笑った。「馬を走らせれば、たった三日だと聞いてるけどね」

六人の〝王妃の兵〟が掘った穴の底には、もう六人の〝王妃の兵〟が入りこんで、大きな松材の柱を二本、立てようとしていた。目的はたずねるまでもない。きかなくてもわかる。

(磔柱《はりつけばしら》だ)

もうじき日が暮れる。紅《あか》い神に火の捧げ物をすべきころあいだ。〝血と炎の貢ぎ物だ〟と〝王妃の兵〟はいっていた。〝〈光の王《ロード・オブ・ライト》〉が炎の目でもってわれらを見そなわし、このいまいましい雪を融かしてくださるようお願いするのだ〟と。

「この恐怖と暗闇の場所にあっても、〈光の王《ロード・オブ・ライト》〉はわれらをお護りくださる」礫柱が穴の底に打ちつけられるのを見物するため集まってきた者たちに向かって、サー・ゴドリー・ファーリングはそういった。

「あんたらの南部の神が雪に対してなにができる？」アートス・フリントがたずねた。その黒い顎鬚《あごひげ》には氷が張っている。「古《いにしえ》の神々の怒りが降りかかってきたのがこの雪なんだ。なだめるなら古の神々だろうが」

「いかにも」〈大桶のウル〉がうなずいた。「紅のラールごとき、ここでは一片の価値もない。古の神々を怒らせるだけだ。神々は神々の島からわれわれを見ている」

　小農の村の前後には、ひとつずつ湖が広がっている。大きいほうには、樹々におおわれた小島が点在しており、氷の上に突き出た島々は、溺れた巨人の凍てついたこぶしのようだ。そんな島々のなかにひとつ、ねじくれたウィアウッドの古木を生やした島があった。古木は幹も枝も周囲の雪と同じほどに白い。八日前、アシャはアリー・モーモントと氷上を歩いていき、幹に切りこまれた赤い目と血を流す口を間近から観察した。

（血のように見えるものはただの樹液。ウィアウッドの内部を流れる赤い樹液が外にたれているだけだ）

　だが、頭ではそう思っても、目は納得しない。人は理屈よりも見た印象を信じてしまう。そこに見えたものは、凍りついた血としか思えなかった。

「――この雪をもたらした張本人はおまえたち北部人だろうが」〈大桶のウル〉のことばに

対して、サー・コーリス・ペニーがいった。「おまえたちと、おまえたちの悪魔の樹がだ。ル＝ロールはわれらに救いをもたらしてくださるのだぞ」

「ル＝ロールがもたらすのは破滅でしかないわい」

切り返したのはアートス・フリントだった。

（どっちの神もクソくらえだ）とアシャは思った。

〈巨人退治〉のサー・ゴドリーが磔柱に歩みより、一本を前後に揺すって、しっかりと打ちこまれていることをたしかめた。

「よしよし。これなら申しぶんない。では、サー・クレイトン、供儀《くぎ》を連れてきてくれ」

サー・クレイトン・サッグズは、ゴドリーの強力な右腕である。

（それとも、しなびた右腕というべきか？）

アシャはサー・クレイトンがきらいだった。ファーリングが残酷なまねをするのは、紅い神を熱烈に信仰するあまりのことだが、サッグズはたんに残酷なだけだからだ。あるとき、アシャがふと見ると、サッグズが夜の篝火《かがりび》を見つめていた——目に狂的な光を浮かべ、口を半開きにして。しかし——。

（この男が愛するのは紅い神じゃない。その炎だ）

以前、サー・ジャスティンに、サッグズはむかしからああいう調子だったのかとたずねたことがある。すると、顔をしかめて、サー・ジャスティンはこう答えた。

「ドラゴンストーン城では、拷問係とよく賭けをしていた。囚人の訊問を手伝ったりもしていたな。とくに、囚人が若い女のときには」

それを聞いても意外ではなかった。アシャを焚刑《ふんけい》にするとなったら、サッグズが目の色を変えることはまちがいない。

（このまま雪嵐が吹き荒れたら、それも冗談ごとではなくなるぞ）

スタニス勢がウィンターフェル城まで騎行で三日の距離に近づいてから、すでに十九日間、同じ場所で野営していた。

（深林の小丘城《ディープウッド・モット》からウィンターフェル城までは百リーグ。使い鴉が飛ぶ直線距離にして五百キロ）

だが、人間は使い鴉のように空を飛べるわけではないし、雪嵐はいっこうに勢いが衰える気配を見せない。アシャは毎朝、きょうこそは日の目が見られるのではないかと思って目を覚ます。だが、外を見ればあいかわらず雪が降りつづいている。雪嵐によって、村の小屋はすべて雪に埋もれ、汚れた雪の塚と化していた。雪はもうじき、集会所も埋もれるほど深く積もるだろう。

食料はほとんどなかった。あるのは衰弱死した馬と、日に日に減ってゆく湖の魚、極寒の死んだ森へ糧秣《りょうまつ》を探しにいった一隊がたまに持ち帰るわずかな森の恵み——それだけだった。王の騎士たちと諸公が馬肉を真っ先に食ってしまうため、一般の兵にはほとんど残らない。とすれば、一部の者が死者の肉を食いはじめるのもむりからぬことではある。

ピーズベリーの兵四人が、故フェル公の兵の死体から太腿や尻の肉を削ぎ、片方の前腕を串に刺して炙っていたという話を〈熊御前〉から聞いたとき、アシャはみなと同じくぞっとしたものの、驚いた顔をすることはできなかった。賭けてもいい。この陰惨な進軍で人肉の味を知ったのは、この四人がはじめてではない。見つかったのがはじめてというだけで。

ピーズベリーの兵四人は王命により、みずからの命で食人の罪を贖《あがな》うことになったのだが……このさいだから、雪嵐をとめるため、火刑に処すべきだと〝王妃の兵〟らがいいだした。アシャ・グレイジョイは紅い神などまったく信じていないが、早々に雪嵐が鎮まってくれるよう祈らずにはいられなかった。さもないと、さらに火刑が行なわれて、サー・クレイトン・サッグズが心ゆくまで火焙りを楽しむことになるからだ。

サー・クレイトンが連行してきた四人の人肉食いは、手首を革ひもでうしろ手に縛られていた。雪道をよろよろ歩きながら、いちばん若い男は涙を流している。もうふたりは地面に視線を落とし、もはや死人も同然のありさまで歩いていた。見た目はごくふつうの人間で、そのことにアシャは驚いた。

（怪物なんかじゃない——ただの人間だ）

四人のうちの最年長者は、兵長だった。この男だけは挑戦的で、槍の石突きでつつかれ、火刑穴へと歩かされながら、〝王妃の兵〟たちに罵声を吐いている。

「おまえらみんな、クソくらえだ、おまえらの紅い神もだ。聞いてるか、ファーリング？〈巨人退治〉？　おまえのろくでもねえ従弟がおっ死《ち》んだときにゃ笑ったもんだ、ゴドリー。あいつも食っときゃよかったぜ。やつが焼かれたときにゃあ、いいにおいがしてたもんな。

おれが食った死体より、あの若僧のほうが軟らかくて旨かったろう。汁けたっぷりでよ」

石突きの一撃で顔を殴られ、男はがくりと地にひざをついた。が、それで黙らせることはできなかった。兵長は立ちあがり、口いっぱいの血と折れた歯をぺっと吐いてから、さらにいいつのったのだ。

「いちばん旨かったのはナニだな。串に刺して焼いたらカリカリになってよ。身の詰まった、ちっちぇえソーセージみてえだった」

鎖で縛りあげられてもなお、男は憎まれ口をたたきつづけた。

「コーリス・ペニー。こっちにこいよ。なんなんだ、おまえの一ペンス《ペニー》って名は。おまえのかあちゃんの値段か。おまえもだ、サッグズ、このろくでなしの下種《げす》野郎、きさまなんかな――」

サー・クレイトン・サッグズはひとことも発しなかった。そのかわり、すっぱりと兵長の喉を斬り裂いた。ぱっくり開いた喉から鮮血が飛沫《しぶ》き、滝のように胸を流れ落ちていった。

泣いていた男がいっそうはげしく泣きだした。泣きながら、大きくからだをわななかせ、しゃくりあげている。骨と皮ばかりに痩せているため、肋骨の一本一本が数えられるほどだ。

「助けてくれよぉ」痩せた男が懇願しだした。「おねがいだ、あいつは死んでたんだよぉ。死んでたし、おれたちは腹ぺこだったんだ。おねがいだ……」

「あの兵長、頭のいいやつだったな」アシャはアリー・モーモントにいった。「サッグズを挑発して、火焙りにされる前に自分を殺すようにしむけた」

いずれアシャが焚刑に処される番がきたとき、はたして同じ手が通用するだろうか。

生きている三人と殺されたひとりは、ふたりひと組で一本の磔柱をはさみ、背中合わせに手足を縛られた。ついで、柱の高みに吊りあげられ、そこで固定された。〈光の王《ロード・オブ・ライト》〉の敬虔な信徒たちが、割った薪や折れ枝を磔柱の根元に積んで、その上にランプ用のオイルをたっぷりとかけていく。手早くしなくてはならない。雪は依然としてはげしく降りしきっており、薪はあっという間に湿ってしまうからだ。

「王はいずこにおわす？」

サー・コーリス・ペニーが問いかけた。

四日前、王の従士のひとりが寒さと飢えで死んだ。ブライエン・ファーリングなる少年で、サー・ゴドリーの従弟だった。さっき兵長がいっていたのは、この少年のことだ。火葬壇のそばに立ったスタニス・バラシオンは、陰鬱な表情を浮かべて、少年の遺体が炎に包まれていくのを凝視していたものだった。火葬後、王は見張りの塔内に引きこもった。以来、外に出てきていない。ときどき、塔の屋上に立って、夜も昼も燃やされている篝火を背景に、黒々と姿を浮かびあがらせているところが目撃される程度だ。

〝あれは紅い神に祈ってるんだ〟だれかがいった。別のだれかは〝レディ・メリサンドルに呼びかけてるんだ〟といいはった。

どちらにしても、アシャ・グレイジョイの目には、王が途方にくれて必死に助けを求めているように見えた。

サー・ゴドリーがそばにいる兵士に命じた。

「カンティ、王を見つけて、準備がととのいましたとお伝えしてこい」

「王ならここにおられる」

答えた声は、リチャード・ホープのものだった。

サー・リチャードは板金鎧と鎖帷子の上からキルトの胴衣《ダブレット》を着用していた。ダブレットに描かれているのは、灰色と骨白の地に三羽の髑髏蛾《ドクロガ》をあしらった、ホープ家の紋章だ。そのとなりにはスタニスが歩いている。ふたりの背後からは、遅れまいと必死のていで、堅桜《かたざくら》の杖をつき、足を引きずりながら、アーノルフ・カースタークがついてきていた。アーノルフ公が合流したのは八日前のことである。連れてきたのは、息子がひとり、孫息子が三人に、槍兵四百、弓兵四十、騎槍《ランス》を携えた騎士十二、学匠《メイスター》ひとり、使い鴉の籠ひとつだったが……糧食は自分たちの分しか運んできていなかった。

いまはアシャも事情を知っているとおり、アーノルフは城主ではない。ほんとうの城主がラニスター家の虜《とりこ》となっているうちは、カーホールド城の城代にすぎないのである。老人はひどく痩せていて、背中が曲がり、からだも歪んでいて、左の肩は右の肩よりも十五センチほど高かった。首は枯れ枝のように細く、灰色の目はやぶにらみで、歯は黄色い。どうにか禿頭《とくとう》と呼ばれずにすんでいるのは、わずかに白髪が残っているからだ。ふたまたに分かれた顎鬚は、半々くらいの割合で灰色と白が混じっており、まったく手入れをしていない。この笑顔にはなにかしらうさんくさいものがあるな、とアシャは思った。うわさがほんとうなら、ウィンターフェル城を陥《お》としたのち、城主にはカースタークがつく話になっている。はるか遠い過去、カースターク家はスターク家の分家として世に生まれた。そしてアーノルフ公は、エダード・スタークの旗主《きしゅ》のうち、スタニスに忠誠を誓った最初の人物でもある。

アシャが知るかぎりでは、カースターク家の信じる神々は北部の古き神々であり、ウル、ノレイ、フリント、その他の山岳氏族と信仰を共有するはずだ。アーノルフ公が王命による火刑を見にきたのは、みずから紅い神の力を見学するためなのだろうか。

スタニスの姿を見るなり、磔柱に縛りつけられた者のうち、ふたりが慈悲を乞いはじめた。王は険しい顔のまま、無言で言い分を聞いていたが、ほどなく、ゴドリー・ファーリングに命じた。

「はじめてよい」

〈巨人退治〉が両手をかかげた。

「〈光の王《ロード・オブ・ライト》〉よ、お聞きあれ」

「〈光の王《ロード・オブ・ライト》〉よ、われらを護りたまえ」〝王妃の兵〟が唱和した。「夜は暗く、恐怖に満てり」

サー・ゴドリーが暗さを増すばかりの宵空を見あげ、詠誦をつづけた。

「われら感謝し奉る、太陽をしてわれらにぬくもりを施したまいけることに。そして祈らん、太陽をわれらに返させたまうことを、おお、神よ、そして、その光もて、われらが道を敵のもとへ導かれんことを」雪片がつぎつぎと、サー・ゴドリーの顔にあたっては解けていく。

「われら感謝し奉る、星々をして、夜の暗闇の中、われらを見まもらせたまいけることに。そして祈らん、星々を隠す雲の帳《とばり》をはがしたまい、いまいちど、われらをして星々の栄光に浴せしめんことを」

「〈光の王《ロード・オブ・ライト》〉よ、われらを護りたまえ」〝王妃の兵〟らが唱和した。「しかして、この荒ぶる暗黒を退けたまえ」

サー・コーリス・ペニーが磔柱に歩みより、両手で持った松明《たいまつ》を頭の上でぐるぐるまわしだした。大きく回転する炎に、罪人のひとりが嗚咽を漏らしはじめる。

「ル＝ロールよ——」サー・ゴドリーが詠《うた》った。「われらここに、四人の邪悪なる者どもを供犠《くぎ》に捧げるものなり。善良にして誠実なる心もて、われらここに、この者どもをば、汝の浄化の炎に捧げん、その魂の暗黒が焼き払われんことを祈って。この者らの恥ずべき肉体を黒焦げにし、炭と化さしめたまえ、その魂が昇華され、純化され、光のもとへ昇れるように。この者どもの血を受けいれたまえ、おお、神よ、そして汝のしもべを縛りし氷の鎖を解かしたまえ。この者どもの苦痛を聞こし召し、汝の敵の血を流すわれらが剣に力を授けたまえ。この供犠を受けとられ、なにとぞウィンターフェル城への道を示したまえ、不信心者どもを平らげんがために」

「〈光の王《ロード・オブ・ライト》〉よ、これなる供犠を受けとりたまえ」

百の声が唱和した。サー・コーリスが松明を降ろし、磔柱の基部に積んだ薪に火をつける。ついで、もう一本の柱の薪にも火をつけた。いく条《すじ》かの煙が立ち昇りはじめた。罪人たちが咳きこみだす。最初の炎が乙女のようにおずおずと現われ、たちまち勢いよく燃えだして、薪から足の高さに躍りあがった。見ているうちに、両方の磔柱はまたたく間に炎に包まれた。「死んでたんだ」炎が脚を舐めだすと、ずっと泣いていた若者が叫んだ。「見つけたときは死んでたんだ……たのむ……おれたちは腹がへっていて……」

炎が睾丸に達した。陰毛が燃えはじめるにおよび、懇願の声はひとつながりの長い絶叫に変わった。

アシャ・グレイジョイは喉に胆汁がこみあげてくるのをおぼえた。鉄《くろがね》諸島でも、自分の民族の祭主たちが下人の喉を裂き、〈溺神《できしん》〉を讃えながら、その死体を海に捧げるのを見たことがある。あれも野蛮な行為だが、これはもっとひどい。(耳をふさげ。顔をそむけろ。こんなものを見る必要はない)(目を閉じろ)と、自分に言い聞かせた。

〝王妃の兵〟は紅いル＝ロールへの讃歌らしきものを詠っているが、罪人たちのすさまじい悲鳴にかき消されて、なんと詠っているのか聞きとれない。炎の熱波で顔が熱いというのに、それでもアシャは震えていた。空気に煙と燃える肉のにおいが濃厚に充満しだす。ひとりはもう焼死しているが、赤く灼《や》けた鎖で磔柱にくくりつけられたまま、なおもひくひくと痙攣している。

ややあって、とうとうすべての悲鳴がやんだ。

スタニス王はなにもいわぬまま背を向け、見張り塔の孤独へと歩きだした。

（篝火のところへもどるんだな。炎を見つめて答えを得るために）

アーノルフ・カースタークがひょこひょこと王のあとをついていこうとしたとき、サー・リチャード・ホープがその腕をつかみ、集会所のほうへ誘導していった。見物人たちも散りはじめている。それぞれの焚火か、見つけたわずかな夕食のもとへ帰っていくのだ。

クレイトン・サッグズがそばに躙《にじ》り寄ってきた。

「鉄《くろがね》の女陰《ほと》どのにおかれては、ショーをお娯《たの》しみいただけたかな？」

サッグズの吐く息は、エールと玉葱《タマネギ》のにおいがした。

（豚の目だな）とアシャは思った。

じっさい、豚の形容がこの男には似つかわしい。サッグズの楯と外衣《サーコート》には〝羽の生えた豚〟が描かれていたからだ。サッグズはアシャの顔のすぐそば、鼻の黒にきびが数えられるほど近くまで顔を近づけてきて、こういった。

「磔柱で悶えるのがあんただったら、見物人はずっと多かっただろうぜ」

まちがってはいない。自分は狼たちから憎まれている。アシャは鉄《くろがね》の民であり、一族が犯した数々の犯罪――要塞《モウト》ケイリン、深林の小丘城《ディープウッド・モット》、トーレンの方塞《ズ・スクウエア》の奪取や、何世紀にもおよぶ岩石海岸《ストーニイ・ショア》一帯での掠奪、シオンがウィンターフェル城で行なった裏切り行為について、責任を問われる立場にあるのだ。

「手を放してもらおうか」

サッグズに話しかけられるたびに、斧がほしくてたまらなくなる。アシャは諸島のどんな男にも負けない〈指の舞〉の名手だ。十本とも指が健在であることが、そのなによりの証拠だった。

（この男と〈指の舞〉を舞えたらいいんだがな）

世の中には、顎鬚を生やさせてやりたくなる顔の男がいる。しかし、サー・クレイトン・サッグズの顔は眉間に斧をたたきつけたくなる顔だった。いまは手元に斧がなく、アシャにできるのは手を振りはらおうとすることだけだ。それはかえって、サー・クレイトンの手に力をこめさせる結果となり、手袋をはめた手の指が、鉄の鉤爪のごとく、アシャの腕に食いこんだ。

「レディ・アシャが手を放せとたのんでいるんだ」横からアリー・モーモントがいった。「いうことを聞いてやったほうがいいんじゃないかい。レディ・アシャは焚刑にされる罪人じゃないぞ」

「いずれはされるに決まっている。この魔神の信徒は、おれたちのあいだに長くいすぎた」

とはいったものの、サッグズはアシャの腕を放した。〈熊御前〉を不用意に刺激したがる者などいはしない。

ここらで割って入ることにしたと見えて、ジャスティン・マッシーがそばにやってきて、いつもの気さくな笑みを浮かべ、こういった。

「焚刑にはされないさ。やんごとなき捕虜については、王には別のお考えがあるからな」

マッシーの頬は寒さで真っ赤になっていた。

「王にか？　それとも、おまえにか？」サッグズは嘲るように鼻を鳴らした。「勝手に画策していろ、マッシー。おまえがなにをもくろもうと、この女は火焙りにされる運命にある。この女と、この女に流れる王の血がそうさせるんだ。王の血には力がある。〈紅の女《レッド・ウーマン》〉がよくそういっていた。われらが神を喜ばせる力がある、とな」

「ル＝ロールには、いまお送りした四人だけで満足していただこう」

「卑しい生まれの下種四人を火焙りにしたくらいで、満足してもらえるものか。あんなクズどもを焼いたところで、雪はやまん。だが、この女を火焙りにすれば話はちがう」

〈熊御前〉がいった。

「それじゃあ、レディを火焙りにして雪がやまなかったら、どうするつもりだい？　つぎに火焙りにするのはだれだ？　あたしか？」

アシャはもう口をつぐんでいることができなかった。

「いっそのこと、サー・クレイトン・サッグズを火焙りにしてはどうだ？　ル＝ロールも、自分の信者を捧げられたほうが喜ぶんじゃないか？　炎に一物をしゃぶられながら、敬虔な信徒が讃歌を歌うんだからな」

サー・ジャスティンが笑った。サッグズはむっとした顔になり、ジャスティンにいった。

「そうやって笑っていろ、マッシー。このまま雪が降りつづいたら、最後に笑うのはだれになるだろうな？」

サッグズは磔柱で黒焦げになっている四人の死体をちらりと見てから、薄笑いを浮かべ、サー・ゴドリーやほかの〝王妃の兵〟のもとへ歩み去っていった。

「わが代理闘士《チャンピオン》よ」アシャはジャスティン・マッシーにいった。「颯爽《さっそう》と駆けつけてきてくれて助かった」

動機がなんだろうと、礼をいうに足ることをしてくれたのはまちがいない。

「あんなまねをしていたら、サー・ジャスティン、〝王妃の兵〟のあいだでは友だちができないぞ」〈熊御前〉がいった。「紅いル＝ロールを信じる気持ちは、もうなくしてしまったのか？」

「いろいろなものを信じる気が失せてしまってるよ」マッシーの口から出る息は、白い霧となって顔のまわりにただよった。「しかし、夕食のことはまだ信じている。いっしょにくるかい、おじょうさんがた？」

アリー・モーモントはかぶりをふった。

「とても食える気分じゃない」

「おれもさ。だが、むりをしても、すこしは馬肉を腹にいれておいたほうがいいぞ。あとで食っておけばよかったと悔やむことになる。深林の小丘城《ディープウッド・モット》を出発したときには八百頭の馬がいた。昨夜はわずか六十四頭だ」

頭数を聞いても意外ではなかった。大型の軍馬はほぼ全滅してしまっている。マッシーの軍馬も含めてだ。乗用馬の大半ももういない。北部人の丈夫な小型馬《ガロン》でさえ馬糧不足で数が減っている。だが、馬の必要がどこにあろう。スタニスはどこへも進軍しようとしていないのだ。太陽も月も星々もずっと姿を隠したままなので、アシャは天の光がすべて夢だったのではないかと思いはじめていた。

「そうだな、食っておこう」

「あたしは遠慮するよ」アリーはかぶりをふった。

「では、レディ・アシャの世話はおれにまかせていただくとするか」サー・ジャスティンがアリーにいった。「約束する、逃がすようなまねはしないから」

〈熊御前〉は冗談めかした口ぶりを無視して、うなるような声で了承した。それを最後に、三人は別れた。アリーは自分の天幕へ、アシャとジャスティン・マッシーは集会所へ向かう。集会所はそれほど遠くないが、積雪は深く、突風も吹いてくるうえ、アシャの足は氷の塊と化している。一歩踏みだすごとに足首が疼《うず》いた。


ささやかながら、集会所は村で最大の建物なので、諸公と指揮官はここを占有している。スタニスが腰をすえているのは、湖畔に建った石積みの見張り塔だ。集会所入口の両脇にはふたりの門衛が立ち、地についた長い槍にもたれかかっていたが、ふたりがそばまでいくと、ひとりがマッシーのために脂で汚れた雪よけの垂れ幕を持ちあげた。サー・ジャスティンは扉をあけ、アシャの手を引いて、屋内のあたたかい空気の中へ導きいれた。

集会所内には、左右の長い壁にそってベンチと架台テーブルがならんでいた。本来ここに収容できるのは五十人ほどだが……いま押しこまれているのはその倍の人数だ。床は地面がむきだしで、その中央には炉が切ってあり、天井には一列に煙抜き孔がならんでいる。炉をはさんで、いっぽうには狼たちがすわり、反対側には南部諸公と騎士がすわっていた。

アシャの見るところ、南部人は見るもあわれなありさまになっていた。痩せ衰えて、頬はげっそりとこけ、病気だろうか、血の気が失せている者もいれば、寒風に痛めつけられて、顔が真っ赤になっている者もいる。それに比して、北部の者はおおむね強壮で、健康そうに見えた。みな赤ら顔で、藪かと思うほどふさふさとした顎鬚をたくわえ、毛皮と鉄器に身を包んでいる。寒くて空腹なのは北部人とて同じだが、小型馬《ガロン》や足につける熊足のおかげで、雪中行軍はずっと楽なはずだった。

アシャは毛皮の二股手袋をはずし、顔をしかめて指を曲げ伸ばしした。室内のぬくもりに触れて、なかば凍った脚が解けていくにつれ、痛みが脚を駆け昇りだす。村の小農たちは、逃げるときに泥炭をたっぷり残していっており、おかげで燃料にはことかかない。屋内にはうっすらと煙がただよい、燃える泥炭の放つ土臭いにおいが濃厚に充満していた。マントに積もった雪を払ってから、扉付近の掛け釘にかける。

サー・ジャスティンがベンチにふたりぶんの空きを見つけ、アシャをすわらせておいて、夕食を取ってきてくれた。エールと馬肉の塊だ。馬肉は外側が黒焦げで、中はまだ赤かった。アシャはエールをひとくち飲み、馬肉に取りかかった。分配される塊は前回よりも小ぶりになっていたが、食べものがあるだけでも感謝しなければならない。肉のいいにおいを嗅いだだけで腹が鳴った。

「すまないな、騎士どの」

あごから血と脂をしたたらせつつ、アシャは礼をいった。

「ジャスティンだ。いつもいってるだろう」

ジャスティン・マッシーは、自分の肉をこまかく切り分け、短剣の先に刺して口に運んだ。

テーブルの奥のほうでは、ウィラム・フォックスグラヴが周囲の者たちに、〝スタニスは三日後に、ウィンターフェル城へ向けて進軍を再開する〟と話していた。王の馬を世話する馬丁のひとりから聞いたのだという。

「陛下は炎の中に勝利を見られたそうだ」とフォックスグラヴはいった。「あちこちの城や農民の小屋で、一千年の長きにわたって歌い継がれるほどの大勝利をだ」

ジャスティン・マッシーが馬肉から顔をあげた。

「しかし、ゆうべは凍死者が八十人に達したぞ」歯にはさまった肉の筋を引き抜き、そばの犬に放り投げて、マッシーはつづけた。「この雪嵐の中を進軍すれば、何百人もが死ぬ」

「ここにじっとしていたら、死者は何千人にものぼろう」サー・ハンフリー・クリフトンがいった。「進むか死ぬかの決断だ」

「進んだら死ぬ、といってるんだ。かりにウィンターフェル城までたどりつけたとしても、そのあとはどうする？　どうやって陥落させるんだ？　わが兵員の半数は、一歩も歩けないくらい衰弱してるんだぞ。そんな連中に城壁を攀《よ》じ登らせるとか、攻城櫓《こうじようやぐら》を造らせるとか、できると思うか？」

「雪嵐が鎮まるまで、ここにじっとしているべきだ」

サー・オーマンド・ワイルドがいった。野性的《ワイルド》という名とは裏腹に、この男は痩せこけた老騎士だ。一部兵士のあいだでは、つぎにどの大物騎士や城主が死ぬかで賭けが行なわれている、といううわさを聞いたことがある。その賭けで頻繁に名前があがるのが、このサー・オーマンドだった。

（わたしにはどれくらいの額が賭けられているんだろう）とアシャは思った。（まだ当分は賭けの対象でいられそうだがな）

「この村にはすくなくとも、雪嵐から身を護る建物がある」ワイルドはつづけた。「湖には魚もいる」

「魚はすくなすぎるし、釣る人間は多すぎだ」

ピーズベリー公が沈んだ声でいった。暗くなるのもむりはない。さっきサー・ゴドリーによって火焙りにされた四人は、すべて自分の部下なのである。おまけにこの集会所の中には、四人がしたことをピーズベリーが承知していなかったはずはない、もしかすると自分自身も人肉の饗宴にあずかったんじゃないか、と聞こえよがしにいう声もあった。

「もっともだ」ネッド・ウッズがうなるようにいった。

この男はディープウッドからきた物見の者のひとりで、〈鼻なしネッド〉と呼ばれている。ふた冬前に、凍傷で鼻先が欠けてしまったことからついた呼び名だった。ウッズは現存するだれよりも〈狼の森〉のことをよく知っている。王のもっとも誇り高い城主たちでさえも、ネッドの意見には耳を貸すべきことを学んでいた。

「おれは湖ってものを知ってんだ。あんたら、死体に群がる蛆《ウジ》みたく湖にたかってたろう。何百人も、氷に穴っぽこをいっぱいあけて、落っこちるやつがいねえのが不思議なくれえに。とくにあの島のあたりは、鼠どもに食い荒らされたチーズみたいになってやがる」かぶりをふった。「湖はどっちも終わりさ。あんたら、魚を釣りすぎた」

「ならば、なおさら進軍するべきではないか」ハンフリー・クリフトンが自説を唱えた。「どうせ死ぬ定めなら、剣を手にして死んだほうがましというものだ」

これは昨晩も、その前の晩も戦わされた議論だった。

（進軍して死ぬか、ここに残って死ぬか、後退して死ぬか——死ぬばかりだな）

「死ぬのはあんたの勝手だがな、ハンフリー」とジャスティン・マッシーがいった。「おれ自身は、生き延びてつぎの春を迎えたい」

「それを臆病者というのだ」ピーズベリー公が答えた。

「人食いより臆病者のほうがましさ」サー・ジャスティンが切り返す。

ピーズベリーの顔が突発的な怒りで歪んだ。

「きさま——」

「——戦《いくさ》に死はつきものだぞ、ジャスティン」戸口から声がいった。ふりかえると、サー・リチャード・ホープが扉の内側に立っていた。黒髪は解けゆく雪で濡れている。「われらとともに進軍する者は、ボルトンとその落とし子から奪う分捕り品の分け前にあずかれるし、不滅の栄光を分かち合える。衰弱していて進軍できぬ者はここに残り、自力で飢えを凌《しの》いでもらうほかない。しかし、これは約束しよう。ひとたびウィンターフェル城を奪ったのちは、かならず食料を送る」

「ウィンターフェル城を奪うなんて、むりだ！」

「――いいや、奪ってみせる」

入口の反対側にある公壇の上から、かんだかい声がいった。息子のアーサーおよび三人の孫息子とともに公壇についている、アーノルフ・カースタークだった。食っていた獲物から顔を起こす禿鷲、というふぜいで、アーノルフ公はやおらテーブルに手をついて立ちあがり、老人斑だらけの手を息子の肩にかけ、からだを支えながら先をつづけた。

「ネッドとその娘のために奪うのだ。無惨に殺された若狼王のためにもだ。必要とあらば、わしとわが身内が道を示す。われらがよき王にも同じことを進言してきた。進軍なさいませ、とわしはいった。月が変わる前になさいませ、われらみな打ちそろい、フレイとボルトンの血にまみれましょうぞ、とな」

勇ましいことばに応えて、おおぜいが足を踏み鳴らし、こぶしでテーブルを殴りはじめた。そのほぼ全員が北部人であることにアシャは気づいた。炉の反対側のベンチにすわる南部の諸公と騎士たちは、みな無言のままだ。

熱狂が静まるまで待ってから、おもむろに、ジャスティン・マッシーが意見を述べた。

「見あげた勇気だが、カースターク公、勇気だけではウィンターフェル城の城壁を破れますまい。どうやって城を陥《お》とすというのです？　祈るのですか？　でなければ、雪玉でも投げつけるのですか？」

　答えたのはアーノルフ公の孫のひとりだった。

「樹々を伐り倒して破城槌《はじようつい》を作り、門を破る」

「そして、死ぬ、と」サー・ジャスティンがいった。

　こんどは別の孫が答えた。

「梯子も作り、城壁に立てかけて昇る」

「そして、死ぬ、と」

　こんどはアーノルフ公の次男、アーサー・カースタークが答えた。

「攻城櫓《こうじようやぐら》も築けばよい」

「そして、死ぬ、と。さっきから無謀な攻撃ばかりだ。よほど死に急ぎたいと見える」サー・ジャスティンは白目を剝いてみせた。「神々にかけて問おう。あんたたちカースタークは、みんな狂人なのか？」

「神々――？」サー・リチャード・ホープが聞きとがめた。「おまえは重大なことを忘れているぞ、ジャスティン。ここには一柱《ひとはしら》の神しかおわさぬ。この集まりにおいて、魔神どもを引きあいに出すな。いまわれわれを救えるのは〈光《ロード・オブ・ライト》の王〉のみなのだ。まさか、ちがうとはいわぬだろうな？」

　問答無用だといわんばかりに、サー・リチャードは剣の柄《つか》に手をかけている。だが、その目はかたときもジャスティン・マッシーから離れていない。

サー・リチャードの凝視を受けて、サー・ジャスティンはたじろいだ。

「むろん、〈光の王《ロード・オブ・ライト》〉のみだ。おれの信仰はおまえのものと同じほど深い。リチャード、おまえもそれは知っているはずだぞ」

「おれはおまえの覚悟を問うているのだ、ジャスティン。信仰そのものではない。深林《ディープウッド》・小丘城《モット》から進軍してくるあいだじゅう、おまえはずっと、負け戦の心配ばかり口にしてきたではないか。いったいおまえはどちらの味方なのだ」

マッシーの首が徐々に赤く染まりだした。

「侮辱をこらえて、この場にいるつもりはない」

そう言い捨てて、マッシーは濡れたマントを壁の掛け釘からひったくり――乱暴に取ったため、マントが破れる音がした――ホープの横をかすめ、足どりも荒く扉の外へ出ていった。冷たい外気が吹きこんできて、炉の灰を巻きあげ、ほんのすこしだけ炎を勢いづかせた。

(ずいぶんと簡単に燃えあがるんだな)とアシャは思った。(わが代理闘士どのは、獣脂でできているらしい)

とはいえ、サー・ジャスティンは、〝王妃の兵〟がアシャを火焙りにしようといいだしたとき、異論を唱えてくれる数少ない人間のひとりだ。ゆえに、アシャは立ちあがり、自分のマントを身につけ、あとを追って雪嵐の中へ出た。

十メートルといかないうちに迷ってしまった。見張り塔の上で燃えている篝火は見える。

空中に浮かぶ、かすかなオレンジ色の光がそれだ。その光を別にすれば、村は完全に消えてしまっていた。雪と静寂の白い世界のただなかで、太腿まである積雪の中をさまよいながら、アシャは呼びかけた。

「ジャスティン！」

だが、返事はない。

かわりに、左手のどこかで馬のいななきが聞こえた。

（怯えているような鳴き声だ。自分があすの夕食になることがわかっているのかもしれないな）

マントをいっそうしっかりと掻きよせる。

さまよううちに、村に接するあの草地に出た。松の木の磔柱は黒焦げになっていたものの、すっかり燃えつきたわけではなく、いまも火刑穴の底に立っていた。死者に巻きつけられた鎖が冷えきっているのは見ればわかるが、鎖はまだ鉄の抱擁で死体を柱に抱きとめたままだ。ひとつの死体の上に一羽の使い鴉がとまり、炭化した頭部から焼けた肉をついばんでいた。吹き荒れる雪嵐の中、雪は磔柱の根元にたまった灰の上にも積もり、すでに死体の足首まで埋もれさせていた。

（古《いにしえ》の神々が埋葬しようとしているんだ）とアシャは思った。（火刑は古の神々がやったことではないんだから）

「ようく見ておくんだな、女陰《ほと》」背後から、深く響く声がいった。クレイトン・サッグズの声だった。「おまえもローストされたら、そいつらと同じくらい別嬪《べっぴん》になるぞ。そういえば、烏賊《イカ》というのは悲鳴をあげるのか？」

（わが父祖代々の神よ、波の下の海中神殿にわが声がとどくなら、なにとぞわが手に小さな投げ斧をお与えください）

だが、〈溺神〉は応えてはくれなかった。〈溺神〉が祈りに応えてくれることはめったにない。それが神々の困ったところだ。

アシャは問いかけた。

「サー・ジャスティンを見なかったか？」

「あの調子に乗った阿呆か？　あいつになんの用だ、女陰《ほと》？　まぐわいたいなら、マッシーなんかよりもずっといい気持ちにさせてやるぞ」

（また〝女陰《ほと》〟呼ばわりか）サッグズのような男は、女を貶《おとし》めるとき、このことばを使う。それが不思議でならない。この語が示すのは、この手合いが軽んじる女のからだのうちで、唯一、重んじる部分ではないか。そのうえサッグズは、山岳一族であるリドル家の次男――森の戦いでアシャを〝腐れ女陰《アマ》〟と呼んだ〈中リドル〉よりもたちが悪かった。（こいつがこのことばを使うときは、罵倒としてではなく、あそこそのものを指しているんだからな）

「あんたがたの王は、強姦を禁じてるんじゃないのか」

サー・クレイトンはくっくっと笑った。

「王はもっぱら炎を見るばかりで、ほかのことには目がいきとどかんのさ。しかし、怖がることはないぞ、女陰《ほと》。おまえを犯す気はない。犯したら殺さねばならなくなるが、それよりおまえが生きたまま火焙りになるところをぜひ拝みたいからな」

そのとき——ふたたび馬のいななきが聞こえた。

（またあの馬だ）

「聞こえたか、いまの？」

「なにが？」

「馬のいななきだ。すくなくとも、一頭——いや、二頭はいる。一頭でないことはまちがいない」

聞き耳を立てたまま頭《こうべ》をめぐらせる。雪のせいで音の聞こえかたが妙な感じになっていた。どっちからいななきが聞こえてくるのか、方向をつかみにくい。

「こいつは烏賊のゲームか？　おれにはなにも——」いいかけて、サッグズは眉をひそめた。

「くそったれ、ほんとうだ。騎兵か」

あわてて剣帯をまさぐったが、毛皮と革の手袋をはめているため、なかなか思いどおりに手が動かない。しばらく格闘して、ようやく鞘から長剣を引きぬいた。

そのときにはもう、騎兵たちは間近に迫っていた。

幻影の騎馬隊のごとく、雪嵐をついてぬっと出現したのは、小柄な馬にまたがった大柄な男たちだった。かさばる毛皮を着こんでいるため、いっそう大柄に見える。腰に佩《は》いた剣が鞘の中でカタカタと音をたて、おだやかな鋼の歌を歌っている。一頭の鞍には戦斧《せんぷ》が、もう一頭の鞍には戦鎚《せんつい》が結わえつけてあった。楯も持っているが、雪と氷で紋章は識別できない。ウールと毛皮と硬《ボイルド・》革《レザー》をまとっているのにもかかわらず、アシャは全裸でその場に立っているような錯覚に襲われた。

(角笛だ)と、動揺しながら思う。(角笛を吹いて、みなに知らせなければ)

「走れ、この馬鹿女陰《ほと》」サー・クレイトンが叫んだ。「走って王に報告しろ。ボルトン公が攻めてきた！」

たしかに下種ではあるかもしれない。が、サッグズはけっして勇猛さを欠く男ではない。片手に抜き身の剣を引っさげて、雪の上を大股に駆けていき、騎兵と王の塔のあいだに立ちはだかった。その背後では、奇妙な神のオレンジ色の目のごとく、篝火が光を放っている。

「何者か！　とまれ！　とまらぬか！」

先頭の馬がサッグズの前で棹立ちになった。背後にも騎兵はつづいている。二十騎はいるだろう。だが、アシャには数えているひまなどない。この雪嵐の中、何百騎もが目前に迫り、強襲してこようとしているかもしれないのだ。ルース・ボルトンの全戦力が、暗闇と渦巻く雪嵐にまぎれて、いまにも襲いかかってこようとしていたらどうする？

だが、この者たちは……。

(斥候にしては多すぎるし、先鋒にしてはすくなすぎる)

しかも、先頭のふたりは黒ずくめだった。

(〈冥夜の守人《ナイツ・ウォッチ》〉か)と、唐突に気づいた。

「何者だ？」アシャは騎兵に呼びかけた。

「味方だ」どこか聞き覚えのある声が答えた。「ウィンターフェル城のまわりを探したが、戦鼓《せんこ》を打ち鳴らして角笛を吹く〈鴉の餌《クロウフード》〉のアンバー勢しか見つけられなくて、ここを探しあてるのに少々時間を食ってしまった」

騎兵はひらりと鞍を飛び降りると、フードをうしろに落とし、一礼してみせた。たっぷりたくわえた顎鬚と鬢に張った氷で何者かわからず、アシャは一瞬、途方にくれて見つめたが、そこでやっと、相手の正体に気づいた。

「……トリスか？」

「マイ・レディ」トリスティファー・ボトリーは、雪にすっと片ひざをついた。「〈乙女のクァール〉もいっしょだよ。ロゴン、〈悪たれ口〉、〈指〉、〈ペテン師〉。総勢六人、馬に乗れる体力のある者はみんなきている。クロムは傷が悪化して、途中で死んでしまったが」

「これはいったい、どういうことなんだ？」サー・クレイトン・サッグズが語気を強めた。「おまえはこの女の手下か？　どうやってディープウッドの地下牢を脱け出てきた？」

トリスは立ちあがり、ひざについた雪を払った。

「われわれを解放するのに充分な額の身代金が提示されたんだ。サイベル・グラヴァーは、王の名において、それを受けとった」

「身代金だと？　こんな海のゴミどものために、だれが多額の金を払ったというのだ？」

「わたしです」小型馬《ガロン》に乗った男が進み出てきた。おそろしく背が高く、おそろしく痩せた男だった。脚もおそろしく長くて、足が地面につかないのが不思議なほどだ。「王にお会いするために、わたしは強力な護衛を必要としていました。レディ・サイベルも口数を減らしたいとのご意向でしたし」

スカーフを巻いているので、顔はわからない。しかしその頭の上には、アシャがいままで見たなかで、もっとも奇妙な帽子が載っていた。最後にこれを見たのは、タイロシュに航海したときだ。それはつばのない軟らかな布の塔で、三つの円筒を積み重ねたものだった。

「スタニス王には、ここにくればお会いできると理解するにいたりました。たいへん緊急の用件で、いますぐ王とお話をしなくてはなりません」

「そういうおまえは、ぜんたい、何者だ？」サッグズが問いかけた。

ひょろりと長身の男は、優雅な動きで小型馬《ガロン》をすべりおり、独特の妙な帽子を脱ぐと、深々と頭をさげた。

「わたしはブレーヴォスの〈鉄の銀行〉に勤めますところの、卑しき一行員です。ティコ・ネストリスなる者である栄誉を賜わっております」

夜の暗闇の中から馬に乗って飛びだしてきた男が、よもやブレーヴォスの銀行家とは——。アシャ・グレイジョイが考えつくかぎり、それはもっとも場ちがいで素っ頓狂な相手だった。あまりにもばかげていて、笑いださずにはいられなかった。アシャはいった。

「スタニス王は見張り塔を住まいにしている。サー・クレイトンが、喜んで王のもとへ案内するだろう」

「ご親切、痛みいります。時間はとても逼迫《ひっぱく》しているのです」銀行家は狡猾そうな黒い目でアシャをじろじろと見まわした。「わたしがまちがっていなければ、あなたはグレイジョイ家のレディ・アシャですね」

「たしかに、グレイジョイ家のアシャだ。わたしがレディであるかどうかについては見解の相違もあるだろうが」

ブレーヴォス人はほほえみ、

「あなたにおみやげがあります」といって、背後の男たちに手招きした。「わたしたちは、王がいるものとばかり思いこんで、まずはウィンターフェル城に赴いたのです。ところが、あにはからんや、この雪嵐で城は豪雪に閉ざされているではありませんか。そのうえ城壁の外では、まだ青い子供たちの部隊を引き連れて、モース・アンバーが王の到着を待っているありさま。おみやげをくれたのは、そのモース・アンバーです」

(若い娘と老人か)

その〝おみやげ〟が雪の上へ乱暴に放りだされたとき、アシャはそう思った。毛皮にくるまっているというのに、娘はがたがた震えている。こう怯えていなければ、可愛い顔だちにちがいない。ただし、鼻先は凍傷で黒くなっていた。老人のほうは……だれが見ても整った顔とはいいがたい。案山子《カカシ》でさえも、もっと肉がついているものがある。顔は髑髏《どくろ》に皮膚を張りつかせただけのようだし、髪の毛は骨白で薄汚い。しかも臭かった。ひと目見ただけで、アシャは嫌悪をもよおした。

そこで、老人が目をあげた。

「姉上。どうだ。こんどはちゃんとわかったぞ」

アシャの鼓動が乱れた。

「まさか……まさか、シオンか？」

老人の唇がめくれあがり、左右の口角が吊りあがった。笑みを浮かべたらしい。その歯は半分がなくなっており、残りの半分は折れたり割れたりしていた。

「そうだ、シオンだ」と男はくりかえした。「おれの名はシオンだ。自分の名前くらいは、しっかりと心得ておかなくてはな」

63――ヴィクタリオン

黒い海を銀色の月が照らすなか、鉄《くろがね》水軍は猛然と獲物に襲いかかった。

杉の島の東方には大陸が広がり、アスタポアの後背地に連なる鋸歯《きょし》状の丘陵地帯が見えている。島と大陸とを隔てるのは狭い海峡だ。漆黒の祭司モクォッロが予言してみせたとおり、獲物はその海峡に現われた。

「ギスカルの船だ！」

ロングウォーター・パイクが見張り台から叫んだ。船首楼の上に立ったヴィクタリオン・グレイジョイは、しだいに大きくなってくる獲物の帆を見つめた。ほどなく、規則的に上下する櫂の列も見えるようになった。うしろに長々と引いた白い航跡が月光を浴びてきらめき、海面に抉《えぐ》られた白い傷のように見える。

（軍船ではないな）とヴィクタリオンは見てとった。（交易ガレー船だ。大きい）

上々の獲物といえるだろう。僚船の船長たちに襲撃の合図を出す。船に乗りこみ、船ごと捕獲するのだ。

ガレー船の船長も、この時点ではもう追われていることに気づいており、針路を西に向け、杉の島へ向かっていた。おそらく、どこかの奥まった入江に逃げこむか、追手を島の北東部沿岸ぞいの暗礁地帯に誘いこむかするつもりなのだろう。が、ガレー船は荷を満載しているうえ、鉄《くろがね》衆は追い風に乗っている。《悲嘆》と《鉄の勝利《アイアン・ヴィクトリー》》は、早くも獲物の進路にまわりこみ、高速の《鷂《ハイタカ》》と小まわりのきく《指の舞》が後方から追いたてにかかった。

ここにいたってもまだ、ギスカル船の船長は船旗を降ろして降伏の意を示そうとしていない。《哀歌》が横を並走しだし、右舷をガレー船の左舷にすりつけ、櫂の列をへし折るころには、両船は亡霊に取り憑かれたゴザイの廃都付近に近づいており、廃都の崩れたピラミッド群が曙光を浴びるなか、猿たちがけたたましく鳴き叫ぶ声が聞こえるようになっていた。

獲物の船名は《ギスカルの夜明け》であることがわかった。捕獲後に、ガレー船の船長が鎖につながれ、ヴィクタリオンのもとへと連れてこられたさい、そういったのだ。なんでも同船は、ニュー・ギスを出航し、ミーリーンで交易したのち、ユンカイを経由して帰港する途中だったそうだ。船長はまっとうな言語がしゃべれず、うなるような声と歯擦音だらけの耳ざわりなギスカル語をまくしたてるばかりだったので――こんなにも耳に不愉快な言語を、ヴィクタリオン・グレイジョイは聞いたことがない――モクォッロがウェスタロス共通語に通訳してくれた。その話によれば、ミーリーンをめぐる戦いは女王側の敗北におわっていた。ドラゴンの女王は死亡し、いまはヒズダクとかいうギスカル人がミーリーンを支配しているという。

ヴィクタリオンは虚偽の報いとして船長の舌を切った。モクォッロが請けあったところによれば、デナーリス・ターガリエンは死んではいない。祭司の神ル＝ロールは、聖なる炎の中に、いまも健在でいる女王の顔を浮かびあがらせたという。虚言というものにがまんならないヴィクタリオンは、舌を切るだけではあきたらず、ギスカル人船長の手足を縛りあげ、舷側から海に放りだし、〈溺神《できしん》〉への供犠《くぎ》とした。

「おまえの紅《あか》い神に、わが神は借りができたな」海将はモクォッロにいった。「もっとも、海洋を司《つかさど》るのは〈溺神〉だが」

「神はル＝ロールと〈異形《ジ・アザー》の王〉のほかにおらぬ。わが神と、その真の名を口にすることも憚《はばか》られる神だけだ」

妖術使いの祭司は、いまは地味な黒のローブを身にまとっている。襟、袖、裾には金糸の縫取りがあるものの、基本的には黒一色だ。《鉄の勝利》には赤い布の用意などなかったし、といって、〈畑鼠《ハタネズミ》〉に海から引きあげられたときそのままの、色褪せたぼろ布を着せておくわけにもいかなかったので、トム・タイドウッドに指示し、とりあえず手持ちの布を使って新しいローブを縫わせたのである。布が足りない場合には分解して流用してもいいからと、自分の上着も何着か与えておいた。できあがったローブがどれも黒い布と金糸ばかりなのは、グレイジョイ家の紋章が黒地に金糸で描いたクラーケンで、旗標《はたじるし》にも船の帆にも、みな同じ紋章がついているためだ。紅の祭司が着る真紅と緋色のローブは、鉄《くろがね》衆には馴じみがない。それゆえ、グレイジョイ家の色の服を着せてやれば、モクォッロも部下たちに受けいれられやすいのではないかという思惑もあった。

その思惑はみごとにはずれた。頭から足まで黒一色のローブに身を包み、赤とオレンジの炎の刺青《いれずみ》を顔面に施した祭司は、前にも増して邪悪そうに見えたからである。祭司が甲板を歩くとき、乗組員たちは一様に押しだまる。たまたまその影がからだに触れると、船乗りはみなつばを吐く。紅の祭司を海上から釣りあげた〈畑鼠〉でさえ、あんなやつは〈溺神〉に捧げてしまえとヴィクタリオンに進言するほどだった。

しかしモクォッロは、鉄《くろがね》衆には馴じみのないこの海の、奇妙な沿岸にくわしかったし、ドラゴン一族の秘密についてもいろいろと知っていた。

〈鴉の眼《クロウズ・アイ》〉も魔導師どもを飼っていたんだ。おれも飼っていけない理由はあるまい？）

もっとも、この漆黒の妖術師は、ユーロンの三人の魔導師などよりもずっと強力だった。あっちの三人を大鍋に入れて煮込み、ひとりにまとめあげたとしても、これほどの力は持てないだろう。異教の妖術師をしたがえたといえば、〈濡れ髪〉はいい顔をしないだろうが、エイロンとその敬虔な溺徒たちがいるのは、はるか彼方でしかない。

ゆえにヴィクタリオンは、黒く焼いた手で強力無比のこぶしを形作り、こういった。

「《ギスカルの夜明け》という船名は鉄《くろがね》水軍の船にふさわしくない。そこでだ、魔導師よ。おまえに敬意を表して、この船を《紅い神の怒り》と改名したい」

黒の魔導師は一礼した。

「お望みのままに」

かくして鉄《くろがね》水軍は、ふたたび五十四隻にもどった。

翌日、突然の小嵐に見まわれた。これもモクォッロが予言していたとおりだった。嵐雲《らんうん》が通りすぎたあとは、三隻の船が行方不明になっていた。沈没したのか、陸に乗りあげたのか、どこかへ吹き流されたのか、ヴィクタリオンには知るすべがなかった。

「やつらは目的地を知っているからな」海将は乗組員にいった。「まだ航海できるようなら、いずれ合流してくるだろう」

鉄《くろがね》の海将には、脱落者を待っている余裕などない。花嫁が敵に包囲されているのだから。

（世界一の美女はおれの戦斧《せんぷ》を必要としている。一刻も早く駆けつけてやらねば）

それに、モクォッロが確約したところによれば、行方不明の三隻は沈んでいないという。

毎晩、妖術祭司は《鉄の勝利》の船首楼で篝火《かがりび》を焚き、その周囲を歩きまわっては祈禱をあげる。炎を浴びて光る黒い肌は磨きあげた黒瑪瑙《オニキス》のようだ。ときどき、その顔に彫られた炎の刺青が躍りあがり、ねじくれ、曲がり、相互に融け合うように見える。さらに、祭司の顔の角度によって、その炎は色を変える。

「あの黒坊主、悪魔を呼びだして、おれたちにけしかけようとしてやがる」

漕手のひとりがそううそぶいているとの報告を受けたヴィクタリオンは、肩から尻にかけ、血まみれになるまで、その男の背中を鞭打たせた。

あるときモクォッロがこう予言した。

「貴兄の迷子の仔羊たちは、ヤロスと呼ばれる島の沖合で群れにもどる」

それに対して、海将はこう答えた。

「それが事実になるよう祈ることだな、祭司。さもないと、つぎに鞭の味を堪能するのは、おまえの番になるぞ」

青緑色の大海原が広がり、雲ひとつない青空から太陽が照りつけてくるなか、鉄《くろがね》水軍は二隻めの獲物を捕獲した。アスタポア北西の水域でのことだった。

こんどの獲物はミアの交易船《コグ》で、船名を《鳩》といった。ニュー・ギス経由でユンカイへ向かう途中で、絨毯、甘口の緑ワイン、ミアのレースを満載した船だった。この船の船長は〈ミアの眼〉をも所有していた。これは二本の真鍮の筒の一端に一枚ずつガラスのレンズをはめこみ、筒同士を組みあわせ、遠くのものを近くから見たかのように見せるための道具で、それぞれの筒の太さを微妙に変えて造ってあり、筒同士を前後にすべらせることで見え方に調整を加え、いちばん短くすると、短剣ほどの長さにまで短縮できるというしろものだった。ヴィクタリオンはこの宝を自分の私物として取っておくことにした。

コグ船は《百舌《モズ》》と命名しなおした。乗組員は身代金を取るために生かしておく。これは同船の乗組員が奴隷でも奴隷使いでもなく、自由ミア人であり、年季を積んだ船乗りだったからである。この手の人間からは、身代金がたっぷり取れるのだ。ただし、出航元がミアであるだけに、船乗りたちはミーリーンやデナーリスの最新の消息を知らず、聞きだせたのは、ドスラクの騎馬民族がロイン河ぞいに南下してきていること、〈黄金兵団〉が進軍していることなど、ヴィクタリオンがすでに知っている旧聞ばかりだった。

「なにが見える？」海将はその晩、篝火の前にすわるモクォッロにたずねた。「あしたにはどんなことが起こる？　また雨か？」

空気は雨のにおいを孕《はら》んでいた。

「空には灰色の雲がたれこめ、強風が吹く」とモクォッロは答えた。「しかし、雨は降らぬ。うしろから虎がくる。行く手には貴兄のドラゴンが待つ」

（貴兄のドラゴン）

ヴィクタリオンはその響きが気にいった。

「わしが知らぬことを教えてくれ、祭司」

「船長どのにいわれては、従わぬわけにはいくまい」とモクォッロは答えた。乗組員たちはいつしか、モクォッロのことを〈黒い炎〉と呼ぶようになっていた。最初にいいだしたのは、〝モクォッロ〟という発音ができない〈吃音のステファー〉だ。しかし、名前はどうあれ、この祭司が力を持っていることはまちがいない。「南側には東西に海岸が走っている。あの海岸が北に折れるあたりで、もう二隻、兎にありつける。ともに脚数が多く、動きが速い」

じっさい、そのとおりになった。今回の獲物は、北から南下してきた二隻のガレー船で、船体が長く、ほっそりとして高速だった。最初に二隻の姿をとらえたのは〈片脚のラルフ〉だが、ラルフ船の麾下《きか》にある《哀歌》も《捨て身》もたちまち引き離されてしまったので、ヴィクタリオンは《鉄《くろがね》の翼》、《鶚《ハイタカ》》、《クラーケンの接吻》に追撃させた。水軍でこの三隻より速い船はないからである。追撃は夕刻近くにまでおよんだが、最終的には鉄《くろがね》勢が乗りこみ、短いが熾烈な戦いを経て、二隻ともに捕獲した。検分してみると、どちらも荷を積んではいないことがわかった。二隻はニュー・ギスが母港の補給船で、ミーリーン周辺で野営しているギスカル勢に補給物資と武器を運び……損耗した兵の補充要員を送りとどけて帰ってきたところだったのだ。

「戦死した兵の補充か？」とヴィクタリオンはきいた。

ガレー船の乗組員たちは否定した。兵の死因は赤痢だという。赤痢のことを乗組員たちは〝白《あお》き牝馬〟と呼んでいた。そして、《ギスカルの夜明け》の船長と同じく、二隻のガレー船の船長たちも、デナーリス・ターガリエンが死んだという虚偽をくりかえした。

「おまえたちがどんな地獄へいくにせよ、そこでおれに代わって、女王にキスしてやれ」

ヴィクタリオンはそういって、戦斧を二度振りおろし、ふたりの首を刎《は》ねた。そのあと、ガレー船の乗組員も皆殺しにしたが、鎖で櫂につながれていた奴隷たちだけは殺すことなく、ひとりひとりの鎖をみずから断ち切り、これでおまえたちは自由だと宣言したのち、以後は鉄《くろがね》船団の船を漕ぐ特権を与えられる旨を告げてやった。漕手というのは、鉄《くろがね》諸島では、どんな男の子も長じてつきたいと夢見る、名誉ある職なのである。そのさいにいわく、

「ドラゴンの女王が奴隷を解放するなら、わしもそれに倣《なら》うまでだ」

捕獲したガレー船は、《亡霊》に《影》と命名しなおした。

「ユンカイ人に取り憑くようにとの意味をこめての命名だ」

肌の浅黒い女に奉仕されたある晩、寝物語にヴィクタリオンはそういった。ふたりの仲は

親密になり、しかも日々、ますます親密さを深めている。

「見ていろ、青天の霹靂《へきれき》のごとく強襲してやるぞ」

女の胸を揉みながら、ヴィクタリオンはつづけた。〈溺神〉からのことばを賜わるとき、弟のエイロンもこのような気持ちになるのだろうか。まるで、海の底から神の声が聞こえてくるかのようではないか。

(我にぞんぶんに仕えよ、わが船長)と波はいっていた。(我はそのためにこそ、おまえを創ったのだ)

しかし、〈溺神〉のほかに、いまは紅い神、モクォッロの火の神もその存在が感じられる。あの祭司が治した腕は、外見は見るも無惨なありさまで、ひじから指先にかけ、こんがりと焼いた豚肉のような様相を呈していた。ときどき、手をぐっと握りしめると、皮膚が裂け、そこから煙が立つ。だが、腕の力は以前よりも強くなっている。

「わしの中には、いま、二柱《ふたはしら》の神がおわす」ヴィクタリオンは、肌の浅黒い女にそういった。「いかなる敵も、二柱の神には抗しうるべくもない」

そこでヴィクタリオンは、女を仰向けに転がし、ふたたび肉を貪った。


左舷前方にヤロス島の絶壁が見えてきたとき、モクォッロのいったとおり、はぐれていた三隻の僚船が見つかった。ヴィクタリオンは報賞として、祭司に黄金の首輪を与えた。

だが、ここからは思案のしどころだ。危険を冒して大陸とヤロス島のあいだの海峡を押し通るか、それとも島の西を迂回して北上するか。　鉄《くろがね》の海将の記憶には、いまもフェア島《アイル》の屈辱がこびりついている。フェア島と東の本土のあいだには、長い海峡が斜めに走っており、その海峡を鉄《くろがね》水軍が通過していたところ、北と南からスタニス・バラシオンの艦隊が襲いかかってきたのである。挟撃を受けて、あの海峡で喫した人生最大の屈辱的敗北は、いまもヴィクタリオンの脳裏を去らない。だが、ここでヤロス島を迂回していけば、貴重な数日を無駄にすることになる。ユンカイからこうも近いところで海峡を通過するとなると、多大な危険を覚悟せねばならない。ただし、ユンカイの軍船と遭遇するのは、もっとミーリーンに近づいてからだという思いもあった。

（〈鴉の眼〉ならどう出る？）

しばし熟考ののち、船長たちに合図を出した。

「海峡に進入する」

ヤロス島が後方に縮むころには、もう三隻の獲物を手に入れていた。まず、《悲嘆》の〈畑鼠〉が大型ガレアス船を、《爪》のマンフリッド・マーリンが交易ガレー船を捕獲した。この二隻の船倉は、交易品のワイン、シルク、香料、稀少木、もっと稀少な香木でいっぱいだったが、真のお宝は船そのものだった。その日の後刻、《七つ髑髏》と《奴隷殺し》が、二檣縦帆船《ケッチ》の釣り船を一隻、捕獲した。小型で鈍足の薄汚い船で、乗りこんでみたところ、掠奪できるようなものはまったくなかった。たかだか漁民の船を二隻がかりでつかまえたと聞いて、ヴィクタリオンは渋い顔になったものの、とらえた漁民からは意外な知らせを聞くことができた。なんと、黒竜が一時的にもどってきたというのだ。

「そのあと、あの女、ドラゴンに乗って、〈ドスラクの海〉に飛んでっちまったよ」

「それはどこの海だ？」とヴィクタリオンは問いかけた。「わが水軍を率いてその海を渡り、どこにいようと女王を見つけてやる」

漁民のひとりが声をたてて笑った。

「そりゃあすげえ眺めだろうな。〈ドスラクの海〉ってのはな、草の海なんだよ、バーカ」

そんなことをいうべきではなかった。ヴィクタリオンは漁民ののどに黒焦げになった手をかけ、高々と持ちあげると、マストにたたきつけ、ユンカイ人の顔がのどに食いこんだ指と同じほども黒くなるまで絞めあげたのだ。漁民は脚をばたつかせ、のたうち、海将の手から逃れようと無駄なあがきをした。

「ヴィクタリオン・グレイジョイを馬鹿呼ばわりして、それを吹聴できるほどに長生きした者はおらん」

手を放した。ぐったりした漁民の死体が甲板に崩れ落ちた。ロングウォーター・パイクとトム・タイドウッドが笑いながら、死体を手すりごしに海へ放り出し、〈溺神〉への新たな供物とした。

「貴兄の〈溺神〉は魔神だな」のちに、黒の祭司モクォッロはそういった。「〈溺神〉は、〈異形の王《ジ・アザー》〉の——その真の名を口にしてはならぬ暗黒神の——奴隷以上のものではない」

「ことばに気をつけろ、祭司」ヴィクタリオンは警告した。「この船には信心深い者たちがごろごろしてるんだ。そんな不敬のことばを吐けば舌を切りとられてしまうぞ。わし自身は、おまえの紅い神に借りを返す。それだけはたしかに誓おう。わしのことばは鉄のごとく硬い。部下のだれにでもきいてみるがいい」

黒の祭司はこうべをたれた。

「その必要はない。〈光の王《ロード・オブ・ライト》〉はわたしに貴兄の価値を示されたのだ、海将どの。わが篝火には、毎夜、貴兄を待つ栄光がかいま見える」

祭司のことばに、ヴィクタリオン・グレイジョイはしごく喜び、その晩、肌の浅黒い女にこういった。

「兄ベイロンは偉大な男だった。しかし、わしは兄にできなかったことをなしとげてやる。鉄《くろがね》諸島はふたたび自由になり、古き流儀がもどってくるだろう。それはかのダゴンでさえ実現できなかった偉業だ」

ダゴン・グレイジョイが〈海の石の御座《ぎょざ》〉についたときから百年ちかくたつが、鉄《くろがね》衆のあいだではいまなお、ダゴンが率いた数々の掠奪と戦《いくさ》が語り種《ぐさ》になっている。ダゴン時代に〈鉄の玉座〉についていたのは弱い王だった。そのうえ、その涙っぽい目は、〈狭い海〉の向こうで反乱をたくらむ王の庶子と逃亡者たちの動向に向けられていた。その隙をついて、パイク島の島主ダゴンは、船団を率いて出撃したのだ――日没《サンセット・シー》海をわがものとするために。

「ダゴンは獅子を檻の中に閉じこめ、大狼《ダイアウルフ》の尻尾を結んでのけた。そのダゴンでさえもが、ドラゴンを倒すことはできなかった。しかしわしは、ドラゴンの女王をわがものにしてやる。

わしと褥《しとね》をともにさせ、わしの強力な息子たちを何人も産ませてみせる」

その晩、鉄《くろがね》水軍は、総数六十隻に達していた。


ヤロス島の北までくると、奇妙な帆が数多く見られるようになった。ユンカイはもうすぐそこで、〈黄の都〉からミーリーンにかけての沿岸は、いきかう商船と補給船がひしめいていたため、陸から姿を見られぬよう、ヴィクタリオンは水軍を沖合へ移動させた。しかし、沖でも他の船と遭遇することは避けられない。ゆえに、鉄《くろがね》の海将はこう命じた。

「出くわした船は一隻たりとも逃がすな。敵に通報されてはやっかいだ」

そして、逃げおおせた船は一隻もなかった。

周囲に緑の海が、上に灰色の空が広がったある朝、〈黄の都〉の真北において、《悲嘆》、《戦乙女》と、ヴィクタリオンが乗る《鉄の勝利》の三隻は、ユンカイを出航してきた奴隷商人のガレー船を捕獲した。その船倉には、去勢されて香油を塗りこめられた少年二十人と、少女八十人が収容されており、ライスの快楽の館へ運ばれていく途中であることがわかった。先方の乗組員は、まさか母港にこれほど近い海域で襲撃されるなどとは夢にも思っておらず、ガレー船はあっさりと鉄《くろがね》衆に捕獲された。ガレー船の名は《働き者の乙女》といった。

ヴィクタリオンは奴隷商人を皆殺しにし、部下たちに漕手の鎖をはずさせた。

「これからはわしのために漕ぐのだぞ」とヴィクタリオンはいった。「しっかりと漕げよ。

それだけの報いはある」

　少女たちは船長連に分け与えた。

「ライス人なら、おまえたちを娼婦にしただろう」ヴィクタリオンは少女たちにそういった。「しかし、われわれはおまえたちを救った。これからはおおぜいでなく、ただひとりの男に尽くすだけでいい。船長を喜ばせた者は塩の妻として迎えられる。これは名誉ある地位だ」

　香油を塗られた少年たちについては、鎖につないで、海に放りこんだ。去勢者は不自然な存在だからだ。船から排除すると、船内のにおいはだいぶましになった。

　ヴィクタリオンは自分専用に、とくに見目よい七人の少女を厳選した。ひとりは赤金色の髪を持ち、乳房にそばかすがあった。ひとりは全身を剃毛されていた。ひとりは茶色の髪と茶色の目を持ち、鼠のように内気だった。ひとりは海将が見たこともないほど大きな乳房の持ち主だった。五人めは小柄な娘で、まっすぐな黒髪と黄金の肌を持っており、目は琥珀《こはく》の色をしていた。六人めはミルクのように色が白く、乳首と陰唇に黄金の輪が刺してあった。七人めは烏賊墨《イカスミ》のように真っ黒な肌の娘だった。ユンカイの奴隷商人たちは〈七つの吐息の法〉で娘たちを仕込んでいたが、ヴィクタリオンがこの七人をもとめたのは、そちら方面の欲求からではない。ミーリーンに着き、女王を娶るまで、性欲の処理は肌の浅黒い女だけでことたりる。太陽が待っているのに、蠟燭をほしがる者などいはしない。

　ガレー船は《奴隷商人の悲鳴》と改名した。この船を得て、鉄《くろがね》水軍の総数は六十一隻になった。

「一隻を捕獲するごとに、わが戦力は増大していく」

麾下《きか》の鉄《くろがね》衆に対し、ヴィクタリオンは訓辞した。

「しかし、ここから先、捕獲はむずかしくなるだろう。あすかあさっての朝には軍艦と遭遇する公算が大きい。これよりわれらはミーリーンの主権海域に入る。そこにはわれらが敵の艦船がひしめいているはずだ。奴隷使いの三大都市に加えて、トロス、エリリア、ニュー・ギス、さらにはクァースからの船にも遭遇すると思われる」

こうして訓辞をしているあいだにも、古き都ヴォランティスを発した緑色のガレー艦隊が〈悲嘆湾〉を北へ帆走してきているはずだが、それはあえていわずにおいた。

「奴隷商人は腰抜けばかりだ。われらに気づいて一目散に逃げていくさまは、その目で見ただろう。処刑の剣を前にして、情けなく泣き叫ぶ声をその耳で聞いただろう。おまえたちのひとりひとりが、やつらの二十人に匹敵する。なぜなら、われらは鉄《くろがね》でできているからだ。奴隷商人船の帆が見えたら、まずそのことを思いだせ。やつらには一片の慈悲も与えるな、一片の慈悲も期待するな。慈悲などわれらになにほどの価値があろう。われらは鉄《くろがね》の民、そして二柱《ふたはしら》の神に見まもられている。これよりのちは、敵の艦船を捕獲し、やつらの希望を打ち砕き、やつらの湾を朱《あけ》に染めることのみを心がけよ」

海将のことばに応えて、集まった船長たちのあいだから、いっせいに雄叫びがあがった。ヴィクタリオンはいかめしい顔でひとつうなずいて、歓呼の声に応え、《働き者の乙女》で見つけた少女の中から選びぬいた七人を甲板に連れてこさせると、そのひとりひとりの頰にキスをし、これから娘たちを待つ栄誉について語って聞かせた。むろん、共通語を解さない七人は、なにをいわれているのかわからない。ついで海将は、捕獲した漁船に七人を乗せ、舫《もや》い綱を切り離したうえで——漁船に火をかけた。

「無垢にして美しき乙女らを供犠《くぎ》に捧げることにより、われらはここに二柱の神を讃えん」

鉄《くろがね》水軍の軍船が櫂走し、燃える漁船のそばを順次通過していくなかで、ヴィクタリオンは宣言した。「その娘たちを光のもとに生まれ変わらしめよ——定命《じょうみょう》の者の欲望にまみれることなく。あるいは、〈溺神〉の海中神殿に沈ましめ、饗宴にふけらせ、舞い踊らせ、笑い合わしめよ——海の干あがるそのときまで」

いよいよ猛火が船全体を包みこみ、黒煙をあげる漁船が海に呑みこまれるまぎわ、七人の美女の悲鳴は歓喜の声に変わった。すくなくとも、ヴィクタリオン・グレイジョイの耳にはそう聞こえた。そのとたん、ふいに強風が吹き寄せてきて、各軍船の帆を大きく孕ませた。その風に乗って、水軍はぐんぐん進んでいく。北へ、東へ、ふたたび北へ——ミーリーンへ、その色彩豊かな煉瓦で築かれたピラミッド群へ。

鉄《くろがね》の海将は思った。

(歌の翼に乗って、わしはおまえのもとへ翔んでいくぞ、デナーリスよ)

その晩、船出をしてはじめて、海将は例の角笛を取りだした。〈鴉の眼〉がヴァリリアのくすぶる廃墟で見つけたという、あのドラゴンの角笛だ。ねじくれた角は、端から端までの長さが百八十センチあり、全体に黒光りして、朱金の環と黒いヴァリリア鋼の環がいくつか嵌《は》められていた。

〈ユーロンの〈地獄の角笛〉か〉

ヴィクタリオンは、その表面に手を走らせてみた。角笛は、肌が浅黒い女の太腿のようにあたたかく、手ざわりがなめらかで、異様なほどの光沢があり、その暗黒の淵の深みには、自分の歪んだ鏡像が映りこんでいるのが見えた。ところどころに嵌められた金属環に刻んであるのは、奇妙な呪術的文字だ。

「ヴァリリア文字だな」とモクォッロがいった。

その程度のことはヴィクタリオンにもわかる。

「なんと書いてある？」

「いろいろなことが」黒の祭司は朱金の環のひとつを指さした。「ここに記されているのはこの角笛の銘だ。〝我は〈ドラゴンを括《くく》るもの〉〟と書いてある。これの音は聞いたことがあるかね？」

「一度だけ」

兄の混血者のひとりが、オールド・ウィック島で開かれた選王民会の場で、この〈地獄の角笛〉を吹き鳴らしたのだ。あれは怪物じみた男だった。大柄で、頭をつるつるに剃りあげ、極太の腕に黄金と黒玉《ジェット》と翡翠《ヒスイ》の腕環をはめており、胸には巨大な鷹の刺青が彫ってあった。

「これがたてる音は……どのようにしてか聞く者の身体を焼き焦がす。まるで自分の骨格に火がついて、内側から肉が焼けていくかのように。その文字がこう、真っ赤に灼《や》けたのち、白熱して、とうとう正視できぬほどまばゆくなってな。永劫、尽きることなきかのごとく、角笛の音は延々と鳴り響いた。長い長い叫喚の声のようだった。一千の悲鳴がひとつに融け合ったような、とでもいおうか」

「それで、角笛を吹いた男はどうなったね？」

「死んだよ。唇は水ぶくれだらけになっていた。胸に彫られた鳥の刺青も血を流していた」海将は自分の胸をつついてみせた。「このあたりに彫られた鷹の刺青がな。羽の一枚一枚にいたるまで、血を流していた。男の体内は黒焦げになっていたとあとで聞いたが、そいつはたんなるうわさかもしれん」

「事実だ」モクォッロは〈地獄の角笛〉をひっくり返し、第二の朱金の環に彫られた奇妙な文字に目を通した。「ここにはこうある。〝いかなる定命の者も、我を吹きて命を保つこと能《あた》わず〟」

ヴィクタリオンは兄のたくらみを苦々しく思った。

（ユーロンの贈り物にはつねに毒がある）

「〈鴉の眼〉は、この角笛さえあれば、ドラゴンを意のままにあやつれると誓いおったが。しかし、その代償が死だというなら、どうやって使えるというのだ？」

「貴兄の兄上、自分では角笛を吹かなかったのだろう。であれば、貴兄も自分で吹く必要はない」

モクォッロは角笛にはめられた鋼の環を指さした。

「この環には、こうある。〝炎には血を、血には炎を〟。だれが〈地獄の角笛〉を吹くかは関係ない。ドラゴンは角笛の持ち主のもとへとやってくる。貴兄はこの角笛を自分のものとせねばなるまい。だれかの血でな」

64 醜い女の子

夜、〈黒と白の館〉の地下に、〈数多《あまた》の顔の神〉のしもべ十一人が集まった。これほどの司祭が一堂に会するところを見るのは、少女もはじめてだった。玄関から入ってきたのは、〈領主ふうの男〉と〈太った男〉のふたりだけで、ほかの者たちは隧道《トンネル》や隠し通路を通り、秘密の入口から入ってきた。司祭たちはみな黒と白のローブを着ていたが、それぞれの席につくとフードを降ろし、今夜のために選んできた顔を見せた。背もたれの高い椅子は、上の神殿の両開き扉と同じく、黒檀とウィアウッドを削りだしたものだ。黒檀の椅子の背面にはウィアウッドの顔が、ウィアウッドの椅子の背面には黒檀の顔が組みこんである。

侍者のひとりは部屋の向こう端で、暗紅色のワインを入れた細口瓶を持って立っていた。少女が持っているのは水の瓶だ。司祭のだれかが飲みものを所望するときは、視線を壁際に向けるか、指を一本曲げるかしてみせる。すると、侍者か少女、あるいは両方がその司祭のカップを満たす。しかし、ほとんどの時間はただその場に立って、向けられもしない視線を待っているだけだった。

（わたしは石に彫られた存在）と少女は自分に言い聞かせた。〈わたしは彫像よ。〈英雄の

運河〉にならんだ海頭《シーロード》の彫像と同じ〉

水の瓶は重たくとも、腕の力は充分に強い。

司祭たちは、ブレーヴォスの言語で話をしているが、あるとき、何分間か、三人がハイ・ヴァリリア語を使って、小声で、しかし激昂した調子でしゃべった。少女にはそのことばもおおむね理解できたが、小声なのですべてを聞きとれるわけではない。

「この男は知っている」〝疫病で顔のただれた〟男がいった。

「この男は知っている」〈太った男〉も同じことをいった。

その男の酒杯に少女は水をつぐ。

〈ハンサムな男〉がこういった。

「この男にはわたしが贈り物を贈ろう。この男のことを知らないからな」

ややあって、〈やぶにらみの男〉も同じことをいった。ただし、こんどの〝この男〟は、別の対象だった。

三時間におよぶワインと会話のあとで、司祭たちは引きあげていった。あとに残ったのは〈親切な男〉と〈浮浪児〉……それに、〝疫病で顔がただれた男〟だった。男の頰をおおうあばたからは血が流れ、髪はみな抜け落ちている。片方の鼻孔からも血がしたたっているし、両目の端《はた》にも血が固まったあとがあった。

「われわれの兄弟が、きみと話をしたいそうだ、子供よ」〈親切な男〉がいった。「すわりなさい、よかったら」

少女は黒檀の顔がついたウィアウッドの椅子にすわった。血を流すあばたなど怖くない。〈黒と白の館〉にこれだけ長くいたのだから、偽りの顔などすぐに見破れる。

「おまえはだれだ？」ふたりきりになると、〈疫病顔の男〉がたずねた。

「だれでもない」

「ちがう。おまえはスターク家のアリア――すぐに唇を噛み、うそをつけない娘だ」

「むかしはそうだったわ。いまはちがう」

「おまえはなぜここにいる、うそつきの娘よ？」

「仕えるために。学ぶために。顔を変えるために」

「まずは心ばえを変えろ。〈数多の顔の神〉からの贈り物は、けっして子供がもてあそんでよいものではない。おまえが人を殺すのは自分の目的のためだ。自分自身の歓びのためだ。それを否定できるか？」

少女は唇を噛んだ。

「わたしは――」

いきなり、ひっぱたかれた。

頬が痛くてじんじんしたが、たたかれてもしかたがないという自覚はあった。

「ありがとう」

ひっぱたかれたおかげで、唇を噛むのをやめられる。

（アリアなら噛んだ。でも、夜の狼は噛まない）

「否定できるわ」

「うそだな。おまえの目の中に真実が見える。おまえの目は狼の目だ。血に飢えた目だ」

(サー・グレガー)と心の中で唱えずにはいられなかった。(ダンセン、〈善人面のラフ〉、サー・イリーン、サー・マーリン、太后サーセイ)

口をきけば、うそをつかざるをえない。うそをつけば即座にばれてしまう。だから少女は黙っていた。

「おまえは〈猫《キャット》〉だったそうだな。路地裏をうろつき、魚のにおいを嗅ぎ、笊貝《ザルガイ》や貽貝《イガイ》を売って小銭を稼いでいたそうな。そうしたささやかな暮らしは、おまえのようなささやかな生きものにふさわしい。そんな暮らしがほしければ、そうたのむことだ。たのみさえすれば、その暮らしはおまえのものになる。手押し車を押しながら、笊貝を呼び売りして歩くがいい。それで満足しろ。おまえの心は、われわれの一員になるには弱すぎる」

(わたしを追いはらうつもりなんだわ)

「わたしに心なんてない。胸にはぽっかり穴があいているだけ。これまでにも何人もの人を殺したわ。その気になれば、あなただって殺せる」

「人を殺すことを甘美に感じるか?」

正しい答えはわからなかった。

「たぶん」

「では、おまえはここにいるべき人間ではない。この館では、死はけっして甘美なものではないのだ。われわれは戦士でも兵士でもないし、自尊心の塊となって闊歩《かっぽ》する壮士《ブラーヴォ》でもない。われわれが人を殺すのは、どこかの領主に仕えるためでもなければ、金めあてでもないし、虚栄心を満たすためでもない。われわれはけして、みずからの快楽のために贈り物を与えはしない。また、殺す相手をみずから選ぶこともない。われわれは〈数多の顔の神〉のしもべ以外の何者でもないのだ」

「ヴァラー・ドヘリス」

〝すべての者は、仕えねばならぬ〟という意味だ。

「おまえはそのことばを知ってはいる。しかし、自尊心が強すぎて、仕えることなどできはしない。しもべは自分を虚しくし、唯々諾々としたがわねばならぬ」

「したがうわ。だれよりも自分を虚しくできるわ」

この答えに、男はくっくっと笑った。

「おまえは立派な虚しさの女神になれるだろう。だが、その代償を払えるか？」

「代償とは？」

「おまえ自身が代償だ。おまえが持っているものすべて、おまえが持っていたいと望むものすべてが代償だ。われわれは先に、おまえの目を奪った。つぎは耳を奪う。おまえは静寂の中を歩くことになる。さらに、脚を奪う。おまえは這いまわらざるをえなくなる。おまえはだれの娘でもなくなり、だれの妻にもならず、だれの母にもならない。おまえの名は偽りの名となり、おまえがつけているその顔もおまえの顔ではなくなる」

もうすこしで、またしても唇を嚙みそうになった。が、今回は自分で気づき、寸前に思いとどまった。

（わたしの顔は黒い池、あらゆるものを押し隠す――どんな気持ちも見せたりしない）

これまで名乗ってきたあらゆる名前を思い返した。アリー、〈鼬《ウイーゼル》〉、〈雛《ヒヨコ》〉、〈運河の猫〉……さらに、ウィンターフェル城からきたあの愚かな娘、〈馬面のアリア〉と呼ばれていた娘のことを思い返した。名前など重要ではない。

「代償なら払えるわ。顔をちょうだい」

「顔は購《あがな》わねばならない」

「購う方法を教えて」

「ある男にある贈り物を施す。おまえにできるか？」

「どこの男？」

「おまえの知らない男だ」

「もともと、そんなにたくさん人を知ってるわけじゃないし」

「名もなきおおぜいのひとりだよ。おまえが知らない男だ。おまえが愛する男でも、憎む男でもない。これまでに知り合ったこともない。その男を殺すか？」

「うん」

「では、あす、おまえはふたたび〈運河の猫〉になる。その顔をつけていき、あたりに目を光らせて、指示にしたがえ。その結果しだいで、おまえが〈数多の顔の神〉に仕える資格があるかどうかわかる」

　翌日、少女はブルスコと娘たちが住む、例の運河ぞいの家にもどった。少女を見るなり、ブルスコは大きく目を見張り、ブレアは息を呑んだ。

「すべての者は、いつか死なねばならぬ《ヴァラー・モルグリス》」あいさつがわりに、〈猫〉はいった。

「すべての者は、仕えねばならぬ《ヴァラー・ドヘリス》」ブルスコが答えた。

　それからあとは、みんな、〈猫〉がずっと住んでいたかのようにふるまった。

　殺さねばならない相手を〈猫〉がはじめて見たのは、その朝の後刻、紫の港《パープル・ハーバー》に面する玉石の道に、手押し車を転がしていたときのことだった。相手は年配の男で、五十をゆうに越えていた。

（この男、長く生きすぎたんだ）〈猫〉は自分に言い聞かせようとした。（なんでこんなに長く生きているの。とうさまがあれだけしか生きられなかったのに）

　しかし、〈運河の猫〉に父親はいない。だから、そんな考えは自分の心の中だけに留めておかねばならない。

「笊貝《ザルガイ》に貽貝《イガイ》、二枚貝はいらんかねー」男とすれちがうさいに、呼びかけてみた。「牡蠣《カキ》に手長海老《テナガエビ》、大ぶりの緑貽貝《イガイ》はいらんかねー」

　くだんの男にほほえむことすらした。ほほえみさえすれば、ときに客は足をとめ、買ってくれることがある。だが、年配の男はほほえみかえそうとしなかった。〈猫〉に険しい顔を向けただけで、水たまりの水をはねながら前を通りすぎていった。水はねは〈猫〉の足にもかかった。

（礼儀知らずなんだ）と、男の背中を見送りながら、〈猫〉は思った。（険悪で、さもしい顔をしてた）

年配の男の鼻は細くて尖り、唇は薄く、小さな目と目の間隔はせまい。髪はごま塩だが、先をとがらせた小さな顎鬚《あごひげ》がまだ黒いのは、きっと染めているからなんだろう。だったら、なぜ髪も染めないんだろう、と〈猫〉は思った。いっぽうの肩は反対の肩よりも高く、そのせいで姿勢が歪んでいる。

「あれは悪い男だね」その夕べ、〈黒と白の館〉に帰ったとき、〈猫〉は報告した。「唇は残酷そうだし、目つきはさもしいし、悪党っぽい顎鬚を生やしてる」

〈親切な男〉はくっくっと笑った。

「彼はほかのどんな人間とも同じだよ、身内に光と闇をかかえている。彼を裁くのはきみの役目ではない」

〈猫〉はすこし考えた。

「神々があの男を裁いたの？」

「神々のいずれかがね、おそらくは。鎮座して人間を裁かないのなら、神々はなんのために在《あ》る？　もっとも、〈数多の顔の神〉は、人間の魂を裁いたりしない。最良の者にも最低の者にも等しく贈り物を与えるんだ。そうでなければ、善良な者は永遠に生きつづけることになる」

年配の男で、最悪の部分は手だ——翌日、手押し車の陰から男を観察して、〈猫〉はそう結論した。年配の男の指は長く、骨っぽくて、いつもせわしなく動いており、顎鬚を掻き、耳をひっぱり、とんとんとテーブルをたたいて、ヒクヒク、ヒクヒク、ヒクヒク、しじゅう動いてばかりいる。

（まるで二匹の白い蜘蛛《クモ》みたい）と〈猫〉は思った。

年配の男の手を見ていれば見ているほど、憎たらしくなってくる。

「あの男、しょっちゅう手を動かしてるの」〈館〉にもどって、〈猫〉はそう報告した。

「なにかが怖くてしかたないみたいに。贈り物を与えたら、安らぎも与えられるんじゃないかな」

「贈り物は、すべての人間に安らぎを与えるものだよ」

「わたしが殺すときには、あの男、わたしの目を見て礼をいうと思う」

「そんなことになれば、きみの仕事は失敗だ。最上なのは、きみの存在をまったく気どられないことだからね」

年配の男はなにかを商っているらしい——二、三日、観察するうちに、〈猫〉はそう結論した。商売は海と関係があるようだ。もっとも、年配の男が船に乗る場面は、まったく見たことがないのだが。年配の男は、日がな一日、紫《パープル・ハーバー》の港付近のスープ屋に腰を落ちつけ、そばに置いたまま冷めていくオニオン・スープになかなか口をつけず、羊皮紙の束と印章を見せながら、船長、船主、ほかの商人らに鋭い口調で声をかける。年配の男を快く思う者はひとりもいないようだった。

それなのに、客たちは年配の男に金を渡す。男の革財布は、金貨に銀貨、ブレーヴォスの四角い鉄貨などでぱんぱんだ。年配の男はたんねんに上がりを数えて、貨幣を分別し、種類ごとにきちんと積みあげていく。貨幣をしげしげと見ることはしない。かわりに歯で噛んで、本物かどうかをたしかめる。使うのはいつも左側の歯だった。そちらの歯はまだ健在だからである。ときどきは、貨幣の一枚をテーブルの上ではじいて回転させ、速度が落ちて止まる寸前の金属音に耳をすましたりもする。

差しだされた貨幣を数えおえ、本物かどうかをたしかめおえるたびに、年配の男は一枚の羊皮紙になにか書きつけ、印章を押し、客の船長に渡す。貨幣をたしかめたのち、かぶりをふり、テーブルごしに全額をつっかえす場合もある。金を返された客は、顔を真っ赤にして怒るか、蒼白になって怯《おび》えた顔になるかのどちらかだ。

〈猫〉にはわけがわからなかった。

「みんな、金貨や銀貨を差しだすのに、あの男はなにかの書きつけを渡すだけ。客はみんな、馬鹿なの？」

「何人かはね、おそらく。ほとんどの者は用心深いだけだ。彼をだまそうとする者もいる。そう簡単にだませるような人物ではないのだが」

「あの男、なにを売ってるの？」

「保険証書だよ。客の船が嵐で沈んだり海賊に奪われたりした場合に、船とその積荷相当の金額を彼が払うんだ」

「博打みたいなもの？」

「ある種のね。客は彼に賭け金を渡しているといってもいい。どの船長もその賭けに負けて、賭け金を失うことを望んでいるわけだがね」

「ふうん。でも、もし勝ったら……」

「……船を失うことになる。自分の命を失うことも多い。海は危険で、秋はとくに危ない。嵐に遭って沈んでいくおおぜいの船長は、ブレーヴォスに残した証書にささやかな安らぎをおぼえることだろう――未亡人も子供たちも、保険金のおかげで、生活に困窮しないことがわかっているからさ」悲しげなほほえみが〈親切な男〉の口もとに浮かんだ。「もっとも、そういう保険証書を書いたからといって、じっさいにきちんと保険金を払うとはかぎらないわけだよ」

ようやく〈猫〉は理解した。

（支払いで揉めてあの男を憎んでいる者がいるんだ。だれかが〈黒と白の館〉にやってきて、あの男を召してくれるよう、神に祈ったんだ）

祈ったのはだれだったんだろうか、と〈猫〉は思い、〈親切な男〉がそれを教えてくれるはずもないと知りつつ、たずねてみた。

「そういった詮索は、きみがするべきことではないな」と〈親切な男〉はいった。「きみは何者だ?」

「だれでもない」

「だれでもない者は疑問を持たない」〈親切な男〉は〈猫〉の両手をとった。「この仕事ができないなら、そういうだけでいいんだよ。なにも恥じるようなことではないのだからね。世の中には、〈数多の顔の神〉に仕えるようにできている者もいれば、そうでない者もいる。むりならむりで、そういいなさい。きみをこの仕事から解放してあげよう」

「やるわ。やるといったでしょう。だから、やるの」

(でも、どうやって?)むずかしいのはそれだ。

年配の男には護衛がついている。それも、ふたりも。背が高くて細身の男と、背が低くてごつい男。どこへいくにも、ふたりはかならず年配の男に張りついている。朝、年配の男が家を出るときから、夜に帰ってくるときまで、ずっとだ。許可なくしてだれも近づけるな、と年配の男にいわれていることはまちがいない。あるとき、スープ屋から自宅へもどる途中、酔っぱらいがよろめいて、年配の男にぶつかりそうになった。が、背の高いほうがすかさず年配の男の前に立ちはだかり、酔っぱらいを突き飛ばして地にころがした。スープ屋では、背の低いほうがいつもかならずオニオン・スープの毒味をする。すっかり冷めきってから、そこでやっと年配の男がスープに口をつけるのは、護衛のからだになんの影響も出ないのを見定めるためなのだろう。

「怖がってるんだ」と〈猫〉は気がついた。「でなければ、だれかに命を狙われてることに気づいてるんだ」

「気づいてはいない。警戒してはいるようだがね」

「護衛たちね、用を足すときもついていくんだよ」と〈猫〉はいった。「でも、護衛がいくときにはついていかない。背が高いほうがすばやいから、あの男が用を足しにいった隙に、あたしがスープ屋に入っていって、男の目を刺すのはどう？」

「もうひとりの護衛は？」

「あっちはグズで頭も悪いから。いっしょに殺してしまえるわ」

「きみは戦場の荒武者かね？　行く手に立ちはだかる者と見れば、かたはしから斬り殺してまわるのか？」

「ちがうわ」

「そうでないことを願うよ。きみは〈数多の顔の神〉のしもべだ。われわれ〈数多の顔の神〉に仕える者は、しるしをつけられ、選ばれた者にのみ贈り物を授けるのだからね」

その意味は〈猫〉にもわかった。

（男を殺せ。年配の男だけを殺せ。そういうことね）

方法を考えつくまで、もう三日の観察を必要とした。巾着切り用のフィンガー・ナイフの練習にもう一日。以前、使いかたを教えてくれたのは、掏摸《スリ》をしていた〈赤毛のロゴ〉だが、目を奪われたときからこちら、かなり長いあいだ財布を切ったことはない。まだ使いかたを憶えていればいいのだが。

（なめらかに、すばやく。それがコツ。もたついてはだめ）

自分にそう言い聞かせ、小さな刃をさっと袖からすべりださせる。何度も何度も何度もだ。いまもまだ使いこなせると得心がいくと、刃先を砥石にかけて、蠟燭の炎のもと、銀青色に光るまで研ぎあげた。微妙なのはこのつぎの部分だが、これは〈浮浪児〉の助けを得て解決できた。

「あした、あの男に贈り物を授けるわ」

〈親切な男〉にそう宣言したのは、朝食を食べているときのことだった。

「〈数多の顔の神〉もきっと喜ばれることだろう」〈親切な男〉は立ちあがった。「しかし、〈運河の猫〉はおおぜいの者に知られている。〈猫〉がこの仕事をする場面を目撃されたら、ブルスコとその家族に累《るい》がおよぶかもしれない。そろそろ、別の顔をつけるころあいだ」

少女はほほえみこそ浮かべなかったが、内心では喜んだ。いちどは〈猫〉を失い、悼んだ身だ。もういちど〈猫〉を失いたくはない。

「どんな顔になるの？」

「醜い顔にね。ひと目見ただけで女性たちが目をそむけるような顔に。子供たちがじろじろ見つめて指さすような顔にする。強い男はきみをあわれむだろうし、なかには涙を流す者もいるだろう。いずれにせよ、いちど見た者は二度と忘れない顔になる。きなさい」

〈親切な男〉はフックから鉄のランタンをとると、先に立って歩きだし、鏡面のような水をたたえた黒い池の横を通り、無言で黒々とそびえる神々の列の前を通り、神殿の奥の階段を降りていった。少女と〈浮浪児〉もあとにつづく。だれも口をきかない。聞こえているのは、室内履きを履いた足が階段を踏むかすかな音だけだ。十八段を降りたところで、地下一階に達した。ここからは、広げた五本の指のように、五本の通路が周囲へ延びだしている。その通路のどれにも入らず、〈親切な男〉はさらに地下へと階段を降りていった。この深さまでくると、階段はぐっとせまく、急になっているが、千回も昇り降りしてきたので、すこしも怖くはない。もう二十二段を降りると、そこは地下二階だ。ここから延びだした地下通路はせまくねじくれており、〈館〉が建つ岩丘の中を暗い虫食い穴となって貫いている。通路のひとつは重い鉄の扉で封じられていた。司祭はランタンをフックにかけて、片手をローブの中につっこみ、装飾的な鍵を取りだした。

少女の腕に、ぞくっと鳥肌が立った。

(聖所だわ)

〈親切な男〉は岩丘内をさらに地下へくだり、地下三階へ降りるつもりなのだ。そこにある秘密の部屋には、司祭しか立ち入りをゆるされない。

〈親切な男〉が鍵穴に鍵を差した。鍵が三回、小さくガチャリとまわる音につづき、鉄扉が大きく開かれた。蝶番《ちょうつがい》には油が差してあるので、音はまったくしない。扉の向こうには、さらに階段がつづいていた。岩丘を削りだしたものだ。司祭がふたたびランタンを手にとり、先に立って地下へ降りだした。少女は段数を数えながら、光のあとについていった。

(四、五、六、七――)杖を持ってきていればよかった、と考えている自分に気がついた。

(十、十一、十二)

神殿と地下一階、地下一階と地下二階のあいだに何段の階段があるのかは把握している。屋根裏部屋につづくせまい螺旋階段が何段あるのかも知っているし、風に吹かれる屋根上の見晴らし台に出るには、屋根の扉に立てかけられた急な木の梯子を昇っていかなくてはならないが、それが何段あるかさえ知っている。

しかし、いままでこの階段を通ったことはない。それだけに、なんだか危険な感じがした。

(二十一、二十二、二十三)

一段ごとに、空気はすこしずつひんやりと冷たくなっていく。三十段まで数えたところで、運河よりも下まで潜ったことに気がついた。三十三段、三十四段。この階段はどこまで深くつづいているんだろう?

五十四段で階段はおわり、眼前に新たな鉄扉が現われた。こちらの鉄扉には鍵がかかっていなかった。〈親切な男〉が扉を押しあけ、中に足を踏みいれた。少女もそのあとにつづく。〈浮浪児〉もうしろからついてくる。三人の足音が暗闇の中にこだました。〈親切な男〉がランタンをかかげ、調光用の鎧板を最大に開いた。あふれる光が周囲の壁を照らしだした。

一千もの顔が周囲から見おろしていた。

顔は壁にずらりとならんでいる。前にも後ろにも、高く、低く、どこを見ても、どちらを向いても、目を向けた先のあらゆるところに顔があった。年寄りの顔と若い顔、青白い顔と黒い顔、なめらかな顔としわだらけの顔、そばかすだらけの顔と傷だらけの顔、ハンサムな顔と地味な顔、男と女、少年と少女、赤ん坊の顔さえあるし、ほほえんだ顔、不機嫌な顔、強欲や怒りや情欲に満ちた顔、禿頭の顔もあれば、髭もじゃの顔もある。

（仮面よ）と少女は自分に言い聞かせた。（これはただの仮面）

だが、自分にそう言い聞かせながらも、そうではないことはわかっていた。これはすべて人の皮だ。顔の皮だ。

「恐ろしいかい、子供よ？」〈親切な男〉がたずねた。「いまなら引き返せる。ほんとうにこれが望みなのかね？」

アリアは唇をかんだ。自分の望みがなにかはわからない。

（でも、いまここで引き返したら、どこへいくの？）これまでに百もの死体の服を脱がし、洗ってきた自分だ。いまさら死体の一部など怖くはない。（司祭たちは死体をここに運んできて、顔の皮を剝いだ。だから、なに？）

自分は夜の狼、たかが顔の皮くらいで怯えはしない。

（革のフード。それだけのしろもの。わたしに危害をおよぼすわけじゃない）

「つけて」と、きっぱりといった。

〈親切な男〉は部屋を横ぎっていき、壁に口をあけるいくつもの入口の前を通っていった。通過するにつれて、ランタンの光がひとつひとつを照らしだす。ひとつの入口の奥は隧道《トンネル》になっており、その壁面全面に人骨が埋めこまれ、天井を髑髏《どくろ》の柱が支えていた。別の入口は螺旋階段につづいていて、さらに地下へ降りるようになっていた。

(ここの地下は何階まであるんだろう？　地下深く、どこまでもつづいているんだろうか)

「すわりなさい」司祭が命じた。

少女はいわれたとおりにした。

「さあ、目を閉じて、子供よ」

目を閉じる。

「ちょっと痛むだろうがね」と司祭は警告した。「しかし、痛みとは力の代償だ。動いてはいけない」

(石のように、盤石に)

少女はじっとすわりつづけた。刃物は鋭利で、刃さばきは鮮やかだった。ほんとうなら、皮膚にあたる金属は冷たく感じられるはずなのに、むしろあたたかい感じさえする。顔面を鮮血が流れていった。波打つ赤いカーテンが、額、頬、あごを流れ落ちていくのを感じとり、なぜ司祭に目を閉じていろといわれたのかがわかった。唇に達した血は、塩と銅の味がした。その血を舐めたとたん、ぶるっと身ぶるいが起きた。

「あの顔を持ってきておくれ」〈親切な男〉がいった。

〈浮浪児〉は返事をしなかったが、室内履きがかすかな音を立てて石の床を動いていくのが聞こえた。

こんどは少女に向かって、〈親切な男〉はいった。

「これを飲んで」

手わたされたのはひとつのカップだった。中身を一気に飲み干した。ひどくすっぱかった。まるでレモンにかぶりついたようだ。一千年ものむかしに、少女はレモンケーキが大好きな娘を知っていた。

（ちがう、あれはわたしじゃない。あれはただのアリア）

「役者は技巧と化粧とで顔を変える」〈親切な男〉が話していた。「妖術師は妖術を使い、光と陰と欲望を紡いで目をくらます幻影を創りだす。そういった技術も学ぶことはできるが、ここで行なうのはもっと深い措置だ。賢明な人間は技巧と化粧を見ぬけるし、妖術は鋭敏な目にかかると解けてしまう。しかし、きみがこれから装着しようとしている顔は、これまできみがつけていた顔と同じく本物で、まがいものではない。そのまま目を閉じていなさい」

〈親切な男〉の手で髪をうしろになでつけられた。

「じっとしているように。奇妙な感覚があるはずだから。気持ちが悪くなるかもしれないが、それでも動いてはいけない」

軽く引っぱられる感覚とともに、なにかがこすれあうような、かすかな音がした。新しい顔が古い顔の上から貼りつけられようとしているのだ。皮が額から顔全体に押しあてられ、こすりつけられた。最初は乾いていて硬かった皮は、少女の血が染みこむにつれて軟らかく、しなやかになっていった。頬があたたかくなり、紅潮していく。胸の中で、心臓がはげしく動悸を打ちはじめている。と、長い長い一瞬、息ができなくなった。石のように固い両手が喉をつかみ、ぐいぐいと絞めあげてきたのだ。とっさに自分の両手を持ちあげ、喉を絞める者の腕をつかもうとしたが、そこにはだれもいなかった。ぞっとする感覚が全身にあふれた。ついで、音が聞こえた。恐るべき音だった。バリッ、ボリッとなにかを嚙み砕く音。それにつづいて襲ってきた、すさまじい激痛。ひとつの顔が目の前に浮かんでいた。太っていて、顎鬚を生やし、野卑な感じの、怒りで口を歪めた顔だ。ふいに、司祭の声がいった。

「息をしなさい、子供よ。息をして恐怖を閉めだしなさい。影をふりはらうんだ。目の前の男はもう死んでいる。その顔の持ち主だった娘はもう死んでいる。痛みは去った。さ、息をして」

少女は深々と、きれぎれの深呼吸をした。たしかにいわれたとおりだった。だれも自分の首を絞めてなどいない。だれも自分をぶってはいない。それでも、顔に持っていった自分の両手はわなわなと震えていた。指先が触れたところから、乾いた血の薄片がぽろぽろと崩れ落ちていく。ランタンの光の下では、薄片は黒く見えた。頰をさすり、目の縁をなでまわし、あごのラインをなぞる。

「顔は前のままだわ」

「ほんとうにそうかな？　たしかかね？」

（たしかだろうか？）

なにかが変わったような感じはしない。しかしそれは、自分で感じられるような変化ではないのかもしれない。上から下へと自分の顔をなでおろしてみた。かつてジャクェン・フ＝ガーがハレンの巨城《ホール》でそうしたように。ジャクェンのときは、顔全体が波打ち、変化した。

自分の場合は、なんの変化も起こっていない。

「やっぱり、同じに感じる」

「きみの感覚ではね」と司祭は答えた。「はたからは、前と同じ顔には見えない」

「ほかの人の目には、鼻とあごがひしゃげているように見えるわ」〈浮浪児〉がいった。

「顔の半面には穴があいて、割れた頬骨が覗いているし、歯の半分はなくなっているの」

口の中を舌で探ってみた。が、頬に穴はあいていないし、歯もなくなっていない。

(妖術だわ)と少女は思った。(わたしは新しい顔を手に入れたんだ——醜悪に破壊された顔を)

「しばらく悪夢を見るかもしれない」〈親切な男〉が警告した。「彼女の父親は、しばしばひどく娘を折檻していたからね。彼女が真に苦痛と恐怖から解き放たれたのは、われわれのもとへきてからのことだったんだ」

「あなたがその父親を殺したの？」

「彼女が贈り物をもとめたのは、自分自身に対してだよ。父親に対してではない」

(殺すなら、父親のほうを殺すべきだったのに)

その考えを読んだにちがいない。

「最終的に、死は彼女の父親のもとへも訪れた。あらゆる人間に訪れるようにね。そして、あす、ある男のもとへもかならず訪れるように」ランタンをかかげた。「さあ、もうここでなすべきことはおわった」

（当面はね）

階段へもどる途中、壁にかかった無数の顔が、ぽっかりとあいた目の穴からじっと自分を見つめている気がした。つかのま、無数の唇が動き、聞きとれないほど小さな声で、暗黒の甘美な秘密をささやきあうのが見えるような錯覚もおぼえた。

その晩、眠りはすぐには訪れなかった。寒くて暗い部屋の中で、少女は毛布にくるまったまま輾転反側《てんてんはんそく》したが、どちらを向いても数多《あまた》の顔が見えた。

（どの顔にも目がない。なのにこちらが見えている）

壁に父の顔が見えた。そのとなりには、公妃である母の顔も。その下には、自分の三人の兄弟の顔が横一列にならんでいた。

（ちがう。自分の兄弟じゃない。あれはほかの娘だもの。わたしはだれでもない、わたしの唯一の兄弟は、黒と白のローブを着た者たち）

しかし、壁には黒衣の吟遊詩人の顔もあったし、ここには〈針《ニードル》〉で殺した厩番《うまやばん》の顔が、そこには〈十字路の旅籠《はたご》〉にいたにきび面の従士の顔が、あっちにはハレンの巨城《ホール》から脱出するときに喉を掻き切った衛兵の顔があった。〈一寸刻み《ティクラー》〉の顔も見えている。ぽっかりとあいたふたつの穴が目だ。その目は悪意にあふれていた。〈一寸刻み〉の顔を見たとたん、あの男の背中に何度も何度も何度も短剣を突きたてたとき、自分の手に伝わってきた感触がよみがえってきた。

やっとのことでブレーヴォスに訪れた朝は、灰色で暗く、どんよりと曇っていた。少女は霧を期待していたのだが、たいていがそうであるように、神々はこんども少女の祈りを聞きとどけてはくれなかった。空気は澄んでいて冷たく、風は身を切るように冷たい。

（死ぬにはいい日ね）

ひとりでに口が動き、いつもの祈りのことばを形作っていた。

（サー・グレガー、ダンセン、〈善人面のラフ〉、サー・イリーン、サー・マーリン、太后《クイーン》サーセイ）

声には出さない。〈黒と白の館〉の中では、だれに聞かれているかわからないからである。地下一階には大量の古着があった。神殿の池の水を飲み、安らぎを得るためにきた者たちから剝いだ服だ。物乞いのぼろから、高価なシルクやベルベット製にいたるまで、ここにはありとあらゆる服がそろっている。

（醜い娘は、醜い服を着ていなくては）

そう判断した少女は、裾がほつれたしみだらけの茶色いマント、魚のにおいがしみついた黴《カビ》くさい緑の服、それと重い長靴《ちょうか》を選んだ。最後に巾着切り用のフィンガー・ナイフを袖に忍ばせる。

急ぐ必要はない。だから少女は大きく迂回し、紫の港へいくことにした。運河の橋を渡り、〈神々の島〉に移る。〈運河の猫〉は何度もこの島を訪れ、建ちならぶ神殿の前で、笊貝《ザルガイ》や貽貝《イガイ》を売ってきた。ブルスコの娘のタリアが月のものを迎え、寝こむたびに、代理でここへきていたのだ。きょうもタリアがきているのではないか、すべての忘れられた小神が小さな祠《ほこら》に祀られている集合神殿の前で、貝を売っているのではないかと思ったが、姿はどこにもなかった。考えてみれば、こんな寒い日にタリアが早起きをするはずがない。

醜い女の子はライスの〈落涙の淑女〉神殿前を通りかかった。そこには〈淑女〉の神像が立っており、銀の涙を流していた。〈ゲレネイの庭園〉にそそりたつ、高さ三十メートルの神樹は、金鍍金《きんと　きん》を施した幹と枝に打ち出し銀の葉をつけたものだ。〈調和の神〉の木造神殿には鉛ガラスの窓が連なり、神殿内で燃える松明《たいまつ》は多彩な色ガラスで描かれた五十種類もの蝶を輝かせている。

醜い女の子は思いだした。以前、〈船乗りの女房〉がいつもの参拝にきたとき、〈運河の猫〉といっしょになり、この都市の奇妙な神々の説明をしてくれたことを。

「あれが〈大いなる羊飼い〉の館。頭に三つ組の聖殿をいただいた塔は〈三頭神〉の神殿。ひとつめの頭が死にゆく者を貪って、三つめの頭が生まれ変わりを吐きだすの。まんなかの頭がなんのためのものかはわからない。あっちに建つのは〈沈黙の神の石廟〉で、こっちにあるのは〈大型主の迷宮《おおかたぬし》〉の入口。型の宮司たちにいわせると、あの迷宮を通りぬけられた者だけが叡知への道を見つけられるそうよ。その向こうの、運河のそばにあるのは、〈赤き牡牛アクアン〉の神殿。十三日ごとに、神官たちは無垢な白い仔牛の喉を切って、その血を満たしたいくつもの鉢を信徒たちに与えるの」

本日はその十三日めではないらしい。〈赤い牡牛〉の神殿の階段には人気《ひとけ》がなかったからである。兄弟神であるセモシュとセロソは、〈黒い運河〉をはさんで向かいあう双子神殿で夢を見ているそうだ。一対の神殿同士は彫刻を施された石橋で結ばれていた。醜い女の子はその橋を渡り、いったん波止場までいくと、ラグマンの港《ズ・ハーバー》を通りぬけ、溺れた町《ドラウンド・タウン》のなかば水没した尖塔や円蓋の横を通っていった。

〈幸せの港亭〉の前を通りかかったとき、ライス人の船乗りの一団が亭内から千鳥足で出てきたが、娼婦の姿はひとりも見かけなかった。役者の〈船〉は閉まっていて、ひっそりしていた。一座の役者たちはまだ眠っているにちがいない。もうすこし先へ進むと、イッベンの捕鯨船が停泊している桟橋で、〈猫〉の旧友タガナーロが〈海豹《アザラシ》の王キャッソ〉とボールをやりとりしているのを見かけた。両者が芸をしているあいだに、タガナーロのいまの相棒が見物人のあいだをそっと動きまわり、巾着を切ってまわっている。醜い女の子はしばし足をとめ、曲芸と掏摸《スリ》芸を眺めながら、耳をすました。こちらを見ても、タガナーロは気づきもしなかったが、キャッソは吠えたて、前びれを打ち鳴らした。

（キャッソにはわかるんだわ）と醜い女の子は思った。（でなければ、服に染みついた魚のにおいを嗅ぎつけたのかな）

ともあれ、急いでその場をあとにした。

紫の港に着くころには、例の年配の男はいつものスープ屋のいつもの席に陣どっており、とある船の船長と値段の交渉をしながら、財布の中の貨幣を数えていた。背が高くて細身の護衛は、男のそばにうっそりと立っている。背が低くてごつい護衛はドアのそばにすわっているが、これは店内に入ってくる客をしっかり検分するためだろう。そこは問題にならない。店内に入る気はないからだ。かわりに少女は、店から二十メートル離れた木の杭の上に立ち、強風が亡霊じみた指でマントを引っぱるにまかせた。

こんなにも寒い灰色の日だというのに、港には活気があった。娼婦をもとめておおぜいの船乗りがうろついており、船乗りをもとめておおぜいの娼婦がうろついている。上等な服をしわくちゃにしたふたりの壮士《ブラーヴォ》が、たがいの肩にもたれかかり、腰の剣をガチャつかせつつ、千鳥足で波止場を歩いていった。強風に緋色と真紅のローブをはためかせて、ひとりの紅《あか》の祭司が目の前を通りすぎた。

目的の男がやってくるのが見えたのは、正午近くになってからのことだった。以前に三回、年配の男と契約を交わしたことのある裕福な船主だ。大柄で禿頭《とくとう》のたくましい男で、毛皮で縁どったけばが長くて茶色いベルベットの重そうなマントをはおり、銀製の月と星の飾りを連ねた茶色い革ベルトをつけている。なにかの事故にあったのか、片脚はうまく動かない。そのため、杖をついて、ゆっくりと歩いてくる。

これよりも理想的な男はなかなか見つからないだろう。醜い女の子はそう判断して、木の杭から飛びおり、男のあとから歩きだした。十歩ほど歩いて、男のすぐうしろに張りつく。手には巾着切りが使うフィンガー・ナイフを忍ばせている。男は財布を、ベルトの右腰側にぶらさげているが、マントがじゃまをして手がとどかない。すばやく、なめらかにナイフを一閃させた。厚手のベルベットにぱっくりと裂け目ができたが、男はまるで気づいていない。

この鮮やかさを見たら、〈赤毛のロゴ〉も会心の笑みを浮かべることだろう。切れ目に手をつっこみ、フィンガー・ナイフで財布を切り裂いて、金貨をひとつかみ、ぐっと握る。

大柄な男がふりむいた。

「なんだ——?」

手を引き抜こうとしたとき、男の動きで腕がマントのひだにからまり、握っていた金貨が何枚か足もとに落ちた。

「泥棒!」

大柄な船主が、盗っ人を打ちすえようと杖をふりかぶった。醜い女の子は男の悪いほうの脚を蹴りつけ、すばやく身を翻し、倒れこむ男のそばからだっと駆けだして、子供を連れた母親の前をつっ走った。指からさらに何枚もの金貨が落下して、地面にチャリンチャリンという音を響かせた。背後からは、「泥棒、泥棒!」という叫びが追いかけてくる。腹の出たどこかの宿屋の亭主とすれちがったとき、および腰で腕をつかまれたものの、身をひねって亭主の手をすりぬけ、げらげら笑っている娼婦の横をかすめて手近の路地に駆けこんだ。

〈運河の猫〉はこのあたりの裏路地を知りつくしており、醜い女の子もそれを憶えていた。すばやく左に曲がり、低い塀を飛び越え、小さな運河の対岸に飛び移って、鍵がかけられていないドアを通りぬけ、薄汚い倉庫に飛びこむ。このころには追いかけてくる足音も聞こえなくなっていたが、用心に越したことはない。木箱の陰に隠れてすわりこみ、両腕でひざをかかえて、しばらくようすをうかがった。一時間近くたって、もうだいじょうぶだと判断し、倉庫の壁を這いあがって屋根上に出ると、屋根づたいに、かなり遠く、〈英雄の運河〉まで移動した。いまごろはもう、船主は金貨を拾い集め、杖をつき、脚を引きずりつつ歩いて、スープ屋にたどりついているはずだ。熱々のスープを飲みながら、例の年配の男を相手に、醜い娘に財布を取られそうになったとこぼしているかもしれない。


〈親切な男〉は〈黒と白の館〉で待っていた。館の中に入ってみると、神殿の池の縁に腰をかけていたのだ。醜い女の子は〈親切な男〉のとなりにすわって、池の縁の大理石に貨幣を一枚置いた。貨幣は金貨で、一面にドラゴンが、一面に王の横顔が刻印してあった。

「ウェスタロスのドラゴン金貨か」と〈親切な男〉はいった。「どうやってこの金貨を手に入れたんだね？　われわれは泥棒ではないぞ」

「盗んでなんかいないよ。これはもらってきたけど、かわりにブレーヴォスの金貨を入れてきたから」

〈親切な男〉はその意味を理解した。

「そして、きみが金貨を交換した男は、財布に入っていた交換済金貨も使って、ある年配の男に支払いをした。その直後に、年配の男は心臓麻痺を起こした——そういうことだね？　とても悲しいことだ」

年配の男は、貨幣をしげしげと見ることはしない。かわりに歯で噛んで、本物かどうかをたしかめる。噛むからには、当然、貨幣が唇や舌に触れる。そして——。

司祭は金貨を手にとり、池の中に放りこんだ。

「きみにはまだまだ学ばなければならないことがある。しかし、まったく見こみがないわけではなさそうだ」

その晩、アリア・スタークの顔を返してもらえた。

そのときいっしょに、一着のローブももらった。侍祭が着る、軟らかな厚手のローブで、左半分が黒、右半分が白い布でできていた。

「ここにいるあいだは、これを着ていなさい」と司祭はいった。「もっとも、当面、これを着る機会はない。あすになったら、イゼンバロのところへいって、侍祭として最初の修業をはじめてもらう。地下をあさって、好きな服を持っていきなさい。〈都市の守人《もりうど》〉が、紫の港のあちこちで目撃された醜い女の子をさがしているから、新しい顔をつけていったほうがいい」

司祭は娘のあごの下に手をあてがい、顔を何度も左右に向けさせてから、うなずいた。

「こんどは可愛い顔がいいだろう。きみ自身の顔と同じくらい可愛い顔が。きみはだれだね、子供よ?」

「だれでもない」と少女は答えた。

65——サーセイ

幽閉最後の晩、太后《たいこう》は眠れずにいた。目を閉じるたびに、あす起こるできごとへの不吉な予感と空想で頭の中がいっぱいになる。

（わたしには警備がつく）とサーセイは自分に言い聞かせた。（警備の者が群衆を遠ざけてくれる。だれもわたしに手を触れることはゆるされないはず）

〈雀聖下《ハイ・スパロー》〉もそこまでは確約した。

とはいえ、恐ろしくてしかたない。ミアセラがドーンへ船出した日——食料暴動が起きたあの日、王城から埠頭までの要所要所には金色《こんじき》のマントたちが配置されていたというのに、暴徒の群れはやすやすと警備線を突破し、太った老総司祭《ハイ・セプトン》を八つ裂きにしたうえ、ロリス・ストークワースを五十回も犯しつくしたのだから。あんなに青白くてぶよぶよした薄馬鹿でさえ、ちゃんと服を着ていても、けだものどもの劣情を刺激したとなれば、太后が街を練り歩かされたら、どれほどの獣欲をそそることか。

サーセイは独房の中を歩きまわった。子供時代、キャスタリーの磐城《ロック》の奥深く、檻の中で飼われていた獅子たちのように、落ちつきなく歩きまわった。獅子たちは祖父の統治時代の遺産で、サーセイとジェイミーはよく、肝試しとして交互に檻のそばに近づいたものだった。あるときサーセイは、勇気を奮い起こして鉄格子のあいだに手をつっこみ、大きな黄褐色の猛獣の一頭をなでた。サーセイはつねに、弟よりも勇敢だったのだ。そのとき、獅子は顔をふりむけ、大きな黄金の目でサーセイを見つめた。そして、ぺろりとサーセイの指を舐めた。獅子の舌はざらざらしていてやすりのようだったが、それでもサーセイは手をひっこめようとせず、とうとうジェイミーに肩をつかまれ、檻からむりやり引き離された。

「こんどはあなたの番よ」そのあと、サーセイはジェイミーにそういったことを憶えている。「あの子の鬣《たてがみ》を引っぱって」

(ジェイミーは結局、手をつっこまなかった。剣士の資質はわたしのほうにあったんだわ、ジェイミーではなく)

肩から薄い毛布をはおり、素足でがたがた震えながら、サーセイは独房内を歩きまわった。あすのことを思うと不安でならない。だが、夕刻までにはすべてがおわっているはずだ。(すこし歩くだけで城に帰れる。〈メイゴルの天守〉内の自分の部屋に帰りつき、トメンのそばにいてやれる)

助かりたければ、ほかに方法はない、と叔父はいった。だが、ほんとうにそうだろうか。叔父のことは信用できない。あのハイ・セプトンを信用できないのと同じように。(まだ拒否することはできる。自分の無実を主張して、すべてを審判に賭けることはできるわ)

しかし、〈正教〉の審判を受ける道は選べない。マージェリー・タイレルはそのつもりのようだが、それでは薔薇《バラ》の小娘を利するだけだ。司祭女《セプタ》にも新ハイ・セプトンの取り巻きの〈雀〉たちにも、サーセイの友人はいない。唯一の希望は、決闘裁判に持ちこむことだが、そのためには代理闘士《チャンピオン》がいる。

（ジェイミーが利き手を失ってさえいなければ……）

だが、そんなことを考えたところで、どうにもならない。ジェイミーの利き手は失われ、それとともにジェイミー自身も失われた。河川地帯《リヴァーランド》のどこかで、あの女、ブライエニーと、いずこかへ消えたのだ。太后としては新たな代理闘士を見つける必要があった。さもないと、王城まで歩いてもどる試練が無意味になってしまう。敵どもは太后を大逆罪で訴えている。どんな犠牲を払ってでも、トメンのもとにたどりつかねばならない。

（トメンはわたしを愛している。自分の母親を拒絶したりはしない。ジョフは頑固で行動が読めなかったけれど、トメンは善良な幼王だもの。やれといわれたことはしてくれる）

ここに残っていれば、自分は破滅するだろう。そして、赤の王城《レッド・キープ》にもどる唯一の方法は、歩いていくことしかない。〈雀聖下〉は頑固そのものだ。サー・ケヴァンはといえば、ハイ・セプトンに対して指一本あげることさえ拒否した。

「この日、わたしに危害がおよぶことはない」窓から曙光が射しこんでくると、サーセイはひとりごちた。「傷つくのはわたしの自尊心だけ」

そのことばはうつろに響いた。

（ジェイミーはまだ帰ってきていない）朝靄をつき、昇りゆく朝陽のもとで、黄金の甲冑を燦然《さんぜん》ときらめかせ、颯爽《さっそう》と駆けつけてくるジェイミーの姿を思い描く。（ジェイミー、まだわたしのことを愛しているのなら……）

ほどなく、番人たちがやってきた。一行の先頭に立って入ってきたのは、セプタ・ユネラ、セプタ・モエル、セプタ・スコレラの三人だった。そのほかには、セプタの修練女が四名と、沈黙の修道女《シスター》二名がつきそっている。灰色のローブに身を包んだ沈黙のシスターの姿を見るなり、太后は突然の恐怖に襲われた。

（この者たちはどうしてここにいるの？　わたしは死ぬの？）

沈黙のシスターの仕事のひとつは、死者の浄《きよ》めや身づくろいをすることなのである。

「ハイ・セプトンは、だれもわたしに危害を加えないと約束したわ」

「加えませんとも」

セプタ・ユネラが答え、修練女たちに合図した。四人の修練女は、石鹸、湯を張った盥《たらい》、大鋏《おおばさみ》一挺、長い折りたたみ式剃刀《かみそり》を携えていた。鋏や剃刀を見て、サーセイは身ぶるいした。

（わたしの髪を切る気なんだわ。いえ、剃る気なんだわ。このうえまだ辱めの種を増やしてやろうという魂胆ね。かゆに散らした干し葡萄《ブドウ》のように）しかし、やめてくれと懇願して、この者らの喜びを増やしてやる気はない。（わたしはラニスター家のサーセイ、ロック城の獅子、七王国の正当なる太后、タイウィン・ラニスターの嫡女《ちゃくじょ》なんだもの。それに、髪ならまた生えてくるわ）

「それでは、はじめて」とサーセイはいった。

二名の沈黙のシスターのうち、年かさのほうが大鋏を受けとった。髪を切るのは手慣れているにちがいない。沈黙のシスターたちは、戦死した貴族の亡骸《なきがら》を親族に返す前に、死体の身を浄めることが多い。顎鬚《あごひげ》を刈りそろえ、整髪をするのも、その仕事の一部なのである。シスターはまず、断髪から手をつけた。鋏がチョキチョキと動かされるあいだ、サーセイは石像のごとく、微動だにせずにすわっていた。黄金の髪がばさばさと床の上に落ちていく。独房に入れられて以来、手入れをゆるされていなかったため、洗っておらず、もつれたままではあったが、それでもサーセイの金髪は陽光を浴びてきらきらと輝いた。

（わたしの冠が……）とサーセイは思った。（この者たちは、わたしの王冠を奪っておいて、そのうえさらにもうひとつの冠まで奪おうとしている）

長い髪の束とカールした毛の房が足元にたまったのち、修練女のひとりがサーセイの頭に石鹸の泡を塗りつけ、断髪したのと同じシスターが短くなった髪を剃刀で剃りにかかった。辱めは頭髪だけにとどめてほしいと願っていたのだが、そうはいかなかった。

「スリップをお脱ぎください、陛下」セプタ・ユネラがうながした。

「ここで？」太后はたずねた。「なぜ？」

「剃毛《ていもう》させていただきます」

（剃毛……）とサーセイは思った。（羊のように）

スリップを頭から脱ぎ、床の上に放り投げる。

「好きにして」

ふたたび、湯で泡だてた石鹸を塗られて、剃刀を当てられた。最初は腕、つぎは腋の下、ついで脚の毛を剃られ、最後に、股間をおおう黄金の柔毛《にこげ》の番となった。沈黙のシスターが床に両ひざをつき、剃刀を手にして脚のあいだに顔を近づけてきたとき、サーセイはかつてジェイミーが同じようにひざまずき、顔を内腿へと近づけ、股間にキスをして、女性自身を濡らしたときのことを思いだした。ジェイミーのキスはあたたかかったのに対して、剃刀は氷のように冷たかった。

剃毛がおわり、女としてこれ以上はないほど無防備な裸身をさらして、サーセイは思った。

(からだを隠す体毛の一本すらない)

唇のあいだから、かすかな笑いが漏れた。寒々しく、辛辣な笑い声だった。

「なにか可笑《おか》しなことでも、陛下?」セプタ・スコレラがたずねた。

「いいえ、セプタ」サーセイは首を横にふった。

(でも、いつの日か、おまえの舌を灼《や》けたヤットコで引き抜かせてやったら、それはそれは可笑しいでしょうね)

修練女のひとりがローブを持ってきた。セプタ用の軟らかな白いローブだった。塔の螺旋階段を降りて、大聖堂《グレート・セプト》の中を通っていくあいだ、途中で出会う信徒たちが、裸身を見ずにすむようにとの配慮だった。

(あきれかえるわね。なんという偽善)

いるから」

「サンダルくらいは履かせていただけるのかしら?」サーセイはたずねた。「通りは汚れて

「陛下の罪ほど汚れてはおりません」セプタ・モエルがいった。「神々が創りたもうたとき

そのままのお姿で、市中を歩かせなさい、というのが聖下のご指示です。お母上の子宮から

産まれてこられたさい、陛下はお御足《みあし》にサンダルを履いておられましたか?」

「いいえ、セプタ」そう答えざるをえなかった。

「では、答えは自明ですね」

鐘が鳴りはじめた。太后の長い幽閉期間がおわったのだ。サーセイはローブをしっかりと

まとい、そのあたたかさを堪能しながら、いった。

「では、出発しましょうか」

息子が王都の向こうで待っている。出発するのが早ければ早いほど、息子に早く会える。

階段の仕上げの粗い石が、サーセイ・ラニスターの足裏をこすった。ベイラー大聖堂《セプト》へは、

馬車に乗り、太后としてやってきた。なのに、出ていくときは無毛で裸足とは……。

(それでも、外に出ていける。重要なのはそこだわ)

塔の鐘が鳴り響き、恥をさらす太后の姿を見にこいと王都じゅうに告げていた。ベイラー

大セプトは夜明けのお勤めに訪れた信徒たちでごったがえしており、その祈りの声が頭上の

大円蓋に反響していたが、太后の行列が姿を現わすや、堂内は急に静まり返り、一千の目が

太后に向けられた。側廊を通っていく。殺害された父の亡骸《なきがら》が横たえられていたあの場所を

通りすぎた。まわりには信徒たちがひしめいているが、サーセイは右も左も見ない。裸足でひたひたと、冷たい大理石の床を踏んで前へ進む。おびただしい目に見られているのが感じられた。七つの祭壇の奥から、〈七神〉もこちらを見つめているような気がした。

〈ランプのホール〉では、十名強の〈戦士の子ら〉《ウォーリアーズ・サンズ》が待機していた。全員が、背中に七色のマントをたらし、大兜の頭立《ずだて》として装着したクリスタルを多数のランプの光にきらめかせている。銀の板金鎧《プレート・アーマー》は、いずれも鏡のように磨きあげてあるが、どの男も苦行者のように、鎧下に馬巣《ばす》織りのシャツを着ていることをサーセイは知っていた。携えている凧形の楯には、すべてに同じ紋章が記されている。暗闇の中で輝くクリスタルの剣――庶民たちが〈剣〉と呼ぶ古い紋章だ。

その指揮官が、サーセイの目の前ですっと片ひざをついた。

「陛下におかれましては、ご記憶のこととぞんじます。〈真実の騎士〉、サー・シオダンでございます。ハイ・セプトン聖下より陛下警護のお役目をたまわりました。わが兄弟たちとわたしがお護りし、王城までお連れいたします」

サーセイは、サー・シオダンの背後にならぶ男たちの顔を眺めわたした。やはり、いた。ランセルだ。サーセイの従弟、サー・ケヴァンの息子、かつては愛人だったが、神々こそがより愛すべき相手だと判断して宗門に走った男、ランセルだ。

(わたしの血族にして裏切り者)

この男のことは、けっして忘れない。

「立ちなさい、サー・シオダン。わたしの準備はできています」

騎士は立ちあがり、サーセイに背を向けて、さっと片手をあげた。部下のうちのふたりが大きな両開きの扉へ歩いていき、ギーッと押しあけた。開かれた大扉のあいだを通りぬけ、サーセイは外気のもとへと歩み出た。巣穴からいきなり外に出た土竜《モグラ》のように、陽光に目をしばたたく。

屋外では強風が吹いており、ローブの裾がばたばたとはためいて脚にへばりついた。朝の空気には、キングズ・ランディングに特有の懐かしい臭気が濃厚にただよっていた。饐《す》えたワインや、天火で焼かれるパン、腐りかけた魚と屎尿《しにょう》、煙、汗、馬の小便などのにおいを深々と吸いこむ。どんなに香り豊かな花でも、これほど馨《かぐわ》しい芳香に感じられたことはない。ローブに身を包んだサーセイは、大理石階段の最上段でしばし立ちつくした。そのあいだに、〈戦士の子ら〉が周囲へ展開し、防御陣を形作る。

だしぬけに、以前にもこの場所に立っていたことを思いだした。エダード・スターク公が断頭されたあの日のことだ。

（あんなことになるはずではなかった。ジョフはスターク公を助命して、〈壁〉送りにする手はずだったのに）

そうなっていれば、スターク公の長子もウィンターフェル城の城主を継ぎ、北に収まっただろう。ただしサンサは宮廷に残るはずだった。人質としてだ。ヴァリスと〈小指《リトルフィンガー》〉は条件を詰め、ネッド・スタークは頭がからっぽの娘の小さな首を守るために、大事な名誉を呑みこみ、反逆を告白した。

（サンサには良い結婚をさせてやれたのに。なにしろ、ラニスター家肝煎りの結婚だもの。むろん、ジョフとではないけれど、ランセルとなら釣り合ったかもしれないし、ランセルの弟のだれかでもよかったわ）

ピーター・ベイリッシュも、みずからサンサと結婚したい旨、申し出てきたことを憶えている。だが、むろん、そんなことは許されるはずもない。〈リトルフィンガー〉の生まれは卑しすぎるからだ。

（ジョフがいわれたとおりにしてさえいれば、ウィンターフェル城が戦争に踏みきることもなく、父上もロバートの弟たちを一掃できていたでしょう）

だが、かわりにジョフはスタークの首を刎《は》ねるよう命じ、スリント公とサー・イリーン・ペインもすぐさまその命令にしたがった。

（あれはちょうど、あそこだったわね）

断頭現場を見つめて、太后は思いだした。ジャノス・スリントがネッド・スタークの髪をつかんで首を持ちあげたのは——断面からしたたる鮮血が階段を濡らしたのは——ちょうどあそこだったことを。そこからはもはや、引き返すことなど不可能だった。

あのできごとが遠い遠いむかしの記憶のように思える。ジョフリーは死んだ。スタークの息子たちもみんな死んだ。父上でさえ殺された。そしていま、自分はふたたび、大セプトの階段に立っている。ただし、今回、群衆に凝視されているのは自分だ。エダード・スタークではない。

広々とした大理石の広場は、スタークが死んだ日と同じく、見物人でごったがえしていた。どちらを向いても、自分を凝視する目が見える。群衆は男女半々のようだ。なかには子供を肩車している者たちもいる。物乞いに盗っ人、居酒屋の主人に小売商、革鞣《なめ》し職人に厩番《うまやばん》に役者、安淫売《いんばい》——ありとあらゆる底辺のカスどもが、太后が辱められる光景を見物しようと出向いてきたのだ。それに混じって〈窮民《プア・フェローズ》〉たちの姿もあった。薄汚くて髭を剃らず、槍と斧で武装し、へこみだらけの板金鎧に、赤錆びた鎖帷子、ひび割れだらけの革鎧を身につけ、その上から白く晒《さら》した粗織《ラフスパン》りの外衣《サーコート》を着用し、胸に〈正教〉の紋章たる七芒星を描きだした兵士たち——〈雀聖下〉のぼろ軍勢。

サーセイの一部はいまもなお、ジェイミーが颯爽《さっそう》と現われて、こんな苦境から救いだしてくれることをあてにしている。しかし、双子の弟はどこにも見当たらない。それに、叔父の姿もだ。この点はとくに意外ではなかった。前回の訪問で、サー・ケヴァンは自分の立場を明確に伝えていたからである。サーセイのこうむる恥辱はキャスタリー・ロック城の名誉を汚すものであってはならない。ゆえにこの日、サーセイとともに歩く獅子はひとりもいない。試練はひとり、サーセイのみが受けるべきなのだ。

セプタ・ユネラがサーセイの右に、セプタ・モエルが左に、セプタ・スコレラがうしろに立った。太后が逃げようとしたり逡巡したりすれば、三人の醜い老婆はすぐさまサーセイを大セプト内に引きずりこみ、今後はもう二度と独房から出してもらえないだろう。

サーセイはこうべをかかげた。広場の向こう、飢えた目とあんぐりあけた口と薄汚い顔の海の向こう、遠く王都の向こう端には、〈エイゴンの高き丘〉が高々とそびえ、屹立《きつりつ》する赤の王城《レッド・キープ》の塔群と城壁が、昇りゆく朝陽を浴びて薄紅色に燃えたっている。

（そんなに遠くはない）

あの門にたどりついてしまえば、試練の最悪の部分はおわる。もういちど息子にまみえることができるし、代理闘士を確保することもできる。その点は叔父が確約してくれた。

（トメンがわたしを待っている。わたしの小さな王が。こんな試練くらいやりとげられる。やりとげなくてはならない）

セプタ・ユネラが進み出てゆき、群衆に宣言した。

「これより罪人が通ります。罪人の名はラニスター家のサーセイ——太后であり、トメン王陛下の母君であり、故ロバート王陛下の未亡人でありながら、深刻な欺瞞と不義を働いた者です」

太后の左でセプタ・モエルが前に進み出て、いった。

「この罪人は罪を告解して、免罪と赦免を乞いました。それに対して、聖下は行動をもって悔悛《かいしゅん》の念を示すように命じられました。すなわち、すべての自尊心と虚栄心を捨て、虚飾を剃り落とし、生まれたときそのままの姿を、神々の御前に、そして王都じゅうの善男善女の前にさらけだすことです」

背後のセプタ・スコレラがあとを受けた。

「ゆえに、この罪人は、謙虚な心を示し、いかなる隠しごともせず、神々と善男善女の前にはだかの自分をさらすため、これより贖罪《しょくざい》の道行きを行ないます」

祖父が他界したとき、サーセイはまだ一歳。当主を引き継ぐにあたって、父タイウィンが真っ先にしたのは、祖父の愛でた貪欲で生まれの卑しい情婦をキャスタリー・ロック城から追いだすことだった。タイトス公から物惜しみなく与えられたシルクにベルベット、当人が勝手にわがものとしていた宝飾品はすべて剝ぎとられ、情婦は全裸でラニスポートの街路を延々と歩かされた。西部じゅうに、当人の立場を知らしめるために。

まだ一歳児だったサーセイは、当の光景を目にしてはいないが、成長する過程において、現場を見た洗濯女や衛兵たちから、何度もその物語を聞かされている。情婦は泣きじゃくり、脱げといわれた服を脱ぐまいと必死に抵抗したあげく、全裸に剝《む》かれて、両手で胸と局部を隠そうとする無益な試みをしながら、街じゅうを裸足でよろよろと練り歩かされたという。

「それまでは、虚栄心と自尊心の塊だったんですよ」と、ある衛兵がいっていたのを憶えている。「すっかり図に乗って、自分が卑しい生まれだってことを忘れちまったんでしょうね。だけど、服を剝《は》いじまったら、そこに残っていたのはただの娼婦でした」

サー・ケヴァンも〈雀聖下〉も、サーセイが同じようにふるまうと思っているとしたら、それは大きなまちがいだ。自分にはタイウィン公の血が流れている。

（わたしは牝獅子《めじし》。けして卑屈な態度はとらない）

するりとローブを脱ぎ落とした。

なめらかで悠然とした、まるで自室にもどり、見る者といえば侍女たちしかいない状況で、湯浴みのために服を脱ぐようなしぐさだった。寒風が肌を咬み、ぶるっと身ぶるいが起きた。祖父の娼婦の轍《てつ》を踏まず、秘所を手で隠さないようにするためには、ありったけの意志力を必要とした。両手がひとりでにこぶしを形作り、爪の先が手のひらに食いこむ。庶民たちが自分を凝視していた。どの男もみな飢えた目をしている。だが、この者たちが見ているのはなにか？

（わたしは美しい）と自分に思いださせた。

いったい何度、ジェイミーにそういわれただろう。

あのロバートでさえも、しこたま聞こし召してベッドを訪れ、一物を使って酔っぱらいの臣従礼をとるときには、いつもそういっていたものだ。

（けれど、この者たちがネッド・スタークを見る目つきも、これと同じだった）

動かなくては。体毛を剃られた全裸の姿をさらし、裸足のまま、ゆっくりと、サーセイは幅の広い大理石階段を降りていった。腕にも脚にも鳥肌が立っている。それでも、太后然としてあごを突きだし、堂々と足を運んだ。サーセイの前で護衛の〈剣〉たちが散開していく。〈窮民〉たちが見物人を押しのけ、群衆の中に道を押し開くなか、〈剣〉たちはサーセイの左右に連なり、壁を作った。うしろからは、セプタ・ユネラ、セプタ・スコレラ、セプタ・モエルがついてくる。そのうしろからは、白いローブに身を包む修練女の娘たちも。

「売女《ばいた》！」

だれかが叫んだ。女の声だ。女がかかわるとき、いちばん残酷なのはいつも女と決まっている。

サーセイはその声を無視した。

(罵声はしだいに増えていく。もっとひどい罵声が飛びはじめる。あわれな底辺の女どもは、自分より格上の者を嘲るよりも痛快な娯《たの》しみを知らない)

黙らせることができない以上、聞こえていないふりを装うほかはなかった。それ以前に、声のほうには見向きもしない。視線は王都の向こう端に聳《そび》える〈エイゴンの高き丘〉に——朝陽を浴びて輝く赤の王城《レッド・キープ》の塔群にすえている。あそこまでいけば、この身は救われるのだ。叔父が約束を守ってくれるなら。

(これは叔父の望んだことだわ。叔父と〈雀聖下〉が。それに薔薇の小娘も関与しているにちがいない。わたしは罪を犯した罰として贖罪をせねばならない。王都じゅうの乞食どもが見ている前で恥辱の行進をしなければならない。そうすれば、わたしの自尊心はへし折れる、わたしを社会的に葬り去れる——あの者たちはそう思っているんでしょう。けれど、それは大まちがいよ)

セプタ・ユネラとセプタ・モエルが、サーセイの左右を歩いているのに対して、セプタ・スコレラはうしろで小さな鐘を鳴らしながら、

「辱めを」と群衆に呼びかけていた。「罪人に辱めを、辱めを、辱めを」

どこか右のほうで、負けじと別の声が叫んでいる。パン屋の売り子らしい。

「ミート・パイー、三ペンスー、えー、焼きたてのミート・パイ、いかがすかー」

　足もとの大理石は冷たくてすべりやすく、うっかり転ばぬよう、慎重に足を運ばなくてはならなかった。じきに、ベイラー聖徒王の石像の前を通りかかった。台座の上に高く静かにそそりたつ石像は、博愛の見本のような顔つきをしている。この顔を見るたびに、この男はどれだけ愚かだったのかといつも思う。善王も悪王も輩出したターガリエン王朝において、ベイラーほど深く民衆に愛された王はいない。敬虔で温和な司祭王《セプトン》は、庶民も神々も等しく愛したが、実の姉妹を幽閉した人物でもある。この石像がサーセイのむきだしの乳房を見てガラガラと崩れ落ちないのが不思議なくらいだった。ティリオンがよくいっていたように、〝ベイラー王は自分の一物に怯《おび》えていたのさ〟ということなのだろう。あるときベイラーは、キングズ・ランディングじゅうから娼婦という娼婦を追放する挙に出た。歴史書によれば、王都各門から追いだされていく娼婦たちのために、ベイラーは祈りをあげたという。ただし、けっして娼婦たちには目を向けなかったそうだ。

「淫売！」

　ふいに声が叫んだ。さっきとはちがう女の声だ。群衆のあいだからなにかが飛んできた。腐った野菜だった。茶色に変色した野菜はサーセイの頭を飛び越え、腐った汁を〈窮民〉のひとりの足にひっかけた。

（恐れはしない。わたしは牝獅子だから）

　サーセイは歩きつづけた。

「ホット・パイー」パン屋の売り子が叫んでいる。「熱々のホット・パイはいかがすかー」

セプタ・スコレラは鐘を鳴らしながら、あいかわらず同じことばを歌っている。

「辱めを、辱めを、罪人に辱めを、辱めを、辱めを」

先行する〈窮民〉たちは、楯を使って群衆を押し分け、せまい道を切り開いており、その〈窮民〉たちに誘導されるままに、サーセイはこうべをしっかりとかかげて、はるか遠くにひたと目をすえ、先へと進んだ。一歩ごとに赤の王城《レッド・キープ》が近づいてくる。一歩ごとに息子へ、そして自分の救済へと近づいていく。

広場を横切りおえるのに百年もかかった気がしたが、やっとのことで、足の下の大理石は玉石に切り替わり、道の左右から店や厩や家々が押しせまるなか、一行は〈ヴィセーニアの丘〉を下りはじめた。

ここにきて進みが遅くなった。道は急勾配でせまく、群衆がいっそう密集していたからだ。〈窮民〉は道を塞いでいる者たちを押しのけて、群衆を脇へやろうとしているが、押しのけようにも、人の行き場がないため、群衆のうしろのほうにいる者たちは押し返すしかない。けしてうつむかないように心がけていたサーセイは、なにかぬるぬるしたものを踏んづけてしまい、足をすべらせた。セプタ・ユネラがすかさず腕をつかんで支えてくれなかったら、そのまま転倒していただろう。

「陛下、足もとにお気をつけを」

サーセイはセプタの手をふりはらい、

「そうね、セプタ」と、愛想のいい声で答えた。

内心では、いまにもつばを吐きそうなほど腹をたてていた。それでも太后は歩きつづけた。鳥肌と自尊心だけをまとって歩きつづけた。目で赤の王城《レッド・キープ》を追ったが、左右に連なる大きな木造建築がじゃまで、ここからでは見えない。

「辱めを、辱めを」

鐘を鳴らしてセプタ・スコレラが歌う。

サーセイは足を速めようとしたものの、たちまち、目の前をゆく七芒星の男たちの背中にぶつかってしまい、歩みを遅くせざるをえなくなった。というのは、商売人の男がひとり、一行のすぐ前に手押し車を押してきて肉の串焼きを売りはじめたため、その男を排除すべく、〈窮民〉が足をとめざるをえなくなったからだ。サーセイの見るところ、焼き肉は鼠の肉のようだったが、あたりには肉を焼く香ばしいにおいがただよっており、男が行く手から排除されて一行の進みが再開されるころには、まわりにいる男の半数が焼き串を手にしていた。

「一本どうだい、陛下？」

ひとりの男が呼びかけてきた。いかにも粗野な感じの大きな男で、豚の目と太鼓腹を持ち、手入れしていない真っ黒な顎鬚《あごひげ》はロバートを思いださせた。不愉快なので目をそむけると、男は肉のついた串を投げつけてきた。串はサーセイの太腿にあたって、路上にころがった。生焼けの肉は血混じりの脂汚れを太腿に残した。

路上で聞く叫び声は、広場で聞く叫び声よりも大きく聞こえる。おそらく、群衆がずっと近くまで迫っているからだろう。いちばんありふれた罵声は、「売女」に「罪人」だったが、「弟コマし」、「オメコ女房」、「反逆者」などという声も投げかけられてきた。ときどき、スタニスやマージェリーのことを叫ぶ者もいた。足もとの玉石は汚れており、足の踏み場はほとんどないため、水たまりがあってもよけることができない。

（足が濡れて死んだ者はいない）

サーセイは自分にそう言い聞かせた。水たまりがただの雨水であることを祈るばかりだが、じっさいには馬の小便である可能性がかなり高い。

周囲の窓やバルコニーからは、さらにさまざまなゴミが投げつけられてきた。腐りかけた果物にビールの小樽。腐った卵は、路面にぶつかって割れると、硫黄のような、すさまじい悪臭を放った。死んだ猫を投げつけてきた者もいた。当たる先の相手が〈窮民〉であろうと〈戦士の子ら〉であろうと、おかまいなしにだ。死骸は勢いよく玉石に激突して、腐爛《ふらん》した屍肉がはじけ、後脚がちぎれ飛び、蛆《ウジ》の湧いたはらわたが撒き散らされた。

サーセイは歩きつづけ、歩きながら自分にいった。

（なにも見えない、なにも聞こえない。この者たちはみな虫けら）

「辱めを、辱めを」セプタたちが歌う。

「焼き栗、えー、焼き栗」売り子が呼び売りする。

「オメコ太后、万歳」だれかが叫ぶ。

上のバルコニーで、酔っぱらいがしかつめらしい顔で叫び、酒のカップをかかげてみせた。

「王家のおっぱいに讃えあれ！」

（ことばは風のごとし）とサーセイは思った。（ことばではわたしを傷つけられない）

〈ヴィセーニアの丘〉を半分ほど降りたところで、サーセイははじめて転んだ。屎尿らしきものを踏んで、足をすべらせたのだ。セプタ・ユネラの手を借りて立ちあがったときには、片ひざがすりむけて、血まみれになっていた。群衆のあちこちから笑い声があがるなかで、ひとりが傷を治すためにキスをしてやろうかと叫んだ。サーセイはうしろをふりかえった。丘の頂《いただき》に建つベイラー大セプトはいまなお見えている。大円蓋も七本のクリスタルの塔も見えている。

（まだこれだけしかきていないの？）

さらに悪いことに、百倍も悪いことに、赤の王城《レッド・キープ》はまだ見えない。

「ここは……どのあたり……？」

「陛下」護衛隊の隊長がすぐそばに歩みよってきた。この者の名を、サーセイはもう忘れてしまっている。「お進みください。群衆はもう手に負えなくなりつつあります」

（ええ）とサーセイは思った。（手に負えないわよ）

「群衆など、恐ろしくは――」

「恐れていただかねばなりません」

護衛隊長はサーセイの腕をとり、強引に引っぱっていきはじめた。よろめきながら、丘をよろよろと降りていく――下へ、つねに下へ――一歩ごとに顔をしかめて、隊長にからだを支えられながら。

（となりにいるのはジェイミーであるべきなのに）

ジェイミーならば、黄金の剣をふるい、サーセイに目を向けるすべての男の顔から目玉を抉《えぐ》りながら、群衆のまっただなかに道を切り開いていっただろう。

敷石はひび割れが多く、でこぼこしているのによくすべり、サーセイのやわらかな足には粗すぎた。かかとがなにか尖ったもの、石か陶器の破片を踏みつけ、痛みに悲鳴をあげた。「だからサンダルを、といったのに」セプタ・ユネラに文句をいった。「サンダルくらい、せめてそのくらい、履かせてくれてもよかったでしょうに」

騎士がふたたびサーセイの腕を引っぱった。まるで、そこらの侍女を相手にしているかのように。

（この男、わたしがだれかを忘れてしまったの？　わたしはウェスタロスの統治者なのよ。そんな武骨な手をわたしにかける権利などないわ）

丘のふもと付近までくると、傾斜はゆるやかになり、道幅も広くなりだした。赤の王城《レッド・キープ》もふたたび見えるようになった。〈エイゴンの高き丘〉の頂上で、王城は朝陽を浴びて真紅に燃えたっている。

（歩きつづけなくては）

サー・シオダンの手をふりはらった。

「引っぱらなくてもけっこう」

傷ついた足を引きずりつつ、石畳に点々と血の足跡を残して進む。

やがて泥と馬糞だらけの泥濘《でいねい》に差しかかった。足の裏から血を流し、鳥肌を立て、ひょこひょこと足を引きずりながら、それでもサーセイは歩きつづけた。周囲のいたるところから声が聞こえてくる。

「おれの女房のおっぱいのがエロいぞ」男が叫んだ。

〈窮民〉に馬車をどけろといわれて、馭者が毒づいた。

「辱めを、辱めを、罪人に辱めを」セプタらが唱える。

「こっちを見なよ」娼館の窓でスカートをめくりあげ、下の男たちに向かって娼婦が叫んだ。

「こっちのがさ、みずみずしいよぉ、その女の半分も男のモノを咥《くわ》えこんじゃいないよ」

小さな鐘が鳴りつづける。チーン、チーン、チーン。

「こんなの、太后のはずがない」男の子がいった。「かあちゃんと同じくらい、たるんでんじゃん」

（これがわたしの贖罪よ）サーセイは自分に言い聞かせた。（わたしはこのうえなく深刻な罪を犯した。これはわたしの贖罪。でも、すぐにおわる。通りすぎてしまえる。おわったら忘れてしまえばいい）

気がつくと、あちらこちらに馴じみのある顔が見えるようになっていた。ある窓からは、げじげじの頬髯を生やした禿げ頭の男がこちらを見おろしていた。その顔に浮かぶ渋面は、父タイウィン公の渋面にそっくりで、一瞬、つんのめってしまったほどだった。噴水の下で、水しぶきに濡れてすわっている若い娘は、メララ・ヘザースプーンの眼差しにそっくりの、険しい目でこちらを見ていた。ネッド・スタークもいた。そのとなりには、鳶色《とびいろ》の髪をした若いサンサと、毛むくじゃらの灰色の犬がいた。あれはあの娘の狼らしい。群衆のあいだを駆けまわる子供たちはみな弟のティリオンとなり、ジョフリーが死んだときそうしたように、サーセイを嘲った。ジョフもいた。自分の息子、はじめて生まれた子、黄金の巻毛を持つ、眉目秀麗で聡明な子、笑顔が可愛くて、唇の形がとても愛らしく……。

二度めに転んだのは、そのときだった。

セプタたちに助け起こされたとき、サーセイは木の葉のように震えていた。

「まだなの」とセプタたちにいった。「〈慈母〉は慈悲深いのでしょう。わたしはね、告白したのよ」

「なさいました」セプタ・モエルが答えた。「それゆえの贖罪です」

「もうさほど遠くありません。ごらんになれますでしょう？」セプタ・ユネラが上のほうを指さした。「あとは丘を登るだけです」

（あとは丘を登るだけ）

たしかに、そのとおりだった。一行はいつのまにか、〈エイゴンの高き丘〉のふもとまでたどりついていたのである。丘の上には城がそそりたっている。

「売女！」だれかが叫んだ。

「弟と寝たよね」別の声が叫んだ。「この恥知らず！」

「よっ、これでもしゃぶるかい、陛下?」

肉屋の前掛けをつけた男が、にやにや笑いながら、ズボンの前から一物をまろびださせた。だが、こんなことは気にならない。もうじき家にたどりつけるのだから。

サーセイは坂道を登りはじめた。

嘲罵と罵声はこちらの丘のほうがずっとひどかった。〈蚤の溜まり場〉を抜けるコースを通らなかったため、全裸の引きまわしショーを見物する下層民は、〈エイゴンの高き丘〉の斜面下側に集中していたのだ。〈窮民〉の楯や槍の隙間から突きだされる顔はどれも歪み、怪物的かつ醜悪だった。豚とはだかの子供たちはいたるところにいて、ちょろちょろと走りまわっている。手足の欠けた物乞いや巾着切りの群れが、見物の人ごみのあいだを、蜚蠊《ゴキブリ》のようにすりぬけてまわる姿も見えた。見物人は異様な外見の者たちばかりだ。歯をヤスリで削り、牙のように尖らせた男たち。喉に頭と同じほど大きな腫れ物をぶらさげた老婆たち。乳房と肩に太い縞蛇《シマヘビ》をからみつかせた娼婦。頬と額に生じたいくつものできものから灰色の膿をたらしている男。どの顔もにたにた笑いを浮かべ、舌なめずりしながら、全裸の太后を見つめている。サーセイは足をひきずり、乳房を揺らしながら——坂道を登っているため、どうしても胸が揺れてしまうのだ——群衆の目の前を通りすぎていった。みだらなことばを投げかけてくる者もいれば、侮辱のことばを投げかけてくる者もいた。

（ことばは風のごとし。ことばではわたしを傷つけることはできない。わたしは美しい。全ウェスタロスでもっとも美しい女。ジェイミーならそういう。ジェイミーはわたしにうそを

つかない。ロバートでさえ、わたしをいちども愛したことのないロバートでさえ、わたしを美しいと思い、わたしをほしがった)

だが、いまの自分は美しく感じられない。年老い、使い古され、薄汚れ、醜悪な気がする。子供たちを産んだことで、腹には妊娠線ができているし、胸にも若かったころほどの張りはない。上に押しあげるドレスがなければ、胸はたれてしまう。

(こんなまねをするべきではなかった。わたしはこの者たちに君臨する太后。それなのに、この連中に全裸を見られてしまった、見られてしまった、見られてしまった。こんな連中に見られてはならなかったのに)

ガウンをまとって、王冠をかぶっていれば、自分は太后でいられる。こうして全裸で血にまみれ、足を引きずっていては、もはやただの女だ。この者たちの女房と大差はない。この者たちの可愛くて小さい乙女の娘たちより、この者たちの母親に近い。

(わたしはなんというまねをしてしまったんだろう)

目に熱いものがあふれてきて、視界をにじませた。ここで泣くわけにはいかない。絶対に泣きはしない。ここの蛆虫どもに涙を見せてたまるものか。サーセイは、手の腹の付け根で目をこすった。おりしも、冷たい突風が吹きぬけて、サーセイはがたがた震えだした。

だしぬけに、あの占い師〈蛙面の妖婆《メイギー》〉がそこに出現していた。乳房をぶらぶらと揺らし、いぼだらけの緑がかった肌を持つ老婆が、薄汚い黄色い目を悪意にぎらつかせ、群衆の中に立って、こちらをじっと見つめている。

「そなたはクイーンとなり、クイーンでいよう……」不気味にかすれた声が囁いた。「……ただし、つぎなるクイーン、より若く、より美しいクイーンが現われ、そなたをクイーンの座から引きずりおろし、そなたの愛しきものをすべて奪いとるまでのことじゃがの」

そのとたん――涙がとめどなくあふれだした。酸のように刺激的な涙が、太后《クイーン》の頬を熱く流れ落ちていく。いきなり、鋭い悲鳴をほとばしらせた。そして、片腕で胸を隠し、反対の腕で陰部を隠して、勢いよく坂を駆けだした。〈窮民〉たちを突き飛ばし、いったん護衛の輪の外に飛びだしたのち、そこでうずくまり、蟹のように横這いで斜面を這いあがっていく。途中でよろめき、倒れたが、すぐに立ちあがり、十メートル進んだところで、また転んだ。そこから先はしゃにむに這いあがった。犬のようによつんばいになり、両手と両ひざを地について、必死に坂道を這い登った。行く手に立っていたキングズ・ランディングの良き民がつぎつぎに道をあける。笑いながら、嘲りながら、拍手をしながら。

唐突に、群衆が大きく左右に分かれて、消滅したように思えた。気がつくと、目の前には王城の大門がそそりたち、槍兵が横一列にずらりと並んでいた。槍兵たちは金鍍《きんと》金《きん》を施した半球形の兜をかぶり、真紅のマントを身につけている。叔父が唸るような声で命令を怒鳴る懐かしい声が聞こえたかと思うと、こちらに向かって歩いてくるのが見えた。左右には白い板金鎧と雪白のマントに身を包んだサー・ボロス・ブラントとサー・マーリン・トラントをしたがえている。

「息子は！」叔父に向かって叫んだ。「息子はどこ？　トメンはどこにいるの？」

「ここにはきておらん。母親が恥辱にまみれる姿など、息子が見ていいものではない」サー・ケヴァンの声は冷たかった。「からだをおおってやれ」

側役《そばやく》のジョスリンがかがみこみ、軟らかで清潔な緑色の毛織毛布で、裸身をくるみこんでくれた。

そのとき――ひとつの影が太陽をさえぎり、ふたりの上に落ちた。ついで太后は、冷たい鋼の塊がからだの下にすべりこむのをおぼえた。と思ったとたん、腕甲におおわれた一対の大きな腕が自分を抱きあげていた。赤ん坊のころのジョフリーを抱きあげたときみたいに、軽々とだ。

（巨人だわ）ぼんやりと、サーセイは思った。サーセイをかかえあげた巨人は大股に門楼へ歩いていく。〈壁〉の向こうの神なき荒野では、いまもなお巨人が見つかると聞いたことがあるが……。（でも、あれはお話の中だけの存在。わたしは夢を見ているの？）

ちがう。自分を抱きあげた存在は本物だった。身の丈は二メートル半、おそらく、もっとある。脚は樹の幹のように太く、胸は農耕馬なみに大きく、肩のたくましさたるや、牡牛のそれにも引けをとらない。鎧は鋼の板金鎧で、白い琺瑯《エナメル》を引いてあり、乙女の希望のように白くて輝かしい。その下には金鍍金を施した鎖帷子を着こんでいた。顔は大兜ですっぽりとおおわれて見えない。兜の頂から高々とそそりたつ頭立《ずだて》は、〈正教〉を象徴する虹の七色のシルクでできている。風に翻るマントを左右の肩で留めている留め具には、黄金の七芒星が象《かたど》ってあった。

(マント。純白の)

では、サー・ケヴァンは約束を守ってくれたのだ。トメンは、かけがえなき年少の息子は、サーセイの代理闘士を〈王の楯《キングズガード》〉に加えてくれたのだ。

どこからクァイバーンが現われたのかわからない。気がつくと、代理闘士の大きな歩幅に合わせて、サーセイたちの横を小走りについてきていた。

「陛下」とクァイバーンはいった。「お帰りいただき、欣快至極《きんかいしごく》にぞんじます。この場にて、われらがもっとも新しき〈王の楯《キングズガード》〉の騎士をご紹介する名誉をたまわりましてもよろしゅうございましょうか？　この者はサー・ロバート・ストロングと申します」

「サー・ロバート……」

城門の中に入りながら、サーセイはつぶやいた。

「陛下が嘉《よみ》したまうならば申しあげます。サー・ロバートは聖なる沈黙の誓いを立てておりまして」クァイバーンはつづけた。「国王陛下の敵がことごとく絶命し、邪悪なる者どもが王土より放逐される日まで、いっさい口をきかぬとの誓いでございます」

(そうなの……)とサーセイ・ラニスターは思った。(おお、そうなの)

66 ――ティリオン

羊皮紙の束はおそろしく部厚い。ティリオンはその山を見つめ、ためいきをついた。

「あんたらが絆で結ばれた兄弟《バンド・オブ・ブラザーズ》だということは知ってたがな。兄弟が兄弟に対して、念書で言質《げんち》をとるようなまねをするのかい？　信頼という概念はどこへいった？　友情、愛隊心、戦場と流血の場に身を置いてきた戦友同士しか持てない、深い絆――そういったものはどうなったんだ？」

まず、〈褐色《ブラウン》のベン・プラム〉が答えた。

「絆というものは、すぐにはできん」

羽根ペンの先を尖らせながら、〈インク壺〉もいう。

「だいいち、それは署名したあとの話だ」

〈狡猾なカスポリオ〉が剣の柄に手をふれて、

「いますぐ流血がお望みなら、喜んで血を流させてやるぞ」

「それはご親切なことで。しかし、遠慮しておこう」

〈インク壺〉がティリオンの目の前に羊皮紙を置き、羽根ペンを持たせた。

「これがインクだ、古き都ヴォランティス産の。まっとうな学匠《メイスター》のインクと同じほど長持ちする。あんたはこれに署名して、わしに渡しさえすればいい。あとのことはわしがやる」

ティリオンは歪んだ笑みを浮かべてみせた。

「先に内容を読んでもいいかな？」

「読みたければどうぞ。内容はどれも似たり寄ったりだ。ほとんどの念書はな。下のほうのやつは別だが、それは見ればわかる」

（ああ、そうだろうとも）

たいていの人間にとっては、傭兵に加わるのにカネはかからない。しかしティリオンは、〝たいていの人間〟ではない。羽根ペンをインク壺につけて、いちばん上の羊皮紙に署名をしかけたが、そこで手をとめ、顔をあげた。

「署名はヨロのほうがいいか、ヒューガー・ヒルのほうがいいか？」

〈褐色のベン〉の目尻に笑い皺が寄った。

「イェッザンの跡継ぎのもとへ返されるのと、ここで即座に首を刎《は》ねられるのと、どっちがいい？」

こびとは笑い、羊皮紙に〝ラニスター家のティリオン〟と署名した。書類を〈インク壺〉に渡すさい、その下の羊皮紙の束をぱらぱらとめくる。

「署名する念書は……何人ぶんだ？　五十人ぶんか？　六十人ぶんか？　〈次子《セカンド・サンズ》〉には五百人からの兵隊がいると思ってたんだがな」

「現状では、五百十三人だ」〈インク壺〉が答えた。「あんたが隊員台帳に署名した時点で、五百十四人になる」

「すると、念書を渡すのは十人にひとりか？　そりゃあ不公平じゃないか。自由傭兵部隊は、全員が公平かつ平等なんじゃなかったのか？」

いいながら、ティリオンはつぎの念書に署名した。

〈褐色のベン〉がくっくっと笑って、

「公平ではある。しかし、平等ではない。〈次子〉は一族ではないし……」

「……どんな一族にも、怠け者の従兄弟はつきものだしな」ティリオンはつぎの念書に署名した。それを主計長にすべらせて渡すさい、羊皮紙が乾いた音を立てた。「キャスタリーの磐城《ロック》の地下に牢獄があるんだ。そこにはおれの親父どのが、一族でも最低のごくつぶしを閉じこめていたものさ」

羽根ペンの先端をインク壺につけて、〝ラニスター家のティリオン〟と署名する。書面の内容は、〝この念書を持参の者には、ドラゴン金貨百枚を与える〟ことを保証するものだ。

（やあれやれ、一枚署名するごとに、おれはすこしずつ貧乏になっていく。いや……貧乏になりだすのはまだ先か。いまは一文なしなんだから）

いつの日か、自分はこの署名を悔やむことになるだろう。

（しかし、悔やむのはきょうじゃない）

濡れたインクを吹いて乾かし、羊皮紙を主計長のもとへすべらせ、つぎの念書に署名する。

そして、もう一枚。また一枚。さらにもう一枚。

「いっておくが、これはもう、出血大サービスだぞ」署名の合間に、ティリオンはいった。

「ウェスタロスではな、ラニスターのことばは黄金と同じ価値があるんだ」

〈インク壺〉は肩をすくめた。

「ここはウェスタロスではないからな。〈狭い海〉のこちら側では、約束ごとというのは、書面にしたためるんだよ」一枚を渡すたびに、主計長は署名の上にこまかい砂をふりかけ、余分のインクを吸わせては払い落とし、念書を脇に積んでいく。「風に記した借用書は……忘れられやすい。そうは思わないか？」

「当家の者は思わんね」ティリオンはつぎの念書に署名した。そして、もう一枚。だんだんリズムが呑みこめてきた。「ラニスターはかならず借りを返すからな」

プラムがくっくっと笑った。

「たしかに、そうだ。しかし、傭兵となった者のことばにはひとかけらの価値もない」

（そりゃあ、おまえの場合だろう）とティリオンは思った。（もっとも、その裏切り根性のおかげで、おれは助かったわけだがな）

「それはそのとおりだが、あんたらの隊員台帳に署名するまで、おれはまだ傭兵じゃないぞ」

「それも、もうじきだ」と〈褐色のベン〉。「念書がすんだら、すぐに署名してもらう」

「これでも、できるだけ速く踊ってるんだぜ」

げらげら笑いだしたいところだったが、ここで笑ってはゲームがだいなしになってしまう。プラムはこれを楽しんでいる。ティリオンとしても、その楽しみをぶちこわしたくはない。

（こいつには、自分がおれを思いどおりに指嗾《しそう》して、おれにドラゴン金貨の念書を乱発させ、鋼の剣を傭うようにしむけた——そう思いこませておこう）

首尾よくウェスタロスに帰れて生得《しょうとく》の権利を取りもどせたら、キャスタリー・ロック城の黄金はすべてティリオンのものになるだろう。そうなれば充分に約束をはたせる。その逆に、取りもどせない場合、ティリオンは死んでいるはずだし、ここで新たにできる兄弟たちは、この羊皮紙で自分のけつを拭くはめになる。そのうち何人かは、たぶん念書を手にキングズ・ランディングへたどりつき、愛しの姉貴に見せて、多少とも金をせしめようとするだろう。

（藺草《イグサ》に潜む蜚蠊《ゴキブリ》よろしく、ぜひともその場面を盗み見したいもんだ）

半分ほど署名をおえた段階で、念書の内容が変化した。ドラゴン金貨百枚を約した念書は兵長向けのものだったが、そこから下では、金額が飛躍的に増えていたのだ。〝この念書を持参したものには、ドラゴン金貨一千枚〟となっている。ティリオンはかぶりをふりふり、笑い声をあげると、署名した。そして、もう一枚。さらにもう一枚。

「で」署名しながら、ティリオンはいった。「部隊では、おれはなにをすればいいんだ？」

「それだけ醜いと、ボッココのお稚児《ちご》も務まるまい」カスポリオがいった。「しかしまあ、矢除けくらいには使えそうだ」

「いいことを教えてやろうか」相手の挑発に乗らずに、ティリオンはいった。「小さな男が大きな楯を持つと、弓兵は混乱するんだ。以前、おまえより賢いやつに教えてもらった」

「おまえには〈インク壺〉と働いてもらう」〈褐色のベン・プラム〉がいった。

「正確には、〈インク壺〉の下で働いてもらうということだ」〈インク壺〉が言いなおした。

「帳簿《ブック》の管理、金勘定、契約書や手紙の作成などの手伝いをしてもらう」

「望むところだ。本《ブック》は大好きだからな」

「ほかになにができるっていうんだ」カスポリオが鼻で笑った。「自分を見てみろ。そんなありさまで戦えるか」

ティリオンはおだやかに答えた。

「そのむかし、キャスタリー・ロック城じゅうの排水溝の管理をまかされたことがあってな。なかには何年も詰まったままのものがあったが、おれが管理しだしたとたん、どの排水溝も詰まることなく、スムーズに流れだした」羽根ペンの先をインクにつける。あと十枚ほども署名すれば、念書はおわりだ。「なんだったら、非戦闘従軍者の管理もしてやろうか。兵隊たちのナニを詰まりっぱなしにしておくわけにはいかんだろう？」

この冗談は〈褐色のベン〉の気にさわったらしく、

「娼婦には近づくな」と釘を刺された。「ほとんどは梅毒だし、みなおしゃべりだ。うちに逃げこんできた脱走奴隷はおまえがはじめてではないが、だからといって、おまえの存在を声高に喧伝してまわる必要はない。姿を見られそうなところにおまえを出歩かせるつもりもない。可能なかぎり屋内に潜んでいることだ。排便は桶にしろ。便所は人目が多い。おれの許可なくして、わが幕営《ばくえい》の外には出るな。おまえには従士の鋼で鎧わせてやる。ジョラーの稚児のふりでもしていろ。しかし、そんなごまかしが通用しない相手もいるだろうからな。ミーリーンが陥落したのち、わが隊がウェスタロスに向かって出発したあとでなら、黄金と真紅の装いを身につけて好きなだけ跳ねまわるがいい。ただし、それまでは……」

「……岩の下に住んで、いっさい音を立てないよ。約束する」

おおげさな身ぶりで、〝ラニスター家のティリオン〟と署名した。これが標準的な念書の最後の一枚だった。だが、下の三枚は、ほかのものとはまるでちがっていた。二枚は上等な仔牛皮紙で、すでにもう署名がなされている。一枚は〈狡猾なカスポリオ〉の署名入りで、〝ドラゴン金貨一万枚を与える〟とあった。もう一枚は〈インク壺〉あてで、これも同額が記されている。その署名によると、〈インク壺〉の本名は、タイベロ・イスタリオンというらしい。

「タイベロ？」とティリオンはいった。「なんだかラニスターの者じみた名前だな。もしや、ずっと前に生き別れた従兄弟か？」

「かもしれん。おれもかならず借りは返す。それが主計長の仕事だ。さあ、署名をしろ」

ティリオンは署名した。

最後は〈褐色のベン〉に対する念書だった。それは特別に上等な羊皮紙で、文面にはこうあった。

（ドラゴン金貨十万枚、肥沃な土地五十町歩《ハイド》、城ひとつ、領主の地位か。これはえげつない。

このプラムという男、けっして安くはないな）

ティリオンは傷痕をなでながら、ここは怒ったふりをしてみせるべきだろうかと思案した。法外な要求をつきつけられた男は、ふつうは文句をたれるものだ。ののしり、毒づき、この追いはぎめと罵倒し、しばし署名するのを拒否したのち、しぶしぶのていで署名するものだ——その間ずっと、ぼやきつづけながら。だが、演技をすることにはもう飽き飽きしていたので、眉間にしわを寄せて署名し、念書を〈褐色のベン〉に差しだした。

「あんたの一物、うわさどおりに特大らしい」とティリオンはいった。「それで思いっきりカマを掘られた気分だよ、プラム公」

〈褐色のベン〉は署名に息を吹きかけ、乾かしながら、こういった。

「誉めことばととっておこうか、〈小鬼《インプ》〉。さて、こんどはわれわれの一員になる手続きをしてもらおう。〈インク壺〉、隊員台帳を」

隊員台帳は、鉄の蝶《ちょうつがい》番がついた革装のもので、一人前の夕食をならべられそうなほどに大きかった。重い板の表紙をめくると、一世紀以上むかしに遡って、隊員の名前と入隊日がつづられていた。

「〈次子〉は自由傭兵部隊でも最古参のひとつでね」ページをめくりながら〈インク壺〉が説明した。「この台帳で四代めだ。ここには、過去の全入隊者の名前が載っている。各人の入隊日、戦った場所、入隊期間、死にざま——すべてが記録ずみで、有名な名前もいろいろあるぞ。あんたの七王国出身の者もいる。あのエイゴル・リヴァーズも一年ほど〈次子〉にいた。離隊して〈黄金兵団〉を創立する前のことだよ。あんたたちが〈鋼の剣《ビタースティール》〉と呼ぶ、あの人物さ。ほかには〈赫奕《かくやく》のプリンス〉ことエリオン・ターガリエン——彼も〈次子〉の一員だった。〈さまよえる狼〉こと、ロドリック・スタークもだ。ああ、ちがう、ちがう、そのインクじゃない、こっちだ、これを使ってくれ」

〈インク壺〉は別のインク壺のふたをあけ、そばに置いた。

ティリオンは首をかしげた。

「赤いインクか?」

「うちの伝統でな」〈インク壺〉が説明した。「かつては新人が自分の血で署名する習慣があったんだが、血というやつ、インクとしては保存性が悪い」

「ラニスターの者は伝統を重んずる。あんたの短剣を貸してくれ」

〈インク壺〉は片眉を吊りあげてから、ひとつ肩をすくめ、腰の鞘から短剣を抜くと、柄《つか》を先にして差しだした。

ティリオンは剣先で親指の腹をつついた。

(まだ痛みを感じるぞ、〈半メイスター〉。ありがたいことに)

そう思いながら、インク壺に一滴、血をしたたらせ、短剣を新しい羽根ペンに持ち替えて、〝ラニスター家のティリオン、キャスタリー・ロック城城主〟と、太い字で台帳に署名した。すぐ上には、ジョラー・モーモントの、ずっと控えめな署名があった。

(さあて、これでおわった)

こびとは折りたたみ椅子の背もたれに背中をあずけた。

「これでおれがすることはおわりか？　誓いのことばを口にする必要はないのか？　赤ん坊でも殺すか？　隊長のナニでもしゃぶるか？」

「なんでも好きなものをしゃぶればいい」〈インク壺〉が台帳を自分のほうに向け、署名の上にこまかい砂をかけた。「われわれの大半にとってはな、この署名だけで充分なんだよ。新たに迎えた兄弟どのを失望させるには忍びないがね。ともあれ――〈次子〉へようこそ、ティリオン公」

（ティリオン公か）

いい響きだった。〈次子〉は〈黄金兵団〉ほどに雷名を轟かせてはいないが、何世紀ものあいだに何度も有名な勝利を収めている。

「ほかにもこの部隊に貴族はいるのか？」

「土地のない貴族ならいる」〈褐色のベン〉が答えた。「おまえの同類だ、〈小鬼《インプ》〉」

ティリオンは折りたたみ椅子を飛びおりた。

「おれの前の兄弟はずいぶんと冷たくてな。新しい兄弟にはもっとあたたかく迎えてほしいもんだ。武器と鎧はどこでもらえる？」

「馬がわりの豚もほしいか？」カスポリオがきいた。

「豚？　おまえの女房がこの部隊にいるとは知らなかった。わざわざ女房を提供してくれるとはありがたい話だが、おれは馬のほうがいい」

顔を真っ赤にして怒る壮士《ブラーヴォ》をよそに、〈インク壺〉は声をたてて笑い、〈褐色のベン〉もくっくっと笑った。

「〈インク壺〉、〈小鬼《インプ》〉に武器庫の馬車を覗かせてやれ。好きな具足を選ばせてかまわん。あの娘にもだ。兜をかぶせて鎖帷子を着せれば、若い男に見えんこともあるまい」

「では、ティリオン公、こちらへ」〈インク壺〉が天幕の垂れ布をめくった。ティリオンはその下をよたよたとくぐりぬけた。「馬車へは〈ひったくり〉が案内する。厨房の天幕前で待たせておくから、あんたの女も連れていってくれ」

「あれはおれの女なんかじゃないぞ。それに、連れていくのはあんたのほうがいいだろう。このところ〈ペニー〉はふて寝しているか、おれをにらんでいるかのどっちかだからな」

「もっとびしびし躾《しつ》けて、もっとコマしてやることだ」主計長は衷心から助言しているようだった。「連れていくにしろ、ほったらかすにしろ、好きにするといい。〈ひったくり〉はどっちでも気にしやしない。武具を見つくろったら、またおれのところへこい。帳簿つけの手ほどきをする」

「お望みのままに」

〈ペニー〉はふたりにあてがわれた天幕の隅の、薄い藁ぶとんの上で身をまるめて、汚れた上掛けの山を引きかぶり、眠っていた。長靴《ちょうか》の先でそっとつつくと、〈ペニー〉はこちらに向きなおり、目をしばたたいてティリオンを見あげ、あくびをした。

「ヒューガー？　どうしたの？」

「おお、やっと口をきいてくれる気になったか」

いつもはむすっとして口もきかないのに、きょうはだいぶましな反応だった。

（なにしろ、犬と豚を捨ててきたことでおかんむりだからな。おれたちふたりを奴隷の身分から脱却させたんだ、むしろ感謝されてもいいくらいなのに）

「これ以上眠りこけていたら、戦争がおわってしまうぞ」

「悲しいのよ」もういちど、あくびをした。「それに、疲れてるの。くたくた」

（疲れてるのか、それとも病気なのか？）

ティリオンは〈ペニー〉の藁ぶとんの横にひざをついた。

「顔色が悪いな」

額にさわってみた。

（熱い。この土地が熱いからか、それとも熱が出ているのか）

その問いはあえて口に出さなかった。〈次子〉の兵隊のようにタフな連中でさえ、〝白《あお》き牝馬〟に乗ることを恐れる。〈ペニー〉を病気だと見なしたら、一瞬も逡巡することなく、ただちに追いだすだろう。

（へたをしたら、おれまでいっしょにイェッザンの跡継ぎのもとへ返されるかもしれん――念書があろうとなかろうと）

「いましがた隊員台帳に署名してきた。古い伝統とやらにのっとって、自分の血を使ってだ。

いまはおれも〈次子〉の一員さ」

〈ペニー〉は起きあがり、眠たげに目をこすりながら、

「あたしはどうなるの？　署名できるの？」ときいた。

「むりだろうな。自由傭兵部隊のなかには女を入隊させるところもいくつかあるが……まあ、なんといっても、連中は〈次女〉じゃないから」

「〝われわれ〟でしょ。あなたも一員になったのなら〝われわれ〟というべきよ、〝連中〟じゃなくて。ところで、だれか、〈可愛い豚《プリティー・ピッグ》〉を見たっていってた？〈インク壺〉がね、ようすをきいてくれるっていってたんだけど。でなければ〈バリバリ《クランチ》〉は？〈クランチ〉の話を聞いた人は？」

（いる。カスポリオの話が信用できるなら）

プラムのあまり狡猾ではない副長がいうには、ユンカイ人の逃亡奴隷狩りが三人、野営地全域をうろついていて、逃げたこびとの奴隷ふたりのことをたずねてまわっていたそうだ。そのうちのひとりは、カスポリオの話だと、犬の首を刺した長い槍をかかえて歩いていたという。しかし、そんな話をしたところで、寝こんでいる〈ペニー〉が起きてくるはずもない。

「まだなにも伝わってきてないんだ」とうそをついた。「さ、いこう。その体格に合う鎧を見つけないといけない」

〈ペニー〉はけげんな目を向けてきた。

「わたしの鎧？　なんのために？」

「わが武術指南役にこう教わったことがある。〝はだかで戦場に赴くものではありません〟。もっともだ。それに、傭兵になったからには、武器を帯びないとな」〈ペニー〉がそれでも動く気配を見せないので、ティリオンは手首をつかみ、立ちあがらせ、顔に服を投げかけた。「そいつを着ろ。マントをはおれ。フードを降ろして、顔を隠せ。逃亡奴隷狩りに見られた場合の用心に、おれたちは若い男のふたり組ということになっている」

ふたりのこびとがマントにフードという姿で厨房の天幕にいくと、〈ひったくり〉はそのそばで、サワーリーフを噛んで待っていた。これは最初にこの幕営へ近づいたとき、見張り二名のあとから出てきた無精髭の兵長——右手が鉤になったあの男だ。

「ふたりとも、おれたちの戦列に加わるんだってな」と兵長はいった。「さぞミーリーンのやつらもチビるだろうぜ。どっちか、人を殺したことはあるか？」

「おれはある」とティリオンは答えた。「蠅《ハエ》のようにたたきつぶしてやった」

「得物《えもの》は？」

「戦斧《せんぷ》、短剣、なんでもござれだ。いちばんの得意は弩弓《クロスボウ》だが」

〈ひったくり〉は鉤の先で無精髭を掻いた。

「ありゃあ、えげつねえ武器だからな、クロスボウってやつはよ。これまでにクロスボウで何人殺した？」

「九人」

父タイウィン公ひとりだけで、すくなくとも九人ぶんに値する。キャスタリー・ロック城城主、西部総督、〈ラニスポートの楯〉、〈王の手〉、夫、兄、父、父、父だ。

「九人かよ」

〈ひったくり〉は鼻を鳴らし、赤いつばをぺっと吐いた。足もとを狙ったらしいが、つばはティリオンのひざにかかった。〝九人〟という人数に対する評価が、つまりはそれだということだ。兵長の指は噛んだサワーリーフの液で赤くまだらに染まっていた。新たな葉っぱを二枚、口に入れて、〈ひったくり〉は口笛を吹いた。

「ケム！　ちょっとこい、このクズの便壺野郎」ケムと呼ばれた男が急いで駆けよってきた。

「小鬼《インプ》のだんなと小鬼《インプ》の淑女を馬車のところへ連れていってだな、〈金鎚《かなづち》〉の野郎に適当な武具を見つくろわせろ」

「〈金鎚〉のやつ、酔っぱらって寝てんじゃないかな」

「なら、やつの顔に小便をぶっかけろ。それで目が覚める」〈ひったくり〉はティリオンと〈ペニー〉に向きなおった。「こびとってのははじめてだが、若い衆にはことかかなくてな。そこいらの従軍娼婦どもが産んだ息子やら、冒険したくて故郷《くに》を出てくる馬鹿なガキやら、稚児やら、従士やら、そのたぐいだよ。なかには小鬼《インプ》といっても通るチビの小僧もいるぜ。これからおまえらが選ぶのは、そういうやつらが運悪くくたばったときに着てた装備だが、おまえらみたいなカスどもは気にしやしないよな？　それにしても、九人だと？」

かぶりをふりふり、〈ひったくり〉は歩み去った。

〈次子〉が隊の武具を収容する六台の大型馬車《ウェイン》は、幕営の中心部に配置されていた。ケムは槍の石突きを杖のようにつきながら、先に立って中心部へ導きだした。

その背中に、ティリオンはたずねた。

「キングズ・ランディング出の若いのが、なんで自由傭兵なんかになったんだ？」

若者はふりかえり、目をすがめてティリオンを見た。

「おれがキングズ・ランディングの出だって、だれから聞いた？」

「だれからも」

（おまえのひとことひとことで、お里が知れるんだよ、〈蚤の溜まり場〉の出だとな）

「しゃべるたんびに、知性がこぼれ落ちているからな。キングズ・ランディング人ほど賢いやつはいないっていうだろう」

ケムは驚き顔になった。

「だれがそんなことを？」

「みんなだよ」

（おれだ）

「いつから？」

（おれがでっちあげたときからさ）

「ずっとむかしからだ」またうそをついた。「親父がよくそういってたもんでな。おまえ、タイウィン公を知ってるか、ケム？」

「〈手〉だろ。いちど、馬で丘を登ってくのを見た。連れてた兵隊は、みんな赤いマントを着て、兜の上に小さな獅子を乗っけてたっけ。あの兜、かっこよかったなあ」そこで、口を歪ませて、「だけど、あの〈手〉の野郎は大っきらいだ。王都を掠奪したんだぜ。おまけに、ブラックウォーター河じゃ、さんざんな目に遭わされたし」

「おまえもあそこにいたのか？」

「スタニスの側でね。タイウィン公のやつ、レンリーの亡霊を連れて、横手から突っこんできやがったんだ。おれは槍を捨てて逃げだした。そうしたら、船の上で味方のろくでもない騎士にこういわれたよ、〝槍はどうした、小僧？　臆病者を乗せておく余裕などないぞ〟。そのくせ、いざとなったら、自分はとっとと逃げちまいやがって。おれだけじゃない、取り残されたのは何千人もいた。そしたら、あんたの父親が、スタニスの下で戦った者は〈壁〉送りにするというじゃないか。で、〈狭い海〉を渡って逃げてきて、〈次子〉に入ったってわけ」

「キングズ・ランディングが恋しいか？」

「すこし。会いたいやつもいる。あいつは……あいつは友だちだったんだ。それに、兄弟のケネットとも会いたい。もっとも、ケネットは船の橋で死んじまったけどなあ」

「あの日には、惜しい人間がたくさん死んじまったけど」

傷痕がかゆくてたまらず、ティリオンは爪で鼻先を掻いた。

「食いものも恋しいね」ケムが懐かしそうにいった。

「おっかさんの料理かい？」

「かあちゃんの料理なんざ鼠も食わねえよ。ただ、えらく旨い煮こみを出す飯屋があってさ。あんなに旨いごった煮《ボウル・オ・ブラウン》、よそじゃ食ったことねえや。とろりと濃厚で、匙をつっこんだら、そのまんま立っちまうんだぜ。いろんな塊がごっつり入っててよ。あんたは、ボウル・オ・ブラウン、食ったことあるかい、チビのだんな？」

「一、二度な。吟遊詩人のシチューとおれは呼んでる」

「なんで？」

「あんまり旨くて、大声で歌いだしたくなるからさ」

ケムはこの呼び名が気にいったようだった。

「吟遊詩人のシチューかあ。いいなあ、それ。こんど〈蚤の溜まり場〉にもどったら、ぜひ食いてえや。あんた、王都に恋しいものはあるかい？」

（ジェイミーだな）とティリオンは思った。（それから、シェイ。ティシャ。おれの女房。女房に会いたい。あまり知り合うひまのなかった女房に）

「ワイン、娼婦、金」かわりに、ティリオンはそう答えた。「とくに金だな。金があれば、ワインも買える、娼婦も買える」

（なにより、剣をいっぱい買える。そして、その剣をふるうケムみたいな連中も）

ケムがたずねた。

「キャスタリー・ロック城の室内便器が金無垢だっていうの、ほんとかい？」

「聞きかじった話をなんでも鵜呑みにするのはよくないぞ。とくにラニスター家が関わっていることにはな」

「ラニスターの連中はみんな、くねくねずるずる這う蛇だって聞くぜ」

「蛇？」ティリオンは笑った。「おまえが聞いたずるずる這う音というのは、おれの親父が墓の中でのたくる音だろう。おれたちは獅子だ。獅子と名乗るのが好きだ。しかし、蛇でも獅子でも、ちがいなんかないぞ、ケム。蛇を踏もうが獅子の尾を踏もうが、待っているのは死だけだ」

そんな話をするうちに、三人は武器庫の馬車にたどりついた。〈金鎚〉という異名をとる隊鍛冶は、奇怪な体形の大男で、左腕が右腕の倍は太い人物だった。

「たいていは飲んだくれてやがんだ」とケムがいった。「〈褐色のベン〉はそれでいいっていうんだが、そのうち、ちゃんとした武具師を見つけないとまずいよなあ」

〈金鎚〉の弟子は赤毛の若者で、〈釘〉と呼ばれていた。

（なるほど。〈釘〉とはうまく名づけたもんだ）

鍛冶場の前にいってみると、ケムがいったとおり、〈金鎚〉は酔いつぶれて寝ていたが、弟子の〈釘〉はふたりのこびとが馬車にあがるのをとめようとしなかった。

「たいていは鉄屑だぜ」と〈釘〉はいった。「まあ、なんでも使えそうなのを見つくろって、持ってってくれ」

馬車には幌がついていた。木材を曲げた枠に、硬くした革を張ったものだ。その幌の下の荷台を覗くと、古びた武器と鎧が山と積んであった。ひとわたり見まわして、ティリオンはためいきをついた。キャスタリー・ロック城の地下に設けられたラニスター家の武器庫には、ぴかぴかに磨きあげられた剣、槍、鉾が、武器架に整然とならべられていたものだが……。

「こりゃあ、少々手間どりそうだな」

「見つけられさえすれば、まっとうな剣も埋もれているぞ」いきなり、深く響く声がうなるようにいった。「見た目はよくないが、敵の剣を受けとめられるだけのしろものはある」

そういって荷台の奥から姿を現わし、馬車を降りてきたのは、大柄な騎士だった。頭からつま先まで、傭兵部隊ならではの不揃いな鎧を身につけている。脛当《すねあて》は左右が別々の形をしているし、喉当ては錆だらけだ。装飾的で華麗な腕甲には黒金《ニエロ》で花模様が象嵌《ぞうがん》されている。右手には自在接合の籠手《こて》をはめているが、左手は指のない赤錆びた鎖手袋が露出していた。筋肉模様を打ちだした胸当てには、乳首の位置に一対の鉄輪《かなわ》が埋めこんである。大兜の左右には牡羊の角が取りつけてあったが、片方の角は折れていた。

大柄な騎士が兜を脱いだ。その下から現われたのは、いまなお陵辱の跡が残る、ジョラー・モーモントの顔だった。

(もう、どこからどう見ても傭兵だな。イェッザンの檻から出てきたときの、あの衰弱した男とはまるで別人だ)

青痣はおおむね消えて、顔面の腫れもかなり引き、モーモントの顔はずいぶん人間らしいものにもどっていたが……むかしの知り合いが見ても、モーモントとはわからないだろう。奴隷商人たちに右の頬に押された焼き印は——危険でいうことをきかない奴隷であることを示す悪魔の烙印は——もはや消えることがない。もともとサー・ジョラーは、けっして見目よいといわれるほうではなかったが、この烙印によって、その顔ははなはだ恐ろしいものに変貌していた。

ティリオンはにやりと笑い、

「あんたより美貌で勝るとは感無量だな」といった。それから、〈ペニー〉に顔を向けて、「あっちの馬車を覗いてくれ。おれはこっちのを覗く」

「いっしょに見たほうが早いわよ」〈ペニー〉は錆びた鉄の半球形兜を手にとり、くすくす笑いながらそれをかぶった。「どう、おっかなく見える？」

（どっちかというと、壺をかぶった道化の娘に見えるな）

「そいつは半球形の兜だ。どうせなら、大兜がいい」

ティリオンはひとつを見つけだし、半球形兜と交換した。

頭からすっぽりかぶった鋼の兜の中で、〈ペニー〉の声がうつろに反響した。

「大きすぎるわ。それに外が見えない」大兜をはずし、脇に放りだす。「どうして半球形の兜じゃだめなの？」

「顔が露出するからだ」ティリオンは〈ペニー〉の鼻をつまんだ。「この鼻を見るのは好きだが、人には見られないように隠したほうがいい」

「あたしの鼻が好き？」〈ペニー〉が目を丸くした。

（ああ、〈七神〉よ、われを救いたまえ）

ティリオンは横を向き、馬車の奥にいって、積みあげられた古い鎧の山をあさりはじめた。

「ほかに好きな部分はある？」〈ペニー〉がきいた。

冗談めかしていったのだろうが、そのことばは、かえってせつなさをつのらせた。

「鼻以外だって、どこもかしこも好きさ」これ以上はもう、この話題をつづけたくなくて、ティリオンはいった。「自分自身より、ずっと好きなくらいだ」

「どうして鎧をつけてなくちゃならないの？　あたしたち、ただの道化役者よ。戦うふりをするだけなのよ」

「たしかに、おまえの演技はうまいが」

重い鎖帷子を検分しながら、ティリオンは答えた。鎖帷子は孔だらけで、まるで虫食いの服のようだった。

(鎖帷子を食うとは、どんな虫だ？)

「死んだふりも、戦いを生き延びる方策ではある。しかしだ、いい鎧をつけていれば、別の意味で生き延びやすくなる」

(もっとも、いい鎧なんて、ここにはなさそうだがな)

緑の支流では、レフォード公の馬車からちぐはぐな板金鎧の各部を取り、それを装着して戦った。棘つきの大兜をかぶったときには、汚物入れの桶をさかさまにしてかぶったように見えたものだった。だが、〈次子〉の武具はもっとひどい。古びていて体形に合わないだけではなく、へこみとひび割れだらけで脆《もろ》くなっている。

(この茶色は乾いた血か、それともただの錆か?)

においを嗅いでみたが、判然としない。

「クロスボウがあった」〈ペニー〉が指さしてみせた。

ティリオンはそれをちらりと見て、

「それはな、先端を地面につけるだろう。そうしたら、金具を足で踏んで固定して、弓弦《ゆづる》を引っぱりあげる方式なんだ。おれの脚では短すぎて、うまく弦を引けない。クランク式なら使いやすいんだが」

もっとも、正直にいうと、クロスボウは使いたくなかった。装填にいちいち時間がかかりすぎるからだ。たとえ便所溝でしゃがみこんでいる敵に出くわしたにせよ、それから太矢を装填し、弦を巻きあげていれば、一本を射るひまもないうちに敵は逃げだしているだろう。

かわりにティリオンは星球棍《モーニングスター》を取りあげて、振ってみた。が、すぐにもとあった場所へもどした。

(重すぎる)

戦鎚《せんつい》を試してみたが、これもだめ(長すぎる)。疣《いぼ》つき鉄棍《てつこん》を試してみたが、やはりだめ(これまた重すぎる)。ほかに五、六振りの長剣を試してみたあとで、ようやく使えそうな短剣に出くわした。細長い三角形の刃がついた、なかなかに凶悪そうな長めの短剣だった。

「これならよさそうだ」とティリオンはいった。

短剣には錆が浮いていたものの、錆つきの状態で刺せばさらに凶悪な効果を生む。適当な木と革の鞘を見つけて、ティリオンは短剣の刃を収めた。

「小さな男には小さな剣？」

〈ペニー〉が冗談をいった。

「こいつは短剣《ダーク》といってな、大きな男でも使うものなんだ」ティリオンは〈ペニー〉に古い長剣を差しだした。「剣というのは、こういうやつをいうんだよ。振ってみろ」

〈ペニー〉は長剣を受けとり、ぶんと振ってから、顔をしかめた。

「重すぎるわ」

「鋼は木より重いからな。しかし、人の首を刎《は》ねるには、この重さがものをいうんだ。首を斬るのは、甜瓜《メロン》を切るのとはわけがちがう」〈ペニー〉の手から長剣を取り、顔に近づけてしげしげと見た。「安物の鋼か。しかも刃毀《はこぼ》れしている。ほらな？　いまいったことに補足しよう。首を刎ねるには、重い鋼というだけじゃだめだ。鋭利な剣でないといけない」

「人の首なんて刎ねたくないわ」

「そりゃあそうだろうさ、素人がそんなことをしちゃいけない。斬りつける場所はひざから下に絞るんだよ。ふくらはぎ、膝腱《しっけん》、足首……巨人でさえ、脚を斬られれば倒れる。倒れてしまったらもう、〝自分より大きな相手〟じゃない」

〈ペニー〉はいまにも泣きだしそうな顔でティリオンを見つめていた。

「ゆうべね、にいさんがまだ生きている夢を見たの。あたしたち、どこかの大領主の御前で槍芝居をしていてね。それぞれが、〈クランチ〉と〈プリティー・ピッグ〉に乗っていて、観客は雨のように薔薇《バラ》の花を投げてくれて。わたしたち、とても幸せだった……」

ティリオンは〈ペニー〉の頬をたたいた。

たたいたとはいっても、力はすこしも入れていない。ぺちっと軽く触れた程度だ。頬には跡さえ残らなかった。しかし、〈ペニー〉の目にはたちまち涙があふれた。

「そんなに夢を見たいなら、また眠りにいくことだな」とティリオンはいった。「ただし、目が覚めても、おれたちはまだ攻囲軍のまっただなかにいて、依然、逃亡奴隷のままだぞ。〈クランチ〉は死んだ。十中八九、あの豚もだ。奴隷狩りどもに見つかりたくなかったら、さっさと鎧を見つけて身につけろ。きつくても気にするな。道化芝居はおわった。戦うか、隠れるか、クソをしにいくか、どれでも好きにするがいい。ただし、どこへいくにしても、かならず鎧は身につけていけ」

〈ペニー〉はたたかれた頬に手をあてがった。

「逃げるべきじゃなかったのよ。あたしたち、傭兵じゃないんだから。剣の使いかたなんか知らないんだから。イェッザンはそんなに悪い主人じゃなかったわ。けっして悪い主人じゃなかった。〈保父〉にはときどきひどい目に遭わされたけど、イェッザンにひどい仕打ちをされたことはいちどもないでしょ。あたしたちはね、イェッザンのお気にいりだったのよ。あたしたちはイェッザンの……イェッザンの……」

「奴隷だ。そこでいうべきことばは〝奴隷〟なんだ」

「奴隷よ」顔を真っ赤にして、〈ペニー〉はいった。「でも、特別あつかいの奴隷だった。

〈スウィーツ〉と同じように。イェッザンの宝物だったわ」

（正確には〝ペット〟だがな。それに、たしかに偏愛はしてくれたさ、おれたちを闘技窖《あな》に送りこんで、獅子に食わせようとするほどに）

むろん、〈ペニー〉も完全にまちがっているわけではない。イェッザンの奴隷は七王国の小農の大半よりいいものを食わせてもらっているし、冬がきても飢え死にする心配はない。じっさい、奴隷とは動産なのだ。売り買いでき、鞭打ったり烙印を押したりでき、所有者の肉欲を慰めるのにも使えるし、子を産ませて奴隷を増やすこともできる。そういう意味で、奴隷は犬や馬と変わりない。だが、たいていの飼い主は犬や馬をたいせつにあつかうものだ。誇り高い人間は、奴隷として生きるくらいなら、自由の身で死んだほうがましだと叫ぶが、自尊心は折れやすい。いざ首を斬られる段になってもなお死を選ぶ人間は、ドラゴンの牙のようにめずらしいだろう。そうでなかったら、世の中にこれほどたくさんの奴隷があふれているはずがないではないか。

（奴隷はみな、奴隷になることを選んだから、奴隷になったんだ。束縛か死か、どちらかを選ばされたとはいえ、選ぶ権利はつねに与えられている）

それはティリオン・ラニスターとて例外ではない。奴隷になった当初、ティリオンの舌は背中にみみず脹れを作る原因となっていたが、ほどなく、〈保父〉や高貴なるイェッザンを喜ばせるトリックを身につけた。ジョラー・モーモントはティリオンよりも長期間、頑強に抵抗しつづけたが、やがては奴隷制度の軍門に降《くだ》っていただろう。

（そして、〈ペニー〉は……）〈ペニー〉は兄の〈四《グ》ペ《ロ》ン《ー》ス銅貨《ト》〉が死んだ日からこちら、ずっと新しい主人を探している。（〈ペニー〉は自分の面倒を見てくれる人間がほしいんだ。あれをしろ、これをしろと指示してくれる人間がほしいんだ）

しかし、それを指摘するのはあまりにも残酷だった。だから、かわりにティリオンはこういった。

「イェッザンが特別あつかいする奴隷だって、〝白《あお》き牝馬〟から逃げおおせたわけじゃない。おおぜいが死んだ。最初に死んだのは〈スウィーツ〉だそうだ」

じっさいには、そんな話は聞いていない。〈褐色のベン・プラム〉から聞かされたところでは、ティリオンたちが脱走した当日のうちに巨大な主人は死んだというが、イェッザンのグロテスク趣味で集められた特殊な奴隷のその後は、ベンやカスポリオだけでなく、部隊のだれひとりとして耳にしていないのだ。とはいえ、〈ペニー〉を夢想から覚ますのに必要であれば、あえてうそも辞さないつもりだった。

「また奴隷にもどりたいんなら、この戦争がおわったあとで、親切な主人を見つけてやる。おれが故郷に帰るのに充分な額で売ってやる」ティリオンは約束した。「気のいいユンカイ人を見つけてやるから、その首にまた愛らしい金の首輪をつけてもらって、どこへいくにも鈴を鳴らしていくといい。ただし、そのまえに、これからの難関を生き延びなきゃならない。死んだ役者など、だれも買ってはくれないんだ」

「死んだこびともな」横からジョラー・モーモントがいった。「この戦いが終わるころには、われわれはみな虫を食らっていることだろう。この戦《いくさ》、ユンカイ勢の負けだ。連中がそうと気づくまでには、もうしばらく時間がかかるだろうがな。ミーリーンは世界最強の歩兵部隊、〈穢れなき軍団《アンサリード》〉を擁する。加えて、ミーリーンにはドラゴンがいることも忘れてはならん。女王が帰還したら、三頭ともそろう。女王はかならずもどってくる。もどってこないはずがない。ユンカイ勢の貴人は四十人。それぞれが率いるのは、中途半端な訓練を受けただけの弱兵ばかりだ。高足《たかあし》をつけた奴隷もいれば、鎖でつながれた奴隷もいる。ユンカイ人なら、盲人の部隊や、からだが麻痺した子供の部隊さえ用意しかねない」

ティリオンはうなずいた。

「ああ、ちゃんとわかっているとも。〈次子〉は負け組についた。またもや返り忠をせねばならん。そして、裏切るとしたら、いましかない」

ティリオンはそこで、にんまりと笑ってみせた。

「その手のことは、まあ、このおれにまかせておけ」

67 ―――― 王除き《キングブレーカー》

白い影ひとつ、黒い影ひとつ。

夜が明けてまもなく、ふたりの反逆者は、大ピラミッドの二階にある武器庫の静寂の中で顔を合わせた。まわりでは武器架に槍がずらりとならべられ、大量の太矢が格納されており、壁にはいにしえの戦いで得られた戦利品の数々がかけられている。

「今夜、決行する」と、スカハズ・モ・カンダクがいった。パッチワークのマントについたフードの下から覗いているのは、真鍮の吸血蝙蝠《コウモリ》の仮面だ。「こちらの手の者はみな配置につく。合言葉は〝グロレオ〟だ」

「〝グロレオ〟か」（この企てにはふさわしい合言葉だな）「承知した。グロレオが受けた仕打ち……あのときおまえは宮廷にいたのか？」

「いた。宮廷を警護する四十名の〈真鍮の獣〉のひとりとしてな。あのときはみな、玉座についた張子《はりこ》の王が、〈血染鬚《ちぞめひげ》〉以下の無礼者どもを皆殺しにしろと命じるのをいまや遅しと待っていたものだ。玉座についていたのがデナーリスなら、ユンカイ人どもめ、人質の首を持ってきたと思うか？」

（思わんよ）とセルミーは思った。

「ヒズダールは取り乱しているようだったが」

「見せかけだ。やつの身内のロラクは、みな無傷で返されたのだぞ。あんたも見ただろう。ユンカイ人どもは道化芝居を演じていたのであって、その主役は、高貴なるヒズダールだ。ユルカズ・ゾ・ユンザクの件は口実にすぎん。ほかの奴隷使いども、これぞ好機とばかりに、大喜びであの老いぼれ将軍を踏みつぶしたことだろう。あれはヒズダールがドラゴンたちを殺すための下準備だったのだ」

サー・バリスタンはその意味を吟味した。

「ヒズダールがそこまでするか？」

「女王さえも殺そうとした男だぞ。女王のペットを殺さぬ理由がどこにある？ われわれが手をこまぬいていれば、ヒズダールはしばしぐずぐずと動かずに、ドラゴンを殺す気はないそぶりをして、その間に〈賢明なる主人《ワイズ・マスター》〉たちを使い、〈襲鴉《ストームクロウズ》〉と血盟の騎馬戦士らを排除させる。やつが行動に出るのはそれからだ。やつらはヴォランティス艦隊の到着前に、ドラゴンを殺しておきたいんだ」

（なるほど、いかにもやりそうなことだな）

すべては符合する。しかし、だからといって、バリスタン・セルミーが喜んで謀叛《むほん》に踏みきるわけではない。

「ドラゴンを殺させはせん」老騎士は答えた。セルミーの仕える女王は〈ドラゴンの母〉だ。

その女王の子供たちに危害を加えるようなまねは、断じてさせない。「決行は狼の刻《とき》。夜のうちでいちばん暗く、ものみな眠る時刻とする」

はじめてこのフレーズを聞いたのは、タイウィン・ラニスターの口からだった。ダスケンデールの町の、囲壁《いへき》の外でのことだ。

（エイリス王を救出したいと申し出たわしに、タイウィン公は一日の猶予を与えた。翌日の夜明けまでに王を連れてもどらねば、鋼と火でもって町を滅ぼしつくすとの条件で。わしが町に侵入したのは狼の刻であり、王をお連れして町から出てきたのも狼の刻だった）

サー・バリスタンはつづけた。

「明払暁《みょうふつぎょう》を期して、〈灰色の蛆虫《グレイ・ワーム》〉と〈穢れなき軍団《アンサリード》〉がいっせいに都の各門を閉じ、閂《かんぬき》をかける」

「むしろ、払暁とともに打って出たほうがいい」スカハズがいった。「各門から出撃して、攻囲線を蹂躙《じゅうりん》し、寝ぼけ眼で起きてきたユンカイ人を撃滅しよう」

「その策はとらぬ」この点については、前にも議論になった。「いまはまだ女王陛下の署名捺印された和平条約が生きている。当方よりその条約を破るわけにはいかん。ヒズダールを取り押さえたのちは、王に代わって都を統治する評議会を発足せしめ、ユンカイ勢に人質の返還と軍勢の撤退を要求する。先方が断われば、そこではじめて和平が破られたことを通告して一戦交える。貴兄のやりかたは名誉にもとるものだ」

「あんたの流儀は愚かきわまりない」〈剃髪頭〉は応じた。「期は熟した。わが解放奴隷は戦う準備ができている。そして戦いに飢えている」

それが事実であることは承知していた。〈自由な兄弟〉の隊長である〈縞背のサイモン〉、〈頑丈な楯〉の隊長であるモロノ・ヨス・ドブは、ともに主戦論者だ。部隊の実力を示し、ユンカイ人の血潮の海を作ることで、これまでに受けた屈辱をすすぎたがっている。サー・バリスタンと疑念を分かち合っているのは、〈母の親兵〉の隊長マーセレンしかいない。

「これはすでに議論ずみだ。わしのやりかたにしたがうと合意したではないか」

「合意はした」〈剃髪頭〉は不服そうに答えた。「しかしあれは、グロレオの一件の前だ。首を投げつけられる前だ。奴隷使いどもには一片の名誉もない」

「われらにはある」

ギスカル語でなにごとかをつぶやいてから、〈剃髪頭〉はいった。

「好きにしろ。このゲームがおわる前に、われらはみな、名誉にこだわる年寄りの世迷《よま》い言《ごと》など尊重せねばよかったと悔やむことになるだろうがな。ヒズダールの護衛はどうする？」

「就寝時に王が立てている護衛は、ふだんは二名しかおらん。ひとりは居室の扉の前、もうひとりは居室の中にある使用人用の小部屋にいる。今夜はクラッズと〈鋼の肌〉だ」

「クラッズか」〈剃髪頭〉は険しい声を出した。「手ごわいな」

「なにも血を流させることはない」サー・バリスタンはいった。「わしはまずヒズダールと話をするつもりでいる。こちらに王を殺す意図がないと理解すれば、抵抗をやめろと護衛に命じてくれるかもしれん」

「理解しなかったらどうする？　ヒズダールを逃がすわけにはいかんぞ」

「逃がしはせんよ」

セルミーはクラッズなど恐れてはいない。ましてや〈鋼の肌〉など眼中にもない。あの者たちは、たんなる闘技場の闘士にすぎないのだから。ヒズダールが集めた恐るべき元闘奴の一団は、護衛としてはどう高く見積もっても凡庸な存在でしかない。たしかに、すばやさ、膂力《りょりょく》、闘志ではたいしたものだ。なかには武芸の心得がある者もいる。とはいえ、王を護るための訓練としては、流血ゲームはそう有効ではない。闘技窖《あな》では、敵は角笛と太鼓の音とともに現われる。戦いに決着がつくと、勝者は手当てをされ、痛みどめとして罌粟《ケシ》の乳液を与えられる。つぎの試合までは敵が現われることもないから、安心して飲み食いにふけり、女を抱くことができる。それに対して、〈王の楯《キングズガード》〉の騎士にとり、戦いはいっときもおわることがなく、連綿とつづく。脅威はいつも、夜であれ昼であれ、いつどこから襲ってくるか読めない。喇叭《ラッパ》が敵の登場を告げてくれることもない。王の家臣、従者、友人、兄弟、息子、妃でさえ、マントの下にナイフを隠し持っていないとはかぎらないし、心中に殺意を秘めていないともかぎらない。〈王の楯《キングズガード》〉の騎士が剣をとって戦う一時間の陰には、一万時間にもおよぶ見張りと待機があり、そのあいだずっと、護衛は影の中でひっそりとたたずんでいる必要があるのだ。ヒズダール王の闘士たちは、すでに警護という新たな仕事に退屈し、気がゆるんでいる。そして気のゆるんだ人間というものは、えてして反応が鈍い。

「クラッズはわしが相手する」とサー・バリスタンはいった。「〈真鍮の獣〉までも相手にせずにすむよう、徹底しておいてくれ」

「心配はいらん。現指揮官のマルガーズなど、ひとことの命令も出さんうちに取り押さえてみせる。いっただろう、〈真鍮の獣〉はおれの掌握下にあると」

「ユンカイ人のあいだにも手の者がいるといっていたな」

「密告者と細作《さいさく》がいる。レズナクの手先はもっと多い」

（レズナクは信用できない。あの男がただよわせている芳香は甘すぎて腐敗臭がする）

「だれかがわれわれの人質を解放せねばならぬ。人質を取りもどさねば、ユンカイ人の楯にされるは必定だ」

スカハズは鼻を鳴らした。仮面の鼻の孔から息が吹きだしてきた。

「いうは易《やす》く、行なうは難《かた》い。奴隷使いどもには勝手に威嚇させておけばよかろう」

「威嚇以上のことに踏みきったらどうする」

「あんな人質連中がそんなに惜しいか？　元奴隷の去勢兵ひとり、蛮族ひとり、傭兵ひとりだぞ？」

（〈勇士〉、ジョゴ、ダーリオだ）

「ジョゴは女王陛下の血盟の騎手、陛下の血潮をめぐる血であって、陛下につきしたがって〈赤い荒野〉を通過してきた男だ。〈勇士〉は〈灰色の蛆虫〉の副将にほかならぬ。そしてダーリオは……」

（女王陛下はダーリオを愛しておられる）

ダーリオを見るときの女王の眼差しや、ダーリオのことを話すときの女王の声だけでも、それは明らかだ。

「……ダーリオはうぬぼれが強く、向こう見ずだが、陛下の寵愛《ちょうあい》が深い。〈襲鴉〉の兵らがみずからの問題だと判断を下す前に、ダーリオも救出せねばならぬ。救出は不可能ではない。わしはかつて、女王陛下のお父上をダスケンデールの町からお救い申しあげたことがある。そのとき、王は反逆者の虜《とりこ》となっておられたが……」

「……だれにも気づかれずに、ユンカイ人のあいだを歩くことなどできまいて。いまはもう、あんたの顔は知れわたっているんだ」

（顔なら隠せるさ、おまえと同じやりかたでな）

だが、これはたしかに、〈剃髪頭〉のいうことに理があった。ダスケンデールの救出劇は前世ともいえるほどむかしのできごとだ。あんな英雄的仕事をこなすには、自分は齢をとりすぎている。

「そうであれば、ほかの手だてをとるしかあるまい。わし以外の者を救出にいかせるのだ。ユンカイ人に存在を知られていて、野営地を歩いていても不自然に思われない者を……」

「ダーリオはあんたを〝爺様騎士〟と呼んで馬鹿にするような男だぞ」スカハズがいった。

「おれなら自分をそんなふうに呼ぶ男を助けたりはせん。あんたやおれが人質になっていた場合を想像してみろ。あいつがおれたちのために自分の命を張ると思うか？」

（張るまいな）と思ったが、口に出してはこういった。

「張るかもしれん」

「おれたちが火焙りにされても、ダーリオは知らん顔で見ているさ。立場が逆なら、やつは絶対に助けてはくれん。〈襲鴉〉には新しい隊長を選ばせろ。自分の立場をよく心得ている男がいい。女王がもどってこねば、世界から傭兵がひとり減るだけだ。だれが悲しむ？」

「だが、もどってこられたときは？」

「女王は涙にくれ、髪をかきむしり、ののしる――ユンカイ人をな。おれたちをではない。ダーリオの血にまみれるのは、おれたちの手ではないのだから。せいぜい、おなぐさめすることだ。こんな場合にふさわしい、古い物語でも聞かせてさしあげろ、気が休まるだろう。気の毒なダーリオ、勇敢な傭兵隊長……女王はけしてダーリオのことを忘れまい……しかし、われわれの大半の者にとっては、ダーリオが死んでくれたほうがなにかと都合がいい。そうではないか？　デナーリスにとってもだ」

（よいことではある。デナーリスさまにとっても、ウェスタロスにとっても）

デナーリス・ターガリエンはあの傭兵隊長を愛している。しかし、愛しているのは陛下の中の娘の部分がであって、女王の部分がではない。

（太子《プリンス》レイガーはレディ・リアナ・スタークを愛された。結果として、何千人もが死んだ。デイモン・ブラックファイアは初代デナーリスを愛し、求婚したが、兄に断わられ、反乱を起こした。〈鋼の剣《ビタースティール》〉と〈血斑鴉《ブラッドレイヴン》〉はともにシエラ・シースターを愛し、七王国に血の雨を降らせた。〈ドラゴンフライのプリンス〉は、古石城《オールドストーン》のジェニーを愛するあまり、

やがて就くはずの王位を投げだし、ウェスタロスはおびただしい死体で花嫁の代価を支払うことになった)

異例王エイゴン五世の息子は三人とも王意にそわず、愛を優先して結婚した。当の異例王自身、心の赴くままに王妃を選んだがために、息子たちの好きにさせたはいいが、その結果、強固な味方になるはずの相手を不倶戴天の敵にしてしまった。夜のあとには朝がくるように、そのあとには反乱と混乱がつづき、魔法と火災と悲嘆に包まれるなかで、悲劇は夏の城館《サマーホール》をもって終局を迎えることになる。

(陛下のダーリオに対する愛は毒薬だ。あの毒蝗《イナゴ》よりも遅効性だが、最終的には死にいたりかねない)

「それでもまだ、ジョゴがいる」とサー・バリスタンはいった。「ジョゴも〈勇士〉もだ。どちらも陛下にとってはかけがえのない人材だぞ」

「こちらにも人質はいるんだ」〈剃髪頭〉ことスカハズはいった。「奴隷使いどもが人質をひとり殺すたびに、こちらもひとり殺せばいい」

一瞬、サー・バリスタンは、だれのことを指しているかわからなかった。そこでようやく、はっと思いあたった。

「女王陛下の酌人か?」

「人質と呼べ」スカハズ・モ・カンダクが語気を強めた。「グラザールとクェッザは〈緑の巫女《みこ》〉の縁者だ。メッザラはメレク家に、ケズミアはパール家に、アッザクはガジーン家に属する。バカーズはロラク家の出で、ヒズダール自身の血縁にあたる。どいつもこいつも、ピラミッドの子女にほかならない。ザク、クァッザール、ユアレズ、ハズカール、ダザク、イェリザン――この姓を持つ子もみな、〈偉大なる主人《グレート・マスター》〉たちの子だ」

「どの子も、無垢な女の子と見目よき男の子ではないか」人質たちが女王に仕えるうちに、サー・バリスタンはどの子もよく知るようになっている。グラザールは栄光を夢見ており、メッザラははにかみ屋で、ミクラズはものぐさ、ケズミアは虚栄心が強くて顔だちがよく、クェッザは大きくておだやかな目と天使の声を持ち、ダッザールは踊りの名手で――どれもこれもいい子ばかりだった。「まだ子供だぞ」

「〈ハーピー〉のな。血は血でもって贖《あがな》わねばならない」

「グロレオの首を持ってきたユンカイ人も、同じことをいっていたな」

「まちがってはいないさ」

「そんなことは、このわしがゆるさん」

「いざというとき使わずに、なんのための人質だ」

「ダーリオ、〈勇士〉、ジョゴと引き替えに、三人の人質交換を申し出るのはやむをえんが……」サー・バリスタンは譲歩した。「女王陛下は――」

「――ここにはおられん。なさねばならんことをなすのは、おれやあんたの役目だ。おれが正しいことは、あんたにもわかっているだろうが」

「プリンス・レイガーにはお子がふたりおられた」サー・バリスタンはいった。「レイニスさまはいまだ小さな女の子で、エイゴンさまは乳飲み児だった。キングズ・ランディングを占領したさいに、タイウィン・ラニスターはおふたりを部下に殺させて、血まみれの死体を真紅のマントでくるみ、新王への貢ぎ物とした」

（おふたりの死体を見たとき、ロバート王はなんといった？　薄笑いを浮かべたか？）

バリスタン・セルミーは三叉鉾河《トライデント》の戦いで深傷《ふかで》を負っていたため、タイウィン公の無惨な贈り物を目のあたりにはしていない。しかし、折にふれて、セルミーは思う。（朱《あけ》に染まったレイガーさまのお子たちを見たときに、もしもロバートが薄笑いを浮かべていたなら、地上の全軍をもってしても、わしがあの男を殺すのをとめることはできなかっただろう）

「子殺しには耐えられん。そこは呑め。さもなくば、わしは計画から降りる」

スカハズはくっくっと笑った。

「まったく頑固なじじいだな。あんたのいう見目よい男子たちは、長じて〈ハーピーの息子たち〉になってしまうのだぞ。いま殺すか、のちに殺すか、それだけの差だ」

「過ちを犯した者を殺すのはよい。いつか過ちを犯すかもしれぬ者を殺すことはできん」

〈剃髪頭〉は壁の戦斧を手にとり、しげしげと検《あらた》め、うなるようにいった。

「よかろう。ヒズダールにもわれらが人質にも、危害は加えまい。どうだ、それで満足か、爺様騎士？」

（満足する部分など、ひとかけらもないがな）

サー・バリスタンはうなずいた。

「それでよしとしよう。狼の刻《とき》だぞ。忘れるな」

「忘れてたまるか」蝙蝠の真鍮の口は動いていない。しかしサー・バリスタンには、仮面の下でほくそえむ口が目に見えるようだった。「カンダクは長いあいだ、この夜を待っていたのだ」

（わしが恐れているのはそれだ）

ヒズダールが無実であるとすれば、今夜自分たちがしようとしていることは、謀叛以外のなにものでもない。だが、ヒズダールが無実ということがありうるだろうか。セルミー自身、ヒズダールがデナーリスに毒入り蝗を勧めることばを聞いているし、王が槍使いたちに対し、ドラゴンを殺せと叫ぶのも耳にしている。

（いま手をこまぬいていれば、ヒズダールはドラゴンたちを殺したあげく、女王陛下の敵に門を開いてしまう。ほかに選択の余地はない）

だが、どんな角度から眺めてみても、老騎士は今回の企てに一片の名誉も見いだすことができなかった。

長い一日、夜までの時間は、蝸牛《かぎゅう》の歩みのようにのろのろと過ぎていった。

ピラミッドのどこかでは、ヒズダール王がレズナク・モ・レズナクや、マルガーズ・ゾ・ロラク、ガラッザ・ガラレ、そのほかのミーリーン人の顧問と集まって、ユンカイの要求にどう応えるのがよいか協議しているはずだが……バリスタン・セルミーはもう王の評議会の一員ではない。王を警護する立場にもない。かわりにサー・バリスタンは、大ピラミッドを上から下まで巡回し、警備の者たちがきちんと部署についているかをたしかめた。午前中は、ほぼそれでつぶれた。午後は孤児たちと過ごし、みずから剣と楯を取って、年長の若者たち数名の技倆をたしかめるため、すこしきびしく手ほどきをした。

デナーリス・ターガリエンがミーリーンを占領し、奴隷を解放したさいに、孤児の一部は闘技場で戦いの訓練を積んでいた。そういった孤児たちは、サー・バリスタンのもとにくる前から、剣、槍、戦斧《せんぷ》に馴じみがあり、何人かについては、仕込めばすぐものになるだけの下地がととのっていた。

(筆頭はバジリスク諸島出の若いの——タムコ・ローだな)

学匠《メイスター》のインクのように真っ黒な肌をしたタムコは、敏捷で力も強く、天性の剣士といえる。これほどの逸材はジェイミー・ラニスター以来だ。

(ララクもいい。〈鞭〉の異名は、だてではない)

あの戦いぶりは感心しないが、その実力はたいしたものだ。まっとうな騎士の武器、剣や騎槍《ランス》や鉄棍《てっこん》の使い方を修得するまでには長い修業期間を必要とするだろうが、鞭と三叉鉾《さんさほこ》をとらせたら、恐るべき技倆を発揮する。老騎士もはじめのうちは、鎧を着た敵に鞭など通用しないぞと諫《いさ》めたものだが、それもララクの鞭使いを見るまでのことだった。ララクは敵の脚に鞭を巻きつけ、脚を払って倒してしまうのだ。

（まだ騎士ではない。だが、恐るべき戦士ではある）

このラクとタムコで、騎士見習いの双璧をなす。それにつぐのは、あのラザール人——他の者たちから〈赤い仔羊〉と呼ばれている若者だ。まだまだ技術がともなっていないが、はなはだ勇猛で末たのもしい。それに、あの三兄弟——父親の借金を返済するため売られて奴隷になった、身分の低いギスカル人の兄弟——あの三人も有望だろう。

これで六人。

（二十七人中、六人か）

もうすこしはいてほしい気持ちもあるが、出だしとしては、六人もいれば上々といえる。ほかの子たちは、ほとんどはまだ幼くて、剣や楯よりも機《はた》や鋤《すき》や室内便器のほうに馴じみがある者たちだ。とはいえ、みんな一生懸命で覚えも早い。従士として二、三年も仕込めば、さらにもう六人程度の騎士を女王に献上できるだろう。ものにならない子もいるだろうが、すべての男の子が騎士に向いているわけではない。

（王土は蠟燭職人や宿屋の亭主、武具師も必要としているのだからな）

それはウェスタロスだけではなく、ミーリーンでも同様だった。

若者たちの訓練ぶりを眺めて、サー・バリスタンは思案した。いっそこの場で、タムコとラクを騎士に叙任してしまおうか。場合によっては、〈赤い仔羊〉も。騎士が叙任しさえすれば、その者は騎士になる。今夜、もしもの事態が起こったら、自分は夜明けには死んで いるかもしれないし、地下牢に閉じこめられているかもしれない。そうなったとき、だれがこの従士たちを騎士に叙任するのか？　そのいっぽうで、若い騎士の評判は、ある程度まで、叙任した騎士の名誉に左右されることもたしかだった。謀叛人から騎士の拍車を授かったと知られるのは、この若者たちにしてみれば、けっして望ましいことではない。へたをすれば、いっしょに地下牢へ投獄されてしまう。

（そんな境遇に落とすには忍びない。不名誉にまみれた騎士として短く生きるくらいなら、従士として長い生を送ったほうがいい）

午後が夕方に移り変わるころ、サー・バリスタンは若者たちに剣と楯をしまわせ、円陣を組んでまわりに集まるよう命じ、騎士のなんたるかを語って聞かせた。

「騎士をして真の騎士たらしめるものは、剣ではない、騎士道だ。名誉がなければ、騎士はそこらにいる人殺し以上のものではない。名誉なくして生きるよりも、名誉とともに死んだほうがよいと心得よ」

どの顔も、奇妙なものを見る目つきでこちらを見ているな、とサー・バリスタンは思った。しかし、いつかきっと、わかってくれる日がくるだろう。

後刻、サー・バリスタンが大ピラミッドの最上階までもどってみると、巻物と書物の山に埋もれて、ミッサンデイが読書をしていた。

「今夜はこの部屋を出ないようにしてくれ、子供よ」とミッサンデイにいった。「いかなることが起きようと、なにを見聞きしようと、女王陛下の区画を出てはならん」

「この者は承りました」娘は答えた。「彼女はその理由を――」

「聞かぬがよい」

サー・バリスタンはひとりでテラスの庭園に出た。

（つくづくわしは、こういうことには向いておらぬ）

遠くまで広がる広大な都を眺めながら、サー・バリスタンはそう思った。ピラミッド群に明かりが灯りつつある。下の街路で闇が深まるにつれ、ひとつ、またひとつと、ランタンや松明《たいまつ》が灯されていく。

（策謀、陰謀、囁嚅《しょうじゅ》、虚偽、秘密にこめられた秘密。そんなもののまっただなかに、なぜかわしは、はまりこんでしまった）

ほんとうなら、こういうことにはとうに慣れていてもおかしくない。赤の王城《レッド・キープ》にも秘密は山ほどあった。

（レイガーさまにさえもな）ドラゴンストーン城のプリンスは、アーサー・デインに対するほどには自分を信用してくれなかった。ハレンの巨城《ホール》がそのいい証拠だ。（あれは〈偽りの春〉の年だった）

あの記憶はいまも苦々しく残っている。ウェントの老公が馬上槍試合を開くといいだしたのは、弟である〈王の楯《キングズガード》〉の騎士、サー・オズウェル・ウェントの訪問を受けた直後のことだった。〈蜘蛛《スパイダー》〉ことヴァリスに耳打ちされて、エイリス王は息子が自分を廃しようと画策しており、ウェントの馬上槍試合は、できるだけおおぜいの大貴族を糾合するための口実にちがいないと思いこんだ。ダスケンデールの一件以来、赤の王城《レッド・キープ》から一歩も外に出たことのないエイリスが、突如として自分もプリンス・レイガーとともにハレンホールへいくといいだしたのは、すべてそれが原因だ。以後はなにもかもが、悲惨なことになっていく。

（わしがもっとすぐれた騎士であったなら……それまで多くの騎士を落馬させてきたように、あの最後の試合でプリンスを落馬させていたならば、〈愛と美の女王〉を選ぶのは、わしの役目になっていたものを……）

レイガーが〈愛と美の女王〉に選んだ女性とは、ウィンターフェル城のリアナ・スタークだった。バリスタン・セルミーなら別の女性を選んだだろう。当時の王妃ではない。王妃はその場にはいなかったからだ。ドーンのエリアでもない。太子妃であったエリアは気だてがよく、心のやさしい女性で、サー・バリスタンがあそこで勝ち、エリアを選んでいたなら、いくたの戦乱と災いは避けられていただろう。しかし、彼が選ぶつもりだったのはエリアの側役《そばやく》のひとりで、まだ宮廷に出仕して間もない若い乙女だった。アシャラ・デインである。アシャラにくらべれば、ドーンのプリンセスでさえ、はなはだ色褪せて見えた。

これほどの年月がたったいまも、サー・バリスタンはアシャラの笑顔を、そのすずやかな笑い声を、まざまざと思いだせる。まぶたを閉じれば、アシャラの顔がはっきりと見える。肩にかかった長い黒髪、魅惑的な紫色の目――。

（デナーリスさまも同じ目を持っておられる）

ときどき、女王に視線を向けられると、まるでアシャラの娘子を見ているような気がしてしまう。

　だが、アシャラの娘は死産だった。出産の直後、サー・バリスタンの想い人は塔から身を投げて死んだ。死産のつらさに加えて、ハレンホールで自分を辱めた男のことを思いだし、生に耐えられなくなったのだろう。アシャラはとうとう、サー・バリスタンが想いを寄せていることを知らずに死んだのだ。

（しかし、どうして知ることができただろう）

　サー・バリスタンは〈王の楯《キングズガード》〉の騎士であり、生涯独身を誓った身だ。想いを打ち明けたところで、いいことはなにもない。

（といって、黙っていたところで、いいことはなにもなかったが。あのときレイガーさまを落馬させ、アシャラを〈愛と美の女王〉に選んでいたら、アシャラはエダード・スタークのかわりにわしを見てくれたろうか？）

　その答えが得られることはない。とはいえ、数々の失敗の中でも、これほどバリスタン・セルミーを悔やませるものはほかになかった。

　空は雲におおわれて、空気は蒸し暑く、じめじめとして重苦しい。だが、そこには背筋を疼《うず》かせるなにかがある。

（雨か）とセルミーは思った。（嵐が近づいている。今夜ではなくとも、あすは荒れることだろう）

　はたして、生きて嵐を見られるだろうか。

（ヒズダールが自前の〈蜘蛛《スパイダー》〉を飼っていたなら、陰謀は筒抜けだ。わしは死んだも同然といっていい）

当然ながら、たとえ謀叛の現場を押さえられるような事態を迎えたとしても、これまでの生きざまそのままに、抜き身の長剣を携えて、戦って死ぬ覚悟はできている。

〈奴隷商人湾〉には、何隻もの船が遊弋《ゆうよく》していた。その帆の向こう、西の彼方に入日が沈みきるころ、サー・バリスタンは屋内に入り、ふたりの侍従を呼んで、湯浴みをするので湯を沸かすようにと命じた。午後に従士たちをしごいたため、汗でべとついたままなのだ。

運ばれてきた湯はぬるかったが、セルミーは完全に冷めきるまでぬるま湯につかりつづけ、赤くなるまでごしごし全身を洗った。すっかりきれいになると、立ちあがり、湯船を出て、からだを拭ってから、純白の装備を身につけた。長靴下、下着、シルクのシャツ、詰め物をした袖なし胴着《ジャーキン》。いずれもきれいに洗濯し、漂白したものだ。その上から、信頼のあかしとして女王に賜わった鎧を身につけた。金鍍金《きんときん》を施した鎖帷子は細工がこまかく、上質の革のようにしなやかだ。板金鎧に引いた琺瑯《エナメル》は氷のように硬く、降ったばかりの雪のように白い。白い革の剣帯は黄金のバックルでとめる。短剣は剣帯の右の腰、長剣は左の腰に吊ってある。最後に、長い純白のマントを肩にはおり、留め具で留めた。

大兜は掛け釘にかけたままにしていくことにした。細い目穴は視界をせばめる。これから先は、周囲をしっかりと見えるようにしておかなくてはならない。大ピラミッド内の通路は、夜は暗いし、敵がどちらからくるかわからないからである。それに、大兜を飾る頭立《ずだて》は——装飾的なドラゴンの翼は——見た目には壮麗だが目だつので、剣や斧の餌食になりやすい。〈七神〉がいまいちど馬上槍試合に出る機会を与えてくださるのなら、そのときのために、とっておくとしよう。

鎧を身につけ、武器も携えて、騎士は待った。女王の区画に隣接する小さな自室の薄闇の中で待った。これまでに仕え、護りきれなかったすべての王の顔が闇の中に浮かんでいる。そして、〈王の楯《キングズガード》〉の一員として肩をならべて仕えてきた兄弟たちの顔も。これから自分がしようとしていることをあえてする兄弟が、このなかにどれだけいるだろう。

(何人かはいる。それはたしかだ。しかし、全員ではない。何人かはためらうことなく、〈剃髪頭〉を謀叛人としてたたき斬っただろう)

大ピラミッドの外で雨が降りだした。サー・バリスタンは闇の中にひとり座し、雨の音に耳をかたむけた。

(まるで涙がはらはらと落ちる音のようだな。死んだ王たちが泣いているかのようだ)

やがて、行動に出るべき刻限がきた。

ミーリーンの大ピラミッドは、ギスの大ピラミッドを模して造られている。ギスのほうの巨大遺跡には〈周遊家ロマス〉がいちど訪ねており、赤大理石で築かれた遺跡のあちこちに残る通路は、いまでは蝙蝠《コウモリ》と蜘蛛の巣窟になっていると記しているが、その遺跡と同じく、このミーリーンの大ピラミッドも三十三階建てだった。三十三という数は、どうやらギスの神々にとっての聖数らしい。

白いマントを翻し、サー・バリスタンは長い階段を単身で降りはじめた。使っているのは、条紋大理石でできた大階段ではなく、幅がせまくて角度も急な、使用人用の階段のほうだ。これは部厚い煉瓦壁の内部を通る隠し階段で、大階段よりも曲折部がすくなく、まっすぐな部分が長い。

十二階ぶん降りたところで、待っていた〈剃髪頭〉と合流した。そのがさつな顔を隠して
いるのは、けさも装着していたのと同じ吸血蝙蝠の仮面だ。そばには六人の〈真鍮の獣〉が
控えている。全員、同じ昆虫の仮面をつけていた。

（蝗《イナゴ》か）と思いつつ、セルミーは合言葉を口にした。

「グロレオ」

「グロレオ」蝗のひとりが答えた。

「必要なら、もっと蝗をそろえられるぞ」とスカハズがいった。

「六人いれば充分だ。戸口を警護するのは？」

「おれの手の者だ。問題なく入れる」

サー・バリスタンは〈剃髪頭〉の腕をぐっとつかんだ。

「万《ばん》やむをえない場合を除いて、絶対に血を流すな。あす評議会を召集して、都の者たちに
対し、われわれがしたこととその理由を説明せねばならない」

「好きにしろ。では、武運をな、ご老体」

〈剃髪頭〉はその場に残った。六人の〈真鍮の獣〉は、ふたたび階段を降りはじめたサー・バリスタンのあとからついてくる。

王の居室区画は大ピラミッドのちょうど中央部分にあり、十六階と十七階がぶちぬきで、天井の高い造りになっていた。セルミーが居室区画の階にたどりついてみると、壁面側からピラミッド内へ入る扉には鎖がかけられており、ふたりの〈真鍮の獣〉が警護に立っていた。パッチワークのマントについたフードの下には仮面が見える。ひとつは鼠、ひとつは牡牛の仮面だ。

「グロレオ」とサー・バリスタンはいった。

「グロレオ」牡牛が応えた。「三つめの横道を右に」

鼠が鎖をはずす。サー・バリスタンは六人を連れて戸口をくぐりぬけ、松明で照らされた使用人用通路に入っていった。通路はせまく、赤と黒の煉瓦を積みあげたものだ。煉瓦床に足音を響かせながら、一行は二本の横道を通過し、三本めの横道を右に曲がった。

正面に王の区画があり、彫刻を施された堅木の扉の外に〈鋼の肌〉が立っていた。これは若年の闘技場上がりで、まだ第一級の闘士とは見なされていない男だ。両の頬と額には緑と黒の複雑な刺青《いれずみ》が彫ってある。あれは古代ヴァリリアの呪符《じゅふ》で、肉体と皮膚とを鋼のように硬くするといわれているものらしい。胸と腕にも同じ刺青が彫られているが、剣や斧を弾くほどの硬さがあるかどうかは、実戦で試してみないとわからない。

刺青などなくとも、〈鋼の肌〉は充分手ごわそうに見えた。細身で筋肉が発達した若者で、身の丈はサー・バリスタンより十五センチは高い。

「何者か！」〈鋼の肌〉は誰何《すいか》し、長柄斧《ながえおの》を横にかかげて、行く手をふさいだ。が、サー・バリスタンに気づき、そのうしろに真鍮の蝗たちがついているのを見るや、斧を降ろした。

「これは、ご老人」

「王に取りつぎを。危急の用件があってうかがった」

「こんなに遅いのにか」

「遅いのは承知だ。ことは急を要する」

「きいてみる」

〈鋼の肌〉は長柄斧の石突きで王区画に入る扉をたたいた。扉の覗き穴が開き、子供の目が現われた。ついで、その向こうから、子供の声がなにごとかをいった。〈鋼の肌〉が答える。内側で重い閂がはずされる音がして、扉が大きく開かれた。

「ご老人だけなら通っていい」〈鋼の肌〉がいった。「〈獣〉は外で待てとのことだ」

「それでよい」

サー・バリスタンは蝗たちにうなずきかけた。ひとりがうなずき返す。セルミーは単身、扉の中にすべりこんだ。

王が自分の居室用に選んだ区画は、暗くて窓がなく、四方を厚さ二メートル半の煉瓦壁に囲まれ、広々としていて、贅沢な内装に彩られていた。高い天井を支えているのは、黒樫の大きな梁だ。床にはクァース産の、シルクの絨毯が敷きつめられている。壁にかかっているタペストリーの数々はずいぶん色褪せているが、みな〈ギス古帝国〉の栄光を描いた相当の年代物で、貴重なことこのうえもない。最大のものには、戦《いくさ》に敗れて捕虜となり、軛《くびき》と鎖でつながれて行進していく、ヴァリリア軍の生き残りの姿が描かれていた。王の寝室に通じるアーチ門を警護するのは、白檀《ビャクダン》を削りだした一対の恋人像だ。ともになめらかな仕あがりで、オイルが塗りこんである。サー・バリスタンの目には不愉快なしろものでしかなかったが、これが劣情をかきたてる意図で造られたことはまちがいない。

(この区画を出るのは、早ければ早いほどいいな)

室内の光の源は、鉄の火鉢だけしかない。そのそばには女王の酌人がふたり立っていた。ドラクァズとクェッザだ。

「ミクラズがいま、王をお起こししにいきました」クェッザがいった。「ワインでもお持ちしましょうか?」

「いや、いい。すまんな」

「どうぞおすわりを」ドラクァズがベンチを勧めた。

「立っているほうがいい」

アーチ門の奥の寝室から話し声が聞こえてくる。ひとつは王の声だ。

ヒズダール・ゾ・ロラク王――この高貴なる名前の十四世が寝室から出てくるまでには、けっこう時間がかかった。あくびをしながら、王はローブの飾り帯を締めている。ローブは緑の繻子《サテン》で、いくつもの真珠を縫いこんであり、銀糸の縫いとりがある豪華なものだった。

ローブの下は、はだかも同然だ。これは都合がいい。はだかの人間は無防備に感じやすく、英雄的な自殺行為をしにくいからである。

アーチ門の奥の、ベッドにかかった極薄のカーテンの向こうから、ひとりの女がこちらを覗いていた。これもはだかで、胸と腰のまわりをかろうじてシルクで隠しているだけだ。

「サー・バリスタン」ふたたび、ヒズダールはあくびをした。「いま何時だ？　わが愛しき女王の消息でもわかったのか？」

「いいえ、陛下」

ヒズダールはためいきをついた。

「〝主上《しゆじよう》〟と呼んでくれんか、たのむから。もっとも、こんな真夜中だ。〝午前様〟とでも呼んだほうが適切かもしれんがね」

王はサイドボードまで歩いていき、自分でカップにワインをつごうとした。が、細口瓶の口からは、わずかにたらたらとワインがしたたっただけだった。いらだちの表情が王の顔をよぎった。

「ミクラズ、ワインを持て。いますぐにだ」

「かしこまりました、主上」

「ドラクァズも連れていけ。一本はアーバー・ゴールドを、もう一本は甘口の赤を。黄色い小便ワインはいらん。たのむぞ。こんどワインが切れていたら、その愛らしいピンクの頬を鞭で打たせてやるからな」少年たちが走り去ると、王はふたたびセルミーに向きなおった。

「おまえがデナーリスを見つけた夢を見たよ」

「夢が正夢とはかぎりません、陛下」

「どうして〝主上〟と呼んでくれんのかな。で、こんな真夜中になんの用だ？　都でなにか起きたのか？」

「都は静かなものです」

「ふうん？」ヒズダールはけげんな顔になった。「では、なんの用だ？」

「ひとつ、おたずねするためです。主上――あなたは〈ハーピー〉本体ですか？」

ヒズダールのワイン・カップが指からすべり落ち、床の絨毯にぶつかって跳ね返ったのち、転がった。

「――夜の夜中に、わざわざわたしの寝室まできて、そんなことをたずねるとは……気でも狂ったのか？」そこでようやく、王はサー・バリスタンが板金鎧と鎖帷子を身につけていることに気がついた。「それは……まさか……いったいなんの……」

「毒を仕込んだのはあなたの差し金ですか、主上？」

ヒズダール王は一歩あとずさった。

「蝗か？　あれは……あれはドーン人のしわざだ。クェンティンとかいう、自称プリンスの。疑うなら、レズナクにきいてみるといい」

「その証拠をお持ちですか？　レズナクは持っていますか？」

「証拠はない。あればとうにつかまえている。どのみち、拘束することにはなるだろうがな。

マルガーズが連中から自白を引きだすはずだ。それは確信している。ドーン人なるやからはみんな毒使いだ。レズナクによると、やつらは蛇を信仰しているそうだぞ」

「ドーン人は蛇を食べるのです」とサー・バリスタンはいった。「あれはあなたの闘技場、あなたの櫃《ひつ》、あなたの特等席でした。甘いワインに、軟らかなクッション、無花果《イチジク》に甜瓜《メロン》に蝗の蜂蜜漬け。すべてあなたの提供になるものです。そして、女王陛下には蝗を食するよう勧められたのに、ご自分では食べようとなさらなかった」

「わたしは……辛い香辛料が苦手なんだ。デナーリスはわたしの妻だった。わが女王だった。そのわたしが、なぜ毒など盛らねばならん？」

（妻だった、といったな。この男、陛下が亡くなったと信じている）

「その問いに答えられるのはあなただけです、主上。もしや、女王陛下の地位に、別の女をつけたかったから……ではありますまいか？」サー・バリスタンは、寝室からおそるおそる覗いている娘のほうにあごをしゃくった。「たとえば、あの女です」

王は周囲にきょろきょろと目をやって、

「あれか？　あの女はなんでもない。寝室用の奴隷だ」両手をふりあげた。「いいや、いい、まちがえた。奴隷じゃない。自由な女だ。快楽を与える訓練を受けてはいるが。王といえど、快楽くらいは……だいたい、あれがおまえとなんの関係があるんだ。わたしはデナーリスに危害を加えたりしていないぞ。絶対にだ」

「陛下に蝗を勧められるのをこの耳で聞きました」

珍味だからな」

「デナーリスが喜ぶと思ったからだ」ヒズダールはもう一歩、あとずさった。「辛くて甘い珍味だからな」

「辛くて甘くて毒入りの珍味ですか。それと、あなたが闘技場の者たちにドロゴンを殺せと命じるところも、この耳でたしかに聞きました。大声で叫んでおられましたな」

ヒズダールは唇をなめた。

「あの怪物はバルセナの肉を喰らったんだぞ。ドラゴンは人間を喰らう。あれは殺しまくり、火を吐いて、焼いて、焼いていた……」

「……焼いていたのは、あなたの女王に危害を加えんとしていた人間たちをです。おそらく、〈ハーピーの息子たち〉でしょう。あなたの友人ですよ」

「友人ではない」

「そうはおっしゃるが、あなたが殺人をやめろと命じたとき、あの者たちはしたがったではありませんか。なぜいうことをきいたのです？　それはあなたが、あの者たちの仲間だからではありませんか？」

ヒズダールはかぶりをふった。しかし、今回、答えは返さなかった。

「ほんとうのことをおっしゃっていただきたい」とサー・バリスタンはいった。「あなたは陛下を愛しておられたのですか？　ほんの少しでも？　それとも結婚されたのは、王冠への欲望からだったのですか？」

「欲望？　よくもまあぬけぬけと、わたしの面前で欲望などといえたものだな？」王の口は怒りで歪んでいた。「たしかに、王冠に対する欲望はあったさ……しかしそれは、例の傭兵、ダーリオに対するデナーリスの欲望の半分にも満たない。もしかすると、デナーリスに毒を盛ったのは、女王のお大事な傭兵隊長だったんじゃないか？　ないがしろにされたことへの腹いせに。あのとき、わたしもいっしょに蝗を食べていたら、あの男としては万々歳だったろう」

「ダーリオは好んで人を殺しても、毒殺はしません」

サー・バリスタンは王に歩みより、問うた。

「あなたは〈ハーピー〉ですか？」

いまは長剣の柄《つか》に手をかけている。

「なにとぞ、ほんとうのことをいっていただきたい。そうすれば、苦痛のない、一瞬の死をお約束します」

「おまえは推測でものをいいすぎる」ヒズダールは答えた。「おまえの問いにはうんざりだ。おまえ自身にもだ。この場でおまえを解雇する。ただちにミーリーンを出ていけ。それなら生かしておいてやる」

「あなたが〈ハーピー〉でないのなら、〈ハーピー〉の名前を教えてください」

サー・バリスタンは長剣を鞘から引き抜いた。鋭利な刃先が火鉢の光をとらえ、オレンジ色の炎の線となってきらりと光る。

ここにおいて、ヒズダールの虚勢はついに崩れた。寝室へよろよろとあとずさりながら、うわずった声で叫ぶ。

「クラッズ！」護衛の名だった。「クラッズ！　クラッズ！」

扉の開く音がした。左のほうのどこかでだ。左に顔を向けると、タペストリーの陰から、クラッズが歩み出てくるところだった。まだ眠けをふりはらえてはいないのだろう、動きが鈍い。が、片手にはこの男が好んで使う得物《えもの》を持っている。長く湾曲したドスラクの半月刀《アラク》——馬上から斬りおろし、深い刃創《じんそう》を与えることを目的とした刀だ。

（闘技窖《あな》や戦場で半裸の敵を相手にするならば、恐るべき武器ともなろう）

しかし、至近距離での戦いでは、アラクの長さはもてあましやすい。しかもバリスタン・セルミーは、板金鎧と鎖帷子で鎧っている。

「わしはヒズダールと話をつけにきたのだ」と騎士はいった。「打ち物を捨てて早々に去れ。さすれば危害がおよぶことはない」

クラッズは笑った。

「じじい。きさまの心臓、喰らってやる」

ふたりはほぼ同じ背丈だが、クラッズのほうが十キロ以上も重く、四十は若い。肌の色は青白く、眼球は濁り、額から後頭部の付け根にかけて、まるでとさかのように、ひとすじの強《こわ》くて赤黒い毛を生やしている。

「ならば、こい」と〈豪胆バリスタン〉はいった。

たちまち、クラッズがだっと襲いかかってきた。

この日はじめて、セルミーは確信した。

(わしはまさに、こういうことのために生まれてきたのだ。剣の舞、鋼の甘美な歌、片手に剣を、目の前に敵を)

闘技場の闘士はすばやかった。おそろしくすばやかった。サー・バリスタンがこれまでに戦った敵の中でも、これ以上にすばやい者はいなかったほどだ。大きな手で振りまわされ、かんだかい風切り音をたてるアラクは、極度に動きが速いため、ぼやけて姿をとらえきれず、鋼の嵐となって、いちどきに三方向から襲いかかってくるような錯覚をもたらした。斬撃はすべて頭部を狙っていた。クラッズとて愚かではない。兜がなければ、セルミーのもっとも弱い部分は首から上なのだ。

サー・バリスタンは長剣で冷静に斬撃を受けとめて、白刃をことごとく受け流した。刃《やいば》と刃が何度も何度も金属の歌を歌う。斬り結びつつ、あとずさった。視野の隅に、酌人たちが鶏卵ほども大きく目を剝き、斬り合いを凝視しているのが見えた。クラッズは毒づき、頭部狙いを脚狙いに切り換え、いちどは老騎士の剣をすりぬけたが、アラクは白い鋼の脛《すね》当てに当たってむなしく撥《は》ね返された。それで生じた隙をとらえ、セルミーは闘士の左肩に斬撃を放った。刃先が上等なリネンを裂き、その下の皮膚を切り裂いた。黄色い上着が薄紅色に、ついで赤に染まっていく。

「鉄の服を着るのは臆病者だけだ」

円を描くようにして横にじりじりと移動しながら、クラッズが叫んだ。闘技窖で鎧を着る者などいはしない。観衆が求めているのは流血だからだ。死、切断される手足、苦悶の悲鳴、真紅の砂に響く音楽だからだ。

クラッズに合わせて横へ円を描きながら、サー・バリスタンはいった。

「その臆病者に殺されようとしているのはだれかな、闘士よ」

この男は騎士ではない。たしかにその勇猛さは尊敬に値する。だが、クラッズは鎧を着た相手との戦いかたを知らない。目を見ればそれはわかる。疑念、とまどい、恐怖の芽生えだ。闘士はふたたび突進してきた。こんどは雄叫びをあげている。まるで、叫ぶことによって、鋼の刃では倒せない相手を倒せるとでも思っているかのように。アラクが宙を薙《な》いだ。低く、高く、また低く。

セルミーは頭への斬撃を剣で防ぎ、ほかへの斬撃は鎧でしのぎつつ、隙をとらえては剣を振るい、相手に傷を負わせつづけた。闘士の頬を耳から口まで斬り裂き、胸にもぱっくりと赤い裂け目を開かせる。傷口からどくどくと血があふれだしてきた。それでかえって闘志をかきたてられたのだろう、闘士はアラクを持っていないほうの手で火鉢をつかみ、荒々しくひっくり返した。燃えさしと赤く燃える石炭が足元に散らばった。それを避けるため、サー・バリスタンはすばやく飛びあがった。そのわずかな隙をのがさず、クラッズが片腕に斬りつけてきた。が、アラクの刃先は硬い琺瑯のかけらを削っただけで、琺瑯の下の鋼にすらも達しなかった。

「ここが窖《あな》なら、おまえの腕は飛んでたぞ、じじい」

「ここは闘技窖ではない」

「その鎧を脱げっ！」

「得物を捨てるならまだ間にあう。降参しろ」

「くたばれっ！」

クラッズはつばを吐き、アラクを振りあげた……が、振りあげた湾刀の切先が壁の飾りに突き刺さり、抜けなくなった。サー・バリスタンに必要なのはこの一瞬の隙だった。闘士の腹を横に薙ぐ。ようやく抜けて振りおろされてきたアラクを受けとめざま、さらにもう一撃、心臓に長剣を突きたてた。裂けた闘士の腹から、脂にまみれた鰻《ウナギ》のように、ずるっと腸《はらわた》がすべりでてきた。

王のシルクの絨毯を、血と臓物が真紅に染めてゆく。セルミーは一歩あとずさった。手にした長剣はなかほどまで真っ赤に濡れていた。絨毯のそこここの、散らばった石炭が落ちた場所で、煙があがりはじめている。女の子の泣く声が聞こえた。かわいそうに、クェッザが怯《おび》えて泣いているのだ。

「怖がらずともよい」老騎士はいった。「おまえたちに危害を加えはせぬ、子供よ。わしの目的は王だけだ」

カーテンできれいに剣身をぬぐってから、寝室に足を踏みいれた。高貴なる名の十四世、ヒズダール・ゾ・ロラクは、タペストリーの陰に隠れ、床にへたりこみ、べそをかいていた。

「た、た、助けてくれ」王は懇願するようにいった。「死にたくない」

「だれしもがそうです。にもかかわらず、すべての人間は、いつかは死なねばなりません」

サー・バリスタンは剣を鞘に収めて、ヒズダールを立ちあがらせた。「きなさい。独房までお連れします」

〈真鍮の獣〉たちは、すでにもう〈鋼の肌〉の武装解除をおえているだろう。

「女王陛下が帰られるまで、あなたには虜囚となっていただく。なんの咎《とが》もないとわかれば、危害を加えられることはありません。約束します、騎士として」

王の手をとり、寝室の外へ導いていく。奇妙な爽快感に取り憑かれていた。まるで酔っているかのようだ。

(わしは〈王の楯《キングズガード》〉だったのだぞ。いまのわしはなんだ?)

見ると、ミクラズとドラクァズが、ヒズダールに命じられたワインを持ってもどってきていた。ふたりとも、開かれた戸口に立って、ワインの細口瓶を胸に抱いたまま、目を剝いてクラッズの死体を見つめている。クェッザはなおも泣いていたが、騒ぎを聞きつけて年長のジェゼンがきており、なだめようとして幼い娘を抱きしめつつ、髪の毛をなでてやっていた。ミクラズたちの背後にはほかの酌人たちも立ち、室内のようすを呆然と眺めている。

「主上」ミクラズがいった。「こ、高貴なるレズナク・モ・レズナクから伝言です……その、ただちにおいでいただきたいと」

少年は王に語りかけていた。まるでサー・バリスタンがそこにいないかのように。そして、絨毯の上にころがり、鮮血でゆっくりとシルクの絨毯を赤く染めゆく死体も存在しないかのように。

（スカハズはレズナクを拘禁しておく手はずだったのに――あの男の忠誠が確認できるまで。なにか手ちがいが起きたのか？）

　サー・バリスタンは少年にたずねた。

「どこへだ？　家令は陛下にどこへおいでいただきたいといっているのだ？」

「外です」少年ははじめてサー・バリスタンに気づいたかのように答えた。「外です、騎士さま。テ、テラスへと。見ていただきたいからと」

「なにを見る？」

「ド、ド、ドラゴンたちを。ドラゴンたちが逃げたんです、騎士さま」

（〈七神〉よ、われらを救いたまえ）と老騎士は思った。

68 竜を御さんとする者

夜は黒い足でゆっくりと忍びよってきた。蝙蝠《コウモリ》の刻《とき》は過ぎ去って鰻《ウナギ》の刻になり、鰻の刻は亡霊の刻に移り変わった。公子《プリンス》はベッドに横たわり、天井を見あげ、眠らぬまま夢を見て、あるときはむかしを思いだし、あるときは想像をめぐらし、リネンの上掛けの下で輾転反側《てんてんはんそく》していた。心を熱く満たすのは、炎と血の思いばかりだ。

とうとう眠ることをあきらめたクェンティン・マーテルは、居間へと赴き、カップ一杯のワインをつぐと、暗闇の中で飲み干した。ワインは舌に心地よい慰めを与えてくれたので、蠟燭に火をつけ、もう一杯ついだ。

（ワインを飲めば眠れるだろう）

自分にそう言い聞かせたが、それが自己欺瞞であることはわかっている。

長いあいだ蠟燭を見つめていた。が、やがてカップを置き、炎の上に手のひらをかざした。炎の上端まで手のひらを降ろすには、ありったけの意志力を必要とした。肉が炎に炙《あぶ》られたとたん、悲鳴をあげて手をひっこめた。

「クェンティン、気でも狂ったんですか」

（いいや。怖いだけさ。おれは焼かれたくない）

「ジェアリスか？」

「物音が聞こえたものでね」

「眠れないんだよ」

「火傷をすれば眠れるとでも？　眠れないときは温かいミルクを飲んで、子守り唄を歌ってもらうんです。もっといいのは〈巫女《みこ》の神殿〉にいって娘っ子に慰めてもらうことかな」

「娼婦ということか」

「この都じゃ〈巫女〉と呼んでますがね。連中、職種によって、服の色がちがうんですよ。抱かせてくれるのは赤いのだけです」ジェアリスはテーブルの向かいの席に腰をおろした。

「いわせてもらえば、故郷《くに》の司祭女《セプタ》も見習ってほしいもんだ。年寄りのセプタ連中、みんな干し紺李《プルーン》みたいになってるのに気づいてますか？　純潔を守って生きると、ああいうことになるんだな」

　クェンティンはテラスの外を眺めやった。夜の影は樹々のあいだに深くわだかまっている。雨水が建物を打つ静かな音が聞こえた。

「雨か？　これではおまえのいう娼婦も店じまいしてしまうぞ」

「ぜんぶじゃありませんよ。快楽の庭園には、こぢんまりとした部屋があって、連中、毎晩そこに集まっては、男どもに選ばれるのを待ってるんです。選ばれなかった者は、あぶれたさみしさを胸にいだいて、朝陽が顔を出すまでそこで待っていなきゃならないというわけで。

そういう連中を慰めにいくのはどうです」

「慰めてもらいにいくんじゃなかったのか」

「おたがいさまですよ」

「おれがもとめているのは、そういう慰めじゃない」

「それはどうかな。デナーリス・ターガリエンが、世界でたったひとりの女というわけじゃあるまいし。一生、女を抱かないまま死にたいという望みでも？」

そもそも、死にたくなどない。

（おれの望みは、アイアンウッドにもどって、おまえの妹たちにキスをして、グウィネス・アイアンウッドと結婚して、美しく成人したグウィネスにおれの子を産んでもらうことだ。馬上槍試合に出場し、鷹狩りやほかの狩りをし、ノーヴォスにいる母を訪ねて、父が贈ってくれた書物をすこしでも読むことだ。クレタスとウィルと学匠《メイスター》ケドリーに生き返ってもらうことだ。むろん、無理なのは承知だが）

「おれがどこかの娼婦と寝ていたと知って、デナーリスがいい顔をすると思うか？」

「するかもしれない。男というのは初物を好むが、女のほうは、寝室ですべきことを知っている男を好むもんだから。剣を使わない剣技といってもいい。訓練を積んで上達しておくんですよ」

この嘲弄は応《こた》えた。デナーリス・ターガリエンの前に罷《まか》り出て、お力にならせてほしいと申し出たとき――あのときほど自分を子供だと感じたことはない。デナーリスと褥《しとね》をともにすることを考えただけで、女王のドラゴンたちを目のあたりにしたときと同じほどの恐怖をおぼえる。デナーリスを悦ばせることができなかったらどうする？

「デナーリスには愛人がいる」クェンティンは言い訳がましくいった。「父は寝室で女王を悦ばせるためにおれをここへ送りこんだのではない。おれたちがなにをしにここへきたかは、おまえもよく知っているはずだ」

「女王と結婚はできませんよ。夫がいるんだから」

「ヒズダール・ゾ・ロラクを愛してるわけじゃない」

「愛が結婚になんの意味があるんです？　プリンスたるもの、それは承知しておかなきゃ。お父上は愛のために結婚なさったそうですけどね。その結果、どれだけの歓びを得られたというんです？」

（歓びなどなきに等しかった）

ドーラン・マーテルとノーヴォス人の妃は、結婚生活の半分を別居で、半分を言い争いで過ごした。あの結婚は、父が人生で行なった唯一の軽はずみな行動であり、分別ではなく、衝動にしたがった唯一の瞬間であって、一生、それを悔やんで生きてきた。

「すべての危険が破滅に通じるわけじゃない」クェンティンはいいはった。「これはおれの務めだ。おれの定めだ」

（おまえはおれの友人だろうが、ジェアリス。なぜおれの希望を嘲るようなことをいわねばならない？　わざわざ恐怖という火に油をそそぐまでもなく、おれもしっかり疑いは持って

いるんだぞ)

「これはおれの、大いなる冒険になるはずなんだ」

「大いなる冒険で人は死にます」

まちがってはいない。物語でもそれはよくあることだ。しかし、友人や仲間とともに出発した英雄は、さまざまな危難を乗り越えて、最後には凱旋する。旅の道連れの何人かは帰ることがないが……。

(……英雄はけっして死なない。おれは英雄にならねばならない)

「おれに必要なのは勇気だけだ。おまえはおれを失敗者としてドーンじゅうに記憶させたいのか」

「おれたちのことなんて、ドーンはいつまでも憶えちゃいませんよ」

クェンティンは手のひらの火傷を舐めた。

「ドーンはエイゴン征服王とふたりの姉妹のことを記憶している。ドラゴンがらみのことはそう簡単に忘れ去られない。デナーリスがらみのこともずっと憶えているだろう」

「当人が死んでしまっては、どうなるものやら」

「デナーリスは生きているさ」

(生きていてもらわねばならない)

「行方不明なだけだ。きっと見つけだしてみせる」

(見つけだした暁には、デナーリスもおれのことを、あの傭兵を見るのと同じ眼差しで見て

くれるにちがいない。おれがデナーリスの役にたつことを証明しさえすればいいんだ）

「ドラゴンの背中の上からですか？」

「おれは六歳のときから馬に乗ってきた」

「二、三度、振り落とされましたよね」

「振り落とされても、馬に乗るのをやめなかった」

「三百メートルの高さから振り落とされたことはないでしょう」ジェアリスは指摘した。

「それに、馬が乗り手を黒焦げの骨と灰にしてしまうこともない」

（危険は承知だとも）

「この件については、議論する気はない。帰ってよいとの許可は出したはずだ。適当な船を見つけて故郷《くに》に帰れ、ジェアリス」

プリンスは立ちあがり、蠟燭を吹き消して自分のベッドにもどると、汗で濡れた上掛けに潜りこんだ。

（ドリンクウォーター家の双子娘——あの片方にキスしてくるべきだったな。でなければ、両方に。できるうちにキスしておくべきだった。それに、先にノーヴォスへいって、母上と母上が生まれた地を見ておくべきだったかもしれない。おれが母上を忘れてはいないことを知っておいていただくために）

外からは、雨が煉瓦を打つ音が聞こえていた。

狼の刻《とき》が訪れるころには、雨足はかなり激しくなっており、冷たい水流となって煉瓦壁を流れ落ちていた。この調子だと、ミーリーンの煉瓦道はたちまち川になってしまうだろう。

三人のドーン人は、夜明け前の寒さの中で朝食をしたためた。果実、パン、チーズを山羊のミルクで流しこむ、質素な食事だった。ジェアリスがカップにワインをつぐところを見て、クェンティンはとめた。

「ワインはだめだ。あとでたっぷり飲む機会があるから、いまはやめておけ」

「そんな機会があればいいんですがね」

〈大兵肥満《だいひょうひまん》〉がテラスの外を眺めやり、

「雨になると思ってたんだ」と暗い声でいった。「ゆうべは関節が痛んだからな。雨の前はいつも関節が痛む。ドラゴンだってこの雨はいやだろう。じっさい、火と水は相性が悪い。料理用に焚火を起こして、いい感じに燃えあがったと思ったとたん、雨が降ってきて、薪がびしょぬれになって、火が消えちまう」

ジェアリスがくっくっと笑った。

「ドラゴンは木でできてるわけじゃないぜ、アーチ」

「木でできたドラゴンだってあるさ。好色だったエイゴン四世は、ドーンを征服するために木のドラゴンを造ったんだ。で、悲惨な結末を迎えたんだっけか」

(この試みも同じ結末をたどるかもしれない)とプリンスは思った。下劣王エイゴン四世の愚行と失敗はどうでもいいが、いまのクェンティンは疑念と危惧に満ちている。友人たちのぎごちない冗談も、かえって頭を痛くさせるだけだ。（ふたりとも、わかっていない。このふたりはドーン人であるかもしれないが、おれはドーンそのものだ。年月がたって、おれが死んだとき、人々が歌うおれの歌は、これから行なうことの顚末についてだろう）

唐突に、立ちあがった。

「時間だ」

友人たちも立ちあがった。サー・アーチボルドは残っていた山羊の乳を飲み干し、大きな手の甲で上唇の上についた乳をぬぐうと、いった。

「では、役者の衣装をとってくるとしますか」

サー・アーチボルドが持ってきた衣装は、〈襤褸《らんる》の貴公子《プリンス》〉との二度めの会合で入手したものだった。その内訳は、フードつきマントが三枚に――これは多彩な色の四角い端切《はぎ》れを大量に縫い合わせて作ったものだ――梶棒が三本、小剣が三振り、磨きあげた真鍮の仮面が三つだった。仮面はそれぞれ、牡牛、獅子、猿の顔を象《かたど》ってある。

これだけあれば、〈真鍮の獣〉になりすますのはたやすい。

「合言葉をきかれると思え」あの日、衣装一式の受けわたしにさいし、〈襤褸の貴公子〉はそういった。「当夜の合言葉は〝犬〟だ」

「たしかでしょうね？」ジェアリスが念を押した。

「たしかだとも、命を賭けてもいい」

クェンティンはその意味を見ぬいた。

「命とは、わたしの命ですね」

「それも含む」

「どうやって合言葉を知りました？」

「たまたま〈真鍮の獣〉の何人かと顔がつながっていてな。メリスがうまく聞きだしてきてくれたんだ。しかし、公子《プリンス》たるもの、そういう質問をしてはならんことぐらい、心得ておくべきだぞ、ドーン人よ。ペントスには、こんなことわざがある。〝パン職人にパイの材料をきいてはならない。黙って食え〟」

（黙って食え、か）

金言といえるかもしれないな、とクェンティンはそのとき思った。

「おれは牡牛になりましょう」いま、アーチがいった。

クェンティンは牡牛の仮面をわたして、

「獅子はおれだ」

「では、猿はおれということになりますな」ジェアリスが自分の顔に猿の仮面をあてがった。

「やあれやれ、こんなしろものをつけて、どうやって息をしてるんだ、あいつら？」

「いいから、つけろ」

プリンスは冗談につきあっている気分ではなかった。

衣装には禍々《まがまが》しげな鞭も一本添えられていた。古い革の鞭で、柄《え》は真鍮と骨でできている。牡牛の生皮も剝げそうなほどに頑丈な鞭だった。

「それはなんのためのもんです？」アーチがきいた。

「デナーリスは黒いドラゴンを御すのに鞭を使っていた」クェンティンは鞭を束ねて、腰のベルトに吊るした。「アーチ、おまえは戦鎚《せんつい》も持て。必要になるかもしれん」


夜間に外からミーリーンの大ピラミッドへ侵入してくるのは、容易なことではない。毎夕、すべての門は閉じられ、閂《かんぬき》をかけられて、暁光が射すまでその状態がつづく。どの門にも門衛が配置されているし、街路を見おろす最下層のテラスには、哨兵たちが巡回している。先日までは、門衛も哨兵もみな、〈穢れなき軍団《アンサリード》〉だった。いまではそれが〈真鍮の獣〉に取って代わられている。それがいい方向に働くことを期待しよう。

見張りは朝になると交替するが、夜明けまで、まだ三十分はある。そんな時間に、三人のドーン人は、使用人用の階段を降りていった。周囲の壁は、五十もの色の煉瓦でできているものの、通路は真っ暗なため、ジェアリスが持つ松明《たいまつ》の光で照らされるまで、煉瓦はどれも灰色に沈んだままだ。長い階段下りのあいだは、だれとも出会わなかった。聞こえる唯一の音は、長靴《ちょうか》が足の下の磨耗した煉瓦を踏むくぐもった音しかない。

大ピラミッドの主要門はミーリーンの中央広場に面している。が、ドーン人たちは路地に面する通用門に向かった。大ピラミッドの各所には、奴隷制時代に奴隷たちが主人の用事で出入りし、庶民や商人が届けものを持ちこむのに使っていた通用門がある。この門もまた、そのひとつだ。

通用門の扉は青銅製で、ごつい鉄の門がかけてある。その前にはふたりの〈真鍮の獣〉が立ち、棍棒、槍、小剣で武装していた。松明の光が光沢ある仮面を浮かびあがらせる。鼠と狐だ。クェンティンは、影の中に潜んでいるよう〈大兵肥満〉に合図すると、ジェアリスを連れて門に歩みよった。

「交替か。早いじゃないか」狐がいった。

クェンティンは肩をすくめて、

「いやなら引きあげてもいいんだぞ。おれたちのぶんも見張りに立ってくれるというんなら大歓迎だ」

およそギスカル人の発音ではない。それは承知している。しかし、〈真鍮の獣〉の半数は解放奴隷で、それぞれの出自に応じて訛《なま》りがあるから、共通語訛《なま》りも怪しまれないはずだ。

「ふざけるな」と鼠がいった。

「きょうの合言葉をいえ」これは狐だ。

「犬」とドーン人は答えた。

ふたりの〈真鍮の獣〉は顔を見交わした。永遠にも思える鼓動三つぶんのあいだ、クェンティンは息をとめて待った。どこかで手ちがいがあったのか、それとも〈可憐なメリス〉と〈襤褸の貴公子〉がうその合言葉を教えたのか――。そこで狐が、うなるように答えた。

「犬。門はまかせた」

プリンスがようやく呼吸できるようになったのは、ふたりが立ち去ったあとのことだった。

とはいえ、猶予はあまりない。安心するのは、やるべきことをやってからだ。〈大兵肥満〉が歩み寄ってくると、「アーチ」と呼びかける。松明の光に牡牛の仮面をきらめかせ、プリンスはさっそく命じた。「門を。急げ」

鉄の閂は太くて重かったが、しっかりと油を差してあり、サー・アーチボルドはなんなくはずすことができた。〈大兵肥満〉が閂の一端を地につくのを待って、クェンティンは扉を開いた。ジェアリスがすばやく外に出て松明を振り、小声でうながす。

「中に入れろ。急げ」

外の路地には肉屋の騾馬《ラバ》車が待機していた。馭者が騾馬にひと鞭くれて構内へ誘導しだす。鉄輪《かなわ》をはめた車輪が、煉瓦の床に大きな音を響かせた。荷台は牡牛一頭を四分割した枝肉《えだにく》と羊二頭の死骸であふれんばかりだ。騾馬車といっしょに、六人の人間が入ってきた。五人は〈真鍮の獣〉のマントと仮面をつけているが、〈可憐なメリス〉はいっさいの扮装をつけていない。

「大将はどこだ?」クェンティンはメリスにたずねた。

「あたしに大将なんかいない。あんたがいってるのがうちの〈貴公子〉のことなら、近くに潜んでる。五十人を連れてね。さっさとドラゴンを連れだしといで。そしたら、約束どおり、安全に市外へ逃がしてやる。ここで指揮をとるのはカッゴだ」

サー・アーチボルドが渋い顔で肉屋の騾馬車を眺めた。

「こんなんで、ドラゴン一頭、載せられるのか?」

「載るさ。牡牛を二頭、載せられるんだからな」〈死体殺しのカッゴ〉は、〈真鍮の獣〉の装いをしていた。縫い跡の残る傷だらけの顔をコブラの仮面で隠しているが、見覚えのある黒い半月刀《アラク》を腰に下げているので、すぐにそれとわかる。「窖《あなぐら》にいる二頭、女王が乗っていった怪物より小さいそうじゃないか」

「せまい空間が成長を遅らせてるんだ」クェンティンが読んだ書物によれば、かつて七王国でも同じことが起こっている。キングズ・ランディングの〈竜舎〉内で孵化し、育てられたドラゴンは、どれ一頭として、ヴァーガーやメラクセスの大きさにはおよばなかったという。エイゴン征服王の怪物、〈黒い恐怖〉ことバレリオンの巨大さにおよばないのはいうまでもない。「鎖はたっぷり持ってきたか？」

「いったい何頭、ドラゴンがいるというんだい」〈可憐なメリス〉がいった。「十頭ぶんの鎖を持ってきてある。肉の下に隠してあるよ」

「それなら申しぶんない」

クェンティンの頭は朦朧《もうろう》としかけていた。この行動には、どれひとつとして現実感がない。あるときはゲームのように感じられるかと思えば、つぎの瞬間には悪夢のように感じられる。その向こうには恐怖と死が待っていると知りながら、それでも自分を抑えられず、黒い扉を開こうとしている──そんな悪い夢を見ているかのようだった。手のひらは汗でじっとりと濡れている。それをズボンでぬぐって、クェンティンはいった。

「窖《あなぐら》の手前にはほかの見張りがいる」

「先刻、承知」とジェアリス。

「心の準備をしておかないといけない」

「覚悟なら、とうに」とアーチ。

唐突に腹が痛くなってきた。便意をもよおしたが、いまさらそんなことをいいだせる状況ではない。

「では――こっちだ」

これほど自分が子供に思えたことはない。それでも、みなはついてきた。ジェアリスに〈大兵肥満〉、メリスにカッゴ、その他〈風来《ふうらい》〉の兵士が四名だ。兵士のうちのふたりは、騾馬車の隠し場所から弩弓《クロスボウ》を取りだし、装備していた。

厩舎を通りすぎると、大ピラミッドの一階は迷宮になっていた。しかし、クェンティン・マーテルは、女王とともにこの迷宮を通りぬけたことがあり、道順を記憶していた。三つの大きな煉瓦アーチをくぐりぬけ、煉瓦造りの急斜面を地下へ降りていく。地下牢と拷問室の前を通りすぎ、一対の深い石の水槽のあいだを通りぬけた。足音が煉瓦壁のあいだで虚ろに反響し、うしろからは肉屋の騾馬車がごとごととついてくる。〈大兵肥満〉が壁の突き出し燭台から松明をはずし、先頭に立って進みだした。目的の窖が近づいてくると、傭兵たちに合図してすこし距離をとらせ、ドーン人三人だけで先に進んだ。

やっとのことで眼前に一対の巨大な鉄扉《てっぴ》がそそりたった。赤錆が浮いていて、ちょっとやそっとでは破れそうになく、おまけに、長い鉄鎖で厳重に封じられている。鎖の輪のひとつひとつは人間の腕ほども太い。扉の厚さと大きさに圧倒されて、クェンティン・マーテルはこれからの行動に不安をいだいた。いっそう悪いことに、一対の扉は両方とも、あちこちが手前側にくぼんでいた。なにかが外に出ようとして、内側からぶつかってきたのだ。部厚い鉄扉にはひびが入り、三カ所で裂けているうえ、向かって左側の扉の上隅は部分的に融けているのが見えた。

扉の前には四人の〈真鍮の獣〉が立っていた。三人は長槍を持っており、兵長とおぼしき四人めの人物は、小剣と短剣で武装している。その仮面はバジリスクの頭を象ったものだ。ほかの三人は昆虫の仮面をつけていた。

(蝗だ)

仮面の意匠を意識しつつ、クェンティンは合言葉を口にした。

「犬」

兵長がぴくっと身をこわばらせた。

その反応を見たとたん、クェンティン・マーテルは異常を察した。なにかがおかしい。

「制圧！」と険しい声で命じる。

その時点で、すでにバジリスクの手は小剣に伸びていた。

兵長はすばやかった。が、〈大兵肥満〉はもっとすばやかった。手近に立った蝗に松明を投げつけるや、瞬時に背中へ手をまわし、戦鎚を引きぬきざま、猛然と振りおろしたのだ。

小剣の剣身が革鞘からすべり出た瞬間、戦鎚の鋭い尖頭《せんとう》がバジリスクのこめかみにめりこみ、薄い真鍮の仮面ごと、その下の肉と骨を打ち砕いていた。兵長は半歩左へよろめいたのち、床にがっくりとひざをつき、前のめりに倒れた。全身が不気味にひくひくと痙攣している。

クェンティンには、凍りついたように立ちすくんでいることしかできなかった。腹の中がはげしくのたうっている。自分の剣はいまも鞘に収まったままだ。柄《つか》に手を伸ばそうとさえしていない。眼前で痙攣しながら死んでゆく兵長に視線を吸いよせられ、目を離せなかった。床に落ちた松明の火が徐々に消えかけながらも揺らぎ、周囲に躍り跳ねる影を投げかけて、死にゆく兵長の痙攣を怪物じみた形で模倣している。呆然とするあまり、自分めがけて繰《く》りだされてきた蝗の槍にも気づかなかった。危ういところで難をのがれたのは、ジェアリスが蝗に体あたりし、突き飛ばしてくれたおかげにほかならない。槍の穂先は、クェンティンがつけている獅子の仮面の頬をかすめただけだったが、衝撃で仮面が吹っとびそうになった。

(一歩まちがえば、槍はおれの喉を貫いていた——)

呆然としつつ、プリンスは思った。

ジェアリスが毒づいた。見ると、まわりを三人の蝗に取り囲まれている。その刹那、床を駆けるいくつか足音が聞こえてきたかと思うと、傭兵たちが背後の闇から飛びだしてきた。衛兵のひとりがそちらに気をとられた瞬間、ジェアリスは槍をかわし、さっと内ぶところに飛びこんで、剣尖を真鍮の仮面の下に突きつけ、強烈に喉を貫いた。同時に、もうひとりの蝗の胸にクロスボウの太矢が突き刺さった。

ひとりだけ残った蝗は、槍を放りだした。

「降参だ——降参する」

「だめだ。死ね」

カッゴはアラクを横に一閃させ、蝗の首を刎《は》ねた。ヴァリリア鋼の刃は、肉も骨も軟骨も、まるで脂肪の塊のように、鮮やかに切断してのけた。

「大きな音を立てすぎだぞ」カッゴが文句をいった。「耳のあるやつにはかならず聞こえている」

「犬……」と、クェンティンはつぶやくようにいった。「きょうの合言葉は、〝犬〟だったはずだ。なぜ合言葉が通じなかった？　あれは偽の……」

「あらかじめ、いっておいたはずだよ、あんたの計画はいかれてる、うまくいくかどうかはわからないって。忘れちまったのかい？」〈可憐なメリス〉がいった。「さっさとおやり、やりにきたことを」

（ドラゴンか）とプリンス・クェンティンは思った。（そうとも——おれたちはドラゴンを連れにきたんだ）

まるで自分が病気になったような感じだった。

（おれはここでなにをしてるんだ？　父上、なんのためです？　鼓動いくつぶんかのうちに、四人の衛兵が死んだ。それはなんのためです？）

「炎と血だ」とつぶやいた。「血と炎のためだ」

血だまりが足もとに広がって、煉瓦の床に染みこんでいく。〝炎〟があるのは、目の前の鉄扉の向こうだ。

「鎖が……鍵がない……」

「鍵ならある」

いうなり、アーチが戦鎚をふりかぶり、すさまじい速さで思いきり振りおろした。戦鎚の頭が錠前をとらえ、火花が散った。もういちど振りおろす。そして、もういちど。さらに、もういちど。五度めの打撃で、錠前は砕け、鎖はガラガラと大きな音をたてて床に落ちた。あまりにも大きな音だったので、大ピラミッドじゅうの半数の者には聞こえたにちがいない、とクェンティンは確信した。

「騾馬車をここへ」

餌で腹をくちくさせておけば、ドラゴンたちも動きが鈍るだろう。

(自力で羊肉のローストを焼かせて食わせてやろう)

アーチボルド・アイアンウッドが左右の鉄扉に手をかけ、手前にぐいと引っぱった。錆の浮いた左右の蝶番《ちょうつがい》が、両方ともに、ギーッとすさまじい悲鳴をあげた。この音で、錠前が壊れたときには起きなかった連中までも目を覚ましたにちがいない。

と、開いた扉の隙間から、突然の熱波が噴きだし、それとともに、灰、硫黄、焼けた肉のにおいがあふれだしてきた。

扉の向こうは真っ暗だ。不気味なぬばたまの闇は、どこかしら活力を秘めておどろおどろしく、飢えているかのような印象を与える。その暗黒のただなかに、なにかがわだかまり、待っているのが感じられた。

（〈戦士〉よ、われに勇気を与えたまえ）クェンティンは祈った。こんなことはしたくない。だが、もはややるしかない。（あのときデナーリスがおれにドラゴンを見せてくれたのは、このためではなかったのか？　デナーリスはおれの力を見てみたいはずだ）

ジェアリスが松明を差しだした。クェンティンはそれを受けとって、扉の中へと足を踏みいれた。

（緑竜がレイガル、白竜がヴィセーリオン）

心の中でおさらいをする。

（名前を呼べ。名前を呼んで、命令するんだ、おだやかに、しかし、きびしく語りかけろ。ドラゴンたちを御せ。あの闘技窖《あな》で、デナーリスがドロゴンを御してみせたように）

あのときデナーリスはひとりだけで、身を包むものはシルクの服だけだったが、恐怖とは無縁だった。

（恐れてはならない。デナーリスは御《ぎょ》してのけた。ならば、おれにもできる）

たいせつなのは、恐怖を見せないことだ。

（動物というやつは恐怖を嗅ぎとる。そして、ドラゴンも……）

だが、自分はドラゴンのなにを知っている？

（そもそも、人間がドラゴンのなにを知っているというんだ？　ドラゴンがこの世から姿を消して一世紀以上たっているというのに）

窖の縁は目の前にある。クェンティンは松明を左右に振りながら、じりじりと縁へにじり寄っていった。壁も床も天井も、光を反射しない。すべて呑みこんでしまう。

（焼け焦げているからだ）とクェンティンは気がついた。（煉瓦は黒く炭化して灰になり、ぼろぼろに崩れかけている）

一歩進むごとに、空気の温度があがっていった。クェンティンは汗をかきはじめた。

と——目の前に、一対の眼が浮かびあがった。

（黄色がかった銅色だ）

磨きあげた楯よりも燦《さん》たる双眸《そうぼう》。それがみずからの発する高熱で爛々《らんらん》と輝いている。その手前に立ち昇る煙のベールは、ドラゴンの鼻孔から放たれたものだ。クェンティンの松明の光が暗緑色の鱗を浮かびあがらせた。黄昏どき、最後の残光が消え去るまぎわの、深い森の奥に生えた苔の緑色——。そこで、ドラゴンが口を開いた。口中から光と熱波があふれ出てきて、クェンティンたちを押し包んだ。シルエットになった鋭い歯の列の向こうに、灼熱の火炉《かろ》がかいま見える。いまだ燃え盛ってはいないというのに、炎は手に持った松明の百倍も明るい。ドラゴンの頭は馬の頭よりも大きかった。その巨大な頭が上へ上へと伸びあがっていく——まるで、とぐろを巻いていた巨大な緑の蛇が、高々と鎌首をもたげるかのように。やがて首の上昇はとまり、一対の輝く銅色の眼は高みからクェンティンを見おろしていた。

（緑だ）とプリンスは思った。（鱗は緑だ）

「レイガル」と呼びかける。

だが、声がのどにひっかかり、きれぎれのかすれ声しか出てこない。

〈蛙〉だな――おれはまた〈蛙〉にもどろうとしている)

「餌を」肉のことを思いだし、かすれた声で命じた。「餌をここへ」

〈大兵肥満〉が指示を聞きつけ、騾馬車から二本の脚を持って羊を引きずりだすと、勢いをつけて回転させ、窖の中に放りこんだ。

レイガルはそれを空中で受けとめ、ばくっと咥《くわ》えた。閉じたあぎとの隙間からひとすじの炎の槍が放たれ、逆巻くオレンジ色と黄色の炎となってほとばしった。炎の中にはこまかい緑色の条《すじ》がいくつも走っている。羊がぼっと燃えあがり、下に落ちだした。が、煙をあげる死骸が煉瓦の床に落ちる前に、ドラゴンの歯列がふたたびばくっと咥えた。羊のまわりには後光のように炎がちらついている。空気には羊毛が燃えるにおいと硫黄臭が充満していた。

(ドラゴン臭だ)

「二頭いるんじゃないのか」〈大兵肥満〉がいった。

(ヴィセーリオン。そうだ。ヴィセーリオンはどこにいる?)

プリンスは松明を窖の中につっこみ、窖底《あなぞこ》の暗闇に光を投げかけた。緑のドラゴンは床に降りて、くすぶる羊の死体を引き裂きつつ、長い尾を左右に振りながら肉を喰らっている。首には太い鉄の首輪がはめられているのが見えた。その首輪から引きずっているのは、長さ一メートルほどのちぎれた鉄鎖だ。窖の底には、黒焦げになった骨のあいだに、ばらばらになった鎖の輪がちらばっていた。ねじくれた鉄の小塊は、熱で部分的に融けている。

（前に見たとき、レイガルは壁と床に鎖でつながれていた。だが……ヴィセーリオンは天井からぶらさがっていた）

クェンティンはあとずさり、松明を持ちあげ、首を伸ばして上を見あげた。

はじめのうちは、ドラゴンの息吹《ブレス》に焼かれて黒焦げになった、煉瓦造りの丸天井だけしか見えなかった。そのとき、はらはらと舞い落ちてくる灰を目がとらえ、その動きに気づいた。なにか白いものが、なかば隠れた状態でうごめいている。

（壁に横坑を作ったんだ）とプリンスは気がついた。（煉瓦に巣穴を掘ったんだ）

ミーリーンの大ピラミッドの基礎部分は、上の巨大構造物の重量を支えられるようにと、部厚く頑丈にできている。屋内の仕切り壁でさえ、どんな城塞の幕壁より三倍も厚い。その部厚い壁のただなかに、炎と鉤爪を使って、ヴィセーリオンは横坑を——自分が眠れるほど大きな巣穴を掘りあげたのだ。

（それほどのドラゴンを、たったいま、おれは目覚めさせてしまった）

湾曲した丸天井の下、壁面に設けられた横坑の中で、巨大な白蛇がとぐろを解きはじめた。横坑の入口からさらに大量の灰が舞い、劣化した煉瓦の破片が降りそそぎだす。ややあって、白蛇の長い頸と尻尾が識別できるようになり、長い角を生やしたドラゴンの頭が出現した。暗闇のただなかで、その双眸《そうぼう》は黄金の炭のごとく、爛々《らんらん》と輝いている。異様な音とともに、飛膜が広がりだした。

クェンティンの頭にあった計画は、ここにおいて、すべて消し飛んだ。

〈死体殺しのカッゴ〉が部下の傭兵たちに叫ぶ声が聞こえた。

（鎖か。鎖を出せといってるんだ）

計画ではドラゴンたちに餌を与え、満腹して動きが鈍くなったところで鎖をかける手はずだった。あのとき女王がそうしたように。一頭のドラゴン、できれば二頭とも、いっしょに運びだせればと思っていた。

「もっと肉を」クェンティンは命じた。

（餌で腹をくちくさせておけば、ドラゴンたちも動きが鈍る）

ドーンでは、蛇を相手にこの手が通用するのを見たことがある。しかし、ここでは、この怪物たちが相手では……。

「肉だ……肉を……」

そのとき、ヴィセーリオンが横坑から飛びだした。白い革質の翼が広がっていく。大きく展開していく。長い頸からはちぎれた鉄の鎖がぶらさがり、はげしく揺れている。

いきなり、猛然と火を吐いた。窖の中を煌々《こうこう》と照らしだす淡い金色《こんじき》の猛炎に混じるのは、赤とオレンジの条《すじ》模様だ。よどんだ空気の中で、熱い灰と硫黄の雲が炸裂した。白い飛膜は羽ばたいている。何度も何度も羽ばたいている。

背後のだれかに肩をつかまれ、クェンティンは荒々しくふりむかされた。松明が勢いよく回転して手からすっぽぬけ、燃えながら窖の底へと落下していく。目の前には、真鍮の猿の仮面があった。

（ジェアリスか）

「クェント、これはだめだ、手に負えるタマじゃない。こいつらは……」

おりしも、白竜がドーン人と鉄扉のあいだに舞いおりて、身の毛もよだつ咆哮を発した。百頭の獅子すら恐慌をきたして逃げだす、すさまじいばかりの咆哮だった。ついで、白竜は頭を左右に振りだした。侵入者たちを値踏みしているのだ――ドーン人を、〈風来〉たちを、カッゴを。最後の最後にもっとも長く見すえた相手は、〈可憐なメリス〉だった。においを嗅いでいる。

（女だからか）とクェンティンは気づいた。（女だとわかるのか。ドラゴンはデナーリスを探しているんだ。母親をもとめているんだ。そして、なぜ母親がこの場にいないのかを理解できずにいる――）

クェンティンはジェアリスの手をふりはらった。

「ヴィセーリオン」と呼びかける。

（白いドラゴンはヴィセーリオンだ）

鼓動半分のあいだ、まちがえたのではないかと不安になった。

「ヴィセーリオン」

もういちど呼びかけつつ、ベルトに下げた鞭を取る。

（デナーリスは鞭で黒竜を怯《おび》えさせた。おれも同じことをしなくてはならない）

ドラゴンは自分の名前を知っていた。そして、頭を振り向け、ドーンのプリンスにじっと眼をすえた。鼓動三つぶんの、長い長い時間が経過した。ずらりとならぶ黒い短剣のような歯列の向こう——輝くあぎとの奥のほうに、淡い金色の炎が燃えているのが見えた。双眸《そうぼう》は融けた黄金の池だ。鼻孔からは煙が立ち昇っている。

「伏せ!」とクェンティンは命じた。

ついで、咳きこみ、もういちど咳きこんだ。

空気には煙と硫黄臭が濃厚に立ちこめており、ろくに息もできない。

ヴィセーリオンはプリンスに興味をなくしたようすで、〈風来〉の傭兵たちがいる鉄扉のほうへ顔をもどし、扉に向かって歩きだした。おそらくは、扉の外で死んでいる衛兵たちの血のにおいか、肉屋の騾馬車に載せた肉のにおいを嗅ぎつけたのだろう。でなければ、外へ出る道が開かれていることに気づいたのかもしれない。

傭兵たちの叫び声が聞こえた。カッゴは鎖を出せと叫んでいる。〈可憐なメリス〉は脇へどけとだれかに叫んでいる。ドラゴンの歩きぶりはぎごちなかった。まるで人間が両ひじと両ひざをつき、這っていくかのようにたどたどしい。それでもドラゴンの動きは、ドーンのプリンスの想像を超えて敏捷なものだった。ヴィセーリオンは道をあけるひますら与えず、〈風来〉たちの眼前に迫るや、ふたたび凄絶な咆哮を発した。鎖を引きずるジャラジャラという音が響く。そして、弩弓《クロスボウ》を放つ、ブンッという音。

「やめろっ!」クェンティンは叫んだ。「やめろ、よせっ、射るなっ!」

だが、もはや手遅れだった。

太矢がヴィセーリオンの頸に跳ね返り、闇の中へ消えていくあいだ、クェンティンの頭に浮かんだ思考は、ただそれだけだった。太矢が当たったところから、一条の炎が奔出した。ドラゴンの血だ。金と赤に輝いている。

ドラゴンのあぎとがクロスボウを射た男の首に憤然と咬みついたのは、男がつぎの太矢をつがえようとしていた矢先のことだった。男がつけた〈真鍮の獣〉の仮面には猛々しい虎の顔が刻まれている。男がクロスボウを放りだし、首に咬みついたヴィセーリオンのあぎとをこじあけようと苦闘しだしたとき──その虎の口から、ぼっと火炎が噴きだした。ポンッという音をたてて男の目がはじけ、そのまわりで真鍮が溶融し、だらだらと流れ落ちていく。ドラゴンが傭兵の首の肉をあらかた咬みちぎり、ごくりと嚥下《えんげ》した。燃える死体はどさりと床にくずおれた。

ほかの〈風来〉たちがあとずさっていく。〈可憐なメリス〉でさえ、この凄惨な光景には肝をひしがれたらしい。ヴィセーリオンは長い角の生えた頭を振り動かし、傭兵たちといま仕留めた獲物とを見くらべていたが、当面は傭兵たちを放置することにしたと見えて、頸をぐっと下に曲げ、死体からもうひとくち、大量の肉を咬みちぎった。今回は片脚のひざから下だった。

クェンティンは巻いていた鞭を伸ばした。

「ヴィセーリオン」と呼びかける。

(この馬鹿！)

さっきより大きな声だ。

やればできる。やらねばならない。父上はこのために、はるばる地の果てまでおれを送りだしたのだから。父上を失望させてはならない。

「ヴィセーリオン！」

鞭の音を空中に響かせた。ピシッという音が黒焦げになった内壁にこだまする。

白い頭が持ちあげられ、巨大な金色の双眸がすっとすがめられた。ドラゴンの鼻孔からは煙の筋がうねりながら立ち昇っている。

「伏せっ！」プリンスは命じた。

（おれの恐怖のにおいを嗅ぎとらせてはならない）

「伏せっ、伏せっ、伏せだ！」

鞭をふりまわし、ドラゴンの顔を打つ。

ヴィセーリオンが低く怒声を発した。

つぎの瞬間、背後から猛然と熱風が吹きつけてきたと思うと、革質の飛膜がはばたく音が響き、いっせいに灰と炭が舞いあがった。つづいて、怪物的な怒吼《どこう》が轟きわたり、黒焦げになった壁に反響した。その音と灰の嵐の中で、友人たちが叫ぶ声が聞こえた。ジェアリスはプリンスの名前を呼んでいる。何度も何度も呼んでいる。そして〈大兵肥満〉はこう叫んでいた。

「うしろだ、うしろ、うしろ！」

クェンティンはふりかえった。すぐさま、左腕で顔をおおう。吹きつけてきた灼熱の業風から目を護るために。

（レイガルだ）と自分に名前を思いださせた。（緑のドラゴンはレイガルだ）鞭をふりかぶる。が、その鞭は燃えていた。自分の手も燃えていた。いや、からだ全体が燃えている。全身が業火に包まれている。

（おお――）とクェンティンは思った。

そして、絶叫を張りあげた。

69——ジョン

「死なせなさい」セリース王妃がいった。

ジョン・スノウが予期していたとおりの答えだった。

(この王妃、ほんとうに予想を裏切らないな)だからといって、不快感が和らぎはしないが。

「陛下」ジョンは頑《かたく》なにつづけた。「堅牢な家《ハードホーム》では何千人も飢えているのです。多くは女と
──」

「──子供でしょう？　わかっているわ。悲しいことね」

王妃は王女をそばに引きよせ、頬にキスをした。

ジョンはそのふるまいの意味を見落とさなかった。

(頬でも灰鱗病《グレイスケール》のあとがない部分を選んだ)

王妃はつづけた。

「もちろん、小さな子供たちのことは気の毒に思います。でも、分別をわきまえなくては。わたしたちにはその者たちに分け与える食料がない。といって、わが夫たる王の戦争に戦力として加わるためにはまだ幼すぎる。このつぎは光に生まれ変われるといいわね」

これは〝死なせなさい〟の婉曲的な言いかたにすぎない。

室内には人間がおおぜいいた。王女《プリンセス》シリーンは王妃の椅子のそばに立ち、〈まだら顔《パッチフェイス》〉はその足もとであぐらをかいてすわっている。王妃の背後にはサー・アクセル・フロレントのいかつい姿もあった。アッシャイのメリサンドルは暖炉の真ん前に立っており、呼吸をするたびに、喉の紅玉《ルビー》が炎の反射で明滅しているように見える。〈紅の女《レッド・ウーマン》〉のそばには、王女祭司の随員として残していった、従士デヴァン・シーワースと二名の護衛兵が控えていた。

王妃の護衛たちは、光沢のある鎧を身につけ、一列になって壁ぎわにならんでいる。サー・マレゴーン、サー・ベネソン、サー・ナーバート、サー・パトレック、サー・ドーダン、サー・ブラスの六人だ。血に飢えた野人たちが黒《カースル・ブラック》の城にひしめいているため、セリース王妃は昼も夜も、誓約の楯たちを身辺にはべらせていた。

先ごろ、それを聞いた〈巨人殺し《ジャイアンツベイン》のトアマンド〉はこう吠えた。

「かどわかされるのが怖いのか？　おれの摩羅《まら》がどれだけでっかいか、王妃に話してないといいんだがな、ジョン・スノウ。話を聞いただけで、どんな女もビビるぞ。おれはいつも、口髭が生えてるくらい頑丈な女がいいんだ」

そういって、トアマンドは笑いころげたものだった。

(しかしこれは、笑える事態じゃない)

ジョンはここで必要以上に長い時間を浪費していた。

「陛下のご気分を害して申し訳ありません。この件は〈冥夜の守人《ナイツ・ウォッチ》〉で処理します」

王妃の鼻孔が広がった。

「やはりハードホームまで馬を駆っていくつもりなのね。顔にそう書いてあるわ。〝死なせなさい〟といったでしょう。なのに、いつまでもこんな異常な行動にこだわりつづけているなんて。否定してもむだよ」

「わたしは最良と思うことをしなければなりません。恐れながら、陛下、〈壁〉はわたしのものであって、この決定を下す権利もわたしにあります」

「たしかにそうではあるけれど」セリースは認めた。「それに対する報いは、王がお帰りになってから受けることになるでしょう。これまでにしてきたさまざまな決定に対する報いも合わせてね。とはいえ、いくらいっても、あなたは道理を聞きいれようとしない。だったら、しなければならないことをするがいいわ」

ここで、サー・マレゴーンが口を開いた。

「スノウ総帥、今回の救出隊を率いるのはだれか？」

「貴兄が志願されるということか？」

「わたしがそれほど愚かに見えるかな？」

〈パッチフェイス〉が飛びあがるようにして立ちあがった。

「おいらが率いる！」牛用の鈴《カウベル》がカランカランと楽しげに鳴った。「進軍しよう、もいちど海へ。波に潜って海馬に乗れば、人魚が法螺貝《ホラガイ》吹き鳴らし、告げるよわれらの到来を、おう、おう、おう」

全員が笑った。セリース王妃さえ顔をほころばせている。だが、ジョンは笑うどころではなかった。

「自分でできないことを、部下にしろとはいわない。救出隊は自分が率いる」

「それはまた勇敢なこと」王妃がいった。「その点だけは認めてあげましょう。そのうち、どこかの吟遊詩人が、あなたの勇敢な行為を感動的な歌に仕立てあげるのでしょう。そしてわたしは、後任として、もっと用心深い総帥を得るというわけね」

王妃はことばを切り、ワインをすすって語をついだ。

「では、別の問題を話しあいましょう。アクセル、すまないけれど、例の野人の王を連れてきてちょうだい」

「ただちに、陛下」サー・アクセルはいったんドアの外に出ていき、すぐに〈王の血を引くゲリック〉を連れてもどってくると、みなに紹介した。「赤鬚《あかひげ》家のゲリックどの——野人の王だ」

〈王の血を引くゲリック〉は背が高く、脚が長く、肩幅の広い男だった。王妃はゲリックに王の古着を与えたらしい。汚れを落とし、身だしなみをととのえ、緑のベルベットと山鼬《オコジョ》の毛皮のハーフケープを身につけて、長い赤毛をきれいに洗い、炎のように赤い鬚をきちんととのえていると、どこに出しても恥ずかしくない南部の貴族のように見える。

（このままキングズ・ランディングの玉座の間《ま》に入っていっても、だれも不審に思わないだろうな）

「ゲリックは野人の正統である真の王」王妃がいった。「偉大なる王〈赤鬚レイマン〉から連綿とつづく男系血統の裔《すえ》です。それに対して、王位簒奪者マンス・レイダーは、あなたの黒い兄弟のひとりが、そこらの庶民の女に産ませた子供」

（ちがう）とジョンはいいそうになった。（ゲリックは〈赤鬚レイマン〉の弟の子孫だ）

自由の民にとって、それは〈赤鬚レイマン〉の馬の子孫だというのと大差ない。

（こいつらはなんにも知らないんだ、イグリット。もっと悪いことに、なにひとつ学ぼうとしない）

「ゲリックは寛大にも、わが愛しきアクセルが最年長の娘御の手をとり、〈光の王《ロード・オブ・ライト》〉のもと、聖なる婚姻によって一体になることを承諾してくれました」セリース王妃がいった。「下の娘御二名も同時に結婚します。次女はサー・ブラス・バックラーと、三女は〈レッドプールのサー・マレゴーン〉と」

「お三方」ジョンは名前のあがった騎士たちに顔を向けた。「婚約者と末長くお幸せに」

「海の底にて祝言を、人と魚が祝言を」〈パッチフェイス〉がカウベルを鳴らして、小さくステップを踏んだ。「結婚、結婚、また結婚」

セリース王妃はふたたび小さく笑った。

「三つ結婚式をあげるも、四つ結婚式をあげるも、同じこと。例の娘のヴァルも、そろそろ身を固めてよいころでしょう、スノウ総帥。ですので、このさい、わたしの忠実な良き騎士、〈王の山のサー・パトレック〉と結婚させることにしました」

「それはヴァルも承知の上ですか、陛下?」ジョンはたずねた。「自由の民のあいだでは、男が女をもとめるとき、その女を盗みます。そうすることで、自分の力、知恵、勇気を誇示するのです。求婚者は、女の身内に見つかればさんざんな目に遭います。もっと悪いのは、その女にはねつけられることです」

「野蛮な風習だ」アクセル・フロレントがいった。

サー・パトレックはくっくっと笑い、こういった。

「おれの勇気に疑問を呈する男などいはしない。どんな女もだ」

セリース王妃が唇をすぼめた。

「スノウ総帥、レディ・ヴァルはわたしたちの流儀を知らないのだから、わたしのところによこしてくださいな。貴族である夫に対して果たすべき高貴な淑女の務めを、懇々《こんこん》と話して聞かせてあげましょう」

(たいした見ものになりそうだな、やれやれだ)

シリーン王女に対するヴァルの気持ちを知っていたら、はたしてこれほど熱心にヴァルを自分の騎士のひとりと結婚させようとするだろうか。

「お望みのままに」とジョンは答えた。「ただ、ひとこと、進言をゆるしていただけるなら――」

「いいえ、ゆるしません。もう出ていってよろしい」

ジョン・スノウは片ひざをつき、こうべをたれ、退出した。

王妃の衛兵たちに会釈しながら、いちどに二段ずつ、階段を駆け降りていく。王妃陛下は血に飢えた野人たちを警戒して、各踊り場に衛兵を配置しているのだ。半分ほど降りたとき、上から声がかかった。

「ジョン・スノウ」

ジョンは上をふりあおいだ。

「レディ・メリサンドル」

「話をしなくてはなりません」

「そうでしょうか」（そうは思わないがね）「マイ・レディ、わたしにはやらねばならない仕事があるんです」

「その仕事の件で、話をせねばならないといっているのです」床に触れるほどに長い真紅のスカートの裳裾で、階段を拭くように降りてきたため、メリサンドルはまるで宙に浮かんでいるように見えた。「あなたの大狼《ダイアウルフ》はどこ？」

「わたしの部屋で眠っています。陛下はゴーストをそばに近づけようとなさいませんのでね。ゴーストがいると、プリンセスが怯《おび》えるからとおっしゃって。それに、ボロクと大猪がいるうちは、うかつに外へ出せません」

あの皮装者《スキンチェンジャー》は、〈楯破りのソーレン〉といっしょに石の扉《ストーンドア》へ向かう予定になっている。ただし、〈海豹《アザラシ》の皮剝ぎのデヴィン〉が率いる一族を緑の楯《グリーンガード》へ運んでいった馬車《ウェイン》がもどってこなくては、移動の足がない。そのときまでの仮住まいにあてがっているのが、城の墓地のそばにある、古い納骨所のひとつだ。ボロクとしても、生きている人間といるより、ずっとむかし死んだ者たちといっしょのほうが気楽だろうし、大猪のほうも、ほかの動物たちから離れた場所で墓のあいだを掘り起こせて、満足しているようだった。

「なにしろ、あの大猪ときたら、牡牛ほどの大きさがありますからね。牙は剣ほどもある。ゴーストを解き放てば、確実に猪のところへいくでしょうし、両者が出会ったら、どちらか、または両方ともに命がないでしょう」

「ボロクのことなど、たいした問題ではありません。問題は、今回の救出隊が……」

「ひとこと横から助言してくれれば、王妃の考えもゆらいだでしょうに」

「この件については、セリースのいうとおりでしょう、スノウ総帥。死なせてしまいなさい。あの者たちを救うことはできません。総帥の送りだした船は難破して――」

「まだ六隻も残っているんです。船団の半数以上がです」

「総帥の船はもうだめよ。一隻残らず破滅する定め。乗組員はひとりも帰ってはきません。炎の中にしかと見たのだから」

「あなたの炎はうそをつくことがある」

「たしかに、読みそこねたことはあるわ。それは認めましょう。でも――」

「死にかけの馬に乗り、灰色の服に身を包む娘。闇の中のいくふりもの短剣。煙と塩の中に生まれる、約束されたプリンス。わたしにはあなたが読みそこねてばかりとしか思えません、マイ・レディ。スタニス王はどこにおられるんです？　〝がらがら帷子《ラトルシャツ》〟は？　その槍の妻《スピアワイフ》たちはどこです？　わたしの妹は？」

「あなたの疑問にはすべて答えが出るでしょう。空を見ていてごらんなさい、スノウ総帥。そして、その答えが得られたなら、わたしに一報なさい。冬はすぐそこまで迫っています。わたしはあなたの、たったひとつの希望なのですよ」

「あだな希望ですか」

　ジョンは背を向け、階段を降りつづけた。


　塔の前の郭《くるわ》では、〈革〉がうろうろしながら待っていた。

「トレッグがひと足先に帰ってきてな」ジョンが姿を見せると、〈革〉はいった。「やつの父親、一族を樫の守り《オークンシールド》に落ちつかせたら、八十人の戦士を率いて、きょうの午後のうちにも帰ってくるといっている。顎鬚《あごひげ》の王妃さまはなんだって？」

「陛下はなんの助力も与えちゃくれない」

「あごの毛を抜くのに忙しくてそれどころじゃないってか？」〈革〉はぺっとつばを吐いた。

「ま、そいつはどうだっていい。トアマンドとうちの兵隊だけで充分だ」

（現地に着くだけならな）

　ジョン・スノウが心配なのは帰りだった。帰路には自由の民が何千といる。病人も飢えた者も多いから、移動速度は格段に落ちる。

（氷の川よりものろのろ動く、人間の川だ）

そんなところを襲われたら、ひとたまりもない。

（〝森に動く死体あり。海に動く死体あり〟……）

「充分な人数はどれくらいだろう？」と〈革〉に問いかけた。「百か？　二百か？　五百か、千か？」

（人数を増やすべきか、減らすべきか）

人数がすくなければ、ハードホームへ着くのも早くなる……だが、食料抜きで戦力だけが駆けつけたところで、なんの意味があろう。〈母なる土竜《モグラ》〉とその信奉者は、すでに一線を越えて、仲間の死体を食いはじめているという。難民に食料を施すには、何台もの運搬車と、それを引くための動物がいる。馬、牛、大犬などだ。森の上を飛んでいくのでないかぎり、往路も這うような進みになるだろう。

「まだまだ決めることはたくさんあるぞ。みんなにもこの件を広めてくれ。夕べの見張りがはじまるまでに、主だった者は全員、〈楯の広間〉に集まっておくようにと。そのころにはトアマンドも到着しているだろう。トレッグはどこにいる？」

「おおかた、あの〝小さな怪物〟のところだろう。乳母の片方に熱をあげてると聞いたが」

（熱をあげているのはヴァルにだな。ヴァルの姉は王妃だったわけだから、それもわかる）

トアマンドはかつて、〈壁の向こうの王〉になるつもりだった。結局はマンスとの競争に敗れてしまったが、〈背高トレッグ〉が同じ夢を見ているとしても、べつにおかしくはない。

（〈王の血を引くゲリック〉よりはましだ）

「いまは楽しませておくさ」とジョンはいった。「トレッグとなら、あとでも話ができる」

〈王の塔〉ごしに〈壁〉を見あげた。そびえる〈壁〉はくすんだ白で、その上の空はもっと明るい白だ。

(雪空だな)

「また嵐がこないことを祈ろう」

武器庫の前までいくと、マリーと〈蚤〉が震えながら警備に立っていた。

ジョンはたずねた。

「なぜ屋内にいない？　なぜ吹きさらしの中で立っている？」

「おやさしいこって、ム＝ロード」〈蚤のファルク〉が答えた。「だけどね、総帥の狼が、人を寄せつけたくない気分らしいんすよ」

マリーもうなずいた。

「なにしろ、おれを咬もうとしましたからね」

「ゴーストが？」ジョンは愕然とした。

「総帥がほかの白狼を飼ってるんでなけりゃあ、そうです。あんな白狼を見るのははじめてだね、ム＝ロード。すっかり野生にもどっちまった感じで」

扉の中にすべりこんでみて、たしかにそのとおりだとわかった。大きな純白の大狼《ダイアウルフ》は、じっと横たわってはおらず、武器庫の端から端へ、火の消えた鍛冶場の前を通って行ったりきたりしていたのだ。

「落ちつけ、ゴースト」ジョンは呼びかけた。「すわれ。おすわりだ、ゴースト。すわれ」

だが、ジョンが手を触れようとすると、狼は剛毛を逆立て、歯をむきだした。

（あの化け物猪のせいだな。ここにいても、ゴーストにはあいつの体臭が嗅ぎとれるんだ）

モーモントの使い鴉も興奮しているらしく、

「スノウ」と叫びつづけた。「スノウ、スノウ、スノウ」

ジョンは靴を脱ぎ、〈襦子《サテン》〉に暖炉の火を起こさせてから、バウエン・マーシュとオセル・ヤーウィックを呼びにいくよう命じた。

「呼びにいくついでに、香料入りワインの細口瓶も持ってきてくれ」

「カップは三つですか、ム＝ロード？」

「六つだ。マリーと〈蚤〉にも、からだが温まるものを飲ませてやらないとな。おまえにもだ」

〈サテン〉が立ち去ったのち、ジョンは椅子にすわり、〈壁〉の北の地の地図をあらためて見つめた。ハードホームへたどりつくためには、海岸ぞいの道を北上するのがいちばん早い。その場合……東の物見城《イーストウォッチ》を経由していくことになる。海岸縁《べり》のほうが樹々が薄いし、地形も険しくはなく、たいていは平地か、ゆるやかに起伏する丘陵地帯か、汽水の湿原が連なっているのみだ。秋の嵐が吹き荒れるとき、沿岸に降るのは、雪ではなく、霙《みぞれ》、雹《ひょう》、氷のように冷たい雨であることが多い。

いたな)

黒《カースル・ブラック》の城からまっすぐ現地に向かう場合には、行程はいっそう困難だ。〈幽霊の森〉のどまんなかを突きぬけていかねばならないのだから。

(東の物見城《イーストウォッチ》には巨人たちがいる。何人かは手伝ってくれるかもしれないと〈革〉はいって

〈壁〉でもこんなに雪深いとなると、森の奥はどれほどひどいんだろう)

鼻をすんすんいわせながら、マーシュが中に入ってきた。ヤーウィックはむずかしい顔をしている。

「また嵐だ」開口一番、工士《ファースト・ビルダー》長がいった。「この状況で、どうやって作業を進めろと？もっと工士が必要です」

「自由の民を使え」ジョンはうながした。

ヤーウィックがかぶりをふって、

「あの連中は使えませんよ、むしろ邪魔ですな、かなり。いいかげんだし、気は遣わないし、ぐうたらだし……たしかに、木工にかけては、ちょいちょい優秀な者がいます。それは否定しません。しかし、石工は数えるほどだし、鍛冶は皆無。力はありますが、指示どおりには動きません。それで廃城をまともな城にもどせといわれてもね、むりですよ、マイ・ロード。これは掛け値なしの事実だ。どうやったってむりです」

「それでも、なんとかやりとげるだろうさ」とジョンはいった。「でないと、連中、廃城に住むことになるんだからな」

統率者に必要なのは、忌憚《きたん》ない意見を述べてくれる腹心だ。マーシュもヤーウィックも、けしておべっかは使わないから、その点はいいのだが……といって、助けてくれようとすることもめったにない。このごろでは、質問する前から、このふたりがなんというかが読めるようになってきていた。

とくに、自由の民に関することがらでは、ふたりは頑強に抵抗する。ジョンが〈楯破りのソーレン〉一行を石の扉《ストーンドア》に割りあてたとき、あそこはよそから隔絶されすぎているといって、ヤーウィックは不満を述べた。あんな丘陵地域のただなかでは、ソーレンがなにか悪だくみした場合、すぐにはそれとわからないというのだ。樫の守り《オークンシールド》を〈巨人殺しのトアマンド〉に、王妃の門《クイーンズゲート》を〈白い仮面のモーナ〉に預けるといったときには、マーシュが猛烈に反対した。両どなりの城を野人たちに与えれば、黒の城《カースル・ブラック》が〈壁〉のほかの場所から孤立してしまう、というのがその理由だった。ボロクについてはオセル・ヤーウィックが反対した。石の扉《ストーンドア》の北の森には野生の猪がうようよしている。皮装者であるボロクが豚の軍隊を組織でもしたらどうするんだ、というわけだ。

それでも、霜の丘《ホアフロスト・ヒル》と霧氷の門《ライムゲート》にはまだ守備隊を割りふっていないので、この二カ所に野人のどの頭目や戦頭《いくさがしら》を配するのがいいか、いちおうはふたりに意見をもとめてみた。

「残っている大物たちは、ブロッグ、〈商人のギャヴィン〉、〈大海象《オオセイウチ》〉……トアマンドによると、〈さまよえるハウンド〉は単独行動を好むが、ほかにもまだ、〈狩人のハール〉に〈色男のハール〉、〈盲《めしい》のドス〉がいる……〈老父イゴン〉もおおぜいの野人をしたがえているが、ほとんどは息子や孫息子だからな。妻が十八人もいて、その半分は、盗んだか強奪したかで得たものだ。以上のうち、城をまかせられそうな者は……」

「ひとりもいません」バウエン・マーシュがきっぱりと否定した。「いま名前のあがった者たちがどういう所業をしてきたかはよく知っています。やつらにふさわしいのは、縛り首の縄に吊るすことであって、われわれの城を与えることではありません」

「同感ですな」オセル・ヤーウィックがうなずいた。「カスかクズかゲスかでは選びようがない。総帥は、狼の一団を目の前にならべて、どいつに自分の喉を咬み裂かせればいいかと質問しているようなもんですよ」

ハードホームの件についても、流れは同じだった。〈サテン〉がワインをつぐかたわらで、ジョンはふたりに、王妃との会見のようすを話した。マーシュはじっと話に聞き入り、香料ワインには手もつけないのに対して、ヤーウィックは一杯を飲み干し、二杯めも口に運んだ。ジョンが話をおえると、雑士長は即座にこういった。

「王妃さまは賢明であられる。死なすべきです」

ジョンは椅子の背もたれに背中をあずけた。

「そんな助言しかできないのか？　トアマンドは八十人の戦士を連れてくるといっている。そのうち何人を現地へ派遣すべきか。巨人も同行させるべきか。長形墳《ロング・バロウ》にいる槍の妻たちはどうするか。女がいっしょのほうが〈母なる土竜〉も気をゆるしやすいんじゃないか。そういうことの相談に乗ってほしいんだ」

「では、女どもを派遣すればよろしい。巨人たちを派遣なさい。乳飲み児たちを派遣なさい。つまり、そういう答えを聞きたいのでしょう?」バウエン・マーシュは〈髑髏《どくろ》橋〉で受けた傷をなでた。「全員を送りだしてしまえばいいんです。出ていく人数が多ければ多いほど、食いぶちが減るというものだ」

　ヤーウィックのほうも、参考になることはいっさいいわなかった。

「ハードホームの野人が救助を必要としてるんなら、野人たち自身に助けにいかせたらいい。トアマンドはハードホームへいく道を知っている。あの男の口ぶりだと、たったひとりでも全員を救出できそうじゃありませんか」

(こんなやりとりをしていてもむだだな)とジョンは思った。(むだだ、無益だ――なんの役にもたたない)

「ふたりの助言に感謝する」

　両名がマントを着るのに、〈サテン〉が手を貸した。ふたりが前を通るさい、ゴーストが鼻を鳴らしてにおいを嗅ぎ、尻尾を立て、剛毛を逆立てた。いっしょに武器庫を歩いていきながら、ジョンは思った。

(これがおれの兄弟たちか……)

〈冥夜の守人《ナイツ・ウォッチ》〉の指導者に必要な資質とは、学匠《メイスター》エイモンの叡知、サムウェル・ターリーの学習意欲、〈二本指《ハーフハンド》のクォリン〉の勇敢さ、〈熊の御大《オールド・ベア》〉の粘り腰や、ドナル・ノイの情味などだ。それなのに、いまのジョンのもとには、もはやこの程度の指導者しかいない。

表では雪がはげしく降りしきっていた。

「この風、南から吹いてきているな」ヤーウィックがいった。「南風が雪を運んできて、〈壁〉にたたきつけてる。見えますか？」

そのとおりだった。〈壁〉の表面を這う折り返し階段は、最初の踊り場まで雪で埋まっており、氷穴房《アイス・セル》と倉庫の板扉は、白い壁の下に埋もれていた。

ジョンはバウエン・マーシュにたずねた。

「氷穴房にはいま、何人いる？」

「生きているのは四人です。それと、例の死体がふたつ」

（あの死体か）

ほとんど忘れかけていた。なにかがわかるかもしれないと思って、ウィアウッドの〈環状列樹〉から持って帰った死体は、いつまでたっても、頑固に死んだままだ。

「氷穴房を掘りださないといけないいな」

「それには、雑士《ぞうし》十人、鋤十本が必要になります」とマーシュがいった。

「ヴァン・ウァンも使え」

「ご命令のままに」

十人の雑士にひとりの巨人が加わったおかげで、雪かきはあっという間にすんだ。だが、板扉があらわになっても、ジョンは満足しなかった。

「朝までにはまた氷穴房が埋まってしまう。窒息する前に、囚人たちをよそへ移そう」

「カースタークのやつも移すわけですかい、ム＝ロード？」〈蚤のファルク〉がたずねた。

「あの野郎だけほっといて、春まで震えさせておきましょうや」

「できればそうしておきたいところだが」近ごろのクレガン・カースタークは、夜になるとわめきだすし、食事を運んできた者には凍った便を投げつけるため、当番の者たちから忌みきらわれている。「あの男は〈総帥の塔〉に連れていってくれ。適当な地下室に閉じこめておけばいいだろう」

部分的に崩れてはいても、かつての〈熊の御大〉の住まいは、氷穴房よりはあたたかい。いくつかある地下室も、おおむね無傷のままだ。

当番兵たちが入っていったとたん、クレガンは兵を蹴りつけた。取り押さえようとすると、こんどはじたばたと暴れて、だれかれとなく突き飛ばしたうえ、嚙みつこうとさえした。が、寒さで弱っているのに加えて、ジョンの部下のほうが大きく、若く、力も強い。兄弟たちはもがくクレガンを外に連れ出し、太腿まで積もった雪の上を引きずって、新しい住まいへと運んでいった。

「例の死体ですが、総帥どのはどんな処理をご希望ですか？」

生きている人間たちが連れていかれると、マーシュがたずねた。

「放置しておいてくれ」

雪嵐で埋もれてしまうのなら、それはそれでいい。最終的には焼いてしまうほかなくなるだろうが、当面、氷穴房の中に置いて、鉄の鎖でつないでおくだけでいいだろう。死体でもあることだし、鎖で拘束してさえおけば、今後も無害のままのはずだ。

〈巨人殺しのトアマンド〉はじつに都合のいいタイミングで到着した。雪かきがひととおりおわるのを見はからったかのように、戦士を引き連れ、地響きを轟かせてやってきたのだ。トレッグが〈革〉に約束した人数は八十人だが、じっさいには五十人ほどしかいなかった。さすがに、〈大言壮語〉と呼ばれるだけのことはある。寒さで顔を赤くしたトアマンドは、到着するなり、エールの角杯《つのさかずき》を持ってこい、熱い食いものを食わせろと叫んだ。顎鬚《あごひげ》には氷が張りついており、口髭にはもっとたくさんの氷が張っていた。

〈王の血を引くゲリック〉とその新しい装いのことについては、すでにだれかが〈雷の拳〉ことトアマンドに耳打ちしていたらしい。

「〈野人の王〉だとぉ？」トアマンドは吠えた。「ははん！　むしろ、〈おれの毛だらけの尻の王〉とでもいったほうがふさわしいぞ」

「なかなか王者然としていたがな」とジョンはいった。

「あの野郎のチンポコなんざぁ、あいつの赤毛みたいに赤くて粗末なしろものだぞ。〈赤鬚レイマン〉と息子たちは長い湖《ロング・レイク》で死んだ。おまえのろくでもないスターク家と、アンバーの〈酔いどれ巨人〉に殺されたんだ。ゲリックの先祖は、生き残った〈赤鬚〉の弟でしかない。この弟野郎がなんで〈赤い使い鴉《レイヴン》〉と呼ばれてるか知ってるか？」

トアマンドは歯の欠けた口をあけ、にんまりと笑ってみせた。

「真っ先に戦場から逃げだしたからだ。そのあとで歌が作られてな。吟遊詩人が語呂合わせしたのさ、臆病者《クレイヴン》と使い鴉《レイヴン》をひっかけて」

トアマンドは鼻をぬぐった。

「おめでたい話もあったもんだ、おまえの王妃の騎士どもときたら、嫁にとるのが、そんなクズの子孫の娘っこかい」

「娘ッコ」モーモントの使い鴉が口真似《クオーク》した。「娘ッコ、娘ッコ」

口真似を聞いて、トアマンドは大笑いした。

「なかなかシャレのわかる鳥だな、こいつ。いくらでこれを手放す、スノウ？　おまえには息子のひとりを与えた。だったら、このろくでもない鳥をくれてもバチはあたるまい」

「やってもいいが——十中八九、食う気だろう？」

トアマンドはさらに爆笑した。

「食ウ」黒い翼をはばたかせながら、使い鴉が陰気な口調でいった。「穀粒《コーン》？　コーン？　コーン？」

「ところで、救出隊の相談をしないといけないんだ」とジョンはいった。「〈楯の広間〉に集まって話をしよう。方針を——」

そこまでいいかけて、ことばを切った。マリーがドアから顔をつっこんで、クライダスが手紙を持ってきた旨、陰気な顔で告げたからだ。

「おまえに預けるように伝えてくれ。あとで読むからと」

「わかりました、ム＝ロード。ただね……クライダスのじいさん、どうもようすが変なんで……赤ら顔じゃなくて、血の気がないというか……いいたいこと、わかりますか。それに、がたがた震えてて」

「黒き翼、黒きことばか」トアマンドがつぶやいた。「おまえたち隷従の徒《ニーラー》はそんなふうにいうんだろう？」

「こうもいう。〝寒さは閉めだせ、熱はもてなせ〟。それに、こうもいう。〝満月の夜にはドーン人と酒を飲むな〟。いろいろな言いかたがあるものさ」

マリーも金言をつけたした。

「うちのばあさんは、いつもこういってましたよ。〝夏の友は夏の雪のように解けるが、冬の友は永遠の友〟」

「当面、金言は充分だ」とジョン・スノウはいった。「よしわかった、クライダスを通してくれ」

マリーのいうとおりだった。老雑士はがたがたと震えており、顔は血の気が引いて、外の雪のように白くなっていた。

「邪魔をしてすまないね、総帥……だけど、この手紙を見たら、おっかなくなっちまってさ。ほら、ここ」

〝落とし子よ〟――巻いた羊皮紙の外に記されているのは、ただそのひとことだけだった。

〝スノウ総帥〟でも〝ジョン・スノウ〟でも〝総帥〟でもない。ただ一語、〝落とし子よ〟とだけあった。手紙は固い薄桃色の封蠟で封緘《ふうかん》されていた。

「ただちにおれのもとへきたのは正しかったな」とジョンはいった。
（恐ろしくなるのもむりはない）
封蠟を破り、羊皮紙を伸ばして中身を読む。

〝きさまの偽りの王は死んだ、落とし子よ。やつとやつの仲間は、七日間におよんだ戦いで全滅した。やつの魔法の剣はおれの手元にある。やつの赤い娼婦にそう伝えろ。

きさまの偽りの王の仲間はことごとく死んだ。やつらの首はすべてウィンターフェル城にさらしてある。見にくるがいい、落とし子よ。きさまの偽りの王はうそをついた。きさまも同罪だ。きさまは満天下に対し、〈壁の向こうの王〉を焚殺《ふんさつ》せしめたと広言《こうげん》した。かわりにきさまは、やつをウィンターフェル城へ潜入させた。おれの花嫁をおれから盗ませるために。

花嫁はかならずや取りもどす。マンス・レイダーを返してほしくば、ここまで取りにこい。すべての北部人が見られるよう、やつは檻に閉じこめてある。おまえの虚偽の証拠としてな。檻は寒いが、やつがウィンターフェル城に連れてきた六人の娼婦の生皮を剝ぎ、あたたかいマントに仕立ててやった。

花嫁の身柄を要求する。偽りの王の妃を要求する。やつの娘とやつの紅《あか》い魔女を要求する。やつの野人のプリンセスを要求する。やつがそこに置いていった小さなプリンスを、野人の赤子を要求する。そして、おれの〈リーク〉の身柄も。以上の者を、ただちにおれのもとへ連れてこい。そうすれば、きさまにも、きさまの黒い鴉どもにも、いっさい手出しはせん。あくまでやつらをかくまうというのなら、きさまの落とし子の心臓を抉《えぐ》りだして、食らってやるまでだ〟

本文の下には署名があった。

〝ラムジー・ボルトン、
ウィンターフェル城正統の城主〟

「スノウ?」〈巨人殺しのトアマンド〉が気遣わしげに声をかけてきた。「その手紙から、親父の血まみれの首が転がり出てきたような顔をしているぞ」

ジョン・スノウは、すぐには答えなかった。

「マリー、クライダスを部屋まで送ってやってくれ。夜は暗く、道は雪に満てり、だからな。すべると危ない。〈サテン〉、おまえもいっしょにたのむ」そこでジョンは、〈巨人殺しのトアマンド〉に手紙を差しだした。「これだ。自分で見てみるといい」

野人はうさんくさげに手紙を一瞥し、すぐにつっかえした。

「なんだか汚らわしいわい。〈雷の拳〉トアマンドは、これでもいろいろ忙しくてな、紙をしておれに語りかけさせるすべを学んだことはない。紙というやつは、ろくなことをいった例《ためし》がないんだ。近ごろは吉報を伝えることがあるのか？」

「多くはないな」とジョン・スノウは認めた。

（黒き翼、黒きことばか）

もしかすると、この古き金言には、ジョンが知っているより多くの真実が含まれているのかもしれない。

「送り主はラムジー・スノウだ。いま、内容を読みあげる」

ジョンが読みおえると、トアマンドは口笛を吹いた。

「ははん。えげつない口上もあったもんだな。それはまちがいない。そのマンスのくだりはどうなんだ？　檻に入れただと？　どうやってだ？　おまえの紅い魔女があいつを焼くのを何百人もが見たんだろう？」

（あれは〈がらがら帷子《ラトルシャツ》〉だったんだ）もうすこしで、ジョンはそういいそうになった。（あれは妖術だったんだ。魔法、と〈紅の女《レッド・ウーマン》〉はいっていたが）

「メリサンドルは……空を見ていろといった」ジョンは手紙を置いた。「雪嵐の中を飛んでくる使い鴉か。メリサンドルはこの使いがくるのを見たんだ」

（〝その答えが得られたら、わたしに一報なさい〟）

「まるっきりでまかせかもしれんぞ」トアマンドは顎鬚の下を掻いた。「おれに使い心地のいい鵞ペンとメイスターのインクがあれば、自分の摩羅がこの腕と同じくらい長くて太いと書くこともできる。じっさいには、そんなことはない」

「〈光をもたらすもの《ライトブリンガー》〉を手に入れたと書いてある。ウィンターフェル城の城壁に首を多数、さらしたとも。槍の妻とその数も、ちゃんと把握している」（それに、マンス・レイダーのことも）「でまかせとはいいきれない。ここには真実もある」

「おまえがまちがっているとはいわんがな。しかし、どうするつもりだ、鴉？」

ジョンは右手の指を曲げ伸ばしした。

（〝〈冥夜の守人《ナイツ・ウォッチ》〉は他事にいっさい関与しない〟）

こぶしを握り、また開く。

（〝あなたがやろうとしていることは、まごうかたなき反逆だ〟）

ロブのことを考えた。髪についた雪が解けて消えていく、ロブの姿が浮かんできた。

（〝子供の心は殺して、成人した男の心を産まれさせなさい〟）

ブランのことを考えた。猿のようにすばやく、塔の壁をするする登っていく姿が浮かんできた。

そして、笑いころげるリコンの姿も。

歌を歌いながら、レディの毛皮にブラシをかけるサンサの姿も。

（〝あんたはなにも知らないんだね、ジョン・スノウ〟）

アリアのことを考えた。鳥の巣のようにもじゃもじゃな髪の毛のアリアが浮かんできた。

（〝やつがウィンターフェル城に連れてきた六人の娼婦の生皮を剝ぎ、あたたかいマントに仕立ててやった……花嫁の身柄を要求する……花嫁の身柄を要求する……花嫁の身柄を要求する……〟）

「計画を変更したほうがよさそうだ」とジョンはいった。

それから二時間ちかく、ふたりは相談をつづけた。

相談をおえるころには、武器庫の扉の内側に立つ当直が交替し、ファルクとマリーから〈馬《ホース》〉とローリーに替わっていた。

「いっしょにこい」

時刻になると、ジョンはふたりに命じて扉の外に出た。ゴーストがついてこようとしたが、ジョンは狼の襟首をつかみ、武器庫に押し返した。〈楯の広間〉の集まりにはボロクがきているかもしれない。この状況でなによりも避けなくてはならないのは、ゴーストが皮装者の大猪に襲いかかることだ。

〈楯の広間〉は黒の城《カースル・ブラック》でもとくに古い区画に建つ建物で、黒い石材を積みあげて造った騎士用の細長い大食堂である。そのオークの垂木《たるき》は、何世紀にもおよぶ煤で真っ黒になっているが、いまではあまり使われることもなく、隙間風が吹いている。〈冥夜の守人《ナイツ・ウォッチ》〉がいまよりずっと大所帯だったころ、この内壁には彩り豊かな木製の楯が何列もずらりと掛かっていた。騎士が黒衣をまとうとき、伝統にしたがって、それまでの武具を捨て、黒衣の兄弟の質素な黒い楯を取る。この点は当時もいまも変わらない。そのさいに捨てられた楯が、この〈楯の広間〉に掛けられていたのである。

何百人もの騎士がいるころは、何百枚もの楯があった。鷹に鷲、ドラゴンにグリフィン、太陽に牡鹿、狼に飛竜《ワイバーン》、マンティコア、牡牛、樹木に花、竪琴《ハープ》、槍、蟹に大海魔《クラーケン》、赤獅子に金獅子に市松模様地を背にした獅子、梟《フクロウ》、仔羊、乙女に男の人魚、牡馬、星々、桶に尾錠《びじょう》、皮を剥がれた男、縛り首にされた男、燃えている男、戦斧《せんぷ》、長剣、亀、一角獣、熊、鵞ペン、蜘蛛《クモ》、蛇、蠍《サソリ》など、〈楯の広間〉の内壁を飾る多彩な楯の意匠は、ゆうに百種類を超えて、かつて人が夢見たいかなる虹よりも絢爛《けんらん》たる色彩の渦を作りだしていたものだった。

だが、騎士が死ねば、かつてその騎士のものであった楯ははずされて、いっしょに火葬に付されるか、墓の中に収められるかの運命をたどる。そして、何十年、何世紀ものあいだに、黒衣をまとう騎士の数はどんどんすくなくなっていき、とうとう黒の城《カースル・ブラック》には騎士だけが集まって別個に食事をとる意味がなくなる日が訪れ、〈楯の広間〉は閉鎖されるにいたった。過去百年、ここが使われたことはほとんどない。およそ食堂として使える状態にはないからである。暗くて汚くて隙間風が吹くうえ、細長いので冬場はあたたまりにくく、地下室には鼠が巣食い、ごつい木の垂木は虫食いだらけで、大量の蜘蛛の巣が張っているありさまだ。

とはいえここには、ゆったりとなら二百名、詰めればその一倍半はすわれるだけの広さがある。ジョンとトアマンドが入っていくと、多数の狩り蜂が巣の中でうごめいているような、羽音にも似たざわめきが屋内に充満していた。鴉のほうが野人よりもすくない。黒い部分の割合から見積もると、全体の五分の一程度だ。壁に掛かった楯はもはや十枚あるかないか。どれも塗装が色褪せて、灰色の悲惨な状態にあり、板材には長いひびが入っている。だが、壁にならぶ鉄の突き出し燭台には新しい松明《たいまつ》が燃やされていたし、ジョンが命じたとおり、ベンチとテーブルも持ちこんであった。椅子にゆったりとすわった者は、話に耳をかたむけやすいものだ——メイスター・エイモンから、かつてそう教えを受けたことがある。そして、立っている者は叫びやすいものだ、とも。

広間の突きあたりには、だいぶくたびれているが、一段高くなった壇があった。ジョンはその上にあがり、となりに〈巨人殺しのトアマンド〉が立つのを待ってから、両手をかかげ、静粛をもとめた。羽音はかえって大きくなっただけだった。こんどはトアマンドが戦角笛《いくさつのぶえ》を口にあてがい、ひと鳴らしした。角笛の音は広間全体に響きわたり、頭上の垂木にあたって反響した。それでやっと、静寂が訪れた。

「みなにきてもらったのは、ハードホームへの救出計画を立てるためだ」ジョン・スノウは切りだした。「現地には何千もの自由の民が集まり、身動きもならず、飢えている。しかも、周囲の森には動く死体が見られるとの報告がある」

向かって左手には、バウエン・マーシュとオセル・ヤーウィックの姿があった。オセルは工士たちに囲まれており、マーシュは〈枝削りのウィック〉、〈左手のルー〉、〈ぬかるみのアルフ〉を連れてきている。向かって右手の側には、〈楯破りのソーレン〉が腕組みをしてすわっており、そのうしろでは〈商人のギャヴィン〉と〈色男のハール〉がささやきあっている姿が見えた。〈老父イゴン〉は妻に囲まれてすわり、〈さまよえるハウド〉は、ひとり離れてすわっている。ボロクは暗い片隅で、壁にもたれかかっていた。ありがたいことに、大猪の姿はどこにもない。

「〈母なる土竜《モグラ》〉とその信奉者を救うために送りだした船は、半数が嵐にあって難破した。こうなったら、陸路で救出にいかないかぎり、ハードホームの者たちは死んでしまう」

セリース王妃の騎士も、ふたりきているのが見えた。広間の反対端にある扉のそばには、サー・ナーバートとサー・ベネソンが立っている。ふたりだけがきていることで、かえって〝王妃の兵〟の欠席者の多さをきわだたせる結果となっていた。

「救出隊はおれみずから率いて出発し、できるだけおおぜいの自由の民を連れ帰るつもりでいた」

広間の反対端で、紅い色が閃くのが見えた。レディ・メリサンドルが入ってきたのだ。

「だが、ハードホームへはいけない事態が出来《しゅったい》したため、救出隊は、みなもよく知っている〈巨人殺しのトアマンド〉が率いていくことになる。トアマンドには、必要なだけの人員を提供すると約束した」

「あんたはどうするんだ、鴉?」ボロクが大声でたずねた。「あの白い犬ころといっしょに、黒の城《カースル・ブラック》に隠れてるのか?」

「いいや。南へ向かう」

そこでジョンは、ラムジー・スノウの手紙を読みあげた。

〈楯の広間〉は騒然となった。

だれもがてんでに叫んでいる。勢いよく立ちあがり、こぶしをふりまわしている者もいる。

（ベンチの鎮静効果もこれまでか）

剣を抜いてふりまわす者もいれば、戦斧を楯にたたきつける者もいた。ジョン・スノウはトアマンドに視線を送った。〈巨人殺し〉はもういちど、角笛を吹き鳴らした。最初のときよりも二倍長く、二倍大きな音だった。

「〈冥夜の守人《ナイツ・ウォッチ》〉は他事にいっさい関与しない。七王国の戦争にも関与しない」

多少とも静けさがもどってくると、ジョンはいった。

「〈ボルトンの落とし子〉と敵対するのも、討たれたスタニス・バラシオンの仇を取るのも、その未亡人と令嬢を護るのも、われわれのなすべき仕事ではない。むろん、女たちの生皮を剝ぎ、マントに仕立てたというこのけだものが、おれの心臓を抉《えぐ》りだすと誓っている以上、その挑戦に対して、おれなりに応える覚悟を固めはしたが……わが兄弟たちに誓いを破れとたのむことはしない。〈冥夜の守人《ナイツ・ウォッチ》〉にはハードホームへ向かってもらう。おれは単騎で、ウィンターフェル城へ向かうつもりだ。ただし……」

ここで、ジョンは間を置いた。

「……このなかに、おれとともにウィンターフェル城へ乗りこみたいという者はいるか？」

うおーっという共鳴の雄叫びがあがった。野人たちの喊声《かんせい》の大きさに建物の壁はびりびり震え、古い楯のうちの二枚が壁からはずれて落ちたほどだった。

〈楯破りのソーレン〉が立ちあがった。〈さまよえるハウド〉もだ。〈背高トレッグ〉や、ブロッグ、〈狩人のハール〉、〈色男のハール〉、〈老父イゴン〉、〈盲《めしい》のドス〉、〈大海象《オオセイウチ》〉までもが立ちあがっている。

（これで人数はそろった）とジョン・スノウは思った。（待っていろ、もうじき乗りこんでやるぞ、〈ボルトンの落とし子〉よ）

ヤーウィックとマーシュが、広間をそっと抜け出ていくのが見えた。ふたりが連れてきた兄弟たちもいっしょに出ていった。だが、べつにかまいはしない。いまは兄弟の力は無用だ。兄弟には関与させたくない。

（こういう形に持ちこめば、おれが兄弟たちに誓いを破らせたとはだれもいえない。これが誓約破りであるとしても、破るのはおれだけであり、おれだけの罪だ）

ふいに、トアマンドに背中を強くどやしつけられた。歯の欠けた口を大きく開き、満面の笑みを浮かべて、〈巨人殺し〉はいった。

「よくぞいった、鴉。このさいだ、蜂蜜酒を出せ！　みなを心服させたからには、しこたま酒を飲ませてやれ、それで仕上げだ。おまえをまた野人の仲間として認めてやるぞ、小僧。ははん！」

「エールをとってこさせよう」

広間のようすに目を配りながら、ジョンはいった。気がつくと、メリサンドルの姿はなくなっていた。王妃の騎士たちの姿もだ。

(まずセリースのところへ報告しにいくべきだったな。夫である王が死んだことは、知っておく権利がある)

「ちょっと席をはずす。酒を運ばせるから、おまえが代わりにふるまってくれ」

「ははん！　それこそ、おれの得意とするところだ、鴉。さっさと用事をすませてこい！」

〈楯の広間〉を出たとたん、〈ホース〉とローリーがぴたりと左右についた。

(王妃と会ったら、メリサンドルとも話をしよう。雪嵐の中を飛んでくる使い鴉が見えたとなれば、おれのためにラムジー・スノウのようすを見ることもできるはずだ)

叫び声が聞こえてきたのはそのときだった。ついで、〈壁〉も打ち震えるかと思うほどの、すさまじい雄叫びも。

「〈ハーディンの塔〉のほうからです、ム＝ロード」

〈ホース〉がいった。その先もつづけようとしたが、ことばは悲鳴に断ち切られた。

(ヴァルだ)一瞬、ジョンはそう思った。だが、これは女の悲鳴ではない。(断末魔に張りあげる男の悲鳴だ)

塔に向かってだっと走りだす。〈ホース〉とローリーもあとから駆けてくる。

「〈亡者《ワイト》〉でしょうか？」ローリーが問いかけた。

その可能性も考えた。あの二体の死体が鎖を脱けだしたのか？

ジョンたちが〈ハーディンの塔〉に駆けつけたときには、すでに悲鳴はやんでいた。が、ヴァン・ウェグ・ヴァン・ダール・ヴァンはなおも吠えつづけていた。巨人は血にまみれた死体の片脚を握り、荒々しくふりまわしている。小さいころのアリアは、野菜をむりに食べさせられようとしたとき、人形の片脚をつかんで星球棍《モーニングスター》のように振りまわしたものだが、あれと同じような状況だった。

（ただし、アリアは人形をばらばらにしたりはしなかった）

死体の右腕は手にした剣ごともぎとられ、数メートル離れた場所に落ちており、腕の下の雪は真っ赤に染まりつつあった。

「放してやれ！」ジョンは怒鳴った。「ヴァン・ヴァン、その男を放せ！」

聞こえないのか、理解できないのか、ヴァン・ウァンは放そうとしない。巨人自身も血を流しており、腹と腕には切創《せっそう》があった。巨人は死んだ騎士の脚を持ち、高々とふりあげては、塔の灰色の石壁にたたきつけている。何度も何度もたたきつけるうちに、死体の頭はぐしゃぐしゃの真っ赤な塊になり、西瓜《スイカ》をつぶしたような惨状を呈した。冷たい夜気の中でばたばたと翻る騎士のマントは、銀布で縁どられ、青い星がちりばめられている。かつては白かったらしいが、いまはもう、いたるところに血と骨片が飛び散って真っ赤だ。

まわりの天守や塔から、騒ぎを聞きつけた者たちがぞくぞくと飛びだしてきつつあった。北部人、自由の民、〝王妃の兵〟……。

「警戒線を張れ！」駆けよってきた兄弟たちに対し、ジョン・スノウは命じた。「みんなを押しもどすんだ、ひとり残らず！　とくに〝王妃の兵〟を！」

死体は〈王の山のサー・パトレック〉のものだった。頭はもうほとんどなくなっていたが、顔がなくても紋章ではっきりとわかる。サー・マレゴーン、サー・ブラスほか、他の王妃の騎士たちが、ウァン・ウァンに復讐しようとする事態は避けねばならない。

ウァン・ウェグ・ウァン・ダール・ウァンがまたもや吠え、こんどはサー・パトレックの左腕をひねってもぎとった。腕は肩の付け根からちぎれ、鮮血の飛沫《しぶき》を飛び散らせた。

（雛菊の花びらをむしる子供のようだ）

「〈革〉、ウァン・ウァンに話しかけるんだ、落ちつかせろ。古語を使え、古語なら通じる。あとの者は下がれ。全員だ。武器をしまえ、怯えさせるだけだぞ」

みんな、巨人が斬られているのが見えないのか？　早々にこの騒ぎを収めないと、さらに何人もの人死にが出てしまう。みんなはウァン・ウァンの力の強さを知らない。

（角笛だ、角笛がいる）

そのとき、付近で白刃が光ったのに気づき、そちらに向きなおった。

「刃物はしまえ！」と一喝した。「ウィック、その短剣を……」しまえ、というつもりだった。が、その先は呻き声に変わった。ジョンの喉元をめがけ、〈枝削りのウィック〉が短剣で斬りかかってきたのだ。かろうじて首の皮をかすめただけですんだのは、とっさに身を引いたおかげだった。

（おれに斬りかかった――）

首筋に手をあてがう。指のあいだからぬるりと血があふれてきた。

「なぜだ？」

「〈守人《もりうど》〉のためです」

またしても、ウィックが斬りかかってきた。今回、ジョンはすばやくその手首をつかみ、腕をねじりあげ、短剣を取り落とさせた。ひょろりとした雑士は両手をかかげ、あとずさりした。まるで〝おれじゃない、おれの一存でしたことじゃない〟といわんばかりに。まわりじゅう、いたるところで、男たちが叫んでいる。ジョンは〈長い鉤爪《ロングクロー》〉の柄《つか》に手を伸ばした。が、指がこわばっており、動きが鈍い。どういうわけか、鞘から剣を抜くことができない。

ふと見ると、目の前にバウエン・マーシュが立っていた。その頬を涙が流れ落ちていく。

「〈守人《もりうど》〉のためです」

いうなり、雑士長はジョンの腹に片手を突きだした。その手を引っこめたとき、ジョンの腹には、短剣の刃が埋もれたままになっていた。がっくりとひざをつく。短剣の柄を探りあてて、ぐいと引き抜いた。冷たい夜気の中で、傷口が湯気をたてている。

「ゴースト」とかすれ声でつぶやいた。

痛みが全身に広がっていく。

（尖ったほうで刺せ）

三本めの短剣が肩胛骨のあいだに突き立てられたとき、ジョンはぐっとうめき、そのまま雪の上に倒れこんだ。四本めの短剣は感じなかった。

感じるのは、ただ冷たさだけ……。

70　〈女王の手〉

ドーンの公子《プリンス》は三日間にわたって苦しみつづけた。

そのあげくに、わななきながら息を引きとったのは、暗く寒々しい夜明けのことだった。暗天から降りつづける冷たい豪雨が、古都の煉瓦道を川に変えている。その雨のおかげで、最悪の大火災はまぬがれたが、かつてハズカールのピラミッドであったたくすぶる残骸からは、いまもなお黒煙が立ち昇っていた。

いっぽうで、緑竜レイガルが寝ぐらに選んだイェリザンの黒い大ピラミッドは、夜明けの薄闇の中、輝くオレンジ色の宝石で肥満体を飾りたてた女のような様相を呈している。

（あるいは、神々もまったく願いをお聞きにならないわけではないのかもしれん）焼残《しょうざん》した遠い廃墟を眺めながら、サー・バリスタン・セルミーはそう思った。（この雨が降らねば、いまごろはミーリーン全体が灰燼《かいじん》に帰していただろう）

ドラゴンたちの姿はどこにも見えない。だが、その姿が見えると思っていたわけでもない。ドラゴンは雨をきらうからである。

おりしも、東の地平に真っ赤な細い切れ目が走った。朝陽が昇ろうとしているのだ。その光景はセルミーに、傷口から噴きだした瞬間の鮮血を連想させた。往々にして、たとえ深い切創であっても、痛みを感じだすのは血が噴きだしてからであることが多い。

サー・バリスタンは、大ピラミッド最上階の胸壁の手前に立ち、毎朝そうしてきたように、まわりの空に目を配った。夜明けとともに女王が帰ってきてくれるのではないか、との期待からだ。

（陛下はわれわれをお見捨てにはならない。陛下が臣民を捨てられることはない）

女王の居室から公子《プリンス》臨終の騒ぎが聞こえてきたのは、自分にそう言い聞かせていたときのことだった。

サー・バリスタンは中に入った。雨水が白いマントを流れ落ち、長靴《ちょうか》が床と絨毯に濡れた足跡を残していく。老騎士の命令によって、クェンティン・マーテルは女王自身のベッドに寝かされていた。クェンティンは騎士であり、そのうえドーンのプリンスでもある。そんな人物が、はるばる世界を半分越えてこの地までやってきたのだから、せめて女王のベッドで死なせてやるのが最低限の手向《たむ》けに思えたのである。寝具は乱れていた。敷布、上掛け、枕、マットレス――なにもかもが血と煤で汚れきっていた。しかし、デナーリスさまはゆるしてくださるだろうとサー・バリスタンは信じている。

ミッサンデイはベッドのそばにすわっていた。昼も夜も、ずっとプリンスにつきっきりで、息も絶えだえの口からかろうじて要求が出ればそれに応え、液体を飲める程度に状態がよいときは水や罌粟《ケシ》の乳液を飲ませてやり、ときおり苦しげに口にされることばに耳をかたむけ、無言のときは本を読み聞かせ、眠るときはベッドの横に置いた椅子で眠った。手伝いとして、サー・バリスタンは女王の酌人を何人か呼んでおいたが、焼けただれた男の姿はあまりにも凄惨であり、もっとも大胆な者でさえも、つきそいには耐えられなかった。〈青の巫女《みこ》〉に対しては四度も手当てを要請したのに、だれかがくることはついになかった。いまごろは、最後のひとりも〝白き牝馬《あお》〟に連れ去られてしまったのかもしれない。

サー・バリスタンが近づいていくと、小柄なナース人の秘書官は顔をあげた。

「誉れ高い騎士さま。プリンスはいま、苦痛から解放されました。ドーンの神々が故郷へと迎えにこられたのです。ごらんになれますか？　ほほえんでいらっしゃいます」

(どうしてほほえんでいるとわかるのだ？　唇がなくなっているのだぞ)

ドラゴンたちに食われていたほうが、死にかたとしてはまだましだっただろう。それなら、すくなくともすぐに死ねる。しかし、この場合……。

(焼死とは、ひどく無惨な死にかただ。地獄の半分が炎でできているのもむりはない)

「布をかぶせてやってくれ」

ミッサンデイはプリンスの顔に布をかけた。

「亡骸《なきがら》はどういたしましょう？　故郷からこんなにも遠い地のことですし」

「わしが責任を持って、ドーンに送るよう手配する」

(しかし、どうやって？　灰の形でか？)

そのためには、さらにまた火で焼かねばならないが、さすがにそれはためらわれた。

（まず、肉をなくして骨だけにせねばならん。煮るのではなく、埋葬虫《シデムシ》を使おう）

ウェスタロスでは、この手の仕事は沈黙の修道女《シスター》らがしてくれるが、ここは〈奴隷商人湾〉だ。もっとも近い沈黙のシスターは万里の彼方にいる。

「いまは寝《やす》みなさい、子供よ。自分のベッドで」

「この者の僭越なことばをおゆるしいただけるのでしたら……騎士さまもお寝みになられたほうがよろしいのではないでしょうか。昨夜はほとんど眠っておられないのでしょう？」

（昨夜だけではない、何年もだ、子供よ。三叉鉾河《トライデント》の戦い以来、ずっとそうなのだ）

上級学匠《グランド・メイスター》パイセルには、年寄りは若いものほど眠りを必要としないものだといわれたが、必要かどうかだけが理由ではない。いちど目をつむったら、そのまま二度と起きないのではないかと恐れる年齢に達したからである。ふつうの人間は、ベッドで眠りながら死ぬことを望む。だが、それは〈王の楯《キングズガード》〉の騎士が望む死にかたではない。

「夜はあまりにも長すぎる」老騎士はミッサンデイにいった。「そして、やることはいつも多すぎるほど多い。七王国と同じように、ここでもな。しかし、おまえは充分に尽くした、子供よ。いって寝みなさい」

（そして、神々のご加護をもって、どうかドラゴンの夢を見ることがありませんように）

娘が立ち去ると、老騎士は最後にもう一目だけ、クェンティン・マーテルの死に顔を——というよりも、顔の名残を見ておこうと思い、布をはいだ。プリンスの顔の肉はほとんどが焼け落ちて、頭骨が露出していた。目は膿の塊だった。

（ドーンにとどまっているべきだったのだ。〈蛙〉のままでいるべきだったのだ。すべての男が、竜《ドラゴン》との舞踏をこなせるようにできているわけではないのだから）

若者の顔に布をかけもどしてやりながら、老騎士はふと思った。陛下の顔にも、だれかがこうして布をかけてくれているのだろうか。それとも、陛下の亡骸は顧みられることなく、〈ドスラクの海〉の丈高い草のあいだに横たわり、なにも見えない目で空を見あげ、朽ちた肉が骨からはがれていくままになっているのだろうか。

「いいや」と声に出して否定した。「デナーリスさまは生きておられる。デナーリスさまはあのドラゴンに乗っていかれたのだ。ふたつのこの目で見たではないか」

これまで百回もくりかえしてきたことばだった。だが……日を追うごとに、女王の生存を信じるのはむずかしくなっていく。

（デナーリスさまの頭髪は燃えていた。それもまたたしかにこの目で見ている。デナーリスさまの髪は燃えていた……そして、わし自身が見ていなくとも、陛下が落ちるところを目撃したと誓う者が何百人も……）

都が徐々に明るみだした。雨はまだ降っているが、東の空が白々と明るくなってきている。朝陽が昇るとともに、〈剃髪頭〉もやってきた。〈剃髪頭〉ことスカハズは、ひだのついた黒いスカート、脛《すね》当て、筋肉を模した胸当てという、いつもどおりの服装をしていた。腋にかいこんだ〈真鍮の獣〉の仮面は真新しい。舌をだらりとたらした狼の頭の仮面だ。

「するとと、あいさつがわりに〈剃髪頭〉はいった。「阿呆は死んだか」

「プリンス・クェンティンは、曙光が兆《きざ》すまぎわに亡くなった」プリンスの死をスカハズが知っていることにもセルミーは驚かなかった。ピラミッドの中では、うわさはまたたく間に広まる。「評議会の面々は集まったか？」

「下で〈手〉どののご来臨を待っている」

（わしは〈手〉などではない）サー・バリスタンの一部はそう叫びたがっていた。（わしは一介の騎士、女王陛下の警護の者にすぎん。〈手〉になりたいと思ったことなどはいちどもない）

しかし、女王が行方不明となり、王が投獄されたいま、だれかが統治をせねばならない。そしてサー・バリスタンは、〈剃髪頭〉を信用していない。

「〈緑の巫女〉から、なにか連絡は？」

「いまもって都にもどってきてはおらん」とサー・バリスタンは答えた。

スカハズは巫女を派遣することに反対していた。ガラッザ・ガラレ自身も、今回の役目を引き受けたがってはいなかった。和平のためである以上は、役目を断われる状況ではないというのに、〈賢明なる主人《ワイズ・マスター》》〉たちとの交渉役ならば、高貴なるヒズダール・ゾ・ロラクこそ適任でありましょうと粘り強く主張したのだ。だが、サー・バリスタンは頑としてゆずらず、結局、〈緑の巫女〉は押しきられる形となり、できるかぎりの手はつくしますと約束したのだった。

いま、セルミーは〈剃髪頭〉にたずねた。

「都のようすはどうだ?」

「囲壁《いへき》の門はすべて閉じ、閂《かんぬき》をかけた。あんたが命令したとおりだ。都の中にいる傭兵とユンカイ人は狩りたてており、つかまえた者は追放か逮捕か、どちらかの処置を行なった。ほとんどの者は地下に潜ったようだ。ピラミッドに潜んでいることはまちがいない。囲壁と塔には〈穢れなき軍団《アンサリード》〉の兵を配して敵襲にそなえている。広場には二百名の貴人が集まり、この雨の中、寛衣《トカール》を着て立ったまま、民衆に呼びかけている最中だ——ヒズダールを解放し、このおれを殺せとな。あんたを使って都のドラゴンたちを殺させろとも煽っている。騎士はドラゴンを倒すのが得意だとだれかに吹きこまれたんだろう。ハズカールのピラミッドから死体を運びだす作業はまだつづいている。イェリザンとユアレズの〈偉大なる主人《グレート・マスター》〉たちは自分のピラミッドを捨てた。ドラゴンにあけわたすことにしたようだ」

以上はすべて、サー・バリスタンも知っていることばかりだった。

「闇討ちされた者の数は?」

答えを聞くのが恐ろしかった。

「二十九人」

「二十九人——だと?」

恐れていたよりも、はるかに悪い数字だった。〈ハーピーの息子たち〉は、二日前に影の戦いを再開した。最初の晩の犠牲者は三人、二晩めが九人。とはいえ、一夜にして九人から二十九人にはねあがろうとは……。

「犠牲者の数は、昼までには三十人を超えるだろう。なにをそう苦りきった顔をしている、ご老体？　なにを期待していた？　〈ハーピー〉はヒズダールを解放させようとしているのだぞ。ゆえに、ナイフを持たせて〈息子たち〉を街路に放った。以前と同様、犠牲者は解放奴隷か〝剃髪頭〟の者のみだ。犠牲者のひとりはおれの部下、〈真鍮の獣〉だった。死体のそばには〈ハーピー〉のしるしが残されていた。敷石に白亜で記されている場合もあれば、壁にしるしを抉《えぐ》っていった例もある。しるしにはいろいろなメッセージが付されていた。〝ドラゴン死すべし〟。ほかには、〝英雄ハルガーズ〟、〝デナーリスに死を〟というものもあったな。この雨で消えてしまうまでは」

「流血税は……」

「各ピラミッドより二千九百枚ずつだ」スカハズはうなるようにいった。「税は納められるだろうさ……だが、こんな微々たる金額では、〈ハーピー〉の魔手を抑えられん。流血には流血でもって臨むしかない」

「それは貴兄の考えかただ」（またしても人質の件の蒸し返しか。わしの許可さえあれば、この男、人質を皆殺しにする気だな）「その意見は百回も聞いた。受けいれられん」

「〈女王の手〉というやつは」スカハズはうなるような声で、あきれはてたようにいった。

「〝老婆の手〟の謂《い》いらしい。しわだらけで、弱々しいことこのうえもない。デナーリスさまには、一刻も早くもどってきていただきたいものだわい」腋にかいこんでいた真鍮の狼面を、スカハズは顔にかぶせた。「さあ……あんたの評議会がじれている」

「評議会は女王陛下のものだ、わしのものではない」

セルミーは濡れたマントを乾いたマントと交換し、剣帯をはめると、〈剃髪頭〉とともに階段を降りていった。

けさの柱廊の間《ま》には、陳情者はひとりもいなかった。〈手〉の称号を仮に受けはしたが、女王不在のあいだ、陳情を受けるつもりはないし、スカハズ・モ・カンダクにも許可してはいない。サー・バリスタンの命《めい》によって、ヒズダールのグロテスクなドラゴンの玉座は撤去されていたが、女王の好んだ、簡素なクッションを載せたベンチは復活させていなかった。かわりに老騎士は、柱廊の間のまんなかに大きな円卓を用意させ、そのまわりに背もたれの高い椅子を配置させて、たがいの顔を見ながら評議員が話しあえるようにした。

〈剃髪頭〉スカハズをともない、サー・バリスタンが大理石の階段を降りていくと、評議員たちがいっせいに立ちあがった。

〈母の親兵〉の隊長マーセレン。

〈自由な兄弟〉の隊長〈縞背のサイモン〉。

〈頑丈な楯〉が新たな隊長に選んだ漆黒の肌の夏諸島人《サマー・アイランズ》、タル・トラク。前隊長だったモロノ・ヨス・ドブは、〝白《あお》き牝馬〟に連れ去られてしまったのだ。

〈穢れなき軍団〉の主将である〈灰色の蛆虫《グレイ・ワーム》〉は、一本角の青銅兜をかぶった去勢兵三名を連れて出席している。

〈襲鴉《ストームクロウズ》〉の代表としては、歴戦の傭兵ふたりが出席していた。ジョーキンという名前の弓兵と、〈後家作り〉として知られる、傷だらけでいかめしい顔の斧使いだ。このふたりは、ダーリオ・ナハリスの留守中、共同で〈襲鴉〉を指揮することになっていた。

女王の部族《カラザール》の大半は、女王捜索のため、アッゴとラカーロに同行して〈ドスラクの海〉へ出かけているが、やぶにらみで内反膝の〈慈悲を与える者《ジャッカ・ラーン》〉ロッモ老は、都に残留する騎馬戦士を代表して出てきている。

テーブルをはさんでサー・バリスタンの席の向かい側には、ヒズダール王の元護衛四人がすわっていた。闘技場の闘士である、〈巨漢ゴゴール〉、〈骨砕きのベラークォ〉、〈秒殺のカマロン〉、〈豹紋猫《ひょうもん》〉だ。〈剃髪頭〉スカハズの異論を抑えて、この者たちの参加を主張したのは、セルミーだった。みな、かつてはデナーリス・ターガリエンがこの都を奪取するのに助力した者たちであり、その貢献を忘れてはならない。血にまみれた荒くれ者ではあるかもしれないが、この者らも闘士なりの流儀で忠実なのである……ヒズダール王に対してはもちろん、女王に対しても。

重たい足どりで最後に柱廊の間へ入ってきたのは、〈闘士《ストロング》〉ベルウァスだった。

去勢闘士はすぐ近くから死の女神の顔を覗きこみ、もうすこしでその唇にキスするところまでいった。死の爪跡は、そのからだにくっきりと残っている。体重は十キロ以上も減り、かつては百もの古傷におおわれ、たくましい胸と腹の上にぴんと張っていた暗褐色の皮膚は、いまではすっかりたるみきって、三まわりは大きいローブをまとっているようなありさまだ。

足どりも重く、すこしおぼつかない感じがあった。

とはいえ、この男の姿を見ただけで、老騎士の心は浮き立った。〈闘士〉ベルウァスとは世界の半分をともに越えてきた間柄だ。ことが刃傷沙汰《にんじょうざた》におよべば、この男に絶対の信頼がおけることはわかっている。

「ベルウァス。安心したぞ。また会議の場に出てこられるようになったか」

「〈白鬚《しらひげ》〉」ベルウァスは弱々しく笑った。「レバーと玉葱《タマネギ》はどこにある？　いまの〈闘士〉ベルウァスは前ほど強くないから、食わねばならん。食ってまた大きくならねば。やつらは〈闘士〉ベルウァスを寝こませた。だれかがその責を負って死なねばならん」

（だれかは死ぬさ。十中八九、たくさんのだれかがな）

「すわれ、わが友」

ベルウァスが着席し、腕組みをすると、サー・バリスタンはつづけた。

「けさがた、クェンティン・マーテルが死んだ。夜明けの直前だった」

「あの〈騎竜士《ドラゴンライダー》〉どのか」〈後家作り〉が笑った。

「おれなら〈阿呆〉と呼ぶぞ」と〈縞背のサイモン〉。

（ちがう。若すぎただけだ）

サー・バリスタンは、自分が若いころにした数々の愚行を忘れてはいない。

「死者を悪くいうものではない。自分がしたことに対して、プリンスは応分の代価を払ったのだ」

「ほかのドーン人どもは？」タル・トラクがたずねた。

「当面は虜になっていてもらう」

どちらのドーン人も、いっさい抵抗を示さなかった。〈真鍮の獣〉の一隊が見つけたとき、アーチボルド・アイアンウッドは、焼け焦げてくすぶるプリンスのからだを抱きしめていた。その両手が焼け爛《ただ》れていたのは、クェンティン・マーテルの全身を包む炎を素手で消そうとしたからだろう。ジェアリス・ドリンクウォーターは、抜き身の剣を片手に、ふたりの横に茫乎《ぼうこ》とたたずんでいたが、蝗《イナゴ》の仮面たちが踏みこんだ瞬間、その剣を投げ捨てたという。

「ふたりいっしょに、監房に入れてある」

「獄門台にさらそう」〈縞背のサイモン〉がいった。「あいつらがこの都にドラゴンを解き放ったんだから」

「剣を与えて、闘技窖《あな》に立たせればよい」これは〈豹紋猫〉だ。「全ミーリーン人がおれの名を叫ぶなかで、あのふたりを殺してやる」

「闘技場は今後も閉鎖したままとする」とセルミーはいった。「血と歓声はドラゴンを呼びよせかねない」

「それも、三頭そろってだ」マーセレンが賛同した。「黒いドラゴンは、一度は都にやってきた。ふたたびこないという保証はない。ただし、つぎは女王さまがいっしょかもしれないが」

（かもしれぬし、ごいっしょではないかもしれぬ）

デナーリスを背にまたがらせることなく、ドロゴンだけがミーリーンにもどってくれば、都が血と炎の巷《ちまた》と化すのは確実だ。それに、女王の不在が長引けば、この円卓についている者たちは、そのうちたがいの寝首を掻こうとしだすだろう。〝まだほんの小娘にすぎない〟かもしれないが、デナーリス・ターガリエンは、この者たちを束ねられるただひとりの存在なのである。

「その時がきたらば、陛下は帰ってこられる」サー・バリスタンはいった。「〈ダズナクの大闘技場〉には羊を千頭入れさせた。〈グラッズの闘技場〉には若い牡牛を多数、〈黄金の闘技場〉には、ヒズダール・ゾ・ロラクが闘技のために集めていた猛獣の群れを運びこんだ」いまのところ、二頭のドラゴンは羊が好みらしく、腹がへると〈ダズナクの大闘技場〉を訪れている。どちらかが都の内外で人を食っているにせよ、その報告はあがってきていない。〈英雄ハルガーズ〉以後、ドラゴンが殺したミーリーン人は、緑竜レイガルがハズカールのピラミッドの頂《いただき》で巣を作ろうとしたさいに抵抗した愚か者たちだけだ。

サー・バリスタンはつづけた。

「それより、喫緊《きつきん》の問題がある。人質解放交渉のため、〈緑の巫女〉をユンカイ人のもとへ派遣した。正午までには回答を携えて帰ってくるはずだ」

「持ち帰ってくるのは、どうせ玉虫色のことばだけでしょうな」〈後家作り〉がいった。「〈襲鴉〉はユンカイ人というやつをよく知っている。やつらの舌は、あっちへこっちへとのたくるばかり。〈緑の巫女〉が持ち帰るのは、煮えきらないことばだけで、隊長を連れて帰ることはないでしょう」

「〈女王の手〉どのには、どうか思いだしていただきたい。〈賢明なる主人〉たちは、わが〈勇士〉をも人質にとっていることを」〈灰色の蛆虫〉がいった。「女王の血盟の騎馬戦士、騎馬民族のジョゴもだ」

「ジョゴは女王《カリーシ》さまの血潮の血だ」ドスラク人ロッモが賛同した。「ジョゴは解放されねばならん。部族《カラザール》の名誉がそれを要求する」

「解放はされるだろう」とサー・バリスタンは答えた。「だがそのまえに、〈緑の巫女〉の成果を待たねば——」

いきなり、〈剃髪頭〉のスカハズがこぶしで荒々しくテーブルを殴りつけた。

「〈緑の巫女〉が成果などあげるはずがない。われらがこうしてすわっているいまも、あの女はユンカイと陰謀をめぐらしているかもしれんのだぞ。交渉といったな？　なぜ交渉などする。なんのための交渉だ」

「身代金のだ」サー・バリスタンは答えた。「人質ひとりにつき、体重ぶんの金貨を支払うとの条件を出した」

「〈賢明なる主人〉は、われわれの金貨になど興味はありません」マーセレンがいった。「あの者たちは、どんなウェスタロスの貴族よりも裕福なのです。全員がです」

「しかし、ユンカイについた傭兵たちは金貨をほしがる」とサー・バリスタンは答えた。「人質をとっていたところで、傭兵になんの益がある？　ユンカイ人が人質解放と身代金の受け取りを拒否すれば、傭兵たちが離反する可能性が出てくる」

(そうなってほしいところだが)

　この策を上申したのはミッサンディだった。老騎士自身は、調略を練るのが得意ではない。キングズ・ランディングでは、贈収賄は〈小指《リトルフィンガー》〉、王家の敵の分断工作はヴァリス公の領分であり、サー・バリスタン自身の職務は単純明快なものだったのだ。

(齢《よわい》十一だというのに、ミッサンディはこのテーブルについている者の半数と同等の才知を持ち、どの評議員よりも思慮分別がある)

「〈緑の巫女〉には、傭兵も含め、ユンカイ人の指揮官級の者が全員そろったときにのみ、その面前で条件を提示するよう指示しておいた」

「連中、それでもはねつけるでしょうな」〈縞背のサイモン〉がいった。「ドラゴンを殺せ、王を復位させろといいはるはずです」

「貴兄がまちがっていることを祈ろう」

(そして、貴兄が正しいことを恐れよう)

「祈るといっても、あんたがたの神々ははるか遠くだぞ、爺様騎士どのよ」〈後家作り〉がいった。「あんたの祈りなど聞こえはすまいに。で、ユンカイがあのばあさんを送り返して、高飛車な回答を伝えてきたら、そのときは?」

「炎と血だ」とバリスタン・セルミーは答えた。

　おだやかな――ひどくおだやかな口調だった。

　長いあいだ、だれもしゃべらなかった。しばらくして、〈闘士〉ベルウァスがぴしゃりと自分の腹をたたき、いった。

「レバーと玉葱よりもいい」

〈剃髪頭〉のスカハズは、狼の仮面の目穴から老騎士を見つめ、こうたずねた。

「みずからヒズダール王の平和を打ち破るというのか、ご老体」

「粉々に粉砕する」

　少年時代、さる太子《プリンス》から〈豪胆バリスタン〉の異名をつけられたのは、ずいぶんむかしのことだ。あのときの無謀な少年は、いまも自分の中に息づいている。

「この大ピラミッドの頂の、かつてハーピー像が立っていた場所に、篝火台《かがりびだい》を築いた。乾燥した薪に油をたっぷりと染みこませ、いつでも火をつけられるようにしたものだ。雨に濡れないよう、屋根も設けてある。和平破棄もやむなしの仕儀に立ちいたったならば——そんなことにはならぬよう祈っているが——盛大にこの篝火を燃やす。この炎を見たら、ただちに囲壁外へ打って出て、総攻撃を仕掛けよ。諸君のひとりひとりが、重要な役割をになうことになる。それゆえ、全員、夜であれ昼であれ、即座に行動に出られる準備をととのえておけ。敵を殲滅《せんめつ》するか、敵に殲滅されるか、ふたつにひとつだ」

　片手をあげ、そばに控えている従士たちに合図した。

「ここに、われらが敵の布陣を描きこんだ地図を用意させた。敵の陣幕や、攻囲線の構成、平衡錘型投石機《トレビュシェット》の配置を記してある。先に奴隷使いの軍勢を粉砕できれば、傭兵たちは離反するだろう。諸君に懸念と疑問が多々あることは承知している。その疑念は、いまここで、洗いざらい吐きだしておいてくれ。このテーブルを離れるとき、われらは心をひとつにしておかねばならぬ。単一の目的を共有しておかねばならぬ」

「そういうことなら、食いものと飲みものを差しいれてもらったほうがよさそうですな」と〈縞背のサイモン〉がいった。「どうやら、長丁場になりそうだ」

結論が出るまでには、午前の残りぜんぶと午後の大半が費やされた。各隊長と指揮官らは、一杯しかない蟹の桶を取りあう魚売りの女たちのように、地図をめぐって喧々諤々《けんけんがくがく》の議論をくりひろげた。敵布陣の短所と長所、少ない弓兵たちをどこに配置するのが最適か、軍象の部隊はユンカイの攻囲線突破に投入すべきか、それとも予備兵力として温存しておくべきか、先鋒の名誉をになうのはだれであるべきか、騎兵部隊は両翼に配すのがいいか、前衛に配すのがいいか——。

サー・バリスタンは、各人、気がすむまでしゃべらせた。

タル・トラクは、攻囲線を突破したら、即刻、ユンカイへ進軍すべきだと考えている。〈黄の都〉はほぼ無防備な状態にあるため、ユンカイ勢としては、攻囲を中止し、追撃してこざるをえないという理屈だった。

〈豹紋猫〉は、敵に挑戦状をたたきつけ、代表の闘士を差しださせて、サシの勝負で決着をつけようと提案した。〈闘士〉ベルウァスは、それはいい考えではあるが、戦うのは〈猫〉

ではなく、自分であるべきだといいはった。

〈秒殺のカマロン〉は、河辺に舫《もや》われている敵の船をみなぶんどり、三百人の闘士を乗せてスカハザダーン河を遡航させ、上流で上陸して、ユンカイ勢の背後を突く作戦を提案した。

最強部隊が〈穢れなき軍団〉であることについてはだれも異論がなかったが、その用兵となると、なかなか意見の一致が見られなかった。〈後家作り〉は、去勢部隊を鉄拳となし、ユンカイ側防衛線の心臓部をたたきつぶさせるべきだと主張した。マーセレンは、主戦線の両端に配すべきだ、そうすれば、敵を左右から挟撃する形になり、どのような攻撃でも撥《は》ね返せると主張した。〈縞背のサイモン〉は、〈穢れなき軍団〉を三隊に分割し、解放奴隷の三部隊に割りふるべきだといった。サイモン率いる〈自由な兄弟〉は勇敢で戦意も高いが、実戦を経験していないため、〈穢れなき軍団〉がいないと、戦《いくさ》慣れした傭兵と渡りあえない恐れがあるというのだ。〈灰色の蛆虫〉は、どのようなことを要求されるのであろうとも、〈穢れなき軍団〉はそれにしたがうとしかいわなかった。

さまざまな議論が戦わされ、出つくし、方針が決定すると、〈縞背のサイモン〉が最後の重要事項を持ちだした。

「ユンカイの奴隷だったとき、おれは主人《マスター》が自由傭兵部隊と交渉するのを手伝って、報酬の支払いを受け持っていた。その経験から、傭兵というものをよく知ってるんだが――連中をドラゴンの炎に立ち向かわせるには、法外な報酬が必要になる。ユンカイがそれだけの額を払うことはありえない。そこで、ひとつ質問をしたいんだが……この和平が破れて、戦いがはじまったとき、ドラゴンはどうするんだ？　戦いに加わるのか？」

（まちがいなく、加わる）サー・バリスタンとしては、そういってやりたいところだった。（戦いの音、喊声《かんせい》と悲鳴、血のにおいに引かれて、きっと戦場にやってくる。〈ダズナクの大闘技場〉の歓声が、ドロゴンを真紅の砂へと呼びよせたように。だが、やってきたとき、ドラゴンたちに敵味方の見わけはつくのか？）

おそらく、そうはならないだろう。だから、サー・バリスタンとしては、こう答えるしかなかった。

「ドラゴンたちはドラゴンたちのしたいようにするだろう。もしも戦場に飛来したならば、ドラゴンの翼の影が落ちただけでも、奴隷使いどもは戦意を喪失して逃げだすはずだ」

それを最後に、サー・バリスタンは全員に謝意を表わし、散会を宣言した。

ほかの者たちが去ったのちも、〈灰色の蛆虫〉は居残った。

「この者たちは、合図の篝火が点火された時点で、ただちに行動に出る準備ができている。しかし、〈手〉どのもご承知のように、われわれが攻撃を開始するのを見て、ユンカイ人はわれわれの人質を殺すだろう」

「それを防ぐため、あらゆる手段をつくしているのだ、わが友よ。わしに……ひとつ考えがある。しかし、すまんが、いまは失礼するぞ。いいかげん、ドーンの者たちに、プリンスが亡くなったことを知らせてやらねばならんのでな」

〈灰色の蛆虫〉は一礼した。

「この者はしたがう」

サー・バリスタンは、叙任したばかりの騎士のうち、二名をともなって、地下牢に降りていった。

悲嘆と罪の意識とは、善良な人間をして狂気に駆りたてることが知られている。そして、アーチボルド・アイアンウッドとジェアリス・ドリンクウォーターは、はからずも、友人の死を招いてしまった。ゆえに、その精神状態は警戒すべきところだが、それでも老騎士は、監房の前にたどりつくと、新騎士のふたり、タムコと〈赤い仔羊〉に外で待つように命じ、ひとり監房に入っていって、ドーンの騎士たちにプリンスの苦しみがおわったことを告げた。

サー・アーチボルドは――禿頭《とくとう》で大柄なほうだ――なにもいわなかった。ただ寝藁の端にすわり、リネンの繃帯でくるまれた両手を見つめるばかりだった。サー・ジェアリスは壁を殴りつけ、嘆いた。

「若には進言したんだ、こんなのは愚行だと。どうか故郷《くに》に帰ってくれ、とたのみもした。あんたのろくでもない女王にしてみれば、若にはまるっきり利用価値がない。それはだれの目にも明らかだったろう。世界を半分越えてきて、愛と忠誠を誓ったというのに、あの女は鼻先で笑いやがったんだからな」

「陛下は嘲笑ってなどおられない」とセルミーはいった。「陛下のことをよく知れば、そのようなまねをなさる方ではないことがわかる」

「あの女は若を袖にした。若のほうは真心を差しだしたというのに、あの女め、その真心を投げ返して、傭兵の愛人とサカりにいきやがった」

「すこしは口を慎んだらどうだ」もともとサー・バリスタンは、このジェアリス・ドリンクウォーターのことを快く思っていなかった。ましてや、デナーリスを悪しざまにいわれては、見過ごしておくわけにはいかない。「プリンス・クェンティンの死はみずから招いたことだ。責は貴公らにもある」

「おれたちにも？　おれたちにどんな落ち度があったというんだ。たしかにクェンティンはおれたちの友人だったさ。すこしいかれてた、とあんたはいうかもしれん。だが、夢想家というのはみんなすこしいかれてるもんだ。しかし、それよりもなによりも、クェンティンはおれたちの仕えるべきプリンスだった。その命《めい》に服するのはおれたちの務めじゃないか」

それはまぎれもなく真実であり、そこには反論の余地がなかった。バリスタン・セルミー自身、生涯のかなりの部分を費やして、飲んだくれや狂人に服従してきた身だ。

「……貴公らのプリンスはくるのが遅すぎた」

「おれのプリンスはな——真心を差しだしたんだ」とサー・ジェアリスはくりかえした。

「わが女王《きみ》が必要としておられたのは武力であって、真心ではない」

「ドーンの槍五万、喜んで差しだすともいったはずだぞ」

「たしかにな」デナーリスがドーンのプリンスに好意を向けてくれれば、とだれよりも強く願っていたのは、ほかならぬバリスタン・セルミー自身だったのだ。「とはいえ、くるのが遅すぎた。それに、今回の愚行は……傭兵を傭い、二頭のドラゴンを都に放ったことは……狂気だ。いや、狂気よりもたちが悪い、狂愚だ。これは反逆以外のなにものでもない」

「殿下がしたことは、すべてがデナーリス女王への愛のためだった」ジェアリス・ドリンクウォーターはいいはった。「自分が女王の手をとるにふさわしい人間であることを証明するためだったんだ」

老騎士は、言い分はもう充分に聞いたと判断した。

「プリンス・クェンティンがしたことは、すべてドーンのためにほかならぬ。貴公はわしを耄碌《もうろく》じじいだと思っているのか？　わしは生涯を、数々の王と女王と太子《プリンス》に侍《はべ》って過ごしてきたのだぞ。サンスピア宮は〈鉄の玉座〉に叛意をいだいている。やめておけ、否定してもむだだ。そして、ドーラン・マーテルは、勝利の見こみなくして兵をあげるような人物ではない。その意を受け、おのが本分を果たすためにこそ、プリンス・クェンティンはここまでやってきたのであろう。本分、名誉、栄光への餓《かつ》え……これらに導かれてな。だが、そこに愛はない。クェンティンがここへきた目的はドラゴンだ。デナーリスさまではない」

「あんたは若のことをなにもわかっちゃいないんだ。クェンティンは――」

「もう亡くなったのだ、ドリンクよ」アイアンウッドがゆらりと立ちあがった。「どれだけことばを連ねたとて、殿下はもどってこられぬ。クレタスもウィルも死んだ。いいかげん、そのやくたいもない口を閉じろ。おれがこぶしをたたきこむ前に」

大柄な騎士は、ここでセルミーに向きなおった。

「われらをどう処されるおつもりです」

「〈剃髪頭〉スカハズは絞首刑を主張している。貴公らに四人の部下を殺されたのだからな。女王陛下の兵四人をだ。うちふたりは解放奴隷であり、アスタポア以来、ずっと陛下につきしたがってきた者たちだった」

アイアンウッドは意外そうな顔を見せなかった。

「獣の仮面をかぶったあの者らですか。おれが殺したのはただひとり、バジリスクの仮面の男のみです。それと、ドリンクがもうひとり。ほかの衛兵を殺したのは傭兵たちだ。しかし、そちらにとっては、だれが手をかけようと同じことですな。おっしゃることはわかります」

「おれたちはな、クェンティンを護ろうとしたんだ」ドリンクウォーターが口をはさんだ。

「おれたちは——」

「黙らんか、ドリンク。この方とても、そのへんはちゃんとわかってくださっている」サー・バリスタンに向かって、大柄な騎士は語をついだ。「絞首刑にするつもりなら、わざわざここまで降りてきて話をなさるはずがない。別の処遇をなされるのですな?」

「うむ」(この男、見かけほど頭の働きが鈍くはないようだ)「死なすよりも、生きていてもらったほうが役にたつ。ひとつ、たのまれてはくれぬか。それさえすめば、ドーンへいく船を手配しよう。プリンス・クェンティンの遺骨を、お父上のもとまで届けてさしあげるがよい」

サー・アーチボルドが渋面を作った。

「どうしていつも船なんだ？　いや、ともあれ……だれかがクェントを故郷《くに》へ連れていってやらねばなりませんからな。で、たのみごととは？」

「貴公らの剣の腕がほしい」

「剣の使い手なら、何千人もお持ちでしょう」

「女王陛下の解放奴隷部隊は、いまだ実戦を経験してはおらぬ。傭兵たちは信用に値せん。〈穢れなき軍団〉は勇敢な兵士の集団だが……戦士ではない。騎士ではない」間を置いた。「ドラゴンを奪おうとしたとき、なにがあった？　くわしく話してくれんか」

ドーン人たちは顔を見交わしあった。ついで、ドリンクウォーターが話しだした。

「はじめ、クェンティンが〈襤褸《らんる》の貴公子《プリンス》〉に、ドラゴンは御せるといったんだ。自分にはドラゴンの血が流れているからと。ターガリエンの血を汲んでいるからと」

「ドラゴン一族の血か」

「そうだ。それで、傭兵たちは、桟橋まで運べるように、ドラゴンを鎖で縛る手伝いをするはずだった」

「船の手配は傭兵がしました」アイアンウッドがいった。「ドラゴンを二頭とも確保できた場合にそなえて、大きな船を用意していたのです。クェントはドラゴンの一頭に乗っていく予定でした」

アイアンウッドはいったんことばを切り、繃帯を巻かれた自分の両手を見つめた。

「しかし、窖のある部屋に入ったとたん、とても目論見どおりにはいかないとわかりました。

ドラゴンたちが兇暴すぎたからです。鉄の鎖は……引きちぎられて、そこらじゅうに断片がちらばっていました。極太の鉄鎖、輪のひとつひとつが人の頭ほどもある鉄鎖――。それがちぎれて、黒焦げの割れた骨の山のあいだに転がっていて……クェントは――〈七神〉よ、若を救いたまえ――いまにも下帯の中に脱糞しそうなありさまでした。カッゴとメリスも、だてに場数を踏んではおらず、実態に気づいたようでした。すると傭兵の弩弓兵《クロスボウ》のひとりが、ドラゴンめがけ、いきなり太矢を射かけたのです。もしかすると、はなからドラゴンを殺すつもりで、窖まで侵入するのに、たんにわれわれを利用しただけだったのかもしれません。真意は不明です。いずれにしても、連中の攻撃は良策と呼べるものではなく、太矢は二頭のドラゴンを怒らせただけでした。そもそも、最初からあまり機嫌がよくなかったようです。そこから先は……そこから先は、凄絶の一語につきます」

「〈風来《ふうらい》〉どもは、さっさと風に吹かれて逃げちまったんだ」サー・ジェアリスがいった。「クェントは悲鳴をあげていた。全身、炎に包まれて。なのにやつら、逃げちまいやがった。カッゴも〈可憐なメリス〉も、死んだやつを除いて、ひとり残らず」

「なにを期待していたんだ、ドリンク？ 猫は鼠を殺す。豚は糞の中で転げまわる。傭兵はいちばん必要なときに逃げだす。責めようにも責められん。そういう性質のけだものなんだから」

「まちがってはおらん」とサー・バリスタンはいった。「それで、今回の助力と引き替えに、プリンス・クェンティンが〈襤褸の貴公子〉に約した見返りとはなんだ？」

返事はなかった。サー・ジェアリスがサー・アーチボルドを見る。サー・アーチボルドは自分の両手を見おろし、床に目をやり、扉を見やった。

「ペントスだな」とサー・バリスタンはいった。「プリンスはペントスを約束したのだな。包み隠さず打ち明けてしまえ。貴公らがなにをいおうと、もはやプリンス・クェンティンの助けになることはないし、損になることもない」

「さすがに、ご慧眼《けいがん》」サー・アーチボルドが歯切れ悪く答えた。「ペントスです。その旨をしたためた契約書も取り交わしました」

（付け目はそこにある）

「地下牢にはまだ〈風来〉の者どもを拘束してある。貴公らとともに脱走したと偽ってきたあの者どもだ」

「憶えています。ハンガーフォードに〈麦わらディック〉たちですな。なかには傭兵として悪くない者もいますが、ほかの者は、その、軍場《いくさば》で命を賭けられるかどうか……。連中が、なにか？」

「〈襤褸の貴公子〉のもとへ返すつもりでいる。貴公らも同行してくれ。ただし、何千何万もの敵の中へ、たったふたりで入っていくことは承知おき願いたい。貴公らがユンカイ勢の野営地に入りこめば気づかれずにはすむまい。たのみたいのは〈襤褸の貴公子〉への伝言だ。貴公らを派遣したのがこのわしであること、わしが女王陛下のご意志を代弁して話していることを告げたうえで、われらの人質を五体満足でぶじに確保し、送りとどけてくれたなら、きっとプリンスの代償を肩代わりする旨、伝えてくれ」

サー・アーチボルドは眉根を寄せた。

「〈風来〉の連中、われらふたりを〈可憐なメリス〉に下げわたすでしょう。〈貴公子〉は取引に応じますまい」

「なぜだ？　人質救出など、簡単な仕事ではないか」（ドラゴンを盗むのにくらべたらな）

「わしはかつて、単身、ダスケンデールの町から女王陛下のお父君を救出したことがある」

「それはウェスタロスでの話だろうが」ジェアリス・ドリンクウォーターがいった。

「そしてここはミーリーンだ」と老騎士。

「この手では、アーチは剣を握ることもできん」

「握る必要はない。わしの人を見る目が曇っていなければ、貴公らは首尾よく傭兵を味方につけられるだろう」

ジェアリス・ドリンクウォーターは、光沢のある砂色の髪をかきあげた。

「すこし時間をもらえないか。ふたりだけで相談したい」

「だめだ」とセルミーはいった。

「お引き受けしましょう」

サー・アーチボルドが即座に請け負い、語をついだ。

「いまいましい船さえからんでいなければ問題ありません。このドリンクもお受けします」

にっと笑ってみせた。「いまだ自覚がないだけで、だいじょうぶ、こいつもうんといいますとも」

これでこの件はかたづいた。

(すくなくとも、簡単な部分はな)

大ピラミッドの頂へと長い長い階段を昇りながら、バリスタン・セルミーはそう思った。困難な部分はドーン人の手でなしとげてもらわねばならない。なんと酷な要求をつきつけるものかと思ったにちがいないが、あのドーン人たちは、称号上では騎士なのだ。この程度の難題くらいこなす覚悟がなくてはこまる。もっとも、真の鋼を内包する男としてたのもしい印象を与えたのはアイアンウッドのほうだった。どうやらドリンクウォーターは、顔だちがととのい、舌がよくまわり、美しい髪を持っただけの男でしかないらしい。

老騎士が女王の区画に帰ったときには、プリンス・クェンティンの亡骸《なきがら》はかたづけられたあとだった。

室内では、まだ幼い酌人たちが六人、床に円陣を作ってすわり、子供のゲームにふけっていた。床に置いた短剣を回転させ、その回転がとまると、切先が指し示した子の髪をひと房切るという遊びだった。サー・バリスタン自身、子供のころ、セルミー家の実りの城館《ハーヴェスト・ホール》で、従兄妹たちと似たような遊びをしたことがある。もっともウェスタロスでは、髪を切られるだけでなく、キスもされたものだが。

「バカーズ」サー・バリスタンは声をかけた。「すまんが、カップ一杯、ワインをたのむ。

グラザール、アッザク、扉に控えていてくれ。もうじき〈緑の巫女〉が見える。見えたら、ただちにお通ししろ。それ以外の件では、じゃまをせんようにたのむ」

アッザクは急いで立ちあがった。

「御意、〈女王の手〉さま」

サー・バリスタンはテラスに出た。雨はやんでいたが、空には石板色の雲がたれこめて、〈奴隷商人湾〉に沈んでいくはずの夕陽は見えなかった。ハズダールの黒焦げになった廃墟からは、いまなおいくすじかの煙が立ち昇り、風にあおられてリボンのようにねじれている。囲壁の外、はるか東の彼方の、遠い山々の稜線上には、はばたく白い翼が見えた。

（ヴィセーリオンか）

おそらく狩りをしているのだ。あるいは、ただ飛びたいから飛んでいるのか。レイガルはどこにいるのだろう。いまのところ、緑竜は白竜よりも危険なふるまいが多い。

バカーズがワインを持ってくると、老騎士は長々とカップをかたむけてから、すこしだけワインを残した状態で、こんどは水を取りにいかせた。もうカップ何杯かワインを飲めば、眠る助けにはなるだろうが、ガラッザ・ガラレが敵との交渉から帰ってきたときにそなえて、頭をはっきりさせておかなくてはならない。ゆえにセルミーは、残ったワインをたっぷりの水で割り、まわりの世界が暗くなってゆくなかで、ちびちびと飲んで過ごした。

ひどく疲れていた。心の中は疑念でいっぱいだ。ドーン人、ヒズダール、レズナク、攻撃計画……自分はやるべきことをやっているのだろうか。デナーリスさまが望まれたであろうとおりのことができているだろうか。

（わしはこういうことには向いておらん）

これまでにも、〈手〉を務めた〈王の楯《キングズガード》〉の騎士はいる。多くはないが、何人かはいる。その存在は〈白の書〉で読んだことがあった。同じ立場になったいま、老騎士は思わずにはいられない——はたして先代の者たちは、自分のようにとまどい、混乱したのだろうかと。

「〈女王の手〉さまに申しあげます」小蠟燭を手にして、グラザールがテラスの戸口に姿を見せた。「〈緑の巫女〉さまがおいでになりました。お知らせするようにとのご指示でしたので」

「お通ししてくれ。何本か、蠟燭に火をつけてくれるか」

ガラッザ・ガラレは四人の〈薄紅の巫女〉をともなっていた。〈緑の巫女〉は、まわりを威厳のある叡智のオーラで包まれているかのようで、サー・バリスタンも感銘を受けずにはいられなかった。

（これは強い女性だ。そして、デナーリスさまに対し、つねに誠実な友でもあった）

「〈手〉どの」〈緑の巫女〉の顔は、光沢のある緑のベールで隠されていた。「すわってもよろしゅうございましょうか。老骨がきしんでかないません」

「グラザール、〈緑の巫女〉どのに椅子を」

〈薄紅の巫女〉たちは〈緑の巫女〉の背後にならんで立ち、一様に目を伏せ、からだの前で両手を組みあわせている。サー・バリスタンは〈緑の巫女〉にたずねた。

「なにか飲みものでも？」

「お心づかいに感謝いたします。サー・バリスタン。しゃべりつづけて、のどがからから。よろしければ、ジュースをいただけますか」

「なんなりと」

ケズミアを招きよせて、蜂蜜で甘くしたレモンジュースをゴブレットで持ってこさせた。ジュースを飲むには、ベールをはずさねばならない。あらわになった顔を見て、セルミーはあらためて、この女性がいかに高齢であるかを思いだした。

（わしより二十歳は年上だ。いや、もっとか）

「女王陛下がここにおわさば、〈巫女〉どのの多大なるお骨折りに対し、ともにお礼を申しあげるところですが」

「主上《しゅじょう》はいつもおやさしく接してくださいました」ガラッザ・ガラレはジュースを飲み干し、ふたたびベールをつけた。「われらが麗しき女王さまについて、なにか新しい知らせはありますか？」

「まだなにも」

「女王さまのためにお祈りいたしましょう。ヒズダール王はその後どうなさっておいでか、おたずねしてもよろしゅうございましょうか。王にお会いすることはかないましょうか？」

「ことが首尾よく運べば、じきに。王に危害がおよぶことはありません。約束します」

「それをうかがって、安心しました。ユンカイの〈賢明なる主人〉たちより、主上の消息をたずねられましたので。ユンカイ側は、高貴なるヒズダールの即時復位をもとめています。そう申しあげても、〈手〉どのは驚かれますまい」

「われらが女王陛下を弑《しい》し奉ろうとしなかったことが証明されれば、すぐにでも復位は可能です。そのときまで、ミーリーンは女王陛下に忠実かつ公正な評議会によって統治されます。評議会には、巫女どのの席も用意しておきました。巫女どのにいろいろとお教えを乞わねばならないことは承知しています。われわれには巫女どののお知恵が必要なのです」

「形ばかりに祭りあげられている気もいたしますが」と〈緑の巫女〉はいった。「わたしに知恵があるとお考えなら、いますぐ、いうとおりになさいまし。高貴なるヒズダールを解放申しあげ、王に復位させてさしあげるのです」

「それができるのは女王陛下のみです」

ベールの下で、〈緑の巫女〉はためいきをついた。

「ああも苦労して手に入れた平和が、秋の風に吹かれる木の葉のように散っていく。なんと恐ろしい時代でしょう。〝白い牝馬〟に乗り、重ねて呪われしアスタポアからきた死神は、いつまでも街路をさまよいつづける。ドラゴンは空に舞い、子供たちの肉を喰らう。何百人もが船に便乗して、ユンカイ、トロス、クァース、その他の地へ逃げていく。ハズカールのピラミッドは崩壊してくすぶる廃墟へと変わりはて、黒焦げになった瓦礫の下には、遠祖の血を引く高貴な方々が何人も死んで横たわったまま。ユアレズとイェリザンのピラミッドは怪物たちの巣と化し、その主人たちは住む家なき物乞いとなってしまった。わが信徒たちはすべての希望を失い、神々自身に背を向け、夜ごと痛飲と姦淫にふけっているありさま」

「人殺しにもはげんでいるようですな。昨夜、〈ハーピーの息子たち〉は、三十人の市民を闇討ちして殺しました」

「そうと聞いてとても悲しく思います。それもまた、一刻も早く、高貴なるヒズダール・ゾ・ロラクを解放せねばならぬ理由といえましょう。殺戮行為をただちにやめさせられるのは主上だけです」

（どうやったらやめさせられるというんだ？　できるとしたら、本人が〈ハーピー〉の場合だけだぞ）

「女王陛下は、ヒズダール・ゾ・ロラクとの結婚を選ばれ、彼を王にして配偶者となさり、その王に嘆願されるままに、死闘《モータル・アーツ》技も復活なさった。それなのに、王は毒入り蝗《イナゴ》でもって女王のお気持ちに応えられた」

「むしろ、和平でもって応えられたというべきでしょう。和平を捨ててはなりません、騎士どの、どうかお聞きとどけを。平和とは、金銭では購《あがな》えぬ真珠なのです。ヒズダールどのはロラク家の出身。その手を毒などで汚すことはありえません。主上は無実です」

「どうして無実と断言できるのです？」

（できまいな——真犯人を知っているのでないかぎり）

「ギスの神々のお告げです」

「わたしが信じるのは〈七神〉です。この件に関して、〈七神〉は沈黙をまもっておられる。

ともあれ、叡知深き巫女どの、先方にわたしの申し出を伝えていただけましたか？」

「ご指示のとおりの内容を、ユンカイ側のすべての貴人と、傭兵隊長たちの面前にてお伝えしました。しかし……返答はかんばしいものではありません」

「断わられたのですな？」

「はい。どれだけ金貨を積まれても、人質を返すことはないといわれました。人質を購《あがな》えるのはドラゴンの血だけであると」

　それはサー・バリスタンが期待していた答えとはちがっていたが、予期していた答えではあった。ひとりでに口もとがこわばった。

「これが騎士どのの聞きたかった答えでないことは承知しています」とガラッザ・ガラレはつづけた。「しかし、わたし自身は納得できる内容です。あのドラゴンたちは暴逆の魔獣。ユンカイはあの怪物たちを恐れています……それに充分な理由があることは騎士どのも否定なさいますまい。わたしどもの歴史は、荒ぶるヴァリリアのドラゴン諸公とそのドラゴンによって、〈ギス古帝国〉市民が蹂躙された悲劇を伝えています。あなたがたの若き女王……みずから〈ドラゴンの母〉と名乗られた美しきデナーリスさまでさえ……ドラゴンの怒りをまぬがれられなかったではありませんか。あの闘技場の惨劇の日、女王のおからだが燃えていくさまを、わたしどももはたしかに見ました」

「女王陛下は……あの方は……」

「もはや亡くなられたのです。神々があの方に安らかな眠りを賜わりますように」ベールの陰に涙が光った。「こうなれば、あの方のドラゴンも死なせてしまうべきでしょう」

切り返すことばをさがしていたとき、セルミーの耳がいくつもの重々しい足音をとらえた。ついで、扉が勢いよく開き、〈剃髪頭〉スカハズ・モ・カンダクが足どりも荒く入ってきた。すぐうしろには四人、〈真鍮の獣〉を引き連れている。立ちはだかろうとしたグラザールを、スカハズは横に突き飛ばした。

サー・バリスタンは即座に立ちあがった。

「なにごとだ？」

「投石機《トレビュシェット》だ」〈剃髪頭〉はうなるようにいった。「六台とも稼動している」

ガラッザ・ガラレも立ちあがった。

「これが、〈手〉どのの申し出に対するユンカイの回答です。申しましたでしょう、返答はかんばしいものではなかったと」

（では、やつらは戦《いくさ》を選んだというわけか。それもよかろう）

サー・バリスタンは奇妙な安堵感をおぼえた。戦ならば理解できる。

「石を投げこむくらいでミーリーンを陥《お》とせるとでも思っているのなら――」

「石ではありません」

老女の声は、悲嘆に、そして恐怖に満ちていた。

「死体です」

71――デナーリス

　岩山は緑の〈大草海〉に浮かぶ岩の島だった。

　ダニーが下の草原に降りるまでには、午前中の半分を費やした。ようやく草地に降り立つころにはすっかり息が切れており、筋肉が痛んだ。発熱の徴候も見られる。岩を這い降りるうちに、手のひらは傷だらけになっていた。

（でも、思ったほどひどくはないわ）

　つぶれた血豆に触れながら、ダニーはそう思った。肌はピンクに染まっていて、触れると痛い。ひび割れた手のひらからは白い乳のような液体がにじんでいる。しかし、火傷は治りつつあった。

　下から見あげる岩山は、いっそう大きく見えた。ダニーはこの岩山をドラゴンストーンと呼んでいる。自分が生まれた古城にちなんでのことだ。ドラゴンストーン城の記憶はないが、この岩山のことはそう簡単には忘れられそうにない。下のほうの斜面は藪と茨でおおわれており、上のほうはむきだしの岩が鋸歯《きょし》状に突き立っている。その頂《いただき》の、割れた岩、剃刀《かみそり》のように鋭い岩の尾根、針のように細い岩の尖塔のあいだに奥行の浅い岩屋があって、そこにドロゴンは営巣していた。初めてこの岩山を見たとき気づいたのだが、ドロゴンはしばらく前からここに住んでいたらしい。空気には灰のにおいがただよっていたうえ、目につく岩と樹々は黒焦げになり、岩場には燃えて割れた骨が大量にちらばっていたからである。ここはドロゴンにとっての家なのだ。

家というものが持つ魅力を、ダニーはよく知っていた。

二日前には、岩の尖塔のひとつに登り、南に見える水光に目をこらした。陽が沈むさい、一瞬だけ光る細い筋がある。それがなにかを見きわめるために登ってみたのだ。

(小川ね)とダニーは思った。

ごく小さい流れだが、それはもうすこし太い流れに通じているはずだし、その流れは川に流れこんでいるだろう。そして、世界のこの部分では、すべての川はスカハザダーン河へと通じている。スカハザダーン河さえ見つけてしまえば、あとは下流へたどっていくだけで、〈奴隷商人湾〉にいきつくはずだ。

ほんとうはドラゴンに乗ってミーリーンに帰ったほうがいいとは思う。だが、ドロゴンは考えを同じくしてはいないらしい。

古ヴァリリアのドラゴン諸公は、使役呪《しえきじゅ》と魔法の角笛で騎竜を駕御《がぎょ》していたといわれる。デナーリスは同じことをことばと鞭で行なった。ただ、ドラゴンの背にまたがったダニーは、しばしば乗馬を一から学びなおしているような感覚にとらわれた。愛馬である銀鬣《シルバー》の牝馬に鞭を入れる場合、右の腹を打てば左に進む。馬は本能的に、危険を逃れる方向へ動くからだ。

それに対して、ドラゴンに乗る場合、右の体側《たいそく》を打てば右へと進む。ドラゴンは本能的に、敵に反撃する行動をとるからである。ときどき、鞭がまるっきり役にたたないこともある。そんなとき、ドロゴンは気の向くままに動いて、デナーリスもいっしょに連れていく。鞭で打とうが、ことばで命じようが、まるっきりいうことをきかない。そもそも、鞭で打たれたところで痛くもかゆくもないことには、もうデナーリスも気がついていた。ドロゴンの鱗は、もはや角よりも硬くなっていたのだ。

毎日どれほど遠くに出かけていっても、夜になるとなにかの本能が働くのか、ドロゴンはかならず家へ、ドラゴンストーンへと帰ってくる。

（ただしここは、ドロゴンの家であって、わたしの家じゃない）

デナーリスの家はミーリーンにある。夫も愛人もミーリーンにいる。自分が属する場所はミーリーンのほかにはない。

（歩きつづけなさい。うしろをふりかえったら、迷ってしまう）

歩いていくうちに、草原の上空を飛んでいたときの記憶がつぎつぎによみがえってきた。上から見た雲。大草原を駆けていく蟻のように小さな馬の群れ。手を伸ばせばとどきそうなほど近くに見える銀色の月。眼下に走る川の流れは、陽光を浴びて青い水光を放っている。

（またあんな光景を見られるものかしら）

ドロゴンの背中にまたがっていると、自分が完全な存在になったように感じられる。空の高みにいれば、この世の悲哀も災いもとどかない。どうしてあの完全さを捨てられよう？

だが、そろそろ行動に出なくてはならない。小娘なら好き勝手に生きればよいが、自分は成熟した女性であり、女王であり、妻であり、何千人もの人々の母なのだから。子供たちは自分を必要としている。ドロゴンは鞭の前に屈した。自分も務めの前に屈しなくては。また王冠をかぶり、黒檀の長椅子にもどって、高貴なる夫の腕に抱かれてやらなければ。

(無気力なキスしかできない、ヒズダールの腕に)

けさの太陽は熱く、空は青くて、雲ひとつない。これはこれでいいことだった。ダニーの服はぼろぼろで、とても保温の役にはたたないのだ。サンダルの片方は、ミーリーンからの荒っぽい飛行のまぎわに落としてしまったので、もう片方はドロゴンの岩屋に残してきた。片足だけサンダルを履いているより、両方とも素足のほうが歩きやすいからである。寛衣《トカール》とベールは闘技場で脱ぎ捨ててきたし、リネンの下着は、〈ドスラクの海〉の暑い日中と寒い夜間ではものの役にたたず、汗と草の汁と土の汚れでしみができてしまったため、縁を細く切り、脛《すね》を保護するべく、繃帯のように巻きつけた。

(いまのわたしは、身なりもぼろぼろで、何日も食べていないように見えるでしょう。でも、日中があたたかいうちは、凍えることはないわ)

ドラゴンストーンには、ただひとりだけの短い滞在だった。ほぼ常時、傷が痛んでいたし、腹もへらしていたが……それでも、この岩山にいるうちは妙に幸せだった。

(あちこち痛むし、おなかはぺこぺこ、夜は寒い……でも、空を飛べるなら、そんなことはどうだっていいわ。もういちど最初から同じことをくりかえしてもいいくらい)

だが、デナーリスは自分に言い聞かせた。ジクィとイリは、ミーリーンの大ピラミッドの頂《いただき》で自分の帰りを待っているはずだ。愛らしい秘書官ミッサンデイも、いまだ子供の酌人たちも。ピラミッドにもどったら、みんなで食事を運んできてくれるだろう。柿の樹の下の沐浴場で水浴びもできる。また清潔にもどるのは気持ちがいいにちがいない。自分が汚れているのは、鏡を見るまでもなく、よくわかっている。

腹もへっていた。ある朝、南側の斜面を半分ほど降りてみると、野生の玉葱《タマネギ》が生えているのを見つけた。その日の後刻には、赤い植物を見つけた。甘藍《キャベツ》の変種のような形の植物で、食べてみたが、とくに体調が悪くなりはしなかった。そのほかには、ドロゴンの岩屋の外に湧く泉で魚を一匹だけとらえたことがある。しかし、それ以外には、焼け焦げた骨の髄や、半焦げ半生の、まだ煙をあげている肉の塊をかじり、飢えをしのぐほかなかった。もちろん、これだけで足りるはずもない。ある日のこと、割れた羊の頭骨を素足で蹴ってみた。頭骨は岩場の上をはずみながら、縁を乗り越えて落下していった。その頭骨が急な斜面を転げ落ち、草の海に沈むのを見て、ああ、自分も下に降りなければ、とダニーは思ったのだった。

丈の高い草のあいだを、きびきびと歩いていく。足指のあいだにあたる土のあたたかさが気持ちいい。草の高さはダニーの背丈ほどもある。

(〈太陽と星々の君〉のとなりで、シルバーの背中にまたがって、あのひとの部族《カラザール》の先頭を進んでいたときには、こんなに高く感じなかったのに)

歩くのに合わせて、闘技場の支配人のものだった鞭が太腿を軽く打っている。この鞭と、背中に残る下着の名残《なごり》のぼろだけが、ミーリーンから持ってきたもののすべてだ。

歩いているのは、緑の王国のまっただなかだが、夏の豊かな緑とは趣《おもむき》がちがっていた。ここでさえ秋の気配が感じられるのだ。冬の訪れもそれほど遠くはないだろう。草は記憶にあるよりも色が薄く、茎も力強さを欠いていて、黄色くなるまぎわの、色褪せた緑だった。黄色を過ぎれば、つぎは茶色になる。この地の草は枯れかけているのだ。

デナーリス・ターガリエンは、〈ドスラクの海〉を知らないわけではない。クォホールの大森林を経て、〈山々の母〉や、巨大な湖〈世界の子宮〉にまで広がる広大な草の大海原をはじめて訪れたのは、族長《カール》ドロゴに嫁いだばかりの少女のころだった。〈寡妃の会《ドシュ・カリーン》〉の大婆さまたちに引き合わされるため、ヴァエス・ドスラクへ旅していったのである。あのときに見た〈大草海〉の壮観には、思わず息を呑んだものだった。

(空は青く、草は碧く、わたしは希望に満ちていた)

あのときはサー・ジョラーもいっしょだった。無愛想な古強者《ふるつわもの》の熊がいつもそばにいた。身のまわりの世話をする者として、イリ、ジクィ、ドリアもいっしょだった。夜は〈太陽と星々の君〉が抱いてくれたし、お腹の中では子供が育ちつつあった。

(レイゴ。お腹の子にはレイゴと名づけるつもりだった。〈寡妃の会《ドシュ・カリーン》〉のあの大婆さまは、生まれてくる男の子が〈世界に背乗り《マウント》する牡馬〉になるだろうと予言したわ)

あれほど幸せだったのは、おぼろげにしか憶えていないブレーヴォス時代、あの赤い扉の家に住んでいたころ以来だ。

だが、〈赤い荒野〉を渡るうちに、すべての歓びは灰燼《かいじん》に帰した。〈太陽と星々の君〉は落馬し、子宮にいるレイゴは妖女《メイジャイ》ミリ・マズ・ドゥールに殺されて、ダニーは族長《カール》ドロゴの魂の抜け殻を両手で絞め殺さざるをえなくなった。そののち、ドロゴの大部族《カラザール》はばらばらになった。ドロゴのコーであったポノはみずから族長《カール》ポノと名乗り、おおぜいの騎馬戦士と、おおぜいの奴隷を連れて去った。同じくコーだったジャークォも族長《カール》ジャークォを名乗り、いっそう多くの者を連れて去っていった。ジャークォの血盟の騎馬戦士となったマーゴは、デナーリスが一度はあの男の手から助けた娘エロエを犯し、殺している。族長《カール》ドロゴを送る火葬壇の炎と煙の中でドラゴンたちが孵《かえ》らなかったら、ダニーはヴァエス・ドスラクへ引きずっていかれ、〈寡妃の会《ドシュ・カリーン》〉の大婆さまたちに混じって過去を顧みながら、死ぬまでそこで暮らすはめになっていただろう。

（火葬の炎でわたしの髪は焼けてしまった。けれど、髪以外の部分は無傷だったわ）

〈ダズナクの大闘技場〉でもそれは同様だった。そこまでは憶えている。そのあとのことは霞《かすみ》がかかったように朦朧《もうろう》としているのだが。

（ものすごくおおぜいの人々が悲鳴をあげ、押しのけあい、逃げまどっていた）

さまざまな光景が目に焼きついている。

あちこちで棹立ちになる馬、押し倒されて甜瓜《メロン》をぶちまける手押し車。下から飛んできた一本の槍、つづいて射かけられた何本もの弩弓《クロスボウ》の太矢。一本は至近距離に飛来し、ダニーの頬をかすめた。ほかの太矢は硬い鱗にあたって弾かれ、あるいは鱗と鱗の隙間に突き刺さり、あるいは翼の飛膜を突き破った。硬鱗でおおわれた背中に必死にしがみつくダニーの下で、ドラゴンが身をのたうたせ、太矢が刺さるたびに衝撃で打ち震えたことを憶えている。だが、矢傷から煙が立ち昇りだしたかと思うと、だしぬけに、そこの太矢がぼっと燃えあがった。別の太矢は翼のはばたきで抜け落ち、落下していった。

眼下では何人もが炎に包まれ、はげしく手を振りまわし、断末魔の踊りを舞い狂っていた。緑のトカールを着た女が、泣いている子供に駆けよっておおいかぶさり、身を挺して炎から子供をかばうのが見えた。そのときの色彩は鮮烈に憶えているのに、女の顔は記憶にない。女の背を踏みつけて、おおぜいが煉瓦の敷石を駆けていく。なかには、からだに火がついている者もいる。

つぎの瞬間、すべてが薄れ、騒音も遠ざかり、人々がぐっと小さくなった。刺さっていた槍や太矢を振り落としながら、ドロゴンが大空へ翔け昇りだしたのだ。高く、高く、高く、黒竜はダニーを空の高みへと運んでいく。ピラミッドも闘技場も、もはやはるか下にある。大きく広げた翼で、太陽に照りつけられた都の煉瓦から立ち昇る熱い空気の流れをつかみ、ドロゴンは天の高みへと舞いあがった。

そのとき、ダニーは思った。

（落ちたら死んでしまう。でも、その危険を冒すに足るだけの価値が、この飛行にはある）

ダニーを乗せたドロゴンは北へ飛翔し、スカハザダーン河を越え、穴だらけでぼろぼろになった飛膜を広げて、雲のあいだを滑空していった。そばをかすめていく雲が、まるで怪物じみた軍勢の旗標《はたじるし》のようだ。飛ぶうちに、〈奴隷商人湾〉の海岸と、海岸にそって走る古きヴァリリア街道がかいま見えた。街道は砂浜と荒れ地を貫き、西の彼方に消えている。

（あの街道をたどっていけば故郷だわ）

だが、そう思ったのもつかのま、眼下には風に波打つ草の大海原しか見えなくなった。

（人がドラゴンに乗って飛ぶのは、千年来のできごとかしら？）

顧みるたびに、そうにちがいないという気がする。

いま、太陽が天頂へ昇るにつれて、陽射しがきつくなってきた。ほどなく、ダニーの頭は熱さに疼《うず》きだした。髪はまた生えてきているが、ゆっくりとでしかない。

「帽子がいるわね」と声に出していった。

まだドラゴンストーンの上にいたとき、草の茎を編んで帽子をこしらえようとしてみた。ドロゴといっしょにいたさいに、ドスラクの女たちがそうやって帽子を作っているのを見たことがある。だが、草の種類が合わないのか、たんに腕が未熟なだけなのか、結局、うまく作れなかった。何度作っても、すぐばらばらになってしまうのだ。

（もういちどやるのよ）と、そのつど、自分に言い聞かせた。（つぎはきっとうまくできるから。あなたはドラゴンの血を引く者。帽子くらい作れるわ）

だが、いくら試みても、ちっとも上達しなかったので、いまは結局、こうして帽子なしで歩いている。

岩山の上から見たあの小川にたどりついたのは、午後になってからのことだった。小川は細流や小流というべきもので、幅は腕の太さほどしかなかった。それもドラゴンストーンで過ごしているあいだ、日々細くなっていった腕の太さほどだ。ダニーは両手で水をすくい、顔にかけた。水にちょっとつけただけの手の甲は、たちまち小流の底の泥に触れた。もっと冷たくて、もっときれいな水があればいいがと願っていたのだが……しかし、こんなことを願ってはだめだ。願いごとをするなら、救出を願わないと。

ダニーはいまでも、だれかが捜索にきてくれることを当てにしていた。サー・バリスタンならば探しにきてくれるはずだ。なんといっても、〈女王の楯《クイーンズガード》〉の最初の一員であり、命を懸けて自分を護ると誓ってくれた人なのだから。血盟の騎手たちも〈ドスラクの海〉を知りつくしているし、その命はダニー自身の命に結びつけられている。夫の高貴なるヒズダール・ゾ・ロラクも捜索隊を派遣するかもしれない。そしてダーリオは……。ダーリオが満面の笑みを浮かべ、沈みゆく夕陽の最後の光に黄金の歯をきらめかせつつ、丈高い草のあいだをぬって馬を駆ってくる場面を想像してみた。

ただし、そのダーリオは、都に入ったユンカイの諸将に危害を加えさせないための人質として、ユンカイ勢の野営地にいる。

（ダーリオに〈勇士〉、ジョゴにグロレオ、ヒズダールの親族三人が）

いまごろは、人質は全員、解放されているだろう。しかし……。

愛する傭兵隊長の剣は、いまなおベッドのうしろの壁にかけられたまま、持ち主が取りにくるのを待っているかもしれない。

「わが娘たちを託していきます」出かけていくまぎわ、ダーリオはそういった。「わたしのために預かっていてください、愛しい人」

ユンカイ人は、あの傭兵隊長が女王にとってどれだけたいせつな人物なのか承知しているのだろうか。人質が取られた午後、ダニーはサー・バリスタンにそれをたずねてみた。

「うわさは聞きおよんでいるでしょう」と老騎士は答えた。「ナハリスは敵陣にあるいまも、自分に対する、陛下の……大いなる……寵愛を……吹聴しているかもしれません。ご無礼を承知であえていわせていただくなら、慎みはあの隊長の美徳のひとつではありませんので。ナハリスは絶大な自信を持っているのです……自分の剣技に」

（つまり、愛撫の技に、ということね）

しかし、敵のただなかでそんなことを吹聴するほど、ダーリオも愚かではないだろう。

（どのみち、関係ないわ。いまごろユンカイ勢は引きあげているはずだもの）

そのためにこそ、ダニーは涙を呑んでいろいろと手をつくしたのだ。平和のために。

うしろを向き、歩いてきた道を眺めやった。ドラゴンストーンは草原の上に、握りしめたこぶしのごとく、高くそびえている。

（すぐそこに見えている。何時間も歩いてきたのに、手を伸ばせば触れられそうなほど近く見える）

まだ引き返すには遅くない。ドロゴンの岩屋のそばには泉があり、魚がいた。初日に一匹とらえられたのであれば、またとらえられるだろう。それに、ドロゴンが狩ってきた獲物の食べ残しもある。黒焦げになった骨にはまだ肉がついていた。

（だめよ）ダニーは自分に言い聞かせた。（うしろをふりかえったら、迷ってしまう）

太陽に照りつけられるドラゴンストーンの岩のあいだでも、何年間かは生きていけるかもしれない。昼間はドロゴンに乗って、夕暮れどきになると、大草原が金色からオレンジ色に変わっていく光景を眺めながら、ドロゴンの食べ残しを食べて生きていけるかもしれない。だが、そんな暮らしを送るために自分は生を受けたのではない。ゆえに、ダニーはふたたび岩山に背を向け、鋭い岩尾根のあいだを吹き抜ける風の、飛行と自由の歌に耳をふさいだ。小流は、ダニーにわかるかぎり、ちょろちょろと南南東の方向へ流れていた。その流れにそって歩きだす。

（わたしをちゃんとした川へ連れていって。わたしがあなたにたのむのはそれだけ。川まで連れていって。あとは自力でやるから）

何時間もがゆっくりと経過した。小流はあちこちへと曲がっており、脚に軽く鞭をあて、時間を刻みながら、その流れをたどりつづける。これからどれだけ遠くまで歩かなければならないのかも、頭の疼きも、腹をさいなむ空腹も、いっさい考えないようにした。

（一歩を踏みだすのよ。そして、また一歩。もう一歩。さらに、もう一歩）

ほかにどうすることができるだろう。

草の海はひっそりと静かだった。風が吹きわたるたびに、草はためいきをつき、草の茎と茎とを触れ合わせ、神々にしか理解できないことばをささやく。ときおり小流は石に流れを阻害され、そこだけ滾《たぎ》っていることがあった。足指のあいだをぬかるみがくすぐっている。さまざまな虫が羽音をたてて飛んでいた。ものうげに飛ぶ蜻蛉《トンボ》、金属光沢のある緑の狩り蜂、目に見えないほど小さな蚋《ブヨ》。蚋は血を吸うので、腕にとまられるたびに、無意識にぴしゃりとたたく。あるとき、流れの水を飲んでいる鼠を見つけた。が、ダニーに気づいたとたん、鼠はすばやく茎のあいだに飛びこんで、丈高い草の奥に消えてしまった。ときおり、小鳥がさえずる声も聞こえた。その声に応えて腹の虫も鳴きだしたが、鳥を獲るための網はないし、いまのところ、鳥の巣にはまったく遭遇していない。

（かつてわたしは空を飛ぶことを夢見たけれど、その夢を果たしたいまは、卵を盗むことを夢見ている）

そう思うと、笑いがこみあげてきた。

「人はいかれているわね。神さまたちはもっといかれているわ」

草の波にそういってみた。草は肯定のさやぎを返してきた。

その日は三度、ドロゴンの姿を見た。一度めはうんと彼方で、一見、遠い雲を出入りする鷲のようだったが、このごろはもう、麦粒のように小さくても黒竜の姿を識別できるようになっている。二度めのときには、頭上の太陽を横切っていった。黒い翼を大きく広げていたので、一瞬、世界が暗くなった。三度めのときは真上を飛んでいった。かなりの低空飛行で、翼をはばたかせる音が聞こえたほどだった。鼓動半分のあいだ、ダニーはドロゴンが自分を狩ろうとしているのかと思ったが、黒竜はそのまま、ダニーに気づかずに飛びすぎていき、東のどこかへ消えた。

（それはそれでいいわ）

気がつくと、いつのまにか、夕闇が忍び寄っていた。低い石塀に出くわしたのは、夕陽がドラゴンストーンの遠い岩尖塔にすべりおりていくころのことだった。石塀は草に埋もれ、崩れかけていた。なにかの寺院なり、村長の館なり、そういったものの名残らしい。石塀の向こうには、ほかにも廃墟があった。古い井戸がひとつと、草のあいだに残る丸い住居跡がいくつか見える。どうやら小屋の名残らしい。小屋は泥と藁《わら》で造られていて、長年のあいだ風雨にさらされるうちに、跡形もなく消えてしまったのだろう。夕陽が沈むまでに見つけた住居跡は八つだったが、草の海のあいだにはもっとあるかもしれない。

石塀は住居よりも長持ちしていた。高さはせいぜい一メートルほどしかないが、ふたつの石塀が交差する角の陰に入れば、それでも風をしのぐことはできた。夜は急速に深まりつつあった。ダニーは廃墟のあいだから枯れ草を集めてきて、石塀の隅に敷きつめ、簡単な休憩場所を作り、壁にもたれかかった。ひどく疲れていた。両足には新たに血豆ができている。左右の小指のつま先にもだ。

（歩きかたのせいね）と思い、くすくす笑った。

日が昏《くら》くなると、ダニーは目をつむった。が、眠りはなかなか訪れてくれなかった。夜は寒く、地面は固く、腹もへっている。いつしか、ミーリーンとその人々のことを考えていた。

愛するダーリオのこと、夫であるヒズダールのこと、イリとジクィと可憐なミッサンデイのこと、サー・バリスタンとレズナクと〈剃髪頭〉スカハズのこと——。

（みんな、わたしが死んだのではないかと心配しているんじゃないかしら。ドラゴンの背に乗って飛び去ったんだもの。ドラゴンに食われてしまったと思っているかしら？）

ヒズダールはまだ王のままだろうか。ヒズダールの王権は、女王の夫であることによって成立する。女王がいないいま、王でいられるだろうか。

（けれど、あの人はドロゴンを殺させようとしたわね。〝殺せっ！〟とたしかに叫んだわ。〝その魔獣を殺せっ！〟と。ヒズダールは、ドロゴンを殺したくてしかたがないという顔をしていた）

それに、〈闘士《ストロング》〉ベルウァスは床に両ひざをつき、はげしく身をわななかせながら、嘔吐していた。

（毒——あれは毒にちがいない。蝗《イナゴ》の蜂蜜漬けは毒入りだったんだわ。ヒズダールがあれを勧めた相手はこのわたし。ベルウァスがみんな食べてしまっただけで）

ダニーはヒズダールを王に迎え、褥《しとね》にも導いた。ヒズダールのために各闘技場を再開してやりもした。ヒズダールが女王の死を願う理由はどこにもない。しかし、ヒズダール以外のだれに、毒を盛らせることができたというのか。香水のにおいをぷんぷんただよわせた家令、レズナクか？　ユンカイ人か？　〈ハーピーの息子たち〉か？

どこか遠くで狼が遠吠えをした。その声はもの悲しく、いっそうさびしさを感じさせるとともに、空腹をもきわだたせた。ダニーがようやく安らぎなき眠りに落ちたのは、大草原の上に月が昇るころのことだった。

夢を見た。すべての心配ごと、すべての苦痛を振り落とし、からだが空に浮かびあがっていくような感覚をおぼえた。気がつくと、ふたたび空を飛んでいた。くるくると回転しつつ、笑いながら宙を舞うデナーリスの周囲で、星々が回転し、さまざまな秘密をささやきかけてくる。

「北へいくためには南へ旅しなくてはなりません。西へいくためには東へ進まなくてはなりません。前に進むためにはうしろへ進み、光に触れるためには影の下を通らなくてはなりません」

「クェイス？」ダニーは呼びかけた。「どこにいるの、クェイス？」

そのとき、ダニーは見た。

（あの仮面は星の光でできている）

「自分が何者かを思いだしなさい」星々が女性の声でささやいた。「ドラゴンたちは知っているわ。あなたはどう？」

翌朝、目覚めてみると、全身がこわばって、ずきずきと疼いており、腕、足、顔じゅうをなにかが這いまわっていた。それが蟻の群れであることに気づき、敷物と毛布がわりにしていた茶色い枯れ草の束を払いのけ、よろよろと立ちあがった。からだじゅうを咬まれており、あちこちがぽつぽつと赤く腫れて、ひどく痛痒かった。

（これだけの蟻が、いったいどこから？）

腕、脚、腹にたかった蟻を払い落とす。いったん焼け落ちた髪がまた短く生えだしている頭をなでてみると、そこにも蟻がたかっていて、一匹は首筋を背中側へ這い降りていこうとしていた。できるかぎり払い落とし、素足で踏みつぶす。すごい数だった。

よく見ると、じつは石塀の裏側に、蟻塚があったことがわかった。いったいどうやって、蟻はこの石塀を乗り越え、ダニーを見つけたのだろう。蟻にしてみれば、崩れかけた積石は、ウェスタロスの〈壁〉ほども巨大にそそりたっているはずなのに。

（全世界で最大の壁——）

〈壁〉を指して、まるで自分が築きでもしたかのように、兄ヴィセーリスはよくそういっていたものだった。

そういえば、ヴィセーリスからは、貧窮するがゆえに、七王国の間道ぞいの、古い灌木の下で野宿をする騎士たちの物語を聞かされたことがある。葉の密生した雨風をしのぎやすい灌木が、ここにもほしいところだった。

（それも、そばに蟻塚のないものがいいな）

朝陽は昇ったばかりで、コバルト色の空には、ひときわ明るい星がいくつか残っている。

（おそらく、あのひとつは族長《カール》ドロゴだわ。〈夜の国〉で悍馬《かんば》に乗って、わたしにほほえみかけてくれているのね）

ドラゴンストーンは、いまも草の海の上に見えていた。

（すぐ近くに見える。もう何十キロも離れているはずなのに、一時間もあればもどれそうに見える）

もういちど横たわり、目をつむって、眠りに身を委ねたかった。

（いいえ。歩みつづけなくては。小川にそっていくのよ。ひたすら小川にそっていくの）

方位を見定めるのに、すこし時間を要した。方向をまちがえて小川を見失っては元も子もない。

「わが友、小川よ」と声に出していった。「わが友のそばにいさえすれば、道に迷うことはないはずね」

あえて水辺で寝る手もあったが、夜のあいだに小川へ水を飲みにくる動物がいる。事実、水辺には足跡が残っていた。狼や獅子の餌としては、自分は貧弱な獲物だが、向こうにしてみれば、こんな獲物でもないよりはましだろう。

どちらが南か確信が持てると、歩数を数えながら、その方向へと歩きはじめた。八歩めで小川が現われた。ダニーは両手で水をすくい、口に運んだ。たっぷり水を飲んだため、腹が痛みだしたが、腹痛よりも喉の渇きのほうがもっとつらい。ほかに飲めるものはといえば、丈の高い草の葉で光っている朝露くらいだ。食べるものは、草のほかにはなかった。

（蟻を食べてみようか）

小型の黄蟻では小粒にすぎて、腹の足しにも栄養にもなりそうにないが、草のあいだには赤蟻もいた。赤蟻はからだが大きい。

「ここは〝海〟のただなか」曲がりくねる小流ぞいに脚を引きずって進みながら、ダニーはつぶやいた。「うまくすると、蟹も見つかるかもしれないわね。でなければ、丸々と太った魚とか」

鞭で軽く太腿を打ち、リズムをとる。ペシッ、ペシッ、ペシッ。一度に一歩ずつ。着実に小川をたどっていきさえすれば、かならず家にたどりつける。

真昼を過ぎたころ、水辺に生えた灌木の茂みに出くわした。ねじくれた枝々には固い緑の実がたくさん生《な》っていた。はたして食べても平気だろうかと、目を細めてしげしげと眺めてから、一個もぎとり、かじってみた。実はすっぱくて固く、苦い後味を残した。この味には憶えがある。

「部族《カラザール》では、肉を焼くとき、こういう実を香りづけに使っていたわね」

声に出してそういうことで、いっそう確信が持てた。ともあれ、腹がぐうぐう鳴っていたので、ダニーは両手でいくつもの実を摘み、一気に口の中へ放りこんだ。

一時間ほどたって、腹がひどく痛みだし、それ以上は歩けなくなった。その日はずっと、緑色のねばつく液体を吐いて過ごした。

(ここにじっとしていたら死んでしまう。いいえ、もう死にかけているのかもしれない)

もうじき、ドスラクの馬の神が草をかきわけて現われ、星の部族《カラザール》へ連れていってくれるのだろうか。〈夜の国〉で族長《カール》ドロゴとともに馬に乗れるように。ウェスタロスでは、死んだターガリエン家の者は火葬に付される。ここではだれが自分の火葬壇に火をつけてくれるのだろう。

（わたしの肉は、狼や腐肉を喰らう鴉の餌になるんだわ）そう思うと、悲しみがこみあげてきた。（そしてわたしの子宮には、地虫たちが這いずりこんでくる）

ドラゴンストーンに目を向けた。前よりも小さくなっている。何十キロもの彼方で、風蝕《ふうしょく》された頂から煙が立ち昇っているのが見えた。

（ドロゴンが狩りからもどってきたのね）

草のあいだにしゃがみこみ、うめいているうちに日が暮れた。しゃがんで用をたすたびに、便はやわらかく、においもひどくなっていく。月が昇るころには、茶色い液体を下すようになっていた。水を飲めば飲むほど、下す量が多くなる。下せば下すほど、喉が渇く。あまり喉が渇くので、小川に這いずっていって、流れに口をつけ、水をすすりこんだ。あおむけになって目をつむったときには、もう二度とまぶたをあける力が出ないかもしれない、と思うほど衰弱していた。


眠っているあいだに、死んだ兄の夢を見た。

ヴィセーリスは、最後に見たときそのままの姿をしていた。苦悶に歪んだ口、焼けた髪、黒く焦げた顔、煙をあげる肉。融けた黄金が額と頬を流れ落ち、目に流れこんでいく。

「にいさまは死んだはずよ」とダニーはいった。

〝殺されたんだ〟唇が動くところは見えなかったが、どういうわけか、声は聞こえた。声は耳にささやきかけてくる。〝おまえはおれを悼んだことがない、妹よ。悼まれることもなく死んでいるのはつらいものだぞ〟

「愛していたわ、以前は」

〝以前はな〟と兄の声はいった。あまりにも辛辣な口調に、ダニーは身ぶるいをおぼえた。〝おまえはおれの妃になるはずだった。銀髪と紫の目を持った、おれたちの子供たちを産むはずだった――ドラゴンの純血をたもつために。おまえの面倒を見たのはおれだ。おまえが何者かを教えてやったのはおれだ。おまえに食わせてやったのはおれだ。おまえに食わせるために、おれはわれらが母の冠すら売った〟

「にいさまはわたしを傷つけたわ。わたしを怯《おび》えさせたわ」

〝それはおまえが、おれの中のドラゴンを目覚めさせたときだけだ。おれはおまえを愛していた〟

「わたしを売ったくせに。わたしを裏切ったくせに」

〝ちがう。裏切ったのはおまえだ。おまえはおれを裏切った。おまえ自身の血を裏切った。おれはやつらにだまされたんだ。おまえの馬同然の夫と、くさい野蛮人どもに。あいつらはペテン師のうそつきだ。黄金の冠をやると約束したその口で、おれの頭にかぶせたのがこれだったのだからな〟

顔面をつたい落ちる融けた黄金に、兄は手をふれた。指先から煙が立ち昇った。

「ちゃんとした冠をかぶることもできたのよ」とダニーは言い返した。「わたしの〈太陽と星々の君〉は、にいさまにちゃんと冠をかぶせるつもりだったわ、にいさまが待っていさえすれば」

〝おれは充分に待った。一生のあいだ、おれは待ってばかりいた。おれはやつらの王だった。正当な王だった。なのに、やつらはおれを嘲笑った〟

「にいさまはペントスに残っているべきだったのよ、マジスター・イリリオといっしょに。族長《カール》ドロゴには、わたしを〈寡妃の会《ドシュ・カリーン》〉のもとへ連れていく必要があったけれど、にいさまにはわたしたちといっしょに馬に乗っていく必要などなかったんだもの。いっしょにくるといったのは、にいさま。それはにいさまの落ち度」

〝そんなにおれの中のドラゴンを目覚めさせたいのか、この愚かな小娘の娼婦が。ドロゴの部族《カラザール》はおれのものだった。おれがやつから買ったんだ——五万の叫戦士《きょうせんし》を。大金とおまえの処女とで、部族《カラザール》を買ったんだ〟

「にいさまにはわからないのよ。ドスラク人はものの売り買いをしないの。贈り物を与えて、贈り物を受けとるの。にいさまが待ってさえいれば……」

〝待ったとも。わが王冠を。わが玉座を。おまえを。あれだけの年月、ずっと待っていたというのに、おれが得たのは鉢一杯の融けた黄金だけだった。なぜドラゴンの卵を与えられたのがおまえだったんだ？　あれはおれのものになるはずだったんだぞ？　一頭のドラゴンがおれにあれば、世界にわれらのことばの意味を教えてやれたものを〟

そこで急に、ヴィセーリスが高笑いをしだした。だが、ほどなく、頬から煙が噴きだし、下あごが顔から焼け落ちて、口から血と融けた黄金が流れ落ち――。

あえぎながら目覚めたとき、太腿は血でぬるぬるになっていた。

一瞬、それがなんだかわからなかった。じきに夜明けなのだろう、世界はようやく明るみはじめたところで、丈の高い草が風になびき、静かにさやいでいる。

（いやよ、おねがいだから、あとすこしだけ眠らせて。もうくたくた）

眠るまぎわに引きちぎって、からだにかけておいた草の束の下に潜りこもうとした。草の一部は濡れているように感じられた。雨でも降ったのだろうか。ダニーは上体を起こした。もしや眠っているあいだに失禁したのかと心配になったのだ。濡れた部分を探り、指を顔に持っていくと、血のにおいがした。

（わたし、死にかけてるの？）

見あげれば、草原のずっと高みに、青白い三日月が浮かんでいる。その月影を見て、ああそうか、これはたんに月のものの血なんだと気がついた。

これほど体調が悪くもなく、怯えてもいなかったら、ほっと安堵したことだろう。だが、かわりにダニーは、がたがた震えだした。指を土でぬぐってから、ひとつかみの草で股間の血をぬぐう。

（ドラゴンは涙を流さない）

血を流しはする。しかしそれは、たんなる女の血だ。

(でも、月はまだ三日月。どうしてこんなことが?)

最後に月のものが訪れた時期を思いだそうとした。前の満月? その前の満月? さらにその前の?

(いいえ、そんなに前のはずはない)

「わたしはドラゴンの血を引く者」

声に出して、草にそういった。

〝以前はな〟草がささやきかえしてきた。〝暗闇の中、ドラゴンたちを鎖でつなぐまでは〟

「それは、ドロゴンが小さな女の子を殺したからよ。女の子の名前は……名前は……」その子の名をどうしても思いだせず、ひどく悲しくなった。涙を流せない身でなければ、きっと泣いていただろう。「わたしが小さな女の子を持つことはないわ。わたしは〈ドラゴンの母〉だったんだもの」

〝そうだ〟と草はいった。〝しかし、おまえは、自分の子供たちに背を向けた〟

腹の中はからっぽだ。足は腫れて、血豆ができている。腹痛はますますひどくなってきているようだった。腹の中に無数の蛇がいて、のたうちながら内臓を咬んでいるような感じがある。震える両手を使って泥と水をすくった。真昼になれば水はぬるくなっているだろうが、夜明けの寒さの中では、水は冷たいともいえるほどで、意識をはっきりさせる効果があった。顔に水をかけたとき、太腿のあいだに、さらにまた血が流れているのが見えた。ぼろぼろになった下着の縁が血で真っ赤に染まっている。あまりの血の多さに慄然とした。

（月のものよ。これはただの、月のものの血）

しかし、かつてこれほど大量に血が出た記憶はない。

（水のせいかしら）

水のせいだとしたら、自分は破滅だ。水を飲めねば渇き死にしてしまう。

「歩きなさい」ダニーはみずからに命じた。「小川をたどっていくの。スカハザダーン河にたどりつくまで。そこまでいけばダーリオが見つけてくれるわ」

だが、ただ立ちあがるだけのことに、ありったけの力を必要とした。やっとのことで立ちあがっても、その場に立ちつくすだけでせいいっぱいだった。熱があるし、血が流れている。雲ひとつない青空をふりあおぎ、目をすがめて太陽を見あげた。

（いつの間にか、午前が半分過ぎている）

愕然としつつ、そう気がついた。

みずからに強いて、一歩を踏みだす。そして、もう一歩。そうやって足を踏みだすうちに、小流にそって、どうにかこうにか歩きだした。

気温がしだいにあがっていき、太陽が真上から照りつけて、短い頭髪の生えかけた頭部をじりじりと焼き焦がしはじめる。足の裏が水面を踏むたびに水がはねた。いまは小川の中を歩いているのだ。いったいいつから小川の中を歩いているのだろう？　軟らかな茶色の泥が足指のあいだに心地よく、血豆の痛みをいやしてくれている。

（小川の中であれ、外であれ、歩きつづけなくては。水は下流へと流れる。小川はわたしを川へ、川は家へと連れていってくれる）

しかし、その家は真の家ではない。

ミーリーンがほんとうの家であったことはないし、これからもない。あの都は奇妙な人間、奇妙な神々、もっと奇妙な髪形、裾飾りつきのトカールを着た奴隷使いたちの都であって、そこでは売春が巫女《みこ》の仕事のひとつであり、人殺しの技芸が芸術であり、犬肉が珍重される。ミーリーンは、これからもつねに〈ハーピーの都〉であるだろうし、デナーリスはけっしてハーピーにはなれない。

〝けっして〟と草がいった。ぶっきらぼうなジョラー・モーモントの声だった。〝ちゃんと警告したはずですよ、陛下。あの都市は、そのままにしておいたほうがいいと。陛下の戦うべき場所はウェスタロスにある。そう申しあげたではありませんか〟

囁き程度の声でしかなかったが、どういうわけか、ジョラー・モーモントがすぐうしろを歩いているように聞こえた。

（わたしの熊）とダニーは思った。（わたしの愛しい古強者《ふるつわもの》の熊。わたしを愛し、わたしを裏切った男）

会えなくてとてもさびしい。あの醜悪な顔をもういちど見たい。あの背中に腕をまわして、胸にぎゅっと抱きつきたい。だが、いまうしろをふりかえったら、サー・ジョラーがいなくなることはわかっている。

「わたしね、夢を見ているのよ」とダニーはいった。「目が覚めたまま、夢を見ているの。歩きながら夢を見ているの。わたしはひとりぼっち。道に迷ってしまったのよ」

〝迷われたのは、いつまでもぐずぐずしているからです、いるべきではない場所に〟。風のように静かな囁きで、サー・ジョラーはそうつぶやいた。〝ひとりぼっちなのは、わたしをおそばから追いはらわれたからです〟

「だって、あなたはわたしを裏切ったじゃないの。わたしのことを金で売ったじゃないの」

〝故郷のためです。わたしがなによりもほしかったのは、故郷なのです〟

「わたしも、でしょう。あなたはわたしもほしかったのでしょう」

サー・ジョラーの目の中に、ダニーはかつて欲望を見てとった。

〝そのとおりです〟草が悲しげにささやいた。

「あなたはわたしにキスをしたわ。あなたにできるはずがない、とわたしはいったけれど、あなたはほんとうにキスをした。わたしを敵に売りながら、それでもわたしにキスしたとき、あれは本気だったわね」

〝わたしは多数の有用な助言を行なったではありませんか。槍と剣をふるうのは、七王国にいってからになさいと申しあげたはずです。ミーリーンのことはミーリーン人にまかせて、西へお向かいなさい、と進言したはずです。それでもあなたは、いっこうにお聞きいれにはならなかった〟

「ミーリーンを占領しないわけにはいかなかったのよ。でないと、進軍途中でわが子たちを死なすはめになるんだもの」〈赤い荒野〉を横断するさい、あとに点々と残してきた死体の光景は、いまも目に焼きついている。あんな光景はもう二度と見たくない。「ミーリーンを占領しないわけにはいかなかったのよ、わが臣民のために」

〝しかし、ミーリーンを占領されたあとも〟とサー・ジョラーはつづけた。〝まだぐずぐずしておられたではありませんか〟

「女王であるからには、しかたがないでしょう」

〝たしかに、陛下は女王です〟とダニーの態はいった。〝ただし、ウェスタロスのです〟

「ウェスタロスは遠いもの」ダニーは弱音を吐いた。「わたしは疲れていたのよ、ジョラー。戦争にはあきあきしていたの。わたしは息をつきたかった。笑いたかった。樹々を植えて、それが育つところを見たかった。わたしはただの小娘にすぎないの」

〝ちがいます。陛下はドラゴンの血を引くお方です〟

囁き声がかすかになってきた。まるで、サー・ジョラーがうしろに遠ざかっていくような感じだった。

〝ドラゴンは樹を植えたりなどしません。それは憶えておいてください。そして、ご自分が何者かを思いだしてください。ご自分がなにをなさんとする方なのかを思いだしてください。ご自分のことばを思いだしてください〟

「炎と血ね」

と、デナーリスはゆらぐ草にいった。

ふいに、足の下で石がぐらついたため、デナーリスはよろめき、片ひざをついた。苦痛の悲鳴をあげたのは、古強者の熊が助け起こしてはくれないかと思ったからだが……うしろをふりかえり、サー・ジョラーを探しても、そこに見えるのは、ちょろちょろと流れる茶色い水と——小さく揺れている草ばかりだった。

(風よ——風で草の茎が揺れているだけ)

だが、風はそよとも吹いていない。太陽は中天にあり、空気はよどんでいて、世界は蒸し暑いままだ。あたりには蚋《ブヨ》が群れをなし、流れの上には蜻蛉《トンボ》が浮かび、そこここへすーっと移動している。そして、揺れる理由などまったくないのに、丈高い草は揺れ動いていた。

小川の底を手探りし、こぶし大の石を見つけて、泥の中から引き抜いた。貧弱な武器だが、なにもないよりましだ。目の隅で右のほうの草が動くのをとらえた。と、草が揺れ、手前に深々とお辞儀をした。まるで王に平伏するかのように。だが、ここには王などいはしない。世界は緑でひそやかだ。世界は黄色で死にかけている。

(立ちあがらなくては)と、自分に言い聞かせた。(歩きださなくては。この小川にそって進まなくては)

銀鈴《ぎんれい》をふるような、すずやかなシャンシャンという響きが聞こえてきたのは、まさにそのときだった。

(鈴だわ)思わず顔がほころんだ。〈太陽と星々の君〉族長《カール》ドロゴは編みこんだ髪にいつも鈴飾りをつけていた。(陽が西から昇り、東に沈むときに。海が干あがり、山々が木の葉のごとく烈風に舞うときに。わたしの子宮がふたたび胎動を感じ、わたしが命ある子供を産むときに。族長《カール》ドロゴはわたしのもとへもどってくる――）

しかし、そのような事象は、いまだなにひとつ起こってはいない。

（鈴だわ）もういちど、ダニーは思った。

血盟の騎手たちが見つけてくれたのだ。

「アッゴ」とつぶやいた。「ジョゴ。ラカーロ」

もしや、ダーリオもいっしょだろうか？

緑の草海が左右に分かれた。その向こうから、ひとりの騎馬戦士がぬっと現われた。編みこんだ髪はつややかな漆黒、肌は磨きあげた暗い赤銅色、目は吊りあがったアーモンド形だ。髪につけたいくつもの鈴が歌っている。大メダルをつづったベルトをはめて、紋様を描いたベストをはおり、いっぽうの腰には半月刀《アラク》を、反対の腰には鞭を一本。鞍には猟弓《さつゆみ》と矢箙《しこ》がかけてある。こちらには気づいていない。

（一騎だけだわ。連れはいない。物見ね）

物見の役目は、部族《カラザール》に先行してあたりを探り、狩るべき獲物を見つけだし、よき緑の草を探しあて、隠れている敵を嗅ぎつけることにある。ここにいるのが見つかったら、ダニーは殺されてしまうかもしれない。犯されるかもしれないし、奴隷として売られるかもしれない。どんなに運がよくても、〈寡妃の会《ドシュ・カリーン》〉の大婆さまたちのもとへ連れていかれるだろう。よき族長妃《カリーシ》は、族長《カール》が死んだのちは、〈寡妃の会《ドシュ・カリーン》〉に加わることになっているからだ。

だが、物見はダニーに気づいていない。こちらは草で姿が隠れているし、物見はまったく別の方向を見ている。その視線をたどってみると、大きく翼を広げて飛ぶ黒い影が見えた。ドラゴンは一キロ以上の彼方にいるというのに、物見は凍りついたようにじっと動かない。が、乗馬が恐怖でいななきはじめるにおよんで、ようやく夢から覚めたように反応を示し、すばやく馬首《ばしゅ》をめぐらせ、丈高い草の奥に駆けこんでいった。

ダニーは去っていく物見の背中を見送った。蹄《ひづめ》の音が遠ざかり、完全に聞こえなくなると、こんどは声を限りに名前を叫びはじめた。延々と叫びつづけて、ついには声が嗄れるころ、とうとうドロゴンがやってきた。鼻孔からもくもくと黒煙を吐いている。大地に降り立った黒竜のまわりで、草がいっせいにこうべをたれた。ダニーはその背中に飛び乗った。からだから血と汗と恐怖のにおいがしているが、そんなことはどうでもいい。

「前に進むためには、うしろへ進まねばならない」

むきだしの脚でドラゴンの頸をぎゅっと締めつけ、片脚で蹴りつけた。ドロゴンは大空に舞いあがった。鞭はなくしてしまっていたので、手と足で鱗をたたき、北東へ向かわせる。さっきの物見が走り去った方向だ。ドロゴンは進んでそちらへ向かった。おそらく、物見の恐怖を嗅ぎとったのだろう。

鼓動十二回のあいだに、はるか下方を疾走していくドスラクの人馬を追い越した。右にも左にも、草が焼けて灰になった一帯が見える。ドロゴンは以前にも、ここへたびたび狩りをしに訪れていたらしい。ドロゴンの狩りの跡は、青海原に連なる灰色の列島のごとく、緑の

〈大草海〉に点々と連なっていた。

と、眼下におびただしい馬の群れが現われた。馬追いの騎馬戦士もいる。二十騎、いや、それ以上だ。が、ドラゴンの姿を見たとたん、馬追いは向きを変え、いっせいに逃げだした。ドラゴンの影が地上をよぎるや、馬たちも散りぢりになり、丈高い草をぬって懸命に疾走しだした。蹄で地を抉《えぐ》りながら、体側《たいそく》に泡状の白い汗を噴き、一目散に逃げていく。しかし、いくら速く走れるといっても、馬は空を飛べるわけではない。ほどなく、一頭の馬がすこしずつ遅れだした。ドラゴンはその馬に向かってすーっと舞いおりていき、すさまじい咆哮を放った。たちまち、あわれな獲物がぼっと火に包まれた。それでも馬は、一歩ごとに悲鳴をあげながら、しゃにむに走りつづけていたが、それもドロゴンが上から飛びかかり、背中をへし折るまでのことだった。その間、ダニーはありったけの力をこめ、すべりおちないよう、必死でドラゴンの頸にしがみついていなければならなかった。

死体が重くて岩山の巣まで運べないのだろう、ドロゴンはその場で獲物を喰らいはじめた。まわりで草が燃えるなか、黒焦げになった馬肉を引き裂いては、嚥下《えんげ》する。一帯には濃厚に煙が充満し、燃える馬毛《ばもう》のにおいがただよっていた。ダニー自身もひどく空腹だったので、黒竜の背中からすべりおり、黒焦げになった馬の死体に歩みよると、煙をあげる熱々の肉を火傷した手で裂いて、ドラゴンとともに貪り食った。

（ミーリーンでは、わたしは女王として、シルクの装いを身につけ、詰め物をした棗椰子《デーツ》や蜂蜜を塗った仔羊を食していたというのに。わたしの高貴なる夫は、いまのわたしを見たら、どう思うかしら？）

ヒズダールが慄然とすることはまちがいないだろう。しかし、ダーリオは……。

ダーリオなら笑って、みずからの半月刀《アラク》で肉をひときれ切りとり、そばにしゃがみこんで、お相伴にあずかったにちがいない。

西の空が黒ずんだ血豆の色に染まるころ、多数の馬蹄《ばてい》が近づいてくる轟きが聞こえてきた。

ダニーは立ちあがると、ぼろぼろの下着で手をぬぐい、ドラゴンに歩みよって、そのそばに立った。

ダニーを見つけたのは族長《カール》ジャークォだった。族長《カール》ドロゴの元コーであり、独立したのち、みずから族長《カール》を名乗ったあの男だ。

そして、ただよう煙の陰に引き連れてきていたのは、五十騎もの騎馬戦士だった。

エピローグ

「わたしは謀叛《むほん》人ではありません」〈グリフィンの寝ぐら城の騎士《ズ・ルースト》〉はきっぱりと否定した。「トメン王の忠実な臣下であり、お味方です」

ポタッ、ポタッ、ポタッ——。マントから一定のリズムで床にしたたる雪解け水の音が、そのことばに合いの手を入れている。夜に入ってからこちら、キングズ・ランディングではずっと雪が降りつづいていた。外では雪が足首の高さまで積もっている。サー・ケヴァン・ラニスターはいっそうマントを掻きよせた。

「貴公はそういうがな。ことばは風のごとしだ」

「それでは、わが剣をもって、わがことばの真実を証明してごらんにいれましょう」松明《たいまつ》がロネット・コニントンの赤い長髪と顎鬚に光を投げかけて、炎のように燃えたたせていた。「わたしをわが従兄弟伯父《いとこおじ》のもとへ差し向けてください。首を取ってきてごらんにいれます。偽ドラゴンの首もです」

玉座の間《ま》には、西の壁際に、真紅のマントをまとい、獅子の頭立《ずだて》つき半球形兜をかぶったラニスターの槍兵たちが立っている。いっぽう、東の壁にならんでいるのは、緑のマントをまとったタイレル側の衛兵たちだ。玉座の間の寒さたるや、身を切られそうなほどにきびしかった。この場にはサーセイ太后もマージェリー王妃もいない。だが、両者の存在の名残は、毒々しい瘴気《しょうき》となって、いまなお空中にただよっているように感じられる——まるで饗宴の席に取り憑く亡霊のように。

テーブルの周囲には、王の小評議会の新参議五名がすわっている。そのうしろに鎮座する〈鉄の玉座〉は、多数の棘と鉤爪と刃《やいば》を突きたてられ、なかば影に包まれてうずくまった、巨大な黒い猛獣のようだった。ケヴァン・ラニスターは、背後に玉座の存在を感じることができた。おかげで肩胛骨のあいだがぞわぞわする。玉座にはいまも老エイリス王がすわっており、新たにできた切創《せっそう》から血を流しつつ、下をねめつけている——そんな妄想をついついいだいてしまうのだ。じっさいには、きょうの玉座にはだれもついていない。トメンがこの席に臨む必要を、サー・ケヴァンは感じなかったからである。まだまだ幼い王は、なるだけ長く母親のそばにいさせてやるのが人の情けというものだ。母子があとどれだけのあいだ、ともに過ごせるのかは、〈七神〉のみぞ知る。サーセイの審判がはじまれば、ふたりが引き離されることは避けられない。そして、おそらく……サーセイは処刑されてしまう。

気がつくと、メイス・タイレルがロネットにしゃべっていた。

「貴公の従兄弟伯父と、その者が連れてきた騙《かた》りの若僧については、折を見て対処しよう」

新たに〈王の手〉となったタイレル公は、手の形に彫刻されたオークの椅子にすわっていた。切望してやまない地位につくことをサー・ケヴァンが許容した日、タイレル公がいそいそと発注した、ばかげた虚栄心の産物だ。「貴公が現地へ向けて発《た》つのは、討伐軍の進軍準備がととのうまで待ってもらう。忠誠を示す機会が貴公に与えられるのは、そのあとになる」

サー・ケヴァンにも異論はなく、衛兵に命じた。

「サー・ロネットを部屋へ」

〝絶対に外へは出すな〟とまでは口にしなかったが、これはことさら指示するまでもない。〈グリフィンの寝ぐら城《ズ・ルースト》の騎士〉がどれだけ声高に叛意を否定しようと、疑いをぬぐいさることは不可能だ。南部に上陸した傭兵の一団を指揮しているのは、サー・ロネットの身内と目される人物なのだから。

コニントンの足音が遠ざかると、上級学匠《グランド・メイスター》パイセルが重々しくかぶりをふった。

「彼の従兄弟伯父は、そのむかし、いま若者が立っていた場所に立って、エイリス王にこういったものです。ロバート・バラシオンの首は自分が取ってくる、と」

(パイセルほど老いると、人はみなこうなる。なにを見聞きしても、若いころに見聞きしたことを思いだすだけだ)

サー・ケヴァンは問いかけた。

「サー・ロネットにしたがって王都にきた兵士は何名だ?」

「二十名です」とランディル・ターリー公が答えた。「おおむね、グレガー・クレゲインのもとにいた兵ばかりですな。閣下の甥のジェイミーどのがコニントンに与えられたのです。おそらく、やっかいばらいでしょう。なにしろ、乙女の池《メイドンプール》の町にきて一日とたたないうちに、ひとりは人を殺し、別のひとりは強姦で訴えられたくらいですから。前者は縛り首に処し、後者は去勢しました。自分に裁量権があれば、全員そろって〈冥夜の守人《ナイツ・ウォッチ》〉送りにしていたところです。むろん、あのコニントンの若僧もいっしょに。〈壁〉はあのようなクズどもにふさわしい」

「犬は飼い主に似るということだ。つまり、〈山《マウンテン》〉にな」メイス・タイレルがいった。「わしも同感だよ、やつらには黒衣こそふさわしい。そのようなやからに〈王都の守人《シティ・ウォッチ》〉は務めさせたくない」

すでに金色《こんじき》のマントには、メイス公のハイガーデン城から百人の兵が追加されている。〈王の手〉どのにおかれては、西部人の勢力比を適正に抑える気など、さらさらないようだ。

(与えれば与えるほど、こやつはもっと多くをほしがる)

ケヴァン・ラニスターは、サーセイがなぜあれほどタイレル家に憤っていたのか、やっとわかりはじめていた。しかし現時点では、正面切って対立できる状況にない。ランディル・ターリーとメイス・タイレルが各自の軍勢をキングズ・ランディングに駐留させているのに対して、ラニスター家の主力はいまも河川地帯《リヴァーランド》にいるうえ、従軍各家を故郷に帰し、急速に解体が進みつつあるのだから。

「〈馬を駆る山《マウンテン・ザット・ライズ》〉の部下はつねに勇猛だった」サー・ケヴァンは、なだめるような口調でいった。「そしてわれらは、上陸した傭兵に対抗するため、ひとりでも多くの兵士を必要としている。クァイバーンの密告者どもがいうように、相手がほんとうに〈黄金兵団〉であるならば――」

「名前などなんでもよろしい」ランディル・ターリーがいった。「やつらはまだ、たんなる金と刺激めあての傭い兵にすぎません」

「そうかもしれんが」とサー・ケヴァンはいった。「とはいえ、その傭い兵どもを無視する期間が長びけば長びくほど、やつらは勢力を増していくのだぞ。ここに地図を用意させた。侵略された範囲の地図だ」

美しい地図だった。最上等の羊皮紙を用いて達意のメイスターが描き、彩色したもので、テーブル全体をおおうほど大きい。

「まず、ここ」パイセルが老人斑の浮き出た手で地図上の一カ所を指さした。そのさい袖がめくれあがり、前腕からたれた青白い皮膚のたるみがあらわになった。「それから、ここと、ここ。沿岸全域と島嶼《とうしょ》部です。タース島、踏み石諸島《ステップストーンズ》すべて、加えてエスターモント島まで制圧されました。コニントンはさらに、嵐の果て城《ストームズ・エンド》をめざして進軍しているとの報告も入ってきています」

ランディル・ターリーが横からいった。

「本物のジョン・コニントンかどうかは、まだわからんがな」

「嵐の果て城《ストームズ・エンド》か」メイス・タイレル公がうめくようにいった。「あの堅城《けんじょう》だ、とても陥《お》とすことはできん。たとえその男がエイゴン征服王であってもむりだろうて。もっとも、かりに陥とせたところで、べつに問題はない。あの城はいま、スタニスの勢力下にある。僣主から別の僭主へと城の主《あるじ》が変わったところで、なんのちがいもありはせん。わが娘の無実が証明されたのち、わしがゆっくりと、改めて陥落させてみせよう」

(このあいだまで攻囲しつづけて、結局陥落させなかったものを、どうやって改めて陥落させられるというんだ)

「気持ちはわかるが、〈王の手〉どの、しかし――」

タイレルは最後までいわせなかった。

「わが娘にかけられた嫌疑は、卑劣な作りごとばかり。もういちどうかがおう。なぜこんな茶番につきあわねばならんのだ? トメン王に、即刻、わが娘の潔白を宣言していただき、今回の愚劣などたばたに、さっさと終止符を打っていただければよいではないか」

(そんなことをしてみろ。先々までずっと、マージェリーは陰口をたたかれて過ごすことになるぞ)

「だれも貴公の娘御の潔白を疑ってはおらん、〈手〉どの」これは本音ではない。「しかし、総司祭聖下《ハイ・セプトン》が審判を望んでおられるのだ」

ランディル公が鼻を鳴らし、嘆いてみせた。

「なんとなさけない状況か。王と諸公が、〈雀〉どものさえずりに合わせて踊らねばならんとは」

「われわれには四方に敵がいるのだぞ、ターリー公よ」サー・ケヴァンは指摘した。「北にスタニス、西に鉄人《くろがねびと》、南に傭兵。このうえハイ・セプトンまでも敵にまわせば、キングズ

・ランディングの側溝に大量の血が流れることになる。そのうえさらに、われわれが神々に歯向かう者と見なされようものなら、敬虔な者らをして、王位簒奪を狙う僭主のいずれかのもとへ走らせるだけだ」

メイス・タイレルは動じなかった。

「パクスター・レッドワインが海上から鉄人《くろがねびと》どもを一掃すれば、わが息子たちが楯諸島を奪還する。スタニスについては、雪が始末をつけてくれるだろう。あるいは、ボルトンがな。コニントンについては……」

「侵入者がコニントンかどうかは不明です」ランディル公が口をはさんだ。

「……コニントンについては」タイレルはくりかえした。「当面のあいだ、やつがどれだけ勝利をあげようと、恐るるにたらん。あの男は石の聖堂《ストーニイ・セプト》の町でロバートの反乱を鎮圧できる状況にあった。それなのに、失敗した。〈黄金兵団〉も失敗ばかり重ねておる。なかには、やつらのもとに走る者も出てこようが、そんな阿呆どもを王土から一掃する、これは絶好の機会ではないか」

こんなにも根拠なく確信を持てたら、どんなにか楽だろう、とサー・ケヴァンは思った。ジョン・コニントンという人物のことは、多少ではあるが知っている。プリンス・レイガー・ターガリエンのまわりに集《つど》い、主君の寵愛を競う若い小貴族の一団のなかでも、もっとも誇り高く、もっとも頑固だった若者だ。

（傲慢ではあった。しかし、有能で精力的だった）

それに加えて、あの武術の腕前だ。エイリス狂王が〈王の手〉に任命したのもうなずける。あのとき反乱の芽を摘まず、みすみす火の手を広げてしまったのは、当時の〈手〉であった老メリーウェザー公の不作為に原因がある。エイリスはロバートの若さと活力に対抗しうる、若くて精力的な人材がほしかったのだろう。

だが、王が新たな〈王の手〉を任命したとの報告がキャスタリーの磐城《ロック》にとどいたとき、タイウィン・ラニスター公はこういった。

「早すぎる」タイウィンはつづけて、「コニントンは若すぎる。大胆すぎる。栄光をもとめすぎる」

まさにそのとおりだと裏づけたできごとが、かの〈鐘の戦い〉だった。サー・ケヴァンはあの市街戦ののち、エイリスがふたたびタイウィンを〈王の手〉に呼びもどすものとばかり思っていたが……かわりに狂王は、チェルステッドとロッサートの両公を〈手〉に歴任させ、それがもとで、生命と王冠を失うはめに陥った。

(しかし、あれはもうずいぶんむかしの話だ。侵入者がほんとうにジョン・コニントンだとすれば、いまはもう別人に成長しているだろう。齢《よわい》を重ね、老獪になり、いくたの修羅場をくぐりぬけて……いっそう危険な男になっているにちがいない)

「コニントンの切札は〈黄金兵団〉以外にあるかもしれん。やつの手元にはターガリエンを名乗る者がいるといわれる」

「騙《かた》りに決まっています」

ランディル・ターリーは言下に否定した。

「かもしれん。しかし、騙りではない可能性もある」

あのときはケヴァン・ラニスターもここに、この玉座の間にいた。タイウィンがプリンス・レイガーの子供たちの死体を真紅のマントにくるませ、〈鉄の玉座〉の下にならべさせたときのことだ。娘の死体はたしかにプリンセス・レイニスのものであると見わけがついたが、息子のほうは……。

（砕けた頭骨と脳と血がぐしゃぐしゃに混じりあい、わずかばかりのシルバー・ゴールドの髪がへばりついた凄惨な頭には、もう顔と呼べるものが残っておらず、だれも長く見ていることはできなかった。これはプリンス・エイゴンだ、とタイウィンが言明したので、みなもそれを受けいれたにすぎない）

「東の大陸からもぞくぞくと報告が入ってきている。もうひとりのターガリエンの情報だ。こちらの素性については、だれも疑う余地がない。〈嵐の申し子《ストームボーン》〉デナーリスだからな」

「狂っているそうではないか、父王に劣らず」

メイス・タイレル公がきっぱりといった。

（その狂える父王のあわれな晩年から末路にかけて、ずっとあの男を支えつづけていたのは、ハイガーデン城とタイレル家だぞ。その口でそれをいうか）

「狂ってはいるかもしれん」とサー・ケヴァンはいった。「だが、これほど大量の煙が西に流れてきているのだ、東で大火が燃え盛っていることはまちがいない」

グランド・メイスター・パイセルが、こくりとうなずいてみせた。

「ドラゴンです。同傾向の話が続々とオールドタウンにも届いています。たんなるうわさにしては多すぎる。銀髪の女王と三頭のドラゴンの話です」

「世界の果ての話だろうが」とメイス・タイレルはいった。「しょせんは〈奴隷商人湾〉の女王の話だ。好き勝手にさせておけばよい」

「その点については同感だ」とサー・ケヴァン。「しかし、あの娘はエイゴン征服王の血を引いている。いつまでもミーリーンに居残って満足しているとは思えん。ドラゴンの女王がウェスタロスに上陸し、コニントン公とそのプリンスのもとに加われば、やっかいなことになる。そのプリンスが騙りであろうとなんであろうとだ。コニントンとその傭主は、即刻、ただちに滅ぼしておいたほうがよい。〈嵐の申し子〉デナーリスが西へくる前に」

メイス・タイレルは腕組みをし、答えた。

「むろん、わしもそのつもりでおる。しかし、それは審判のあとだ」

「傭兵は金目あてで戦います」グランド・メイスター・パイセルがいった。「〈黄金兵団〉にも充分な金を積めば、コニントン公と傭主を差しださせることができるでしょう」

「それはそうだが、その金がない」サー・ハリス・スウィフトがいった。「残念なことに、王家の金庫には鼠と蜚蠊《ゴキブリ》しかおらんありさまでな。ミアの各銀行には、改めて手紙を送った。王家がブレーヴォスから借りた金をミアの銀行が立て替えてくれて、さらに資金も用立ててくれるんなら、税金を上げずにすむ。しかし、もしそうでなければ——」

「ペントスのマジスターも金貸しで名高い」サー・ケヴァンはいった。「連中にも当たってみてくれ」

ペントスのマジスター連は、ミアの両替商より力になってくれる見こみはずっと低いが、それでも当たるだけ当たってみなくてはならない。新たな金の貸し手を見つけられなければ、あるいは〈鉄の銀行〉に支払い猶予を容《い》れてもらえなければ、王家の負債はラニスター家の私財の黄金で肩代わりせざるをえなくなる。新税を設けて徴収するようなまねはできない。七王国に反逆の徒が跳梁《ちょうりょう》しているうちはだめだ。王土の領主の半分は徴税と暴政の区別がつかないだろうし、収穫した穀物を余分に収めなくともよいと最寄りの僭主に囁かれれば、たちまちその者のもとへ走るだろう。

サー・ケヴァンはつづけた。

「それがうまくいかぬようなら、もはやブレーヴォスへ渡航して、みずから〈鉄の銀行〉と交渉してもらうほかないな」

サー・ハリスはたじろいだ。

「わたしがか?」

「蔵相は貴公だろうが」ランディル公が鋭くいった。

「いかにも、そのとおりだが」スウィフトのあごの先に生えた貧弱な白鬚《はくしゅ》が怒りで震えた。「しかし、思いだしてもらわねば困る。負債問題をこじらせたのは、このわたしではない。それに、われわれのだれもがメイドンプールの町やドラゴンストーン城からの掠奪品で懐を潤す機会を得られたわけではないのだぞ」

「いま聞き捨てならんことをいったな、スウィフト」メイス・タイレルが険しい声を出した。

「ドラゴンストーンにはなんの財宝もなかった。誓ってほんとうだ。わが息子の兵たちは、城だけではなく、あのじめじめとして荒涼たる島を隅々まで掘り返したが、宝石のひとつ、黄金のひとかけらさえ見つけておらん。秘蔵されているとの伝説が伝わっていたドラゴンの卵はいうにおよばずだ」

　これには異論があった。ケヴァン・ラニスター自身も、自分の目でドラゴンストーン城を見たことがある。ロラス・タイレルがあの古い城塞を隅々まで調べたとはとても思えない。結局のところ、あの城を建設したのはヴァリリア人であり、あの民族がやることにはすべて、魔法のにおいがする。サー・ロラスはまだ若く、若さゆえになにごとも性急に判断しやすい。それ以前に、城攻めのさい、重傷を負って、捜索時にまともな判断はできなかっただろう。だが、ご自慢の息子には荷が重い仕事だったことをタイレルに思いださせても、いいことはなにもない。

「ドラゴンストーン城に財宝が秘匿されていたのなら、スタニスが見つけていたはずだ」とサー・ケヴァンはいった。「それでは、諸兄、各自、行動に移っていただきたい。われらは大逆罪で訴えられたふたりのクイーンをかかえている。わが姪は決闘裁判での審判を選ぶ旨、わしに伝えた。代理闘士《チャンピオン》はサー・ロバート・ストロングだ」

「例の沈黙の巨人か」ランディル公が渋い顔をした。

「それにしても、あの人物、いったいどこからきたのだ？　教えていただけまいか」メイス・タイレルがたずねた。「なぜいままで、あの者の名前を聞かれることがなかったのだ？　口もきかん、顔も見せん、どこに出るにもかならず鎧を身につけている。そもそも、あれが騎士だという確証はあるのか？」

（そもそも、あれが生きているのかどうか、それすらわからんのだぞ）

白騎士マーリン・トラントによれば、ストロングは食事も水もとらないそうだ。ボロス・ブラントのほうは、あの男が厠《かわや》を使うところさえ見たことがないという。

（厠を使う必要がどこにある？　死人ならば排泄などはせん）

ケヴァン・ラニスターは、あのつややかな純白の板金鎧の下に隠されたサー・ロバートの正体について、おおかたの見当をつけていた。同じ推測はメイス・タイレルとランディル・ターリーも立てているにちがいない。だが、ストロングの兜の下に隠れた顔がなんであれ、当面、それは隠されたままでなくてはならない。あの沈黙の巨人は、姪にとって唯一の希望なのだから。

（あれが外見どおりの屈強な戦士であることを祈るとしよう）

しかし、メイス・タイレルのほうは、自分の愛娘に迫った脅威以外、なにも目に入ってはいないようだった。

「国王陛下はサー・ロバートを〈王の楯《キングズガード》〉に加えられた」とサー・ケヴァンはタイレル公にいった。「クァイバーンもあの男の強さは保証している。その保証のとおり、諸兄よ、サー

・ロバートにはなんとしてでも勝ってもらわねばならん。あの男が負けて、わが姪の大逆が裏づけられようものなら、姪の子供たちの立場は、合法的なものといえなくなる。トメンが王でなくなれば、自動的に、マージェリーも王妃ではなくなるのだぞ」

その意味がしっかりとタイレルの胸に落ちるまで、サー・ケヴァンは間を置いた。

「サーセイがなにをしたのであれ、あれは磐城《ロック》の娘であり、わが血族だ。みすみす反逆者として死なすようなまねは、このわしが断じてさせぬ。だが、あれの牙を抜く処置はすませた。警備の者はすべて、わしの手の者に置きかえてある。かつての侍女たちに代わって、以後はハイ・セプトン聖下が選ばれた司祭女《セプタ》一名と、修練女三名が世話をする。今後、王土の統治にもトメンの教育にも、あれが口を出すことはない。審判後は、キャスタリー・ロック城へ帰し、余生をあの城で暮らさせよう。それで鉾を収めてくれ」

そこから先は、あえていわずにおいた。サーセイの権威は地に堕ち、その権力はついえた。王都のどのパン屋の小僧も物乞いも、サーセイの恥辱にまみれたようすを目に収めている。〈蚤の溜まり場〉から〈小便小路〉にかけて住みつく、どの娼婦も革鞣《なめ》し職人も、こぞってサーセイの裸身を見にきていた。下々の者たちの目は、サーセイの乳を、腹を、女性自身を、それこそねぶるように見つめた。そんなことがあったあとでは、どんなクイーンであろうと、統治などできはしない。黄金とシルクと翠玉《エメラルド》に身を包んでいてこそ、サーセイはクイーンとして——神にも近い存在として君臨していられたのだ。はだかに剝《む》かれてしまえば、もはやただの人間でしかない。腹に子を産んだあとの妊娠線ができて、胸のたれはじめた、ただの

たてたように。
年増女《としま》でしかない……見物人の中の口さがない女どもが、夫や愛人たちに大喜びでそういい

(だが、誇り高く死ぬよりも、恥辱にまみれて生きるほうがましだ)

サー・ケヴァンは自分の心にそう語りかけ、

「今後、わが姪が血迷ったまねをすることはありえん」と、メイス・タイレルに約束した。

「このことについては、わしが責任を持って保証する、〈王の手〉どの」

釈然としないようすながら、タイレルはうなずいた。

「貴公にそこまでいわれては、呑むほかあるまい。しかし、わがマージェリーは〈正教〉によって裁かれることをもとめておる。みずからの無実を王土全体に証明できるようにとな」

(おまえがわれらに信じこませようとしているように、おまえの娘がほんとうに無実なのであれば、告発者に相対するにあたって、なぜ全軍を率いてこねばならなかったのだ?)

サー・ケヴァンはそういってやりたい気持ちを抑え、口に出してはこういった。

「遠からず結果が出るのを期待するとしよう」それから、こんどはグランド・メイスター・パイセルに向きなおって、「ほかに協議しておくことはあるか?」

グランド・メイスターは書類を確認した。

「ロズビー家の継承問題を話しあう必要があります。継承権を主張する者が六人おりまして――」

「ロズビーの件など、後日かたづければよい。ほかには?」

「プリンセス・ミアセラをお迎えする準備をせねばなりません」

「ドーン人が相手だと、いつも面倒なことになる」メイス・タイレルがいった。「姫君には、もっといい縁組相手がいるのではないかな」

（その相手というのは、おまえの息子のウィラスか？　ドーン人に傷物にされた娘と、脚の悪い男との縁組というわけか？）

「もっともだ」とサー・ケヴァンはうなずいた。「だが、われわれはすでにいくつもの敵をかかえている。このうえドーン人までも敵にまわすわけにはいかん。ドーラン・マーテルがコニントン側に付き、騙りのドラゴンを押し立てようとしたなら、ここにいる全員にとって、事態は非常に悪い方向へ進むぞ」

「ドーンの友人たちを語《かた》らって、コニントン公を始末させるのはどうかな」いやらしい忍び笑いを漏らして、サー・ハリス・スウィフトがいった。「それでだいぶん、出血とめんどうごとを避けられる」

「かもしれん」サー・ケヴァンは、げんなりして答えた。もうそろそろお開きにしないと、耐えられそうにない。「ご苦労だったな、諸君。では、五日後にまた集まろう。サーセイの審判のあとで」

「お望みのままに。〈戦士〉がサー・ロバートの腕に力を与えられんことを」

メイス・タイレルの口調は、どこかうらめしげであり、摂政殿下たるサー・ケヴァンへの会釈は、ごく小さくてそっけないものだった。だが、それでも会釈は会釈だ。多少の敬意を払われただけでもよしとせねばなるまい。

ランディル・ターリー公は、主君につづいて玉座の間をあとにした。そのあとから、緑のマントの槍兵たちがぞろぞろとついていく。

（ほんとうに危険なのはターリーだな）引きあげていくタイレル一党を見送りながら、サー・ケヴァンは思った。（狭量な男だが、鉄の意志を持ち、敏腕で、河間平野《リーチ》に望めるかぎりもっとも優秀な兵《つわもの》だ。さて、どうやってあの男を味方につけたものか）

「タイレル公は、わたしのことがお好きではありません」〈王の手〉が立ち去ってしまうと、グランド・メイスター・パイセルが陰鬱な声でいった。「月の茶の件……あのようなことを打ち明けるべきではありませんでした。とはいえ、太后陛下に命じられた以上は、どうすることができたでしょう！　よろしければ摂政殿下、わたしにいくたりか、護衛の者をつけていただけませんか。そうすれば、もうすこし安らかに眠れるのですが」

「かえってタイレル公の不興を買うばかりだぞ」

サー・ケヴァンはそう答えた。

それに対して、あご先の鬚《ひげ》を引っぱりながら、サー・ハリス・スウィフトがいった。

「まあ、わたし自身も、護衛の必要性を感じてはいるがね。いまは危険な時代だからな」

（そのとおりだ）とケヴァン・ラニスターは思った。（そして、われらが〈手〉どのが首をすげ替えようと狙っているのは、パイセルだけではない）

メイス・タイレルは独自の蔵相候補を用意している。自分の叔父でありハイガーデン城の家令でもある、〈肥満のガース〉と呼ばれる人物だ。

（タイレルをもうひとり小評議会に入れることだけは、なんとしても阻止せねばならん）

ただでさえ、すでに分が悪い。いちおう、サー・ハリスはサー・ケヴァンの妻の父だし、パイセルも味方としてあてにできる。だが、ターリーはハイガーデン城に忠誠を誓った身。海軍大臣兼提督のパクスター・レッドワインも立場は同じうえ、メイス公の妹婿でもある。もうじき提督は、ドーンの南側をまわりこみ、ユーロン・グレイジョイ率いる鉄人《くろがねびと》を討伐することになっているが、レッドワインが討伐をおえてキングズ・ランディングにもどってくれば、小評議会は三対三となり、数の上ではラニスター対タイレルで拮抗する。しかし、味方がこのふたりでは、いかにもたよりない。

七人めの参議は、ミアセラを王都へと連れてもどるドーン人の女になる予定だった。

（レディ・ナイムか——。だが、およそ淑女《レディ》などではない。クァイバーンの報告が半分でも事実だとすればな）

〈赤い毒蛇《レッド・ヴァイパー》〉と呼ばれた公弟《プリンス》オベリンの庶子の娘、こと悪名の高さでなら父親にも迫る娘は、オベリンがごく短期間ながら占めていた小評議会の席につきたい、と強く希望してきていた。レディ・ナイムがくることを、サー・ケヴァンはあえてメイス・タイレルに話してはいない。あの〈手〉が喜ばないことはわかっているからである。

（われわれに必要なのは〈小指《リトルフィンガー》〉だ。ピーター・ベイリッシュには、なにもないところから金貨《ドラゴン》を呼びだす才覚がある）

「〈山〉の元兵隊を傭ってはどうだ？」サー・ケヴァンはパイセルにうながした。「〈赤毛のロネット〉にはもう使い道がないのだし」

まさか、パイセルやスウィフトを殺そうとするほど愚かなまねをメイス・タイレルがするとは思えないが、護衛がいることで安全に思えるのなら、護衛をつけてやればいい。

三人そろって玉座の間をあとにした。表に出ると、外郭《そとぐるわ》には雪が舞い、強風が荒れ狂っていた。まるで、檻に閉じこめられて、外に出ようと暴れる、白いけもののようだった。

「こんなにも寒さが身にしみたことがあるかね？」サー・ハリスが問いかけた。

「寒さの話というのはですね」とグランド・メイスター・パイセルがいった。「寒い外気のただなかに立ってするものではありませんよ」

老メイスターはそう言い残すと、自分の部屋がある棟をめざし、おぼつかない足どりで、のろのろと外郭を横切っていった。

サー・ケヴァンたちは、もうすこし玉座の間の上がり段にとどまり、短く話を交わした。

「ミアの銀行家にはすこしも信用が置けん」サー・ケヴァンは義理の父にいった。「やはり、ブレーヴォスへ渡航する準備をしたほうがいいのではないかな」

サー・ハリスは困りはてたという顔になった。

「いざとなれば、やむをえまい。しかし、もういちどいうが、このごたごたはな、わたしが招いたことではないのだぞ」

「たしかに。〈鉄の銀行〉への返済を遅らせると決めたのはサーセイだ。では、サーセイをブレーヴォスへ派遣しようか？」

サー・ハリスは目をしばたたいた。

「太后陛下は……いや、それは……それは……」

サー・ケヴァンは助け船を出した。

「冗談だよ。たちの悪い冗談だ。さあ、もう自室に引きとって、暖炉であたたまるといい。わしもそうする」

そういって、摂政は手袋をはめ、自身も外郭を横切りだした。強烈な向かい風のために、マントをばたばたとはためかせながら、前のめりになって進んでいかねばならなかった。

メイゴルの天守を囲む空壕《からぼり》には一メートルほどの雪が積もっており、壕底に打ちこまれた鉄の逆杭《さかぐい》は霜できらめいていた。メイゴルの天守に入るには、この空壕にかかった跳ね橋を渡るほかない。跳ね橋の天守側には、つねに〈王の楯《キングズガード》〉の騎士がひとり立ち、人の出入りに目を光らせている。今夜の当直は、サー・マーリン・トラントだった。ベイロン・スワンがドーンで無頼《ぶらい》の騎士〈暗黒星《ダークスター》〉の追捕《ついぶ》に従事し、重傷を負ったロラス・タイレルがドラゴンストーン城から動けず、ジェイミーは河川地帯《リヴァーランド》で行方不明のいま、キングズ・ランディングには四人の白騎士がいるのみだ。しかも、その一角を占める、オズマンド・ケトルブラック（とその弟オスフリッド）は、サーセイが両人と関係した旨を告白したとの知らせを聞いて数時間のうちに、地下牢へ放りこませた。したがって、幼王と王族を護る白騎士は三人——

このトラントと、衰えの目だつボロス・ブラント、ファイバーンの物言わぬ怪物ロバート・ストロングしか残っていない。

（もう何人か、新たな騎士を〈王の楯《キングズガード》〉に採用せねばなるまいな）

トメンには七人の優秀な騎士を周囲に侍らせておかねばならぬ。伝統的に、〈王の楯《キングズガード》〉に選ばれた者は死ぬまで務めあげるが、ジョフリーはその伝統を無視して、サー・バリスタン・セルミーを解任した。自分の〝犬〟、サンダー・クレゲインを〈王の楯《キングズガード》〉にせんとして、強引に席をあけさせたのだ。ケヴァンはその先例を利用するつもりだった。

（ランセルに白いマントを着せる手もある。〈戦士の子ら《ウォーリアーズ・サンズ》〉などにいるよりも名誉ある職責だろう）

天守に入り、自分の部屋に収まると、解けた雪で濡れたマントを壁にかけ、長靴《ちょうか》を脱ぎ、従者を呼んで、暖炉にくべる薪の追加を持ってくるよう命じた。

「それから、香料入りワインもあるとありがたいな」火のついた暖炉の前に腰をすえながら、サー・ケヴァンはいった。「ついでに持ってきてくれるか」

暖炉のおかげで、冷えたからだはたちまちあたたまった。香料入りワインは、内側からも身をあたためてくれた。あたたかくなると眠くなってきたので、あえてワインのおかわりはしないようにした。本日中に処理するべきことはまだまだ多い。報告書もいろいろ読まねばならないし、手紙もあれこれ書かねばならない。

（それから、サーセイや王といっしょに夕食だ）

あの贖罪《しょくざい》の道行きののち、姪はすっかりおとなしくなり、従順になっている。ありがたいことではあった。サーセイの身のまわりの世話をしている修練女たちによれば、起きている時間の三分の一は息子と過ごし、もう三分の一は神に祈りつづけ、残り三分の一は湯浴みに使っているという。一日に四、五回は入浴して、馬毛のブラシと強力な灰汁《あく》の石鹸を使い、皮膚をこそぎ落とさんばかりの勢いで、ごしごしとからだを洗ってばかりいるそうだ。

（どれだけ強くこすっても、恥辱のしみは落ちるものではないがな）

サー・ケヴァンは、むかしのあの娘《こ》を――生き生きとして茶目っ気たっぷりだったころのサーセイを思いだした。初花を咲かせたばかりのあの娘ときたら……ああ、あんなにも見目うるわしい乙女がかつていただろうか。

（エイリスがレイガーとの結婚を認めてさえいたなら、どれだけ多くの者が死なずにすんだだろう）

サーセイなら、レイガーの望む息子たちを与えることができただろう。紫の目と銀の髪を持った獅子たちを産むことができただろう。また、サーセイのような妻を持ってさえいれば、レイガーもリアナ・スタークになど二度と目を向けることはなかったはずだ。ふりかえれば、あの北部の娘にも、たしかに野性的な美しさはあった。とはいえ……どんなに明るい松明《たいまつ》といえども、昇る朝陽の前にはかすんでしまう。

しかし、負け戦のこと、通らなかった道のことなどをくよくよと考えてもしかたがない。それでは、老いさらばえた老人のくりごとだ。レイガーはドーンのエリアを娶《めと》り、リアナ・

スタークは死に、ロバート・バラシオンはサーセイを娶った。その結果が現状なのだから。そして、今宵、自分が進むべき道は、姪の部屋へとつづいている。今夜はサーセイとじかに話をしなければならない。

（やましく思う理由はなにもない）サー・ケヴァンは自分に言い聞かせた。（タイウィンもわかってくれるはずだ。われらの家名に泥を塗ったのはタイウィンの娘であって、わしではない。わしがあえて贖罪をさせたのは、ラニスター家のためを思ってのことだったのだからな）

じっさい、兄タイウィンも同じような処置をしなかったわけではない。晩年、公妃の母が亡くなったのち、父はとある蠟燭職人の、器量よしの娘を情婦にした。妻を亡くした城主が庶民の娘を添い寝役に囲うのは、そうめずらしいことではないが……タイトス公はじきに、その娘を大広間でも自分の横にすわらせるようになり、莫大な贈り物と名誉を与えたうえ、政治にかかわる意見をもとめるようにさえなった。それから一年のうちに、情婦はすっかり増長し、勝手に使用人を解雇し、公家の騎士たちに命令を下し、タイトス公が病に伏せっているあいだは代理と称して政《まつりごと》を取りしきる挙に出た。その権力はあまりにも肥大しすぎ、ラニスポート界隈では、陳情を聞きいれてもらいたければ、情婦の前でひざまずき、ひざに向かって大声で願いを口にしろ……なぜなら、タイトス・ラニスターの耳は、つねに情婦の股のあいだにあるからだ、といわれるまでになった。あまつさえ、図に乗った情婦は、亡き公妃の宝石さえ身につける始末だった。

そんな日々も、情婦の待つベッドへと向かうため、急な階段を昇っている最中に、老公が心臓破裂を起こしたことで終わりを告げる。情婦の友人と称して、情婦の歓心を買うことに汲々《きゅうきゅう》としてきた身勝手な者たちは、この日を境に、いっせいに背を向けた。タイウィンが情婦をはだかにひんむいたうえ、そこらの娼婦のように、居館から桟橋まで、ラニスポートじゅうを歩きまわらせたからである。情婦に手をふれた者はだれもいなかったが、はだかの道行きは、情婦の権力を完全に失墜させた。

よもやタイウィンとても、自分の黄金の娘が同じ運命をたどるはめになるなどとは思いもしなかっただろう。

「だが、あれはやらねばならぬことだったのだ」

サー・ケヴァンはそうつぶやいて、ワインの残りを飲み干した。ハイ・セプトンは、懐柔しておかねばならない。きたるべき戦いにおいて、トメンは〈正教〉の後ろ楯を必要とする。それにサーセイは……あの黄金の娘は、虚栄心が強く、愚かで貪欲な女になってしまった。統治者の座にすわらせておけば、ジョフリーのときと同じく、トメンまで破滅させてしまいかねない。

屋外では風が強まりつつあり、部屋の鎧窓をガタガタと鳴らしていた。サー・ケヴァンはテーブルに手をついて立ちあがった。そろそろ獣舎の牝獅子《めじし》と対面するべきころあいだ。

(サーセイの爪は引き抜いた。しかし、ジェイミーは……)

いや、それについては考えまい。

姪にまたもやワインをひっかけられたときの用心に、着古した胴衣《ダブレット》を身につけた。ただし、剣帯は椅子の背もたれにかけたままにしていくことにした。トメンの面前で帯剣していてもよいのは、〈王の楯《キングズガード》〉の騎士だけだからだ。

王の居室区画に入っていくと、幼王と母親の警護についている白騎士は、サー・ボロス・ブラントだった。琺瑯《エナメル》引きの板金鎧に純白のマント、半球形兜といういでたちのブラントは、見たところ、調子が悪そうだ。ブラントは近ごろ、顔にも腹にも、目に見えて贅肉《ぜいにく》がついており、顔色もよくない。そのうえ、直立しているのが大仕事でもあるかのように、背後の壁にもたれかかっている。

給仕をするのは、いかにも洗練された感じの、三人の修練女だった。みな良家の生まれで、齢は十二歳から十六歳までの幅がある。軟らかな白いウールのローブをまとった娘たちは、一様に清楚で俗離れして見えるが、ハイ・セプトンの指示により、どの娘も、太后の世話をするのは七日が上限とされていた。サーセイに長く触れていれば腐敗してしまいかねないという懸念からだそうだ。修練女たちは太后の衣類を用意し、湯浴みを手伝い、ワインをつぎ、毎朝、寝具の交換を行なう。毎晩、ひとりが添い寝するのは、許可なき者と接触していないことをたしかめるためだ。ほかのふたりは、三人を監督するセプタとともに隣室で眠る。

あばただらけでひょろりと背が高い娘に案内されて、サー・ケヴァンは王の間を訪ねた。室内に入っていくと、サーセイが立ちあがり、歩みよってきて、叔父の頬に軽くキスをした。

「愛しい叔父さま。夕食をいっしょにしてくださってうれしいわ」

太后は、そこらの既婚婦人といっても通用する地味な装いをしていた。ダークブラウンのガウンは喉もとまでボタンをとめている。緑のマントについたフードをかぶっているのは、剃髪された頭を隠すためだろう。

(これが道行きの前であったら、剃られた頭の上に、これみよがしに黄金の冠を載せていただろうがな)

「どうぞ、おすわりになって。ワインはいかが？」

「もらおう」

そういって、席につく。まだ油断はできない。

そばかすの修練女が、ふたりのカップに熱い香料ワインをついだ。

サーセイがいった。

「トメンから聞きました。タイレル公は〈手の塔〉を再建するつもりとか」

サー・ケヴァンはうなずいた。

「新しい塔は、おまえが燃やした塔の倍の高さにするそうだ」

サーセイは喉の奥で笑った。

「長い騎槍《ランス》をそろえたら、こんどは高い塔……タイレル公は、それでなにかをほのめかしているのかしら？」

笑うサーセイを見て、サー・ケヴァンはほほえんだ。

（まだ笑いかたを憶えていたか。よいことだ）

身のまわりのことに不満はないかとたずねると、太后はこう答えた。

「よくしてもらっています。みなよい娘《こ》ですし、よきセプタたちも祈りを導いてくれます。ただ、わたしの無実が証明された暁には、ティナ・メリーウェザーを改めてわたしの側役《そばやく》にしていただけるとうれしいわ。そうすればティナも、自分の息子を宮廷に連れてくることができるから。トメンには同じ齢ごろの、高貴な生まれの友人が必要なんです」

控えめな望みだった。認めない理由はどこにもない。メリーウェザーの息子をケヴァンが里子にして養育し、レディ・ティナはサーセイ付きにして、キャスタリー・ロック城へ送る手もある。サー・ケヴァンは約束した。

「審判ののち、ティナを呼びにやろう」

夕食の一皿めは、ビーフと大麦のスープ、二皿めはひとつがいの鶉《ウズラ》と、長さ一メートルはある川梭魚《カワカマス》のローストだった。付け合わせは蕪と茸だ。焼きたてのパンとバターもたっぷり添えられている。サー・ボロスはどの皿も、王の前に置かれる前に毒味した。〈王の楯《キングズガード》〉の騎士としては屈辱的な仕事ではあるが、昨今のブラントにできる仕事はこれがせいいっぱいなのかもしれない。トメンの兄の死にざまを思いだせば、毒味をするのは、賢明なことでもある。

ケヴァン・ラニスターも、長いあいだトメンを見てきたが、こんなに楽しそうにしている王を見るのは久しぶりだった。スープからデザートにいたるまでのあいだ、トメンはずっと、自分の皿から川梭魚の身を仔猫たちに分けてやりながら、仔猫の武勇談を語って聞かせた。「ゆうべね、悪い猫が窓の外にきたんだ」話の中で、王はケヴァンにそういった。「でも、〈サー・飛びかかり《バウンス》〉がフーッと怒ったら、屋根を走って逃げていっちゃった」

「悪い猫？」

サー・ケヴァンは、ほう、という顔でくりかえした。

（これはほんとうに愛らしい子だ）

サーセイが横から説明した。

「片耳のちぎれた黒い牡猫ですよ。汚らしい生きもの。やたらと攻撃的で。以前、ジョフの手をひっかいたこともありました」サーセイはそういって、眉根を寄せた。「猫が鼠を獲ることは知っているけれど、あの黒猫ときたら……鴉舎の使い鴉を襲うこともわかっているんです」

「鼠捕りの者たちに、その黒猫をつかまえる罠を仕掛けるよう、いっておこう」

これほど物静かで控えめで覇気のない姪は見たことがない。現状では、よいことではある。その反面、悲しくもあった。

（あれほどはげしく燃え盛っていたサーセイの身内の炎は、すっかり火勢が衰えてしまったのだな）

「弟のことはたずねないのか」

クリームケーキがくるのを待つあいだ、ケヴァンは水を向けた。クリームケーキは、王の大好物なのだ。

サーセイはあごをあげた。蠟燭の光を受けて、翠《みどり》の目がきらめいた。

「ジェイミーのこと？　その後、なにかわかったのですか？」

「いいや、なにも。とはいえ、こうも消息が知れんとな、サーセイ、心の準備をしておいたほうが――」

「ジェイミーが死んだのなら、その瞬間にそれとわかります。わたしたち、ともにこの世に生を受けたんだもの、叔父さま。逝くときはわたしもいっしょです」ワインのカップを口に運んだ。「ティリオンなら、いつでも好きなときに逝ってくれればいいのに。ティリオンも消息不明なのでしょう？」

「このところ、だれもこびとの首を売りつけにきてはおらん」

サーセイはうなずいた。

「叔父さま。ひとつうかがってもいいかしら」

「なんでもきくがいい」

「叔母さまは……宮廷には連れていらっしゃらないのですか？」

「うむ」ドーナは温和な女だ。家庭で友人や身内に囲まれていないと安らげまい。何人もの子供たちにも大事にされて、孫たちが生まれることを夢見ながら、一日に七度の祈りを捧げ、裁縫と花の手入れの日々を送っている。キングズ・ランディングに連れてこようものなら、毒蛇の巣穴に放りこまれたトメンの仔猫も同然の思いをすることになるだろう。「わが妻は旅が苦手でな。ラニスポートにいるのがいちばんいい」

「自分の居場所をわきまえているのは、賢い女の証拠ですわね」

その響きが気にいらなかった。

「いいたいことがあるなら、いえ」

「いま申しあげたとおりです」

サーセイはカップを横に差しだした。そばかすの娘が、ふたたびカップを満たす。ここでクリームケーキが運ばれてきて、会話はあたりさわりないものになった。サー・ケヴァンが太后の審判の件を切りだしたのは、トメンと仔猫たちがサー・ボロスにつきそわれ、寝室へ引きあげたあとのことだった。

「ケトルブラックの兄弟たち、オズニーが殺されるのを、指をくわえて見てはいませんよ」

サーセイが警告した。

「わしも指をくわえているとは思っておらん。ゆえに、ふたりとも逮捕させた」

それを聞いて、サーセイは面食らったようだった。

「罪状は？」

「太后との密通だ。ハイ・セプトンの話によれば、おまえはあのふたりとの姦通も告白したそうだな。忘れたのか？」

サーセイは赤面した。

「いいえ。あのふたりをどうなさるおつもりです？」

「〈壁〉送りとする。罪を認めさえすればだが。認めないというのなら、サー・ロバート・ストロングと対決させてもよい。そもそもおまえは、あのような手合いを重用するべきではなかったのだ」

サーセイはうつむいた。

「わたしが……わたしが見誤っていました」

「おまえが見誤った人間はおおぜいいるようだぞ」

もっといってやりたいところだったが、おりしも、黒髪で豊頬の修練女がもどってきて、こう告げた。

「殿下、陛下、お話し中のところ、申しわけありません。階下に使いの者がまいりまして。グランド・メイスター・パイセルが、大至急、摂政殿下においでをいただきたいとのことでございます」

（黒き翼、黒きことばか）とサー・ケヴァンは思った。（嵐の果て城《ストームズ・エンド》でも陥《お》とされたか？それとも、北部のボルトンからなにか知らせが？）

「ジェイミーのことかもしれません」太后がいった。

それをたしかめるすべは、ひとつしかない。サー・ケヴァンは立ちあがった。

「すまんが、今夜はこれで失礼する」

部屋をあとにする前、サー・ケヴァンは太后の前に片ひざをつき、姪の片手にキスをした。沈黙の巨人が決闘裁判に敗れた場合、これがサーセイにする最後のキスになるかもしれんな、と思いながら。

使いは八、九歳の少年で、部厚い毛皮にくるまっているため、まるで熊の仔のようだった。トラントは少年をメイゴルの天守に入れようとせず、跳ね橋の外で待たせていた。

「もう帰ってもかまわん。暖炉のそばであたたまれ」サー・ケヴァンはそういって、少年の手に一ペンス貨を握らせた。「鴉舎への行きかたは承知している」

やっとのことで、雪はやんでいた。きれぎれに残った雲のベールの上には満月が浮かんでおり、丸々と肥えて白い雪玉のようだ。星々は冷たく、遠く輝いて見える。

サー・ケヴァンは内郭《うちぐるわ》を横切っていった。雪化粧のもとで見ると、赤の王城《レッド・キープ》はまるで別の場所に思える。どの天守も塔も氷の牙を生やしており、よく見知っているはずの道はすべて白い絨毯の下に隠れた状態だ。ある場所では槍ほどもある長い氷柱《つらら》が降ってきて、足もとで砕けた。

（キングズ・ランディングでさえ晩秋なのだから）とサー・ケヴァンは思った。〈壁〉のあたりはどんなありさまになっていることやら）

扉をあけたのは下働きの娘だった。毛皮の裏つきの、当人には大きすぎるマントを着た、ガリガリの娘だ。サー・ケヴァンは床をトントンと踏みつけて長靴《ちょうか》の雪を落とし、マントを脱ぐと、娘に放り投げた。

「グランド・メイスターが待っているはずだが」

娘はうなずき、無言のまま、厳粛な面持ちで階段の上を指さした。

パイセルが起居しているのは、鴉舎の下の階にある広々とした続き部屋で、その薬棚にはさまざまな薬草、軟膏、水薬等がならび、書棚には大量の書物と巻物がぎっしり詰めこんである。サー・ケヴァンはここへくるたびに、いくらなんでも暑すぎる、暖房の焚きすぎだと思うのだが、今夜ばかりは、そんなことはなかった。部屋の中に入ってみたところ、寒さがひとしおにきびしかったのだ。暖炉には、黒くなった灰と消えかけた燠《おき》しか残っていない。何本かのちらつく蠟燭が、そこここに暗い光だまりを投げかけている。

その他のものは、なにもかも影に包まれていた。例外は……開け放たれた窓の下だけだ。窓の下では氷の微細な結晶が風に舞い、月光に照らされて、きらきらと輝いていたのである。窓台の下に造りつけられた腰掛けには、一羽の使い鴉が羽を膨らませ、行ったりきたりしていた。大きな使い鴉だ。これほど大きな個体を、ケヴァン・ラニスターはいまだかつて見たことがない。キャスタリー・ロック城で飼っている、どんな鷹狩り用の鷹よりも大きくて、最大級の梟《フクロウ》よりも大きいほどだ。風にあおられた雪が使い鴉のまわりを舞っており、そのからだは月光に照らされて銀色に見えた。

（銀色じゃない。白だ。この鳥は白いんだ）

〈知識の城《シタデル》〉の白い使い鴉は黒い従兄弟と異なり、伝書を運ばない。白い使い鴉がオールドタウンより送りだされるとき、その目的はただひとつ。季節が変わったことの伝達である。

「冬か」とつぶやいた。

つぶやきとともに、吐いた息が白い霧となり、空中にただよった。おもむろに、窓に背を向ける。

そのとたん、なにかが胸にぶつかってきた。それも、肋骨と肋骨のあいだにだ。あたかも巨人のこぶしに殴られたようだった。息が詰まり、うしろに数歩よろめいた。白い使い鴉がばっと飛びあがり、白い翼で摂政の頭をたたいていく。サー・ケヴァンはなかばすわりこみ、なかば倒れこむようにして、窓台の下の腰掛けに腰を落とした。

(なにが……だれが……)

自分の胸を見おろした。太矢が深々と突き刺さっている。矢羽近くまでもだ。

(まさか。まさか。これは兄が死んだときと同じだ)

矢柄《やがら》のまわりには血がにじみだしている。

「パイセル」混乱しつつ、呼びかけた。大きな声が出せない。「手を貸してくれ……わしは……」

そのとき、老人の存在が見えた。グランド・メイスター・パイセルは、自分のテーブルの前にすわり、革装の大著を開きっぱなしにして、ページの上に頭を載せ、つっぷしていた。

(眠っているんだ)と最初は思った。

しかし……よくよく目をこらして見ると、老人斑の浮き出たパイセルの頭からは、大量の鮮血が流れだし、顔の下に血だまりを作って、書物のページを真っ赤に染めあげつつあった。読書用蠟燭のまわりには、いたるところに骨片と脳の飛沫が飛び散り、融けた蠟の湖の中に多数の島を形作っている。

(パイセルは護衛をもとめていた)とサー・ケヴァンは思った。(すぐにでも護衛をつけてやるべきだったか)

結局のところ、サーセイは正しかったのだろうか。これは甥のしわざなのか?

「ティリオン」と呼びかけた。「どこにいる……?」

「遠くですよ」

答えたのは、どこか聞き覚えのある声だった。

声の主は、書棚が落とす影の中に立っていた。ぽっちゃりとして顔の白い、猫背の男が、白粉《おしろい》のついた軟らかな手で弩弓《クロスボウ》をかかえている。脚にはシルクの室内履きを履いていた。

「ヴァリスか?」

宦官《かんがん》はクロスボウを下に置いた。

「サー・ケヴァン。どうかご容赦を、もしも容赦できるものならば、ですが。あなたに含むところはまったくありません。これは恨みからしたことではなくて、王土のためなのです。子らのためなのです」

(子ら? 子供たちならわしにもいる。妻だっている。ああ、ドーナ)

全身が激痛にさいなまれていた。いったんまぶたを閉じ、また開く。

「この城には……この城には……何百というラニスターの衛兵がいるのだぞ」

「しかし、この部屋にはひとりもおりません、ありがたいことにね。わたしとて心苦しいのです、殿下。あなたはこのような寒くて暗い晩に、たったひとりで死んでいくような方ではありません。あなたのような方は世の中に多い――本来は善良な方なのですよ、はからずも悪業に身を染めてしまっただけで。とはいえあなたは、せっかく太后陛下が打ち立てられた数々の偉業を無に帰せしめようとなさった。ハイガーデン城とキャスタリー・ロック城とを融和させ、〈正教〉をあなたの幼王の味方にし、トメン王の統治のもと、七王国をひとつにまとめようとなさった。ゆえに……」

一陣の強風が吹きこんできた。サー・ケヴァンは、はげしく身ぶるいした。

「お寒いのですか、殿下？」ヴァリスが問いかけた。「どうか、ご容赦のほどを。グランド・メイスターが死んでゆくとき、ひどい悪臭を放ちましてね、辟易しましたものですから。息が詰まるかと思ったくらいです」

サー・ケヴァンは立ちあがろうとした。が、力がまったく出てこない。脚の感覚までもがなくなっている。

「この場合には、クロスボウがもっともふさわしいと思ったのです。殿下はタイウィン公と多くを共有しておられた。ならば、死にかたまでも倣《なら》われるのがよろしいでしょう。殿下の姪御どのは、殿下を殺害したのがタイレル家であって、おそらくは〈小鬼《インプ》〉とぐるになっているとお考えになるでしょう。タイレル家は太后陛下を疑うでしょうし、どこかのだれかは、ドーン人のせいにできる理由を見つけだすでしょう。そして、疑念、不和、不信は、殿下の幼王陛下が立っておられる大地そのものを侵食していく。その間に、プリンス・エイゴンは嵐の果て城《ストームズ・エンド》に旗標《はたじるし》を翻され、王土じゅうの諸公が彼のもとに馳せ参じるというわけです」

「エイゴン？」

つかのま、サー・ケヴァンには理解できなかったが、そこで、はっと思いだした。真紅のマントにくるまれた赤ん坊。あのマントは本人の血と脳にまみれていた。

「死んだ。あの子は死んだ」

「ちがいます」宦官の声が、深い響きをともないはじめたように感じられた。「生きていて、すでにウェスタロスへきています。歩けるようになる前から、エイゴンは統治者となるべく教育を受けてきました。武術の訓練も受けて、騎士となるのにふさわしい技倆を身につけていますが、帝王教育の目的は、騎士になることではありません。エイゴンは読み書きを学び、数カ国語をあやつって、歴史と法と詩を学んでいます。セプタもひとりついていて、物心のついた年齢から、〈正教〉の神秘的教義を教えこんできました。漁民とともに暮らし、額に汗して働くことを学び、川で泳ぎ、漁網を繕い、必要に応じて自分の服を洗濯することをも憶えました。魚を釣り、料理をすることも、傷の手当てをすることもできます。空腹であること、狩りたてられること、恐怖を感じることがどういうものであるかも、その身をもって知っています。トメンは、王権が生得《しょうとく》の権利であると教えられて育ちました。エイゴンは、王権とは自分の義務であり、王は第一に臣民のことを考え、臣民のために生き、統治せねばならぬことを知っています」

ケヴァン・ラニスターは叫ぼうとした。衛兵たちを呼ぼうとした。妻の名を――兄の名を呼ぼうとした。だが……ことばはいっさい出てこなかった。口からは血がしたたるばかりだ。からだがわなわなと震えている。

「お気の毒です」ヴァリスは両手を絞るようにして揉んだ。「苦しいのですね。わかります。愚かな老婆のように、いつまでもここにつっ立っているのもなんですから、そろそろけりをつけてさしあげましょう」

宦官は唇をすぼめ、小さく口笛を吹いた。

サー・ケヴァンの全身は氷のように冷たくなっていた。息をしようとするたびに、新たな激痛がからだを駆けめぐる。

そのとき――動きが見えた。室内履きを履いた足が石の床を踏む、ぱたぱたという静かな音も聞こえる。

と、ひとりの子供が暗闇の中に現われた。ぼろぼろのローブを着た、青白い少年だった。齢はせいぜい九歳か十歳というところだろう。ついで、別の子供がグランド・メイスターの椅子の陰から姿を見せた。一階で鴉舎の扉をあけた、あの娘もいる。サー・ケヴァンを取り囲んだ子供たちは、ぜんぶで六人。男女ともに、白い顔と黒い目を持っていた。

そして、その全員が、手に短剣を携えていた。

謝　辞

前作はたいへんな難産だった。本作はその三倍も難産で、苦労の連続だった。ここで再度、延々と待ってくれた編集者と出版者たち——ボイジャーのジェーン・ジョンスンとジョイ・チェンバレン、バンタムのスコット・シャノン、ニータ・トーブリブ、アン・グローエルにお礼をいいたい。本作と格闘しているあいだ、彼らの理解、よきユーモア、有用な助言には、ほんとうに助けられた。その忍耐にはどれだけ感謝しても感謝したりない。

また、彼らに負けず、寛大で忍耐強いエージェントたち——クリス・ロッツ、ヴィンス・ジェラーディス、懐の広いケイ・マコーリー、先年、惜しくも鬼籍に入ってしまったラルフ・ヴィチナンザにも深くお礼申しあげる。ラルフ、きみが存命でこの日を分かちあうことができたら、どんなにかよかっただろう。

さまよえるオーストラリア人こと、スティーヴン・バウチャーにも深謝を。サンタフェにあるわが家に立ちよっては、ブレックファースト・ブリトー（これはクリスマス限定）と、ハラペーニョ漬けベーコンの半身分を平らげるたびに、彼はぼくのコンピュータに油を差し、ちゃんと動きつづけるようにしてくれる。

ここ銃後でも、日ごろ助けてくれているいろいろな人たちに感謝を捧げたい。親しい友、メリンダ・スノッドグラスとダニエル・エイブラハムには、その励ましと、応援に対して。ウェブマスターのパティ・ネイグルには、インターネットでぼくのサイトを維持してくれていることに対して。レイア・ゴールデンには、その料理、アート、絶えざる励ましに対して。おかげで、この家《テラピン・ステーション》で迎えたどんなに暗い日々も、前向きな気持ちで送ることができた。たとえ彼女がぼくの猫を盗もうとした前科があるにしても、感謝している。

この舞踏を舞いおえるのには長い時間がかかってしまった。タイ・フランクの助力なかりせば、執筆時間は倍に延びていただろう。誠実な（そして辛辣な）秘書であり、ときに旅の道連れでもあるタイは、スティーヴンがそばにいないときはぼくのコンピュータを世話し、仮想の戸口から侵入してこようとする仮想の群衆を締めだし、使い番となり、資料を整理し、コーヒーを淹《い》れ、散歩につきあい、電球一個の交換に一万ドルをふんだくりと、八面六臂《はちめんろっぴ》の活躍をしてくれた。それも、毎水曜日には、自分の野心的な小説を書きながらだ。

最後になったが、感謝の念の深さにかけてはだれにも劣らない人物がいる。ありったけの愛をこめて、パリスに深甚の謝意を。パリスは本書の完成まで、かたときも離れることなく、ずっとこの舞踏につきあい、ステップを踏んでくれた。愛しているよ、フィップス《パリス》。

二〇一一年五月十三日

ジョージ・R・R・マーティン

ウェスタロス

エッソス／〈狭い海《ナロー・シー》〉の向こうの大陸

少年王

トメン一世の紋章には、バラシオン家の冠を戴く牡鹿（金地に黒）と、ラニスター家の獅子（赤地に金）の向きあう姿が描かれている。

トメン一世（バラシオン）　アンダル人・ロイン人・〈最初の人々〉の王、七王国の王。八歳の少年王

王妃《クイーン》マージェリー・バラシオン　タイレル家出身。三度結婚、二度夫と死別。大逆罪で告発されて、ベイラー大聖堂《グレート・セプト》に拘束

——マージェリーの従妹、側役《そばやく》

メガ・タイレル　姦淫の罪で告発される

アラ・タイレル　姦淫の罪で告発される

エリノア・タイレル　姦淫の罪で告発される

サーセイ・ラニスター　少年王の母、太后《クイーン》。前摂政。［ロバート一世］の未亡人。ラニスター家出身。

キャスタリーの磐城《ロック》の城主。大逆罪で告発され、ベイラー大聖堂《グレート・セプト》に拘束

――トメン一世の兄姉と飼い猫

[ジョフリー一世（バラシオン）]　兄。前王。結婚式の披露宴で毒殺。当時十三歳

王女《プリンセス》ミアセラ・バラシオン　姉。九歳。サンスピア宮の大公《プリンス》ドーラン・マーテルの被後見人。大公の次男トリスタンと婚約

〈サー・飛びかかり《パウンス》〉　トメン一世の飼い猫

〈レディ・ひげ《ホイスカーズ》〉　トメン一世の飼い猫

〈サー・長靴《ブーツ》〉　トメン一世の飼い猫

――トメン一世の叔父たち

サー・ジェイミー・ラニスター　太后の双子の弟。〈王殺し《キングスレイヤー》〉と呼ばれる。〈王の楯《キングズガード》〉総帥

ティリオン・ラニスター　太后の弟。通称〈小鬼《インプ》〉。こびと。王殺し、親族殺し《キンスレイヤー》として告発され、死刑宣告を受ける

――少年王の他の親族

[タイウィン・ラニスター公]　少年王の祖父。元キャスタリー・ロック城の城主、西部総督、〈王の手〉。厠《かわや》で息子ティリオンに殺される

サー・ケヴァン・ラニスター　少年王の大叔父。摂政にして王土の守護者。ドーナ・スウィフトと結婚

サー・ランセル・ラニスター　ケヴァンの息子。太后の従弟。［ロバート王］の元従士。太后の元愛人。〈戦士の子ら《ウォーリアーズ・サンズ》〉の〈貴顕騎士団〉の騎士

［ウィレム・ラニスター］　ケヴァンの息子。次項マーティンと双子。ジェイミーの元従士。リヴァーラン城で殺害

マーティン・ラニスター　ケヴァンの息子。前項ウィレムと双子。ジェイミーの元従士

ジェイニー・ラニスター　ケヴァンの娘。三歳

レディ・ジェナ・ラニスター　大叔母。エモン・フレイ妃

［サー・クレオス・フレイ］　ジェナの長男。凶賊が殺害

サー・タイウィン・フレイ　［クレオス］の長男。通称タイ

ウィレム・フレイ　［クレオス］の次男。従士

サー・ライオネル・フレイ　ジェナの次男

［タイオン・フレイ］　三男。従士。リヴァーラン城で殺害

ウォルダー・フレイ　末男《ばつなん》。〈赤のウォルダー〉。キャスタリー・ロック城の小姓

［サー・タイゲット・ラニスター］　大叔父。［タイウィン公］の二番めの弟。ダーレッサ・マーブランドと結婚。疱瘡で死亡

タイレク・ラニスター　［タイゲット］の息子。従士。キングズ・ランディングの食料暴動で行方不明に

レディ・エルメサンド・ヘイフォード　タイレクの幼少の妻

［ジェリオン・ラニスター］　大叔父。［タイウィン公］の末弟。海で行方不明に

ジョイ・ヒル　ジェリオンの非嫡出《ちゃくしゅつ》の娘。十一歳

——トメン一世の小評議会
サー・ケヴァン・ラニスター　摂政
メイス・タイレル公　〈王の手〉
上級学匠《グランド・メイスター》パイセル　参議。治療師
サー・ハリス・スウィフト　蔵相
サー・ジェイミー・ラニスター　〈王の楯《キングズガード》〉総帥
ランディル・ターリー　大司法官
パクスター・レッドワイン公　海軍大臣兼提督
クァイバーン　資格を剥奪された元メイスター。死霊魔術《ネクロマンシー》に長けると見られる。密告者たちの長

——サーセイ太后の前小評議会
サー・ハリス・スウィフト　〈王の手〉。ジャイルズ公の死後は蔵相に
［ジャイルズ・ロズビー公］　ロズビー城の城主。元蔵相。咳気《がいけ》で死亡
オートン・メリーウェザー公　ロングテーブル城の城主。大司法官。サーセイの拘禁にともない、自城へ逃亡
オーレイン・ウォーターズ　通称、〈海の漂《ドリフトマーク》城の落とし子〉。海軍大臣兼提督。サーセイの拘禁にともない、艦隊を引き連れて海上へ逃亡

——トメン一世の〈王の楯《キングズガード》〉

サー・ジェイミー・ラニスター　〈王の楯《キングズガード》〉総帥
サー・マーリン・トラント
サー・ボロス・ブラント　〈王の楯《キングズガード》〉をいったん除名後、復帰
サー・ベイロン・スワン　ミアセラ王女を訪れドーンにあり
サー・オズマンド・ケトルブラック　ケトルブラック三兄弟の長兄
サー・ロラス・タイレル　〈花の騎士〉。マージェリー王妃の兄。ドラゴンストーン城攻めで重傷
［サー・アリス・オークハート］　ドーンで死亡

——トメン一世の宮廷（キングズ・ランディング）
〈ムーン・ボーイ〉　曲芸師、道化師
ペイト　八歳の少年。トメン一世の代理の鞭打たれ役
〈オールドタウンのオーモンド〉　宮廷楽士。吟遊詩人
サー・オスフリッド・ケトルブラック　ケトルブラック三兄弟の次兄。〈王都の守人《シティ・ウォッチ》〉の指揮官のひとり
ノホ・ディミティス　ブレーヴォスの〈鉄の銀行〉の使節
［サー・グレガー・クレゲイン］　〈馬を駆る山《マウンテン・ザット・ライズ》〉。［公弟《プリンス》オベリン］との決闘裁判にて毒槍を受けて死亡
レニファー・ロングウォーターズ　赤の王城《レッド・キープ》地下牢獄卒長

——クイーン・マージェリーの愛人とされた者たち

ワット〈青き詩人《ブルー・バード》〉を名乗る、マージェリーの吟遊詩人。虜にされ、拷問で廃人に
「〈ハープ弾きのヘイミッシュ〉」　老齢の吟遊詩人。拘禁中に死亡
サー・マーク・マレンドア　ブラックウォーターの戦いで猿と片ひじから先を失う
サー・タラッド　通称〈長身の騎士〉
サー・ランバート・ターンベリー
サー・ベイヤード・ノークロス
ヒュー・クリフトン
ジャラバー・ゾー〈赤い花の谷《レッド・フラワー・ヴェイル》〉のプリンス。夏諸島《サマー・アイランズ》からの亡命者
サー・ホラス・レッドワイン　レッドワイン公の息子。ホッバーと双子。無実と判明、釈放さる
サー・ホッバー・レッドワイン　レッドワイン公の息子。ホラスと双子。無実と判明、釈放さる

——クイーン・サーセイの主たる告発者
サー・オズニー・ケトルブラック　ケトルブラック三兄弟の末弟。〈正教〉により虜に

——〈正教〉の聖職者・信徒
総司祭《ハイ・セプトン》〈七神正教〉の〈信徒の父〉、〈七神の地上の声〉。清貧を好み、〈戦士の子ら《ウォーリアーズ・サンズ》〉と〈窮民《プア・フェローズ》〉を復活させる
セプタ・ユネラ　サーセイの見張り
セプタ・モエル　サーセイの見張り
セプタ・スコレラ　サーセイの見張り

――ベイラー大聖堂《グレート・セプト》で〈七神〉に仕える者たち
セプトン・トーバート　篤信卿《モースト・ディヴァウト》
セプトン・レイナード　篤信卿
セプトン・ルセオン　篤信卿
セプトン・オリドア　篤信卿
セプタ・アグランタイン
セプタ・メリセント
サー・シオダン・ウェルズ　自称〈真実の騎士〉。〈戦士の子ら〉の敬虔な指揮官
〈雀〉たち　〝ありふれた者〟たち。〈正教〉の狂信的信徒

――キングズ・ランディングの人々
チャタヤ　高級娼館の女将《おかみ》
アラヤヤ　チャタヤの娘
ダンシー　娼館の娼婦
マレイ　娼館の娼婦
トブホー・モット　武具師の親方

――〈鉄の玉座〉に忠誠を誓う王土の領主たち
レンフレッド・ライカー公　ダスケンデールの町の領主
サー・ルーファス・リーク　レンフレッド公に仕える片脚の騎士。ダスケンデールの町のダン

城砦《フォート》の城代

［レディ・タンダ・ストークワース］　前ストークワース城の城主。腰骨を折って死亡

［ファリース・ストークワース］　［タンダ］の長女。暗黒房《ブラック・セル》で絶叫の果てに死亡

［サー・バルマン・バーチ］　［ファリース］の夫。サー・ブロンに槍試合を挑み、死亡

ロリス・ストークワース　［タンダ］の次女。頭が弱い。現ストークワース城城主

ティリオン・タナー　ロリスが産んだばかりの赤子。百人の〝父〟を持つ

〈ブラックウォーターのサー・ブロン〉　ロリスの夫。傭兵あがりの騎士

メイスター・フレンケン　ストークワース城の顧問。治療師

〈壁〉の王

スタニス一世は、紋章の意匠として〈光の王《ロード・オブ・ライト》〉の燃え盛る心臓を選んだ。黄色地に朱金色の炎に包まれて燃える真紅の心臓——その心臓の内側にはバラシオン家の冠を戴く牡鹿が黒々と描かれている。

スタニス一世（**バラシオン**）　「ステッフォン・バラシオン」公とエスターモント家出身の「レディ・カッサナ」の次男。ドラゴンストーン城の城主。ウェスタロス王を名乗る

——スタニス一世の側近、臣下（黒の城《カースル・ブラック》）

〈アッシャイのレディ・メリサンドル〉　〈紅の女《レッド・ウーマン》〉と呼ばれる。〈光の王《ロード・オブ・ライト》〉ル＝ロールの女祭司

——王の騎士と誓約の剣士たち

サー・リチャード・ホープ　王の副将。〝王妃の兵〟

サー・ゴドリー・ファーリング　〝王妃の兵〟。〈巨人退治〉の異名をとる

サー・ジャスティン・マッシー　“王妃の兵”
ロビン・ピーズベリー公
ハーウッド・フェル公
サー・クレイトン・サッグズ　“王妃の兵”。〈光の王〉の熱心な信者。ファーリングの親友
サー・コーリス・ペニー　“王妃の兵”。〈光の王〉の熱心な信者
サー・ウィラム・フォックスグラヴ　“王妃の兵”。〈光の王〉の熱心な信者
サー・ハンフリー・クリフトン　“王妃の兵”。〈光の王〉の熱心な信者
サー・オーマンド・ワイルド
サー・ハリス・コブ
デヴァン・シーワース　王の従士
ブライエン・ファーリング　王の従士
マンス・レイダー　〈壁の向こうの王〉。スタニス王の虜。死刑を宣告されている
　レイダーの子　レイダーと妻［ダラ］の息子。新生児で名前はまだない。“野人のプリンス”
　ヴァル　［ダラ］の妹。“野人のプリンセス”
　ジリ　レイダーの息子の乳母。野人の娘
　ジリの子　ジリの息子。新生児で名前はまだない。“忌み子”。父親はジリの父［クラスター］

——海を望む東の物見城《イーストウォッチ・バイ・ザ・シー》

王妃《クイーン》セリース・バラシオン　スタニス一世。妃フロレント家出身
王女《プリンセス》シリーン・バラシオン　スタニス一世の娘。十一歳
〈まだら顔《パッチフェイス》〉　シリーンの道化師。顔に赤緑市松模様の刺青《いれずみ》
サー・アクセル・フロレント　王妃の伯父。王妃の臣下筆頭。〈王妃の手〉を自任
――王妃の騎士、誓約の剣士たち
サー・ナーバート・グランディソン
サー・ベネソン・スケイルズ
〈王の山のサー・パトレック〉
〈しかめ面のサー・ドーダン〉
〈レッドプールのサー・マレゴーン〉
サー・ランバート・ホワイトウォーター
サー・パーキン・フォラード
サー・ブラス・バックラー

サー・ダヴォス・シーワース　通称〈玉葱《タマネギ》の騎士〉。〈雨の森《レインウッド》〉の領主。〈狭い海〉の提督にして〈王の手〉
サラドール・サーン　自由都市ライス出身の海賊。海の傭兵。巨船《ヴァリリアン》の船長。海賊ガレー船団を率いる
ティコ・ネストリス　ブレーヴォスの〈鉄の銀行〉の使節

鉄《くろがね》諸島と北部の王

鉄《くろがね》諸島のパイク島に根を張るグレイジョイ家は、〈英雄の時代〉に名を馳せた〈灰色の王《グレイ・キング》〉の裔《すえ》を名乗る。伝説によれば、グレイ王は海洋そのものを支配し、人魚を娶《めと》ったとされる。鉄諸島の王統は、かつてエイゴン竜王によって断たれたが、鉄の民《アイアンボーン》は王位を捨てるのと引き替えに古代の風習を復活させ、一族の宗主を選ぶことを許された。そのさい選ばれたのがパイク島のヴィコン・グレイジョイ公である。グレイジョイ家の紋章は、黒地に描かれた黄金の大海魔《クラーケン》。標語《モットー》は、〈われら種を播《ま》かず〉。

ユーロン・グレイジョイ　〈灰色の王〉の裔《すえ》に連なる。ユーロン三世。鉄諸島と北部の王、〈塩と岩の王〉、〈海風の子〉、〈パイク島の死神《リーパー》〉。深紅色のガレー船《沈黙《サイレンス》》の船長。通称〈鴉の眼《クロウズ・アイ》〉

——ユーロン三世の親族

［ベイロン・グレイジョイ］　〈灰色の王〉の裔《すえ》に連なる。ベイロン九世。先代の鉄諸島と北部の王。橋から落ちて死亡

レディ・アラニス　ハーロー家出身。［ベイロン］の未亡人

――［ベイロン九世］の子ら

［ロドリック］　長男。［ベイロン］の最初の叛乱時に死亡

［マロン］　次男。［ベイロン］の最初の叛乱時に死亡

アシャ　長女。《黒き風《ブラックウィンド》》の船長。深林の小丘城《ディープウッド・モット》の征服者

シオン　末男《ばつなん》。北部の者は〈返り忠のシオン〉と蔑む。ドレッドフォート城の虜

ヴィクタリオン・グレイジョイ　［ベイロン］の弟。鉄《くろがね》水軍の海将。《鉄の勝利《アイアン・ヴィクトリー》》の船長

エイロン・グレイジョイ　［ベイロン］の末弟。通称〈濡れ髪〉。〈溺神《できしん》〉の祭主

――ユーロン三世麾下《きか》の船長と誓約の戦士たち

〈茶色い歯《ブラウントゥース》〉のトアウォルド

〈剃刀顔《ピンチフェイス》〉のジョン・マイア

ロドリック・フリーボーン

〈紅蓮《ぐれん》の漕手《そうしゅ》〉

〈左手〉のルーカス・コッド

クェロン・ハンブル

ハレン・ハーフ＝ホア

〈庶子〉のケメット・パイク

〈下人のクァール〉　ユーロン支持の船長

〈石の手《ストーンハンド》〉　ユーロン支持の船長

〈羊飼い《シェパード》のラルフ〉　ユーロン支持の船長。シェパード家
〈宗主の港《ローズポート》のラルフ〉　ユーロン支持の船長

――ユーロン三世の船の乗組員
【クラゴーン】　〈地獄の角笛〉を吹き、死亡

――ユーロン三世の旗主《きしゅ》諸公
エリク・アイアンメーカー　〈鉄床《かなとこ》壊しのエリク〉、〈公正なる者エリク〉の異名をとる。鉄諸島の統治者代行。パイク城の城代。老人。かつては名だたる船長であり略奪者だった

――パイク島
ジャーマンド・ボトリー　〈宗主の港《ローズポート》〉の領主
ウォルドン・ウィンチ　鉄の穴《アイアン・ホルト》城の城主

――オールド・ウィック島
ダンスタン・ドラム　〈ドラムの主《ぬし》〉。オールド・ウィック島の領主
ノーン・グッドブラザー　砕石《シャッターストーン》城の城主
〈ストーンハウスの主《ぬし》〉　ストーンハウス家の当主

――グレート・ウィック島
ゴロルド・グッドブラザー　鎚角《ハマーホーン》城の城主
トリストン・ファーウィンド　海豹皮の岬《シールスキン・ポイント》城の城主
〈スパーの主《ぬし》〉　スパー家の当主

メルドレッド・マーリン　ペブルトンの町の領主

――オークモント島

アリン・オークウッド　通称〈オークモントのオークウッド〉

ベイロン・トーニー公

――ソルトクリフ島

ドナー・ソルトクリフ公

サンダリー公

――ハーロー島

ロドリック・ハーロー公　〈愛書家〉。ハーロー島領主。十塔城《テン・タワーズ》の城主。〈ハーローのハーロー〉

シーグフリード・ハーロー　〈銀髪のシーグフリード〉。ロドリックの大叔父。ハーロー城館《ホール》の城主

ホソ・ハーロー　〈背中曲がりのホソ〉。輝きの塔城《タワー・オブ・グリマリング》の城主。ロドリックの従兄弟

ボアマンド・ハーロー　通称〈青のボアマンド〉。ハリダンの丘《・ヒル》城の城主。ロドリックの従兄弟

――その他の小島

ギルバート・ファーウィンド　孤光城《ロンリー・ライト》の城主

――鉄《くろがね》の征服者たち

――楯諸島

〈笑わずのアンドリク〉　南の楯島《サウスシールド》の領主。ダンスタン・ドラムの息子。大巨漢

〈髭剃り《バーバー》ヌート〉　樫の楯島《オーケンシールド》の領主

マロン・ヴォルマーク　緑の楯島《グリーンシールド》の領主
サー・ハラス・ハーロー　灰色の楯島《グレイシールド》の領主。〈灰色の庭園城《グレイ・ガーデン》の騎士〉
――要塞《モウト》ケイリン
ラルフ・ケニング　城代。守備隊の長
　アドラック・ハンブル　片腕のひじから先がない
　ダゴン・コッド　何者にも屈しない男
――トーレンの方塞《ズ・スクウエア》
ダグマー　通称〈割れた顎《クレフトジョー》〉。《泡飲み《フォームドリンカー》》の船長。トーレンの方塞《ズ・スクウエア》守備隊の長
――深林の小丘城《ディープウッド・モット》
アシャ・グレイジョイ　クラーケンの娘。《黒き風《ブラックウインド》》の船長
　〈乙女のクァール〉　アシャの恋人。剣士
トリスティファー・ボトリー　アシャの元恋人。〈宗主の港《ローズポート》〉の跡継ぎだが、領地を奪われる
〈錆髭《さびひげ》のロゴン〉　アシャの船の乗組員
〈悪たれ口〉　アシャの船の乗組員
〈こびとのロルフ〉　アシャの船の乗組員
〈長柄《ながえ》斧《おの》のローレン〉　アシャの船の乗組員
〈ペテン師〉　アシャの船の乗組員
〈指〉　アシャの船の乗組員
〈六本足指のハール〉　アシャの船の乗組員
〈たれまぶたのデイル〉　アシャの船の乗組員

アール・ハーロー　アシャの船の乗組員
クロム　アシャの船の乗組員
〈角笛のハーゲン〉　アシャの船の乗組員
　赤毛の美しい娘　ハーゲンの娘
クェントン・グレイジョイ　アシャの従兄弟
ダゴン・グレイジョイ　アシャの遠縁。〈うわばみのダゴン〉と呼ばれる

アリン家

アリン家は〈山と谷の王〉の後裔である。紋章はスカイブルーの地に白く染めぬいた月と隼。標語《モットー》は〈高きこと誉れの如く〉。

ロバート・アリン　高巣城《アイリー》城主。谷間《ヴェイル》の守護者。八歳の病弱な少年。アレインから愛しいロバート《スィートロビン》さまとも呼ばれる

——ロバート公の近親者、側近

［レディ・ライサ・アリン］　母。タリー家出身。［ジョン・アリン公］の三人めの妻、未亡人。〈月の扉〉から突き落とされて死亡

ピーター・ベイリッシュ公　ロバート公の保護者。通称〈小指《リトルフィンガー》〉。ハレンの巨城《ホール》の城主。三叉鉾《トライデント》河の管領。谷間《ヴェイル》の守護代

アレイン・ストーン　ピーター公の庶子。表向きは十四歳。じつは十三歳のサンサ・スターク

サー・ローサー・ブルーン　ピーター公に仕える傭兵。高巣城《アイリー》の衛兵隊長
オズウェル・ケトルブラック　ピーター公に仕えるごま塩頭の老兵。ケトルブラック三兄弟の父
影多き《シェイディ》グレンのサー・シャドリック　通称〈狂い鼠《マッド・マウス》〉。ピーター公に仕える遍歴の騎士
〈美丈夫〉のサー・バイロン　ピーター公に仕える遍歴の騎士
〈陽気者〉のサー・モーガース　ピーター公に仕える遍歴の騎士

――ロバート公の側仕《そばづか》え（高巣城《アイリー》）
メイスター・コールモン　顧問。治療師。教師
モード　金歯の粗暴な牢番
グレッチェル　侍女。老齢
マディ　侍女。〈太り肉《じし》のマディ〉
メラ　侍女

――ロバート公の旗主《きしゅ》、谷間《ヴェイル》の諸公
ヨーン・ロイス公　通称〈青銅《ブロンズ》のヨーン〉。神秘の石《ルーンストーン》城の城主。ネスター公の従兄
サー・アンダー・ロイス　〈青銅《ブロンズ》のヨーン〉の息子。ルーンストーン城の跡継ぎ
ネスター・ロイス公　谷間《ヴェイル》の執政、月の門《ザ・ゲーツ・オブ・ザ・ムーン》城の城守
サー・アルバー・ロイス　ネスター公の嫡男《ちゃくなん》。跡継ぎ
ミランダ・ロイス　愛称ランダ。ネスター公の娘。未亡人。初夜に夫が死亡

マイア・ストーン　ネスター公に仕える騾馬《ラバ》世話係。道案内。じつは［ロバート一世王］の落《らく》胤《いん》
ライオネル・コーブレイ公　心の故郷城《ハーツ・ホーム》の城主
サー・リン・コーブレイ　ライオネルの弟。世に名高い名剣〈孤独の淑女《レディ・ファローン》〉を持つ
サー・ルーカス・コーブレイ　ライオネルの下の弟
トリストン・サンダーランド公　三姉妹《スリー・シスターズ》諸島の領主
ゴドリック・ボレル公　スイートシスター島の島主
ローランド・ロングソープ公　ロングシスター島の島主
アレサンダー・トレント公　リトルシスター島の島主
レディ・アニア・ウェインウッド　鉄樫城《アイアンオークス》の女城主
サー・モートン・ウェインウッド　レディ・アニアの嫡男
サー・ドネル・ウェインウッド　レディ・アニアの次男。血みどろの門《ブラッディ・ゲート》を護る〈門の騎士〉
ウォレス・ウェインウッド　レディ・アニアの末男《ばつなん》
ハロルド・ハーディング　レディ・アニアの被後見人。従士。しばしば、〈跡継ぎのハリー〉と呼ばれる
サー・サイモンド・テンプルトン　通称〈九星城《ナインスターズ》の騎士〉
ジョン・リンダリー公　蛇の森城《スネークウッド》の城主
エドマンド・ワクスリー　ウィッケンデン城の騎士
ジェラルド・グラフトン公　ガルタウンの町の領主
［イオン・ハンター］　長弓城館《ロングボウ・ホール》の先代城主。最近、死亡

サー・ギルウッド・ハンター　［イオン公］の長男で、現当主。いまは〈若きハンター公〉と呼ばれる

　メイスター・ウィラメン　〈若きハンター公〉の顧問。治療師。教師

サー・ユースタス・ハンター　［イオン公］の次男

サー・ハーラン・ハンター　［イオン公］の三男

ホートン・レッドフォート公　赤い城砦《レッドフォート》の城主。三度結婚

サー・ジャスパー・レッドフォート　ホートンの息子

サー・クライトン・レッドフォート　ホートンの息子

サー・ジョン・レッドフォート　ホートンの息子

サー・マイケル・レッドフォート　ホートンの末男《ばつなん》。騎士に叙任された直後。神秘の石城《ルーンストーン》のアイシラ・ロイスと結婚

ベネダー・ベルモア公　猛き歌《ストロングソング》城の城主

――〈月の山脈〉からきた族長たち

ドルフの息《そく》シャッガ　石烏《ストーン・クロウ》族。現在、〈王の森〉で一隊を率いて行動中

ティメットの息《そく》ティメット　焼身《バーンド・メン》族

チェイクの娘チェラ　黒耳《ブラック・イヤー》族

カラーの息《そく》クロウン　月の兄弟《ムーン・ブラザー》族

バラシオン家

大貴族中、もっとも新興のバラシオン家は、征服戦争中に誕生した。きっかけは、エイゴン征服王の庶子とうわさされたオーリス・バラシオンが、嵐の地《ストームランド》の最後の王アージラック傲慢王を討伐したことにある。エイゴン王は報賞として、アージラック王の城、領地、娘をオーリスに与えた。オーリスは娘を花嫁に迎え、嵐の王家の旗標《はたじるし》、儀礼、標語《モットー》を受け継いだ。

エイゴンによる征服《コンクエスト》から二百八十三年め、嵐の果て城《ストームズ・エンド》の城主であるバラシオン家の当主ロバートは、狂王エイリス二世（ターガリエン家）を弑《しい》し、〈鉄の玉座〉を奪うにいたる。ロバートはエイゴン五世（ターガリエン家）の娘を祖母に持ち、それゆえ王位継承の資格があるというのが公式の即位理由だが、ロバート自身は武力で勝ちとったと表現することを好んだ。

バラシオン家の紋章は、黄金の地に黒々と跳ねる、冠を戴いた牡鹿。標語《モットー》は〈氏神は復讐の女神〉。

【ロバート一世（バラシオン）】 初代ロバート王。アンダル人・ロイン人・〈最初の人々〉の王にして、七王国の王、王土の守護者。猪の牙にかかって死亡

王妃《クイーン》サーセイ・バラシオン　［ロバート一世］の未亡人。現太后。ラニスター家出身

――［ロバート王］の子ら

［ジョフリー一世（バラシオン）］　長男。初代ジョフリー王。結婚式の披露宴で毒殺。当時十三歳

王女《プリンセス》ミアセラ・バラシオン　長女。九歳。サンスピア宮の大公《プリンス》ドーラン・マーテルの被後見人

トメン一世（バラシオン）　次男。八歳の少年王

――［ロバート王］の弟たち

スタニス・バラシオン　ドラゴンストーン城の城主。反乱軍の首将。〈鉄の玉座〉を狙う

［レンリー・バラシオン］　嵐の果て城《ストームズ・エンド》の城主。反乱軍の首将。〈鉄の玉座〉を狙うも、宿営中、自軍のただなかで暗殺さる

――［ロバート王］の落胤《らくいん》、庶子

マイア・ストーン　十九歳の乙女。月の門《ザ・ゲーツ・オブ・ザ・ムーン》城のネスター公に仕える

ジェンドリー　鍛冶見習い。河川地帯《リヴァーランド》の逆徒《アウトロー》のひとり。自分の出自を知らない

エドリック・ストーム　フロレント家のレディ・デレナに産ませた庶子。認知済。ライスに潜伏中

サー・アンドルー・エスターモント　エドリック護衛隊の長。エドリックの従兄弟

サー・ジェラルド・ガウアー　エドリックの護衛

ルイス　エドリックの護衛。通称〈魚売りの女《フィッシュワイフ》〉

〈タリー・ヒルのサー・トリストン〉　エドリックの護衛

オマー・ブラックベリー　エドリックの護衛

[バラ]　王都《キングズ・ランディング》の娼婦に産ませた娘。未亡人（サーセイ）の命《めい》で暗殺さる

――[ロバート王]の親族

エルドン・エスターモント公　伯父。緑の石城《グリーンストーン》の城主

サー・エイモン・エスターモント　従兄弟。エルドン公の嫡男《ちゃくなん》。王都《キングズ・ランディング》でトメン一世に仕える

サー・アリン・エスターモント　従兄弟違い。サー・エイモンの息子。王都《キングズ・ランディング》にてトメン一世に仕える

サー・ロマス・エスターモント　伯父。エルドン公の弟

サー・アンドルー・エスターモント　従兄弟。ロマスの息子。〈狭い海〉にて、エドリック・ストーム護衛の任に

――嵐の果て城《ストームズ・エンド》に忠誠を誓う旗主《きしゅ》、嵐の諸公

ダヴォス・シーワース公　通称〈玉葱《タマネギ》の騎士〉。〈雨の森《レインウッド》〉の領主。〈狭い海〉の提督。〈王の手〉

レディ・マーリヤ・シーワース　ダヴォスの妻。大工の娘

――ダヴォスの息子たち

[デイル]　長男。ブラックウォーターの戦いで死亡

[アラード]　次男。ブラックウォーターの戦いで死亡

[マットス]　三男。ブラックウォーターの戦いで死亡

［マリック］　四男。ブラックウォーターの戦いで死亡
デヴァン　五男。スタニス一世の従士
スタニス　六男。十歳。母マーリャと怒りの岬《ケープ・ラス》にあり
ステッフォン　七男。六歳。母マーリャと怒りの岬《ケープ・ラス》にあり

サー・ギルバート・ファーリング　嵐の果て城《ストームズ・エンド》の城代
ブライエン・ファーリング　サー・ギルバートの息子。スタニス一世の従士
サー・ゴドリー・ファーリング　サー・ギルバートの従兄弟。通称〈巨人退治〉
エルウッド・メドウズ公　グラスフィールド城塞《キープ》の城主。嵐の果て城《ストームズ・エンド》でのサー・ギルバートの補佐
セルウィン・タース公　タース島の領主。通称〈夕星《ゆうずつ》〉
ブライエニー・タース　セルウィン公の娘。通称〈タースの乙女〉、〈麗しのブライエニー〉
ポドリック・ペイン　ブライエニーの従士。十歳
サー・ロネット・コニントン　通称〈赤毛のロネット〉。〈グリフィンの寝ぐら城《ズ・ルースト》の騎士〉
レイマンド・コニントン　サー・ロネットの弟
アリーン・コニントン　サー・ロネットの妹
ロナルド・ストーム　サー・ロネットの庶子
ジョン・コニントン　サー・ロネットの従兄弟伯父。かつてグリフィンの寝ぐら城《ズ・ルースト》の城主であり、〈王の手〉だったが、狂王エイリス二世に追放され、酒に溺れて死んだと見られている
レスター・モリゲン公　鴉の巣城《クロウズ・ネスト》の城主

サー・リチャード・モリゲン　レスター公の弟、跡継ぎ
［サー・ガイヤード・モリゲン］　レスター公の弟で、通称は〈緑のガイヤード〉。ブラック
ウォーターの戦いで戦死
アースタン・セルミー公　実りの城館《ハーヴェスト・ホール》の城主
サー・バリスタン・セルミー　アースタン公の大叔父。通称〈豪胆バリスタン〉
カスパー・ワイルド公　雨の城館《レイン・ハウス》の城主
サー・オーマンド・ワイルド　カスパー公の叔父。老齢の騎士
ハーウッド・フェル公　フェルウッド城の城主
ヒュー・グランディソン公　壮観城《グランドヴュー》の領主。通称〈半白髭《グレイベアド》〉
セバスティオン・エロル公　干し草の山城館《ヘイスタック・ホール》の城主
クリフォード・スワン公　石兜城《ストーンヘルム》の城主
［ベリック・ドンダリオン］　黒い聖域城《ブラックヘイヴン》の城主。通称〈稲妻公〉。河川地帯《リヴァーランド》の逆徒《アウトロー》の元指導者。
六度殺されても死ななかったが、いまは死んだと見なされている
［ブライス・キャロン公］　夜の詩城《ナイトソング》の元城主。ブラックウォーターの戦いでサー・フィリップ・
フットに斃《たお》される
サー・フィリップ・フット　ブライス公を討った男。隻眼の騎士。現夜の詩城《ナイトソング》の城主
サー・ローランド・ストーム　ブライス公の庶出の異母兄弟。通称〈夜の詩城《ナイトソング》の落とし子〉。
夜の詩城《ナイトソング》の奪還をもくろむ
ロビン・ピーズベリー公　莢果城《ポディングフィールド》の城主
レディ・メアリー・マーティンズ　霧の森城《ミストウッド》の女城主

ラルフ・バックラー公　青銅の門《ブロンズゲート》城の城主
サー・ブラス・バックラー　ラルフ公の従兄弟

フレイ家

フレイ家はタリー家の旗主《きしゅ》ながら、かならずしも務めを励行してきたわけではない。〈五王の戦い〉緒戦において、ロブ・スタークは当主ウォルダー・フレイ公の娘または孫娘と結婚するとの約定のもと、フレイ家の支持を取りつけた。ところが、ロブが約定をたがえ、レディ・ジェイン・ウェスタリングと結婚したため、フレイ家はルース・ボルトンと謀り、〈若き狼〉ロブとその随員らを虐殺。この事件は〈釁《ちぬ》られた婚儀〉として世に知られることになる。

ウォルダー・フレイ公　〈関門橋《クロッシング》〉の領主。高齢

――ウォルダー公の最初の妻とその子ら

【レディ・ペラ・フレイ】　ウォルダー公の最初の妻。ロイス家出身

【サー・ステヴロン・フレイ】　ウォルダー公の長男。オックスクロスの戦いののち死亡

サー・エモン・フレイ　ウォルダー公の次男。ラニスター家のジェナを娶《めと》る

サー・エイニス・フレイ　ウォルダー公の三男。北部でフレイ勢を指揮
　エイゴン・ブラッドボーン・フレイ　エイニスの長男。逆徒《アウトロー》
　レイガー・フレイ　エイニスの次男。白い港《ホワイト・ハーバー》への使者
ペリアン・フレイ　ウォルダー公の長女。サー・レスリン・ヘイに嫁ぐ

——ウォルダー公の二番めの妻とその子ら
「レディ・シレナ・フレイ」　ウォルダー公の二番めの妻。スワン家出身
サー・ジャレッド・フレイ　ウォルダー公の四男。シレナの長男。白い港《ホワイト・ハーバー》への使者
セプトン・ルセオン　ウォルダー公の五男。シレナの次男。王都《キングズ・ランディング》にあるベイラー大聖堂《グレート・セプト》に仕える

——ウォルダー公の三番めの妻とその子ら
「レディ・アマレイ・フレイ」　ウォルダー公の三番めの妻。クレイクホール家出身
サー・ホスティーン・フレイ　ウォルダー公の六男。「アマレイ」の長男。勇名高き騎士
レディ・ライシーン・フレイ　ウォルダー公の次女。ルシアス・ヴァイプレン公に嫁ぐ
サイモンド・フレイ　ウォルダー公の七男。勘定係。白い港《ホワイト・ハーバー》への使者
サー・ダンウェル・フレイ　ウォルダー公の八男
「メレット・フレイ」　ウォルダー公の九男。妻はマリヤ・ダリー。古石城《オールドストーンズ》で絞首刑に
　ウォルダ・フレイ　「メレット」の次女。通称、太めのウォルダ。ドレッドフォート城の城主ルース・ボルトンに嫁ぐ

ウォルダー・フレイ　［メレット］の息子。通称、小ウォルダー。八歳。ラムジー・ボルトンの従士

［サー・ジェレミー・フレイ］　ウォルダー公の十男。溺死

サー・レイマンド・フレイ　ウォルダー公の十一男

——ウォルダー公の四番めの妻とその子ら

［レディ・アリッサ・フレイ］　ウォルダー公の四番めの妻。ブラックウッド家出身

ローサー・フレイ　ウォルダー公の十二男。［アリッサ］の長男。通称〈足悪のローサー〉

サー・ジャモス・フレイ　ウォルダー公の十三男

ウォルダー・フレイ　サー・ジャモスの長男。通称、大ウォルダー。八歳。ラムジー・ボルトンの従士

サー・ウェイレン・フレイ　ウォルダー公の十四男

レディ・モーリア・フレイ　ウォルダー公の三女。サー・フレメント・ブラックスに嫁ぐ

タイタ・フレイ　ウォルダー公の四女。〈乙女のタイタ〉

——ウォルダー公の五番めの妻

［レディ・サリア・フレイ］　ウォルダー公の五番めの妻。ウェント家出身。子供なし

——ウォルダー公の六番めの妻とその子ら

［レディ・ベサニー・フレイ］　ウォルダー公の六番めの妻。ロズビー家出身

サー・パーウィン・フレイ　ウォルダー公の十五男

［サー・ベンフリー・フレイ］　ウォルダー公の十六男。〈釁《ちぬ》られた婚儀〉での負傷がもとで死亡

メイスター・ウィラメン　ウォルダー公の十七男。長弓城館《ロングボウ・ホール》に出仕

オリヴァー・フレイ　ウォルダー公の十八男。［ロブ・スターク］の元従士

ロズリン・フレイ　ウォルダー公の五女。十六歳。〈釁《ちぬ》られた婚儀〉でエドミュア・タリー公と結婚。妊娠中

――ウォルダー公の七番めの妻とその子ら

［レディ・アナラ・フレイ］　ウォルダー公の七番めの妻。ファーリング家出身

アーウィン・フレイ　ウォルダー公の六女。十四歳の乙女

ウェンデル・フレイ　ウォルダー公の十九男。十三歳。小姓として海の護り城《シーガード》へ里子に

コルマー・フレイ　ウォルダー公の二十男。信仰生活に入る予定。十一歳

ウォルター・フレイ　ウォルダー公の二十一男。愛称ター。十歳

エルマー・フレイ　ウォルダー公の末男《ばつなん》（二十二男）。短期間、アリア・スタークの婚約者。九歳

シレイ・フレイ　ウォルダー公の末娘（七女）。七歳

――ウォルダー公の八番めの妻とその子ら

レディ・ジョユーズ・フレイ　ウォルダー公の八番めの妻。エレンフォード家出身。妊娠中

――ウォルダー公の庶子たち（以下の七人のほかにもあり）。母親は別々

ウォルダー・リヴァーズ　通称〈庶出のウォルダー〉

メイスター・メルウィス　ロズビー城に仕える

ジェイン・リヴァーズ

マーティン・リヴァーズ

ライガー・リヴァーズ

ロネル・リヴァーズ

メララ・リヴァーズ

ラニスター家

キャスタリーの磐城《ロック》に本拠を置くラニスター家は、〈鉄の玉座〉につくトメン一世の、いまも最大の後ろ楯である。同家の自慢は、〈英雄の時代〉に名を馳せた伝説のトリックスター、〈ラン利発王〉の〝子孫〟であること。キャスタリー・ロック城と金の歯《ゴールデン・トゥース》には、膨大な量の黄金が貯蔵されており、それゆえ大貴族中でもとびぬけた財力を誇る。

ラニスター家の紋章は、深紅の地に描かれた黄金の獅子。標語《モットー》は〈聞け、わが咆哮《おたけび》を！〉。

［タイウィン・ラニスター公］　元キャスタリー・ロック城の城主、〈ラニスポートの楯〉、西部総督、〈王の手〉。厠《かわや》で息子ティリオンに殺される

――［タイウィン公］の子らとその部下

太后《クイーン》サーセイ・ラニスター　七六〇頁参照。

サー・ジェイミー・ラニスター　長男。クイーン・サーセイの双子の弟。〈王殺し《キングスレイヤー》〉と呼ばれる。

〈王の楯《キングズガード》〉総帥

ジョスミン・ペックルドン　ジェイミーの従士。通称ペック。ブラックウォーターの戦いで大功あり

ギャレット・ペイジ　ジェイミーの従士

ルー・パイパー　ジェイミーの従士。通称〈小柄《リトル》なルー〉

サー・イリーン・ペイン　舌なき騎士。元王の執行吏、首斬り役人

サー・ロネット・コニントン　通称〈赤毛のロネット〉。〈グリフィンの寝ぐら《ズ・ルースト》城の騎士〉。捕虜を護送して乙女の池《メイドンプール》の町へ

――ジェイミーに随行する遠征軍の騎士たち

サー・アダム・マーブランド　元〈王都の守人《シティ・ウォッチ》〉〈金色《こんじき》のマント〉の長

サー・フレメント・ブラックス

サー・アリン・スタックスピア

サー・ステッフォン・スウィフト

サー・ハンフリー・スウィフト

サー・ライル・クレイクホール　通称〈強い猪《ストロングボア》〉

サー・ジョン・ベトリー　通称〈髭《ひげ》なしのジョン〉

ティリオン・ラニスター　次男。通称〈小鬼《インプ》〉。こびとで親族殺し《キンスレイヤー》

――キャスタリー・ロック城詰めの者たち

メイスター・クレイレン　治療師。教師。顧問

ヴァイラー　衛兵隊長

サー・ベネディクト・ブルーム　武術指南役

〈白き微笑みのワット〉　吟遊詩人

――［タイウィン公］の兄弟とその子ら

サー・ケヴァン・ラニスター　［タイウィン公］の弟で最年長。スウィフト家のドーナを娶《めと》る

ジェナ・フレイ　［タイウィン公］の妹。リヴァーラン城の新城主サー・エモン・フレイの妻

　サー・エモン・フレイ　ジェナの夫

　　［サー・クレオス・フレイ］　ジェナの長男。ダリー家のジェインと結婚。逆徒らに殺される

　　　サー・タイウィン・フレイ　［サー・クレオス］の長男で、愛称タイ。リヴァーラン城の跡継ぎ

　　　ウィレム・フレイ　［サー・クレオス］の次男。従士

　　サー・ライオネル・フレイ　ジェナの次男。メレサ・クレイクホールを娶る

　　［タイオン・フレイ］　ジェナの三男。従士。リヴァーラン城で虜のまま殺される

　　ウォルダー・フレイ　ジェナの末男《ばつなん》。通称〈赤のウォルダー〉。十四歳。ロック城の小姓

［サー・タイゲット・ラニスター］　［タイウィン公］の二番めの弟。疱瘡で死亡。愛称ティグ

　タイレク・ラニスター　［サー・タイゲット］の息子。従士。消息不明。死亡を危惧される

　　レディ・エルメサンド・ヘイフォード　タイレクの幼い妻

［ジェリオン・ラニスター］　［タイウィン公］の末弟。海で行方不明に

　ジョイ・ヒル　ジェリオンの非嫡出《ちゃくしゅつ》の子。十一歳の娘

――［タイウィン公］のその他の親族

［サー・スタッフォード・ラニスター］　［タイウィン公］の公妃（従姉妹でもあった）の兄弟。

オックスクロスの戦いで戦死

セレナ・ラニスター　［サー・スタッフォード］の長女

ミリール・ラニスター　［サー・スタッフォード］の次女

サー・デイヴン・ラニスター　［サー・スタッフォード］の長男。ジェイミーの従弟

サー・ダミアン・ラニスター　［タイウィン公］の従弟。レディ・シエラ・クレイクホールと結婚

サー・ルシオン・ラニスター　サー・ダミアンの長男

ラナ・ラニスター　サー・ダミアンの長女。アンタリオ・ジャスト公に嫁ぐ

マーゴット・ラニスター　［タイウィン公］の従妹。タイタス・ピーク公に嫁ぐ

――［タイウィン公］の旗主《きしゅ》、臣下、西部諸公

デイモン・マーブランド公　アッシュマーク城の城主

ローランド・クレイクホール公　クレイクホール城の城主

セバストン・ファーマン公　フェア島《アイル》の領主

タイトス・ブラックス公　角の谷《ホーンヴェイル》城の城主

クェンテン・ベインフォート公　死の砦《ペインフォート》城の城主

サー・ハリス・スウィフト　ケヴァン・ラニスターの義父

レジナード・エストレン公　ウィンドホール城の城主

ガウエン・ウェスタリング公　岩山《クラッグ》城の城主
セルモンド・スタックスピア公
テレンス・ケニング公　ケイスの町の領主
アンタリオ・ジャスト公
ロビン・モアランド公
レディ・アリサン・レフォード
ルイス・ライドン公　深い巣穴《ディープ・デン》城の城主
フィリップ・プラム公
ギャリソン・プレスター公
サー・ロレント・ローチ　土地持ちの騎士
サー・ガース・グリーンフィールド　土地持ちの騎士
サー・ライモンド・ヴィカリー　土地持ちの騎士
サー・レイナード・ラティガー　土地持ちの騎士
サー・マンフリッド・ユー　土地持ちの騎士
サー・ティボルト・ヘザースプーン　土地持ちの騎士

マーテル家

マーテル家が統《す》べるドーンは、七王国中、もっとも遅く〈鉄の玉座〉に忠誠を誓った国である。血統、習俗、地勢、歴史、そのすべてにおいて、ドーンは他の王国と性質を異にする。〈五王の戦い〉勃発時、サンスピア宮に拠点を置くマーテル家は参戦を控えた。が、王女《プリンセス》ミアセラ・バラシオンとマーテル家の公子《プリンス》トリスタンとの婚約が成立するや、ただちにジョフリー一世支持を宣言した。

マーテル家の紋章は、黄金の槍に貫かれた真紅の太陽。その標語《モットー》は〈折れぬ、枉《ま》げぬ、まつろわぬ〉。

ドーラン・ナイメロス・マーテル　サンスピア宮の宮主。ドーンの大公《プリンス》

レディ・メラリオ・マーテル　プリンス・ドーランの妻。自由都市ノーヴォス出身

――プリンス・ドーランの子ら

公女《プリンセス》アリアン・マーテル　長女。サンスピア宮の跡継ぎ

公子《プリンス》クェンティン・マーテル　長男。若くして騎士に。〈アイアンウッド家のアイアンウッド〉の

もとで長らく養育

公子《プリンス》トリスタン・マーテル　次男。王女《プリンセス》ミアセラと婚約

〈グリーンブラッド川のサー・ガスコイン〉　プリンス・トリスタンの護衛、誓約の楯

——プリンス・ドーランの弟妹とその子ら

［公妹《プリンセス》エリア・マーテル］　かつての王妃。王都《キングズ・ランディング》略奪のさい、犯されて殺される

［王女《プリンセス》レイニス・ターガリエン］　エリアの長女、幼児。王都《キングズ・ランディング》略奪のさいに殺される

［王子《プリンス》エイゴン・ターガリエン］　エリアの長男、赤子。王都《キングズ・ランディング》略奪のさいに殺される

［公弟《プリンス》オベリン・マーテル］　通称〈赤い毒蛇《レッド・ヴァイパー》〉。決闘裁判で［サー・グレガー・クレゲイン］に殺される

エラリア・サンド　［プリンス・オベリン］の愛人。ハーメン・ウラー公の妾腹の娘

——〈砂蛇《サンド・スネーク》〉。［プリンス・オベリン］の八人の娘（落とし子）

オバラ・サンド　二十八歳。オールドタウンの娼婦の娘

ナイメリア・サンド　二十五歳。通称〈レディ・ナイム〉。ヴォランティスの高貴な女性との娘

タイエニー・サンド　二十三歳。司祭女《セプタ》との娘

スラレア・サンド　十九歳。夏諸島《サマー・アイランズ》からきた交易船の船長との娘

エリア・サンド　十四歳。エラリア・サンドとの娘

オベラ・サンド　十二歳。エラリア・サンドとの娘

ドリア・サンド　八歳。エラリア・サンドとの娘
ロレザ・サンド　六歳。エラリア・サンドとの娘

——プリンス・ドーランの宮廷（ウォーター・ガーデンズ）
アリオ・ホター　ノーヴォスの傭兵。衛士長
メイスター・キャリオット　顧問。治療師。教師

——プリンス・ドーランの宮廷（サンスピア宮）
メイスター・マイルズ　顧問。治療師。教師
リカッソ　サンスピア宮の家令。老齢で盲目
サー・マンフリー・マーテル　サンスピア宮の城代
レディ・アリーズ・レディブライト　蔵相

——プリンス・ドーランの被後見人
王女《プリンセス》ミアセラ・バラシオン　クイーン・サーセイの娘。プリンス・トリスタンと婚約
［サー・アリス・オークハート］　ミアセラの護衛役。〈王の楯《キングズガード》〉の騎士。アリオ・ホターに殺される
ロザマンド・ラニスター　ミアセラの寝所付侍女。遠い従妹

——プリンス・ドーランの旗主《き》《しゅ》、ドーンの諸公

アンダーズ・アイアンウッド公　アイアンウッド城の城主。〈石の道〉総監。マーテル家の縁戚
　アイニス・アイアンウッド　アンダーズ公の長女。ライアン・アリリオンと結婚
　サー・クレタス・アイアンウッド　アンダーズの息子、跡継ぎ。斜視
　グウィネス・アイアンウッド　アンダーズ公の末娘。十二歳
ハーメン・ウラー公　地獄の巣穴《ヘルホルト》城の城主
レディ・デロン・アリリオン　神麗《ゴッズグレイス》城の女城主
　サー・ライアン・アリリオン　デロンの嫡男、跡継ぎ
ダゴス・マンウッディ公　王墓《キングズグレイヴ》城の城主
レディ・ラーラ・ブラックモント　黒山《ブラックモント》城の女城主
レディ・ナイメラ・トーランド　亡霊の丘《ゴースト・ヒル》城の女城主
クェンティン・クォーガイル公　砂岩《サンドストーン》城の城主
サー・デジール・ドールト　〈レモンウッド城の騎士〉
フランクリン・ファウラー公　至天《スカイリーチ》城の城主。異名は〈老猾な鷹《オールド・ホーク》〉。〈プリンスの道〉総監
サー・サイモン・サンタガー　斑の森《スポッツウッド》城の城主
エドリック・デイン公　星降る《スターフォール》城の城主。従士
トレバー・ジョーデイン公　岩山の頂《トーア》城の城主
トレモンド・ガーガレン公　塩の浜辺《ソルト・ショア》城の城主
デイロン・ヴェイス公　赤い砂丘《レッド・デューンズ》城の城主

スターク家

スターク家の血統は冬の王の祖ブランドン建設王の時代にまで遡《さかのぼ》ることができる。数千年の長きにわたり、同家は〈北の王〉としてウィンターフェル城を本拠に君臨していたが、屈伏王ことトーレン・スタークが、エイゴン竜王（征服王）との戦いを避け、竜王に忠誠を誓ったため、ここに同家の王位は廃された。ところが、約二百五十年後、ウィンターフェル城の城主エダード・スターク公がジョフリー一世王に処刑される事態が出来《しゅったい》。それを機に北部人は〈鉄の玉座〉への忠誠を捨て、エダードの子ロブの〈北の王〉即位を宣言する。つづく〈五王の戦い〉において、ロブ・スタークは常勝を誇った。が、フレイ家とボルトン家の裏切りに遭い、叔父の結婚式の最中、双子城《ツインズ》で残害されてしまう。

スターク家の紋章は、アイスホワイトの白地を駆けるグレイの大狼《ダイアウルフ》。標語《モットー》は〈冬来たる〉。

［ロブ・スターク］〈北の王〉、〈三叉鉾河《トライデント》の王〉、ウィンターフェル城城主。［エダード・スターク公］とタリー家から嫁いだ［レディ・キャトリン］とのあいだに生まれた長男。十六歳。〈若き狼〉の異名をとるも、〈釁《ちぬ》られた婚儀〉で殺される

　【グレイウィンド】　［ロブ］の大狼《ダイアウルフ》。〈釁《ちぬ》られた婚儀〉で殺される

——［ロブ］の同腹の弟妹

サンサ・ラニスター　［ロブ］の妹。十三歳。ラニスター家のティリオンに嫁ぐ

　【レディ】　サンサの大狼《ダイアウルフ》。ダリー城で殺される

アリア・スターク　［ロブ］の妹。十一歳。行方不明。死亡したと見なされている

　ナイメリア　アリアの大狼《ダイアウルフ》。河川地帯《リヴァーランド》を彷徨中

ブランドン・スターク　［ロブ］の弟。九歳。ブランと呼ばれる。障害を持つ。ウィンターフェル城跡継ぎ。死亡したと見なされている

　サマー　ブランの大狼《ダイアウルフ》

リコン・スターク　［ロブ］の弟。四歳。死亡したと見なされている

　シャギードッグ　リコンの大狼《ダイアウルフ》。漆黒で獰猛

　オシャ　リコンの友。野人。ウィンターフェル城の虜だった

——［ロブ］の異腹の兄弟

ジョン・スノウ　〈冥夜の守人《ナイツ・ウォッチ》〉の総帥

　ゴースト　ジョンの大狼《ダイアウルフ》。純白でめったに吠えない

——［ロブ］の叔父・叔母と従兄弟

ベンジェン・スターク　父の弟。〈冥夜の守人《ナイツ・ウォッチ》〉の哨士長《ファースト・レンジャー》だった。〈壁〉の向こうで行動中、

行方不明に。死亡したと見なされている
［レディ・ライサ・アリン］　母の妹。高巣《アイリー》城の前城主［ジョン・アリン］の未亡人。〈月の扉〉から突き落とされて死亡
　ロバート・アリン　［ジョン］と［ライサ］の息子。高巣《アイリー》城の現城主。谷間《ヴェイル》の守護者。病弱
サー・エドミュア・タリー　母の弟。リヴァーラン城の城主。〈釁《ちぬ》られた婚儀〉でフレイ家の虜となる
　レディ・ロズリン・タリー　サー・エドミュア妃。フレイ家出身。妊娠中
サー・ブリンデン・タリー　母の叔父。〈漆黒の魚《ブラックフィッシュ》〉。先ごろまでリヴァーラン城の城代。いまは追われる身

――スターク家の旗主《きしゅ》、北部諸公
ジョン・アンバー　通称〈グレートジョン〉。最後の炉端城《ラスト・ハース》の城主。双子城《ツインズ》の虜
　［ジョン・アンバー］　通称〈スモールジョン〉。〈グレートジョン〉の嫡男《ちゃくなん》であり、跡継ぎ。〈釁《ちぬ》られた婚儀〉で殺される
モース・アンバー　通称〈鴉の餌《クロウフード》〉。〈グレートジョン〉の叔父。最後の炉端城《ラスト・ハース》の城代
ホザー・アンバー　通称〈淫売殺し《フォアズベイン》〉。〈グレートジョン〉の叔父。最後の炉端城《ラスト・ハース》のもうひとりの城代
［クレイ・サーウィン］　サーウィン城の前城主、ウィンターフェル城の戦いで死亡
レディ・ジョネル・サーウィン　右の［クレイ公］の姉。三十二歳の乙女。いまはサーウィン城の女城主

ルース・ボルトン公　ドレッドフォート城の城主

〔ドメリック・ボルトン〕　ルース公の嫡男《ちゃくなん》。腹部の病で死亡

ウォルトン　ルース公の衛兵隊長。異名は〈鉄の脛《スティールシャンクス》〉

ラムジー・ボルトン公　元の名をラムジー・スノウ。ルース公の非嫡出子。通称〈ボルトンの落とし子〉。ホーンウッド城の城主

〔リーク〕　悪臭で悪評ふんぷんの兵。ラムジー公のふりをしていて殺される

ウォルダー・フレイ　サー・ジャモスの長男。通称、大ウォルダー。八歳。ラムジー公の従士

ウォルダー・フレイ　［メレット・フレイ］の長男。通称、小ウォルダー。こちらも八歳。ラムジー公の従士

〈骨のベン〉　ラムジー公の〈男衆《ボーイズ》〉。ドレッドフォート城の犬舎長

〈黄色いディック〉　ラムジー公の〈男衆〉

〈〝おれのために踊れ〟のデイモン〉　ラムジー公の〈男衆〉

ルートン　ラムジー公の〈男衆〉

〈渋面《しぶつら》のアリン〉　ラムジー公の〈男衆〉

〈皮剝ぎ人〉　ラムジー公の〈男衆〉

〈呻き声《グラント》〉　ラムジー公の〈男衆〉

〔リカード・カースターク公〕　カーホールド城の城主。虜囚殺害の廉《かど》で〈若き狼〉により斬首

〔エダード・カースターク〕　リカード公の長男。〈囁きの森〉で殺される

〔トーレン・カースターク〕　リカード公の次男。〈囁きの森〉で殺される

ハリオン・カースターク　リカード公の三男。乙女の池《メイドンプール》の町の虜
アリス・カースターク　リカード公の娘。十五歳の乙女
アーノルフ・カースターク　リカード公の叔父。カーホールド城の城代
クレガン・カースターク　アーノルフの長男
アーサー・カースターク　アーノルフの次男
ワイマン・マンダリー公　白い港《ホワイト・ハーバー》の領主。とてつもなく肥満
サー・ウィリス・マンダリー　ワイマン公の長男、跡継ぎ。非常に肥満。ハレンの巨城《ホール》で虜に
　レオナ・マンダリー　サー・ウィリスの妻。ウールフィールド家出身
　　ウィナフリッド・マンダリー　サー・ウィリスの長女。十九歳の乙女
　　ウィラ・マンダリー　サー・ウィリスの次女。十五歳の乙女
［サー・ウェンデル・マンダリー］　ワイマン公の次男。〈釁《ちぬ》られた婚儀〉で殺される
サー・マーロン・マンダリー　ワイマン公の従弟。ホワイト・ハーバーの守備隊長
メイスター・シオモア　顧問。教師。治療師
ウェクス・パイク　パイク島のサーゴン・ボトリーの庶子。十二歳の唖者の少年。元シオン・グレイジョイの従士
サー・バーティマス　老齢の騎士。隻脚、隻眼、酒びたり。牢獄〈狼の巣〉の獄長
　ガース　牢番。首斬り人
　〈レディ・ルー〉　ガースの首斬り斧
　　セリー　若い牢番
レディ・メイジ・モーモント　熊の島《ベア・アイランド》の女公。異名は〈熊御前〉

［デイシー・モーモント］　レディ・メイジの長女。〈釁られた婚儀〉で殺される
アリサン・モーモント　レディ・メイジの次女。若き〈熊御前〉
ライラ・モーモント　レディ・メイジの三女
ジョレル・モーモント　レディ・メイジの四女
リアナ・モーモント　レディ・メイジの五女
［ジオー・モーモント］　レディ・メイジの弟。〈冥夜の守人《ナイツ・ウォッチ》〉先代総帥。〈熊の御大《オールド・ベア》〉。
　部下に殺される
　サー・ジョラー・モーモント　［ジオー］の息子。熊の島《ベア・アイランド》の正当な領主だったが、奴隷
　　売買の廉《かど》で亡命
ハウランド・リード公　灰色沼の物見城《グレイウオーター・ウオッチ》の城主。沼地人《クラノグマン》
ジアナ　ハウランド・リード公の妻。沼地人
　ミーラ・リード　ハウランド・リード公の娘。十六歳の乙女。女狩人
　ジョジェン・リード　ハウランド・リード公の息子。十三歳。緑視力《グリーン・サイト》を持つとされる
ガルバート・グラヴァー　深林の小丘城《ディープウッド・モット》の城主。未婚
　ロベット・グラヴァー　ガルバート公の弟、跡継ぎ
　サイベル・グラヴァー　ロベットの妻。ロック家出身。アシャ・グレイジョイの人質
　　ベンジコット・ブランチ　深林の小丘城《ディープウッド・モット》に忠誠を誓う〈狼の森〉の戦士
　ネッド・ウッズ　深林の小丘城に忠誠を誓う〈狼の森〉の戦士。〈鼻なしネッド〉
［サー・ヘルマン・トールハート］　トーレンの方塞《ズ・スクウェア》の城主。ダスケンデールの町で殺される
［ベンフレッド・トールハート］　［サー・ヘルマン］の息子、跡継ぎ。岩石海岸《ストーニイ・ショア》で鉄人《くろがねびと》に

殺される
エダラ・トールハート　［サー・ヘルマン］の娘。トーレンの方塞《ズ・スクウェア》で虜に
［レオボルド・トールハート］　［サー・ヘルマン］の弟。ウィンターフェル城の戦いで殺される
ベレナ・トールハート　［レオボルド］の妻。ホーンウッド家出身。トーレンの方塞《ズ・スクウェア》で虜に
ブランドン・トールハート　［レオボルド］の長男。トーレンの方塞《ズ・スクウェア》で虜に
ベレン・トールハート　［レオボルド］の次男。トーレンの方塞《ズ・スクウェア》で虜に
ロドリック・ライズウェル公　細流地域《リルズ》の領主
レディ・バーブレイ・ダスティン　ロドリック公の次女。バロウトンの町の領主。古墳城館《バロウホール》の女城主。［ウィラム・ダスティン］の未亡人
ハーウッド・スタウト　レディ・バーブレイに忠実な臣下。バロウトンの町の小貴族
［ベサニー・ボルトン］　ロドリック公の長女。ルース・ボルトン公二番めの妻。熱病で死亡
――ロドリック公の相互に不仲な従兄弟、旗主《きしゅ》
ロジャー・ライズウェル
リカード・ライズウェル
ルース・ライズウェル
レディ・ライエッサ・フリント　寡婦の物見城《ウィドウズ・ウオッチ》の女城主
オンドルー・ロック公　古き城《オールドカースル》の城主。老人
――山岳民族の家長たち

ヒューゴー・ウル　通称〈大桶〉。〈ウルの主《ぬし》〉。ウル一族当主

ブランドン・ノレイ　通称〈ノレイの主〉。ノレイ一族当主

　ブランドン・ノレイ　父と同名の息子

トーレン・リドル　通称〈リドルの主〉。リドル一族当主

　ダンカン・リドル　トーレンの長男。通称〈大リドル〉。〈冥夜の守人《ナイツ・ウォッチ》〉の一員

　モーガン・リドル　トーレンの次男。通称〈中リドル〉

　リカード・リドル　トーレンの三男。通称〈小リドル〉

トージェン・フリント　開祖フリント家の長。通称〈フリントの主〉または老フリント

　〈黒のドネル・フリント〉　トージェンの息子、跡継ぎ

　アートス・フリント　トージェンの次男。〈黒のドネル〉の異母兄弟

タリー家

そのむかし、リヴァーラン城の城主であったエドミン・タリー公は、エイゴン竜王（征服王）に対し、真っ先に臣従を誓った河岸の諸公のひとりである。その報賞としてエイゴン竜王はタリー家を格上げし、三叉鉾《トライデント》河流域全土を封土に与えた。

タリー家の紋章は、赤と青の波模様地に跳ねる銀色の鱒《マス》。その標語《モットー》は〈一族、本分、名誉〉。

サー・エドミュア・タリー　リヴァーラン城の城主。〈釁《ちぬ》られた婚儀〉中、フレイ家に拉致され、虜に

レディ・ロズリン・タリー　サー・エドミュア妃。フレイ家出身。妊娠中

——エドミュア公の姉、親族

［レディ・キャトリン・スターク］　姉。ウィンターフェル城の前城主［エダード公］の未亡人。〈釁られた婚儀〉で殺害

［レディ・ライサ・アリン］　姉。谷間《ヴェイル》の［ジョン・アリン公］未亡人。高巣城《アイリー》の〈月の扉〉から

　突き落とされて死亡
サー・ブリンデン・タリー　叔父。〈漆黒の魚《ブラックフィッシュ》〉。先ごろまでリヴァーラン城の城代。いまは逃亡
　中の身
――エドミュア公の側仕《そばづか》え（リヴァーラン城）
　メイスター・ヴァイマン　顧問。治療師。教師
　サー・デズモンド・グレル　武術指南役
　サー・ロビン・ライガー　衛兵隊長
　　〈背高《ロング》のルー〉　衛兵
　　エルウッド　衛兵
　　デルプ　衛兵
　アサライズ・ウェイン　リヴァーラン城の家令
――エドミュア公の旗主《きしゅ》、三叉鉾《トライデント》河流域の諸公
タイトス・ブラックウッド公　〈使い鴉の木《レイヴンツリー》〉城館《ホール》の城主
　ブリンデン・ブラックウッド　タイトス公の長男、跡継ぎ
　［ルーカス・ブラックウッド］　タイトス公の次男。〈釁《ちぬ》られた婚儀〉で殺害
　ホスター・ブラックウッド　タイトス公の三男。本好き
　エドマンド・ブラックウッド　タイトス公の四男
　アリン・ブラックウッド　タイトス公の五男
　ベサニー・ブラックウッド　タイトス公の娘。八歳

［ロバート・ブラックウッド］　タイトス公の六男。腹下しで死亡
ジョノス・ブラッケン公　石垣《ストーン・ヘッジ》の町の領主
バーバラ・ブラッケン　ジョノス公の娘
ジェイン・ブラッケン　ジョノス公の娘
キャトリン・ブラッケン　ジョノス公の娘
ベス・ブラッケン　ジョノス公の娘
アリサン・ブラッケン　ジョノス公の娘
　ヒルディー　ジョノス公の情婦
ジェイソン・マリスター公　海の護り城《シーガード》の城主。自分の城に幽閉
パトレック・マリスター　ジェイソン公の息子。父と幽閉
サー・デニス・マリスター　ジェイソン公の叔父。〈冥夜の守人《ナイツ・ウォッチ》〉の支隊長
クレメント・パイパー公　ピンクの乙女《メイドン》城の城主
サー・マーク・パイパー　クレメント公の嫡男。ピンクメイドン城跡継ぎ。〈釁《ちぬ》られた婚儀〉
で虜に
カリル・ヴァンス公　旅人の休息所《ウェイフェアラーズ・レスト》城の城主
ノーバート・ヴァンス公　アトランタ城の城主。盲目
シオマー・スモールウッド公　殻斗城館《エイコーン・ホール》の城主
ウィリアム・ムートン公　乙女の池《メイドンプール》の町の領主
エレノア・ムートン　ウィリアム公の娘、跡継ぎ。十三歳。角の丘《ホーン・ヒル》城の跡継ぎディコン・ター
リーと結婚

レディ・シェラ・ウェント　元ハレンの巨城《ホール》の女城主。城より追放
サー・ハルモン・ペイジ
ライモンド・グッドブルック公

タイレル家

　タイレル家は河間平野《リーチ》王家の執政として権力の座についた一族であるが、〈最初の人々〉の園芸王《ガードナー》、〈緑の手《グリーンハンド》〉のガースの子孫を標榜する。同王の血を引くガードナー家最後の王が〈火炎が原〉の合戦で討ち死にすると、同家の執政を務めていたハーレン・タイレルは、エイゴン竜王（征服王）に降伏し、ハイガーデン城を明け渡す。その報賞として、ハーレンはエイゴンより同城と河間平野《リーチ》一帯の統治権を与えられた。〈五王の戦い〉が勃発するなり、ハイガーデン城の城主メイス・タイレル公はレンリー・バラシオン支持を表明、娘のマージェリーをレンリーに嫁がせる。しかし、レンリーが死ぬや、即座にラニスター家と手を組み、娘マージェリーをジョフリー王に嫁がせてしまう。

　タイレル家の紋章は、緑地に黄金の薔薇。その標語《モットー》は〈われら強大たるべし〉。

メイス・タイレル公　ハイガーデン城の城主。南部総督、境界地方《マーチズ》の守護者、河間平野《リーチ》の総監

レディ・アレリー・タイレル　メイス公の妻。オールドタウンのハイタワー家出身

――メイス公の子ら
ウィラス・タイレル　長男。ハイガーデン城の跡継ぎ
サー・ガーラン・タイレル　次男。通称〈高士《ギャラント》〉。ブライトウォーター城塞《キープ》の新城主に封じられたばかり
レディ・レオネット・タイレル　サー・ガーラン妃。フォソウェイ家出身
サー・ロラス・タイレル　末男《ばつなん》。〈花の騎士〉と呼ばれる。〈王の楯《キングズガード》〉の誓約の兄弟のひとり。ドラゴンストーン城攻略で負傷
マージェリー・バラシオン　長女。十六歳。トメン一世妃。三度結婚、二度、夫と死別。ベイラー大聖堂《グレート・セプト》で〈正教〉の虜に
メガ・タイレル　マージェリーの従妹。側役《そばやく》
アラ・タイレル　マージェリーの従妹。側役
エリノア・タイレル　マージェリーの従妹。側役
アリン・アンブローズ　エリノアの許婚者。従士
レディ・アリサン・ブルワー　マージェリーの側役。八歳
レディ・アリス・グレイスフォード　マージェリーの友
レディ・テイナ・メリーウェザー　マージェリーの友
メレディス・クレイン　マージェリーの友。通称メリー
セプタ・ナイステリカ　マージェリーの聴罪司祭女《セプタ》

――メイス公の母と妹たち

レディ・オレナ・タイレル　メイス公の母。未亡人。レッドワイン家出身。通称〈茨《いばら》の女王〉
レディ・マイナ・レッドワイン　メイス公の妹。パクスター・レッドワインに嫁ぐ
パクスター・レッドワイン公　レディ・マイナの夫。アーバー島の領主
サー・ホラス・レッドワイン　マイナの息子。ホッバーと双子。通称〈恐怖《ホラー》〉
サー・ホッバー・レッドワイン　マイナの息子。ホラスと双子。通称〈よだれ《スロッバー》〉
デズメラ・レッドワイン　マイナの娘。十六歳の乙女
ジャナ・フォソウェイ　メイス公の妹。サー・ジョン・フォソウェイに嫁ぐ

——メイス公の叔父と従兄弟
ガース・タイレル　メイス公の叔父。通称〈肥満のガース〉。ハイガーデン城の家令
ガース・フラワーズ　ガース・タイレルの庶子
ギャレット・フラワーズ　ガース・タイレルの庶子
サー・モーリン・タイレル　メイス公の叔父。オールドタウンの〈城市の守人《シティ・ウオッチ》〉の長
メイスター・ゴーモン　メイス公の叔父。〈知識の城《シタデル》〉に仕える

——メイス公の側仕《そばづか》え（ハイガーデン城）
メイスター・ロミス　顧問。治療師。教師
アイゴン・ヴィアウェル　衛兵隊長
サー・ヴォーティマー・クレイン　武術指南役
〈バターバンプス〉　道化師。曲芸師。きわめて肥満

――メイス公の旗主《きしゅ》、河間平野《リーチ》の諸公

ランディル・ターリー公　角の丘《ホーン・ヒル》城の城主。トメン一世の三叉鉾河《トライデント》方面軍を率いる

パクスター・レッドワイン公　アーバー島の領主

　サー・ホラス・レッドワイン　ホッバーと双子。通称〈恐怖《ホラー》〉

　サー・ホッバー・レッドワイン　ホラスと双子。通称〈よだれ《スロッバー》〉

　メイスター・バラバー　レッドワイン公の治療師。顧問

レディ・アーウィン・オークハート　古樫《オールド・オーク》城の女城主

マシス・ロウアン公　黄金樹林《ゴールデングローヴ》城の城主。レッドワイン家のベサニーを娶《めと》る

レイトン・ハイタワー公　〈オールドタウンの声〉。〈港《ザ・ポート》〉の領主

ハンフリー・ヒューエット公　樫の楯島《オーケンシールド》の領主

　ファリア・フラワーズ　ハンフリー公の妾腹の娘

オズバート・セリー公　南の楯島《サウスシールド》の領主

ガサー・グリム公　灰色の楯島《グレイシールド》の領主

モリボルド・チェスター公　緑の楯島《グリーンシールド》の領主

オートン・メリーウェザー公　ロングテーブル城の城主

　レディ・テイナ・メリーウェザー　オートン公の妻。自由都市ミア出身

　　ラッセル・メリーウェザー　テイナの息子。八歳

アーサー・アンブローズ公　アリサン・ハイタワーを娶《めと》る

ローレント・キャスウェル公　ビターブリッジ城の城主

――メイス公の騎士、剣士

サー・ジョン・フォソウェイ　〈青林檎のフォソウェイ〉家

サー・タントン・フォソウェイ　〈赤林檎のフォソウェイ〉家

〈冥夜の守人《ナイツ・ウォッチ》〉の誓約の兄弟《スウォーン・ブラザーズ》

ジョン・スノウ　ウィンターフェル城の落とし子。第九百九十八代〈冥夜の守人《ナイツ・ウォッチ》〉総帥
　ゴースト　ジョン・スノウの大狼《ダイアウルフ》。純白
エディソン・トレット　通称〈陰気な《ドロラス》エッド〉。総帥つき雑士《スチュワード》
――黒の城《カースル・ブラック》
メイスター・エイモン　治療師。顧問。盲人。ターガリエン出身、百二歳。〈知識の城《シタデル》〉へ旅立つ
　クライダス　メイスター・エイモンつき雑士
サムウェル・ターリー　メイスター・エイモンつき雑士。肥満。本の虫
バウエン・マーシュ　雑士長《ロード・スチュワード》
　[ドナル・ノイ]　隻腕の武具師、鍛冶。巨人族[〈怪力のマグ〉]と〈壁〉の門で相討ち
〈三本指のホッブ〉　雑士《ぞうし》。料理長
オーウェン　雑士。通称〈薄馬鹿〉

〈もつれ舌《タングルタング》のティム〉　雑士
マリー　雑士
キューゲン　雑士
ドネル・ヒル　雑士。通称〈色男のドネル〉
〈左手のルー〉　雑士
ジェレン　雑士
タイ　雑士
ダネル　雑士
〈枝削《ウィトルスティック》りのウィック〉　雑士
オセル・ヤーウィック　工士長《ファースト・ビルダー》
〈長靴《スペア・ブート》あまり〉　工士《ビルダー》
ホルダー　工士
アルベット　工士
〈ビヤ樽《ケッグズ》〉　工士
〈ぬかるみのアルフ〉　工士
セプトン・セラダー　酔いどれ司祭《セプトン》
ジャック・ブルワー　哨士長《ファースト・レンジャー》。通称〈ブラック・ジャック〉
〈白い目《ホワイトアイ》のケッジ〉　哨士《レンジャー》
ベドウィック　哨士。通称〈でかぶつ《ジャイアント》〉。じつは小男
マサー　哨士

〈灰色羽のガース〉　哨士
〈王の森のアルマー〉　哨士
エルロン　哨士
〈緑の槍のギャレット〉　哨士
〈蚤《ノミ》のファルク〉　哨士
パイパー　哨士。通称ピップ
グレン　哨士。通称〈野牛《オーロクス》〉
バナール　哨士。通称〈黒のバナール〉
ティム・ストーン　哨士
ローリー　哨士
〈鬚面《ひげづら》のベン〉　哨士
〈大麦のトム〉　哨士
ゴウディ　哨士
〈大リドル〉　哨士
〈ロングタウンのルーク〉　哨士
〈毛むくじゃらのハル〉　哨士
ダイウェン　老樵《フォレスター》士のちに哨士
〈革〉　黒衣の者になった野人
サー・アリザー・ソーン　元武術指南役
ジャノス・スリント　元キングズ・ランディングの〈王都の守人《シティ・ウォッチ》〉の長。一時期、ハレンの巨城《ホール》の

城主だった
〈鉄《アイアン》のエメット〉　元東の物見城《イーストウオッチ》の哨士。現武術指南役
ヘアス　教練中の新兵。〈馬《ホース》〉と呼ばれる
アーロン　教練中の新兵。エムリックと双子
エムリック　教練中の新兵。アーロンと双子
〈繻子《サテン》〉　教練中の新兵
〈跳ね駒鳥《ホップ＝ロビン》〉　教練中の新兵

――影の塔《シャドウ・タワー》
サー・デニス・マリスター　影の塔《シャドウ・タワー》支隊長
ウォレス・マッシー　支隊長つき雑士《スチュワード》。従士
メイスター・マリン　治療師。顧問
[〈二本指《ハーフハンド》のクォリン〉]　影の塔《シャドウ・タワー》の元哨士《レンジャー》。〈壁〉の向こうでジョン・スノウに殺される
[〈従士〉ダルブリッジ]　哨士。風哭きの峠道《スカーリング・パス》で殺される
[エベン]　哨士。風哭きの峠道で殺される
[〈石の蛇《ストーンスネーク》〉]　哨士。風哭きの峠道で行方不明に

――海を望む東の物見城《イーストウオッチ・バイ・ザ・シー》
〈小農《コター》のパイク〉　海を望む東の物見城《イーストウオッチ・バイ・ザ・シー》の支隊長。鉄《くろがね》諸島出身の庶子
メイスター・ハーミューン　治療師。顧問

サー・グレンドン・ヒューエット　武術指南役
〈潮馴《しおな》れ衣《ごろも》の大将〉　《黒い鳥《ブラックバード》》の船長
サー・メイナード・ホルト　《鉤爪《タロン》》の船長
〈大麦のラス〉　《嵐の鴉《ストーム・クロウ》》の船長

野人、もしくは自由の民

マンス・レイダー　〈壁の向こうの王〉。黒の城《カースル・ブラック》の虜

［ダラ］　マンス・レイダーの妻。出産時に死亡

［ダラ］の子　マンス・レイダーの息子。戦闘中に産まれる。名前はまだない

ヴァル　ダラの妹。〝野人のプリンセス〟。黒の城《カースル・ブラック》の虜

［ジャール］　若い戦士。ヴァルの恋人。〈壁〉から墜死

――野人の族長、戦頭《いくさがしら》

〈鎧骨公《ロード・オブ・ボーンズ》〉　別称〈がらがら帷子《ラトル・シャツ》〉。戦頭《いくさがしら》のひとり。黒の城《カースル・ブラック》の虜

［イグリット］　若い槍の妻《スピアワイフ》。ジョン・スノウと男女の仲に。黒の城《カースル・ブラック》襲撃時に戦死

リック　〈鎧骨公《がいこっこう》〉の戦士。通称〈長槍《ロングスピア》〉

ラグワイル　〈鎧骨公〉の戦士

レニル　〈鎧骨公〉の戦士

トアマンド　戦頭《いくさがしら》のひとりで、〈赤の砦の酒呑王《ミード・キング》〉。〈巨人殺し《ジャイアンツベイン》〉、〈大言壮語〉、〈角笛を吹き鳴らす者〉、〈氷を砕く者〉、〈雷の拳〉、〈熊たちの夫〉、〈神々に語る者〉、〈千軍の父〉など、異名多数

〈背高《せいたか》トレッグ〉　トアマンドの長男

〈ふぬけのトアウィンド〉　トアマンドの次男

ドアマンド　トアマンドの三男

ドリン　トアマンドの四男

マンダ　トアマンドの娘

〈泣き男《ウィーパー》〉　野人の戦士。戦頭《いくさがしら》のひとり

[ハーマ]　通称〈犬頭《ドッグズヘッド》〉。〈壁〉の下で戦死。ハレックの姉

ハレック　ハーマの弟

[スター]　ゼン族の先代族長《マグナー》。黒の城《カースル・ブラック》襲撃時に戦死

シゴーン　スターの息子。ゼン族の族長《マグナー》を継ぐ

ヴァラミア　通称〈六つの皮《シックススキンズ》を持つ男〉。皮装者《スキンチェンジャー》で、とくに狼潜り《ウォーグ》。狼三頭、暗闇猫《シャドウキャット》一頭、雪熊一頭を使役。子供時代には〈でくのぼう《ランプ》〉と呼ばれた

〈片眼〉　ヴァラミアの狼

〈狡猾〉　ヴァラミアの狼

〈忍び足〉　ヴァラミアの狼

[〈ドスン《バンプ》〉]　ヴァラミアの弟。飼い犬に殺される

[ハゴン]　ヴァラミアの里親。狼潜り《ウォーグ》であり、狩人

〈薊《アザミ》〉　槍の妻。気むずかしくて不器量
[〈茨〉]　皮装者。死んでひさしい
[グリセラ]　皮装者。死んでひさしい
ボロク　皮装者。猪潜り。恐怖の的
〈王の血を引くゲリック〉　〈赤鬚レイマン〉の弟の血を引く。三人の娘あり
〈楯破りのソーレン〉　高名な戦士
〈白い仮面のモーナ〉　戦魔女《いくさまじょ》、襲撃者
〈老父イゴン〉　十八人の妻と築いた一族の長
〈大海象《オオセイウチ》〉　凍結海岸の長
〈母なる土竜《モグラ》〉　森の魔女、予言の能力を持つ
ブロッグ　自由の民の長のひとり
〈商人のギャヴィン〉　自由の民の長のひとり
〈狩人のハール〉　自由の民の長のひとり
〈色男のハール〉　自由の民の長のひとり
〈さまよえるハウド〉　自由の民の長のひとり
〈盲《めしい》のドス〉　自由の民の長のひとり
〈木の耳のカイレグ〉　自由の民の長のひとり
〈海豹《アザラシ》の皮剝ぎのデヴィン〉　自由の民の長のひとり
[オレル]　通称〈鷲のオレル〉。皮装者。風哭きの峠道《スカーリング・パス》でジョン・スノウに殺される
[マグ・マル・トゥン・ドー・ウェグ]　通称〈怪力のマグ〉。巨人族。黒の城《カースル・ブラック》の門で[ドナ

ル・ノイ」と相討ち

ヴァン・ウェグ・ヴァン・ダール・ヴァン　略称ヴァン・ヴァン。巨人

ロウアン　槍の妻。〈壁〉で虜に

ホリー　槍の妻。〈壁〉で虜に

〈栗鼠《リス》〉　槍の妻。〈壁〉で虜に

〈魔眼の柳〉　槍の妻。〈壁〉で虜に

フレニア　槍の妻。〈壁〉で虜に

マートル　槍の妻。〈壁〉で虜に

壁の向こう

――〈幽霊の森〉

ブランドン・スターク　［ロブ］の弟。愛称ブラン。ウィンターフェル城の公子《プリンス》。北部の跡継ぎ。障害のある九歳の少年。死亡したと見なされている

ミーラ・リード　ブランの友。保護者。十六歳の乙女。灰色沼の物見城《グレイウオーター・ウオッチ》の城主、ハウランド・リード公の娘

ジョジェン・リード　ブランの友。保護者。ミーラの弟、十三歳。緑視力《グリーン・サイト》を持つと見られる

ホーダー　ブランの友。保護者。知的に未発達だが気のいい大男

〈冷たい手《コールドハンズ》〉　案内人。黒一色に身を包む。かつては〈冥夜の守人《ナイツ・ウォッチ》〉の一員だったらしい謎の人物

――クラスターの砦の裏切り者たち（元〈冥夜の守人《ナイツ・ウォッチ》〉）

〈短刀《ダーク》〉　客分の身でありながら、クラスターを殺害

〈片手《ロップハンド》のオロ〉　元哨士《レンジャー》。［〈熊の御大《オールド・ベア》〉ジオー・モーモント］を殺害

〈グリーナウェイのガース〉　元哨士
モーニー　元哨士
〈不潔男《グラッブズ》〉　元哨士
ロズビーのアラン　元哨士
〈内反足《クラブフット》のカール〉　元雑士《ぞうし》
〈みなしごのオズ〉　元雑士
〈つぶやき《マタリング》のビル〉　元雑士

——中空の丘の地下洞系
〈三つ目の鴉〉〈最後の緑視者《グリーンシーアー》〉ともいう。不思議な力をふるい、夢の中で事象を見る。かつては〈冥夜の守人《ナイツ・ウォッチ》〉の一員で、ブリンデンという人物だったが、いまでは人間よりも木に近い
——〈森の子ら〉、〈大地の歌を歌う者〉。滅びゆく種族の最後の生き残り
〈木の葉〉
〈灰〉
〈鱗〉
〈黒いナイフ〉
〈雪白の巻毛〉
〈石炭〉

ブレーヴォス

フェレゴ・アンタリオン　自由都市ブレーヴォスの海頭《シーロード》。病で衰弱

クァロ・ヴォレンティン　ブレーヴォスの剣士。海頭の楯

──世に名高いブレーヴォスの高級娼婦

ベレジア・アザリス　〈黒真珠〉。同名の海賊女王の子孫

〈面紗《めんしや》の淑女〉

〈人魚《マーリング》の女王〉

〈月の影〉

〈黄昏の娘〉

〈小夜啼鳥《ナイチンゲール》〉

〈女性詩人《ポエテス》〉

――〈数多《あまた》の顔を持つ神〉に仕える者たち
〈親切な男〉　〈黒と白の館〉に詰める司祭
〈浮浪児〉　〈黒と白の館〉に詰める司祭
　ウマ　料理人
〈ハンサムな男〉　司祭
〈太った男〉　司祭
〈領主ふうの男〉　司祭
〈笑わない男〉　司祭
〈やぶにらみの男〉　司祭
〈飢えた男〉　司祭
〈疫病顔の男〉　司祭
スターク家のアリア　〈館〉に加わった新たな修練者。別名、アリー、ナン、〈鼬《ウイーゼル》〉、〈雛《ヒヨコ》〉、
〈ソルティー〉、〈運河の猫《キャット》〉等

――町の魚売り
ブルスコ　魚売り
　タリアとブレア　ブルスコの娘たち

――娼館〈幸せの港亭〉（ラグマンの港《ズ・ハーバー》のそば）
メラリン　娼館の女将。通称メリー。陽気《メリー》な性格

〈船乗りの女房〉　娼婦
　ラナ　〈船乗りの女房〉の娘。若い娼婦
〈赤毛のロゴ〉　娼館の常連。元掏摸《スリ》
ジャイロロ・ドセア　娼館の常連
ジャイレノ・ドセア　娼館の常連
〈羽根ペン《クウイル》〉　娼館の常連。三文脚本書き
手品師のコッソモ　娼館の常連

――ブレーヴォスの人々
タガナーロ　ラグマンの港《ズ・ハーバー》のスリ、盗っ人
〈海豹《アザラシ》の王キャッソ〉　芸を仕込まれたタガナーロの海豹
ス＝ヴローン　娼婦。人殺しの性癖あり

古都ヴォランティス

——三頭領《トライアーク》

マラクォ・メイジャール　ヴォランティスの三頭領のひとり。〈虎〉

ドニフォス・ペイニミオン　ヴォランティスの三頭領のひとり。〈象〉

ナイソス・ヴァッサール　ヴォランティスの三頭領のひとり。〈象〉

——ヴォランティスの人々

ベネッロ　〈光の王《ロード・オブ・ライト》〉ル＝ロールの大祭司

　モクォッロ　ベネッロの右腕。ル＝ロールの祭司

　〈湾岸の未亡人〉　資産家の解放奴隷。〈ヴォガッロの色女〉とも

　　〈未亡人の息子たち〉　〈湾岸の未亡人〉の剽悍《ひょうかん》な護衛たち

　　〈一ペンス銅貨《ペニー》〉　こびとの娘。役者

　　〈可愛い豚《プリティー・ピッグ》〉　〈ペニー〉の飼い豚

〈バリバリ《クランチ》〉　〈ペニー〉の飼い犬
［〈四ペンス銅貨《グロート》〉］　〈ペニー〉の兄。こびと。役者
アリオス・クェイダール　三頭領候補
パークェロ・ヴェイラロス　三頭領候補
ベリコ・スティゴーン　三頭領候補
グラズダン・モ・エラズ　奴隷都市ユンカイからの使者

〈奴隷商人湾〉

――〈黄の都〉ユンカイ関係者

ユルカズ・ゾ・ユンザク ユンカイ軍事連合総司令。奴隷使い。高貴な生まれ

イェッザン・ゾ・クァッガズ 蔑称〈黄色い鯨〉。極度に肥満、病気持ち、大富豪

〈保父〉 イェッザンの奴隷監督

〈スウィーツ〉 半陰陽《ふたなり》の奴隷。イェッザンの宝

〈傷〉 奴隷兵士。兵長

モーゴ 奴隷兵士

〈娘《あま》っ子将軍〉 貴人。奴隷使い

モルガズ・ゾ・ゼルジン 酒呑みの貴人。蔑称〈酔いどれ征服者〉

ゴルザク・ゾ・エラズ 貴人。奴隷使い。蔑称〈まんまる顔〉

フェイザル・ゾ・フェイズ 貴人。奴隷使い。通称〈兎〉

ガズドール・ゾ・アラク 貴人。奴隷使い。蔑称〈ぷるぷる頰の大将〉

ペイザール・ゾ・ミラク　貴人。小柄。蔑称〈小鳩ちゃん〉。〈紅鷺《ベニサギ》隊〉を使役
チェズダール・ゾ・レイズン　貴人。レイズン三兄弟（蔑称〈ジャラ公〉）のひとり
メイゾン・ゾ・レイズン　貴人。同右
グラズダン・ゾ・レイズン　貴人。同右
〈戦車乗り〉　貴人、奴隷使い
〈猛獣使い〉　貴人、奴隷使い
〈馥郁《ふくいく》たる英雄〉　貴人、奴隷使い
ザーリナ　貴人、奴隷使い。吝嗇家《りんしょくか》

――〈赤の都〉アスタポア関係者
クレオン大王　別称〈肉捌《にくさば》きの王〉
クレオン二世　大王の後継者。在位八日のみ
〈喉裂きの王〉　床屋。王位を奪うためクレオン二世の喉を切り裂く
〈娼婦の女王〉　クレオン大王の愛人。クレオン二世の殺害後、王位継承権を主張

海の彼方の女王

ターガリエン家はドラゴンの血を継ぎ、古代ヴァリリア永世自由領《フリーホールド》の貴紳を祖とする。独特の外見を持ち、目は紅藤色《ライラック》、藍色《インディゴ》、菫色《スミレ》で、頭髪はシルバー・ゴールド。その純血を保つため、ターガリエン家はしばしば兄弟＝姉妹、従兄弟＝従姉妹、叔父＝姪などの組みあわせで婚姻をなした。ターガリエン王朝の太祖エイゴン征服王自身、ふたりの姉妹を妻とし、それぞれに息子を産ませている。

ターガリエン家の紋章は、赤地に黒で描かれた三頭《みつくび》ドラゴン。三つの頭はエイゴンとふたりの姉妹を表わす。標語《モットー》は〈炎と血〉。

デナーリス一世（ターガリエン）　初代デナーリス女王。ミーリーンの女王、アンダル人・ロイン人・〈最初の人々〉の女王、七王国の女王、王土の守護者にして、〈大草海《グレート・グラス・シー》〉の女王《カリーシ》。またの名を〈嵐の申し子《ストームボーン》デナーリス〉、〈焼けずのデナーリス〉、〈ドラゴンの母〉

ドロゴン　黒竜。女王のドラゴン

ヴィセーリオン　白竜。女王のドラゴン

レイガル　緑竜。女王のドラゴン

――デナーリスの近親者
[レイガー・ターガリエン]　デナーリスの兄。ドラゴンストーン島の太子《プリンス》。本来は〈鉄の玉座〉を継ぐはずだった。三叉鉾河《トライデント》で[ロバート・バラシオン]に斃《たお》される
[レイニス・ターガリエン]　[レイガー]の娘。王都《キングズ・ランディング》の略奪時に殺害
[エイゴン・ターガリエン]　[レイガー]の息子。乳飲み児。王都《キングズ・ランディング》の略奪時に殺害
[ヴィセーリス・ターガリエン]　デナーリスの兄。ヴィセーリス三世。俗称〈乞食王〉。融けた黄金の王冠を戴き、死亡
[族長《カール》ドロゴ]　デナーリスの夫。ドスラク人の族長《カール》。戦傷が悪化して死亡
[レイゴ]　デナーリスと[カール・ドロゴ]の息子。死産。[妖女《メイジャイ》ミリ・マズ・ドゥール]により、胎内で殺された

――デナーリスの護衛たち
サー・バリスタン・セルミー　通称〈豪胆バリスタン〉。〈女王の楯《クイーンズガード》〉総帥。元[ロバート王]の〈王の楯《キングズガード》〉総帥。〈白鬚《しらひげ》のアースタン〉を名乗っていた
――サー・バリスタンのもとで騎士の修業をする従士たち
タムコ・ロー　バジリスク諸島出身
ララク　ミーリーン出身。通称〈鞭〉
〈赤い仔羊〉　ラザール出身の解放奴隷

三兄弟　ギスカル人の少年たち
〈闘士《ストロング》〉ベルウァス　〈女王の楯〉の戦士。去勢者。かつてミーリーンの闘技場で闘奴をさせられていた
ジョゴ　コーであり、血盟の騎馬戦士。〈鞭〉（コーはウェスタロスの騎士に相当する）
アッゴ　コーであり、血盟の騎馬戦士。〈弓〉
ラカーロ　コーであり、血盟の騎馬戦士。〈刀《アラク》〉

——デナーリスの各将

ダーリオ・ナハリス　派手な装いのタイロシュ人。傭兵部隊〈襲鴉《ストームクロウズ》〉隊長
ベン・プラム　通称〈褐色のベン《ブラウン・ベン》〉。混血の傭兵。傭兵部隊〈次子《セカンド・サンズ》〉隊長
〈灰色の蛆虫《グレイ・ワーム》〉　去勢者。元奴隷。奴隷であった去勢兵士の歩兵部隊〈穢れなき軍団《アンサリード》〉の長
〈勇士〉　〈穢れなき軍団《アンサリード》〉の副将
〈頑丈な楯〉　〈穢れなき軍団《アンサリード》〉の槍兵
モロノ・ヨス・ドブ　解放奴隷の部隊〈頑丈な楯〉隊長
〈縞背のサイモン〉　解放奴隷の部隊〈自由な兄弟〉隊長
マーセレン　解放奴隷の部隊〈母の親兵〉隊長。元奴隷の去勢兵士。ミッサンディの兄
ペントスのグロレオ　元大型コグ船《バレリオン》（旧名《サデュレオン》）の船長。いまは軍船なき提督
ロッモ　ドスラク人の〈慈悲を与える者《ジャッカ・ラーン》〉のひとり

――デナーリスの宮廷（ミーリーン）

レズナク・モ・レズナク　家令。禿頭《とくとう》、異常に愛想がよい。香水の香りが強烈

スカハズ・モ・カンダク　元祖〈剃髪頭《ていはつあたま》〉。女王の都市の守人《シティ・ウォッチ》〈真鍮《しんちゅう》の獣〉隊長

――デナーリスの侍女

イリ　ドスラク人の少女

ジクィ　ドスラク人の少女

ミッサンデイ　ナース人の秘書官。通訳。十歳の少女

――ミーリーンのピラミッドの子ら、デナーリスの酌人、小姓

グラザール

クェッザ

メッザラ

ケズミア

アッザク

バカーズ

ミクラズ

ダッザール

ドラクァズ

ジェゼン

――ミーリーンの人々、貴人と庶民
ガラッザ・ガラレ　〈緑の巫女《みこ》〉。〈巫女の神殿〉の巫女筆頭
エッザラ　〈青の巫女〉
グラズダン・ゾ・ガラレ　ガラッザの従弟。貴人
ヒズダール・ゾ・ロラク　ミーリーンの裕福な貴人。〈旧《ふる》き血族〉
マルガーズ・ゾ・ロラク　ヒズダールの従弟
ライロナ・リー　解放奴隷の女性。ハープ奏者
［ハッゼア］　農夫の娘。四歳

――闘技場の闘士、解放奴隷
〈巨漢ゴゴール〉
クラッズ
〈骨砕きのベラークォ〉
〈秒殺のカマロン〉
〈恐れ知らずのアイソク〉
〈豹紋《ひょうもん》猫〉
〈黒髪のバルセナ〉
〈鋼の肌〉

——デナーリスの味方と見られる者、敵と疑われる者、敵と判明している者

サー・ジョラー・モーモント　熊の島《ベア・アイランド》の元領主

［ミリ・マズ・ドゥール］　神の妻にして妖女《メイジャイ》。ラザールの〈大いなる羊飼い〉神の使徒

ザロ・ゾアン・ダクソス　クァースの交易王

クェイス　仮面の女影魔導師。アッシャイ出身

イリリオ・モパティス　自由都市ペントスのマジスター。デナーリスと「カール・ドロゴ」の結婚を仲介

クレオン大王　アスタポアの支配者、〈肉捌《にくさば》きの王〉。奴隷時代は食肉の処理と料理を担当

——デナーリスへの求婚者

——〈奴隷商人湾〉

ダーリオ・ナハリス　派手な装いの傭兵。タイロシュ出身。傭兵部隊〈襲鴉《ストームクロウズ》〉隊長

ヒズダール・ゾ・ロラク　ミーリーンの裕福な貴人

スカハズ・モ・カンダク　通称〈剃髪頭〉。ミーリーンの下位の貴人

クレオン大王　アスタポアの〈肉捌きの王〉

——ヴォランティス

公子《プリンス》クェンティン・マーテル　サンスピア宮の宮主にしてドーンの大公《プリンス》たるドーラン・マーテルの長男。若くして騎士に叙任。〈アイアンウッド家のアイアンウッド〉のもとで長らく養育

［サー・クレタス・アイアンウッド］　クェンティンの護衛。アンダーズ・アイアンウッド公

の跡継ぎ。海賊に殺される

サー・アーチボルド・アイアンウッド　クェンティンの護衛。通称〈大兵肥満《だいひょうひまん》〉。クレタスの従兄弟

サー・ジェアリス・ドリンクウォーター　クェンティンの護衛

［サー・ウィラム・ウェルズ］　クェンティンの護衛。海賊に殺される

［メイスター・ケドリー］　クェンティンの治療師、教師、顧問。海賊に殺される

——ロイン河

〈若きグリフ〉　青髪の若者。十八歳

グリフ　〈若きグリフ〉の養父。かつては〈黄金兵団〉の傭兵

——〈若きグリフ〉の連れ、師、護衛

サー・ローリー・ダックフィールド　通称〈鴨《ダック》〉。騎士

セプタ・リモア　〈正教〉の司祭女《セプタ》

ホールドン　通称〈半学匠《ハーフメイスター》〉。〈若きグリフ〉の教師

ヤンドリー　棹船《さおぶね》《内気な乙女》の船主、船長

アイシラ　ヤンドリーの女房

——海上

ヴィクタリオン・グレイジョイ　《鉄の勝利《アイアン・ヴィクトリー》》の船長。鉄《くろがね》水軍の海将

ヴィクタリオンの情婦　肌の浅黒い女。舌を切られてしゃべれない。長兄〈鴉の眼《クロウズ・アイ》〉ユーロン

からの贈り物
メイスター・カーウィン　ヴィクタリオンの治療師。かつては緑の楯島《グリーンシールド》に所属。〈鴉の眼〉
ユーロンからの贈り物
――《鉄の勝利《アイアン・ヴィクトリー》》の乗組員
〈片耳のウルフェ〉　ヴィクタリオンの船の乗組員
ラグナー・パイク　ヴィクタリオンの船の乗組員
ロングウォーター・パイク　ヴィクタリオンの船の乗組員
トム・タイドウッド　ヴィクタリオンの船の乗組員
バートン・ハンブル　ヴィクタリオンの船の乗組員
クェロン・ハンブル　ヴィクタリオンの船の乗組員
〈吃音のステファー〉　ヴィクタリオンの船の乗組員
――水軍の船長たち
ロドリック・スパー　通称〈畑鼠《ハタネズミ》〉。《悲嘆》の船長
ラルフ・ストーンハウス　通称〈赤のラルフ〉。《赤い道化》の船長
マンフリッド・マーリン　《凧》の船長
〈片脚のラルフ〉　《ロード・クェロン》の船長
トム・コッド　通称〈冷血トム〉。《哀歌》の船長
デイゴン・シェパード　通称〈黒のシェパード〉。《短剣》の船長

各自由傭兵部隊の男女

——〈黄金兵団《ゴールデン・カンパニー》〉　兵力一万。契約先不明

〈故郷なきハリー・ストリクランド〉　〈兵団〉総隊長

　ワトキン　総隊長の従士、酌人

［サー・マイルズ・トイン］　通称〈黒き心臓〉。四年前に死亡。前〈兵団〉総隊長

　〈黒のバラク〉　弓兵隊長。白髪の夏諸島《サマー・アイランズ》人

ライソノ・マール　諜報隊長。自由都市ライス出身の傭兵

ゴリス・エドリアン　主計長。ヴォランティス出身の傭兵

サー・フランクリン・フラワーズ　林檎酒城館《サイダー・ホール》の落とし子。河間平野《リーチ》出身の傭兵

サー・マーク・マンドレイク　脱走奴隷。疱瘡のあばたあり

サー・ラズウェル・ピーク　亡命中の領主

トアマン・ピーク　サー・ラズウェルの弟

パイクウッド・ピーク　サー・ラズウェルの弟

サー・トリスタン・リヴァーズ　庶子、逆徒、亡命者
カスパー・ヒル　兵長
ハンフリー・ストーン　兵長
メイロー・ジェイン　兵長
ディック・コール　兵長
ウィル・コール　兵長
ロリマス・マッド　兵長
ジョン・ロスストン　兵長
ライモンド・ピーズ　兵長
サー・ブレンデル・バーン　兵長
ダンカン・ストロング　兵長
デニス・ストロング　兵長
〈鎖〉　兵長
〈若きジョン・マッド〉　兵長

[サー・エイゴル・リヴァーズ]　通称〈鋼の剣《ビタースティール》〉。エイゴン四世（ターガリエン）の落胤《らくいん》で、
〈兵団〉創立者

[メイリス一世（ブラックファイア）]　メイリス怪物王。〈兵団〉の元総隊長。ウェスタロスでは、
〈鉄の玉座〉を狙う九僭王のひとりだった。〈九賤王《ナインペニー・キングズ》〉の戦いで討たれる

――〈風来《ふうらい》〉　騎兵と歩兵二千。契約先：ユンカイ

〈襤褸《らんる》の貴公子《プリンス》〉　自由都市ペントスの元貴公子《プリンス》。隊長にして創立者
カッゴ　〈襤褸の貴公子〉の右腕。副長。通称〈死体殺し〉
デンゾー・ダーン　〈襤褸の貴公子〉の左腕。副長。武闘詩人
〈可憐なメリス〉　〈襤褸の貴公子〉の幹部。部隊の拷問係。顔じゅうに傷痕。乳房は切除された
とのうわさあり
ヒュー・ハンガーフォード　兵長。元主計長。盗みの咎《とが》で指三本を切断される
サー・オーソン・ストーン　ウェスタロス人傭兵
サー・ルシファー・ロング　ウェスタロス人傭兵
〈森のウィル〉　ウェスタロス人傭兵
〈麦わらディック〉　ウェスタロス人傭兵
〈生姜《ショウガ》のジャック〉　ウェスタロス人傭兵
〈書物〉　ヴォランティスの剣士。読書家で有名
〈豆〉　弩弓《クロスボウ》使い。ミア出身
〈老骨のビル〉　年季を経た夏諸島人
ミリオ・ミラキス　傭兵。ペントス出身

――〈軍猫《ぐんびょう》部隊〉　兵力三千。契約先：ユンカイ
〈血染鬚《ちぞめひげ》〉　隊長

――〈長騎槍《ちょうきそう》〉　騎兵八百。契約先：ユンカイ

ジャイロ・リーガン　隊長

——〈次子《セカンド・サンズ》〉　騎兵五百。契約先：デナーリス女王

ベン・プラム　隊長。通称〈褐色《ブラウン》のベン〉。混血の傭兵。わずかながらドラゴン一族の血を引く

カスポリオ　副長。通称〈狡猾なカスポリオ〉。壮士《ブラーヴォ》

タイベロ・イスタリオン　主計長。通称〈インク壺〉

〈金鎚〉　酔いどれ鍛冶、武具師

〈釘〉　〈金鎚〉の弟子

〈ひったくり〉　兵長。片手

ケム　若い傭兵。〈蚤の溜まり場〉出身

ボッココ　斧使いとして勇名を馳せる

アーラン　兵長

——〈襲鴉《ストームクロウズ》〉　騎兵五百。契約先：デナーリス女王

ダーリオ・ナハリス　隊長

〈後家作り〉　副長

ジョーキン　弓兵隊長

訳者あとがき（内容に触れています）

〈氷と炎の歌〉第五部、*A Dance with Dragons* (2011) の全訳をお届けします。

タイトルの〝竜〟が指すものが、デナーリス、ドラゴンたち、そして……であることは、すでに上巻を読みおえた方ならおわかりでしょう。

今回の主要舞台は、前作で触れられなかった東の大陸と、ウェスタロスの地峡《ネック》以北および南部になります。東の大陸には、今回からエッソスという名前がつけられました。この大陸、広大すぎて、添付の地図だけでは状況がよくわからないのではないでしょうか。さいわい、オフィシャル地図集の制作者であるジョナサン・ロバーツが、自身のサイトに既知の世界の地図を公開してくれています。

制作者サイト：http://www.fantasticmaps.com/the-lands-of-ice-and-fire/
製品版地図集：*The Lands of Ice and Fire* (Bantam)（610×910ミリのカラー地図十二枚、含む世界地図）

この地図には、本文には名前すら登場していない東方や南の大陸も描かれていて、眺めていると興趣《きょうしゅ》がつきません。製品版の地図集に配慮してか、サイト上に公開されているものは小さなサイズだけですが、非オフィシャルのものなら大きな世界地図がネットに出まわっていますので、それを見れば位置関係がよくわかると思います。

さて、現実の史実や事物が山ほど下敷きにされている本シリーズですが、今回の主舞台のひとつ、〈奴隷商人湾〉の地図を眺めていると、エーゲ海に酷似していることに気づきます。ヴァリリアはギリシアに、スカハザダーン河はヘレスポントス海峡に、そしてミーリーンは、ほぼトロイアに対応する位置関係。とくれば、当然、下敷きにしているのはトロイア戦争で、ははあ、これは大攻囲戦を描きたいんだなと見当がつきます。もっとも、架空戦記のごとく、異なる時代、異なる用兵思想の軍同士が戦うのも、本シリーズの醍醐味のひとつ。投石機の最終形態ともいうべきトレビュシェットも出てきていますから、展開はまるっきりちがったものになるでしょう。さらに、陸上では騎馬民族も参戦しそうですし、海上では鉄《くろがね》水軍とヴォランティス艦隊が一戦交えそうな成りゆきです。なにより、ついに猛威の片鱗を見せたドラゴンたちのことも考えると、ふつうの攻囲戦ですむとは思えません。

いっぽう、西のウェスタロスでは、熱暑と疫病にあえぐミーリーンとは対照的に、豪雪と食糧不足に困窮するウィンターフェル城で——さらには、南の嵐の果て城《ストームズ・エンド》でも——城攻めがはじまりそうな気配です。

もちろん、先が気になるのはこれだけではありません。主要な視点人物について整理しておくと、まず第一に、苦境に陥ったデナーリスとジョンの運命やいかに。そして、いよいよ本領を発揮しそうなティリオン、どんどん暗殺技術を身につけつつあるアリア、いずこかへ消えたジェイミーとブライエニー、弱体化の著しいラニスター家と、風前の灯のサーセイ、ミアセラを連れて王都に乗りこんでくるレディ・ナイムほかのドーン勢、リコンをあそこへ迎えにいく〈玉葱《タマネギ》の騎士〉のその後も気にかかるところです。

第四部では、オールドタウンで〈知識の城《シタデル》〉に滞在中のサムと修練者たちや、深謀遠慮をめぐらす大《アーチ》メイスターのうち、単身デナーリスのもとへ向かった〈魔法使い〉と、オールドタウンに潜りこんだ顔を変えられる人物の動向などが、いいところで《クリフハンガー》終わっていました。鉄《くろがね》諸島では〈鴉の眼〉と〈濡れ髪〉のあいだにひと揉めありそうですし、アリンの谷間《ヴェイル》で〈小指《リトルフィンガー》〉とサンサをめぐる状況も風雲急を告げています。

そんなこんなで、一刻も早く続きを読みたいものですが、さて、続巻はいつごろに？

顧みれば、第四部『乱鴉《らんあ》の饗宴』の原書刊行が、第三部『剣嵐の大地』（二〇〇〇年）の五年後の二〇〇五年。今年こそ出るぞと毎年いわれながら、ようやく本書が刊行されたのが、その六年後の二〇一一年。分量が前作の四百字詰め原稿用紙で二千七百枚→三千五百枚へとシリーズ最長に増えていますし、作者はテレビドラマ版にも関わっているうえ、〈氷と炎〉シリーズの外伝の執筆や、多様な関連作品への目配り、旧作の復刊、〈ワイルド・カード〉シリーズの監修など、仕事を山ほどかかえていましたから、時間がかかるのも当然ではあります。

しかし、そういった状況は今後も同じ……どころか、いっそうきびしくなるでしょうし、物語の構想はさらに膨らんでいます。今回の新キャラ登場にともない、外伝と深い関わりのある過去のお家騒動が本篇にも組みこまれてしまったため、さらなる長大化は避けられないでしょう。

こうなると、〝続巻がいつ出るか〟もですが、〝ほんとうに予定どおり、七部作で終わるのか〟も心配になってきます。なんといっても、過去にはたびたび拡張されてきているわけですから。

では、その拡張の過程はどのようなものだったのでしょうか。それを振り返るついでに、まずは〈氷と炎〉に関係の深い過去作をピックアップしながら、マーティンの作家としての経歴も簡単に見てみることにしましょう。

ジョージ・レイモンド・リチャード・マーティンは、一九七一年に作家デビュー。以後、七〇年代いっぱいは、もっぱらSFだけを書いていました。SFといっても枠組みがSFというだけでしかなく、幻想風味もあり、ホラー風味もあり、カフカ風味もありで、なかには幻想小説そのものと呼んだほうがいいような作品もあります。作者はこれに関して、自分が書くものはすべてイマジネイティブ・フィクションであり、ことさらにジャンル間の区別を意識してはいない、といっています。〝どれも同じアイスクリームで、フレーバーがちがうだけ〟という本人の弁は、そのスタンスを雄弁に物語るものといえるでしょう。

本シリーズ改訂新版文庫第一部の大野万紀氏の解説にあるように、マーティンはデビュー早々から若手SF作家のスポークスマンでした。いまもつづけているアンソロジーの編纂や共作・合作等にも、すでにこの時期から積極的に手を染めています。新しい才能を発掘して世に送りだすこと、異なる才能とコラボレートすることが、どうやら楽しくてしかたがないようです。

マーティンのSFはほぼすべて——もしかすると全作品が、ひとつの未来宇宙史に属しています。かつては漠然と、人類領域《マンレルム》の物語などといわれていましたが、いつのまにか名前がついて、〈千世界《サウザンド・ワールズ》〉シリーズと呼ばれるようになりました。このシリーズでは、舞台はおおむね人類の植民星で、世界はみな幻想的、登場する異星人たちは、異種知性というより〝文明世界から消えゆく妖怪たち〟という風情をただよわせています。主人公はたいてい、気弱で引きこもりぎみの男。閉鎖的な環境の中で安穏《あんのん》と暮らしているうちに、ある日突然、外界の力が強引に押しいってくる。みずからの安寧《あんねい》を護るために、あるいは異星種族を護るために、主人公は微力ながら奮闘するものの、結局は力が足らず、すべては滅びの道へ……。

こんな陰鬱な作品群が脚光を浴びたのは、滅びの美学に彩られた儚《はかな》くも美しい異星生物や異世界、そこに妙になじむフラワー・チルドレン的主人公、その挫折のやるせなさなどが、ベトナム戦争の負担にあえぐ当時のアメリカにあって共感を持たれたからのように思えます。短篇集『サンドキングズ』（ハヤカワ文庫SF）の解説で安田均氏が書いておられるように、マーティンの作品はすぐれて同時代的だったのです。

一九七七年の処女長篇『星の光、いまは遠く』（ハヤカワ文庫ＳＦ）はこの時期の特徴をすべてそなえています。主人公は本書の〈リーク〉をもっとダメにしたような軟弱男。ものみな滅びゆくなかで、黄昏の美しい世界を右往左往する彼は、しかし最後の最後、土壇場で〝漢《おとこ》〟を見せます。ダメっぷりがひとしおだっただけに、そのラストにはぐっとくるものがありました。このころから、主人公たちは外界の横暴に一矢《いっし》報いるようになっていきます。

いま思えば、同書はマーティンの作風が変わりだす先触れのひとつだったのかもしれません。この長篇はさまざまな点で〈氷と炎〉の先触れでもありました。惑星の特殊軌道がもたらす短い春と長く暗い冬、祝祭都市、多彩な色の煉瓦都市、大破滅で剣と魔法の世界に退行した植民星、人類対魔物の戦い、その上位魔物との戦い、地下城塞《ホールドファースト》と騎士を思わせる戦士たち、けっしてブレない男たち、周囲の樹々を絞め殺す樹。こうして並べてみると、〈氷と炎〉の遠祖と呼んでもいいほどです。この時期の作品でほかに〈氷と炎〉で換骨奪胎されたものとしては、「〈蛆の館〉にて」（『サンドキングズ』所収）の地下迷宮や、「魔獣売ります」（ハヤカワ文庫ＳＦ『タフの方舟　2天の果実』所収）の大闘技場などが思い浮かびます。

八〇年代に入ると、マーティンはＳＦと並行して、ファンタジーやホラーをも書くようになりました。一九八〇年の「アイスドラゴン」は本シリーズの直系の先祖、というか前日談ともいえる内容で、〈王の道〉などの用語も出てきます。八二年の「〈喪土〉に咆《ほ》ゆ」は、〈氷と炎〉に通じるファンタジーとホラーの融合作で、剥いだ皮をまとうとその動物に変身できるという皮装者《スキンチエンジヤー》の原型を登場させました。同年には、吸血鬼ものの異色ホラー長篇

『フィーヴァードリーム』（創元推理文庫）を上梓。ウェスタロスにある川の名前は、この作品に由来します。

八三年には、これまた異色のロック・ホラー長篇、*The Armageddon Rag* を発表。これはロック・ファンとしても有名な作者の意欲作で、一部から熱い支持を受けましたが、商業的には惨憺たる失敗を喫し（「悲しいことに、だれも買ってくれなかった」）、以後しばらく、マーティンはホラーを書かせてもらえなくなってしまいます（なお、この長篇は東京創元社から翻訳が出るそうです）。八八年には、やはり皮に秘められた力をめぐる「皮剝ぎ人」（ハヤカワ文庫NV『スニーカー』所収）を発表。これは映画『アンダーワールド』の原作といっても通用しそうなホラー・ノワールの傑作で、八九年に世界幻想文学大賞の中篇賞を受賞しました。

が、これを最後に、マーティンはしばし、作家としてはコアな読者以外からは見えにくくなります。なにをしていたのかというと、ひとつは自分が創始したモザイク・ノベルこと、〈ワイルド・カード〉のプロデュース。もうひとつはハリウッドに進出し、テレビドラマの脚本書きやプロデュースをすることでした。

〈ワイルド・カード〉は、ゲーム好きでアメコミ好き、合作も好きなマーティンが、趣味と実益を兼ねて築いた共有世界《シェアード・ワールド》で、みずから作品をいくつも提供し、ひところはたいへんなエネルギーを注ぎこんでいたシリーズです。八七年の第一集以来、根強い人気に支えられて刊行がつづいており――〈氷と炎〉が当たってからは、さすがにマーティン組ともいうべき作家たちにまかせていますが――今年の八月末には、第二十三集が出たばかり（日本では、第三集まで創元推理文庫で翻訳されたあと、残念ながら続巻が出なくなりました）。

ハリウッドでは、一九八六年の『新トワイライト・ゾーン』が初仕事でした。ストーリー・エディターとして契約し、脚本も書いています。八七年から九〇年にかけては、『美女と野獣』で脚本・プロデュース等を担当、九二年のテレビムービー『ドアウェイ／異次元への扉』では脚本と制作総指揮を担当しました。あるインタビューによれば、この時期の大きな収穫は、〝クリフハンガー〟の会得だったそうです。テレビドラマにはCMがありますから、その間にチャンネルを替えてしまわれては元も子もありません。いきおい、視聴者の興味をつかんで放さない手法を身につけざるをえなかったというわけ。

この間に、単独作品の構想も考えていなかったわけではなくて、九〇年代に入ってからもいろいろと準備はしていたそうです。そのなかから生まれてきたのが、この〈氷と炎の歌〉でした。そのへんの事情を、マーティンはあるインタビューに答えていわく、

「取りかかったのは九一年――まだハリウッドに肩までどっぷりつかっていたころだった。たまたま二、三カ月、スケジュールに空きができてね。アイデアノートに温めておいたSF長篇を書きはじめて、そこそこ順調に進んでいたんだよ。ところがある日、続きを書こうとすわったとたん、いきなり『七王国の玉座』の第一章が頭に浮かんできたんだ」

余談ながら、このとき書きかけていたSF長篇のタイトルは*Avalon*。これは十中八九、〈一千世界〉で中核となる惑星の名前で、ロートルのSFファンとしては、そっちのほうもぜひよろしくといいたいところですが、現状を考えると、もうむりかなあ……。

ともあれ、〈氷と炎〉着手後は憑かれたように書きつづけ、ついには執筆に専念するためハリウッドを離れることになりました。その裏には制約が多いテレビ業界への不満もあったようです。この大河ファンタジーを書くにあたっての大目標のひとつは、テレビドラマでは不可能なこと——壮大なスケールのもとに、性描写や暴力描写を遠慮なく描き、膨大な数の登場人物を出すことにあったそうで、ある種、鬱憤《うっぷん》晴らしの側面もあったのかもしれません。それがいまや、原作にかなり忠実な形でテレビドラマ化されてしまうのですから、強い皮肉を感じると同時に、不可能を可能にするほどに〈氷と炎の歌〉の存在が大きくなったことを実感せずにはいられません。もっとも、当の作者は、破格の予算にもかかわらず、〝予算がぜんぜん足りない〟とこぼしていますが……。

数年の執筆期間を経てついに完成した〈氷と炎の歌〉第一作は、一九九六年、まず雑誌に登場しました。そのごく一部分が、アシモフSF誌九六年七月号にカバーストーリーとして掲載されたのです。タイトルは「竜の血」〝Blood of the Dragon〟。表紙イラストはポウル・ヨウル、本文イラストはダリル・エリオット。マーティン復帰だけでも大ニュースなのに、往時のSFの旗手がエピック・ファンタジーを書いたというので、当時のSF界には大きな衝撃が走りました。作品に付された煽り文には編集者の興奮がうかがえます。

「あまりにも長すぎる沈黙を破って、ヒューゴー賞・ネビュラ賞作家のジョージ・R・R・マーティンが帰ってきた——新作中篇「竜の血」を引っさげて。この中篇はじきに開幕する大河ファンタジー〈氷と炎の歌〉の一部をなすものである。同シリーズの第一部『七王国の玉座』は、この九月にバンタム／スペクトラより刊行予定。ミスター・マーティンは現在、第二部『竜との舞踏』を執筆中」

この中篇は大好評を博し、一九九七年のヒューゴー賞中篇賞を受賞します。長篇のほうも大人気で、たちまちベストセラーに……といいたいところですが、じつは、当初はあんまり売れなかったのだとか。とはいえ、なんといってもこの面白さですから、巻を重ねるうちに、しだいに一般の評価も売れ行きもあがっていって、第四部からはベストセラー一位が定席になりました。テレビドラマが大当たりしたのも手伝って、読者数も飛躍的に増大し、いまやタイム誌から〝アメリカのトールキン〟と呼ばれるまでになったことは、みなさん、すでにご承知のとおりです。

ところで、右の煽り文の、最後の部分にご注目を。『竜との舞踏』？　そうです、当時、〈氷と炎の歌〉は全三部作の構想で、第二部が『竜との舞踏』、第三部が『冬の狂風』*The Winds of Winter* というタイトルになる予定だったのです。ところが、書きつづけるうちに構想が膨らんでしまったため、三部作が四部作に、さらには六部作へと拡張されることに。

六部作時のラインナップでは、『七王国の玉座』、『王狼たちの戦旗』、『剣嵐の大地』が前半三部作となり、そこから物語に五年間の空白を設けて、『竜との舞踏』、『冬の狂風』、『狼の時』*A Time for Wolves* の後半三部作につづくというものでした。

ところが、さらに構想が変化して、五年の空白は取りやめとなり、物語は『剣嵐』の直後からつづく形で語られます。そして、第四部を執筆中に話が膨らみすぎ、とうてい一冊では収まりきらないことがわかったため、第四部を時間的にではなく地理的に分割し、ひとまずウェスタロスの地峡《ネック》以南を舞台にして区切りをつけることになりました。この措置によって、本来は第四部のはずだった『竜との舞踏』の〝前半〟は『乱鴉の饗宴《らんあ》』として刊行されます。そして、『乱鴉』と同時期の地峡《ネック》以北と東の大陸を描き、さらに第四部の続きも書き足したものが、ようやく本来の名を取りもどした第五部、この『竜との舞踏』というわけです。

第六部の仮題は、当初は第三部の題名になるはずであった『冬の狂風』。第七部の仮題は、『乱鴉』刊行当時は『狼の時』になると告知されていましたが、作者の意にそわなかったか、これはしばらくして『春の夢』*A Dream of Spring* に変更されました。

以上の変遷を見てくると、ほんとうに七部で終わるのかなという疑問が頭をもたげてくるのも無理からぬところではあります。いまのところ、作者は七部作を堅持する姿勢を崩していませんが、インタビューによっては弱気な発言も見られます。七部作で収まるにしても、一冊あたりはそうとう部厚くなるでしょう。なにしろ、第六部の原稿はすでに本書を大きく上まわる量を書いていて、それでもまだ出口が見えていないそうですから……。

第六部がいつ出るかという問いに対して、当初、作者は〝すくなくともあと三年〟という答えかたをしていましたが、近ごろの回答は〝できたとき〟。……うーん、どうやらこれは、まだしばらく待つほかなさそうです。

しかし、そうこうするうちにも、今夏にはテレビドラマ版のシーズン6が『冬の狂風』のタイトルで放映され（日本でもスターチャンネルで同時放映されました）、とうとう小説は追い抜かれてしまいました。本篇ではクリフハンガーのまま終わったジョン、デナーリス、ブラン等のその後が、ドラマではしっかり描かれています。ごらんになった方はおわかりのように、このドラマ、非常によくできていて、演出、脚本、役者、スケール、風景、CG、音楽、原作への忠実度と、どれをとってもみごとの一語。いちど見だすと夢中になって見てしまうのですが、シーズンは6はネタバレの連続なので、小説読者は少々気分が複雑です。いろいろ、あの人物の名前の由来とか、本より先に知りたくはなかったなあ……。

もっともドラマは、（あれでも）ずいぶんコンパクト、かつすっきりまとめられていて、本とはかなり展開のちがう部分もたくさん出てきています。尺の関係で、作者が伝えていた筋書を変えざるをえなかったのか、それとも、作者の構想のほうが当初の予定から変化しているのか……でなければ、読者が「この人物は、小説ではこうはなるまい」「この〝真相〟、小説では、もう二段階くらい裏がありそうだな」などとつぶやきながら、〝原作とドラマは別物〟として娯しめるようにとの、制作者たちの配慮かもしれません。

ところで、〈氷と炎の歌〉シリーズには、ご承知のように、〈ダンク&エッグの物語〉という外伝があります。もしかすると全十二作にもなるというこのシリーズ、時代は本篇から百年ほど前に遡る、堂々たるウェスタロス騎士物語。少年時代のエイゴン五世（エッグ）と、のちにその〈王の楯《キングズガード》〉の総帥となるサー・ダンカンとの出会いから開幕し、〈黄金兵団〉の因縁のもとになるブラックファイアの反乱がかかわってきて、本篇で名前はお馴じみの登場人物たちはもとより、若い時分の彼なども登場します。

いまのところ、発表されているのはつぎの三作。

第一作 "The Hedge Knight" (1998)
第二作 "The Sworn Sword" (2003)
第三作 "The Mystery Knight" (2010)

第一作と第二作はロバート・シルヴァーバーグ編の、第三作はマーティン&ガードナー・ドゾワ編のアンソロジーに収録されたもので、第一作は翻訳もあります（ハヤカワ文庫FT『伝説は永遠に—ファンタジイの殿堂②』所収「放浪の騎士」）。この三作を集めたものが、英米では昨年二〇一五年二月に、予定を大幅に遅れ、*A Knight of the Seven Kingdoms* というタイトルで刊行されました。

当初の予定では、二〇一四年に刊行されたマーティン&ドゾワ編テーマ・アンソロジー*Dangerous Women*に、第四作“The She-Wolves of Winterfell”を収録し、しばらくのちに、前三作とまとめて一冊にするという話でしたが、作者が〈氷と炎〉第六部に専念するため、第四作の書き下ろしは棚上げに。かわりにマーティンは、右のアンソロジー用として、中篇“The Princess and the Queen”を提供します。これは〈ダンク&エッグ〉の時代よりさらに何十年もむかしの、〈双竜の舞踏〉の発端を描いた物語で、〝〈氷と炎の歌〉本篇の一部として書いたけれど、長すぎるために割愛した〟部分でした。(同アンソロジーはめでたくも、二〇一四年の世界幻想文学大賞アンソロジー部門を制しています)

いっぽう、結局は、三作だけで世に出ることになった〈ダンク&エッグ〉の中篇集ですが、これはそのものズバリの、『七王国の騎士』というタイトルで、今年じゅうに早川書房から刊行予定です。楽しみにお待ちください。

二〇一六年十月六日

用語解説

■エッソス

エッソス　〈狭い海《ナロー・シー》〉の東の大陸。本第五部にしてはじめて名前が出た。ただし地図と付録に名前があるのみで、本文には出てきていない。公式の地図を見ると、東にはさらに別の大陸や未知の土地が広がっているが、これも本文では触れられていない。ガリアから見たローマ圏、中世ヨーロッパから見たイスラーム圏がそうであったように、エッソスもウェスタロスよりは文明が進んでおり、都市や建物の規模は格段に大きい。国民皆兵型のウェスタロスと比べて、傭兵が跳梁する余地がずっと大きい点も文明の爛熟度を物語っている。既知の都市はおおむねヴァリリア文明かギスカル文明の流れを汲む。既知の宗教はほぼエッソス発祥。

●ヴァリリア文明

ヴァリリア　ヴァリリア永世自由領《フリーホールド》。かつて、ドラゴンの一族（人間）が司った強大な帝国。ドラゴン（竜）を使役し、周辺国を圧倒したが、謎の大災厄〈ヴァリリアの破滅〉によって滅亡。文明モデルはギリシア・ローマ文明の混合型か。

〈ヴァリリアの破滅〉　四百年前に起きた謎の事象。これにより、栄華を誇ったヴァリリアは大地ごと滅んだ。火山説もあるが、その傷痕はいまも近隣住民の遺伝子に影響を与えており、あたかもなんらかの超兵器が使われたようでもある（作者の旧作によく似た状況が出てくる）。

自由九都市　エッソス大陸西部に点在するヴァリリア系植民都市。ヴォランティス、クォホール、タイロシュ、ノーヴォス、ブレーヴォス、ペントス、ミア、ライス、ロラス。ただしブレーヴォスは逃亡奴隷が建設。それぞれに独自の発展をとげて、ヴァリリア系の派生言語を話す。

ヴォランティス　自由九都市で最古の植民都市。古都《オールド》ヴォランティス、ヴァリリア最初の娘とも。モデルはフィレンツェか。かつてはヴァリリア帝国の前哨基地でしかなかったが、いまはヴァリリア系九都市の盟主として、世界の支配者をもって任ずる。都市はロイン河をはさんで東西にまたがる。東側の一級市民地区にそそりたつ〈黒の壁〉は巨大円環をなす溶融した石の巨壁で、高さは六十メートル。ここにはヴァリリア直系の〈旧《ふる》き血族〉のみ住む。気候は蒸し暑い。役畜としては、馬や騾馬《ラバ》のほか、象、白い矮象《マメゾウ》などを利用する。〈商館〉は交易の中心施設。ガレー船の船体色は緑。

ロスト・テクノロジー？　〈黒の壁〉や〈大《ロング》・橋《ブリッジ》〉（モデルはヴェッキオ橋か）をはじめ、エッソスの建物や文明の残滓には、この世界、この時代の技術水準では建造不可能に思われるものがある。広い範囲に整備されたローマ街道ならぬヴァリリア街道は一直線に走り、千年ものあいだ強烈な陽射しにさらされてもまったく朽ちず、古代《ローマン》コンクリートよりもはるかに丈夫。しかし、これらが魔法の産物だという可能性もある。

三頭領《トライアーク》　ヴォランティスの施政者。ローマの三頭政治《トライアーキー》における三執政に相当する。ターガリエン家の紋章である三つの頭を持ったドラゴンと関係がある可能性も踏まえ、ここでは訳語に〝頭〟を加えてみた。〈旧《ふる》き血族〉を代表する武闘派の〈虎派〉、商人層を代表する交易派の〈象派〉から、締めて三名が選挙で選ばれる。有権者は充分な財産を持つ自由ヴォランティス人のみ。

アナー　エッソスの通貨。綴りは **honor** で〝名誉〟の意か。〝オーナー〟のほうが通りがいいだろうが、英語の発音としては正しいので従来表記を踏襲した。

●ギスカル文明

ギスカル　かつてヴァリリアと対立した強大な帝国。奴隷制度に支えられ、ハーピーを象徴とする。超高層ビルなみに高い巨大な階段ピラミッド群を各地に建設して繁栄するも、ヴァリリアに敗れて帝国は瓦解し、数都市を残すのみとなった。文明モデルはミノア文明、エジプト文明、メソポタミア文明のハイブリッドか。王の敬称はhis radiance。ここでは〝主上《しゅじょう》〟とした。

オールド・ギス　〈ギス古帝国〉を指す場合と、〈ギス古帝国〉の、廃墟と化した旧首都を指す場合とがあるようだ。首都時代の名称はギス。五千年前、対ヴァリリア戦争にて、ドラゴンの炎によって灰燼《かいじん》に帰し、塩と硫黄を撒かれた。いまではゲーン島の南の島にある都市ニュー・ギスに対してオールド・ギスと呼ばれる。

奴隷使い　原文slaverは奴隷商人のことだが、奴隷の所有者や奴隷制度の享受者を指すことも多い。古代エジプトの王侯や古代ローマの市民もslaverだ。本第五部では、奴隷ビジネスに手を染める者は奴隷商人、奴隷所有者は〝奴隷使い〟や〝主人〟とした。両者が重なる場合はケース・バイ・ケースで。

〝主人《マスター》〟　奴隷使いの都市を司る支配者層は、ギスカルの伝統を継ぐ古い血統の貴人たちで、ヒズダールがその典型。既刊の〝親方〟は雅《みやび》な貴人のイメージにどうにもなじまなかったため、第五部では〝主人〟とした。この語は、奴隷の持ち主の意味でも使っている。

奴隷使いの都　〈奴隷商人湾〉に面する、ギスカル系の三大都市。北から順に、ミーリーン、ユンカイ、アスタポア。各々固有の色の囲壁《いへき》と階段ピラミッドを持つ。世界における奴隷育成・売買の中心地であり、育成する奴隷にはそれぞれ得意分野がある。

ミーリーン　三都市の中で最大の都市。多彩な煉瓦の囲壁と建物が特徴で、〈壁〉よりも高い大ピラミッドを始め、いくつものピラミッドを擁し、巨大な〈巫女《みこ》の神殿〉が聳《そび》える。闘奴や動物を闘わせる闘技場が多く、コロッセウムに似た〈ダズナクの大闘技場〉は一大観光名所。支配者層は〈偉大なる主人《グレート・マスター》〉たち。

ユンカイ　〈黄の都〉。黄色い煉瓦積の囲壁と建物が特徴。房中術〈七つの吐息の法と快楽の十六手〉を仕込んだ性奴隷が売り。支配者層は、〈賢明なる主人《ワイズ・マスター》〉たち。

アスタポア　〈赤の都〉。赤い煉瓦積の囲壁と建物が特徴。去勢奴隷兵士の歩兵部隊、〈穢れ《アン》なき軍団《サリード》〉の育成で名を馳せる。支配者層は、〈善良なる主人《グッド・マスター》〉たち。

去勢者　単行本で読んできた方のために——。本シリーズには、大量の去勢奴隷が登場する。去勢者は宦官を包含するが、イコールではない。宦官とは、宮廷や貴族に仕える去勢者のことで（たとえばヴァリス）、〈穢れなき軍団〉等の去勢奴隷兵士はこれに該当しないため、第三部の〝宦官〟は大半を〝去勢者〟等にした。

〈巫女《みこ》の神殿〉　原文はTemple of the Graces。既刊では〈美の三女神〉の神殿。神話がらみの文脈でグレイセスといえば、たいていギリシアの美と優雅の女神《グレイセス》（カリスたち）を指す。ハーピーも出てくるためこの語が選ばれたようだが、ギスカルでは、the graces は女神ではなくて、女性聖職者を指すらしい。今回はやむなく巫女という訳語をあてた。この宗教はギスカル系で、ミーリーンでは支配的。アスタポアにも〈緑の巫女〉がいるが、言及されるのは第五部が初。同市でこの宗教が支配的かどうかはわからない。第三部では男性の聖職者がアスタポア評議会のメンバーに任命されていたが宗教不明。設定が変わった可能性もある。

八執政《オクタークー》　〈ギス古帝国〉系施政者。三頭政治《トライアーキー》に似た八頭政治《オクターキー》かもしれないし、八知事や八太守かもしれないが、現時点では不明。帝……ではないと思う。ちなみに、直接の関係はないが、古代ブリテンの七王国《ヘプターキー》は、八王国《オクターキー》と数えられることもあった。

囲壁《いへき》　古代の各都市国家や、中世ヨーロッパの城下町は、周囲を幕壁で囲われていた。これを市壁や囲壁という。城壁と訳される場合もある。

●ドスラク

〈寡妃の会《ドシュ・カリーン》〉　ドスラク人の首都、ヴァエス・ドスラクに住む、族長《カール》を失くした族長妃《カリーシ》たちの組織。騎馬民族の敬意の対象で、民族の動向に大きな影響力を持つ。成員は吉凶を占い、予言の力を持つようだ。ひさしぶりに見るとカナのままではわかりにくかったため、訳語をあてた。会を構成する〝大婆さま〟らは寡妃《かひ》であることが条件で、老婆とはかぎらない。ドロゴの死後、デナーリスが〈寡妃の会《ドシュ・カリーン》〉に入れられていれば、大婆さまと呼ばれていたはずである。

預言と予言　神の言葉を預り民衆に知らしめる者が、預言者（イエスやムハンマド）。未来のことを予測して伝えるのが、予言者（ノストラダムスなど）。ご承知と思うが、念のため。

〈世界に背乗り《マウント》する牡馬〉　ドスラクに伝わる予言で、いずれ誕生するとされる、かつてなく強大な族長《カール》のこと。この原文はStallion Who Mounts the World。直訳すると、〝世界に打ちまたがる（または交尾的な意味で後ろからのしかかる）牡馬〟。どちらの意味かまだ絞りきれないので、両方に使える〝背乗り〟をあてて、念のため、ルビをつけた。世界制覇の暗喩か。某重要な伏線に関わる可能性が見えてきていることもあり、既刊の〈世界を駆ける雄馬《スタリオン》〉から変更した。これはもっと早くに変えておくべきだった。申しわけない。

〈大草海《グレート・グラス・シー》〉 本文では、第五部で初登場になる呼称。エッソス大陸の北側に広がる広大な大草原。丈高い草に被われた〈ドスラクの海〉のこと。いまでは……の狩り場となっている。

■ウェスタロス

●〈壁〉付近

隷従の徒《ニーラー》 〈壁〉以南の人間に対する、野人側からの蔑称。〝ひざまずく者《ニーラー》〟には、〝ひざを屈して、おめおめと降伏する者〟という意味もたぶんあるが、むしろ、上位者にひざまずいて服従し、主従関係、封建制度、身分制度を受けいれる者を指しているようだ。

自由の民 野人の自称。隷従の徒と身分社会を否定するから、〝自由〟の民。野人にも上下の別はあるが、それは力関係で決まる。生まれや血筋や権威は関係ない。フラワー・チルドレン寄りだった作者は、自由の民の側に立っているように見える。

哨戒《レンジング》 〈冥夜の守人《ナイツ・ウォッチ》〉の戦闘員である哨士《レンジャー》は、第一部のプロローグにあったように、しばしば〈壁〉の北にある〈幽霊の森〉に入り、異状はないかと巡回してまわる。これがレンジング。レンジャーとは一定範囲（range）を巡回警備する、パトロール隊のことである。アメリカの森林警備隊《フォレスト・レンジャー》を連想してもらえば話が早い。

〈環状列樹〉 ウィアウッド信仰者にとっての聖地。既刊は〝木立ち〟。〝森の中に木立ちがある〟のは、〝森の中に林がある〟というのと同じで、不自然な表現に思えるのと、別の場所では Weirwood Circles とも呼ばれていたことから、訳語を統一することにした。作者的には環状列石の樹木版のイメージだと思う。

〈異形《ジ・アザー》〉 冬が到来すると、北から現われる。または、彼らが現われると冬がくる。白い肌と青く光る目を持ち、極冷の剣と鎧で武装して、死体を使役し、人の世に殺戮《さつりく》の限りを尽くす。

炎と、ドラゴングラス（黒曜石）やドラゴン鋼（ヴァリリア鋼）の武器に弱い。〝他の存在《ジ・アザー》〟なる呼称は、人類と別系統の異類、異種知性の含みを感じさせる。いま思えばジ・アザーズと複数形にしておくべきだったか。

〈白き魔物《ホワイト・ウォーカー》〉〈異形《ジ・アザー》〉の別の呼称。ナイトウォーカーの変形。ホラーでいうナイトウォーカーは、夜歩く魔物のたぐいで、恐怖の対象。〈白い歩行者〉では意味もちがってくるので、今回から〈白き魔物〉とした。テレビ版では、この呼称のみで呼ばれている。テレビドラマ、『LOST』に出てくる〝他のものたち《ジ・アザーズ》〟との重複を避けるための説もあるが、真相は不明。余談だが、このホワイト・ウォーカー、ドラマのシーズン1第一話で一瞬だけ登場したさい、黒い鎧みたいなものを着て怪物じみた顔をしており、向こうのファンのあいだでは、〝原作とちがう〟と話題になった。これは、デザインがまだ決まっておらず、一瞬のカットだからと、間にあわせの仮デザインを出したため。ただし、満を持して出したシーズン2でのデザインも、これまた原作とはだいぶ趣《おもむき》がちがう。

〈異形の王《グレート・アザー》〉〈光の王《ロード・オブ・ライト》〉の敵対神。既刊では〈偉大なる他者《グレート・アザー》〉だったが、このグレートはたぶん大敵の意。敬虔な信徒が悪神の形容に〝偉大〟をつけるとは思えないので（キリスト教徒が〈偉大なるサタン〉ということはない）、対立神らしい日本語にした。〝異形〟をつけたのは、紅《あか》の祭司たちが、この悪神を〈異形《ジ・アザー》〉と同一と見ているから。第五部では悪神のことをthe Other とも呼んでおり、口にしてはならぬ真の名を彼らが知っているふしもある。

●北部

城　北へいくほど様式が古くなるという設定がある。モット・アンド・ベイリーは、ノルマン式築城の最古の形式で、天然の小丘や土盛りであるモットと、そのふもとの手前に広がる郭《くるわ》、ベイリーからなる。小丘の頂《いただき》と郭とは木柵で囲まれている（深林の小丘城《ディープウッド・モット》）。この木柵が、石壁に強化されたものがシェル・キープ。この郭が石造りの天守を中心に矩《く》形《けい》となったものが、スクウェア・キープ（トーレンの方塞《ズ・スクウエア》）。その発展形が巨大城塞ウィンターフェル城である。

ウィンターフェル城　外《そと》城壁は二十四メートル強、濠をはさんで内側に屹立する内《うち》城壁は三十メートル強の高さを誇る。ともに、花崗岩製。後者は大坂城外堀の石垣なみに高く、十階建てマンション相当。なお、本文の内容に合わせて、the First Keep は第一櫓→旧天守に変更した。

天守　keep は城全体を指す場合と天守を指す場合がある。天守とは城の中にあり、ふだんは城主らが居住し、いざとなれば最後の籠城《ろうじょう》場所に使われる建物のこと。第四部からは、俗称の〝天守閣〟ではなくて、築城用語の〝天守〟を採用している。

ルーベ　女六人を連れてウィンターフェル城に現われた吟遊詩人。原文の Abel は、かつての〈壁の向こうの王〉Bael the Bard のアナグラム。ここでは、既刊に既出の〈吟唱詩人ベール〉をひっくり返した。

ラムジーの披露宴でマンダリー公が上機嫌な理由　ヒントは既刊に出てきた歌『鼠の料理人《コック》』と、三枚のパイ、行方の知れない三人のフレイ。仮説ではあるが。

●河川地帯《リヴァーランド》

〈鐘の戦い〉　かつて石の聖堂《ストーニイ・セプト》の町で起きた、鐘が鳴り響く中での市街戦。当時〈王の手〉であったジョン・コニントンは、ここでロバート・バラシオンを討ち損ね、反乱鎮圧に失敗した。既刊では〝鐘《ベルズ》の合戦〟だったが、地名に見えるのを避けるためルビを取り、市街戦を合戦とは呼びにくいので〝戦い〟とした。

●王都《キングズ・ランディング》

サーセイの贖罪《しょくざい》の道行き　史実がもとになっている。エドワード四世の愛人であったジェイン・ショアことエリザベス・ショアは、王の死後、ほかの男たちの愛人になったが、その男たちがのちのリチャード三世に謀叛を企てた咎《とが》で逮捕されたさい、ジェインも裸足でロンドン市中を歩きまわらされるはめになった。ただし彼女は、ガウンを着用させてもらっていたようだ。

〈メイゴルの天守《ホールドファースト》〉　赤の王城《レッド・キープ》の天守。keep に keep があるのは変だからか、王城内の天守には holdfast ということばが使われている。これは作者が〝立てこもり場所〟という意味で好んで使う語で、つまり天守そのもの。高みにあるこの天守の手前には、蛇のようにくねくねと連なったつづら折りの長い曲折階段があり、敵が容易に入口まで近づけない仕組みになっている。

ごった煮《ボウル・オ・ブラウン》　シチューであることが確認できたので、〝茶色がゆ〟からこの形に。王都庶民のソウルフードとして、たびたび出てきている。

●ドーン

岩山の頂城《トーア》　Tor は Tor Books トー・ブックスに由来。城主の名前 Trebor Jordayne トレバー・ジョーデインは、トーからも著書が出ている作家、故 Robert Jordan ロバート・ジョーダンのアナグラム。作者はジョーダンに対し、まだ知名度が低かった〈氷と炎〉第一部のカバーに推薦文を寄せてもらった恩があるという。

■動物

ドラゴン　蛇のように頸《くび》が長く、灼《や》き金のように輝く眼を持ち、喉の奥に〝火炉《かろ》〟を備える。前肢は翼竜のそれにも似た翼となり、大きくて薄い飛膜が広がっている。後肢二脚で歩行することもできる。巨大な個体ともなると、大地に落ちるその影が町ひとつを呑みこんだという。

体色には個体差があり、息吹《ブレス》の炎色も同様で、複数の色彩が条状《すじ》に混じる。からだは硬い鱗におおわれていて、肉でできた炎とも形容される。人間よりも長生きするドラゴンは、初代の乗り手のあとにも別の乗り手を乗せることがあるが、ひとりの人間が二頭以上のドラゴンに乗る例はない。

他の竜　飛竜《ワイバーン》のほか、火吹き地竜《ファイアーワイアーム》、海　竜《シー・ドラゴン》、氷　竜《アイスドラゴン》、いずれも名のみの登場。オールド・ウィック島には、巨大海竜ナーガの〝石化した遺骨〟が残る。アイスドラゴンは、本シリーズでは伝説の存在だが、作者が以前書いた同題の短篇でフィーチャーされていた。

鴉　野生の鴉。crow、または carrion crow。前者は鴉の総称、後者は現実世界ではハシボソガラスを指す。が、本シリーズでは特定の種を指してはいないようだ。

使い鴉　高い知能を持つ鴉。raven。これも鴉の総称だが、現実世界ではワタリガラスを指すことも多い。ロンドン塔で飼われていることで知られるワタリガラスは、アーサー王伝説との関係で不吉の象徴とされる。本シリーズの使い鴉が伝書鴉として〝黒きことば〟を運ぶのは、そんな負のイメージを背負っているからか？　使い鴉には白い種類もあり、季節の変化伝達に使われる。黒白ともに、かつてはもっと知能が高く、人語《クオーク》を操れたようだが、いまは退化して人語を口真似するのみ。両者は仲が悪いらしい。

ダイアウルフ　原型は、新生代第四紀更新世の狼。学名カニス・ディルスで、〝恐ろしい狼〟の意味。ダイアオオカミとも。犬科における、剣歯虎《サーベルタイガー》のような存在だが、腐食獣とされる。この古代獣が、ゲーム〈ダンジョンズ・アンド・ドラゴンズ〉に組みこまれたのち大型化し、狼系モンスターの定番となった。本シリーズの大狼《ダイアウルフ》はそちらに由来すると思われる。

皮装者《スキンチェンジャー》 対象の動物や人に憑依し、いわばその〝皮をまとう〟ことで対象者をあやつる、特異能力者。作者は人や動物の皮に特別な思い入れがあるらしい。剝いだ皮をまとうことで、その皮の主に変身したり主の能力を得たりする中短篇を書いている。

ウォーグ Warg は古期英語や北欧語で、狼系の神獣や怪物のこと。本シリーズでは皮装者のうち、とりわけ狼と親和性の高い能力者を指す。既刊の訳語は人狼《ウォーグ》だが、これは実態を知らない登場人物たちから見た誤称なので、部外者視点ではこの訳語を踏襲し、当事者たちの視点では狼潜り《ウォーグ》とした。

■軍事

攻城兵器 アッシリアやギリシア時代から各種が存在。ローマ時代に洗練され、中世まで用いられた。以下、個別に説明する。

破城槌《はじようつい》 ラム、バタリング・ラムとも。語源は牡羊のラム。牡羊が、角を突きだして突進する姿から考案されたという。形状は先を尖らせた丸太や、それを屋根つきの台車に載せたもの、丸太を鐘《かね》撞き棒のように吊って何度も打ちつけられるようにしたものなど、さまざま。先端を城門や城壁に打ちつけて突破口を開く。ローマ時代のラムの先端には、牡羊の頭を象《かたど》った重い鉄の塊をつけたものもあった。

攻城櫓《やぐら》 攻城塔とも。巨大な移動式の木造角塔。城壁のまぎわまで接近させ、城壁上に橋を掛けわたして兵が乗りこむ。破城槌内蔵のものも。

投石機 第五部には、つぎのものが登場する。小弩砲《スコーピオン》、弩砲《カタパルト》、弾力型投石機《マンゴネル》、大型投石機《スピットファイア》、平衡錘型投石機《トレビュシェット》。名称は同じでも時代と地域によって形式が異なることがあるので、ここでは大小の各種投石機をそろえた、くらいに思っていただきたい。大別すると、弩弓《どきゅう》式と梃子《てこ》式があり、板バネの反発力や、ねじった縄や毛髪の復元力、錘《おもり》の位置エネルギー、などを利用して発射する。発射するのは巨大な矢、石、燃えるタールなど。城内に病気を広めさせる目的で、動物の死骸を放りこむこともあった。トレビュシェットは中世になって登場した梃子型投石機の最終形態で、その発射のようすは実物を復元した映画『タイムライン』で見られる。

軍制　ウェスタロスの軍制はごく簡素。階級はなく、戦闘序列はつぎの四段階しか出てこない。**lord commander** ——総帥（司令官に相当）、**captain** ——隊長（士官に相当）、**serjeant** ——兵長（下士官に相当）、**soldier** ——兵士。

傭兵の軍制　傭兵の場合は隊長がトップ、あとは右に同じ。隊長のほかに副長たちもいるが、これはみんな **captain**。〈黄金兵団〉は規模が大きいので隊長が複数おり、その上に総隊長 **captain-general** を置く。

■人名

発音　テレビドラマで人名の発音がすっきりと整理されるのかと思いきや、ドラマ内の発音はオフィシャル・サイトに載っている発音と少々異なるし、作者の意向が判明している発音ともわりとちがう。同じ名でも役者によって発音がちがうことがあるし、同じ役者が同じ場面で、異なる発音をすることもある。

サーセイ　Cersei　TVドラマでは、サーセイといっている場合もあれば、サーシーと発音している場合もある。作者の意図は後者だったはず。向こうの掲示板の指摘でなるほどと思ったが、サーシーという発音は **Circe** の英語読みと同じ。これは叙事詩『オデュッセウス』に出てくる、魔女キルケーのことで、転じて妖婦の意味にも使われる。裏はとれていないが説得力がある。

デナーリス　Daenerys　諸説に鑑みて、順当な表記はデネアリスかもしれない。ちなみに古代ローマにはデナリウス denarius 銀貨があった。英語の発音は、デネリアスかディネアリアス。もしや語源は……。

■その他

舞台世界　第五部刊行直後のインタビューで、作者はトールキンのミドル・アースを引合いに出し、この舞台世界をセカンダリー・ワールド――ほかの惑星ではなく、アースではあるが、われわれが住んでいるのとは別のどこかにあるアースと説明している（このアースを地球とは呼びにくい。強いて訳すなら、〝世界〟か）。当初の設定とちがって、いまはファンタジーに科学的説明を持ちこんだらしらけるだろう、というスタンスのようだ。

迷い星　wanderer。惑星（惑《まど》い星）のことかと思ったが、彗星も含むので、不規則な運行をする天体の総称らしい。赤い星〈泥棒〉は惑星と思われるが、この世界ではそこまで限定する天文知識がなさそうなので、今回は惑星という表現は使わず、迷い星とした。

床屋外科医　中世では、理髪師が修道士の助手として、瀉血《しやけつ》や外科手術を行なうようになり、ギルドを形成した。バーバー・ポールの原型は刺絡《しらく》用の瀉血棒と繃帯《ほうたい》。これが〝瀉血どころ〟のサインになったという。

引用　謝辞にある〝この家《テラピン・ステーション》〟はグレイトフル・デッドの曲名。作者は自宅をこう呼んでいるらしい。本文中の、勇敢で自由な男たち《ブレイブ・フリー・メン》、〈愛の宮殿《パレス・オブ・ラブ》〉、〈夜の灯《ナイト・ランプ》〉は、どれもジャック・ヴァンスの著書名から。星の智慧派教会は、ラヴクラフトの「闇をさまようもの」に見える教会名を借用したもの。

落とし子　本シリーズの bastard は非嫡出子のことを指す。私生児は父親不詳子、父親に認知されていない子の意味が強い。本シリーズでは、父親が妻以外に産ませて認知もした〝庶子〟のケースがほとんどなることと、〝私生児〟が城の跡継ぎになるのも変であることから、第四部で大半を庶子に改め、通称に関わる bastard だけ旧訳のまま私生児としたが、今回、ラムジーが前面に出てきていろいろと不都合が生じたため、残していた部分についても、原則、落とし子や落胤《らくいん》に変更した。申しわけない。

親子関係　年表を作ると、怪しげな親子関係があちらこちらに見えてくる。彼とか彼女とか、ほんとうの親は……。これがいずれも伏線で、いつか発動したりするのだろうか。

第四部エラー・ログ　ある人物の伏線に気づきそこねたため、カナ表記をまちがえてしまった（文庫では改修済）。詳細に書くとネタバレになりかねないので、伏線が回収された時点で、改めてお詫びしてご報告させていただきたい。まことに申しわけない。

巻末付録ブレーヴォスの項のラナは、原文の誤植（mobi版のみ）に気づかずに、解釈ミスでメラリンの娘としてしまったが、〈船乗りの女房〉の娘らしい（第五部付録で改修済）。

謝辞で「妻のパリス」としたのは誤り。長年同棲していたものの、当時はまだ内縁関係で、正式に結婚したのは二〇一一年二月だった。〈物いうのっぽ《トール・トーカー》〉は〈大言壮語〉に。月の乙女《ムーンメイド》山は、月の乙女《ムーンメイド》座に。グリーン・シックネスは悪心としたが、すいません、どうやら船酔いのことだったようです。

第五部エラー・ログ　単行本のエラー・ログで、〈四ペンス銅貨〉は〈四ペンス銀貨〉に訂正と書いたが、そのままでよかったようだ。巻末の登場人物表は、本来は第五部開幕時点の状況を反映するものだが、この原則がやや崩れてきていたため、不具合も含めて適宜調整した。文庫化にさいしては全面改稿したが、誤訳と誤植はまだあると思われる。お気づきの点はご一報を。

本書は、早川書房から単行本『竜との舞踏　3』として二〇一三年十一月に刊行された作品を文庫化したものです。

デューン 砂の惑星〔新訳版〕（上・中・下）

Dune

フランク・ハーバート
酒井昭伸訳

〈ヒューゴー賞／ネビュラ賞受賞〉アトレイデス公爵が惑星アラキスで仇敵の手にかかったとき、公爵の息子ポールとその母ジェシカは砂漠の民フレメンに助けを求める。砂漠の過酷な環境と香料メランジの摂取が、ポールに超常能力をもたらし、救世主の道を歩ませることに。壮大な未来叙事詩の傑作！　解説／水鏡子

ハヤカワ文庫

火星の人〔新版〕（上・下）

The Martian

アンディ・ウィアー

小野田和子訳

有人火星探査隊のクルー、マーク・ワトニーはひとり不毛の赤い惑星に取り残された。探査隊が惑星を離脱する寸前、思わぬ事故に見舞われたのだ。奇跡的に生き残った彼は限られた物資、自らの知識と技術を駆使して生き延びていく。宇宙開発新時代の究極のサバイバルＳＦ。映画「オデッセイ」原作。　解説／中村融

ハヤカワ文庫

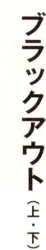

オール・クリア（上・下）

All Clear

コニー・ウィリス
大森　望訳

〈ヒューゴー賞／ネビュラ賞／ローカス賞受賞〉二〇六〇年から、第二次大戦中英国での現地調査に送り出されたオックスフォード大学の史学生、マイク、ポリー、アイリーンの三人は、大空襲下のロンドンで奇跡的に再会を果たし、未来へ戻る方法を探すが……。『ブラックアウト』とともに主要ＳＦ賞を独占した大作

歌おう、感電するほどの喜びを！〈新版〉

I Sing the Body Electric!

レイ・ブラッドベリ
伊藤典夫・他訳

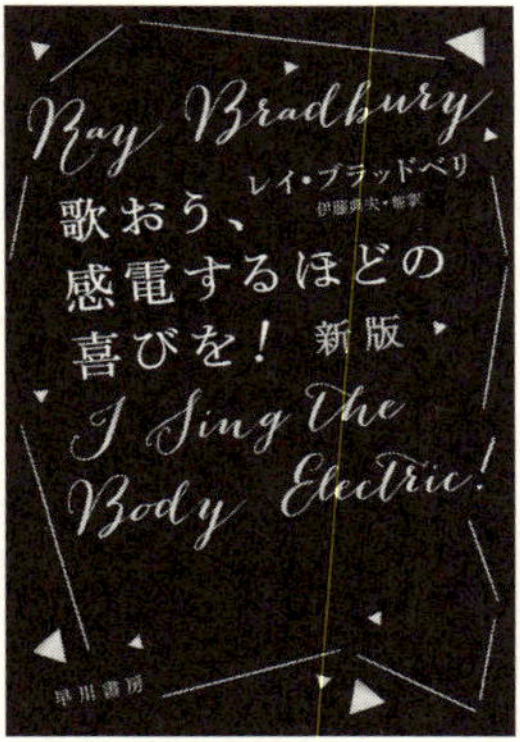

母さんが死に、悲しみにくれるわが家に「電子おばあさん」がやってきた。ぼくたちとおばあさんが過ごした日々を描く表題作、ヘミングウェイにオマージュを捧げた「キリマンジャロ・マシーン」など全18篇を収録。『キリマンジャロ・マシーン』『歌おう、感電するほどの喜びを！』合本版。解説／川本三郎・萩尾望都

ハヤカワ文庫

鋼鉄紅女

Iron Widow

シーラン・ジェイ・ジャオ

中原尚哉訳

〔英国ＳＦ協会賞受賞〕華夏の辺境の娘、則天《ゾーティエン》は、異星の機械生物と戦う人類解放軍に入隊し、巨大戦闘機械・霊蛹機に搭乗することになる。霊蛹機は男女一組で乗り、〈気〉で操る。則天はある密計のため、あえて過酷な戦いに身を投じるが⁉　中国古代史から創造された世界を巨大メカが駆ける、傑作アクションＳＦ

ハヤカワ文庫

訳者略歴　1956年生，1980年早稲田大学政治経済学部卒，英米文学翻訳家　訳書『デューン　砂の惑星〔新訳版〕』ハーバート，『複成王子』ライアニエミ，〈ハイペリオン四部作〉シモンズ，『乱鴉の饗宴』マーティン，『ジュラシック・パーク』クライトン（以上早川書房刊）他多数

HM=Hayakawa Mystery
SF=Science Fiction
JA=Japanese Author
NV=Novel
NF=Nonfiction
FT=Fantasy

氷と炎の歌⑤

竜《りゅう》との舞踏《ぶとう》

〔下〕

〈SF2103〉

二〇一六年十一月十五日　発行
二〇二四年　九　月十五日　二刷
（定価はカバーに表示してあります）

著者　ジョージ・R・R・マーティン
訳者　酒《さか》井《い》昭《あき》伸《のぶ》
発行者　早川　浩
発行所　株式会社　早川書房
郵便番号　一〇一 - 〇〇四六
東京都千代田区神田多町二ノ二
電話　〇三 - 三二五二 - 三一一一
振替　〇〇一六〇 - 三 - 四七七九九
https://www.hayakawa-online.co.jp

乱丁・落丁本は小社制作部宛お送り下さい。
送料小社負担にてお取りかえいたします。

印刷・三松堂株式会社　製本・株式会社明光社
Printed and bound in Japan
ISBN978-4-15-012103-7 C0197

本書は活字が大きく読みやすい〈トールサイズ〉です。